Χρήστος Ι. Μπαρμπαγιαννίδης

ΚΤΗΝΗ ΣΤΟΝ ΠΑΡΑΔΕΙΣΟ

I0563967

FYLATOS PUBLISHING

FYLATOS PUBLISHING

Συγγραφέας: Χρήστος Ι. Μπαρμπαγιαννίδης

© Εκδόσεις Φυλάτος, © Fylatos Publishing
e-mail. contact@fylatos.com
web: www.fylatos.com
Σχεδιασμός Εξωφύλλου: © Εκδόσεις Φυλάτος
Σελιδοποίηση-Σχεδιασμός: © Εκδόσεις Φυλάτος
ISBN: 978-618-5163-28-0

ΚΤΗΝΗ ΣΤΟΝ ΠΑΡΑΔΕΙΣΟ

Χρήστος Ι. Μπαρμπαγιαννίδης

Εκδόσεις Φυλάτος
Fylatos Publishing
MMXV

*Στη σύζυγό μου Νίκη, την πιο αυστηρή κριτή μου αλλά και
το μεγαλύτερο στήριγμά μου.
Στους γιους μου, Γιάννη και Θανάση, τα πολυτιμότερα
στολίδια της ζωής μου.*

ΕΙΣΑΓΩΓΗ

Ο ψηλός ρωμαλέος άνδρας φαινόταν ανήσυχος. Το κατακόκκινο και ταλαιπωρημένο πρόσωπό του είχε πάρει μια έκφραση που φανέρωνε καχυποψία και αναστάτωση. Τυλιγμένος μέσα στα πολλά και ζεστά ρούχα του, έμοιαζε με ιππότη μέσα σε πανοπλία. Τα χνώτα του πυκνά κάλυπταν σχεδόν τα μάτια του, δείγμα του φθινοπωρινού ψύχους που τον περιέβαλλε. Κάθε λίγο έτριβε την πλακουτσωτή μύτη του και κοίταζε πότε δεξιά και πότε αριστερά. Κρατώντας σφιχτά στο δεξί του χέρι μια μαγκούρα, την πίεζε με δύναμη στο έδαφος και επιτάχυνε όλο και περισσότερο το βήμα του, αποφεύγοντας ωστόσο προσεχτικά τις βάτους και τους θάμνους.

«Πατέρα, μπορείς να μου εξηγήσεις γιατί περπατάς τόσο γρήγορα; Συμφωνήσαμε να έρθουμε για μια χαλαρή πεζοπορία» διαμαρτυρήθηκε ο νεαρός συνοδοιπόρος του, καθώς μετά δυσκολίας τον ακολουθούσε ξωπίσω του με ένα πλεχτό καλάθι γεμάτο ζουμερά μανιτάρια στην αγκαλιά του.

Ο άνδρας δεν έδωσε καμιά απάντηση, αλλά συνέχιζε απερίσπαστος στον ίδιο δαιμόνιο ρυθμό. Ωστόσο, υπήρχαν στιγμές που έστρεφε το κεφάλι του προς τα πίσω για να δει αν τον ακολουθούσε ο γιος του. Μόλις βεβαιωνόταν, επανέφερε το βλέμμα του μπροστά και συνέχιζε το ταχύ του βάδισμα. Ο γιος, γύρω στα δεκαέξι, αγκομαχούσε να κρατηθεί πλησίον του με το μέτωπό του να έχει γεμίσει ιδρώτα, τον οποίον σκούπιζε συνεχώς με την αναστροφή της παλάμης του.

Ανάμεσα σε μια συστάδα οξιών, απ' όπου διερχόταν το δασικό μονοπάτι, ο άντρας σταμάτησε και ξεκίνησε να ανιχνεύει περισκοπικά και την παραμικρή εσοχή που δημιουργούσαν τα αναρίθμητα δέντρα. Το μονοπάτι στεφανωνόταν από κλαδιά. Προσπάθησε να αφουγκραστεί και να συλλάβει τον παραμικρό ήχο. Γι' αυτό τον λόγο ελευθέρωσε τα αυτιά του από τον χακί μάλλινο σκούφο του, τον οποίον έβγαλε από το κεφάλι του και τον κράτησε στο αριστερό του χέρι.

«Επιτέλους πατέρα! Θα μου εξηγήσεις τι διάολο συμβαίνει;» εξανέστη ο νεαρός.

«Ήσυχα, μη φωνάζεις... Στάσου... Ακούς τίποτα;» ρώτησε ψιθυριστά.

«Όχι. Απόλυτη ησυχία, αν εξαιρέσεις το θρόισμα του ανέμου. Μα... μου κάνεις πλάκα, έτσι; Πάντως δε με τρομάζεις!»

Το πρόσωπο του πατέρα είχε σκοτεινιάσει. Τα σκουρόχρωμα μάτια του έδειχναν πιο θολά απ' ότι συνήθως. Φόρεσε και πάλι τον σκούφο του και ξεκίνησε με τον ίδιο γρήγορο ρυθμό, ενώ ο γιος απορημένος τον ακολούθησε βαριεστημένα. Διένυσαν μερικές εκατοντάδες μέτρα, δίχως να ανταλλάξουν την παραμικρή λέξη. Το μόνο που άκουγαν ήταν οι πνιχτές ανάσες τους και το κριτσάνισμα τον πεσμένων κατακίτρινων φύλλων κάτω από τα πόδια τους.

«Δε μπορεί, κάτι πρέπει να σε τσίμπησε! Δεν εξηγείται διαφορετικά». Ο γιος σταμάτησε για να ανασάνει και να ξεκουραστεί.

«Σου είπα να μη σταματήσεις. Σε λίγο θα βγούμε από το δάσος και θα φτάσουμε στο αυτοκίνητο. Έλα, συνέχισε».

«Δεν κάνω βήμα παραπάνω, αν δε μου δώσεις μια πειστική εξήγηση!»

Με την απογοήτευση αποτυπωμένη στο πρόσωπό του αλλά και μια αίσθηση συμπόνιας και αγάπης πλησίασε τον γιο του και προσπάθησε να τον αγκαλιάσει. Εκείνος έκανε ένα βήμα προς τα πίσω και απέφυγε το πατρικό χάδι όντας νευριασμένος. Ο πατέρας συγκατάνεψε και ξεφύσησε μέσα από τα παχιά και ξεραμένα χείλη του.

«Μου φάνηκε πως είδα κάτι εκεί μέσα, πίσω από κάποιες φυλλωσιές. Όχι μόνο μια φορά αλλά τρεις!» ψιθύρισε και έδειξε με το δάχτυλό του αόριστα προς το δάσος.

Ο γιος φάνηκε να χαμογελά, ώσπου τελικά δεν άντεξε και ξέσπασε σε τρανταχτά γέλια. Ο πατέρας ακλόνητος στη θέση του με σοβαρό ύφος προσπαθούσε να διατηρήσει την ψυχραιμία του.

«Τι ήταν αυτό που είδες πατέρα; Ζώο; Άνθρωπος; Μήπως μας παρακολουθούν;» Συνέχισε να έχει εκείνη τη χαρούμενη και ζωηρή έκφραση και μια διάθεση για πείραγμα.

«Δεν είμαι σίγουρος. Ίσως να ήταν και ένα παιχνίδι των ματιών μου. Εξάλλου, όλα τα σημεία του δάσους μοιάζουν τόσο πολύ μεταξύ τους. Μπορεί να ήταν και κάποια οφθαλμαπάτη. Όμως σε παρακαλώ, ας προχωρήσουμε».

Ο πατέρας είχε θιχτεί από την αμφισβήτηση και την εξεζητημένη αντίδραση του γιου του και γι' αυτό προσπάθησε να κατευνάσει την ένταση που ο ίδιος είχε δημιουργήσει. Αυτή τη φορά ήταν ο νεαρός που ξεκίνησε πρώτος και προσπάθησε να ισιώσει το ανοιχτό πανωφόρι του που πλατάγιζε από τον άνεμο που είχε ενταθεί. Σκέφτηκε πως ο πατέρας του είχε αρχίσει να τα χάνει και του ήρθε να ξεσπάσει πάλι σε γέλια, αλλά αυτή τη φορά συγκρατήθηκε. Συνέχισαν να καταπίνουν τα μέτρα μέσα σε αυτόν τον σκουρόχρωμο λαβύρινθο με το κατακίτρινο υπόστρωμα. Τα θαλερά δέντρα έκρυβαν τον ουρανό και τα χοντρά ξερόφυλλα κάλυπταν τη χωμάτινη ατραπό. Οι βελανιδιές εναλλάσσονταν με τις καστανιές, όπου από κάτω τους ο πολύτιμος καρπός τους βρισκόταν οχυρωμένος μέσα στο αγκάθινο περίβλημά του. Ο γιος έσκυψε και γέμιζε το καλάθι του ασταμάτητα με τη πεντανόστιμη αυτή λιχουδιά. Το κόστος ήταν να τρυπηθεί στο δάχτυλο από τα αγκάθια του περικαλύμματος του καρπού και να αρχίσει να αιμορραγεί. Έφερε ενστικτωδώς το δάχτυλο στο στόμα του και ρούφηξε το ζεστό αίμα.

«Καλά είμαι» απευθύνθηκε στον πατέρα του πριν αυτός προλάβει να αρθρώσει λέξη.

Αφού ολοκλήρωσε τη διαδικασία συλλογής των καρπών, ορθώθηκε και συνέχισε να διαβαίνει το μονοπάτι, ενώ ο πατέρας του όλη αυτή την ώρα, με την παλάμη του σαν μέγγενη, έσφιγγε την άκρη της μαγκούρας του και έριχνε κλεφτές ματιές προς όλες τις κατευθύνσεις του ορίζοντα, αν και η βλάστηση ήταν τόσο πυκνή που το οπτικό του πεδίο περιοριζόταν σε λίγα μόλις μέτρα. Πιο κάτω το μονοπάτι καμπυλωνόταν όλο και πιο βαθιά μέσα στην πράσινη αχλή του δάσους.

Προχώρησαν λίγο ακόμα, σε σημείο που είχαν τη δυνατότητα να διακρίνουν την άκρη του μονοπατιού και να φαίνεται αχνά το ξέφωτο, όπου κάπου εκεί δίπλα είχαν αφήσει το αυτοκίνητό τους, προτού ξεκινήσουν αυτόν τον απογευματινό περίπατο στον μεγάλο δρυμό των Πρεσπών. Πλέον ήταν σε θέση να δουν τις ρόδινες πινελιές του ηλιοβασιλέματος.

«Στάσου». Ο πατέρας αφουγκράστηκε με προσοχή.

«Πάλι τα ίδια;» Είχε αρχίσει να αγανακτεί.

Ο πατέρας του ένευσε να ησυχάσει. Πριν ξεδιπλώσει τη γλώσσα του ο νεαρός, ένας ήχος ακούστηκε από πίσω τους.

Θροΐσματα! Κάποιος ακροπατούσε στο διάσπαρτο με φρύγανα έδαφος.

Μέχρι να συνειδητοποιήσουν τι ακριβώς συνέβαινε και άλλοι παρόμοιοι ήχοι έφτασαν στα αυτιά τους από τα δεξιά τους και τα αριστερά τους. Σε λίγο από παντού ακούγονταν αυτοί οι παράξενοι ήχοι χωρίς να μπορούν να προσδιορίσουν την προέλευσή τους.

Θάμνοι έμοιαζαν να κουνιούνται από όλα τα σημεία γύρω τους καθώς αντιλήφθηκαν πως κάποια πλάσματα κάλπαζαν δίπλα τους δίχως αυτοί να βλέπουν το παραμικρό.

«Τρέχα γιε μου! Τρέχα προς το αυτοκίνητο».

Ο γιος χωρίς πολλές περιστολές ξεκίνησε να τρέχει με όλη του τη δύναμη, με τον πατέρα του ακριβώς δίπλα του να ξεφυσά από την ένταση και την πίεση. Οι ήχοι όλο και πλησίαζαν κοντά τους, αλλά αυτοί έβλεπαν προς τα μπροστά και το τέλος του σκοτεινού μονοπατιού με το ξέφωτο πίσω από αυτό, φωτισμένο από τον ήλιο, αν και είχε αρχίσει να σουρουπώνει.

Επιτέλους, έπειτα από μερικά δευτερόλεπτα έφτασαν στο ξέφωτο και κινήθηκαν προς τον αγροτικό χωματόδρομο, καμιά τριανταριά μέτρα πιο πέρα, όπου αντίκρισαν παρκαρισμένο ανάμεσα σε αγριόχορτα το αυτοκίνητό τους. Άνοιξαν γρήγορα τις πόρτες και επιβιβάστηκαν, με τον γιο να πετάει το καλάθι στο πίσω κάθισμα και να σκορπίζουν οι καρποί που συνέλεξαν. Ο πατέρας άναψε με βιαστικές κινήσεις τη μηχανή και το αυτοκίνητο πήρε εμπρός. Ο γιος έστρεψε το βλέμμα του προς το δάσος μέσα από το παράθυρο.

Μια τετράποδη φιγούρα έστεκε στην άκρη του δάσους με τα πύρινα μάτια της να έχουν κολλήσει πάνω τους.

Λίγο πιο πέρα αντίκρισε και άλλη και ακόμα πιο δίπλα άλλη μία. Τα διάπυρά τους μάτια μαγνήτισαν, σε σημείο ύπνωσης, τον νεαρό που με το σκοτάδι να κατανικά πλέον το φως, τον ανάγκασαν να κλείσει για μια στιγμή τα μάτια του για να βεβαιωθεί αν αυτό που έβλεπε ήταν αληθινό. Τα βλέφαρά του πετάριζαν και τα μάγουλά του ήταν φλογισμένα. Μόλις άνοιξε και πάλι τα μάτια του, οι φιγούρες είχαν εξαφανιστεί! Με βουλιμία έπεσε κυριολεκτικά πάνω στο τζάμι και επόπτευε προσεχτικά τις υπώρειες του δάσους, αλλά πλέον το σκοτάδι ήταν τόσο βαθύ που δεν επέτρεπε να γίνουν λεπτομερείς παρατηρήσεις.

«Ξέρεις πατέρα, ίσως δεν τα έχεις χάσει ακόμα» ψέλλισε με ένα μειδίαμα ζωγραφισμένο στα χείλη του.

Ο πατέρας του τον επιθεώρησε με την άκρη του ματιού του με απορία, αλλά δεν ξεστόμισε το παραμικρό. Στα δυτικά τους, πάνω σε ένα μικρό λόφο, έστεκε υπερήφανο το μεθοριακό φυλάκιο του Βροντερού, ενώ εκείνη τη στιγμή περνούσαν μέσα από το ομώνυμο χωριό.

«Μη με ξυπνήσεις, μέχρι να φτάσουμε στον ξενώνα».

Φόρεσε στα αυτιά του τα ακουστικά για να ακούσει την αγαπημένη του μουσική. Έγειρε προς την πόρτα και έκλεισε τα μάτια του. Ο πατέρας κρατώντας το τιμόνι γύρισε και τον κοίταξε με στοργή. Ξεφύσησε ανακουφισμένος και συνέχιζε να κατεβαίνει τον φιδωτό κακοτράχαλο δρόμο.

1

Ιανουάριος του 2002...

Η "καναδέζα" έφτασε στο φυλάκιο όπως πάντα καθυστερημένα. Ήταν Παρασκευή και, ως γνωστό, τα ώνια έρχονται αυτή την ημέρα. Ο οδηγός κατέβηκε από το όχημα αγχωμένος και έσκυψε κάτω από το μπροστινό του μέρος. Έλεγξε για λίγη ώρα το όχημα, αλλά σηκώθηκε απορημένος.

«Τι έπαθε το εργαλείο Βασιλείου;» τον ρώτησε ο οπλίτης που περίμενε να παραλάβει τις προμήθειες.

«Ακούω περίεργους θορύβους και δεν είναι ώρα να μας αφήσει πάλι εδώ πάνω».

Έψαξε με ανησυχία κάτω από το αυτοκίνητο και, όταν σηκώθηκε, συνέχισε να έχει το ίδιο απορημένο βλέμμα. Κοίταξε αυστηρά προς τον οπλίτη που μόλις είχε ανάψει ένα τσιγάρο.

«Τι έγινε Ανδρεόπουλε, ανάψαμε και τσιγαράκι; Μήπως θέλεις να σου φέρουμε και κανένα καφεδάκι; Άντε τσακίσου και κατέβαζε τα πράματα από την καρότσα, παλιόψαρο!»

Ο οπλίτης ταράχτηκε και του έφυγε το τσιγάρο από το

15

στόμα, καθώς οι φωνές του Βασιλείου αντιλάλησαν μέσα στις πλαγιές των κοντινών βουνοκορφών. Μέσα σε λίγες στιγμές, είχε ήδη πάρει στα χέρια του διαφόρων μεγεθών σακούλες και τις μετέφερε μέσα στο φυλάκιο.

Ήταν η σειρά του Βασιλείου ν' ανάψει και να απολαύσει ένα τσιγάρο, κάτω από τη σκιά που πρόσφερε απλόχερα ένας γέρικος πλάτανος. Ξαφνικά, εμφανίστηκε ένας αξιωματικός στην είσοδο του φυλακίου και κοίταξε αυστηρά τον οδηγό.

«Καλημέρα σας κύριε λοχαγέ» τραύλισε ταραγμένα ο Βασιλείου.

«Γιατί δε φοράς το τζόκεϊ σου;» γρύλισε με αγέρωχο ύφος ο λοχαγός.

Ο οδηγός με μια αστραπιαία κίνηση του δεξιού του χεριού, έβγαλε το στρατιωτικό του καπέλο από την πίσω τσέπη του παντελονιού της παραλλαγής του και το τοποθέτησε στο κεφάλι του.

«Βλάκα καραβανά!» σφύριξε μέσα από τα δόντια του, βλέποντας τον λοχαγό να ξαναμπαίνει μέσα στο κτήριο.

Προχώρησε παράλληλα με το κτήριο και βρήκε ένα ήσυχο μέρος πίσω από κάποιες παλιές εξωτερικές τουαλέτες. Κάθισε κάτω στο έδαφος καλυμμένος από τις τουαλέτες και έβγαλε ένα τσιγάρο. Το άναψε και ρούφηξε τον καπνό πολύ δυνατά. Το πρόσωπό του πήρε μια έκφραση ευχαρίστησης και αγαλλίασης.

Σίγουρα, μπορούσε να ευχαριστηθεί τη στιγμή χωρίς να τον ενοχλεί κανένας αξιωματικός.

Σήκωσε το βλέμμα του και κοίταξε την κοντινή βουνοκορφή. Ο τεράστιος όγκος της απέναντι από τον λόφο που ήταν θεμελιωμένο το φυλάκιο, οι πετρώδεις πτυχώσεις των πανάρχαιων βράχων της και το επιβλητικό κατά-μαυρο δάσος περιφερειακά της χιονοσκέπαστης κορυφής, αποκάλυπταν λίγο από το μεγαλείο της φύσης. Την ειδυλ-λιακή ατμόσφαιρα χάλασε ένας ξερός πεζός ήχος.

«Χμ, σε θέλει ο λοχαγός στο γραφείο του» τον ενη-μέρωσε ένας οπλίτης και απομακρύνθηκε τόσο αθόρυβα όσο είχε εμφανιστεί.

Ο Βασιλείου πέρασε μέσα στο φυλάκιο. Κοντοστάθηκε λίγο και ρώτησε έναν οπλίτη τι συνέβαινε. Αυτός μόνο ανασήκωσε τους ώμους του δηλώνοντας άγνοια.

Μάλλον μουδιασμένα, μπήκε στο γραφείο.

«Με ζητήσατε κύριε λοχαγέ;»

Ο λοχαγός μελετούσε κάποια έγγραφα προσεκτικά και για μερικά δευτερόλεπτα δεν έδωσε σημασία. Έπειτα σήκωσε το κεφάλι του και με το γνωστό στρατιωτικό ύφος τον επιθεώρησε.

«Θα μεταφέρεις έναν υπαξιωματικό στο Βροντερό. Πήγαινε έξω και περίμενε μέχρι να ετοιμαστεί».

Έσκυψε ξανά πάνω από τα έγγραφά του και έκανε νόημα με το δεξί του χέρι, δίχως να τον κοιτάξει, να περάσει έξω.

«Μάλιστα» κόμπιασε ο Βασιλείου.

Προχώρησε μέσα στο φυλάκιο. Κοίταξε δύστροπα στα δεξιά του διαδρόμου, όπου βρισκόταν το γραφείο του λοχαγού, ενώ "ψάρωσε" έναν "νέο" που καθάριζε την απο-θήκη, στον χώρο δίπλα από το γραφείο του επικεφαλής. Έστριψε αμέριμνος προς τα αριστερά και έφτασε στον δι-άδρομο, όπου αριστερά ήταν οι δυο θάλαμοι των οπλιτών και δεξιά οι τουαλέτες και τα ντους.

«Βλέπω πως δεν περνάτε άσχημα» σχολίασε με αυστηρό ύφος δυο οπλίτες που αραχτοί σε ένα κρεβάτι επιδίδονταν σε έναν αγώνα τάβλι με μεγάλη αφοσίωση.

Κανένας τους δεν μπήκε στον κόπο να απαντήσει, καθώς φαινόταν πως το παιχνίδι είχε ανάψει. Ο Βασιλείου, με ύφος σοφού, έχωσε άκομψα το χέρι του παίρνοντας δυο πούλια. Τα άλλαξε θέση με ένα βίαιο χτύπημα, όπως παραδοσιακά κάνουν όσοι θέλουν να εκνευρίσουν τον αντίπαλό τους, εξαιτίας του κρότου πάνω στο ξύλο.

«Έτσι παίζονται τα ντόρτια ρε άσχετοι!» γάβγισε κυριολεκτικά μανιασμένος.

Εμφανώς ξαφνιασμένοι οι δυο οπλίτες τον κοίταξαν με ανάμεικτο βλέμμα οργής και απορίας.

«Τι κοιτάτε, αρουραίοι; Εκατόν δεκαέξι και σήμερα, ακούτε; Δε μου λέτε αγοράκια μου, πού είναι αυτός ο υπαξιωματικός που πρέπει να παραλάβω;» Οι άλλοι δυο είχαν μείνει με ανοιχτό το στόμα και γουρλωμένα μάτια.

Ο ψηλότερος από τους δυο σηκώθηκε και από το παράθυρο του θαλάμου ένευσε προς τον Βασιλείου για να πλησιάσει.

Έβγαλε το κεφάλι του από το παράθυρο και κοίταξε προς τα δεξιά. Ο Βασιλείου έμεινε με ένα έκδηλο ύφος απορίας, ενώ οι άλλοι βλέποντάς τον έσκασαν από τα γέλια.

«Μα τι κάνει;» αναρωτήθηκε ο οδηγός.

Ο οπλίτης που παρακολουθούσαν, πράγματι, βρισκόταν σε μια επικίνδυνη στάση. Καθόταν στην άκρη ενός βράχου, με τα πόδια του να αιωρούνται στο κενό, το οποίο άγγιζε το έδαφος κάπου τριάντα μέτρα πιο κάτω. Το έδαφος ήταν σπαρμένο με μυτερούς και κοφτερούς βράχους, όπου ανάμεσά τους υπήρχαν αγκαθωτοί θάμνοι.

Με το δεξί του χέρι ο άντρας κρατούσε από τον λαιμό

έναν πανέμορφο και μεγαλόσωμο γερμανικό ποιμενικό σκύλο, ο οποίος είχε τα μπροστινά πόδια του όρθια και τα πισινά του λυγισμένα. Άνθρωπος και ζώο αγνάντευαν προς την απέναντι πλαγιά του βουνού, εκεί που δέσποζε, τοποθετημένο σαν πίνακας ζωγραφικής, το γραφικό χωριό Ανταρτικό. Στα πρόσωπά τους αποτυπωνόταν μια γαλήνια έκφραση.

Ο οπλίτης μόλις αντιλήφτηκε τα βλέμματα των συναδέλφων του να είναι καρφωμένα πάνω του, γύρισε αργά προς αυτούς και τους χαμογέλασε παγερά. Στη συνέχεια ξανάστρεψε το βλέμμα του προς το χωριό, ενώ με το δεξί του χέρι χάιδεψε στοργικά το κεφάλι του σκύλου.

«Είναι δυνατόν να κάθεται ο Φλεξ έτσι ήρεμα δίπλα σε άνθρωπο;» ρώτησε ο Βασιλείου.

Ο ψηλός ξύνοντας το κεφάλι του, ανασήκωσε απλώς τους ώμους του.

«Όλους αυτούς τους μήνες που φέρνω τα ώνια, δεν τόλμησα να πλησιάσω αυτό το κτήνος» τόνισε με έμφαση την τελευταία λέξη ο Βασιλείου.

Έφυγε βιαστικά από τον θάλαμο, δίχως κουβέντα, ενώ οι δυο οπλίτες άρχισαν πάλι τον αγώνα τάβλι που είχαν αφήσει στη μέση. Βγήκε έξω από το φυλάκιο και κατευθύνθηκε προς το αυτοκίνητο. Οι υπόλοιποι οπλίτες του φυλακίου είχαν ήδη ξεφορτώσει τις προμήθειες και κουβέντιαζαν μεταξύ τους.

«Πάλι καθόσαστε εσείς;» στρίγκλισε ο Βασιλείου.

Οι οπλίτες τον αγνόησαν και συνέχισαν τη συζήτηση. Άναψε πάλι ένα τσιγάρο, στα κρυφά, διότι πάντα ελλόχευε ο κίνδυνος να τον "ξετρακιάσουν", αν τον αντιλαμβάνονταν να βγάζει στην επιφάνεια πακέτο. Ήταν πολλοί οι χαρμανιασμένοι οπλίτες που κυκλοφορούσαν! Ο λοχαγός έκανε την επιβλητική του εμφάνιση στο κατώφλι του κτηρίου.

«Ακόμη δε φύγατε Βασιλείου;» «Τώρα, τώρα κύριε λοχαγέ, φεύγουμε αμέσως» ξεφύσησε αγχωμένα ο οδηγός, ενώ είχε τεντωθεί σαν ελατήριο. Έτρεξε γρήγορα προς τη δυτική πλευρά του φυλακίου. Καθώς πλησίαζε τον υπαξιωματικό, ξαφνικά κοντοστάθηκε. Ο Φλεξ είχε ανασηκωθεί και τον κοίταζε επίμονα μέσα στα μάτια. Μόλις έφτασε αρκετά κοντά του, είχε τη δυνατότητα να τον επιθεωρήσει καλύτερα. Δεν του φάνηκε ψηλός, γύρω στο 1,75 με 1,80. Το σώμα του φαινόταν γυμνασμένο, όχι όμως τίποτα το ιδιαίτερο. Καστανός με άσπρο δέρμα, καλοξυρισμένος με κάπως έντονα ζυγωματικά, έκλινε στην άποψη πως μάλλον θεωρούταν εμφανίσιμος. Τα μελιά μάτια του διέθεταν μια σπιρτάδα και εξέπεμπαν ένα φλογερό βλέμμα. Το αχνό φως ενός χαμόγελου φώτιζε το πρόσωπό του. Ο Βασιλείου, μόλις ολοκλήρωσε την επισκόπηση, κοίταξε και τον σκύλο με ανασφάλεια.

Ο σκύλος κάθισε στα πίσω του πόδια, χωρίς να παίρνει όμως το βλέμμα του από τον Βασιλείου.

«Δεκανέα, πάρε τα πράγματά σου και ακολούθα με» του υπέδειξε ξερά και σοβαρά, δείγμα της παλαιότητάς του στον στρατό.

Γύρισε την πλάτη και κατευθύνθηκε προς το παρκαρισμένο όχημα. Ο δεκανέας προχώρησε προς το φυλάκιο και μπήκε μέσα. Σε πέντε λεπτά είχε ξαναβγεί με τις αποσκευές του, τον σάκο ιματισμού και τον στρατιωτικό σάκο. Αφού χαιρέτησε κάνα δυο οπλίτες που καθάριζαν τον προαύλιο χώρο από τα αποτσίγαρα, έφτασε προς την "καναδέζα".

Ο Βασιλείου στηριζόμενος με τους αγκώνες του στην ανοιχτή πόρτα του οδηγού, του ένευσε να τοποθετήσει τις αποσκευές του στην καρότσα του αυτοκινήτου. Έβαλε τις τσάντες του εκεί, ενώ ο Βασιλείου κάθισε μπροστά από το τιμόνι έτοιμος να βάλει μπρος τη μηχανή.

«Μισό λεπτό» του φώναξε ο δεκανέας. Έσκυψε και αγκάλιασε τον σκύλο, που όλη αυτή την ώρα ήταν δίπλα του. Αφού έτριψε τρυφερά τον λαιμό του, σηκώθηκε, άνοιξε την πόρτα του συνοδηγού και μπήκε στο αυτοκίνητο.

«Έτοιμος;»

«Έτοιμος».

Το όχημα ξεκίνησε για να καλύψει τον κατηφορικό δρόμο διακοσίων περίπου μέτρων. Τόση ήταν η απόσταση ώσπου να βγει κανείς στον κεντρικό επαρχιακό δρόμο. Μόλις έφτασαν στη διασταύρωση, ο οδηγός σταμάτησε για να ελέγξει την κυκλοφορία. Αριστερά έστριβε για Φλώρινα μέσω Πισοδερίου. Δεξιά πήγαινε για την Καστοριά.

Ο δεκανέας κοίταξε από το παράθυρό του ψηλά και δεξιά. Θωρούσε το φυλάκιο του Ανταρτικού ίσως για τελευταία φορά. Φαινόταν όμορφο, πάνω στον λόφο, σαν πίνακας ενός ρεαλιστή ζωγράφου. Δυο μικρά σπιτάκια ανάμεσα σε πριονωτές κορυφές ελάτων που ανελίσσονταν προς τα ουράνια και από πίσω οι χιονισμένες κορυφές του Βαρνούντα.

Ύστερα από ελάχιστα χιλιόμετρα και, αφού είχαν πάρει την κατεύθυνση για την Καστοριά, έφτασαν στη διασταύρωση των Πρεσπών. Έστριψαν προς τις λίμνες. Όλη αυτή την ώρα ο Βασιλείου δεν είχε πει κουβέντα.

Ήταν η ώρα του...

«Ο σκύλος αυτός, ο Φλεξ, είναι πολύ άγριος. Ίσα – ίσα που τον ταΐζουν οι συνάδελφοι και απομακρύνονται αμέσως. Πώς έγινε αυτό και βρέθηκε άνθρωπος να τον υπακούει;»

«Τα σκυλιά δεν είναι σαν και εμάς. Αν τους δείξεις την αγάπη σου, θα σου δώσουν και τη ζωή τους».

«Δηλαδή, τι ακριβώς έκανες;» επέμεινε ειρωνικά ο οδηγός.

«Απλώς του φέρθηκα σαν φίλος. Ξέρεις, η φιλία είναι να δίνεις την ψυχή σου και να μη ζητάς ανταλλάγματα. Αυτό ήταν όλο».

Ο οδηγός κούνησε δύστροπα το κεφάλι του. Δεν είχε ικανοποιηθεί με την απάντηση, αλλά δεν ξαναρώτησε τίποτα για να μη δείξει πως δεν την καλοκατάλαβε. Άναψε ένα τσιγάρο, αφήνοντας για λίγο το τιμόνι από τα χέρια του. Δεν άντεξε και ρώτησε με ύφος άνετο αυτό που εξαρχής ήθελε να ρωτήσει.

«Τι σειρά είσαι "νέος";»

«Εξηνταεννιάρης» του ξεφούρνισε ο δεκανέας με τα αστραποβόλα μάτια του.

Για μερικά δευτερόλεπτα ο οδηγός κατάπιε τη γλώσσα του. Τραβώντας μια δυνατή τζούρα, τον κοίταξε στα μάτια.

«Είμαστε λοιπόν σειρούλες "ψηλέ"! Σε τέσσερις μήνες τέλος!» επισήμανε με πολύ φιλική πλέον διάθεση.

«Μάλλον». Ο δεκανέας είχε αφοσιωθεί στην παρατήρηση του υπέροχου δασικού τοπίου από το παράθυρό του.

Διένυσαν μερικά χιλιόμετρα ακόμα δίχως κουβέντες.

«Σταμάτα» ξεφώνησε ξαφνικά ο δεκανέας.

Ο οδηγός φρέναρε απότομα πιστεύοντας πως κάτι σοβαρό συνέβη.

«Τι;»

«Κοίταξε μπροστά. Εκεί στο βάθος... οι Πρέσπες ... Φανταστικό!»

«Ρε σειρά, με κατατρόμαξες!» αναστέναξε με ανακούφιση ο Βασιλείου.

Ο δεκανέας άνοιξε την πόρτα του και βγήκε έξω. Λίγα μέτρα πιο κάτω υπήρχε ένα παρατηρητήριο. Είχε ξύλινα παγκάκια και ένα ωραίο κιόσκι, απ' όπου μπορούσες να παρατηρήσεις από ψηλά τις δυο λίμνες. Δεν μπόρεσε να συγκρατήσει ένα επιφώνημα θαυμασμού μπροστά στην εκτυφλωτική ομορφιά του τοπίου.

Στα αριστερά η Μικρή Πρέσπα, ονειρική με τα γκρίζα νερά της. Στα δεξιά η Μεγάλη Πρέσπα, επιβλητική και σαγηνευτική με τα γαλάζια νερά της. Ο Βασιλείου έφερε το όχημα στον χώρο του πάρκινγκ, ενώ ο δεκανέας παρατηρούσε το μεγαλοπρεπές θέαμα.

«Η Μικρή είναι σχεδόν όλη δική μας. Η Μεγάλη βρίσκεται ανάμεσα σε τρία κράτη», τον πληροφόρησε ο υπαξιωματικός χωρίς να στρέψει το βλέμμα του από τις λίμνες.

«Α, ναι;» μουρμούρισε αδιάφορα ο οδηγός. «Δεν μπαίνουμε μέσα να φύγουμε, γιατί θέλω να γυρίσω και στο τάγμα νωρίς. Έχω έξοδο σήμερα».

Μπήκαν στο όχημα. Σιγά – σιγά άρχισαν να κατεβαίνουν προς την πεδιάδα που περιβάλλει τη Μικρή Πρέσπα.

«Γιατί ζήτησες να σε πάνε στο Βροντερό; Μήπως νομίζεις πως δεν έμαθα ότι εσύ το ζήτησες;» κάγχασε ο Βασιλείου.

«Διότι είναι το πιο απομακρυσμένο φυλάκιο και θα έχω την ησυχία μου» εξέφρασε με ανεπιτήδευτη φυσικότητα ο συνοδηγός.

«Ξέρεις, οι πιο πολλοί εκεί πάνω έχουν χαζέψει λίγο. Τους την έχει βαρέσει τόσον καιρό εκεί πάνω».

«Τότε είμαι σίγουρος πως θα μ' αρέσει πολύ!»

Είχαν πλησιάσει τώρα στις νότιες ακτές της Μικρής Πρέσπας και κατευθύνονταν προς τον Άγιο Γερμανό. Έφτασαν στο τέρμα του δρόμου. Μπροστά τους δέσποζε η Μεγάλη Πρέσπα και μόνο δεξιά προς Λαιμό και Άγιο Γερμανό ή μόνο αριστερά προς Ψαράδες, Κούλα, Άγιο Αχίλλειο, Πύλη και Βροντερό, είχαν δυνατότητα να κατευθυνθούν.

«Ο τελευταίος δρόμος της Ελλάδας!» χασκογέλασε ο Βασιλείου.

Έστριψαν αριστερά. Τώρα θα περνούσαν από μια στενή λωρίδα γης, ανάμεσα από τις δυο λίμνες. Διέσχιζαν τη μεγάλη ευθεία. Στα αριστερά είδαν τα παρατηρητήρια για τα πουλιά, όπου πολλοί επιστήμονες έρχονταν να τα επισκοπήσουν. Τα υδρόβια πτηνά στέκονταν σαν ζωγραφιές, νωχελικά και ήρεμα, ίσως γνωρίζοντας πως έχαιραν πολιτειακής προστασίας.

«Βλέπεις, Βασιλείου, αυτούς τους ανθρώπους με τα κιάλια;»

Ο οδηγός έστρεψε το βλέμμα του προς τα αριστερά.

«Ε, ναι τους βλέπω. Ποιοι είναι αυτοί;»

«Ορνιθολόγοι. Έρχονται απ' όλο τον κόσμο και παρατηρούν τα πουλιά. Καταγράφουν και καταμετρούν τους πληθυσμούς των ειδών».

«Εσύ πού τα ξέρεις όλα αυτά; Και συ τέτοιος, πώς τους είπες, είσαι;»

«Όχι ακριβώς. Είμαι ζωολόγος».

«Ω! Πρώτη φορά ακούω πως υπάρχει τέτοιο επάγγελμα και πρώτη φορά γνωρίζω και έναν της ειδικότητάς σου! Έχει πέραση αυτό το επάγγελμα;»

«Στο εξωτερικό κάτι γίνεται».

Λίγα λεπτά αργότερα έφτασαν στο φυλάκιο της Κούλας. Ήταν ένα μικρό πετρόκτιστο κτήριο πάνω στον κεντρικό δρόμο. Βρισκόταν ανάμεσα στις δυο λίμνες. Ακριβώς μπροστά απλωνόταν ο τεράστιος καλαμώνας της Μικρής Πρέσπας. Εκατό μέτρα βορειότερα διέκρινε κανείς την απεραντοσύνη της καταγάλανης Μεγάλης Πρέσπας. Στην αμμώδη παραλία της υπήρχε και ένα αναψυκτήριο, το οποίο όμως φαινόταν να μη λειτουργεί αυτή τη χρονική περίοδο.

Το όχημα σταμάτησε στην άκρη του δρόμου, μπροστά από το φυλάκιο. Τρεις οπλίτες βγήκαν από μέσα και έτρεξαν να παραλάβουν τις προμήθειες. Ο Βασιλείου τους χαιρέτησε όλους, επειδή τους γνώριζε καλά μεταφέροντας τόσους μήνες τα ώνια. Ο λοχίας του φυλακίου, εκτελών χρέη αρχιφύλακα, είχε μια θερμή συζήτηση με τον Βασιλείου. Έστρεψαν τα βλέμματα τους προς τον δεκανέα που είχε βγει και παρατηρούσε το μαγευτικό τοπίο.

«Σειρά!» φώναξε ο λοχίας πλησιάζοντας. «Έμαθα πως πηγαίνεις στο Βροντερό».

«Ναι, λοχία εκεί πάω. Δηλαδή με πάει το παλικάρι από 'δω» έστρεψε ο δεκανέας το κεφάλι του προς τον Βασιλείου.

«Θα γίνεις και συ αντάρτης! Απομόνωση, άγριες συνθήκες, μούσια στα πρόσωπα. Θέλω να πω ότι εκεί πάνω είναι όλοι χαλαροί. Ξάπλα όλη μέρα! Δυστυχώς, εμείς που βρισκόμαστε πάνω στον δρόμο πρέπει να είμαστε πάντα προβλεπόμενοι. Σπάνια ξυρίζονται, ακόμα πιο σπάνια φορούν τη στολή και πάντα έχουν άφθονο χρόνο να ετοιμαστούν αν τους επισκεφτεί κάποιος "μεγάλος". Πάντα τους τηλεφωνούμε, αν δούμε καραβανά να περνά. Όταν δώσουμε σήμα, έχουν σίγουρα μισή ώρα για να γίνουν "εμφανίσιμοι"». Στο πρόσωπό του ζωγραφίστηκε η απογοήτευση.

Ο δεκανέας του απάντησε με ένα χαμόγελο και ένα κοφτό νεύμα και προχώρησε προς την άκρη της καλαμιάς για να προσεγγίσει τη λίμνη. Είκοσι μέτρα πιο κάτω έφτασε στη δρεπανοειδή παραλία. Το μικρό κύμα της λαμπερής λίμνης έγλειφε τους παρακείμενους βράχους. Ο τόνος του νερού πότε έμοιαζε άλικος, πότε φούξια και άλλοτε στο χρώμα του λεμονιού ή του ροδακινιού από το φως του ήλιου. Συστάδες από καλαμιές αγκάλιαζαν την ακρολιμνιά και τα υδρόβια πουλιά μετεωρίζονταν σε κύκλους από πάνω τους. Μόλις ο κορεσμός των ματιών του ολοκληρώθηκε, έκανε μεταβολή και επέστρεψε προς το αυτοκίνητο.

Σε λίγα λεπτά ξαναμπήκαν στο όχημα. Ο Βασιλείου άνοιξε με το δεξί του χέρι ένα σακουλάκι με κριτσίνια. Πρόσφερε στον συνοδηγό του, που αν και δεν πεινούσε ιδιαίτερα, πήρε ένα από ευγένεια. Ο Βασιλείου επέμενε να πάρει κι άλλα. Αναγκαστικά ο δεκανέας ξαναπήρε, διότι δεν άντεχε να τον ακούει να ουρλιάζει δίπλα στο αυτί του. Είχαν να διανύσουν δώδεκα χιλιόμετρα ως το φυλάκιο. Καθόλου εύκολα!

Ο δρόμος ήταν ανηφορικός με πολλές στροφές. Διάβαιναν τους θρασεμένους κατάφυτους λόφους με μικρή ταχύτητα. Τα δέντρα έφταναν μέχρι την άκρη του οδοστρώματος. Με την ταχύτητα που περνούσε το αυτοκίνητο ένιωθες τα κλαδιά να σε χαϊδεύουν. Η βλάστηση ήταν τόση πυκνή, που αν έστρεφαν τα βλέμματά τους προς τους δασωμένους λόφους θα πίστευαν πως δεν υπάρχει έδαφος από κάτω. Ένα ατελείωτο σταχτοπράσινο χαλί. Κατά διαστήματα παρατηρούσαν κάποια σημεία χωρίς βλάστηση. Ήταν χωράφια όπου συνήθως έβλεπες κάποιο μικρό οίκημα που έμοιαζε με στάνη. Τα χρησιμοποιούσαν οι βοσκοί για να ξαποσταίνουν τα κοπάδια τους. Λίγα απ' αυτά είχαν φανερή την ανθρώπινη παρουσία. Τα περισσότερα φαίνονταν εγκαταλελειμμένα. Οι περισσότεροι ιδιοκτήτες τους σίγουρα θα είχαν μετακομίσει σε κάποιο αστικό κέντρο.

«Τέρμα θεού είναι εδώ, έτσι δεκανέα;» έσπασε τη σιωπή ο οδηγός βλέποντας τον συνοδηγό του να παρατηρεί με προσήλωση το τοπίο.

«Εδώ είναι η αρχή, όχι το τέρμα!»

Ο οδηγός δεν κατάλαβε το βαθύτερο νόημα της φράσης του και έκοψε την κουβέντα. Άνοιξε το ραδιόφωνο και έψαξε τις συχνότητες. Εκτός από δυο σταθμούς δεν έπιασε κανέναν άλλο. Συνέχιζε να ψάχνει για κάτι καλύτερο, σύμφωνα με τα γούστα του, και έπεσε πάνω σε έναν αλβανικό σταθμό. Αυτό προκάλεσε εντύπωση στον δεκανέα από τον τρόπο που συνοφρυώθηκε. Ο Βασιλείου το αντιλήφθηκε.

«Και πού 'σαι ακόμα! Λίγο πιο κάτω, μόνο αλβανικούς θα πιάνουμε. Στο Βροντερό δε θα 'χεις και σήμα στο κινητό».

«Καλά, πώς λειτουργούν τα κινητά εκεί;»

«Ποιος είπε ότι έχουν κινητά;»

Ένα ερωτηματικό αποτυπώθηκε στο πρόσωπο του δεκανέα. Πώς είναι δυνατόν, στη σημερινή εποχή, να υπάρχει περιοχή που το κινητό είναι ουσιαστικά άχρηστο και περιττό; Ο Βασιλείου μάντεψε τις σκέψεις του. «Καλωσορίσατε στο Βροντερό!»

Δέκα λεπτά αργότερα, όταν ο ήλιος είχε σηκωθεί για τα καλά και το φως του επιθεωρούσε την περιοχή, καθώς έγλειφε το χωριό, άρχισαν να κάνουν την εμφάνισή τους τα πρώτα σπίτια του. Τα περισσότερα οικήματα ήταν στάνες και στάβλοι παρά κατοικίες ανθρώπων. Θα έλεγε κανείς πως οι στάνες ήταν διπλάσιες σε αριθμό από τα φαινομενικά κατοικήσιμα σπίτια. Αυτό που τα χαρακτήριζε ήταν τα υλικά κατασκευής τους: τα περισσότερα ήταν κατασκευασμένα από πέτρα, αλλά υπήρχαν και μερικά αρκετά παλαιά από άχυρο και πηλό. Λίγες ήταν οι κατοικίες με πιο στερεά υλικά, όπως τούβλα και σκυρόδεμα. Επίσης χαρακτηριστικές ήταν οι αχυροσκεπές με την παραδοσιακή καμινάδα. Σίγουρα όλες αυτές οι εικόνες προσέδιδαν μια γραφικότητα, αλλά δεν ήταν κανείς βέβαιος για το πόση άνεση και θαλπωρή υπήρχε στο εσωτερικό των κατοικιών.

Πάντως, το πιο εντυπωσιακό απ' όλα ήταν τα αμέτρητα κατσίκια που συναντούσαν μέσα στο χωριό. Δεν ήταν μόνο αυτά που βρίσκονταν στις μεγάλες στάνες περιφερειακά του χωριού αλλά και μέσα στο ίδιο. Κάθε σπίτι είχε και ένα στάβλο, άλλο μικρό άλλο μεγάλο, γεμάτο με τα συμπαθητικά τετράποδα. Φυσικά, διέκριναν σε κάθε γωνιά μεγάλο αριθμό σκύλων, μεγαλόσωμοι οι περισσότεροι, αυτούς που παραδοσιακά αποκαλούν, απλώς, τσοπανόσκυλα. Σίγουρα ελάχιστα μέρη θα υπήρχαν με τέτοιον αριθμό του καλύτερου φίλου του ανθρώπου.

Αρκετά από αυτά πλησίαζαν απειλητικά το όχημα και

επιδίδονταν σε έναν ανηλεή θόρυβο από γαβγίσματα. Δύσκολα όμως ακολουθούσαν την "καναδέζα" για πάνω από είκοσι με τριάντα μέτρα, καθώς μετά απ' αυτή την απόσταση ξεκινούσε η επικράτεια της επόμενης σκυλοσυμμορίας. Κάλπαζαν παράλληλα με το αυτοκίνητο και οι ασθματικές υλακές τους δημιουργούσαν μια απειλητική αντάρα. Σύμφωνα με τον Βασιλείου όλη αυτή η κατάσταση θεωρούταν μια ευχάριστη αναστάτωση. Ανταπέδιδε στις χλαπαταγές με το πάτημα της κόρνας, εκνευρίζοντας ακόμη περισσότερο τους μαχητικούς τετράποδους φύλακες του χωριού. Ο δεκανέας με ένα μειδίαμα αποτυπωμένο στο πρόσωπό του απολάμβανε την κατάσταση.

Αξιοσημείωτη ήταν η απουσία καφενείων, παντοπωλείων, γενικότερα χώρων που θα προσέδιδαν μια στοιχειώδη χροιά κοινωνικής ζωής. Ο Βασιλείου εξήγησε ότι οι κάτοικοι έπρεπε να μετακινούνται είκοσι χιλιόμετρα την ημέρα, ως τον Άγιο Γερμανό, για να ψωνίσουν από κάποιο σούπερ μάρκετ, να βρουν ένα βενζινάδικο ή, το ελάχιστο, ένα καφενείο για να ξαποστάσουν. Σίγουρα μια δύσκολη ζωή γι' αυτούς τους κτηνοτρόφους, που, εδώ στην άκρη της χώρας, πάλευαν καθημερινά με μόχθο και βίωναν την εγκατάλειψη.

Λίγες στιγμές αργότερα πέρασαν από ένα μέρος που έμοιαζε με τη πλατεία του χωριού. Δυο μισοσαπισμένα παγκάκια και ένα παρτέρι γεμάτο από αγριόχορτα, δείγμα του ότι δεν υπήρχε καμία φροντίδα.

Ακριβώς δίπλα, ένα εγκαταλελειμμένο δημοτικό σχολείο με μια τεράστια αυλή, όπου δέσποζαν δυο ποδοσφαιρικές εστίες κακοφτιαγμένες. Χαμηλό μισοκαμένο γρασίδι από τον χειμώνα αποτελούσε τον χορτοτάπητα του γηπέδου, κυρίως τριφύλλι ανακατεμένο με διάφορα αγριόχορτα. Μια πελούζα διάσπαρτη με ρείκια! Στην περιοχή της βόρειας πλευράς υπήρχε ένα πλακόστρωτο δρομάκι που οδηγούσε προς το παλιό σχολικό κτήριο. Ήταν αμφίβολο αν κάποιοι αθλούνταν σε αυτόν τον χώρο. Ο Βασιλείου εξήγησε στον δεκανέα πως οι μοναδικές ομάδες που έπαιζαν εκεί ήταν, από τη μια, πλευρά οι οπλίτες του φυλακίου και, από την άλλη, μερικοί νέοι του χωριού. Σίγουρα χαμηλός και βαρετός ανταγωνισμός!

Λίγο πιο κάτω, ο υποτυπώδης ασφαλτοστρωμένος δρόμος μεταμορφωνόταν πλέον σε χωματόδρομο. Στο οπτικό τους πεδίο έκανε την εμφάνισή του το φυλάκιο.

Λιγότερο από μισό χιλιόμετρο από τα τελευταία κτήρια του χωριού και στην κορυφή ενός χαμηλού υψώματος που δε θα ξεπερνούσε τα τριάντα μέτρα, φαινόταν ένα γαλαζοπράσινο κτήριο. Συνέχισαν λίγα λεπτά ακόμα να ακολουθούν τον δρόμο που γίνονταν κυκλικός σα να αγκάλιαζε κυριολεκτικά τον λόφο.

Όλος ο λόφος ήταν περιφραγμένος με συρμάτινο πλέγμα. Υπήρχαν όμως και σημεία όπου το σύρμα είχε καταστραφεί και άνετα θα μπορούσε κάποιος να εισέλθει, καταρχάς, στον περιφερειακό χώρο του και κατόπιν στο ίδιο το φυλάκιο.

Έφτασαν στην είσοδο του φυλακίου. Ο δρόμος διερχόταν ανάμεσα από δυο τσιμεντένιους χαμηλούς στύλους που υποτίθεται θα ήταν οι βάσεις κάποιας μπάρας, η οποία δεν υπήρχε. Πίσω από τον αριστερό στύλο, γραμμένο σε μια ταλαιπωρημένη παλιά πινακίδα, διάβαζε κάποιος: ΕΛΛΗΝΙΚΟ ΦΥΛΑΚΙΟ ΒΡΟΝΤΕΡΟΥ. Είχαν εισέλθει πλέον στην επικράτεια του φυλακίου.

Προχώρησαν προς τα κτήρια. Στα δεξιά τους αντίκρισαν ένα χορταριασμένο ελικοδρόμιο. Προφανώς είχε πολλά χρόνια να χρησιμοποιηθεί. Ύστερα από ογδόντα μέτρα έφτασαν στο κεντρικό κτήριο του φυλακίου. Το στρατιωτικό όχημα σταμάτησε μπροστά από την κύρια είσοδο του κυανοπράσινου κτηρίου. Ήταν σε μέγεθος όσο και μια, μάλλον, μεγάλη ιδιωτική κατοικία. Δίπλα από τη θύρα εισόδου υπήρχε ένα μπαλκονάκι που ήταν αρμονικά τοποθετημένες δυο καρέκλες από ξύλο, επενδυμένες με ύφασμα και ένα παλιομοδίτικο πλαστικό τραπεζάκι. Η σκεπή καλυπτόταν από καλοδιατηρημένο κεραμίδι, ενώ οι εξωτερικοί τοίχοι είχαν ένα πολύ ελαφρύ γαλάζιο χρώμα με πρασινωπές αποχρώσεις. Το κτίσμα φαινόταν σε καλή κατάσταση. Δε θα είχαν περάσει και πολλά χρόνια που χτίστηκε, αν το συνέκρινε κάποιος με αντίστοιχα κτήρια σε άλλα φυλάκια.

Απέναντι και προς τον βορρά υπήρχε μια σκοπιά. Ένα κλασικό στρατιωτικό κτίσμα, όπου χωρούσε ίσα – ίσα ένας οπλίτης. Πάντως εκείνη τη στιγμή δε βρισκόταν κανείς μέσα, ούτε γύρω απ' αυτήν.

Ο Βασιλείου κατέβηκε από την "καναδέζα" και κατευθύνθηκε προς την καρότσα για να την ανοίξει και να παραδώσει τα ώνια. Κατέβηκε και ο δεκανέας που πήγε να πάρει τις αποσκευές του. Στην είσοδο του κτηρίου εμφανίστηκε ένας μελαχρινός άντρας.

«Καλώς τον Βασιλείου» καλωσόρισε τον οδηγό που κατέβαζε μια μεγάλη μαύρη σακούλα.

«Γεια σου Δόκιμε. Φώναξε κανέναν μικρό να κουβαλήσει. Όλα εγώ πρέπει να τα κάνω;»

«Άντε έξω να πάρετε τα ώνια ρε!» τους έβαλε τις φωνές ο δόκιμος. Επιθεώρησε με περιέργεια τον δεκανέα.

«Είσαι ο Λάσκαρης;»

«Μάλιστα δόκιμε».

//

ΝΑΙ. Αυτό ήταν το όνομά μου και κάπως έτσι έφτασα σ' αυτόν εδώ τον τόπο. ΛΟΥΚΑΣ ΛΑΣΚΑΡΗΣ. ΔΕΚΑΝΕΑΣ. Τέσσερις μήνες μου απέμεναν και θα τους περνούσα σ' αυτήν εδώ τη γωνιά της Ελλάδας. Όπως μου έλεγαν και στο προηγούμενο φυλάκιο που υπηρετούσα: τέρμα θεού! Δε με πείραζε καθόλου. Πώς το λένε; Καρφί δε μου καιγόταν! Αντίθετα με ευχαριστούσε. Ένιωθα συναρπαστικά!

Θαύμαζα το παραμυθένιο τοπίο και αισθανόμουν δέος. Ίσως να μην είχα ξανά την ευκαιρία να ζήσω, έστω και για λίγο, σε έναν τέτοιο πανέμορφο τόπο. Η αειφορία της αμόλυντης γης με συνάρπαζε. Ας ήμουν μακριά από πλήθη ανθρώπων και τις ανέσεις της σύγχρονης εποχής. Δε μ' ένοιαζε καθόλου. Εξάλλου εγώ είχα επιδιώξει να βρεθώ εδώ. Να βρω λίγο την ησυχία μου. Να ξαναβρώ τον εαυτό μου. Εδώ, μακριά από προκλήσεις, κοντά στη φύση. Χαιρόμουν αφάνταστα! Τέσσερις μήνες ήσυχης ορεινής ζωής. Μακριά από τάγματα, αναφορές, ασκήσεις και υπηρεσίες. Μακριά από καραβανάδες, που όλη την ώρα τσιρίζουν υστερικά σαν χήρες πάνω από το κεφάλι σου. Ήταν γεγονός πως βρισκόμουν σε κατάσταση έκστασης! «Λάσκαρης, λοιπόν!» επιβεβαίωσε ο Βασιλείου και θα έλεγα πως με επανέφερε στην πραγματικότητα. «Σωστά. Λάσκαρης». Ο Βασιλείου μου ήταν συμπαθής. Φωνακλάς και μάλλον αφελής, αλλά έβλεπα στα καστανά του μάτια αγνότητα και καλοσύνη. Κρίμα που ήταν τοποθετημένος στο τάγμα στην Καστοριά. Τουλάχιστον θα τα λέγαμε κάθε φορά που θα έφερνε τις προμήθειες, αν ήταν αυτός ο οδηγός υπηρεσίας.

«Εγώ να φεύγω. Είμαι και εξοδούχος σήμερα, μη το ξεχνάμε. Θα τα ξαναπούμε, όταν θα ξανάρθω».

«Έγινε, Βασιλείου, και χάρηκα για τη γνωριμία» τον αποχαιρέτησα με περισσή ειλικρίνεια και του έσφιξα το χέρι.

Με μια ταχύτατη κίνηση μπήκε στο αυτοκίνητο και ξεκίνησε χαιρετώντας. Λίγες στιγμές αργότερα είχε εξαφανιστεί από το οπτικό μου πεδίο. Ακουγόταν ο θόρυβος της μηχανής κάτω από τον λόφο, που σιγά – σιγά εξασθενούσε.

Ο δόκιμος με επιθεώρησε μάλλον αδιάκριτα και ύστερα χαμογέλασε τείνοντάς μου το χέρι του.

«Δόκιμος Έφεδρος Αξιωματικός Αντρέας Τσέκος, διακόσια εξήντα οχτώ σειρά».

«Χαίρω πολύ. Εμένα με γνωρίζεις απ' ότι κατάλαβα».

Γέλασε. «Ναι, σε περιμέναμε και γνώριζα το όνομά σου. Μας ενημέρωσε ο λοχαγός από το Αντάρτικό».

Ο δόκιμος ήταν αδύνατος, θα έλεγα λιπόσαρκος, μετρίου αναστήματος. Σου έδινε την εντύπωση πως μάλλον βαριόταν. Δυο οπλίτες κουβάλησαν τις προμήθειες μέσα στο φυλάκιο.

«Μετά από εσάς!» προσφέρθηκε ο δόκιμος και με άφησε να περάσω πριν απ' αυτόν μέσα.

Έκανα δυο βήματα και εισέβαλα μάλλον άτσαλα μέσα στο φυλάκιο.

«Εδώ είμαστε στο χολ» άρχισε την ξενάγηση λες και ήμουν πολύ σημαίνον πρόσωπο.

Παρατήρησα ένα ελαφρύ πράσινο, στο χρώμα της μέντας, που κάλυπτε τους τοίχους. Προχωρήσαμε τρία μέτρα. Στα δεξιά διέκρινα ένα δωμάτιο.

«Αυτό είναι το σαλόνι. Έχουμε και συνδρομητική. Μεγαλεία! Αγώνες, ταινίες, δυστυχώς μας έχουν μπλοκαρισμένες τις τσόντες» ακούστηκε απογοητευμένος.

Έφτασα στο κατώφλι της εισόδου του σαλονιού. Είδα τρεις οπλίτες να κάθονται στους καναπέδες και να παρακολουθούν τηλεόραση, κάποιο μουσικό κανάλι. Με μια γρήγορη ματιά παρατήρησα πως εκτός από δυο μικρούς καναπέδες υπήρχε και ένα τραπεζάκι με τέσσερις καρέκλες. Πίσω από τον μεγάλο καναπέ, που βρισκόταν απέναντι από την τηλεόραση, υπήρχε περβάζι με μια τηλεφωνική συσκευή επάνω. Προφανώς το παράθυρο επικοινωνούσε με εκείνο το συμπαθητικό μπαλκονάκι που είχα δει απ' έξω. Ελάχιστα μέτρα πιο κάτω και αριστερά του διαδρόμου κατάλαβα πως αυτός ήταν ο θάλαμος των οπλιτών.

«Εδώ θα κοιμάσαι. Απέναντι είναι τα λουτρά και οι τουαλέτες. Άφησε τα πράγματά σου σε κάποιο από τα άδεια κρεβάτια και έλα πάλι έξω».

Διέσχισα τον θάλαμο και άφησα τις τσάντες μου στο τελευταίο κρεβάτι. Κρεβάτια υπήρχαν και από τις δυο πλευρές του θαλάμου. Από τη μέση του δωματίου και προς τα κάτω, ως τα μοναδικά παράθυρα του χώρου, τα κρεβάτια ήταν διπλά, το ένα πάνω από το άλλο. Διάλεξα το κάτω από τη δεξιά πλευρά, όπως έμπαινες στον θάλαμο, τέρμα στο βάθος, δίπλα στο παράθυρο. Παρατήρησα πως τα πιο επιμελημένα κρεβάτια ήταν αυτά που μάλλον δε χρησιμοποιούνταν από κανέναν. Τα υπόλοιπα ήταν κακοστρωμένα, αν δεν τα έλεγες άστρωτα. Υπολόγισα ότι τα κρεβάτια ήταν δεκαοχτώ. Μου ήρθε στο μυαλό και η εικόνα των οπλιτών στο σαλόνι. Ήταν ντυμένοι με φόρμες και όχι με στολή. Σκέφτηκα πως η κατάσταση στο φυλάκιο είναι πολύ χαλαρή.

Ο θάλαμος φαινόταν άδειος. Στη δεξιά πλευρά υπήρχε μια πόρτα. Την άνοιξα και βρέθηκα σε έναν χώρο καλυμμένο με άσπρα πλακάκια και άσπρους τοίχους. Ήταν παγωμένοι και υγροί. Κατάλαβα πως βρέθηκα στις τουαλέτες.

Κατευθύνθηκα σε έναν νιπτήρα από τους έξι που πρόσεξα. Έριξα λίγο νερό στο πρόσωπό μου. Απέναντι βρίσκονταν οι λεκάνες. Χρησιμοποίησα μια για να "ξαλαφρώσω". Όταν βγήκα, υπέπεσε στην αντίληψή μου πως υπήρχε και άλλη πόρτα στα δεξιά. Την άνοιξα και είδα τρεις ντουζιέρες. Μου έκανε εντύπωση. Οι νιπτήρες, οι τουαλέτες και τα λουτρά έλαμπαν από καθαριότητα. Πέρασα πάλι μέσα στον θάλαμο, τον διέσχισα και βγήκα στον διάδρομο. Ο δόκιμος με περίμενε.

«Όλα εντάξει;»

«Ναι, όλα καλά. Πολύ καθαρές και καινούριες οι τουαλέτες!»

«Πριν ένα χρόνο, απ' ότι ξέρω, τις έφτιαξαν. Όμως τις καθαρίζουμε και πολύ καλά. Θέλω να λάμπουν. Μπορεί να είμαστε χαλαροί εδώ, αλλά μια σωστή καθαριότητα μπορούμε να την κάνουμε».

Από το σοβαρό του ύφος κατάλαβα πως το θέμα της καθαριότητας ήταν πρώτο σε σειρά προτεραιότητας. Απέναντι από τον θάλαμο οπλιτών υπήρχε μια πόρτα ανοιχτή. Πριν προλάβω να σκεφτώ τι ήταν αυτό το δωμάτιο, ο δόκιμος είχε ήδη προχωρήσει μέσα.

«Εδώ είναι η κουζίνα μας και αυτός εδώ είναι ο μεγάλος μας σεφ! Ο τρελοκερκυραίος μας, ο Σπύρος Λυτράκος!»

«Χαίρω πολύ, Λάσκαρης» τον χαιρέτισα τείνοντας το δεξί μου χέρι. Μου ανταπόδωσε τη χειραψία.

«Καλωσόρισες δεκανέα. Ελπίζω εσύ να εκτιμήσεις τα λαχταριστά εδέσματά μου περισσότερο από όλους τους άλλους».

Του χαμογέλασα συγκαταβατικά ευελπιστώντας ότι θα καταλάβαινε από το ύφος μου πως ήμουν με το μέρος του.

«Έχουν διατυπωθεί παράπονα;»

«Όταν θα φας απ' τα χεράκια του θα καταλάβεις!» υπαινίχτηκε ο δόκιμος με απελπισία.

«Ασχολείσαι επαγγελματικά με τη μαγειρική;» Ήθελα να δείξω ενδιαφέρον, μια που τον είδα συνοφρυωμένο μετά τη σπόντα που πέταξε ο δόκιμος.

«Εδώ και μερικούς μήνες. Στο στρατό έμαθα να μαγειρεύω. Ανάθεμα και αν ήξερα πριν καταταχτώ τι σχήμα είχαν τα τηγάνια!» Ευθύμησα με τη χαρούμενη και τραγουδιστή επτανησιακή προφορά του.

Ευτυχώς που στο φαγητό είμαι εύκολος! Αναρωτιόμουν πόσο απαίσια να ήταν τα φαγητά του. Πάντως ήταν συμπαθητική φυσιογνωμία. Κοντούλης με γλυκά χαρακτηριστικά και μάτια σπινθηροβόλα, καστανά μαλλιά και ταπεραμέντο του Ιονίου. Υπερκινητικός, σχεδόν νευρικός αλλά με ένα μόνιμο χαμόγελο.

Η κουζίνα είχε το μέγεθος ενός μεγάλου δωματίου. Στο κέντρο δέσποζε μια τραπεζαρία με οχτώ καρέκλες. Με μια πρόχειρη ματιά πρόσεξα πως τα ντουλάπια και η ηλεκτρική κουζίνα έλαμπαν από καθαριότητα. Στον απέναντι τοίχο από την είσοδο βρισκόταν μια άλλη πόρτα. Ήταν εξώπορτα. Παρατήρησα από το παράθυρο πως από εκεί έβγαινες έξω από το κτήριο, προς το ελικοδρόμιο που είχα δει όταν έφτασα στο φυλάκιο.

Πήγα μπροστά από την κατσαρόλα, αφού εισέβαλε επιτακτικά στα ρουθούνια μου η αχνή αναθυμίαση του φαγητού, και έγειρα το κεφάλι μου από πάνω. Είδα κομματάκια τροφής να χοροπηδάνε, καθώς ο ζωμός φουσκάλιαζε και κόχλαζε. Διέκρινα επίσης και κομμάτια από μαϊντανό και καρότο.

«Φασολάδα;»

«Κοφτό μακαρονάκι σε μορφή σούπας, δική μου συνταγή!»

Κόλλησε για λίγο το βλέμμα μου, ενώ ήμουν βέβαιος πως τα μάτια μου είχαν γουρλώσει. Ο δόκιμος το παρατήρησε και έσκασε στα γέλια.

«Έλα, πάμε να δεις και τα υπόλοιπα μέρη του "εξοχικού" μας».

Ο διπλανός χώρος από την κουζίνα φαινόταν να μοιάζει με αποθήκη. Ο δόκιμος ξεκλείδωσε την πόρτα. Ένα δωμάτιο περίπου ίσο με το μέγεθος της κουζίνας, απ' όσο μπορούσα να διακρίνω λόγω του σκότους. Πάτησε τον διακόπτη για να ανοίξει το φως. Δεν υπήρχε κανένα παράθυρο στον χώρο.

Δεξιά και αριστερά στους μουντούς τοίχους υπήρχαν τοποθετημένα μεγάλα ράφια από αλουμίνιο που ξεκινούσαν από το πάτωμα και έφταναν ως το ταβάνι. Αριστερά στο πιο χαμηλό ράφι, είδα σακιά με πατάτες, ρύζι και όσπρια. Στα πιο πάνω ράφια, ήταν τοποθετημένα, μάλλον άναρχα, πολλές κονσέρβες. Κυριαρχούσαν τα τηγμένα τυριά, τα ζαμπονάκια αλλά και κονσέρβες με φασόλια, πιπεριές και ντολμαδάκια. Πιο πάνω, μέσα σε σακούλες, εντόπισα ζυμαρικά και μερικές φρατζόλες ψωμί, εκείνες τις κλασικές μακρόστενες του στρατού. Στον τοίχο απέναντι από την είσοδο, ανακάλυψα ένα μικρό καταψύκτη. Ο δόκιμος τον άνοιξε.

«Εδώ έχουμε τα κρέατα».

Τρόμαξα στη σκέψη του πότε ακριβώς θυσιάστηκαν αυτά τα ζώα για να μας χαρίσουν τις πολύτιμες πρωτεΐνες τους.

«Καλά είναι. Κανείς δεν έπαθε κάτι» με καθησύχασε λες και ήταν μέσα στο μυαλό μου. Δεν ανακουφίστηκα, αλλά, εν πάση περιπτώσει, δεν ήμουν και τόσο ιδιότροπος στο φαγητό.

Στην απέναντι πλευρά, τα ράφια ήταν γεμάτα με στρατιωτικό υλικό: ασύρματοι, γεμιστήρες, αλεξίσφαιρα γιλέκα, ζώνες, φυσιγγιοθήκες, κράνη και άλλα διάφορα μικρά εξαρτήματα που θα μπορούσαν να χρησιμοποιηθούν από τους οπλίτες.

Ένα μεταλλικό σεντούκι, όσο το μέγεθος μιας μικρής βαλίτσας, μου κίνησε την περιέργεια. Ο δόκιμος έβαλε ένα κλειδί στην κλειδαρότρυπα και το άνοιξε. Ήταν γεμάτο με σφαίρες και χειροβομβίδες. Το ξανάκλεισε.

«Αχρείαστα να 'ναι» ευχήθηκε.

Βγήκαμε από την αποθήκη. Ο δόκιμος κλείδωσε την πόρτα. Δεξιά από την αποθήκη υπήρχε ένα τρίτο δωμάτιο. Αυτό θα το χαρακτήριζα κανονικό δωμάτιο. Ανήκε στον αξιωματικό, δηλαδή στον δόκιμο. Ένα κρεβάτι καταλάμβανε τη μισή έκταση. Ένας μεγάλος φωριαμός μπροστά και δεξιά απ' αυτό, όπως έμπαινες, ήταν κολλημένος στον τοίχο. Αριστερά από το κρεβάτι, χωμένο με το ζόρι, ένα γραφειάκι με μια καρέκλα. Ακριβώς δεξιά πάνω απ' το κρεβάτι, υπήρχε ένα παράθυρο μεσαίου μεγέθους. Από εκεί έβλεπες προς το χωριό και τον μεγάλο λόφο που δέσποζε πίσω από αυτό. Αν υπήρχε και καμιά φορητή βιβλιοθήκη, άνετα θα το παραλλήλιζα με ένα δωμάτιο φοιτητικής εστίας.

«Αυτό είναι το δωμάτιό μου. Σ' αρέσει;» Ξάπλωσε στο κρεβάτι, με τις αρβύλες του να προεξέχουν απ' αυτό.

«Ενδιαφέρον! Είναι σημαντικό και είσαι εξαιρετικά προνομιούχος να έχεις δικό σου χώρο. Νιώθεις άνθρωπος!»

«Θύμισέ μου αργότερα να σου χρεώσω και το όπλο σου».Κατάλαβα πως ήθελε να ξεκουραστεί και σκέφτηκα να πηγαίνω.

«Εντάξει δόκιμε. Εγώ θα πάω να τακτοποιήσω τα πράγματά μου μέσα στον φωριαμό».

«Ωραία. Θα ρίξω έναν υπνάκο». Χασμουρήθηκε μεγαλόπρεπα.

Κατευθύνθηκα προς τον θάλαμο οπλιτών. Πήγα πάνω από το κρεβάτι μου και πήρα τις τσάντες μου μαζί με το "λουκάνικο" που απαγορευόταν να το αποκαλούμε έτσι, ποτέ δεν είχα καταλάβει γιατί, αλλά σάκο ιματισμού, και βάδισα προς τους φωριαμούς.

Διέκρινα πως ο πρώτος από αριστερά ήταν ελεύθερος. Άρχισα να τοποθετώ τα λίγα πολιτικά ρούχα που είχα και στη συνέχεια τοποθέτησα και τα στρατιωτικά μου. Έβγαλα από την μπροστινή τσέπη της τσάντας μου και μια πετονιά που είχα φέρει μαζί μου. Ίσως να πήγαινα για ψάρεμα στη λίμνη, αφού θα είχα αρκετό χρόνο στη διάθεσή μου απ' ότι κατάλαβα. Ο φωριαμός, αν και αχρησιμοποίητος, ήταν πεντακάθαρος. Σίγουρα θα έχει βάλει το χεράκι του ο δόκιμος. Ήταν ηλίου φαεινότερο πως είχε μανία με την καθαριότητα! Φαινόταν χαλαρός σε όλα εκτός από αυτό το θέμα. Δεν είχε καν τοποθετήσει σκοπό στο φυλάκιο. Όλοι ήταν αραχτοί και σκότωναν την ώρα τους.

Αφού έβαλα τέρμα κάτω, στον πάτο, μερικά βιβλία, έκλεισα τον φωριαμό και τοποθέτησα μια κλειδαριά στο χερούλι. Δεν ήξερα τι σόι άτομα διέμεναν στο φυλάκιο. Ας είχα τα νώτα μου φυλαγμένα. Έβαλα και μια δεύτερη κλειδαριά στη δεξιά τσέπη του παντελονιού. Μ' αυτή θα κλείδωνα το όπλο μου.

Ξάφνου με την άκρη του δεξιού ματιού μου, αντιλήφθηκα κίνηση. Στο πρώτο κρεβάτι αριστερά του θαλάμου, κάποιος προσπαθούσε αγωνιωδώς να απελευθερωθεί από τα σκεπάσματά του. Πρωτύτερα δεν είχα αντιληφθεί ότι υπήρχε κάποιος εκεί. Ύστερα από λίγα δεύτερα, ένα κεφάλι έκανε την εμφάνισή του.

Σίγουρα αυτό το κεφάλι δεν ανήκε σε οπλίτη!

Ξυρισμένο, όχι εντελώς γουλί, τέσσερα σκουλαρίκια στο αριστερό αυτί, άλλα δύο στο δεξί και ένας κρίκος στη μύτη! Πρόσωπο νυσταγμένο και συγκεχυμένο, με μάτια βουλιαγμένα, όπου από κάτω τους διέκρινες έντονους μαύρους κύκλους, αυτιά άσπρα ζαρωμένα, με κίτρινο δέρμα στα μάγουλα τεντωμένο και σκληρό. Αφού χασμουρήθηκε, τεντώθηκε και επικεντρώθηκε, όσο μπορούσε βέβαια, πάνω μου. Δεν έδειξε ιδιαίτερη αναστάτωση από την παρουσία μου.

«Άσε σειρά, χθες τσακίσαμε τα κεφάλια μας. Τι τσίπουρο είναι αυτό που έχει ο Αναστάσης! Πέντε αστέρων! Ωχ, δε νιώθω και πολύ καλά σήμερα» έπιασε το κεφάλι του καθώς σηκώθηκε και έψαξε για τις παντόφλες του.

Προχώρησε προς τις τουαλέτες παραπατώντας. Ξαφνικά σταμάτησε και γύρισε προς εμένα.

«Εσύ πότε ήρθες εδώ;»

«Πριν από λίγο».

«Σούλιος Γιώργος. Προτιμώ σκέτο Σούλιος».

«Χαίρω πολύ, Λάσκαρης».

«Λοιπόν, πάω τουαλέτα και μετά να πιούμε καφέ στην κουζίνα, έτσι;»

«Όπως θέλεις».

Εκείνη τη στιγμή ήρθε και ο δόκιμος. Μάλλον δεν τον έπιανε ύπνος. Προφανώς θα είχε συμμετάσχει και αυτός στη χθεσινή τσιπουροποσία. Ίσως τον είχα παρεξηγήσει για τη νυσταλέα κατάστασή του. Φαίνεται θα είχε πιεί και θα ήταν άυπνος. Πήγε και τράβηξε απότομα τα σκεπάσματα του Σούλιου.

«Πού είναι αυτός;»

«Στην τουαλέτα».

«Είναι μεγάλη περίπτωση. Τέτοιο άτομο δεν έχω ξαναδεί» αναφώνησε απηυδισμένος.

Απλώς χαμογέλασα. Σίγουρα, ήταν μια φυσιογνωμία που σόκαρε πολλούς, ειδικά μέσα στον στρατό, αλλά είχα μάθει να κρίνω τους ανθρώπους από τον χαρακτήρα και τη συμπεριφορά τους και όχι από την εμφάνισή τους.

«Πώς τα βγάζει πέρα με τέτοια ακραία εμφάνιση; Σίγουρα θα τον έχουν τιμωρήσει πολύ άσχημα».

«Μπα, μη νομίζεις πως έχει αρκετές ποινές. Όταν είναι να μας επισκεφτεί κάποιος καραβανάς, τον στέλνω περίπολο στο δάσος για παν ενδεχόμενο, μη φάω καμπάνα και εγώ. Με λίγα λόγια τον κρύβω!»

Πήγε δίπλα στον οπλοβαστό. Τον άνοιξε με το κλειδί κι εγώ διάλεξα το όπλο που θα χρεωνόμουν, ένα G3A4: το όπλο που κουβαλάει κάθε υπαξιωματικός του ελληνικού στρατού, με το χαρακτηριστικό πτυσσόμενο κοντάκιο. Κοίταξα τον κωδικό αριθμό που έχει το κάθε όπλο, χαραγμένο πλάγια στο κυρίως "σώμα" του.

«Πες μου Λάσκαρη, ποια είναι τα χαρακτηριστικά του τουφεκιού αυτού;» Με εξέπληξε! Μόλις πήγα να ανοίξω το στόμα μου με διέκοψε. «Λάσκαρη, απλώς αστειεύτηκα. Δεν είχα την πρόθεση να τεστάρω τις γνώσεις σου ούτε να σου κάνω καψώνι». Τα λεπτά του χείλη σχημάτισαν την υποψία ενός χαμόγελου.

Πάντως, γνώριζα τα πάντα γι' αυτό το όπλο, επειδή είχα έναν λοχαγό στο ΚΕ.Β.Ο.Π. που μας τιμωρούσε αν δε γνωρίζαμε τα πάντα σχετικά μ' αυτό. Σίγουρα, δε σκόπευα να το χρησιμοποιήσω για κανέναν λόγο. Έτσι λοιπόν, το κλείδωσα στη βάση του. Ο δόκιμος έκλεισε τον οπλοβαστό και έφυγε για το δωμάτιό του.

Πήγα στην κουζίνα, όπου ο μάγειρας πάλευε με το φαγητό που έφτιαχνε. Κάθισα να τον παρακολουθήσω, επειδή φαινόταν τόσο πελαγωμένος και συνάμα τόσο αστείος. Εκείνη τη στιγμή εισήλθαν δυο οπλίτες. Κάθισαν στις καρέκλες και παρακολουθούσαν τον Λυτράκο. Γύρισα προς το μέρος τους και τους χαμογέλασα. Μου το ανταπόδωσαν.

«Είμαι ο Λουκάς Λάσκαρης» τους συστήθηκα απρόσκοπτα.

«Διονύσης Σανιδάς, από Τρίκαλα, χαίρω πολύ» ανταπόδωσε ο κοντός ξανθούλης.

«Θανάσης Μπόλιος, εγώ είμαι από τα Γρεβενά» πετάχτηκε ο δεύτερος με το χλωμό πρόσωπο, τα μυωπικά γυαλιά και τα έντονα σημάδια ακμής.

«Θα φτιάξω καφεδάκι. Πώς τον πίνεις;» προσφέρθηκε ο Σανιδάς.

«Μέτριο με λίγο γάλα. Αν δε σου κάνει κόπο, φτιάξε και για τον Σούλιο, εφόσον ξέρεις πώς τον πίνει».

Χαμογέλασε με νόημα, μόλις άκουσε για τον Σούλιο. Εντούτοις, έβγαλε τέσσερις κούπες και ξεκίνησε να φτιάχνει τους καφέδες. Γύρισα το κορμί μου προς τον Μπόλιο και προσπάθησα να τον ψυχολογήσω. Μου φαινόταν ιδιαιτέρως ντροπαλός και μικρός στην ηλικία. Αντίθετα ο Σανιδάς έδειχνε άνετος και καταδεκτικός.

«Τι σειρές υπάρχουν εδώ Μπόλιο;» ρώτησα για να παρακάμψουμε την αμηχανία.

«Άφησε τον Μπόλιο. Αυτός θα φύγει τελευταίος από εδώ! Είναι διακόσια εβδομήντα δύο σειρά. Ο δόκιμος και ο λοχίας, ο Καζώνης, είναι στην εξήντα οχτώ. Εγώ, εσύ, απ' ότι έμαθα, και ο Μπάκας είμαστε στην εξήντα εννιά. Ο Λυτράκος και ο Σούλιος είναι στην εβδομήντα, ενώ ο Γαρούφαλος στην εβδομήντα ένα» πρόλαβε να με ενημερώσει ο Σανιδάς, προτού ο Μπόλιος αρθρώσει λέξη.

«Καζώνη, Μπάκα και Γαρούφαλο δεν τους έχω γνωρίσει ακόμα».

«Αυτή τη στιγμή βλέπουν τηλεόραση στο σαλόνι».

«Σωστά, φευγαλέα τους είδα, αλλά δε συγκράτησα τις φυσιογνωμίες τους».

Ο Σανιδάς πρόσφερε τους καφέδες στον καθένα μας. Τον δοκίμασα και ήταν πολύ καλός. Τον επιδοκίμασα και τον επιβράβευσα με ένα φιλικό χτύπημα στον ώμο.

Ο Λυτράκος συνέχιζε να μάχεται με τις κουτάλες και τις κατσαρόλες δίχως να μας δίνει σημασία. Είχε το ύφος σπουδαίου σεφ, ενώ η λερωμένη ποδιά που φορούσε, του προσέδιδε, σύμφωνα με τη δική του άποψη, κύρος. Οι άλλοι δυο που του είχαν θάρρος τον πείραζαν, δηλαδή μόνο ο Σανιδάς, καθώς ο Μπόλιος απλώς γέλαγε. Εγώ απολάμβανα τις πρώτες μου στιγμές στο φυλάκιο βλέποντας πως το κλίμα ήταν εξαιρετικό.

«Ωραία, βλέπω έχουμε και καφέ. Να με συνεφέρει λίγο. Μέσα στην τουαλέτα έγινε χαμός. Ξέρασα παντού! Πάντως, νιώθω καλύτερα τώρα» εμφανίστηκε ξαφνικά, με αέρινο βηματισμό ο Σούλιος και άρπαξε την κούπα με τον καφέ του.

Καθόμουν και τον παρατηρούσα, ομολογώ, με μεγάλη περιέργεια. Ήταν αξιοθαύμαστο πώς επιβίωνε κατά τη διάρκεια της θητείας του. Ήθελα να τον ρωτήσω, αλλά είχα ενδοιασμούς. Τελικά το αποφάσισα, ελπίζοντας να μην παρεξηγηθεί.

«Σούλιο, χωρίς να θέλω να σε προσβάλλω, είναι λίγο εξεζητημένη και... κάπως ακραία η εμφάνισή σου για τα δεδομένα του στρατού. Σκουλαρίκια, κακοξυρισμένο κεφάλι, ηθελημένα φαντάζομαι. Έχω απορία. Πώς τα καταφέρνεις;»

«Λάσκαρη, όταν ήμουν σε τάγματα μέσα, εννοείται πως δε φορούσα σκουλαρίκια και το μαλλί μου ήταν πιο συμμαζεμένο. Εδώ και δυο μήνες που είμαι στο φυλάκιο, δεν έχω ανασφάλειες και ενδοιασμούς. Σπάνια έρχεται καραβανάς και εγώ τότε είμαι δήθεν για περιπολία, δηλαδή, κρύβομαι απέναντι στο δάσος. Σε λιγότερο από εφτά μήνες φεύγω οριστικά. Είμαι σχεδόν έξω! Απλώς, περιμένω να περάσει ο χρόνος. Και να σου πω κάτι; Τους έχω όλους γραμμένους».

«Κατάλαβα. Ελπίζω να μη σε ενόχλησε αυτό που ρώτησα».

«Όχι, αδερφέ, κανένα πρόβλημα».

Ενδιαφέρουσα η άποψή του. Θεωρούσε πως στο φυλάκιο, ουσιαστικά, τελείωνε η θητεία του. Έτσι και αλλιώς, εδώ στην απομόνωση ποιος θα τον ενοχλούσε πέρα από τον λοχαγό που έρχεται κάθε βδομάδα ή και δυο, όπως μου είπε και ο Σανιδάς. Και αν ήταν ανάγκη να βρεθεί πρόσωπο με πρόσωπο με τον λοχαγό, έβγαζε τα σκουλαρίκια του, φορούσε το τζόκεϊ στο κεφάλι και όλα μέλι γάλα!

Συνεχίζαμε να συζητάμε απολαμβάνοντας τον καφέ μας. Η συζήτηση είχε πολλές πτυχές, θέματα του στρατού, αθλητικά, γυναίκες. Δηλαδή, τα πιο δημοφιλή σε όλους τους οπλίτες.

«Πάντως τη βγάζουμε φίνα εδώ απ' ότι κατάλαβα» συμπέρανα.

Ο Σανιδάς πήρε σοβαρό ύφος και ετοιμάστηκε να αγορεύσει.

«Θα σου εξηγήσω πως έχει η κατάσταση. Ο δόκιμος, που είναι καλό παλικάρι, αλλά κάπως μοναχικός και μελαγχολικός, βγάζει κάθε μέρα τις υπηρεσίες. Τις αναρτά στον πίνακα ανακοινώσεων που έχουμε στον διάδρομο. Ένας κάνει την καθαριότητα. Αυτή είναι η πιο δύσκολη υπηρεσία. Έχει μανία μ' αυτό και καλά κάνει. Τρεις βγαίνουν περιπολία, δηλαδή, ένας υπαξιωματικός και δυο φαντάροι. Τώρα που ήρθες και συ, ίσως η υπηρεσία σας πάει μία και μία».

«Μα υποθέτω ότι όλοι είμαστε εδώ αυτή τη στιγμή. Ποιοι είναι τώρα στην περιπολία;»

«Μη βιάζεσαι, άσε να σου εξηγήσω τα προβλεπόμενα και ύστερα τα τεκταινόμενα» αντέδρασε ο Σανιδάς.

«Εντάξει. Δε ξαναμιλώ, μέχρι να τελειώσεις».

«Λοιπόν, συνεχίζω. Τέσσερις κάνουν τη σκοπιά, από τρία δίωρα, τα ξέρεις, από 8:00 – 10:00 το πρώτο και ούτω καθ' εξής, μέχρι να γίνει η γύρα. Αυτές είναι οι υπηρεσίες, κανονικά. Τώρα δώσε βάση σ' αυτό: οι σκοπιές δε γίνονται, εκτός αν είναι να μας επισκεφτεί κάποιος. Τότε, αυτός που έχει το νούμερο, πηγαίνει με τα σύνεργά του και κάνει τον σκοπό».

«Με ποιο τρόπο πληροφορούμαστε ότι έρχεται κάποιος; Κάτι μου είπε ο λοχίας από την Κούλα».

«Ακριβώς. Το φυλάκιο της Κούλας βρίσκεται πάνω στον δρόμο. Τηλεφωνούν εδώ, μόλις περάσει από εκεί οποιοδήποτε όχημα στρατιωτικό. Έχουμε μισή ώρα περίπου για να γίνουμε προβλεπόμενοι. Και σε κώμα να ήμαστανπρολαβαίνουμε να συνέλθουμε! Ταυτόχρονα, αυτοί που είναι για περιπολία, πηγαίνουν απέναντι στον λόφο και κρύβονται στο δάσος. Ποιος θα βγει να ψάξει το περίπολο;» Ένα σαρδόνιο χαμόγελο εγκαταστάθηκε στα χείλη του.

«Συγγνώμη, άμα θέλω να πάω στο δάσος μια βόλτα, δεν μπορώ;» ρώτησα με ανησυχία, διότι ως λάτρης της φύσης είχα σκοπό να το επισκέπτομαι τακτικά.

«Μπορείς, αν σε ευχαριστεί. Και εμείς πάμε πού και πού. Ίσα – ίσα που θα συνδυάζεις την υπηρεσία με το κέφι σου. Απλώς, σπάνια βγαίνει η περιπολία έστω και για βόλτα. Α, και να μη ξεχάσω: ο δόκιμος έχει απαγορεύσει να προσεγγίσουμε την πυραμίδα νούμερο οχτώ».

«Γιατί αυτό;»

«Δεν ξέρω σίγουρα, αλλά ισχυρίζεται ότι ο διοικητής του έχει πει πως είναι δύσβατο το μέρος. Ίσως για να μην έχουμε κάποιο ατύχημα».

«Παραμύθια», πετάχτηκε ο Σούλιος. «Εκεί είναι το σημείο των συνόρων που γίνεται το λαθρεμπόριο. Θέλουν οι καραβανάδες να έχουν το κεφάλι τους ήσυχο! Γι' αυτό δε μας αφήνουν να πάμε εκεί: για να μη μάθουμε τι συμβαίνει. Αυτοί όμως τα γνωρίζουν όλα».

«Αμάν Σούλιο, με αυτές τις θεωρίες συνωμοσίας. Σιγά το εθνικό μυστικό! Καλά κάνουν και δε μας αφήνουν. Έτσι άσχετοι που είμαστε, θα πάθουμε τίποτα κακό κατά 'κει πάνω και θα τρέχουν οι καραβανάδες να μας πληρώνουν» αγανάκτησε ο Σανιδάς.

«Και εγώ σου λέω ότι κάτι τρέχει εκεί. Μ' αυτή τη λογική θα έπρεπε και επίσημα να μας απαγορεύσουν να πάμε για περιπολία και στις άλλες πυραμίδες».

«Η πρόσβαση στις άλλες είναι εύκολη. Έχουμε πάει και το ξέρεις. Τέλος πάντων, ούτε εγώ ούτε κανείς έχει πάει προς την οχτώ. Ούτε καν γνωρίζω προς τα πού πέφτει. Οπότε ας το αφήσουμε το θέμα. Λοιπόν, μείναμε στην καθαριότητα. Όποιος έχει αυτή την υπηρεσία είναι στην πιο δύσκολη θέση. Πρέπει ως τις 9:00, να έχει σκουπίσει, να έχει σφουγγαρίσει, να έχει ξεσκονίσει και γενικά να λάμπουν όλα από τουαλέτες, θάλαμο, διαδρόμους μέχρι σαλόνι και κουζίνα. Μόνο για αυτό θα δεις τον δόκιμο αυστηρό και νευριασμένο. Με λίγα λόγια, αυτά συμβαίνουν εδώ. Θα τα δεις και ο ίδιος και θα καταλάβεις».

Κούνησα συγκαταβατικά το κεφάλι μου. Λίγα πραγματάκια, απλά και κατανοητά. Σίγουρα πολύ γρήγορα θα εγκλιματιζόμουν και θα συνήθιζα την κατάσταση στο νέο μου περιβάλλον. Ποτέ, όπου και αν πήγα, και μέσα και έξω από τον στρατό, δεν είχα πρόβλημα προσαρμογής.

Ο Λυτράκος τον οποίο είχα σχεδόν ξεχάσει, ολοκλήρωνε το "έργο" του. Τον είδαμε να σβήνει την κουζίνα, αφού είχε δοκιμάσει με την κουτάλα του το δημιούργημά του. Έβγαλε την ποδιά του και με ένα χαμόγελο αναφώνησε: «Αριστούργημα!»

«Ωχ!» ακούστηκε ταυτόχρονα από Σανιδά, Μπόλιο και Σούλιο.

«Και συ τέκνο Σούλιο μ' αυτούς είσαι; Νόμιζα πως εκτιμούσες την κουζίνα μου».

«Όχι αδερφέ. Απλώς, έχω ημικρανίες από το βραδινό πιοτό. Γι' αυτό βόγκηξα».

Ο Σούλιος με την απάντησή του, είτε ήταν αληθής είτε όχι, προσπάθησε να μη προσβάλλει τον μάγειρα. Στο μεταξύ, εγώ σηκώθηκα και κατευθύνθηκα προς το σαλόνι. Σκέφτηκα να πάω να γνωρίσω και τους υπόλοιπους τρεις, μια και αυτοί δεν μπήκαν στον κόπο να μου συστηθούν.

Όταν μπήκα στο σαλονάκι, τους βρήκα να παρακολουθούν το ίδιο μουσικό κανάλι. Δεν έδειχναν κάποιο ιδιαίτερο ενδιαφέρον. Απλώς, πού και πού έριχναν και από καμιά ματιά. Δεν αντέδρασαν και ιδιαίτερα στην παρουσία μου. Άρχισα να παρακολουθώ και εγώ την τηλεόραση, ενώ ένιωθα πως τα βλέμματά τους είχαν επικεντρωθεί επάνω μου.

«Έχεις καμιά προτίμηση δεκανέα; Μήπως θέλεις να αλλάξουμε κανάλι;» με ρώτησε αυτός που καθόταν δεξιά στον καναπέ.

«Όχι, παιδιά. Συνεχίστε αυτό που βλέπατε».

Παρατήρησα πως αυτός που μου έκανε τις ερωτήσεις,

αν και καθιστός, φαινόταν ψηλός και γεροδεμένος, ενώ τα κοκκινωπά του μάγουλα φωσφόριζαν. Ο μεσαίος έπινε τον καφέ του χωρίς να νοιάζεται για την παρουσία μου και ο καθισμένος αριστερά στον καναπέ έστριβε ένα τσιγάρο με περίσσια προσοχή. Γύρισα προς τον γεροδεμένο και του συστήθηκα δίνοντας του το χέρι. Εκείνος χαμογελαστά ανταπόδωσε.

«Μπάκας Στράτος. Γιαννιώτης και είμαι στη διακόσια εξήντα εννιά».

«Μου αρέσει πολύ το φυλάκιο». Χαμογέλασα.

«Καλά είναι, μωρέ! Ο καιρός να περάσει να πάμε πίσω στα σπιτάκια μας. Σειρά είμαστε;»

«Ναι, μαζί θα την "κάνουμε" από εδώ.

Γύρισα προς τον μεσαίο και συστήθηκα και σ' αυτόν. Μου ανταπόδωσε μάλλον κρύα. Είπε πως ήταν ο Δημήτρης Γαρούφαλος. Αυτός μου φάνηκε κοντούλης με πλατιά και χοντρή μύτη καθώς και παχιά χείλη. Τα σχιστά και μελαγχολικά του μάτια του προσέδιδαν μια περίεργη έκφραση. Μου θύμισε ανθρώπους ζηλόφθονους και κακόψυχους. Βεβαίως αυτό ήταν μια προσωπική και υποκειμενική φυσιογνωστική προσέγγιση και κάλλιστα ο άνθρωπος μπορεί να ήταν μια χαρά χαρακτήρας. Απλώς, μου θύμισε τέτοιου είδους άνθρωπο, επηρεασμένος ίσως και από κινηματογραφικά πρότυπα.

Αποφάσισα να μη δώσω σημασία στον ψυχρό χαιρετισμό του Γαρούφαλου και συστήθηκα και στον τρίτο που πλέον είχε στρίψει το τσιγάρο του και το απολάμβανε απλωμένος στον καναπέ.

«Κώστας Καζώνης » μου συστήθηκε ορθά κοφτά και τέντωσε το κεφάλι του προς τα αριστερά, ενοχλημένος που του έκλεινα το οπτικό πεδίο προς την τηλεόραση.

Ομολογώ ότι με τσάτισε αυτή η κίνησή του, αλλά συγκρατήθηκα. Τον κοίταξα μέσα στα βλοσυρά σκουρόχρωμα μάτια του για να του δώσω να καταλάβει πως εγώ δεν πτοούμαι από τέτοιες μαγκιές. Το πρόσωπό του είχε μια χροιά μοχθηρότητας. Πάντως, κατάλαβε πως με νευρίασε, γιατί μόλις είδε πως συνέχισα να στέκομαι μπροστά του μου δικαιολογήθηκε ότι έπαιζε το αγαπημένο του μουσικό κομμάτι. Τραβήχτηκα στην άκρη και σκέφτηκα να πάω προς τα έξω. Ο Καζώνης δε με έπεισε με τη δικαιολογία του, αλλά θα τον είχα στα υπόψη μου. Μάλλον ήθελε να μου δείξει την παλαιότητά του με αυτόν τον τρόπο. Λίγο πριν βγω στον διάδρομο, διέκρινα Καζώνη και Γαρούφαλο να ανταλλάσσουν ματιές ύποπτες.

«Δεκανέα περίμενέ με, έρχομαι και εγώ» φώναξε ο Μπάκας. Μου πρότεινε να πάμε να φάμε στην κουζίνα.

Καθίσαμε και περιμέναμε τον Λυτράκο να μας σερβίρει τη "μακαρονόσουπά" του. Όταν μας είδε έλαμψε από χαρά. Είδε ότι κάτι κινείται στο "μαγαζί" του. Μας έφερε από ένα πιρούνι και ένα κουτάλι και τα εναπόθεσε, με ευλάβεια, στο στρωμένο τραπέζι. Στη συνέχεια, μας έβαλε ένα βαθύ πιάτο που περιείχε λαχανοσαλάτα και ένα πιάτο με τυρί φέτα. Στο τέλος μας έφερε το κύριο πιάτο. Φαινόταν καυτό, γιατί άχνιζε υπερβολικά. Δοκίμασα λίγο, αφού φύσηξα την κουταλιά μου. Εξεπλάγην. Όχι, πως ήταν κάτι το εξαιρετικό, αλλά σύμφωνα με όλα όσα είχαν ειπωθεί για τις μαγειρικές του ικανότητες, θα έλεγα ότι ήταν υπερβολικά και θα τα χαρακτήριζα ως και κακοήθειες! Τρωγόταν! Είχε ευχάριστη γεύση. Τουλάχιστον θα γεμίζαμε τα στομάχια μας και μάλιστα με όχι κάτι το αηδιαστικό.

«Μπορώ να πω, Μπάκα, ως προς το φαγητό, πως τον

αδικούν τον μάγειρα. Το φαγητό του είναι, το λιγότερο, αξιοπρεπές» τον επιβράβευσα, καθώς ο Λυτράκος αξιολογούσε τις αντιδράσεις μου.

«Εμένα, Λάσκαρη, μου αρέσουν τα φαγητά του Λυτράκου. Ο ένας είμαι εγώ, ο δεύτερος ο Σούλιος και ο τρίτος μάλλον...εσύ!»

Όλη αυτή την ώρα ο Λυτράκος, με ένα χαμόγελο αποτυπωμένο στο πρόσωπό του, ένιωθε σίγουρα δικαιωμένος και ευχαριστημένος που κρατούσε τους θαυμαστές του και αποκτούσε ακόμα έναν.

«Όταν τελειώσετε, βάλτε τα πιάτα στο νεροχύτη» μας υπέδειξε και έφυγε από την κουζίνα με αγαλλίαση ο Λυτράκος.

«Μη παρεξηγείσαι με τον Καζώνη. Δε νομίζω πως αξίζει να χαλάς τη διάθεσή σου».

«Δεν είναι κάτι που θα με κάνει να σκάσω. Θα τη χαρακτήριζα τυπική συμπεριφορά μέλους μιας ομάδας, όταν απειλείται από έναν νεοφερμένο. Ήρθα για να τελειώσω τη θητεία μου ήσυχα και ωραία. Τώρα, αν με συμπαθήσουν κάποιοι και αν με αντιπαθήσουν κάποιοι άλλοι, το θεωρώ απολύτως φυσιολογικό. Κανείς δεν μπορεί να είναι αρεστός σε όλους».

Συνεχίσαμε να τρώμε και να συζητάμε για διάφορα θέματα στρατιωτικά και μη. Ο Μπάκας ήταν χαμηλών τόνων άνθρωπος και έδειχνε ευαίσθητος, εν αντιθέσει, με το ρωμαλέο παρουσιαστικό του. Μόλις τελειώσαμε το γεύμα μας και αφού πλύναμε τα πιάτα μας, ο καθένας πήγε προς το κρεβάτι του για τη μεσημεριανή του χαλάρωση.

Με εξαίρεση τον Καζώνη και τον Γαρούφαλο, που παρακολουθούσαν τηλεόραση στο σαλόνι, οι υπόλοιποι βρίσκονταν στον θάλαμο. Ο Μπόλιος και ο Σούλιος ήδη είχαν αποκοιμηθεί ενώ ο Λυτράκος και ο Σανιδάς διάβαζαν από ένα περιοδικό ξαπλωμένοι. Έβγαλα και άπλωσα το σλίπινγκ μπαγκ πάνω στο κρεβάτι μου. Προσπάθησα να κλείσω τα μάτια μου και να χαλαρώσω. Το μυαλό μου ήταν πλημμυρισμένο από σκέψεις, δε θα έλεγα αρνητικές, μάλλον θετικές. Μέσα σε μια μέρα είχα φύγει από το ένα φυλάκιο, έκανα μια διαδρομή όμορφη, ώσπου να φτάσω στο νέο μου φυλάκιο παρέα με τον Βασιλείου τον φωνακλά οδηγό, γνώρισα καινούριους ανθρώπους σε ένα νέο περιβάλλον και όλα αυτά αντανακλούσαν μέσα στο κεφάλι μου και δεν με άφηναν να συγκεντρωθώ και να χαλαρώσω εντελώς.

Σιγά – σιγά, η κούραση άρχισε να με καταβάλει και η ελκυστική ζεστασιά του παπλώματος σε συνδυασμό με τη θαλπωρή, που αναδυόταν από το αναπαυτικό κρεβάτι, με υποσκέλισαν. Με πήρε ο ύπνος.

Μιάμιση ώρα αργότερα πετάχτηκα σαν ελατήριο. Ζαλισμένος όπως ήμουν, πίστεψα για μερικά κλάσματα του δευτερολέπτου πως όλο και κάποιος αξιωματικός θα έμπαινε και θα φώναζε να σηκωθούμε. Άρχισα να συνέρχομαι. Κοίταξα στο κινητό την ώρα. 16:30. Φυσικά, σήμα δεν είχα ούτε κατά διάνοια! Το άφησα δίπλα μου και ξάπλωσα ξανά. Κοίταξα προς τα δεξιά μου και είδα στο διπλανό κρεβάτι τον Σανιδά να με κοιτά με ένα χαμόγελο απορίας.

«Τι έγινε, Λάσκαρη, εφιάλτη έβλεπες;»

«Νόμιζα πως άργησα στην αναφορά!»

Γέλασε δυνατά. «Μην ανησυχείς για τέτοια θέματα. Εδώ πλέον θα ηρεμήσεις. Το μόνο που πρέπει να σε ανησυχεί είναι μη σε δηλητηριάσει ο Λυτράκος!»

53

Νομίζω ότι είχε δίκιο. Έπρεπε να αποβάλλω αυτή την ένταση που με διακατείχε όλους τους προηγούμενους μήνες. Εδώ όλα ήταν γαλήνια και ήρεμα. Όφειλα να συνέλθω και να απολαύσω τη θητεία από εδώ και πέρα σ' αυτή την εκπληκτικής ομορφιάς γωνιά της χώρας μας. Το μόνο που χρειαζόμουν ήταν λίγος χρόνος, για να βρω τα πατήματά μου, που λένε. Υπέθεσα πως σε δυο – τρεις μέρες θα έβρισκα τον ρυθμό μου και θα εγκλιματιζόμουν απόλυτα στο νέο μου περιβάλλον.

«Τα σκυλιά τα γνώρισες;»

«Ποιά σκυλιά;»

«Τα σκυλιά του φυλακίου. Προφανώς θα ήταν στο δάσος, όταν έφτασες εδώ, γι' αυτό δεν τα είδες».

«Έχουμε σκυλιά στο φυλάκιο; Πόσα είναι; Τρελαίνομαι για σκύλους!» πέταξα από τη χαρά μου.

«Τέσσερα. Είναι λίγο άγρια όμως, να ξέρεις. Να φοράς τα στρατιωτικά σου ρούχα για να σε δεχτούν. Αν φοράς στρατιωτικά, δε σε πειράζουν. Τα σκυλιά καταλαβαίνουν».

Πρότεινε να φτιάξουμε από ένα καφεδάκι και να βγούμε έξω να τα γνωρίσω. Σε δέκα λεπτά ήμαστα στον περιβάλλοντα χώρο του φυλακίου. Κρατούσαμε τα φλιτζάνια στο χέρι φορώντας τα ρούχα της θητείας μας, καθώς και το χοντρό τζάκετ μας, επειδή ο ήλιος άρχιζε να δύει και έπιανε ψύχρα, καθώς το άλικο πέπλο του λυκόφωτος χρωμάτιζε τον ορίζοντα.

Ο Σανιδάς σφύριξε ρυθμικά. Καμιά αντίδραση δεν υπέπεσε στην αντίληψή μας. Προχωρήσαμε προς τη δυτική πλευρά του λόφου. Ο Σανιδάς σφύριξε και πάλι. Προσπαθήσαμε να αφουγκραστούμε κάποιον ήχο. Πέρασαν δεκαπέντε με είκοσι δευτερόλεπτα και τότε από το πυκνό δάσος στα δυτικά, διακρίναμε τέσσερα τετράποδα να ξεπετάγονται και να τρέχουν προς την κατεύθυνση του μικρού λόφου του φυλακίου. Άρχισαν να ανεβαίνουν προς το φυλάκιο.

Ύστερα από ένα λεπτό, αφού διαπέρασαν τον σκισμένο συρμάτινο φράχτη, έφτασαν δίπλα μας.

Ήταν μεγαλόσωμα! Τρίφτηκαν πάνω στον Σανιδά ο οποίος τα χάιδεψε με τρυφερότητα. Το πρώτο από τα τετράποδα που έδειξε ενδιαφέρον για την παρουσία μου ήταν ένα τροφαντό άσπρο με καφέ στάμπες τσομπανόσκυλο που άρχισε να με μυρίζει και να γλύφει τις αρβύλες μου.

«Αυτός είναι ο Μήτσος. Ο πιο μικρός σε ηλικία και ο... πιο χαζός!»

Ο Μήτσος έδειχνε ενθουσιασμό για την παρουσία μου. Άρχισε να πηδάει και να γλύφει το πρόσωπό μου. Ήταν αστείος, έτσι που κουνιούνταν τα αυτιά του, τα οποία ήταν όρθια με τις άκρες τους πεσμένες. Τον αγκάλιασα και άρχιζα να τον τρίβω, αφού μου είχε δώσει το θάρρος για κάτι τέτοιο. Μου έπεσε και ο καφές. Ο Μήτσος γύρισε τον έγλειψε από το έδαφος και ξαναγύρισε σε μένα για να αφεθεί στα χάδια μου. Ήταν όμορφος και πολύ παιχνιδιάρης. Πρέπει να είχε ηλικία γύρω στον ένα με ενάμιση χρόνο.

Στη συνέχεια, τράβηξα την προσοχή των δυο "διδύμων". Ήταν δυο μεγάλα σκυλιά με χρώμα καφέ ανοιχτό. Με οσμίζονταν γεμάτα επιφυλακτικότητα και κουνούσαν τις ουρές τους μάλλον με δυσπιστία. Έμοιαζαν με βέλγικα λυκόσκυλα, αν και δεν πρέπει να ήταν καθαρόαιμα. Αφού πήραν τη μυρωδιά μου, άρχισαν να με γλείφουν, ωστόσο, πιο διακριτικά από τον ενθουσιώδη Μήτσο.

«Αυτές είναι αδελφές. Η Ίρμα και η Κούλα. Πρέπει να είναι τριών ετών, απ' ότι ξέρω».

Έσκυψα και άρχισα να τις παρατηρώ με προσοχή. Από μακριά όντως έμοιαζαν όμοιες. Αν όμως έβλεπε κάποιος καλύτερα θα διέκρινε πως η Ίρμα είχε έντονο μαύρο ρύγχος σε αντίθεση με την Κούλα, η οποία συνέχιζε να έχει αυτό το ανοιχτό καφετί χρώμα σε όλο το κεφάλι της. Επιπλέον, η Κούλα διέθετε δυο ανοιχτόχρωμα μελιά μάτια, ενώ της Ίρμας ήταν σκούρα καφέ. Επομένως θα έλεγα πως η Ίρμα ήταν η μελαχρινή της παρέας και η Κούλα η ξανθιά.

Διαπίστωσα επίσης, πως παρόλο που ο σωματότυπός τους έμοιαζε αρκετά, εντούτοις είχαν και εκεί μια μικρή διαφορά. Ενώ λοιπόν, ο κορμός τους ήταν όμοιος, δηλαδή αρκετά μυώδης, τα πόδια τους είχαν την εξής αντίθεση: η Ίρμα είχε μεν δυνατά και σφριγηλά πόδια, αλλά ήταν πιο αδύνατα από της Κούλας. Αυτή δε, διέθετε πιο ογκώδη πόδια από την αδελφή της και εξίσου δυναμικά. Άρα λοιπόν, με μια προσεχτική ματιά θα μπορούσε κάποιος να τις ξεχωρίσει εύκολα.

«Αυτός που μας σνομπάρει εκεί και χασμουριέται νωχελικά, αξίζει σίγουρα την προσοχή μας» συνέχισε τις συστάσεις ο Σανιδάς, δείχνοντας τον τέταρτο σκύλο της παρέας. «Είναι ο Έκτορας. Ο αρχηγός της αγέλης!»

Κινήθηκα προς αυτόν. Ο Σανιδάς με σταμάτησε τραβώντας με από το τζάκετ.

«Κάτσε ήσυχα, Λάσκαρη. Αν θέλει αυτός, θα έρθει σε σένα. Δεν ιυυ αρέσει να τον πλησιάζουν, ειδικά άγνωστοι. Πίστεψέ με, τον έχω δει να ορμά σε άσχετους εδώ στο χωριό και δε θα ήθελες να ήσουν στη θέση τους».

«Δηλαδή με σώζει η στολή!»

«Ναι, σε κοιτάζει πονηρά. Σε ψυχολογεί αυτή τη στιγμή. Σε θεωρεί του φυλακίου, αλλά δεν είναι εκατό τοις εκατό σίγουρος. Θέλει τον χρόνο του αυτός. Είναι ο αρχηγός! Οφείλει να είναι προσεχτικός για να διατηρήσει την τάξη».

Κάθισα κάτω στο έδαφος, τρία – τέσσερα μέτρα απέναντί του. Οι υπόλοιποι σκύλοι συνέχιζαν να χοροπηδούν και να ζητάνε χάδια με πρωτοστάτη τον Μήτσο.

Κοίταξα στα μάτια τον Έκτορα και αυτός τα δικά μου. Είχε καθίσει κάτω και φαινόταν ψύχραιμος, αλλά συνάμα επιφυλακτικός. Δεν ήταν ιδιαίτερα ογκώδης αλλά είχε εκπληκτική κορμοστασιά, αν ήταν άνθρωπος, σίγουρα θα ήταν αθλητής σωματικής διάπλασης! Χωρίς να είναι ιδιαίτερα ψηλός, κάθε άλλο, ήταν ο πιο κοντός από τα τέσσερα σκυλιά, σου έδινε την εντύπωση πως ήταν ο πιο μάχιμος από τους υπόλοιπους. Είχε μακρύ τρίχωμα άσπρο, με δυο μεγάλες μαυρογκρί κηλίδες στη ράχη του. Γύρω από το αριστερό του μάτι, λες και ήταν πειρατής, το τρίχωμα του ήταν μαύρο. Αυτή η σκούρα στάμπα σίγουρα τον έκανε να μοιάζει με μεταμφιεσμένο στην περίοδο της αποκριάς. Το κεφάλι του στιβαρό και ο λαιμός του κοντός και υπερβολικά μυώδης. Τα μάτια του ήταν σκούρα και με έντονη ζωντάνια... με μαγνήτισε! Τι ελκυστικό τσομπανόσκυλο!

Ο Σανιδάς έφυγε κατευθυνόμενος προς το κτήριο. Έπειτα από λίγα λεπτά, εμφανίστηκε με μια μεγάλη σακούλα γεμάτη αποφάγια. Τα σκυλιά ενθουσιάστηκαν. Χοροπηδούσαν, μανιασμένα, γύρω από τον οπλίτη, καθώς αυτός κρατούσε τη σακούλα ψηλά με το δεξί του χέρι. Όταν την άδειασε, οι σκύλοι ξαφνικά, κοκάλωσαν. Κοίταζαν με περισσή λαχτάρα τα αποφάγια, αλλά δεν έκαναν καμιά κίνηση προς αυτά. Ο Εκτορας τότε αποφάσισε να σηκωθεί και προχώρησε προς τα εκεί. Πήρε θέση με το αγέρωχο ύφος του πάνω από αυτά και ξεκίνησε να τρώει.

Οι υπόλοιποι τρεις της συμμορίας παρακολουθούσαν ακίνητοι, μα με ζωγραφισμένη την ένταση στις μουσούδες τους. Ήταν ξεκάθαρο πως περίμεναν να χορτάσει πρώτα ο αναμφισβήτητος ηγέτης της ομάδας τους και στη συνέχεια να πάρουν σειρά.

Λίγα λεπτά αργότερα ο Έκτορας τραβήχτηκε προς τα πλάγια και άρχισε να χαλαρώνει ξαπλώνοντας νωχελικά. Μόλις έγινε αντιληπτός ο κορεσμός του, οι υπόλοιποι όρμησαν και ξεκίνησαν να μασούν λαίμαργα και ταχύτατα. Η Ίρμα έδωσε μια δαγκωνιά στον Μήτσο που είχε τολμήσει να αρπάξει ένα καλό κομμάτι από μπροστά της. Ο Μήτσος ούρλιαξε, περισσότερο από φόβο παρά από πόνο, και έκανε λίγο πιο πέρα. Έσκυψα και πήρα ένα κομματάκι ζαμπόν και το πέταξα προς τον Μήτσο. Το έπιασε στον αέρα και το καταβρόχθισε σε κλάσματα του δευτερολέπτου. Η Κούλα με την αδελφή της συνέχιζαν να τρώνε, ώσπου εξαφάνισαν και τα τελευταία υπολείμματα.

Ο καημένος ο Μήτσος κινήθηκε προς το σημείο, όπου κείτονταν πριν λίγα λεπτά τα αποφάγια. Άρχισε να γλείφει το συγκεκριμένο σημείο με την μακριά του γλώσσα. Ήταν ολοφάνερο πως μόνο αυτός δεν είχε γεμίσει επαρκώς το στομάχι του. Διαπίστωσα, λοιπόν, πως υπήρχε μια ξεκάθαρη ιεραρχία στην αγέλη. Αρχηγός ήταν ο Έκτορας, υπαρχηγοί η Ίρμα με την Κούλα, ενώ ο Μήτσος θα έλεγα ότι ήταν υποτελής όλων και στην κατώτατη βαθμίδα.

Είχε αρχίσει πλέον να σκοτεινιάζει και η ψύχρα έκανε σιγά – σιγά την παρουσία της έντονη. Αφού χάιδεψα τον Μήτσο, ξαναμπήκαμε στο φυλάκιο.

Ο δόκιμος είχε αναρτήσει τις αυριανές υπηρεσίες. Είδα το όνομά μου στην περίπολο: ΛΑΣΚΑΡΗΣ, ΣΟΥΛΙΟΣ,

ΜΠΟΛΙΟΣ. Πήγα προς το δωμάτιό του. Χτύπησα την πόρτα και μόλις απάντησε, την άνοιξα. Τον είδα ξαπλωμένο να κρατά ένα περιοδικό σχετικό με αυτοκίνητα.

«Να περάσω;»

«Βεβαίως, πέρασε».

«Αύριο θα είμαι στην περιπολία. Μπορείς να μου εξηγήσεις τι ακριβώς θα κάνω;»

«Πρέπει να πας ως τη συνορογραμμή και να κάνεις κάποιους γύρους στο δάσος. Βεβαίως, αν θέλεις πας. Αν δε θέλεις, δεν υπάρχει πρόβλημα» προσφέρθηκε να μου δώσει το δικαίωμα της επιλογής.

«Θα ήθελα να βγω να δω και λίγο τα μέρη. Είναι πραγματικά πολύ όμορφα εδώ».

«Εφόσον βγεις, καλύτερα να είναι τουλάχιστον ένας ακόμα μαζί σου. Δεν ξέρεις τι γίνεται».

«Θα ρωτήσω τον Σούλιο και τον Μπόλιο, αν επιθυμούν να έρθουν και αυτοί μαζί μου».

«Καλά το σκέφτηκες, αλλά από τον Σούλιο μη περιμένεις ιδιαίτερη διάθεση για εξορμήσεις» ακούστηκε δύσπιστος.

«Θα τον πείσω να ακολουθήσει».

«Όπως και να 'χει το πράγμα, κοίτα τι θα κάνεις: θα πάρεις τον ασύρματο και το αλεξίσφαιρό σου υποχρεωτικά. Θα έχεις μαζί σου πέντε γεμιστήρες. Θα κινηθείς προς το δάσος στα δυτικά. Όταν ανέβεις στην κορυφή του λόφου, θα διαπιστώσεις πως εκεί σταματά η βλάστηση. Θα βρεθείς λοιπόν σε ένα τοπίο, κάτι που θα μοιάζει με μικρό οροπέδιο, με αραιή έως καθόλου βλάστηση, όπως είπα και πριν. Εσύ θα συνεχίσεις να πορεύεσαι δυτικά και θα φτάσεις στην πυραμίδα πέντε. Γενικά να γνωρίζεις, ότι στην απίθανη περίπτωση που συναντήσεις λαθρομετανάστες, τους συλλαμβάνεις και τους φέρνεις στο φυλάκιο ή ακόμα καλύτερα κάνεις ότι δεν τους βλέπεις και τους αφήνεις να πάνε στην ευχή του θεού!»

«Αν συνεχίσω από την πέντε προς τα νότια της κορυφογραμμής του λόφου, θα βγω στο πίσω μέρος της Μικρής Πρέσπας;»

«Θεωρητικά ναι, αλλά δε θα κινηθείς προς τα εκεί, γιατί φυσικά ούτε κατά διάνοια να σκεφτείς να περάσεις από την οχτώ. Απαγορεύεται ρητά! Και πριν προλάβεις να ρωτήσεις, εύλογα, "γιατί", σου λέω πως είναι ξεκάθαρη εντολή του διοικητή. Κανείς δεν πάει στην οχτώ και καλό είναι να ξεχάσεις πως υπάρχει». Φάνηκε να έχει αγχωθεί.

Θυμήθηκα τα λόγια του Σούλιου, σύμφωνα με τον οποίον ύποπτες και παράνομες συνδιαλλαγές γινόταν καθημερινά εκεί. Θεώρησα συνετό να μη ρισκάρω να ρωτήσω για περαιτέρω λεπτομέρειες επί του θέματος. Ο δόκιμος ξεκαθάρισε, με απόλυτο τρόπο, το θέμα και έτσι δεν το συνέχισα. Ήμουν σίγουρος πως δεν είχε ιδέα τι τρέχει κατά 'κει. Αποφάσισα να μη δώσω συνέχεια και αρκέστηκα σε κάποιες διευκρινιστικές εξηγήσεις που του ζήτησα.

Αποχώρησα, λοιπόν, έπειτα από λίγα λεπτά από το δωμάτιό του και πήγα στον θάλαμο. Εκεί ήταν μαζεμένοι οι περισσότεροι. Άλλοι ξάπλωναν και άλλοι συζητούσαν. Ο Σούλιος αραχτός στο κρεβάτι του απολάμβανε το τσιγαράκι του. Λίγο πιο δίπλα, ο Μπόλιος μελετούσε με έντονο ενδιαφέρον ένα ταξιδιωτικό περιοδικό. Τους ρώτησα αν επιθυμούσαν να με συνοδέψουν στην περιπολία. Ο Μπόλιος δέχτηκε αμέσως. Αντιθέτως, ο Σούλιος φαινόταν να το ζυγίζει στο μυαλό του. Πήρε ύφος σκεπτικό και μετά από λίγα δευτερόλεπτα μου απάντησε: «Λοιπόν Λάσκαρη, επειδή σε έχω συμπαθήσει, θα σου κάνω την τιμή να έρθω και εγώ».

«Ευχαριστώ, Σούλιο. Πιστεύω ότι θα περάσουμε ωραία. Θα είναι μια συναρπαστική βόλτα».

Το βραδάκι στο φυλάκιο περνούσε υπέροχα. Συζητούσαμε περί ανέμων και υδάτων, παρακολουθήσαμε λίγο τηλεόραση, αστειευόμασταν και γενικά επικρατούσε ένα πολύ ευχάριστο κλίμα.

Με εξαίρεση τον Καζώνη και τον Γαρούφαλο, που απ' ότι κατάλαβα ήταν αυτοκόλλητοι, οι υπόλοιποι είχαμε μια σύμπνοια. Εξαιρώ και τον δόκιμο, που έδειχνε κάπως απόμακρος και ήταν κλεισμένος συνεχώς στο δωμάτιό του.

Όταν ήρθε η ώρα να πέσω για ύπνο, ένιωθα πως είχα ενταχτεί ομαλά στην ομάδα των οπλιτών του φυλακίου. Ξάπλωσα και αναλογίστηκα πώς πέρασε η μέρα. Η πρώτη μέρα στο νέο μου περιβάλλον. Άρχισα να φαντάζομαι την αυριανή μέρα. Η αναστάτωση που υπήρχε μέσα μου και πήγαζε από την προσμονή της αυριανής εξόρμησης στο δάσος, ήταν ευχάριστη. Με αυτές τις ηδείς σκέψεις κάποια στιγμή πρέπει να με πήρε ο ύπνος.

III

Το πρωί ξύπνησα με μια διάχυτη φρεσκάδα στο κορμί μου. Ίσως έπαιξε ρόλο το ότι κοιμήθηκα και αρκετές ώρες. Ίσως από την άλλη, να ήταν και το ευνοϊκό κλίμα της περιοχής. Πάντως, η ώρα ήταν εφτά και μισή και οι οπλίτες του φυλακίου κοιμούνταν ακόμα. Ένιωθα εκείνη τη στιγμή να έχω ισχυρή πνευματική συγκρότηση και σωματικές δυνάμεις. Πιο απλά, βρισκόμουν σε κατάσταση εξαιρετικής ευεξίας. Επιπλέον, ο καιρός έδειχνε καλός, αν και ο ήλιος μάλλον έμοιαζε με έναν χλομό αγγελιαφόρο της χειμωνιάτικης αυγής. Επομένως, θα ήταν μια ευχάριστη περιήγηση η εξόρμηση στο δάσος.

Τη στιγμή που ντυνόμουν, ξύπνησε ο Μπόλιος. Έτριψε τα μικρά μυωπικά του μάτια και φόρεσε τα γυαλιά του.

«Λάσκαρη, θα πάμε;» με ρώτησε με ήρεμο ύφος, ενώ του έβγαινε ένα μεγαλοπρεπέστατο χασμουρητό που αποκάλυπτε μια σειρά από πολλαπλά σφραγίσματα.

«Εννοείται! Ας φρεσκαριστούμε και να πιούμε έναν καφέ. Ύστερα θα είμαστε έτοιμοι για αναχώρηση».

Ο Μπόλιος σηκώθηκε και έσπρωξε σιγά τον Σούλιο που επιδιδόταν σε ένα ρεσιτάλ ροχαλητού. Αυτός πετάχτηκε τρομαγμένος. Αγουροξυπνημένος και με μια αστεία έκφραση στο πρόσωπό του, άρχισε να χασμουριέται.

«Τελικά θα πάμε;» ρώτησε με την προσδοκία μιας αρνητικής απάντησης.

«Ασφαλώς, Σούλιο, ασφαλώς».

«Νόμιζα πως το έχεις ξεχάσει».

«Έλα, σήκω και πήγαινε να ρίξεις λίγο νερό στο πρόσωπό σου να συνέλθεις» του πρότεινε ο Μπόλιος.

«Σε είκοσι λεπτά να είμαστε έτοιμοι. Γι' αυτό γρηγορείτε».

Κατευθύνθηκα προς το δωμάτιο του δόκιμου. Αυτός ήταν κιόλας ξύπνιος και σκούπιζε το πάτωμα του δωματίου του.

«Καλημέρα δόκιμε. Θα βγούμε τελικά για την περιπολία που λέγαμε».

«Καλώς, Λάσκαρη, αφού το κανονίσατε, ας το κάνετε. Θα σας ανοίξω την αποθήκη για να πάρετε τα απαραίτητα».

Πήρε στα χέρια του τα κλειδιά της αποθήκης και την άνοιξε. Διάλεξε τρία αλεξίσφαιρα γιλέκα και έβγαλε στην άκρη δεκαπέντε γεμιστήρες. Στη συνέχεια, πήρε στα χέρια του δυο ασύρματους. Χρειάστηκε λίγη ώρα για να τους ρυθμίσει. Μόλις το πέτυχε, μου είπε να πάω έξω από το φυλάκιο για να δοκιμάσουμε αν άκουγε ο ένας τον άλλον. Βγήκα έξω και κάθισα στην καρέκλα αριστερά από την είσοδο.

«Λάσκαρη, λαμβάνεις;»

«Λαμβάνω δόκιμε, σε ακούω μια χαρά».

«Εντάξει, έλα μέσα».

Μπήκα και πάλι μέσα και πλησίασα τον δόκιμο. Την στιγμή εκείνη μιλούσε με τον Σούλιο και τον Μπόλιο, οι οποίοι διάλεγαν τον εξοπλισμό τους.

«Πόση εμβέλεια έχει αυτό;» του έδειξα τον ασύρματο.

«Περίπου δυο χιλιόμετρα. Αν είσαι στις πυραμίδες, δε νομίζω να μπορούμε να επικοινωνήσουμε. Απέχουν περίπου τρία χιλιόμετρα. Γι' αυτό, αν φτάσετε ως εκεί, καλό είναι να γυρίσετε γρήγορα προς τα πίσω για να είστε εντός εμβέλειας».

«Έγινες κατανοητός δόκιμε».

«Και όπως είπα, μόνο στην πέντε θα πάτε», σημείωσε με νόημα.

«Ναι, ναι ποτέ δεν πάμε προς την οχτώ».

Με χτύπησε φιλικά στην πλάτη και έφυγε για το δωμάτιό του. Πήγαμε και οι τρεις μας προς την κουζίνα, αφήνοντας προς το παρόν τον εξοπλισμό στον διάδρομο.

Εκεί βρισκόταν ήδη ο Λυτράκος, που με μεγάλη υπομονή και προσήλωση καθάριζε τα μάτια της κουζίνας, ενώ σιγοσφύριζε κάποιο μουσικό σκοπό μέσα από τα δόντια του. Αφού τον καλημερίσαμε, φτιάξαμε γρήγορα – γρήγορα τα καφεδάκια μας. Τα ήπιαμε με την ηρεμία μας και ο Μπόλιος προσφέρθηκε να φέρει τα κλειδιά του οπλοβαστού από τον δόκιμο για να πάρουμε τα όπλα μας. Γύρισε σαν αστραπή και, αφού τον ξεκλείδωσε, μας φώναξε να πάρουμε τα τουφέκια μας. Ξεκλειδώσαμε ο καθένας το όπλο του και τα πήραμε στα χέρια μας. Ο Μπόλιος, αφού κλείδωσε τον οπλοβαστό, έφυγε προς το δωμάτιο του δόκιμου για να επιστρέψει τα κλειδιά. Δυο λεπτά αργότερα ήμασταν και οι τρεις έξω από το κτίριο, με τα όπλα στον ώμο και έτοιμοι για αναχώρηση.

Οι σκύλοι, μόλις μας είδαν, πετάχτηκαν από το έδαφος κουρδισμένοι και άρχισαν να χοροπηδάνε. Είχαν καταλάβει πως πάμε για εξόρμηση στο δάσος και η χαρά τους ήταν απερίγραπτη, όπως επιβεβαίωσε και ο Σούλιος. Συνέχισε λέγοντας ότι πάντα συνόδευαν τους οπλίτες στην περιπολία και ήταν τεράστια η ευχαρίστησή τους. Ο Έκτορας είχε ξεκινήσει ήδη και προπορευόταν δέκα μέτρα μπροστά, ως αυθεντικός ηγέτης της ομάδας.

Ξεκινήσαμε να κατεβαίνουμε τον λόφο με κατεύθυνση προς τα δυτικά. Ο Μπόλιος με αργό ρυθμό κρατούσε την κεφαλή της ομάδας και ακολουθούσα πέντε βήματα πιο πίσω. Ο Σούλιος ακολουθούσε λίγο πιο πίσω μου, στα δυο μέτρα περίπου. Ήταν ο μόνος από τους τρεις που δε φορούσε το κράνος του και φυσικά ο πιο ατημέλητος ως προς την εμφάνιση. Η παραλλαγή του κρεμόταν έξω από τις αρβύλες του, οι οποίες φαίνονταν πως είχαν εβδομάδες να καθαριστούν. Το τζόκεϊ του έδειχνε φθαρμένο και ξεβαμμένο. Τον άκουγα κάθε λίγο και λιγάκι να χασμουριέται και να σέρνει τα πόδια του πάνω στο χώμα, δημιουργώντας, καθώς περπατούσε, ένα αυλάκι πάνω στο έδαφος.

Αντιθέτως, ο Μπόλιος έδειχνε πιο επιμελημένος και στην εμφάνιση και στο βάδισμά του. Το κράνος του ήταν δεμένο σωστά και σφιχτά, ενώ το αλεξίσφαιρό του ήταν προσαρμοσμένο σωστά γύρω από το στέρνο του. Η παραλλαγή του ήταν πεντακάθαρη και οι αρβύλες του έλαμπαν. Το όπλο του το είχε περασμένο στον ώμο του και δεν έδειχνε να τον βαραίνει. Από την άλλη, ο Σούλιος κρατούσε το όπλο του σα να είχε στα χέρια του ένα κούτσουρο! Σίγουρα δυο φιγούρες εκ διαμέτρου αντίθετες. Ο ένας τυπικός σε όλα και ο άλλος παράτυπος σε όλα! Η απέχθεια του Σούλιου για οτιδήποτε είχε σχέση με τον στρατό ήταν εμφανής ακόμη και στην παραμικρή λεπτομέρεια.

Εν τω μεταξύ, τα σκυλιά με πολλή όρεξη έτρεχαν, δεξιά και αριστερά, ασταμάτητα. Τη μύτη τους την είχαν συνεχώς στο έδαφος και συνέλεγαν τις όποιες μυρωδιές έφταναν στις νευρικές απολήξεις της.

Ο Μήτσος, πού και πού, πηδούσε πάνω μου κερδίζοντας ενίοτε και κάποιο χάδι. Η Ίρμα και η Κούλα έδειχναν μεγάλη προσήλωση στην ανίχνευσή τους και φυσικά μεγαλύτερη επαγγελματική ευσυνειδησία από τον Μήτσο. Αντίθετα, ο Έκτορας είχε έναν αργό και σταθερό καλπασμό, όπως ακριβώς θα άρμοζε και σε έναν περήφανο ηγέτη. Σπάνια κατέβαζε το κεφάλι του κάτω για να οσμιστεί. Προτιμούσε να παρατηρεί και να επιτηρεί την κατάσταση.

Και τα τέσσερα σκυλιά έδειχναν σε καλή σωματική κατάσταση με δύναμη και στιβαρότητα που μετατρεπόταν σε μεγάλη ενεργητικότητα. Φαίνονταν έμπειρα, δοκιμασμένα και μπαρουτοκαπνισμένα στις απαιτήσεις της ορεινής ζωής. Παρατηρώντας όλα αυτά, ένιωθα μια σχετική ασφάλεια, χάρη σ' αυτούς τους τετράποδους πολεμιστές.

Δέκα λεπτά αφ' ότου αναχωρήσαμε, ήμασταν στους πρόποδες του λόφου που βρισκόταν απέναντι από το λόφο, στου οποίου τη κορυφή δέσποζε το φυλάκιό μας. Εκεί ακριβώς υπήρχε ένα ξέφωτο, όχι περισσότερο σε έκταση από ένα στρέμμα. Στη μέση του είδα μια στάνη χτισμένη κυκλικά με λεπτούς κορμούς και χοντρά κλαδιά. Προφανώς χρησιμοποιούταν από κάποιον βοσκό για να ξαποσταίνει το κοπάδι του. Πάντως αυτή τη στιγμή ήταν άδεια. Με μια προσεχτική ματιά παρατήρησα πως η αυτοσχέδια χαμηλή πόρτα ήταν καταστραμμένη. Ίσως να είχε μήνες να τη χρησιμοποιήσει κάποιος. Επίσης, υπολόγισα πως δε χωρούσαν πάνω από πενήντα με εξήντα κατσίκια και αυτά στριμωγμένα. Οι σκύλοι πέρασαν μέσα στον περίβολο και ανίχνευαν με ιδιαίτερη διάθεση.

«Άλλος αέρας εδώ!» απευθύνθηκα περισσότερο στον εαυτό μου.

Ο Σούλιος, που ήδη είχε στρίψει ένα τσιγάρο, ξάπλωσε κάτω στο πυκνό γρασίδι. «Είναι ωραία εδώ για έναν υπνάκο».

«Άντε Σούλιο, ακόμα δεν ξεκινήσαμε και μου στρώνεσαι κάτω φαρδύς πλατύς», τον επέπληξε ο Μπόλιος.

Ο Σούλιος δεν έδωσε και ιδιαίτερη σημασία και συνέχισε αμέριμνος να τραβάει βαθιές και παθιασμένες τζούρες. Εγώ, από την άλλη, συνέχιζα να επιθεωρώ την περιοχή χωρίς να δίνω σημασία στη διαφωνία των δυο συναδέλφων μου. Στο βάθος ο ήλιος είχε ανατείλει για τα καλά και πάνω του απλωνόταν η άχρωμη απεραντοσύνη του ουρανού. Τα μάτια μου έπεσαν σε ένα μονοπάτι ανηφορικό προς τα δυτικά.

«Αυτό το μονοπάτι θα ακολουθήσουμε;» ρώτησα τον Μπόλιο.

«Ναι. Από εκεί πρέπει να πάμε».

Σηκώσαμε τον Σούλιο, ο οποίος ήταν έτοιμος να κοιμηθεί, και μπήκαμε στο μονοπάτι. Τα σκυλιά είχαν εδώ και ώρα προχωρήσει μέσα του, σε έναν διάδρομο που περιβαλλόταν από πυκνή βλάστηση. Το πλάτος του ήταν περίπου ενάμιση μέτρο. Φαινόταν περπατημένο, γιατί έβλεπα παντού σπασμένα κλαδιά και πατημένα χορτάρια, αν εξαιρούσες τα θρασεμένα κλωνάρια που προεξείχαν προς τα μέσα. Οι ακτίνες του ηλίου δεν έφταναν με τίποτα ως εμάς, διότι τα δέντρα σχημάτιζαν μια φυσική σκεπή. Ήταν ένα απροσπέλαστο τείχος για τον ζωοδότη αστέρα.

Δεν ήταν μόνο αυτό, καθώς ανάμεσα στους πανύψηλους κορμούς υπήρχαν και πυκνοί αειθαλείς θάμνοι που δυσκόλευαν τον βηματισμό μας, επειδή πολλά κλαδιά τους προεκτείνονταν μέσα στο μονοπάτι. Μόνο τα σκυλιά περνούσαν με σχετική άνεση από εκεί. Εμείς σε πολλές περιπτώσεις έπρεπε να χρησιμοποιούμε τα χέρια μας για να σπρώξουμε ή να σπάσουμε τα κλαδιά. Η υγρασία ήταν πολύ έντονη λόγω της παρατεταμένης σκιάς του δάσους αλλά και της εποχής. Ήταν μέσα του Ιανουαρίου και το οξύμωρο ήταν πως διήγαμε μια περίεργη καλοκαιρία. Ίσως διανύαμε τις αλκυονίδες μέρες. Η θερμοκρασία θα ήταν πέντε με έξι βαθμούς, εξαιρετικά υψηλή για πρωινό σε αυτή την περιοχή.

Το μονοπάτι συνέχιζε ανηφορικό και αυτή η ολισθηρή ανωφέρεια με τα υγρά μούσκλια και τις λειχήνες δυσχέραινε το βάδισμά μας. Ο Μπόλιος που προπορευόταν άρχισε να δείχνει ήδη τα πρώτα σημάδια κόπωσης. Η ανάσα του είχε βαρύνει και τα μάγουλά του είχαν κοκκινίσει. Ο Σούλιος επίσης είχε αρχίσει να παραπατάει και να βαριανασαίνει. Το στήθος του ανεβοκατέβαινε λαχανιασμένο. Ασφαλώς, κάτι ανάλογο συνέβαινε και σε μένα και ας μη το παραδεχόμουν!

Μ' αυτά και μ' αυτά, είχαμε διανύσει δυο χιλιόμετρα ανηφορικό δρόμο. Ήταν και αυτό το σκοτάδι που μας περιέλουζε μέσα στο πυκνό δάσος και σε συνδυασμό με το τραχύ έδαφος, μας κούραζαν σωματικά αλλά και πνευματικά.

Ο Μήτσος φαινόταν και αυτός αποκαμωμένος, σε αντίθεση με τα άλλα τρία σκυλιά, τα οποία είχαν την ίδια ζωντάνια απ' όταν ξεκινήσαμε. Τίποτα δεν ξέφευγε από την αντίληψή τους!

«Ελάτε, μην είστε κακόκεφοι. Σκεφτείτε ότι στον γυρισμό όλο αυτό θα είναι κατηφόρα», τους παρότρυνα για να τους τονώσω το ηθικό.

«Τα πνευμόνια δε θα αντέξουν. Προσπαθώ να εισπνεύσω αέρα, αλλά τα νιώθω λιωμένα», ξεφύσησε ο Σούλιος, ωστόσο ξεκίνησε να βαδίζει.

Συνεχίσαμε για άλλα διακόσια περίπου μέτρα μέσα από δύσκολα σημεία που έπρεπε να σπάμε κλαδιά για να περάσουμε. Αφού πηδήσαμε πάνω από κοφτερούς βράχους, διαπίστωσα πως η πυκνότητα της χλωρίδας άρχιζε να αραιώνει. Φτάσαμε σε επίπεδο έδαφος, σε ένα μικρό οροπέδιο, το οποίο αμέσως πλημμύρισε από λαμπερές κηλίδες φωτός.

Το δάσος ήταν πλέον πίσω μας. Το τοπίο είχε αλλάξει. Ξερό έδαφος με ελάχιστα αγριόχορτα και διάσπαρτους βράχους εδώ και εκεί, λες και βρισκόμασταν σε κάποια από τις στέπες της κεντρικής Ασίας! Παρατήρησα ένα μονοπάτι αμυδρά χαραγμένο πάνω στο τραχύ έδαφος και το ακολούθησα.

Βαδίσαμε εκατόν πενήντα μέτρα ακόμα και πήραμε να διασχίζουμε μια κατηφοριά. Στα αριστερά του μονοπατιού δέσποζαν τρεις πανύψηλες λεύκες. Στο πιο χαμηλό κλαδί της πρώτης υπήρχαν δυο πανιά. Ήταν δεμένα σφιχτά, το ένα κόκκινο χρώμα και το άλλο άσπρο με πράσινες ρίγες. Συνεχίζοντας την πορεία μας μέσα στο σχεδόν ξερό τοπίο, συναντήσαμε ένα δεντράκι στη μέση του πουθενά. Και σε αυτό υπήρχε κρεμασμένο ένα κόκκινο πανί.

Έχοντας διανύσει λίγο πάνω από ένα χιλιόμετρο από τη στιγμή που βγήκαμε από το σκοτεινό δάσος, άρχισε να κυριαρχεί πυκνή θαμνώδης βλάστηση. Κάπου εκεί λοιπόν, ανάμεσα στους θάμνους, στη μέση του πουθενά, η πυραμίδα στεκόταν ως ένα πέτρινο ορόσημο. Ήταν η νούμερο πέντε. Αφού την προσεγγίσαμε, αφήσαμε στη βάση της όλο τον εξοπλισμό: τα πανωφόρια μας, τα αλεξίσφαιρα και τα όπλα μας.

Είχαμε ανάψει από την πεζοπορία, η οποία είχε αποδειχτεί πιο δύσκολη απ' ότι υπολόγιζα. Δοκίμασα τον ασύρματο σε μια προσπάθεια για να επικοινωνήσω με το φυλάκιο. Πέρα από παράσιτα, δεν κατόρθωσα να ακούσω κάποιον στην άλλη άκρη. Μάλλον δίκιο θα είχε ο δόκιμος. Από την πυραμίδα η επικοινωνία ήταν ανέφικτη, ήμασταν εκτός εμβέλειας.

Ήπιαμε μπόλικο νερό από τα παγούρια μας. Ο ήλιος χτυπούσε δυνατά και ο ιδρώτας έτρεχε ποτάμι από το μέτωπό μου, ενώ τα αειθαλή φύλλα των θάμνων έμοιαζαν με ένα εκτυφλωτικό πλέγμα από διαμάντια που στραφτάλιζαν στο λαμπερό ηλιόφως. Καθίσαμε κάτω από ένα μεγάλο σχετικά θάμνο και προσπαθήσαμε να εκμεταλλευτούμε τη φειδωλή σκιά που μας πρόσφερε.

Ο Σούλιος μου πρόσφερε ένα τσιγάρο και αρχίσαμε να το απολαμβάνουμε ξαπλωμένοι παρατηρώντας τα σύννεφα που είχαν μαζευτεί και έμοιαζαν με μαλλιαρές μικρές λευκές τολύπες. Ο Μήτσος εμφανίστηκε από τα δεξιά μου και μου έγλειψε το αυτί. Στρώθηκε δίπλα μου και άρχισα να τον χαϊδεύω στη ράχη του. Ο Εκτορας ξάπλωσε ανάμεσα σε δυο θαμνάκια, ενώ οι δίδυμες με τη μύτη κάτω και με μεγάλη διάθεση ιχνηλατούσαν την περιοχή περιμετρικά.

«Τα πανιά πάνω στα δέντρα, τα πρόσεξες;» με ρώτησε ο Σούλιος που είχε σηκώσει τη δεξιά του παλάμη μπροστά από το πρόσωπό του για να αποφύγει τις ακτίνες του ηλίου.

«Τα είδα. Ποιος τα έβαλε;»

«Λαθρομετανάστες. Είναι σημάδια για να μη χάνουν την πορεία τους. Πάντως, τα τελευταία χρόνια δεν περνάνε τακτικά από εδώ. Μπαίνουν από πιο δύσβατα μέρη, όπου δεν υπάρχουν φυλάκια».

«Όμως, δε διαπιστώνω ίχνη από πρόσφατη παρουσία ανθρώπου εδώ γύρω. Ούτε πατημασιές, ούτε σκουπίδια». Ανίχνευσα το έδαφος.

«Μερικοί βοσκοί περνάνε από εδώ πού και πού» διευκρίνισε ο Μπόλιος, που ήταν ξαπλωμένος στο έδαφος, με το τζόκεϊ να καλύπτει σχεδόν όλο το πρόσωπό του.

«Ναι, κυρίως όμως οι δικοί μας. Οι βοσκοί των δυο χωρών είναι οι μόνοι που μπαινοβγαίνουν από τη νοητή γραμμή των συνόρων και βόσκουν τα ζώα τους χωρίς κανένα απολύτως πρόβλημα. Έπειτα, υπάρχουν και πολλοί έμποροι που έρχονται από τις μεγάλες πόλεις αγοράζουν αλβανικά κατσίκια και ύστερα τα διοχετεύουν στην αγορά ως ελληνικά! Έχουμε φάει αλβανικό κατσίκι!» χασκογέλασε πνιχτά ο Σούλιος.

«Το κατσίκι είναι κατσίκι! Φαντάζομαι πως έχει την ίδια γεύση παντού».

«Έστω. Τουλάχιστο αυτό δεν είναι και κάτι δα τρομερό. Αλλού γίνονται οι χοντρές οι μπάζες» υπονόησε με ανασηκωμένο το φρύδι του ο Σούλιος.

«Σούλιο, έχεις φάει χοντρό κόλλημα με αυτό το θέμα. Πάλι θα μας πεις για την πυραμίδα οχτώ και τις ίδιες ιστορίες. Όλα αυτά είναι ράδιο αρβύλα! Σε περιοχή με στρατό και συνοροφυλακή δεν είναι εύκολο να γίνουν αυτά», διαφώνησε ο Μπόλιος, τρίβοντας τα μικρά του μάτια κάτω από τα μυωπικά γυαλιά του.

«Δηλαδή, Σούλιο, για πες μου τι έχεις ακούσει;» τον ρώτησα με ενδιαφέρον.

«Δε νομίζω να θέλεις να ακούσεις. Έτσι και αλλιώς, όλοι στο φυλάκιο πιστεύουν πως αυτά που λέω, τα λέω επειδή δε γουστάρω τον στρατό και τους καραβανάδες».

«Και εγώ δε γουστάρω πολύ, αλλά προσπαθώ να περνώ καλά, όπου και να βρίσκομαι. Το ένα με το άλλο όμως δε σχετίζονται. Είναι γεγονός ότι στον στρατό πάντα αιωρούνται διάφορες φήμες για όλους και για όλα. Το βασικό ερώτημα όμως είναι, τι ισχύει στην πραγματικότητα. Έτσι λοιπόν, θα ήθελα ειλικρινά να μάθω τι έχεις ακούσει και από πού».

«Λοιπόν, θα σου εκθέσω όσα ξέρω και όσα πιστεύω πως συμβαίνουν».

«Είμαι έτοιμος να σε ακούσω με προσοχή».

«Τα έχω ακούσει από παλαιότερους, οι υποίοι έχουν απολυθεί εδώ και χρόνια. Μάλιστα από άτομα που θήτευσαν στα φυλάκια των Πρεσπών. Επιπροσθέτως, δυο από αυτά τα άτομα είναι και πατριωτάκια μου, από Κοζάνη, άνθρωποι σοβαροί και εμπιστοσύνης. Από το '91 και έπειτα, όταν κατέρρευσε το λεγόμενο ανατολικό μπλοκ, πάρα πολλοί Αλβανοί ξεχύθηκαν προς την Ελλάδα. Όλα αυτά βεβαίως τα ξέρετε. Σε αυτή την περιοχή έγινε χαμός! Κόσμος περνούσε μέσα από βουνά και δάση για να βρει ένα καλύτερο αύριο στη χώρα μας. Και αυτό το γνωρίζετε, δεν είναι κάτι άγνωστο. Σε μια τέτοια κατάσταση ανάγκης λοιπόν, εμφανίστηκαν και πολλοί καλοθελητές. Έστησαν ολόκληρες επιχειρήσεις και στις δυο χώρες. Εκμεταλλεύτηκαν τον πόνο, την ανάγκη, τους πόθους και τα όνειρα φτωχών ανθρώπων. Με το αζημίωτο, έτσι; Πέρασαν μέσα από τα βουνά χιλιάδες ανθρώπους! Αυτοί πλήρωναν με ό,τι περιουσιακά στοιχεία διέθεταν, πενιχρά βέβαια, αλλά γι' αυτούς ήταν μια περιουσία. Αυτό γίνεται ακόμα στον Έβρο και στα νησιά απέναντι από την Τουρκία. Πάντως εδώ τότε έγινε πανικός! Κοσμοσυρροή! Πολλοί απ' αυτούς τους δουλέμπορους τα κονομήσανε, κάποιοι λίγοι συνελήφθησαν, εν πάση περιπτώσει κουτσά στραβά, το ελληνικό κράτος κάπως εξομάλυνε την κατάσταση. Με το πέρασμα των ετών αμβλύνθηκε η οξύτητα του προβλήματος. Όταν έπαψε η πολυκοσμία, ξεχάστηκαν τα πάντα. Έλα όμως που κάποιοι επιτήδειοι, αφού διέκριναν την εκ νέου έλλειψη μέριμνας, έστησαν ξανά χοντρές επιχειρήσεις. Πού; Εκεί που φαντάζεστε: πυραμίδα οχτώ! Πέρασμα τραχύ, δύσβατο και κακοτράχαλο. Τουλάχιστον, έτσι έχω ακούσει, αφού δεν μπόρεσα να πάω ως εκεί».

«Καλά ως εδώ. Όμως δε βλέπω καμιά απόδειξη για όσα ισχυρίζεσαι».

«Γιατί λες μας απαγορεύουν να πάμε προς τα εκεί;»

«Διότι είναι ένα δύσβατο μέρος, όπως λες, και διότι δεν έχουν καμιά διάθεση να μας χρυσοπληρώνουν αν γκρεμοτσακιστούμε! Οι καραβανάδες γνωρίζουν πολύ καλά πως δεν είμαστε και οι πιο εκπαιδευμένοι στρατιώτες του κόσμου. Το μόνο που επιθυμούν είναι να φύγουμε αλώβητοι, όταν λήξει η θητεία μας».

«Έχεις προσέξει τον δόκιμο; Εγώ είμαι δύο μήνες εδώ και πάντα είναι σκεφτικός και κατσούφης. Πολλές φορές έχει αναφέρει να μη πάει κανείς προς την οχτώ. Όταν μιλά για αυτό το θέμα είναι χαμένος και αγχωμένος. Γιατί;»

«Ίσως είναι το ύφος του και η ιδιοσυγκρασία του τέτοια. Εγώ, δεύτερη μέρα στο φυλάκιο, κατάλαβα πως τον ενδιαφέρει να περνά ήσυχα ο καιρός, ώσπου να απολυθεί. Δε βρίσκω τίποτα ύποπτο στη συμπεριφορά του».

«Να δεις που γνωρίζει πράγματα! Έχει πάρει εντολές από τον διοικητή!»

«Σίγουρα τον διέταξαν να μη μας αφήνει να κυκλοφορούμε στα κατσάβραχα και απλώς το εκτελεί. Δε νομίζω να γνωρίζει κάτι παραπάνω, αν δηλαδή υπάρχει κάτι, που θα έπρεπε να γνωρίζει».

«Την ίδια άποψη έχω και εγώ» συμπλήρωσε και ο Μπόλιος που τόση ώρα ήταν απλώς ακροατής.

«Και ας υποθέσουμε, λέω ας υποθέσουμε, πως όντως συμβαίνουν πράγματα και θάματα εκεί, τι ακριβώς συμβαίνει;» Έσκυψα και σκούπισα τις σκόνες από τις αρβύλες μου.

«Λαθρεμπόριο: ναρκωτικά, όπλα, εμπόριο λευκής σαρκός, δηλαδή γυναίκες».

«Πολύ αμφιβάλλω. Είναι υπερβολικά όλα αυτά! Να πιστέψω ότι πωλούνται κατσίκια, άντε καμιά κούτα αλβανικά τσιγάρα, να το δεχτώ. Όχι όμως, και αυτά που λες! Και δεν παίρνει κανείς είδηση;»

Ο Σούλιος είχε μουτρώσει, επειδή τον αμφισβητήσαμε. Δεν του έδωσα και ιδιαίτερη σημασία και απέφυγα να συζητήσω περαιτέρω.

Παρατήρησα την πυραμίδα. Είχε όντως σχήμα πυραμίδας και ύψος γύρω στο ενάμιση μέτρο! Φτιαγμένη από τσιμέντο και σε χρώμα λευκό, που πρέπει όμως να είχε βαφτεί πριν από πολλά χρόνια. Η κορυφή της ήταν πεπλατυσμένη, όπου άνετα θα μπορούσε κάποιος να σταθεί πάνω της. Από την πλευρά που ήταν στραμμένη προς την Ελλάδα υπήρχε χαραγμένο ένα κεφαλαίο έψιλον (Ε). Κοίταξα και από την άλλη και διέκρινα ένα χαραγμένο κεφαλαίο άλφα (Α). Άρα Ελλάδα και Αλβανία θεώρησα πως εννοεί. Βεβαίως, οι Αλβανοί αποκαλούν τη χώρα τους *Shqiperia* και θα έπρεπε να υπάρχει λογικά ένα λατινικό ες(S). Πάντως τα γράμματα πάνω της, προφανώς, ήταν τα αρχικά γράμματα της ονομασίας των δυο κρατών.

Καθώς βρέθηκα ένα βήμα πίσω από την πυραμίδα, συνειδητοποίησα ένα απλό πράγμα.

Βρισκόμουν στο έδαφος μιας άλλης χώρας!

Είχα διαβεί τη νοητή γραμμή των συνόρων!

Ένιωσα αρκετά παράξενα. Χωρίζονται τα κράτη και αναπόφευκτα και οι άνθρωποι! Κι όμως είμαστε τόσο κοντά! Έβγαλα μια κραυγή που τρόμαξαν ακόμα και τα σκυλιά, τα οποία πετάχτηκαν απότομα. Ούτε εγώ κατάλαβα γιατί έβγαλα αυτή την κραυγή. Απλώς τσίριξα. Ένιωσα τόσο ελεύθερος. Η κραυγή μου αντιλάλησε στον απέναντι αλβανικό λόφο.

Με μια επιδέξια και επιτηδευμένη κίνηση βρέθηκα πάνω στην πυραμίδα. Στα πέντε περίπου χιλιόμετρα έπεσε στην αντίληψή μου ένα χωριό. Το παρατήρησα για λίγα λεπτά. Μου φάνηκε αρκετά μικρό. Έβγαλα από την τσέπη το κινητό μου για να δω αν έχω σήμα. Προς στιγμή χάρηκα που είχα, αλλά διαπίστωσα πως προερχόταν από αλβανική εταιρία. Μου προξένησε εντύπωση αλλά και θλίψη, αφού ουσιαστικά ήταν άχρηστο. Το έβαλα λοιπόν πίσω στην τσέπη μου.

Με ένα πήδημα βρέθηκα στο έδαφος. Κοίταξα πάλι την

πυραμίδα. Ένα άψυχο μικρό τσιμεντένιο κτίσμα, το οποίο όμως ασκούσε μια περίεργη γοητεία επάνω μου! Διαιρούσε μια περιοχή γης σε δυο κράτη, σε δυο διαφορετικές κουλτούρες, σε δυο διαφορετικούς λαούς. Όμως όλα αυτά ήταν πολύ τυπικά! Στην ουσία δε χώριζε τίποτα.

Ήταν μια απλή κατασκευή στη μέση του πουθενά!

Σήκωσα το κεφάλι μου και παρακολούθησα ένα κοπάδι από σπουργίτια που πετούσε από πάνω μας. Δεν είχαν περιορισμούς, δε χρειάζονταν τυπικότητες, νόμους και διαπιστεύσεις. Περνούσαν από τη νοητή διαχωριστική γραμμή χωρίς να προβληματίζονται. Γι' αυτά, όλη η γη είναι ο τόπος τους!

Πόσο ζήλεψα αυτή την ανεμελιά τους και την αίσθηση της ελευθερίας, που ανέδυαν με το χαρούμενο πέταγμά τους! Δεν τα άφησα από τα μάτια μου, ώσπου να εξαφανιστούν από τον ορίζοντα.

Αποφασίσαμε να πάρουμε τον δρόμο του γυρισμού. Αφού ετοιμαστήκαμε, αρχίσαμε την πορεία μας. Ο Εκτορας σηκώθηκε νωχελικά από το έδαφος και ξεκίνησε και αυτός με αργό περπάτημα. Δεν τίθεται θέμα για την υπόλοιπη αγέλη, η οποία μας ακολουθούσε κατά πόδας ευδιάθετη και ενεργητική, με πρωτοστάτη τον Μήτσο, που έδειχνε να διασκεδάζει την κάθε του στιγμή. Μπλεκόταν στα πόδια μας, πλησίαζε τα δάχτυλα μας και τα έγλειφε, ενώ χοροπηδούσε πού και πού γύρω από τις δίδυμες, οι οποίες δεν του έδιναν σημασία και τον απέφευγαν με ακροβατικούς ελιγμούς. Μόλις φτάσαμε στα όρια του δάσους, καθώς η βλάστηση έκλεινε ξανά πίσω μας και μπροστά μας απλωνόταν πάλι ο αχανής δασότοπος, δοκίμασα να επικοινωνήσω με τον δόκιμο.

«Δόκιμε, λαμβάνεις; Επιστρέφουμε».

«Θετικό. Άντε με το καλό να επιστρέψετε. Ο μάγειρας έφτιαξε κάτι σαν μοσχάρι... δεν πρέπει να το χάσετε! Τα σκυλιά είναι μαζί σας;»

«Ναι, μαζί μας είναι».

«Α, τότε εντάξει, μάλλον μοσχάρι θα φάτε!»

Ακολουθώντας την ίδια πορεία και διαβαίνοντας το ίδιο μονοπάτι, επιστρέψαμε τελικά στο φυλάκιο. Είχε μεσημεριάσει και μας είχε πιάσει μεγάλη πείνα. Αφήσαμε τον εξοπλισμό και κατευθυνθήκαμε προς την κουζίνα.

Ο Σούλιος, αμίλητος σε όλο τον γυρισμό από την περιπολία, τράβηξε μια καρέκλα νευρικά και κάθισε. Πήρα θέση απέναντί του κοιτάζοντάς τον κατά στιγμές. Ο Μπόλιος μου ένευσε κρυφά να μη του δίνω σημασία. Φάγαμε με όρεξη το μοσχάρι με το ρύζι του Λυτράκου. Ήταν εξόχως εύγευστο ή μάλλον πεινούσαμε πολύ. Δώσαμε τα συγχαρητήρια στον μάγειρα, ο οποίος ηδονιζόταν, μέσα στα χαμόγελα, από τις συνεχείς επευφημίες μας για τη μαγειρική του. Ήμασταν στην κουζίνα μόνοι οι τρεις μας και ο Λυτράκος. Οι υπόλοιποι, διασκορπισμένοι στο σαλόνι και στο θάλαμο, προσπαθούσαν να σκοτώσουν την ώρα τους. Τον δόκιμο δεν τον πήρε πουθενά το μάτι μου. Θα ήταν αραχτός στο δωμάτιό του.

Εν τω μεταξύ, εμείς είχαμε αρχίσει τη χώνεψη, αφ' ότου τα στομάχια μας απόλαυσαν το λουκούλλειο γεύμα του Λυτράκου. Ο Σούλιος έκανε βαρύ το κλίμα με το συνοφρυωμένο πρόσωπο και την εκνευριστική αδιαφορία του προς εμάς.

«Σούλιο, σύνελθε φίλε μου. Δε βρίσκω τον λόγο να είσαι νευριασμένος μαζί μας» του μίλησα με όλη μου την καλή διάθεση.

Ο Σούλιος μου έριξε μια ματιά γεμάτη μίσος. Γύρισε επιδεικτικά την καρέκλα του και άφησε το βλέμμα του να πλανηθεί έξω από το παράθυρο. Παιδιάστικη συμπεριφορά!

Πήρα την καρέκλα μου ακολουθούμενος από τον Μπόλιο. Σταθήκαμε και εμείς με πομπώδες ύφος ακριβώς μπροστά του, κλείνοντάς του το οπτικό πεδίο. Τον κοιτάζαμε στα μάτια χωρίς ίχνη μορφασμού στα πρόσωπά μας, λες και είχαμε υπνωτιστεί από κάποια αόρατη δύναμη. Μας ανταπέδωσε με σταθερό βλέμμα, δίχως να παρεκκλίνει καθόλου. Για ένα λεπτό ήμασταν και οι τρεις στην ίδια γελοία στάση. Τότε ο Σούλιος ξέσπασε σε δυνατά γέλια, σα να έβλεπε την πιο αστεία θεατρική παράσταση που είχε δει ποτέ!

«Είστε πολύ αστείοι!» ξέσπασε σε ακατάπαυστα γέλια και έπιανε την κοιλιά του, δυσκολευόμενος να τη συγκρατήσει, έτσι όπως τραντάζονταν πάνω στην καρέκλα.

Ξεσπάσαμε και εμείς σε δυνατά γέλια. Φαινόταν πως το κλίμα είχε αποφορτιστεί. Χτυπήσαμε μεταξύ μας τις παλάμες μας, απόδειξη της λήξης της παρεξήγησης.

Ο Σούλιος, χαλαρός πλέον, πήρε ύφος ανθρώπου, που ετοιμάζεται να βγάλει ένα σπουδαίο διάγγελμα: «Λοιπόν, το βράδυ θα πάμε στο σπιτάκι του Αναστάση να πιούμε το θεϊκό του τσίπουρο και να ακούσουμε τις απολαυστικές ιστορίες του».

«Έχεις αναφέρει ξανά αυτό το όνομα. Ποιος είναι;»

«Ένας σπουδαίος και ευχάριστος άνθρωπος. Μένει σε ένα αγροτόσπιτο λίγο έξω από το χωριό».

«Μήπως δεν πρέπει να φορτωνόμαστε στον άνθρωπο;»

«Όχι! Αυτός ψοφάει για παρέα. Πολλές φορές έρχεται εδώ και τα πίνουμε».

«Τότε εντάξει. Ας τον γνωρίσουμε και αυτόν».

Σηκώθηκα για να πάω να τεντωθώ στο κρεβάτι μου, μια που η συσσωρευμένη κούραση της ημέρας έπρεπε να αποβληθεί από το κορμί μου με έναν απολαυστικό μεση-μεριανό ύπνο.

IV

Ξύπνησα στις εφτά και μισή το απόγευμα. Το σκοτάδι είχε καλύψει τα πάντα έξω. Με μια φευγαλέα ματιά διαπίστωσα πως ήμουν μόνος στον θάλαμο. Ακόμη και ο Σούλιος δεν ήταν στο κρεβάτι του. Πήγα στις τουαλέτες και έριξα μπόλικο νερό στο πρόσωπό μου για να συνέλθω από το λήθαργο. Έπειτα, βγήκα στον διάδρομο και είδα μέσα στην κουζίνα τον Σανιδά, τον Μπόλιο και τον Σούλιο να πίνουν το καφεδάκι τους. Τους ζήτησα ευγενικά να μου φτιάξουν και μένα έναν, μια που με δυσκολία μπορούσα να συγκεντρωθώ. Μου είχε βγει μια τρομερή κούραση από την πρωινή πορεία και το κορμί μου δεν είχε τη δυνατότητα να υπακούει στις εντολές, που έστελνε ο εγκέφαλός μου. Ο Μπόλιος είχε την καλοσύνη να προσφερθεί. Εγώ πήγα μέχρι το σαλόνι, περισσότερο για να συνέλθω λίγο, παρά γιατί είχα όρεξη να βρεθώ εκεί. Όσοι ήταν εκεί, παρακολουθούσαν τηλεόραση.

Τους χαιρέτισα όλους. Ο Μπάκας και ο Λυτράκος ανταπάντησαν στον χαιρετισμό μου με ευδιαθεσία. Αντιθέτως, ο Καζώνης και ο Γαρούφαλος με το ζόρι κούνησαν τα κεφάλια τους. Κάθονταν στις ίδιες θέσεις όπου τους έβλεπα όλη ημέρα. Μπορεί να κάθονταν και από χθες εκεί! Μάλλον με αυτό τον τρόπο θα πέρναγαν την ώρα τους.

Επιστρέφοντας στην κουζίνα συνάντησα τον δόκιμο. Είχε το ίδιο βαρύθυμο ύφος. Με προσκάλεσε στο δωμάτιό του. Του είπα πως θα έπαιρνα τον καφέ μου και θα πήγαινα. Σε λίγο χτυπούσα την πόρτα του και με προσκαλούσε να περάσω μέσα.

«Λοιπόν, Λάσκαρη, πώς τα βλέπεις τα πράγματα;»

«Πραγματικά υπέροχα, καταπληκτικά!»

«Αρκεί να μη το κάνουμε παιδική χαρά εδώ μέσα».

«Ποτέ δόκιμε δε θα σε φέρω σε δύσκολη θέση, όσο είμαι εδώ».

«Είσαι πιο μεγάλος σε ηλικία από τους άλλους, είσαι μορφωμένος και φαίνεσαι σοβαρό άτομο. Θέλω να πιστεύω ότι μπορώ να στηρίζομαι σε σένα. Να βοηθάς την κατάσταση».

«Σ' ευχαριστώ, για την εκτίμηση, δόκιμε. Να' σαι σίγουρος πως θα βοηθήσω σε ό,τι χρειαστείς».

«Για αυτό και θέλω να συγκρατείς κάποιους εδώ μέσα, που είναι κάπως ανώριμοι».

«Ποιους εννοείς;»

«Για παράδειγμα, ο Σούλιος είναι υπερβολικά αλλοπρόσαλλος. Καλό είναι να μη κυκλοφορεί στο δάσος».

«Γιατί; Σήμερα, περάσαμε πολύ όμορφα. Έχει σχέση με την πυραμίδα οχτώ και όλο αυτό το παραμύθι;»

«Ο καθένας θέλει το κεφάλι του ήσυχο. Εγώ, ο λοχαγός, ο διοικητής και πάει λέγοντας». Έμεινε για λίγη ώρα σκεφτικός.

Αποφάσισα να ρισκάρω και να ρωτήσω ευθέως.

«Δόκιμε, τι γνωρίζεις για την πυραμίδα οχτώ;»

Κόμπιασε λίγο και πήρε μια βαθιά ανάσα. «Δεν γνωρίζω ειλικρινά τίποτα. Όταν ήρθα εδώ, μάλλον όταν ήμουν στο τάγμα, λίγο πριν με στείλουν στο φυλάκιο, ο διοικητής μου είχε μιλήσει, χωρίς να γίνει καθόλου σαφής! Μου έκανε σεμινάριο περί ασφάλειας, γενικά να είμαστε φρόνιμοι, να μη κυκλοφορούμε στα βουνά λόγω ύπαρξης κινδύνων. Στο τέλος, μου επέστησε την προσοχή και μου απαγόρευσε οποιαδήποτε σχέση με τη συγκεκριμένη πυραμίδα. Ούτε ρώτησα, ούτε σκέφτηκα βαθύτερα για αυτό το ζήτημα. Έτσι με διέταξε, αυτό διατάζω και εγώ σε εσάς. Αυτές οι φήμες, είναι απλώς φήμες και δε χρειάζεται να ασχολούμαστε παραπάνω. Θα περάσει ο καιρός, θα πάρουμε το χαρτί και θα φύγουμε ο καθένας για τον τόπο του. Ήρεμα και απλά!»

Αναλογίστηκα τα λόγια του. Ίσως να λάμβανε χώρα κάτι σημαντικό ή ασήμαντο εκεί επάνω. Πιθανώς να είχε και κατά ένα μικρό ποσοστό δίκιο ο Σούλιος. Αλλά και πάλι ήμουν σίγουρος ότι τίποτα μεμπτό δε συνέβαινε εκεί πέρα.

Δεν ήμουν σε καμιά περίπτωση διατεθειμένος να ασπαστώ απόλυτα τις απόψεις του Σούλιου. Βεβαίως, όπου υπάρχει καπνός, υπάρχει και φωτιά. Συνέθεσα, λοιπόν, ένα σενάριο: ίσως να έγιναν όλα αυτά που ισχυρίζεται ο Σούλιος, αλλά έγιναν το διάστημα της μεγάλης μετανάστευσης από τη γειτονική χώρα, εκεί στις αρχές της δεκαετίας του '90. Όμως, με την επάνδρωση των συνοριακών φυλακίων και με τον θεσμό της συνοροφυλακής, σίγουρα έπαψε να υφίσταται ό,τι τελοσπάντων συνέβαινε στη συνορογραμμή. Έτσι, κάνοντας αυτές τις σκέψεις, αποχαιρέτισα τον δόκιμο και πήγα προς την κουζίνα.

Οι υπόλοιποι είχαν μια έντονη συζήτηση περί γυναικών! Ο Σούλιος περιέπαιζε τον Σανιδά για το άγχος που τον διακατείχε. Ο Σούλιος έλεγε πως είχε συνειδητά διακόψει τη σχέση που είχε για να μη ταλαιπωρείται, όπως ο Σανιδάς τώρα. Αυτός αγκομαχούσε και ξεφυσούσε σκεπτόμενος την κοπέλα του. Ο Μπόλιος το διασκέδαζε και έβαζε φυτίλια συνεχώς στον καημένο τον Σανιδά. Έδειχνε να είναι ερωτευμένος και όποιος ερωτεύεται πονά!

«Εσύ τι γνώμη έχεις Λάσκαρη για όλα αυτά;» με ρώτησε ο Σανιδάς, που περίμενε με ανυπομονησία τα χείλη μου να ανοίξουν.

«Ο έρωτας είναι ένα πολύ δυνατό συναίσθημα. Ωστόσο υπάρχει κάτι πιο δυνατό από αυτό: ο φόβος! Γνωρίζεις γιατί; Διότι πάντα θα φοβάσαι! Θα φοβάσαι μη πάθει κάτι κακό ο άνθρωπός σου. Θα φοβάσαι μήπως σε παρατήσει! Θα φοβάσαι μήπως σε απατήσει! Άρα, κατά τη γνώμη μου, καταρρίπτεται η θεωρία που λέει "τίποτα πιο δυνατό από τον έρωτα"! Και αυτή τη στιγμή εσύ φοβάσαι! Έχω άδικο;»

«Καθόλου! Ποτέ δεν είχα κάνει τέτοιο συλλογισμό! Εσύ; Είσαι ερωτευμένος; Έχεις κάποια σχέση;»

«Δυστυχώς! Δεν έχω χώρο στην καρδιά μου για καμία αυτή τη στιγμή. Ωστόσο τι θα σχολιάζατε αν σας έλεγα πως η πρώην κοπέλα μου με απάτησε, λίγο πριν καταταχτώ, με τον πρώτο τυχόντα».

Ο τόνος μου είχε ηχήσει μελαγχολικός και βρήκε ως ανταπόκριση την απόλυτη ησυχία και τα βλέμματα συμπαράστασης που έλουσαν την ατμόσφαιρα. Είχαν το ύφος ανθρώπων, που είπαν κάτι το οποίο δεν έπρεπε να ειπωθεί.

«Συνάδελφοι, δε χρειάζεται να αισθάνεστε άσχημα,

την έχω ξεπεράσει αυτή την κατάσταση. Συμβαίνουν αυτά. Μια άλλη φορά θα το συζητήσουμε εκτενέστερα, αν έχω διάθεση».

Ο Σούλιος σηκώθηκε απ' την καρέκλα και με ύφος έμπειρου πολιτικού, δήλωσε: «τέρμα η μιζέρια! Σε λίγο θα πάμε στον Αναστάση να τα πιούμε. Εμπρός, ας το διασκεδάσουμε!»

Αφού ενημερώσαμε τον δόκιμο για τη σχεδιαζόμενη επίσκεψη στον Αναστάση, ξεκινήσαμε και οι τέσσερεις, ευδιάθετοι και αστειευόμενοι. Μόνο εγώ ήμουν ενδεδυμένος προβλεπόμενα, εν αντιθέσει με τους άλλους οι οποίοι φορούσαν αθλητικές φόρμες. Οι τετράποδοι φίλοι μας, μόλις αντιλήφθηκαν τη νυχτερινή εξόρμηση, ξέσπασαν σε χοροπηδητά, ειδικά ο Μήτσος, ο οποίος μας έλουζε με τα σάλια του. Ως συνήθως, ο λιγότερο ενθουσιώδης ήταν ο Έκτορας. Απλώς, σηκώθηκε και ακολούθησε. Οι δίδυμες, ιχνηλατώντας ό,τι τους κινούσε το ενδιαφέρον, με επαγγελματική ευσυνειδησία έκαναν αυτό που είχα καταλάβει ότι τις ευχαριστούσε.

Κατεβαίναμε τον λόφο του φυλακίου με κατεύθυνση νοτιοδυτική. Περάσαμε λίγο έξω από το χωριό παίρνοντας τον δρόμο που οδηγεί στο πίσω μέρος της μικρής Πρέσπας. Μισό χιλιόμετρο πιο κάτω από το χωριό αντίκρισα μια χαριτωμένη αγροικία. Αν και είχε πέσει για τα καλά το σκοτάδι, διέκρινα έναν κήπο, που φαινόταν προσεγμένος, χωρίς ωστόσο να έχει τίποτα παρά μόνο ανασκαλευμένο χώμα. Στην άκρη αυτού του κήπου, στο πίσω μέρος, ακριβώς κολλητά με την κυρίως οικία, δέσποζε μια χαριτωμένη ξύλινη αποθηκούλα. Η κύρια οικία ήταν κτισμένη με την παραδοσιακή τεχνοτροπία του χωριού, με τη χαρακτηριστική καμινάδα που τόσο εντύπωση μου είχε προκαλέσει, όταν έφτασα εδώ.

Ο Σούλιος χτύπησε δυνατά την πόρτα τρεις φορές. Έπειτα από λίγα δευτερόλεπτα, η πόρτα άνοιξε και μια φιγούρα εμφανίστηκε στο κατώφλι. «Καλώς τα παλικάρια. Καλωσορίσατε. Περάστε, περάστε. Α, βλέπω και καινούρια πρόσωπα. Πέρασε, αγόρι μου καλό» με προσκάλεσε ο ευγενικός αυτός κύριος που με επιθεώρησε από την κορυφή έως τα νύχια.

Ο Σανιδάς προσπάθησε να κάνει τις απαραίτητες συστάσεις, αλλά ο οικοδεσπότης πρότεινε να περάσουμε μέσα και έπειτα να γίνουν όλα τα υπόλοιπα. Κλείνοντας την πόρτα, κοίταξε τους σκύλους, που βρίσκονταν απ' έξω.

«Εσείς παιδιά δεν μπορείτε να μπείτε μέσα!»

Έκλεισε την πόρτα και γύρισε προς το μέρος μας. Πρέπει να ήταν γύρω στα εξήντα με εξήντα πέντε. Τα γαλάζια μάτια του σπινθηροβολούσαν, ενώ οι κόκκινες παρειές του προσέδιδαν μια ρόδινη χροιά. Ρυτίδες χαράκωναν το δέρμα του, ενώ γύρω από τους κροτάφους του οι γκρίζες ανταύγειες είχαν κερδίσει το έδαφος. Τα χείλη του ήταν λεπτά, που όταν χαμογελούσε αποκάλυπταν αρκετά φθαρμένα δόντια κιτρινωπής απόχρωσης. Η μύτη του ήταν αρκετά γαμψή και στην απόληξή της ήταν και αυτή κατακόκκινη. Ίσως να ήταν γερός πότης! Το βλέμμα του παρέμενε καρφωμένο πάνω μου, γεγονός που με έφερνε σε άβολη θέση.

Κάθισα μαζί με τους υπόλοιπους γύρω από ένα ξύλινο τραπεζάκι δίπλα στο τζάκι, με το τριζοβόλημα του κούτσουρου στη φωτιά να μας γαληνεύει. Κάθισε και αυτός, πάντα χαμογελαστός. Αυτή τη φορά ο Σανιδάς προχώρησε επιτέλους στις συστάσεις.

«Από εδώ ο Λουκάς. Είναι ζωολόγος».

«Εγώ είμαι ο Αναστάσης». Ανταλλάξαμε χειραψία.

Μετά από λίγη ώρα, την απαραίτητη για να σπάσει ο πάγος, άρχισε τις ερωτήσεις. «Ώστε από Θεσσαλονίκη; Έχω πάει πέντε έξι φορές. Πολλή βαβούρα παιδάκι μου!»

«Πού να πας στη Νέα Υόρκη ή στο Σικάγο!»

«Ευτυχώς που δεν πήγα ποτέ προς τα εκεί. Μάλλον θα τρελαινόμουν!»

«Άσ' τα αυτά Αναστάση και βάλε να πιούμε τίποτα καλό. Ξέρεις εσύ!» διέκοψε ο Σούλιος τον διάλογό μας.

Το πρόσωπο του Αναστάση έλαμψε στη προτροπή του Σούλιου. Σηκώθηκε από την καρέκλα του ευδιάθετος και κατευθύνθηκε προς τη μικρή κουζινούλα. Λίγα λεπτά αργότερα, επέστρεψε με μια καράφα τσίπουρο και πέντε μικρά ποτήρια.

Μας σέρβιρε με περίσσια γενναιοδωρία και ευχήθηκε να 'χουμε καλό υπόλοιπο θητείας. Τσουγκρίσαμε τα ποτήρια μας, ευχόμενοι στον οικοδεσπότη υγεία και ευτυχία. Αυτός πήγε πάλι προς την κουζίνα και επέστρεψε με μερικά μεζεδάκια: φασόλια Πρεσπών, τυρί φέτα και εξαίσιο, έτσι όπως μύριζε, χωριάτικο ψωμί.

Μας ρώτησε αν θέλαμε να ψήσει και μερικά λουκάνικα. Εγώ ευγενικά αρνήθηκα, ήδη ένιωθα υποχρεωμένος. Ο Σούλιος όμως και ο Σανιδάς επέμεναν για τα λουκάνικα δίχως ενδοιασμούς και κόσμιους τρόπους συμπεριφοράς.

Σε λίγα λεπτά έφτασαν και τα λουκάνικα. Δοκίμασα, μια που ο άνθρωπος μπήκε στον κόπο να τα ψήσει. Θεσπέσια! Τέτοια χωριάτικα λουκάνικα δεν είχε γευτεί ποτέ η γλώσσα και ο ουρανίσκος μου! Έδωσα τα συγχαρητήριά μου στον Αναστάση.

Η βραδιά κυλούσε όμορφα, ενώ το καυτό απόσταγμα

έρρεε αδιάκοπα από τα ποτήρια στα στόματά μας και κατέληγε στο στομάχι μας. Ειδικά ο Σούλιος έδινε ρεσιτάλ! Έπινε συνεχώς, φλυαρούσε, αστειευόταν, φώναζε δυνατά και ξεσπούσε σε τρανταχτά γέλια. Είχε φτάσει στο υπέρτατο σημείο κεφιού!

Ο Σανιδάς και αυτός ευδιάθετος ήταν λαλίστατος. Ωστόσο μερικές στιγμές, μελαγχολούσε καθώς σίγουρα έφερνε στο νου του την κοπέλα του. Ο Μπόλιος, που του άρεσε περισσότερο να ακούει παρά να μιλάει, ήταν ο πιο συντηρητικός. Έπινε με μέτρο και παρά το ότι ήταν ο νεαρότερος σε ηλικία, έδειχνε να έχει υπό έλεγχο τον εαυτό του.

Εγώ πάλι, είχα πιεί τα ποτηράκια μου και ένιωθα υπέροχα, χωρίς να έχω σκοτεινές σκέψεις στο μυαλό μου. Περνούσα καταπληκτικά και ένιωθα να αναδύεται μια θαλπωρή, που με τύλιγε πιο ζεστά και από γούνινο παλτό! Δεκατέσσερις μήνες θητείας στην πλάτη μου με είχαν φθείρει και είχε φτάσει επιτέλους ο καιρός να απολαύσω τους τέσσερις τελευταίους. Φαινόταν πως άρχιζα να δένω με αυτά τα παιδιά και ευελπιστούσα να συνεχίζαμε έτσι ως το τέλος.

«Λάσκαρη, τώρα ήρθε η ώρα να μας πεις κάποια πραγματάκια για σένα», ξεφούρνισε ο Σανιδάς με κόκκινα γουρλωμένα μάτια από το ποτό.

«Τι θέλεις να μάθεις;»

«Ας πούμε...για την κοπέλα που είχες και...» τραύλισε.

«...με απάτησε; Γι' αυτό θέλεις να ακούσεις;»

«Ε, αν θέλεις και δε σε ενοχλεί».

«Λοιπόν, δεν τα πηγαίναμε και πολύ καλά. Ουσιαστικά ήμασταν χωρισμένοι. Με ενημέρωσε ένας φίλος από το Σικάγο πως κάτι έτρεχε με κάποιον άλλον. Κατέρρευσα ψυχολογικά! Όταν βρεθήκαμε πρόσωπο με πρόσωπο δε μου αρνήθηκε ότι ήταν με άλλον. Αυτό που με πείραξε περισσότερο ήταν το γεγονός πως δεν είχαμε χωρίσει επίσημα. Ας ξεκαθαρίζαμε πρώτα τη μεταξύ μας κατάσταση και ύστερα ας έκανε ό,τι επιθυμούσε. Έτσι, πήρα την απόφαση να επιστρέψω στην Ελλάδα και να υπηρετήσω τη θητεία μου, αν και είχα τη δυνατότητα να μην υπηρετήσω ποτέ. Βεβαίως, ένιωσα προδομένος. Δυο χρόνια πεταμένα! Τουλάχιστον σου μένουν πολλές εμπειρίες. Όπως είπε και κάποιος σοφός, η εμπειρία είναι μια χτένα που σου δίνει η ζωή, όταν μείνεις φαλακρός! Η θητεία μου έγινε το έναυσμα για να συνέλθω και να ξεχάσω. Ειδικότερα, τώρα που ήρθα σ' αυτόν τον όμορφο τόπο, είμαι σίγουρος ότι θα βρω τον εαυτό μου. Έκανα και το χατίρι του πατέρα μου, που πάντα με παρακαλούσε να επιστρέψω γι' αυτόν τον λόγο, για να μη του πετάνε συνεχώς πως ο γιος του δεν υπηρέτησε την πατρίδα! Μόλις απολυθώ, θα είμαι έτοιμος για νέες περιπέτειες».

«Είσαι εδώ εξαιτίας μιας γυναίκας!» συμπέρανε ο Σούλιος.

«Ακριβώς».

«Είχες την ευκαιρία να γλιτώσεις αυτό το βάσανο του στρατού».

Απλώς, του χαμογέλασα.

«Τώρα με άγχωσες περισσότερο!» έκρωξε αλαφιασμένος ο Σανιδάς, κατεβάζοντας με τη μια όλο το περιεχόμενο του ποτηριού του.

«Να μην αγχώνεσαι και να μη σκέπτεσαι αρνητικά. Διώξε από το μυαλό σου όλες τις κακές σκέψεις. Τι αλλάζει που στενοχωριέσαι; Ό,τι είναι να γίνει, θα γίνει. Επειδή έτυχε σε μένα αυτό, δε σημαίνει πως θα τύχει και σε σένα. Επο-μένως, σύνελθε και απόλαυσε την κάθε σου στιγμή».

Τσουγκρίσαμε τα ποτήρια ξανά και ξανά και οι ευχές έδιναν και έπαιρναν.

«Ξέρετε για ποιο λόγο χτυπάμε τα ποτήρια μας;» ρώ-τησε μειλίχια ο Αναστάσης.

«Για καλή τύχη» απάντησε ο Σανιδάς.

«Όχι, Διονύση μου. Τα χτυπάμε για να είναι ικανοποιη-μένες όλες οι αισθήσεις μας. Πρώτα, τα μάτια μας θωρούν το περιεχόμενο του ποτηριού και ευφραίνονται. Έπειτα το φέρνουμε στη μύτη και οσμιζόμαστε το μεθυστικό του άρωμα. Μόλις το βάλουμε στο στόμα ενεργοποιούνται οι αισθήσεις της αφής και της γεύσης. Μένει όμως παραπο-νούμενη η ακοή! Έτσι, λοιπόν τσουγκρίζουμε τα ποτήρια για να πάρει μέρος σε αυτή τη μυσταγωγία και η τελευ-ταία αίσθησή μας».

Πέρασε ένα δίωρο συζητώντας για ποικίλα θέ-ματα.

«Τώρα που θα χαλάσει ο καιρός και το χιόνι θα κα-λύψει τα πάντα, να προσέχετε αυτούς τους διάολους!» τό-νισε γεμάτος σοβαρότητα ο Αναστάσης.

Η απότομη αλλαγή της έκφρασης του προσώπου του, μου κίνησε το ενδιαφέρον. Ήμασταν τόση ώρα μέσα στην ευθυμία και στα γέλια και ξαφνικά πέταξε αυτή την κου-βέντα.

«Ποιους διάολους;» τον ρώτησα.

«Και τους δίποδους και τους τετράποδους». Είχε στυ-λώσει το βλέμμα του πάνω μου και προσπαθούσε να αξιο-λογήσει τις αντιδράσεις μου.

«Μπορείς να γίνεις πιο σαφής;»

«Τους κακούς ανθρώπους, αγόρι μου καλό!»

«Οι χωρικοί εδώ μου φαίνονται φιλήσυχοι και ευγενικοί. Άρα, ποιους ορίζουμε ως κακούς;»

«Σύνορα είναι εδώ. Μπορεί να μπαινοβγαίνουν διάφοροι! Επειδή δεν υπάρχει τελωνείο εδώ πάνω, όσοι περνάνε, σίγουρα κάτι θα έχουν να κρύψουν».

«Οι τετράποδοι διάολοι, όπως τους αποκάλεσες;»

«Απλώς, να προσέχετε. Αν και αρκούνται στο να κατασπαράζουν κανένα κατσικάκι, αλλά ποτέ δεν ξέρεις».

«Εννοείς τους λύκους; Γιατί, τι άλλο τρώνε;» ρώτησε αυτή τη φορά ο Μπόλιος που είχε πολλή ώρα να μιλήσει.

«Αν τους τύχει, δε θα έλεγαν όχι και σε οτιδήποτε άλλο!»

Δεν μπόρεσα να συγκρατηθώ. Ξέσπασα σε γέλια. Άκου εκεί! ανθρωποφάγοι λύκοι! Μου φάνηκε αρκετά γραφική και συνάμα τραβηγμένη αυτή η άποψη του Αναστάση.

«Είπα, αν τύχει. Δεν είπα πως συμβαίνει» συνέχισε ενοχλημένος ο Αναστάσης.

«Ζήτω οι λύκοι! Ζήτω, πίνω στην υγειά τους!» ξεφώνησε ο Σούλιος που άρχισε να τα χάνει.

«Εσύ που είσαι ζωολόγος θα όφειλες να γνωρίζεις» πέταξε μια σπόντα.

«Σου διαβεβαιώνω πως γνωρίζω αρκετά καλά το αντικείμενο. Έχω παρατηρήσει αρκετές αγέλες στις Η.Π.Α. με το πανεπιστήμιό μου».

Ο Αναστάσης έστρεψε αλλού την προσοχή του, κόβοντας την συζήτηση απότομα.

Στο μεταξύ, ο Σούλιος είχε ξεφύγει. Ήταν σουρωμένος για τα καλά! Τα αυτιά του ήταν κατακόκκινα και τα μάτια του έμοιαζαν κενά, χωμένα βαθιά πάνω από τις επίπεδες επιφάνειες των ζυγωματικών του. Τον βάλαμε κάτω στην καρέκλα. Ο Αναστάσης γέλασε και σηκώθηκε να πάει στην κουζίνα. Έβγαλε από το πάνω ντουλάπι ένα μπρίκι και ένα γκαζάκι.

«Θα του κάνω έναν καφέ για να συνέλθει».

Ύστερα από λίγο, ο Σούλιος ρουφούσε, με εκείνο τον αποκρουστικό ήχο, τον καφέ από το φλιτζάνι. Οι υπόλοιποι σηκωθήκαμε και ετοιμαστήκαμε για την αναχώρησή μας.

Φύγαμε σιγά – σιγά παραπατώντας. Το κεφάλι μου λες και είχε ξεκολλήσει από τη θέση του. Παρόλα αυτά, είχα τη δύναμη να παρατηρήσω το ολόγιομο φεγγάρι και τα περίλαμπρα αστέρια που αιωρούνταν πάνω από τα κεφάλια μας.

Ο Μπόλιος και ο Σανιδάς, κάπως σε καλύτερη κατάσταση, υποβάσταζαν τον εξουθενωμένο και αφυδατωμένο Σούλιο. Αυτός έκανε φιλότιμες προσπάθειες για να τραγουδήσει ένα παραδοσιακό δημοτικό άσμα! Όμως, η γλώσσα του μπερδευόταν και έβγαιναν από το στόμα του ακατανόητοι φθόγγοι! Το χλωμό του πρόσωπο έδειχνε ακόμα πιο κίτρινο κάτω από το φως του φεγγαριού.

Ακόμα και τα σκυλιά, τα οποία μας περίμεναν υπομονετικά όλη αυτή την ώρα απ' έξω, μας μύριζαν έκπληκτα, με καχυποψία και ισχυρή δόση αμφιβολίας! Η οσμή του αλκοόλ τα είχε τρελάνει! Η μυρωδιά μας είχε υποσκελιστεί από το οινόπνευμα. Προσπαθούσαν να σιγουρευτούν ότι όντως ήμασταν εμείς οι ίδιοι! Όταν σιγουρεύτηκαν επιτέλους, πέρασαν μπροστά μας και συνεχίσαμε όλοι μαζί, άνθρωποι και ζώα, την πορεία προς τη βάση μας. Τελικά, έπειτα από απροσδιόριστο χρονικό διάστημα, καταφέραμε να φτάσουμε στο φυλάκιο.

Επικρατούσε απόλυτη ησυχία. Όσο πιο αθόρυβα μπορούσαμε, μπήκαμε στο θάλαμο και, αφού ξαπλώσαμε τον Σούλιο όπως – όπως, πέσαμε και οι υπόλοιποι ξεροί στα κρεβάτια μας.

Κάποια στιγμή, ο Σούλιος ανασηκώθηκε και άρχισε να τραγουδά αντάρτικα τραγούδια. Δυο λεπτά αργότερα, ξανάπεσε κάτω και δεν ακούστηκε ξανά. Όλοι ξύπνησαν έκπληκτοι. Οι περισσότεροι γελάσαμε, με εξαίρεση τον Καζώνη, που περιέλουσε με αρκετά κοσμητικά επίθετα τον κακόμοιρο τον Σούλιο. Μάταια όμως, αυτός ήδη είχε ξεκινήσει ένα ρυθμικό και πολύβουο ροχαλητό. Έτσι, ξαναπέσαμε όλοι στα κρεβάτια μας και αφεθήκαμε στην αγκαλιά του Μορφέα.

Οι μέρες κυλούσαν ήρεμα και ανέμελα. Ο καιρός είχε αρχίσει να επιδεινώνεται και, παρά την παρατεταμένη καλοκαιρία για Γενάρη μήνα, είχε γίνει πιο ψυχρός. Ήταν θέμα χρόνου να πέσουν τα πρώτα χιόνια της νέας χρονιάς. Όπως με είχαν ενημερώσει, στις αρχές του Δεκεμβρίου είχε χιονίσει αρκετά, αλλά δε συνεχίστηκε στο ίδιο μοτίβο, πέραν της μιας εβδομάδας περίπου. Στη συνέχεια, για ένα μήνα, επικράτησε μια παρατεταμένη καλοκαιρία, για τα δεδομένα της εποχής και της περιοχής.

Στο μεταξύ, όλο αυτό το διάστημα θα έλεγα πως είχα εγκλιματιστεί, αν και για μένα δεν αποτελούσε και ιδιαίτερο πρόβλημα. Οι καθημερινές μου πεζοπορίες, που πήγαζαν από την αγάπη μου για τη φύση, με είχαν προάγει σε έναν ειδικό της γύρω περιοχής! Είχα μάθει όλα τα μονοπάτια πέριξ του φυλακίου και όλη την τοπογραφία αυτού του μαγευτικού τόπου. Είχα σημάδια μέσα στο πυκνό δάσος, που το γνώριζα πλέον απ' έξω και ανακατωτά σε κοντινή απόσταση από τη βάση μου.

Σε όλες αυτές τις εξορμήσεις, στις οποίες πολλές φορές ήμουν μοναχός μου, χωρίς έναν άνθρωπο για παρέα, είχα τη χαρά να συνοδεύομαι από τις "ψυχές" του φυλακίου, τα τέσσερα σκυλιά. Ήμασταν αχώριστοι. Είχα κερδίσει την απόλυτη εμπιστοσύνη τους με τη συμπεριφορά μου απέναντί τους, αλλά και επειδή είχα αναλάβει αποκλειστικά τη διατροφή τους, προς μεγάλη χαρά των συναδέλφων μου, που το έβλεπαν ως μια αγγαρεία από την οποία είχαν απαλλαχθεί.

Τα σκυλιά πρέπει να ήταν απόλυτα ευχαριστημένα. Ποτέ πριν δεν τρέφονταν τόσο πλουσιοπάροχα. Μάζευα όλα τα αποφάγια, τα οποία ήταν πάρα πολλά και τους τα έδινα με σειρά προτεραιότητας. Δηλαδή, πρώτος έτρωγε ο Έκτορας και τελευταίος ο Μήτσος.

Ειδικότερα αυτός, βρισκόταν στα καλύτερά του! Μπορεί να έτρωγε τελευταίος στη σειρά, αλλά έτρωγε καλά! Μάλιστα, ένα ομιχλώδες πρωινό προσπάθησα να τεστάρω το εξής: θα μοίραζα το φαγητό παρεκκλίνοντας από τη σειρά της ιεραρχίας. Ήθελα να δω τις αντιδράσεις τους. Έτσι, έριξα ένα κομμάτι ζαμπόν κονσέρβα μπροστά στο Μήτσο και ένα μισοφαγωμένο παϊδάκι μπροστά στην Κούλα. Τα δυο σκυλιά ακινητοποιήθηκαν, με το βλέμμα τους πότε στο φαγητό και πότε στον Έκτορα. Ωστόσο, δεν τόλμησαν να το αγγίξουν. Ο Εκτορας, με επιτακτική διάθεση, πήδηξε μπροστά τους και άρπαξε με ταχυδακτυλουργικό τρόπο, πρώτα το ένα και έπειτα το άλλο κομμάτι και τα κατέβασε με τη μια στο στομάχι του!

Κάποιες μέρες, όμως, από την πίσω πόρτα της κουζίνας, έριχνα στα κρυφά τροφή στον Μήτσο, που την πρώτη φορά είχε περάσει τυχαία από εκεί. Έπειτα τον έβλεπα να στέκεται πονηρά εκεί και να περιμένει κάθε μέρα, αφού είχε καταβροχθίσει λίγο πριν το προβλεπόμενο και "νόμιμο" γεύμα του! Έτσι, έπαιρνε και ένα επιπλέον μεζεδάκι, καθώς φύλαγε σκοπιά πίσω από την κουζίνα.

Αργότερα, τον αντιλήφτηκε η Κούλα, και πήγαινε και αυτή περιμένοντας στο γνωστό πλέον σημείο. Φανταζόμουν πως ήταν θέμα χρόνου να τους ανακαλύψουν οι άλλοι δύο. Πάντως μέχρι στιγμής, μόνο οι δυο τους περίμεναν πονηρά κάτω από το παράθυρο της κουζίνας για το επιδόρπιο. Εγώ ποτέ δεν τους χάλαγα το χατίρι και πάντα έβρισκα κάτι επιπλέον να τους δώσω.

Στις βόλτες στο δάσος ήταν οι αχώριστοί μου σύντροφοι. Ιχνηλατούσαν αδιάκοπα, έμπαιναν μέσα σε πυκνούς θάμνους και βρίσκονταν πάντα σε ετοιμότητα και εγρήγορση.

Είχαν μεγάλη μανία με τις αλεπούδες. Έτσι και ανακάλυπταν κάποια άτυχη μέσα στο πεδίο δράσεώς τους, εξαπέλυαν ένα ανελέητο κυνηγητό, ακούραστα και με μεγάλη ένταση, ώσπου να τη στριμώξουν σε κάποιο κλειστό σημείο χωρίς δυνατότητα διαφυγής, είτε ανάμεσα σε βράχια είτε σε αδιαπέραστη βλάστηση. Ήταν πολλές οι φορές, που έβγαλα από δυσχερή θέση άτυχες αλεπουδίτσες, σώζοντάς τες από τα δυνατά σαγόνια των σκυλιών. Με μια φωνή σταματούσαν και έτσι σε αυτά τα δευτερόλεπτα προσοχής τους προς εμένα, είχαν το χρόνο οι αλεπούδες με ένα πήδημα προς άλλη κατεύθυνση να γλιτώσουν. Δυο φορές υπήρξαν μόνο, που είχαν γραπώσει κάποια και την είχαν τραυματίσει, ωστόσο και αυτές είχαν σωθεί με το ελάχιστο τίμημα!

Γενικά, θα έλεγα πως είχα κερδίσει την εμπιστοσύνη των σκυλιών και αναμφισβήτητα με θεωρούσαν το απόλυτο αφεντικό τους. Τουλάχιστον, τα τρία από τα τέσσερα! Διότι ο Έκτορας εξακολουθούσε να πορεύεται μοναχικά. Είχε μια περηφάνια, που όμοιά της δεν έβρισκες σε πολλούς ανθρώπους!

Στα τελειώματα του Γενάρη ξεκινήσαμε για έναν περίπατο γύρω από το φυλάκιο. Θα τον χαρακτήριζα ως "εκπαιδευτικό" για τα σκυλιά, γιατί είχα αρχίσει να τα διδάσκω κάποιες βασικές εντολές. Οι δίδυμες είχαν αποδειχτεί ήδη άριστες μαθήτριες, εν αντιθέσει με τον Μήτσο, που δύσκολα "τα έπαιρνε". Αυτόν τον ενδιέφερε μόνο το παιχνίδι και το φαγητό και αναπόφευκτα είχε γίνει, όλο το προηγούμενο χρονικό διάστημα, ο κύριος δέκτης όλων των παρατηρήσεών μου.

Από την άλλη, ο Έκτορας δεν έδειχνε ενδιαφέρον για μάθηση. Πώς θα ήταν δυνατόν άλλωστε ένας αρχηγός να χρειάζεται εκπαίδευση; Απλώς, μας ακολουθούσε νωχελικά και με αδιαφορία.

Ο καιρός ήταν κρύος και μουντός από τα πυκνά σύννεφα, που προμήνυαν επιδείνωση στις αμέσως επόμενες ώρες. Δεν είχα πάρει όπλο μαζί μου ή άλλον εξοπλισμό. Εξάλλου, ήμουν δίπλα στο φυλάκιο και δεν είχα σκοπό να πάω προς το δάσος. Φορούσα το τζάκετ κουμπωμένο σφιχτά και το κεφάλι μου καλυπτόταν από έναν ζεστό χακί σκούφο. Τα χνώτα μου σε κάθε εκπνοή μου, εξαιτίας του ψύχους, εκσφενδονίζονταν σαν καπνός ατμομηχανής από το στόμα μου. Η ατμόσφαιρα ήταν βαριά, ωστόσο τόσο καθαρή, που το θεωρούσα απόλαυση και ευλογία να βρίσκομαι σε αυτό τον τόπο και ιδιαίτερα τέτοια εποχή!

Σε ένα μεγάλο χέρσο χωράφι, όπου στις άκρες του ήταν ριζωμένες από χρόνια μια ντουζίνα πανύψηλες λεύκες, τα σκυλιά έπιασαν κάποιες μυρωδιές. Από την έντασή τους και την ενεργητικότητά τους κατάλαβα πως επρόκειτο για κάποια αλεπού. Ο Έκτορας ούρησε στις περισσότερες βάσεις των κορμών για να μαρκάρει και να οριοθετήσει την περιοχή του. Το ίδιο έκανε και ο Μήτσος με μεγάλη σοβαρότητα! Ήταν θέμα χρόνου να πεταχτεί η άμοιρη αλεπού και να γίνει βορά στα τρομερά δόντια των σκύλων.

Με πολύ προσεχτικές κινήσεις, η Ίρμα και η Κούλα χώνονταν σιγά – σιγά στην πυκνή βλάστηση. Οι ουρές τους πήγαιναν πέρα δώθε λες και ήταν κυνηγόσκυλα φέρμας. Η αγωνία μεγάλωνε, καθώς επιτεινόταν και από την απόλυτη ησυχία.

Άναψα ένα τσιγάρο και ρούφηξα τον καπνό δυνατά. Είχα σκοπό να επέμβω για να σώσω την αλεπού και οι αισθήσεις μου ήταν σε κατάσταση υπερδιέγερσης. Τα λεπτά περνούσαν αργά. Τελείωσα το τσιγάρο και πέταξα τη γόπα κάτω στο σκληρό χώμα, πατώντας τη γερά για να σβήσει.

Ξαφνικά, άκουσα τον Έκτορα να γρυλλίζει. Έστρεψα το κεφάλι μου προς αυτόν και το βλέμμα μου καρφώθηκε πάνω του. Είδα και τους άλλους τρεις σκύλους να έχουν την ίδια αντίδραση και έπειτα να πετάγονται με ένα σάλτο προς τα πίσω. Μέσα από τους θάμνους, ξεπρόβαλλε ένας τεράστιος μαύρος σκύλος με τις τρίχες της πλάτης του ανασηκωμένες. Τα δόντια του προτεταμένα, όπου δέσποζαν δυο τεράστιοι κυνόδοντες, λαμπύριζαν από τη λευκότητά τους. Οι τέσσερις πατούσες του, σε αντίθεση με το υπόλοιπο σώμα, ήταν λευκές. Ήταν τόσο απειλητικός, που με τρομοκράτησε!

Πάνω που είχα αρχίσει να συνειδητοποιώ την κατάσταση, μια ολόκληρη αγέλη τσομπανόσκυλων πετάχτηκε πίσω από μια στοίβα χαμόδεντρων. Ήταν όλα μεγαλόσωμα και με άγριες διαθέσεις. Ένα ρίγος με διαπέρασε, σαν ένα γειωμένο ηλεκτρικό φορτίο. Ίσως κάποια από αυτά να ήταν που μας γαύγιζαν όταν πρωτοήρθα με τον Βασιλείου στο χωριό. Είναι διαφορετική η αίσθηση όταν είσαι μέσα στο αυτοκίνητο, από το να είσαι τώρα κατάφατσα απέναντί τους!

Θα ήταν πάνω από δέκα, ίσως δώδεκα- δεκατρία. Έτσι και αλλιώς δεν είχα και την πολυτέλεια του χρόνου να τα μετρήσω με την ησυχία μου. Τα έβλεπα να είναι υπέρ του δέοντος εκνευρισμένα! Εκείνη τη στιγμή ένα κύμα αδρεναλίνης με κατέκλυσε και χτύπησε κόκκινο! Δεν κρατούσα τίποτα στα χέρια μου! Πού να το φανταζόμουν;

Τα σκυλιά μου, βγάζοντας υπόκωφους βρυχηθμούς, μαζεύτηκαν γύρω μου. Η τρίχα τους όρθια, σα να είχε ηλεκτριστεί από μια αόρατη πρίζα, αντικατόπτριζε την επικινδυνότητα των στιγμών. Ομολογώ πως περισσότερο ταράχτηκα από τη δική τους αντίδραση, παρά από τα άγνωστα και εχθρικά τετράποδα.

Μας περικύκλωσαν στη μέση του χωραφιού και δεν έβλεπα διέξοδο διαφυγής. Οφείλαμε όλοι μας να παλέψουμε για να βγούμε αλώβητοι. Σκέφτηκα προς στιγμή να το ρισκάρω και να τρέξω να φτάσω στις λεύκες που στέκονταν είκοσι με τριάντα μέτρα αριστερά μου. Προσπάθησα να ζυγίσω την κατάσταση.

Όχι, δε θα έφτανα με τίποτα! Έπρεπε να πολεμήσω!

Η Κούλα στο δεξί μου πόδι και ο Μήτσος στο αριστερό

ήταν κολλημένοι στην κυριολεξία επάνω μου. Η Ιρμα από πίσω μου, την ένιωθα και ας μη την έβλεπα, ήταν έτοιμη για όλα. Ο Εκτορας, μπροστά μου, έδειχνε αποφασιστικότητα, κάτι που μου έδινε ελπίδα. Όλα έγιναν τόσο γρήγορα, που σίγουρα έχασα πολλές αντιδράσεις εκείνη τη στιγμή, και των μεν και των δε.

Ο Εκτορας έπεσε με μανία πάνω σε δύο σκύλους ρίχνοντάς τους κάτω, δαγκώνοντας και ουρλιάζοντας. Η Ίρμα και η Κούλα, με τη σειρά τους, όρμησαν η καθεμιά σε έναν σκύλο, αρπάζοντας, με τα κοφτερά τους δόντια, τον καθένα από τον παχύ τους σβέρκο. Δύο από αυτούς έφεραν τον Μήτσο σε δυσχερή θέση, καθώς του επιτέθηκαν λυσσασμένα. Κλώτσησα τον ένα με δύναμη στο κεφάλι και παίρνοντας φόρα του έδωσα και άλλη μια στα πλευρά, αφού είχε ακόμα την προσοχή του στραμμένη στον Μήτσο. Έσκυψα γρήγορα και άρπαξα μια πέτρα. Χωρίς ενδοιασμούς, την πέταξα με υπερπροσπάθεια στο δεύτερο σκύλο, που δυσκόλευε τον Μήτσο. Την εκσφενδόνισα τόσο δυνατά, που ο εχθρικός σκύλος ούρλιαξε τρομερά από τον πόνο. Τον είχα πετύχει στη ράχη, λίγο πάνω από την ουρά του.

Ένα κουβάρι τα σκυλιά μάχονταν με κτηνωδία! Όλα διακατέχονταν από μια μανιασμένη φρενίτιδα. Έψαχνα να βρω τον αρχηγό της αγέλης τους, τον μαύρο σκύλο. Τον είδα να δαγκώνει ύπουλα τον Έκτορα από πίσω, στο δεξί του πόδι. Αυτός πάλευε με τέσσερις και ήταν συνεχώς από πάνω τους όρθιος! Πρέπει να πόνεσε από το δάγκωμα, γιατί ούρλιαξε με απόγνωση. Όμως δεν τα έχασε! Γύρισε και με μια αστραπιαία κίνηση γραπώθηκε με τα λεπιδωτά του δόντια από τον λαιμό του αντιπάλου του. Αίμα κύλησε από εκείνο το σημείο, καθώς ο μαύρος σκύλος απεγνωσμένα προσπαθούσε να ελευθερωθεί από το φονικό δάγκωμα του Έκτορα. Τελικά, αποδεσμεύτηκε από την κοκάλινη τανάλια του και με δυο πηδήματα ξέφυγε πίσω από τους θάμνους.

Τέλος! Μια μεγάλη νίκη της δική μου αγέλης!

Με κατέκλυσε ένα παραλήρημα αισθήσεων. Ένιωσα μια πνοή αγαλλίασης να βγαίνει από μέσα μου. Τεράστια ανακούφιση! Συγκινήθηκα, επειδή ένιωσα υπερήφανος για τα σκυλιά του φυλακίου. Κάποιες μικρές πληγές δεν μπορούσαν να μειώσουν την αξία αυτής της μεγαλειώδους νίκης επί ενός αριθμητικά υπέρτερου και πραγματικά επικίνδυνου αντιπάλου.

Έπεσα στα γόνατα και αγκάλιασα τα σκυλιά. Με έγλειψαν με τρυφερότητα, εκτός από τον Έκτορα, ο οποίος είχε αποτραβηχτεί λίγο πιο πέρα και περιποιούταν με ιδιαίτερη προσήλωση τις πληγές του.

Φύγαμε για το φυλάκιο. Έριχνα κάποιες ματιές προς τα πίσω για να δω αν είχε ξεμείνει κάποιος από τους αντιπάλους. Μετά από τέτοια ήττα, μάλλον θα έκαναν καιρό να μας επιτεθούν ξανά. Είναι γεγονός πάντως πως τα χρειάστηκα. Δε θυμάμαι να είχα τρομάξει ποτέ στη ζωή μου τόσο πολύ! Στον αντίποδα, ένιωθα βαθύτατα ικανοποιημένος, που πάλεψα και βγήκα νικητής, με τη βοήθεια ασφαλώς, των τετράποδων φίλων μου. Αλλά πιο πολύ αυτό που με ευχαριστούσε ήταν η δύναμη, το πάθος και η αποφασιστικότητα των σκυλιών του φυλακίου. Το αίσθημα ασφάλειας που μου εμφυσούσαν ήταν τόσο ισχυρό, που θα πήγαινα μαζί τους οπουδήποτε.

Έφτασα στο φυλάκιο και διηγήθηκα στους συναδέλφους μου το περιστατικό. Ο Σανιδάς είπε πως άκουσαν τη φασαρία, αλλά δε φαντάστηκε ότι ήμασταν και εμείς εκεί. Αφού επιβεβαίωσε τη δυναμική των σκυλιών, αποτυπώθηκε ένα σοφιστικέ ύφος στο ασπριδερό του πρόσωπο, με τις γαλάζιες κόρες του να είναι σε πλήρη διαστολή.

«Στο χωριό αυτό το τεράστιο μαύρο τσομπανόσκυλο το αποκαλούν "ο Τρόμος". Δεν ανήκει σε κάποιον. Αδέσποτος ήταν, απ' ότι λένε, που εγκαταστάθηκε κάπου εδώ γύρω από το χωριό πριν τρία – τέσσερα χρόνια. Είναι πολύ ύπουλος και κακόψυχος ισχυρίζονται οι χωρικοί, αν έχει ψυχή αυτό το "πράγμα". Να γνωρίζεις πως θα στην έχει στημένη. Άκουσα διάφορες ιστορίες από τους χωρικούς, υποθέτω σε σημείο υπερβολής. Και τα μισά να αληθεύουν, σου εφιστώ την προσοχή, ειδικά εσένα που τριγυρίζεις σε βουνά και σε λαγκάδια!»

Γέλασα με το πλήρους σοβαρότητας ύφος του. Αν και ήταν, στα καλά του, χαρούμενος άνθρωπος, ώρες – ώρες μελαγχολούσε και ήταν απαισιόδοξος. Δεν ήμουν σίγουρος αν πίστευε σε αυτά που μου είπε ή απλώς τα φούσκωνε. Δεν υπήρχε περίπτωση να μου τη φέρει ο επονομαζόμενος Τρόμος. Σίγουρα αυτή τη στιγμή θα ήταν χιλιόμετρα μακριά φοβισμένος και ταπεινωμένος, καθώς θα προσπαθούσε να επουλώσει τις πληγές του.

V

Το βράδυ μας επισκέφτηκε ο Αναστάσης. Έφερε μαζί του και ένα μπουκάλι με "αγιασμό", όπως αποκαλούσε το τσίπουρο ο Σούλιος και μας είχε επηρεάσει όλους, ώστε να το ονομάζουμε και εμείς έτσι. Φυσικά, μόλις το αντιλήφτηκε, το χαμόγελό του έφτασε μέχρι τα αυτιά!

Αράξαμε όλοι στην κουζίνα: εγώ, ο Σανιδάς, ο Σούλιος, ο Μπόλιος, ο Λυτράκος αλλά και ο δόκιμος, ο οποίος βγήκε επιτέλους από την κλεισούρα του δωματίου του. Καθίσαμε στις καρέκλες γύρω από το τραπέζι, με τον Αναστάση στην κορυφή του. Χτυπήσαμε τα ποτήρια μας και ευχηθήκαμε το κλασικό αλλά και ποθητό "καλοί πολίτες".

Οι υπόλοιποι τρεις του φυλακίου, ο Καζώνης, ο Γαρούφαλος και ο Μπάκας, ως συνήθως αραγμένοι μπροστά στην τηλεόραση, δεν έκαναν τον κόπο να παρευρεθούν στην παρέα μας και ας τους προσκαλέσαμε. Αυτά τα παιδιά λες και δεν είχαν ξαναδεί τηλεόραση στη ζωή τους! Απ' το πρωί έως το βράδυ στημένοι εκεί μπροστά!

Ο Αναστάσης, αφού ρούφηξε το περιεχόμενο του ποτηριού του ξεκίνησε να αγορεύει: «Εξήντα εφτά χρόνια ζω σε αυτό το χωριό. Μια ζωή ολόκληρη! Είδα πολλά καλοκαίρια και χειμώνες, οι περισσότεροι από αυτούς δριμείς και ψυχροί. Από μικρό παιδάκι θυμάμαι τον εαυτό μου να δουλεύει βόσκοντας κατσίκια και καλλιεργώντας φασόλια και άλλα λαχανικά. Από τότε που συγχωρέθηκε η γυναίκα μου νεότατη, η Τασούλα, εξαιτίας του καταραμένου του καρκίνου, μεγάλωσα τα δυο αγόρια μου ολομόναχος. Δόξα τω Θεώ, έγιναν άντρες σωστοί! Δουλεύουν στην Αθήνα, έχουν πάρει τον δρόμο τους.Εγώ όμως έμεινα εδώ. Δε μου έκανε καρδιά να φύγω από τούτο τον τόπο. Τον αγαπώ! Μια φορά τον χρόνο πάω για κάνα δυο μέρες και επισκέπτομαι τα παλικάρια μου. Από την πρώτη στιγμή που φεύγω από 'δω, η σκέψη μου είναι πότε θα περάσει ο καιρός να επιστρέψω. Εδώ είναι η "Ιθάκη" μου! Δεν έχει θάλασσες και καράβια. Εδώ έχει βουνά, δάση, ζώα, πλάσματα του Θεού. Φύση! Η φύση είναι η κόρη του Θεού! Είναι ο Παράδεισός μου!Χαίρομαι που υπάρχουν νέοι άνθρωποι, όπως εσείς, έστω και φιλοξενούμενοι, που έχουν την ευλογία να κατοικήσουν για λίγους μήνες εδώ, σε αυτή την ξεχασμένη γωνιά, όχι από εμάς, αλλά από τους περισσότερους. Ας είναι. Τουλάχιστο, στέλνοντάς σας εδώ, δείχνουν πως υπάρχει και κάποια έγνοια για μας. Επειδή έχω γνωρίσει πολλές φουρνιές φαντάρων, μπορώ να πω με βεβαιότητα πως είστε από τα καλύτερα παιδιά που έχουν έρθει ποτέ! Πάντα είχα καλές σχέσεις με όλους τους οπλίτες, αλλά με εσάς νιώθω πιο ζεστά». Σήκωσε το ποτήρι του υποδηλώνοντας το τέλος της αγόρευσής του και ευχήθηκε να έχουμε υγεία.

«Πες μας Αναστάση καμιά ιστορία, απ' αυτές που τόσο

όμορφα διηγείσαι» τον παρακάλεσε ο Σούλιος. Αυτός τον κοίταξε με ύφος που εννοούσε ότι θέλει λίγα παρακάλια ακόμη! Όταν όμως άρχιζε να μιλά, όπως είχα διαπιστώσει, δε σταματούσε!

Με γουρλωμένα μάτια και κατακόκκινες ίριδες από το ποτό, αφού ξερόβηξε, πήρε ύφος αρχαίου Αθηναίου ρήτορα. Σήκωσε τα μανίκια από το μαύρο του πλεχτό πουλόβερ και τοποθετώντας το δεξί του πόδι πάνω από το αριστερό ξεκίνησε να αφηγείται: «Θα ήμουν δεκατεσσάρων ετών. Ηλικία που αρχίζει να βράζει το αίμα, ηλικία αναζητήσεων και ανακαλύψεων πολλών πραγμάτων στη ζωή του καθενός. Ήμουν, λοιπόν, ατίθασος και ακόμα περισσότερο ανήσυχος. Δε με κρατούσαν με τίποτα. Θυμάμαι ο μακαρίτης ο πατέρας μου, με κυνηγούσε με μια δερμάτινη ζώνη να με δείρει. Εγώ, βεβαίως, νέος και ευκίνητος, σχεδόν πάντα ξέφευγα, αλλά κάποιες φορές, πολύ λίγες, τις είχα φάει για τα καλά! Ακόμα θυμάμαι εκείνον τον σφυριχτό ήχο που έβγαινε από τη ζώνη καθώς έπεφτε με δύναμη στο δέρμα μου.Εν πάση περιπτώσει, τυ χρειαζόμουν πού και πού το ξύλο. Μυαλό πάλι δεν έβαζα και συνέχιζα να κάνω τα δικά μου. Ήμουν τόσο ζωηρός! Δεν άκουγα κανέναν και για τίπυτα, ούτε και αυτό που μας έλεγαν οι μεγαλύτεροι να μην απομακρυνόμαστε από το χωριό τρέχοντας στα δάση και σε απόμακρες περιοχές.

Ένα πρωί, λοιπόν, αρχές καλοκαιριού, έφυγα για μια βόλτα στο δάσος, εδώ πάνω από το φυλάκιο. Το φυλάκιο δεν υπήρχε, χτίστηκε μετά από πολλά χρόνια. Είχα μαζί μου και ένα καλαθάκι για να μαζέψω μανιτάρια. Γνώριζα από τότε να ξεχωρίζω τα βρώσιμα από τα δηλητηριώδη.

Ανέβαινα ανέμελος τον λόφο που βγάζει προς τις πυραμίδες. Μια παραδεισένια ησυχία απλωνόταν μέσα στο δάσος. Το μόνο που άκουγα ήταν το ρυθμικό και μελωδικό τιτίβισμα των αηδονιών και των άλλων πουλιών. Κι εγώ, λες και ήμουν πουλάκι που μόλις είχε βγάλει φτερά και ξεκινούσε τις πρώτες του πτήσεις, βάδιζα με ευκινησία και με μεγάλη διάθεση ανάμεσα στις καταπράσινες οξιές, βελανιδιές, σημύδες και φουντωτά πουρνάρια.Κατά διαστήματα, ανακάλυπτα και κάποιο μανιταράκι κάτω από την επιβλητική σκιά πανύψηλων δέντρων και το πετούσα μέσα στο καλάθι. Εκτός από τα μανιτάρια, μάζευα και διάφορα βότανα και τα έριχνα και αυτά μέσα στο καλάθι. Ειδικά η περιοχή αυτή ήταν γεμάτη με τσάι του βουνού. Δυο – τρεις εξορμήσεις αν έκανες για να συλλέξεις, σου έφτανε για να πίνεις όλο τον χειμώνα. Και ξέρετε τι νόστιμο που είναι; Ά, άλλο πράγμα! Τόσο έντονο άρωμα, που ένιωθες σε κάθε ρουφηξιά πως κατάπινες και ένα κομμάτι από το δάσος. Θα σας φέρω να δοκιμάσετε.Για να επανέλθω, λοιπόν, στη διήγησή μου, η ατμόσφαιρα ήταν υπέροχα ζωσμένη από τις έντονες και θεσπέσιες μυρωδιές που ανέδυαν τα φυτά και τα λουλούδια του δάσους, όταν ξαφνικά αντιλήφτηκα κάτι εξόχως περίεργο και μυστηριώδες. Τα πουλιά είχαν σωπάσει. Επικρατούσε απόλυτη ησυχία που σου πάγωνε το αίμα! Κάτι το απόκοσμο και το ανατριχιαστικό! Όσο και αν αφουγκραζόμουν, δεν έπεφτε κανένα ήχος στην αντίληψή μου. Το μόνο που ίσως ήταν αισθητό, ήταν το ανεπαίσθητο θρόισμα του ανέμου μέσα από τα φύλλα των δέντρων.Ασυναίσθητα, σχεδόν μηχανικά, έπεσα στα γόνατά μου και σύρθηκα πίσω από κάποιες πυκνές φυλλωσιές. Λειτούργησα ενστικτωδώς, επειδή δε γνώριζα τι συνέβαινε. Υπέθεσα ότι κάποιοι άνθρωποι πρέπει να βρίσκονταν εκεί γύρω. Ίσως να ήταν και συγχωριανοί μου. Αν με έβλεπαν τόσο μακριά και ενημέρωναν τον πατέρα μου, θα τις έτρωγα για τα καλά. Καλύτερα να κρυβόμουν. Έμεινα, για καλό και για κακό, στην κρυψώνα μου, τέσσερα με πέντε μέτρα έξω από το μονοπάτι. Περίμενα λίγα λεπτά και αμέσως μετά άκουσα έναν ρυθμικό ήχο, κάτι σαν αργό βάδισμα. Είχα περιέργεια να δω ποιος ήταν· σηκώνω με επιφυλακτικότητα το κεφάλι πάνω από τα κλαδιά και τότε τη βλέπω να περπατά νωχελικά αλλά με μια βασιλική μεγαλοπρέπεια. Δε με είχε πάρει είδηση, γιατί ο άνεμος ήταν αντίθετος και δεν έπιανε τη μυρωδιά μου. Ξέρετε τι μύτη έχει; Στα τρία χιλιόμετρα μπορεί να σε αντιληφθεί και ας μη σε βλέπει».

Η αφήγηση του Αναστάση ήταν τόσο παραστατική που μας είχε φέρει σε υπερδιέγερση. Πιστεύω πως όλοι νιώθαμε σα να βρισκόμασταν μέσα στην ιστορία του. Τα μάτια μας ήταν καρφωμένα πάνω στα χείλη του και αναμέναμε με ανυπομονησία τη συνέχεια.

«Τι ήταν Αναστάση; Συνέχισε σε παρακαλώ» τον προέτρεψε ο Σούλιος που είχε μαγνητιστεί, όπως όλοι μας.

Ο Αναστάσης είχε κάνει μια παύση για να πιεί μια γουλιά νερό. Μόλις ήπιε, κοίταξε τον Σούλιο με παγωμένο βλέμμα.

«Αρκούδα, Γιώργο μου», έλυσε την απορία του Σούλιου και όλοι τον κοιτάξαμε εντυπωσιασμένοι, με κάποιους από εμάς να βγάζουν επιφωνήματα έκπληξης. «Σίγουρα θα ήταν τριακόσια κιλά! Το καφέ σκούρο τρίχωμά της λαμπύριζε από τις ηλιαχτίδες, καθώς την ακτινοβολούσε το φως που εισερχόταν ανάμεσα από τα κενά των ψηλών δέντρων. Οι πατούσες της ήταν τεράστιες, τουλάχιστον εικοσιπέντε πόντους διάμετρο, ενώ τα νύχια της τόσο μακριά και κοφτερά που τα διέκρινα καθαρά και ας βρισκόμουν σε δεκαπέντε περίπου μέτρα απόσταση. Είχε τόσο χοντροκομμένο κεφάλι, όσο τέσσερα δικά μας μαζί και στις άκρες στο πάνω μέρος του κρανίου δυο μικρά στρόγγυλα αυτάκια, εντελώς δυσανάλογα με το υπόλοιπο σώμα.Κατέβασα ταχύτατα το κεφάλι μου για να κρυφτώ και είπα όσες προσευχές γνώριζα. Ένα μυρμήγκιασμα φόβου γλιστρούσε στη σπονδυλική μου στήλη και αυτός ο φόβος γρήγορα μεταμορφώθηκε σε πανικό. Η καρδιά μου χτυπούσε τόσο γρήγορα, όσο των σπουργιτιών, που την άκουγα με τα αυτιά μου! Τα πόδια μου είχαν ριζώσει, χωρίς υπερβολές, στο έδαφος. Το αίμα μου, παγωμένο σαν το νερό της λίμνης το χειμώνα, ίσως και να είχε σταματήσει! Το μυαλό μου είχε κολλήσει και ήταν απίθανο να δώσει εντολές στο κορμί μου, διότι οι σκέψεις περνούσαν με εξωφρενική ταχύτητα χωρίς να μπορώ να αποφασίσω τι να πράξω. Μέσα σε κλάσματα του δευτερολέπτου σκέφτηκα χίλιους δυο τρόπους για να γλιτώσω: ν' ανέβω σ' ένα δέντρο, να φύγω τρέχοντας, να φωνάξω δυνατά και άλλους απίθανους τρόπους! Τελικά, δεν έπραξα τίποτα απ' όλα αυτά. Είχα μπλοκάρει! Έπεσα στο έδαφος με όλο μου το κορμί μπρούμυτα και τοποθέτησα τα χέρια μου πάνω στο κεφάλι. Δεν ήθελα ούτε να δω ούτε να ακούσω, γι' αυτό και κόλλησα τις παλάμες μου στα αυτιά. Είχα τη μάταιη ελπίδα πως θα έφευγε χωρίς να με αντιληφθεί. Τα όσα ακολούθησαν δεν έχω καταλάβει ακόμα αν ήταν πραγματικότητα ή της φαντασίας μου. Έμοιαζαν με όνειρο ή πιο σωστά με εφιάλτη!Άκουγα

τα κλαδιά να σπάνε δίπλα μου και τον βίαιο ήχο των θά-
μνων που σείονταν συθέμελα. Συνέχισα να προσεύχομαι
και να σκέφτομαι τους γονείς μου και όλα τα αγαπημένα
μου πρόσωπα. Ακόμη και τη ζώνη του πατέρα μου τη φα-
νταζόμουν να με χτυπά, σα να ήταν από βελούδο ή μετάξι!
Είχα αποδεχτεί το μοιραίο και ήθελα να πεθάνω με ευχά-
ριστες σκέψεις στο μυαλό μου.Καθώς βρυχιόταν, ένιωσα
την καυτή της αναπνοή από πάνω μου. Είχε μια μυρωδιά
έντονη και ανυπόφορη. Δε ξέχασα ποτέ αυτή τη μπόχα! Με
έσπρωξε δυνατά με το πόδι της. Μετακινήθηκα μισό μέτρο
μπροστά, τόσο που το κεφάλι μου χώθηκε μέσα σε έναν
θάμνο. Έμεινα ασάλευτος. Με τράβηξε ξανά προς τα πίσω,
ενώ παράλληλα έβγαζε αγριεμένους βρυχηθμούς! Ήμουν
πεπεισμένος πλέον πως είχε φτάσει το τέλος μου. Άρχισε
να με μυρίζει, γιατί ένιωσα την υγρή της μύτη πάνω στον
ιδρωμένο σβέρκο μου.Εξακολουθούσα να είμαι πεσμένος
μπρούμυτα και εκλιπαρούσα τον Θεό να μου δώσει, τουλά-
χιστον, ένα γρήγορο και ανώδυνο τέλος. Πάλι με τράβηξε
και με ταρακούνησε δεξιά κι αριστερά. Ήμουν σαν μια πά-
νινη κούκλα που την πετάνε από εδώ και από εκεί! Δεν
πρόβαλα καμιά αντίσταση, αφού θα ήταν μάταιη. Αυτό
ήταν που μάλλον μ' έσωσε. Αφού διαπίστωσε ότι πλέον
δεν έχω κανένα ενδιαφέρον, με παράτησε και στράφηκε
προς το καλάθι με τα μανιτάρια. Τα καταβρόχθισε εν ριπή
οφθαλμού! Άκουγα τα φυτά και τα κλαδιά να σπάνε στο
πέρασμά της καθώς απομακρυνόταν. Είχα τα μάτια μου
κλεισμένα σφιχτά και σιγά – σιγά άρχισα να αναθαρρώ. Οι
ελπίδες μου αναπτερώθηκαν ακούγοντας τους ήχους, που
προξενούσε το βάδισμά της, να φτάνουν όλο και πιο αχνά
στα αυτιά μου, ώσπου σταμάτησαν εντελώς. Είχε φύγει.

Είχα σωθεί! Μεγάλη η χάρη Του!» Ο Αναστάσης σταυροποπήθκε.

«Δεν σ' έσωσε ο Θεός, Αναστάση. Εσύ και τα μανιτάρια σώσατε το τομάρι σου» διαφώνησα.

«Λουκά μου, μη λες τέτοιες κουβέντες! Ας είμαστε ευγνώμονες προς Αυτόν που με γλίτωσε με τίμημα μερικές γρατζουνιές».

«Δεν αμφισβητώ την παρέμβαση του Θεού, αν αυτό σε ικανοποιεί, απλώς έχω καταλάβει τι συνέβη. Αν επιθυμείς να σου πω την άποψή μου για το συμβάν, ευχαρίστως να στην εκθέσω».

Οι υπόλοιποι με προέτρεψαν να εξηγήσω αυτό που είχα στο μυαλό μου, μια που πολλές φορές τους είχα διαφωτίσει με τις γνώσεις μου για το φυσικό περιβάλλον και τα πλάσματά του.

«Λοιπόν, φίλε μου, η αρκούδα αυτή δε σε αποτελείωσε για τους εξής λόγους: πρώτον, διότι ήταν καλοκαίρι, όπως μας είπες. Τι σημαίνει αυτό; Σημαίνει πως είχε κορεσμένη την πείνα της. Τα θηράματα αφθονούσαν, τα αγριομελίσσια τα έβρισκε σε μεγάλους αριθμούς μέσα στο δάσος και σίγουρα δε θα έλειπαν οι νόστιμες ρίζες ή οι βολβοί και οι καρποί, όπως αγριοφράουλες και βατόμουρα. Άρα, δεν πεινούσε, αν και δεν της κακόπεσαν τα μανιτάρια σου, που τα έφαγε από βουλιμία και μόνο. Μια αρκούδα πότε δε λέει όχι σε ένα τόσο νόστιμο μεζεδάκι! Και φυσικά, είναι εξαιρετικά απίθανο να επιτεθεί σε άνθρωπο με σκοπό να γευτεί τη σάρκα του! Δεύτερον, σύμφωνα με την περιγραφή που μας έδωσες των εξωτερικών χαρακτηριστικών της αλλά και του τρόπου συμπεριφοράς της, συμπεραίνω ότι ήταν αρσενική. Είναι σχεδόν διπλάσια από τη θηλυκή και υπέρ του δέοντος επιθετική κυρίως προς τις άλλες αρσενικές, που τις βλέπει ως ανταγωνίστριες. Έτσι, αφού σε εξέτασε και σε ψυχολόγησε, διαπίστωσε πως δεν αποτελούσες κίνδυνο για αυτήν. Πιστεύω ότι της ήρθε η μυρωδιά του φόβου που εξέπεμπες και θεώρησε ότι δεν είσαι σοβαρός και άξιος αντίπαλος! Με λίγα λόγια, σε υποτίμησε και σε περιφρόνησε! Με τη στάση σου, της έδειξες την υποταγή σου και αυτό το θεώρησε αρκετό για να σε αγνοήσει!Είναι περήφανα ζώα. Δεν αποτελείωσε τον υποταγμένο αντίπαλο, γιατί σεβάστηκε την αποδοχή της ήττας του. Όμως, αν αντιστεκόσουν έστω και λίγο, με ένα χτύπημα του ποδιού της θα σε είχε τσακίσει! Αντιθέτως, πιστεύω ότι πολλοί άνθρωποι θα κατακεραύνωναν τον ήδη ηττημένο τους αντίπαλο, κάτι που μας κάνει περισσό-τερο κτήνη από τα πραγματικά κτήνη! Διαφωνείτε;»

«Έχεις δίκιο, Λάσκαρη» απάντησαν με μια φωνή ο δόκιμος με τον Σανιδά, ενώ ο Αναστάσης με το ύφος του έδειχνε, μάλλον, ότι συμφωνούσε με την εξήγησή μου.

«Είσαι πολύ τυχερός που δεν ήταν θηλυκή. Εκείνη την εποχή θα είχε σίγουρα μικρό ή μικρά και θα σε εκλάμβανε ως απειλή γι' αυτά. Σε μια συνάντηση με μια αγριεμένη μαμά θα είχες οπωσδήποτε λιγότερες ελπίδες. Αυτή λοιπόν ήταν η μοίρα σου. Η τύχη ή ο Θεός έστειλε στο διάβα σου μια μεγάλη μεν αλλά αδιάφορη και ανέμελη δε αρσενική και έτσι σώθηκε η ζωή σου» συμπλήρωσα και ύψωσα το ποτήρι ευχόμενος να έχουμε πάντοτε τύχη.

Έπειτα από λίγη ώρα, διαλύσαμε την παρέα, ο Ανα-στάσης τράβηξε για το σπίτι του και εμείς για τα κρε-βάτια μας.

VI

Την επόμενη μέρα, ο καιρός φαινόταν και πάλι μουντός. Κοίταξα από το παράθυρο και είδα πυκνά σύννεφα να πλαισιώνουν τον ορίζοντα. Έμοιαζε να είναι σούρουπο, αν και η ώρα ήταν μόλις εφτά το πρωί.

Βγήκα από το φυλάκιο και εισέπνευσα βαθιά. Το ευεργετικό δροσερό αεράκι με αναζωογόνησε. Η Κούλα σύρθηκε στα πόδια μου κουνώντας ρυθμικά την παχιά ουρά της. Σε λίγο εμφανίστηκε ο Μήτσος και από πίσω του η Ίρμα. Τα χάιδεψα στοργικά και μου ανταπόδωσαν με ένα μακρόσυρτο γλείψιμο της παλάμης μου. Πιο εκεί, κάτω από τη σκοπιά, ο Έκτορας ξαπλωμένος με παρακολουθούσε αδιάφορα με μισόκλειστα τα μάτια του.

Τους έδωσα να φάνε τα περισσεύματα από το προηγούμενο βράδυ και κατόπιν ξεκίνησα για έναν περίπατο προς το χωριό. Τα σκυλιά με ακολουθούσαν γεμάτα ζωντάνια. Ο Εκτορας με έναν ταχύτατο καλπασμό πέρασε μπροστά μας και ηγείτο της ομάδας. Ένας σκελετωμένος μαύρος σκύλος στις παρυφές του χωριού, μόλις μας πήρε είδηση, σε κλάσματα δευτερολέπτου, με ένα σάλτο, κυριολεκτικά εξαφανίστηκε πίσω από ένα δεμάτι με ξύλα. Ο χτικιάρης έπραξε συνετά, καθώς δεν ήταν και το πιο έξυπνο πράγμα να είναι κοντά στην αγέλη μας. Ο δρόμος με έβγαλε κατά το σπίτι του Αναστάση. Σκέφτηκα να περάσω να πω μια καλημέρα, εφόσον ήταν ξύπνιος. Μόλις έφτασα απ' έξω, τον είδα να σκουπίζει την αυλή του.

«Καλημέρα. Βλέπω είσαι από πολύ πρωί ξύπνιος...»

«Καλώς το παιδί! Η ώρα κοντεύει οκτώ. Από τις έξι είμαι ξύπνιος κάθε μέρα» με ενημέρωσε με ένα ζωηρό χαμόγελο.

«Να σ' αφήσω τότε να κάνεις τη δουλειά σου».

«Τι λες τώρα; Πέρασε μέσα να πιούμε καφέ». Αποδέχτηκα την πρότασή του, γιατί μου φάνηκε προσβεβλημένος.

Εισήλθα στο σπίτι και κάθισα σε μια καρέκλα ξύλινη δίπλα στο τραπέζι. Τα ξύλα στο τζάκι σιγοκαίγανε και η αναδυόμενη ζεστασιά προκαλούσε ευφορία. Άπλωσα το κορμί μου με ξεγνοιασιά. Το ρυθμικό τριζοβόλημα της φωτιάς με αποβλάκωνε. Από τα παράθυρα πρόσεξα τα σκυλιά, τα οποία παραφύλαγαν έξω από την αυλή, αφού ο Αναστάσης είχε κλείσει την αυλόπορτα. Μόλις μπήκε και αυτός στο σπίτι, αμέσως κατευθύνθηκε στο κουζινάκι και ξεκίνησε να φτιάχνει τα καφεδάκια.

Έδειχνε ευδιάθετος και με μπριόζικες κινήσεις έβαζε τα υλικά μέσα στο μπρίκι. Σε λίγα λεπτά απολαμβάναμε τους καφέδες. Αυτός ο άνθρωπος ήταν χρυσοχέρης! Τι καφές ήταν αυτός; Κάθε ρουφηξιά σε έστελνε στα άστρα και από εκεί στον παράδεισο! Όμως με την καλοσύνη αυτού του ανθρώπου, την επιβλητικότητα της τοποθεσίας και την ηρεμία που είχε η ζωή εδώ, ήσουν πράγματι στον παράδεισο! Δε θα μπορούσα να φανταστώ πώς αλλιώς θα ήταν αυτός! Παράδεισος είναι εκεί όπου η ψυχή σου γαληνεύει. Εκεί, όπου στα μάτια των ανθρώπων βλέπεις την ειλικρίνεια, αλλά πρωτίστως την απλότητα και η απλότητα είναι σοφία!

«Τι σκέφτεσαι;»

«Κάνω περίπλοκες σκέψεις για την απλότητα!»

Με κοίταξε με δικαιολογημένη απορία. Εκείνη τη στιγμή δεν είχα τη δυνατότητα να του εκφράσω με περισσότερες λεπτομέρειες τις σκέψεις μου και τα συναισθήματά μου.

«Λουκά» με χάιδεψε ελαφριά και στοργικά στον ώμο «είσαι πολύ ενδιαφέρων άνθρωπος. Έξυπνος, ευγενικός, μα πάνω απ' όλα αγαπάς τη φύση και τα παιδιά της. Αυτό δείχνει άνθρωπο καλόψυχο».

«Ευχαριστώ, αλλά δεν αντέχω τις φιλοφρονήσεις. Εσύ είσαι ο ευγενικός και ο καλόψυχος! Μας φιλοξενείς, μας τραπεζώνεις και μας συμβουλεύεις με την εμπειρία σου, δίχως να έχεις καμία υποχρέωση απέναντί μας».

«Δεν έχω υποχρέωση; Εδώ σφάλλεις. Βρίσκεστε εδώ, μακριά από τους δικούς σας ανθρώπους και υπερασπίζεστε την πατρίδα. Δεν έχω υποχρέωση προς εσάς; Μας προσφέρετε ασφάλεια. Εσείς μπορεί να μη το καταλαβαίνετε, αλλά ρωτήστε και εμάς. Χάρη στη δική σας παρουσία νοιώθουμε πως δεν είμαστε ξεχασμένοι. Φαντάσου τους χωριανούς μου χωρίς το φυλάκιο, τι συναισθήματα φόβου, ανασφάλειας και απομόνωσης θα τους κυρίευαν. Η ύπαρξη του φυλακίου είναι μια μικρή μέριμνα για εμάς. Όταν θα φύγετε από 'δω, ας μας έχετε σε παρακαλώ στην καρδιά σας και ας θυμάστε πού και πού τον γερο – Αναστάση. Αυτό μου φτάνει!»

Ήταν εντυπωσιακός ο συλλογισμός του! Ακόμη εντυπωσιακότερο ήταν το γεγονός πως ένιωθε ευχαριστημένος με την παρουσία εννέα οπλιτών στο χωριό του. Οι απλές σκέψεις αυτού του χωρικού της παραμεθορίου εμπεριείχαν όλα τα συστατικά της αγνότητας και της ολιγάρκειας. Δε ζητούσε πολλά, δεν επιθυμούσε λίγα, ήθελε μόνο ένα: να τους έχουμε έστω και λίγο στη μνήμη μας, όταν θα επιστρέφαμε στις ιδιαίτερές μας πατρίδες!

Τρόμαξα στη σκέψη ότι μια μέρα θα έκλεινε το φυλάκιο και αισθήματα απομόνωσης θα κατέκλυζαν τις καρδιές των κατοίκων, ακόμα βαθύτερα. Αναλογιζόμενος όλα αυτά, σκέφτηκα εις βάθος. Μήπως ο Αναστάσης φοβόταν κάτι περισσότερο από τη μοναξιά και τη λήθη του κράτους;

«Τις πυραμίδες, τις γνωρίζεις όλες;»

«Όλες και μάλιστα πολύ καλά. Σαν την τσέπη μου!»

«Έχω πάει πολλές φορές στην πέντε και λίγες φορές στην έξι και την επτά. Καταπληκτικά μέρη! Τέτοια ομορφιά μαζεμένη δεν έχω ξαναδεί! Είναι κρίμα να την απολαμβάνουν τόσα λίγα μάτια.

«Έχεις δίκιο. Μέρη που ο Θεός έβαλε όλη του την τέχνη για να τα δημιουργήσει».

«Και η οχτώ; Βρίσκεται και αυτή σε τόσο όμορφη τοποθεσία;» Αποσκοπούσα να μάθω κάτι παραπάνω για αυτήν την πολυσυζητημένη πυραμίδα.

«Έχω χρόνια να πάω κατά 'κει πάνω. Έχει δύσκολη ανάβαση. Όταν φτάσεις θα βρεθείς σε έναν άδενδρο και άγονο λόφο. Δεν είναι όμορφος τόπος όσο οι άλλες. Τι να κάνεις εκεί; Κάτσε στα "αυγά" σου! Δεν είναι μέρη για εσάς».

«Μα εμείς είμαστε στρατιώτες! Πρέπει να γνωρίζουμε όλη τη τοπογραφία της περιοχής».

«Δε μου αρέσει αυτό το μέρος. Αν πάθει κανείς κάτι εκεί, άντε να δούμε πως θα σωθεί! Ούτε να το σκέφτεσαι!»

«Ανάσταση τι γνωρίζεις για την οχτώ; Γιατί σίγουρα κάτι γνωρίζεις! Πρέπει να μάθω. Είναι χειρότερο οι φήμες να αιωρούνται πάνω από τα κεφάλια μας. Εμπρός, μίλα». Τον κοίταζα με αποφασιστικότητά για να τον αποτρέψω από υπεκφυγές.

Ρούφηξε νευρικά μια τζούρα από τον καφέ του. Το βλέμμα του, εντελώς αφηρημένο, το είχε στραμμένο προς το τζάκι. Το δικό μου αδιάσπαστο προς αυτόν. Ήμουν αποφασισμένος να του αποσπάσω έστω και μια πληροφορία. Σήκωσε το κεφάλι και με ύφος περίλυπο, ίσως διαποτισμένο και με ψήγματα αγανάκτησης, με ρώτησε: «είσαι σίγουρος;» Του έγνεψα καταφατικά και τον είδα να συνοφρυώνεται.

«Λοιπόν, θα σου μιλήσω ανοιχτά. Όμως, θέλω να μου ανταποδώσεις τη χάρη. Δε θα μιλήσεις σε κανέναν και για τίποτα. Ό,τι ακούσεις και βάλεις στο κεφάλι σου, έτσι και να το βγάλεις αμέσως, έπειτα από αυτή την κουβέντα!»

«Στο υπόσχομαι»

Τελείωσε τον καφέ του μονομιάς και πήρε θέση και κλίση προς τα εμπρός σα να φοβόταν μήπως μας ακούσει κανείς.

«Επί εποχής Χότζα στην Αλβανία, τα πράγματα ήταν σφιχτά απ' όσο ξέρουμε. Πολλές στερήσεις από τις απαγορεύσεις ανάγκαζαν τον λαό να ζει φτωχικά, σε πλήρη ένδεια. Κάποιοι εδώ στα σύνορα διεξήγαγαν εμπόριο, ψιλοπράγματα δηλαδή: κανένα κατσικάκι, τσιγάρα, απορρυπαντικά, γενικά μικρά πραγματάκια. Οι δικοί μας ήταν συνηθισμένοι σε αυτό το αλισβερίσι. Δεν έβλαπτε κανέναν. Όλοι ήταν ικανοποιημένοι. Πολλές φορές βόσκαμε τα κοπάδια μας μέσα στην Αλβανία και αυτοί τα δικά τους σε εμάς. Δεν είχαμε περιορισμούς. Φτωχοί εμείς, ακόμη φτωχότεροι εκείνοι, προσπαθούσαμε να αποκομίσουμε ό,τι καλύτερο. Με πολλούς γνωριζόμασταν, είχαμε καλές ανθρώπινες σχέσεις. Αυτοί οι Αλβανοί χωρικοί ήταν καλοί άνθρωποι, αγνοί. Το ίδιο και εμείς. Δεν είχαμε να χωρίσουμε τίποτα. Μια γλώσσα μας χώριζε μόνο. Έτσι και αλλιώς, γνώριζαν αρκετά ελληνικά και εμείς κάποια αλβανικά. Συνεννοούμασταν μια χαρά! Δε θυμάμαι ποτέ να είχαμε κάποια παρεξήγηση. Μας περιέβαλε η ειλικρίνεια στις σχέσεις μας. Ακόμα διατηρώ άριστες σχέσεις με κάποιους απ' αυτούς.

Όμως, όλα άλλαξαν, όταν κατέρρευσε ο κομμουνισμός. Εμφανίστηκαν στα σύνορα κάθε λογής άνθρωποι, έμποροι, τι έμποροι δηλαδή, μεγαλέμποροι, σκέτοι μαφιόζοι! Έκαναν τα περάσματα παζάρι! Και φυσικά δεν εμπορεύονταν αγγουράκια και κολοκύθια! Τι θέλεις; Τι τραβά η ψυχή σου; Όπλα; Ναρκωτικά; Πλαστά χαρτονομίσματα; Το χειρότερο απ' όλα όμως ήταν το σκλαβοπάζαρο! Έφερναν τον κόσμο για να τον περάσουν προς τη χώρα μας, με το αζημίωτο βέβαια! Μιλάμε για πολλά λεφτά! Τους μαδούσαν στην κυριολεξία τους κακόμοιρους τους μετανάστες! Αυτοί πουλούσαν ό,τι είχαν και δεν είχαν για να πληρώσουν τους δουλεμπόρους. Τους έφερναν μέχρι τα σύνορα και ύστερα...ο Θεός και η ψυχή του! Τους άφηναν στη μοίρα τους. Πολλοί έχαναν τον δρόμο τους, έπεφταν σε βάραθρα και χαράδρες, πάγωναν από το κρύο, πέθαιναν από τις κακουχίες και άλλοι συλλαμβάνονταν από τους δικούς μας και τους απέλαυναν πάλι πίσω. Έβλεπα πάμπολλες φορές να ξεπροβάλλουν μέσα από τα δάση, τραυματισμένοι, πεινασμένοι, ταλαιπωρημένοι, που είχαν για παραστάτες τους την ανασφάλεια και τον τρόμο!Έπειτα, έφερναν κοπέλες. Τις υπόσχονταν μια καλύτερη ζωή, αλλά τις πουλούσαν ως πόρνες σε διάφορους επιτήδειους δικούς μας. Καλά κουμάσια και οι δικοί μας! Τις διοχέτευαν σε όλη την Ελλάδα. Δήθεν θα τις έβρισκαν δουλειά ως οικιακές βοηθούς ή καθαρίστριες. Παραμύθια! Γέμισαν τα μπαράκια και τα μπουρδέλα με φτωχές κοπέλες!Αλίμονο σε όποιον παρείσακτο παρευρισκόταν εκεί, στο παζάρι. Το κεφάλι του δε θα στεκόταν ασφαλές στους ώμους του! Με το πέρασμα των μηνών, έγινε κάτι σαν άγραφος νόμος όλη αυτή η κατάσταση. Δεν ξέρω πώς και τι, αλλά ανά τακτικά διαστήματα διαπίστωνα μια δραστηριότητα προς εκείνα τα μέρη. Πώς συνεννοούνταν, πώς μαζεύονταν εκεί και πώς τα βρίσκανε, δεν το γνωρίζω. Πάντως, δεν ήταν λίγες οι φορές, αργά τη νύχτα σχεδόν ξημερώματα, που άκουγα πυροβολισμούς. Προφανώς θα είχαν τις διαφωνίες τους και δεν τις έλυναν, φαντάζομαι, με διάλογο!»

«Έγιναν δολοφονίες; Έχεις δει, έχεις ακούσει να βρέθηκε κάποιος νεκρός;»

«Μπα, εγώ προσωπικά δεν έχω δει τίποτα. Όμως, όλο και κάποιος θα έφαγε το κεφάλι του. Δεν είναι άνθρωποι αυτοί, και οι δικοί τους και οι δικοί μας. Είναι κτήνη!» συνοφρυώθηκε εκστομίζοντας την τελευταία λέξη.

«Μα καλά, οι δικοί μας, εννοώ οι συνοριακοί ή εν πάση περιπτώσει, η ασφάλεια των συνόρων, δεν τα γνωρίζουν αυτά;»

«Ό,τι μπορούν κάνουν τα παιδιά. Τι να σου κάνουν έξι – εφτά φύλακες; Πιάνουν κανέναν λαθραίο, κάνουν τις περιπολίες τους, αλλά κακά τα ψέματα, η περιοχή δεν ελέγχεται, είναι τεράστια. Πολλά περάσματα, δύσβατα μέρη, πού να τη διασφαλίσεις; Τα κτήνη μόλις αντιληφτούν το παραμικρό μπαίνουν μέσα στην Αλβανία. Πώς να πάνε τα παιδιά εκεί; Από την πλευρά της άλλης χώρας δεν υπάρχει ούτε αστυνομία ούτε στρατός, τίποτα! Κανένας έλεγχος. Ξέφραγο αμπέλι!»

«Εμείς όμως τι κάνουμε; Εννοώ ο στρατός. Ποιος ο ρόλος μας;»

«Αχ, Λουκά, σε είχα για ξύπνιο! Τι να κάνει ο στρατός; Επαγγελματίες είστε; Ξέρεις γιατί έφεραν εδώ τον στρατό; Για να τρενάρει λίγο την κατάσταση. Όχι για να την εξαλείψει!»

«Δηλαδή;»

«Τι δηλαδή; Ο στρατός υπάρχει για να...υπάρχει! Οι λαθρέμποροι γνωρίζουν για το φυλάκιο. Έτσι, είναι πιο προσεχτικοί και δεν είναι ανεξέλεγκτοι. Μη νομίζεις, και αυτοί φοβούνται! Αν δεν υπήρχαν οι συνοριακοί και ο στρατός, θα γινόταν χαμός εκεί πάνω, μέχρι και υποβρύχια θα περνούσαν!»

«Επομένως, είμαστε κάτι σαν... διακοσμητικό στοιχείο!»

«Χρησιμότατοι είστε! Και μόνο με την παρουσία σας τους συγκρατείτε».

«Ωραία λοιπόν. Αντιλαμβάνομαι ότι πλανάται μια αίσθηση φόβου στο χωριό, εξαιτίας όλων αυτών, αν αληθεύουν ασφαλώς. Άρα, χρειάζεστε τον στρατό, διότι φοβάστε».

Με κοίταξε θιγμένος και μάλλον με απογοήτευση.

«Λουκά, δε συμφωνώ με αυτό που είπες. Δεν σας καλοπιάνω γι' αυτό τον λόγο, αν υπονοείς κάτι τέτοιο. Πραγματικά σας συμπαθώ και μου είναι ευχάριστη η παρέα σας. Ειλικρινά σας συμπονώ. Δεν το βρίσκω σωστό αυτό που είπες».

«Νομίζω πως παρανόησες. Όμως, όπως και να έχει, παρέχουμε μια ασφάλεια στο χωριό, δεν μπορείς να το αρνηθείς. Εξάλλου και εσύ ο ίδιος το είπες πιο πριν».

«Όπως νομίζεις» πέταξε κοφτά και σηκώθηκε να πάει προς την κουζίνα.

«Εγώ πάντως, ένα μήνα εδώ, δεν έχω δει ούτε έχω ακούσει τίποτα. Γνωρίζεις ότι έχω γυρίσει πολλές φορές το δάσος. Πιστεύω πως έχει σταματήσει αυτό το φαινόμενο».

«Τι να σου πω; Μάλλον έχεις δίκιο» μουρμούρισε μέσα από την κουζίνα, την ώρα που έπλενε τα ποτήρια.

Επέστρεψε με σοβαρό ύφος στο τραπέζι. Φαινόταν να έχει κατεβάσει τα μούτρα. Προφανώς είχε παρεξηγηθεί, επειδή αμφέβαλα για τις προθέσεις του και τη συμπεριφορά του απέναντι στους οπλίτες του φυλακίου. Συνήθως ήταν ευχάριστος και πολυλογάς, γι' αυτό και μου έκανε εντύπωση που κάθισε για αρκετά λεπτά αμίλητος στην καρέκλα του. Δεν έμοιαζε καθόλου με τον ευπροσήγορο, προσηνή άντρα που γνωρίζαμε.

«Αναστάση, με συγχωρείς, αν θίχτηκες». Αναγκάστηκα να του ζητήσω συγγνώμη, επειδή ένιωθα υπεύθυνος για την παγωμένη ατμόσφαιρα που δημιούργησα.

«Όχι, δεν είναι αυτό. Είναι κάτι άλλο που θέλω να σου πω, αλλά δεν ξέρω πως θα σου φανεί. Δε θέλω να σε φοβίσω».

«Τι θέλεις να πεις;»

«Σου είπα ένα μικρό ψεματάκι!»

«Τι ψέμα;»

«Δηλαδή δε σου είπα ψέματα. Απλώς, δε σου είπα όλη την αλήθεια!»

«Λέγε, θα με σκάσεις!»

«Δεν είδα κανέναν νεκρό από λαθρέμπορους. Όμως, βρήκα άνθρωπο σκοτωμένο από κάτι... άλλο» κόμπιασε για μια στιγμή.

Τα λόγια του μου προκάλεσαν έντονη ανησυχία για να μη πω αναστάτωση. Η προσοχή μου όλη ήταν στραμμένη επάνω του.

«Για να είμαι ακριβής, δεν ήταν απλώς σκοτωμένος, ήταν... φαγωμένος!» ο τόνος του ήχησε τρομαχτικός.

Επικεντρώθηκα στην τελευταία του λέξη η οποία αποτυπώθηκε γερά μέσα στον εγκέφαλό μου. Την επανέλαβα δεκάδες φορές από μέσα μου. Φαγωμένος; Με επιθεώρησε ξύνοντας τη γαμψή του μύτη και προσπαθούσε να αξιολογήσει την αντίδρασή μου. Πρέπει να είχα έντονα απορημένη έκφραση, αν κρίνω από τον τρόπο που με κοιτούσε.

«Ποιος τους σκότωσε;»

«Λύκοι!»

Μου ήρθε κάπως βαριά αυτή του η απάντηση. Αναστέναξα. Μα ήταν δυνατόν; Τι ήταν πάλι αυτό; Το είπε για να με τρομάξει; Να μου κόψει τα φτερά για να σταματήσω τις εξορμήσεις στα δάση; Μήπως έπαιζε μαζί μου; Ήταν τόσο καλός ηθοποιός; Όπως και να 'χει, πίστευα ότι τα μάτια του "μιλούσαν" με ειλικρίνεια.

«Αναστάση, σου ζητώ σοβαρά να σταματήσεις να με κοροϊδεύεις!»

«Δε σε κοροϊδεύω».

«Ποιος ήταν αυτός; Τον γνώριζες;»

«Μετανάστης. Πριν δέκα χρόνια. Ήθελα να κόψω ξύλα για να φτιάξω ένα τραπεζάκι και ένα παγκάκι. Σκεφτόμουν να τα τοποθετήσω εδώ στην αυλή να ξαποσταίνω τα βράδια του καλοκαιριού. Ήταν λίγο πριν τη Λαμπρή. Πήγα στο δάσος πίσω από το φυλάκιο, αλλά βαθιά μέσα όχι κοντά σε σας. Έφτασα με το αγροτικό ως ένα σημείο. Στη συνέχεια, με τα πόδια προχώρησα περίπου διακόσια μέτρα μέσα στο πυκνό. Έχει καλά δέντρα εκεί που δίνουν ανθεκτικό και ποιοτικό ξύλο. Έχει και σημύδα, ίσως η μόνη περιοχή στη χώρα που υπάρχει αυτό το είδος. Ξεκίνησα να κόβω από τα σπασμένα κλαδιά και τους κορμούς που κείτονταν στο έδαφος. Αφού μάζεψα αρκετά κομμάτια, τα μετέφερα προς το αυτοκίνητο. Επανέλαβα αυτή τη διαδικασία για τέσσερις – πέντε φορές. Γυρνώντας για μια ακόμα φορά στο δάσος κατευθύνθηκα από ένα άλλο μονοπάτι, πίσω από κάποιους φουντωτούς θάμνους. Αφού προσπέρασα την πυκνοφυτεμένη αλέα, βρέθηκα μέσα σε ένα μικροσκοπικό ξέφωτο, όπου δέσποζαν χοντροκομμένοι χαμηλοί βράχοι, διάσπαρτοι σε μια ακανόνιστη διάταξη. Ελισσόμενος ανάμεσα από τους βράχους και πατώντας προσεχτικά, για να μη στραμπουλίξω κάποιον από τους αστραγάλους μου, το βλέμμα μου έπεσε πάνω σε κάτι που προεξείχε, ανάμεσα σε δυο μεγάλες πέτρες. Μου φάνηκε σαν κλαδί ξεφλουδισμένο, ξέρεις, από τη βροχή ή την κακοκαιρία. Δεν έδωσα σημασία. Μόλις επιχείρησα δυο – τρία βήματα ακόμα, είδα δίπλα μου να στέκονται κορμοί σκεπασμένοι με μούσκλια και χώμα σκεπασμένο με φτέρες. Πρόσεξα πάλι από κάτω κάτι παρόμοιο. Μου κίνησε την περιέργεια. Έσκυψα σε εκείνο το σημείο για μια εμπεριστατωμένη εξέταση. Ήμουν πλέον σίγουρος πως επρόκειτο για οστό. Έμοιαζε με πλευρικό. Το πήρα στα χέρια μου και το περιεργάστηκα με αρκετή προσοχή. Διαπίστωσα πως ήταν μασημένο. Στη μια του άκρη ήταν σπασμένο. Φαινόταν ξεκάθαρα ότι, απ' όπου και αν προερχόταν αυτό το οστό, σίγουρα είχε αποτελέσει το γεύμα κάποιου σαρκοβόρου, με βεβαιότητα, θα έλεγα λύκου. Το οστό δεν ήταν κατσικιού ή αρνιού. Σκέφτηκα ίσως ότι ήταν από αγριογούρουνο. Μα και πάλι δεν ήμουν σίγουρος. Των αγριόχοιρων είναι κάπως πιο πλατιά και μακρουλά».

«Ίσως ήταν από ζαρκάδι ή ελάφι».

«Η επόμενή μου σκέψη ήταν αυτή. Πιο πολύ έκλινα προς το ελάφι. Από άποψη μεγέθους θα έλεγα ότι ταίριαζε. Πάλι όμως, είχα τις αμφιβολίες μου. Γύρισα προς τα πίσω να εξετάσω και το πρώτο που μου είχε φανεί για οστό και ήταν όμοιο με το άλλο. Φαινόταν και αυτό να έχει περάσει από τα δόντια του σαρκοβόρου. Ό,τι είχε γίνει, είχε γίνει κατά τη διάρκεια του χειμώνα. Είχα περάσει έξι μήνες πριν από το ίδιο σημείο και δεν υπήρχε τίποτα. Το καημένο το ζώο θα το είχαν ξεκοκαλίσει σκέφτηκα».

«Εσύ πώς είσαι σίγουρος ότι ήταν από άνθρωπο;»

«Κάτσε, μη βιάζεσαι, υπάρχει και συνέχεια. Λοιπόν, καθώς αναλογιζόμουν όλα αυτά, έκανα μερικά βήματα μπροστά. Ανάμεσα σε κλαδιά και πέτρες, πλήθος από οστά στοιβαγμένα μπροστά μου! Ανατρίχιασα! Ένας ανθρώπινος σκελετός! Σε κάποια σημεία υπήρχαν οστά ενωμένα και αλλού, δεξιά και αριστερά, μεμονωμένα κόκαλα. Μέσα σε αυτά και ένα ανθρώπινο κρανίο! Άρχισα να βαριανασαίνω. Τα πνευμόνια μου δούλευαν σαν ατμομηχανή, ενώ το στήθος μου φούσκωσε σαν μπαλόνι! Έκανα τον σταυρό μου για τον μακαρίτη. Σίγουρα δεν ήταν δικός μας. Δεν αγνοούταν κανένας ούτε και είχαμε ακούσει για κανέναν από τα άλλα χωριά. Μετανάστης, σκέφτηκα. Τον χειμώνα, μέσα στα χιόνια και το ψύχος, βρήκε τον θάνατο. Και τι θάνατος! Φρικιαστικός! Πέταξα με μια απότομη και απεγνωσμένη κίνηση από το χέρι μου το οστό που είχα ξεχάσει ότι κρατούσα. Αηδίασα και έκανα εμετό! Αφού συνήλθα κάπως, έτρεξα προς το αγροτικό. Πήγα στο χωριό Πύλη και ενημέρωσα την αστυνομία. Τους πήγα στο σημείο. Συνέλεξαν τα απομεινάρια του σκελετού και τα έστειλαν...ξέρω και εγώ που τα έστειλαν; Έδωσα και κατάθεση, τους είπα ό,τι γνώριζα. Έμαθα πως τα μακάβρια ευρήματα θα τα εξέταζε κάποιος ιατροδικαστής. Τελικά, έφυγα έντρομος για το σπίτι μου».

«Τι έγινε έπειτα, έμαθες κάτι;»

«Πέρασαν βδομάδες, είχε μπει για τα καλά το καλοκαίρι. Κατέβηκα για άλλη μια φορά μέχρι το τμήμα και ρώτησα αν επιτέλους είχαν κάποια πληροφορία. Μου έδωσαν την απάντηση ότι ήταν μετανάστης από την Αλβανία. Είχε πεθάνει από το κρύο και την πείνα. Ήμουν δύσπιστος. Δεν τα τρώω αυτά τα παραμύθια. Είχα δει τα οστά δαγκωμένα και μασημένα. Το χωριό απέχει περίπου από δύο έως πέντε χιλιόμετρα απ’ όλα τα περάσματα για τη χώρα μας. Ακόμη και με χιόνια σε δυο – τρεις ώρες είσαι εδώ. Κάτι θα βρεις να φας! Όλοι οι συγχωριανοί μου ένα κομμάτι ψωμί θα πρόσφεραν σε όποιον το ζητούσε. Μα ήταν ηλίου φαεινότερο! Τον άνθρωπο τον είχαν κατασπαράξει λύκοι! Επέμενα σ’ αυτή την άποψη, αλλά μου είπαν πως έκανα λάθος. Προσπαθούσαν να μου εξηγήσουν ότι τα οστά είχαν φθαρεί από την κακοκαιρία. Έφυγα και δεν ασχολήθηκα ξανά μαζί τους».

«Μπορεί και να ήταν έτσι, Αναστάση. Μην είσαι απόλυτος».

«Είμαι απόλυτος, διότι αυτή δεν ήταν η μόνη φορά, Λουκά μου!»

Με είχε αποστομώσει και πάλι. Άλλη μια έκπληξη που δεν την περίμενα!

«Αναστάση, επιμένω και σε παρακαλώ να μην είσαι απόλυτος και υπερβολικός! Είσαι σίγουρος γι' αυτό που θα μου πεις; Δεν έχεις κανέναν ενδοιασμό; Βάζεις το χέρι σου στη φωτιά;»

«Και το χέρι μου και ολόκληρο το κορμί μου! Όμως, αν δεν επιθυμείς, δε θα σου αφηγηθώ τίποτα παραπάνω απ' όσα σου έχω πει».

«Πας καλά; Ξεκίνα να μιλάς!»

«Συνέβη πριν τέσσερα χρόνια, αρχές Φλεβάρη. Χιόνι πολύ τις προηγούμενες εβδομάδες. Εκείνες τις μέρες όμως είχε καλούτσικο καιρό. Ανέβηκε η θερμοκρασία λίγο πάνω από το μηδέν. Το χιόνι άρχιζε να λιώνει, ωστόσο κρατούσε αρκετό ακόμη. Εκείνη τη νύχτα θυμάμαι, είχα ψήσει παϊδάκια στο τζάκι, ήπια και μερικά ποτηράκια από τον "αγιασμό" και απολάμβανα τη ζεστασιά από τα καιγόμενα ξύλα. Μου είχε έλθει μια ανάλαφρη υπνηλία, έτσι όπως κούρνιαζα πάνω στην πολυθρόνα και τα βλέφαρά μου στιγμή με τη στιγμή βάραιναν όλο και περισσότερο. Σε κάποια από αυτές τις στιγμές λοιπόν, μου φάνηκε πως άκουσα κραυγές βαθιά μέσα από το δάσος. Έχεις δει που είναι το σπίτι μου; Μισό χιλιόμετρο μακριά από τα τελευταία σπίτια του χωριού και πιο κοντά από όλα στο δάσος. Άνοιξα τα βλέφαρά μου και αφουγκραζόμουν προσεχτικά, ωστόσο δεν υπέπεσε στην αντίληψή μου κάποιος άλλος ήχος. Θεώρησα ότι μάλλον θα ονειρευόμουν. Κάθισα πάλι στην πολυθρόνα, αφού είχα σηκωθεί πρωτύτερα για να ακούω καθαρότερα. Δε θα πέρασαν πολλά δευτερόλεπτα, που τότε ξεκάθαρα αντιλήφθηκα κραυγές μέσα από το δάσος. Πλέον, ήμουν βέβαιος ότι και πριν είχα ακούσει σωστά. Δεν μπορούσα να προσδιορίσω από πόση από-σταση έφτανε ο ήχος σε μένα. Ίσως και με τον αντίλαλο να ερχόταν από χιλιόμετρα μακριά. Πέρασαν πέντε με δέκα λεπτά. Νέες κραυγές, αυτή τη φορά αρκετά πιο κοντά. Πήρα την καραμπίνα, έβαλα το παλτό, άρπαξα και τον με-γάλο φακό και βγήκα έξω. Πήγα πίσω από το σπίτι, στην άκρη του χωραφιού που το συνδέει με τα πρώτα δέντρα του δάσους. Προχώρησα λίγο μέσα στο χωράφι και έφεξα με τον φακό προς τα δέντρα, πότε προς τη μια πλευρά και πότε προς την άλλη. Αφού κουράστηκα να φωτίζω κατά το δάσος, κατέβασα τον φακό. Στιγμές αργότερα, ακούω θόρυβο, κλαδιά να σπάνε ή κάτι τέτοιο τέλος πάντων, έτσι, σηκώνω πάλι τον φακό προς τα 'κει. Εκείνη τη στιγμή δι-ακρίνω δυο ανθρώπινες φιγούρες να εξέρχονται από το δάσος. Οπλίζω το τουφέκι μου και σημαδεύω προς αυτούς κρατώντας παράλληλα και το φως μαζί με το κοντάκιο. Δεν ήμουν βέβαιος για το τι συνέβαινε. Οι δυο φιγούρες όλο και πλησίαζαν προς τα εμένα, προφανώς ελκυόμενοι από το φως του φακού που κρατούσα. Την ώρα που με προ-σέγγιζαν σήκωσαν τα χέρια, αλλά συνέχιζαν να τρέχουν κατά πάνω μου. Φώναζαν μια φράση συνεχώς στα αλβα-νικά: "yjqerit". Λύκοι! Γνώριζα αρκετές λέξεις της γλώσσας τους, ειδικά αυτή που την έλεγαν συνεχώς στις ιστορίες τους οι Αλβανοί βοσκοί. Δεν τους είχα παρατηρήσει ακόμα λεπτομερώς, γιατί καθώς φώτιζα, στο φόντο από πίσω τους, διέκρινα τρεις τετράποδες φιγούρες να χοροπηδάνε και να πλησιάζουν, λιγότερο από πενήντα μέτρα πίσω τους.Πυροβόλησα προς τα πλάσματα, σημαδεύοντας λίγο πιο δίπλα από τους δυο ανθρώπους που έτρεχαν πανικόβλητοι! Δε νομίζω να χτύπησα κάποιο από τα ζώα, πάντως ανεστράφησαν και επέστρεψαν με ακροβατικές, θα έλεγα, κινήσεις μέσα στα πυκνά. Προφανώς τρόμαξαν από την τουφεκιά. Οι δύο Αλβανοί έφτασαν ακριβώς δίπλα μου εξαντλημένοι βαριανασαίνοντας. Τους λυπήθηκε η ψυχή μου. Ξερακιανοί και τσαλακωμένοι, με βρώμικα λασπωμένα ρούχα. Ο ένας, ο πιο κοντός, με ξεσκισμένο παντελόνι, είχε σκύψει και μου φιλούσε το χέρι, λες και ήμουν ο Πατριάρχης!Τους έβαλα στο σπίτι και τους κάθισα μπροστά στο τζάκι. Τους έδωσα να φορέσουν κάποια παλιά ρούχα που τα είχα για πέταμα. Τα παλιά τους ρούχα, μέσα στον ιδρώτα και τη βρώμα, τα πέταξα στα σκουπίδια. Έφαγαν λίγο φαγητό που τους έδωσα, με ταχύτητα και ακόρεστη όρεξη. Δεν τους ρώτησα τίποτα. Τι να τους ρωτούσα; Δεν έβλεπα τι χάλια είχαν; Τους εξέτασα για αρκετή ώρα. Διέκρινα μια έντονη ανησυχία στις κινήσεις τους. Από τα λίγα που κατάλαβα, διαπίστωσα πως δεν πρέπει να ήταν μόνο αυτοί οι δύο. Με κινήσεις παντομίμας μου έδωσαν να καταλάβω ότι δεν είχαν ξεκινήσει μόνοι τους από τα σύνορα.Ο κοντός μου έδειξε τρία δάχτυλα από την παλάμη του. Στη συνέχεια έδειξε με τον δείκτη του τον εαυτό του, έπειτα τον διπλανό του και τέλος μου έδειχνε τον δείκτη του με τον δείκτη της άλλης παλάμης. Κατόπιν τον έστρεψε προς το δάσος. Είχα βεβαιωθεί. Μια ομάδα τριών ατόμων διέσχιζε το δάσος. Δέχτηκαν επίθεση από μια αγέλη λύκων και μάλλον διαλύθηκαν. Οι δυο κατευθύν-

128

θηκαν προς τα εδώ και ο τρίτος προς κάπου αλλού. Πού να ήταν; Άραγε είχε σωθεί; Μήπως σκαρφάλωσε σε κάποιο δέντρο; Σηκώθηκαν βιαστικοί, μου έκαναν χειραψία και με αγκάλιασαν. Πήγαν προς την εξώπορτα. Δεν είχα συνειδητοποιήσει τι γινόταν. Ο πιο ψηλός γυρνώντας έδειξε το δάσος και μετά εμένα. Με το χέρι του έκανε νόημα πως φεύγουν: «Salonika», μου είπε. Βγήκαν τρέχοντας, ώσπου σε λίγα δεύτερα είχαν χαθεί από τα μάτια μου. Κατάλαβα τι εννοούσε: να φροντίσω να σώσω τον σύντροφό τους. Τον παράτησαν! Τους ενδιέφερε να πάνε στη Θεσσαλονίκη όπως – όπως και μόνο αυτό! Ίσως και να είχαν δίκιο, από τη σκοπιά ενός ρεαλιστή. Σώθηκαν και συνέχιζαν για τον στόχο τους. Όσο ξαφνικά εμφανίστηκαν, άλλο τόσο ξαφνικά εξαφανίστηκαν».

«Μετά τι έκανες;»

«Περίμενα να χαράξει. Μόλις ξημέρωσε, αφού ντύθηκα ζεστά, πήρα την καραμπίνα και ξεκίνησα για το δάσος. Ήμουν αβέβαιος για το τι θα συναντούσα. Μέσα στα σκοτεινιασμένα μου σωθικά είχα μια ανησυχία, που άγγιζε τα όρια του φόβου. Όμως, όφειλα να μπω στο δάσος. Είχα υποχρέωση ως άνθρωπος να το κάνω. Δεν μπορούσα να κατανοήσω τη συμπεριφορά των λύκων. Θα πρέπει να ήταν πολύ πεινασμένοι για να επιτεθούν σε ανθρώπους».

«Χειμώνας βαρύς, Αναστάση, εδώ πάνω! Πειρασμός για τους λύκους, όταν κυκλοφορεί "φρέσκο" κρέας στην περιοχή τους».

«Κατάσταση εξαιρετικά επικίνδυνη, Λουκά μου, αλλά και πάλι αρκετά περίεργη και υπερβολική. Είχα χρόνια να ακούσω για επιθέσεις σε ανθρώπους».

«Δηλαδή, υπάρχει προηγούμενο;»

«Βεβαίως. Άκουγα ιστορίες από τους παλαιότερους. Από τον πόλεμο του '40, εδώ στα ελληνοαλβανικά σύνορα. Δριμύς χειμώνας τότε. Πολύς κόσμος κυκλοφορούσε στα βουνά, κοσμοσυρροή! Υπήρξαν πολλές αναφορές και μαρτυρίες για επιθέσεις πεινασμένων αγελών. Αργότερα ήρθε και ο εμφύλιος. Εν πάση περιπτώσει, πάλι στα βουνά υπήρχε έντονη ανθρώπινη παρουσία και πάλι οι λύκοι είχαν εύκολη πρόσβαση σε "φρέσκο" κρέας, όπως και εσύ είπες».

«Ναι, αλλά πέρασαν και πάνω από πενήντα χρόνια από τότε. Τα βουνά ξαναπόκτησαν την ηρεμία τους».

«Φυσικά. Αργότερα, το χωριό εποικίστηκε, εννοώ έπειτα από τον εμφύλιο. Γνωρίζεις πως είμαστε έποικοι; Βέβαια! Μας έφερε το κράτος, τους περισσότερους από την Ήπειρο».

Επειδή ήμουν σίγουρος ότι θα μου ξεδίπλωνε άλλη μια ιστορία, προσπάθησα να τον επαναφέρω στη ροή της προηγούμενής του αφήγησης.

«Άλλη φορά θα μου πεις για αυτό. Συνέχισε να μου εξιστορείς για τους λύκους».

«Λοιπόν, όταν κατοικήθηκε ξανά το χωριό, δεν αναφέρθηκε κάποιο συνταρακτικό γεγονός. Πέρασαν δεκαετίες. Βεβαίως όλο αυτό το διάστημα, αρκετές φορές ενόχλησαν τις στάνες μας αυτοί οι διάολοι αλλά δίχως ουσιαστικές ζημιές. Εμείς είμαστε έμπειροι τσομπάνηδες, με γνώση αλλά και πολλά σκυλιά. Πολύ λίγα κατσίκια χάσαμε από δαύτους όλα αυτά τα χρόνια».

«Εσύ όμως δεν έχεις ζώα!»

«Τώρα όχι, έχει χρόνια που τα πούλησα. Προτίμησα

να ασχοληθώ με τα χωράφια μου. Παράγω εξαιρετικά φασόλια καθώς και ντομάτες, πιπεριές και μελιτζάνες».

«Επομένως, το φαινόμενο είχε αμβλυνθεί, τουλάχιστο μέχρι πρόσφατα».

«Ναι, ώσπου ξανάρχισε με τη μετανάστευση των Αλβανών, εδώ και μια δεκαετία».

«Ωστόσο, παρά τη διέλευση τόσου κόσμου, μου λες πως μια – δυο φορές έχεις αντιληφθεί τέτοια περιστατικά».

«Είμαι βέβαιος ότι έχει συμβεί πολλές φορές! Μη ξεχνάς πως τα ζώα δεν έχουν σύνορα. Αυτή η αγέλη έχει ένα μεγάλο πεδίο δράσης, βαθιά μέσα από την Αλβανία έως εδώ σε μας. Έχουν πιάσει το νόημα! Τρέφονται με ανθρώπινο κρέας. Είναι ανθρωποφάγοι!» Από την ένταση της αφήγησής του, θα έλεγα πως τα μάτια του έμοιαζαν να πετάνε σπίθες!

«Αναστάση, εγώ σου λέω ότι, ακόμη και αν έχουν γίνει αυτά, δεν υπάρχουν ανθρωποφάγοι λύκοι. Ίσως πάνω στην πείνα του χειμώνα να έτυχε κάποια φορά να δοκιμάσουν τη σάρκα μας, ωστόσο είναι ένα σπάνιο φαινόμενο. Δεν υπάρχουν άνθρωποι που έχουν τραφεί με ανθρώπινο κρέας; Και δεν εννοώ τους κανίβαλους που κατοικούσαν σε απόμακρες περιοχές του πλανήτη. Εννοώ σε περιπτώσεις ειδικές: σε πολιορκίες πόλεων, σε ναυάγια και σε άλλες δυσχερείς καταστάσεις όπου βρέθηκαν κάποιοι άνθρωποι. Τι σημαίνει αυτό; Ότι ήταν ανθρωποφάγοι; Όχι! Απλώς, πολλές φορές λειτουργεί το ένστικτο της επιβίωσης».

«Λένε πως το ανθρώπινο κρέας είναι εξαιρετικά εύγευστο! Άπαξ και τα θηρία το δοκιμάσουν, τρελαίνονται! Αυτό γίνεται και εδώ!»

«Ίσως επειδή είμαστε παμφάγο είδος. Το ίδιο εύγευστα

131

είναι και τα γουρούνια. Τρώνε και αυτά τα πάντα! Επειδή όμως δεν έχω δοκιμάσει άνθρωπο και, ούτε πρόκειται μάλλον να συμβεί, δεν μπορώ να σου απαντήσω».

Αναδιπλώθηκε και έστρωσε τα μαλλιά του, τα οποία είχαν γίνει ατημέλητα από την ένταση που έβγαζε προηγουμένως. Πήρε μια ανάσα και συνέχισε.

«Έτσι λοιπόν, όταν ξημέρωσε για τα καλά, είχα εισχωρήσει στο δάσος. Με προσεχτικές κινήσεις, άρχισα να ψάχνω παντού. Το δάχτυλο το είχα στη σκανδάλη για να είμαι έτοιμος για παν ενδεχόμενο».

«Γιατί δε ζήτησες βοήθεια από κάποιον συγχωριανό σου; Από τους συνοριακούς;»

«Οι συνοριακοί με θεωρούν γραφικό! Ειδικά μετά το πρώτο συμβάν, δεν είχα τη διάθεση να συνεργαστώ μαζί τους. Όσο για τους συγχωριανούς μου, ασ' τους αυτούς, έχουν οικογένειες, τα ζωντανά τους, δεν ήθελα να μπλέξω κανέναν. Τα καταφέρνω και μόνος μου. Είχε ψύχος. Τα χνώτα μου πάγωναν. Ο ήλιος έλαμπε γενναία μέσα στο φωτοστέφανο που σχημάτιζε γύρω του ο γαλάζιος ουρανός, αλλά μάλλον με κορόιδευε! Είχε παγωνιά. Βρήκα ίχνη πάνω στα χιονισμένα κομμάτια του εδάφους. Ήταν από τα παπούτσια των μεταναστών. Ακριβώς δίπλα, διέκρινα ξεκάθαρα και τα ίχνη των λύκων. Κάποιες πατημασιές τους ήταν τεράστιες. Σίγουρα αυτός που τις άφησε θα ήταν πάνω από εξήντα κιλά. Σωστό θηρίο!Προχωρώντας βαθύτερα, έχασα ξανά τα ίχνη. Όπως σου είπα δεν είχε σε όλα τα σημεία χιόνι και το έδαφος ήταν παγωμένο. Δύσκολα μένουν πάνω σε σκληρό έδαφος. Όμως, μπαίνοντας ακόμα πιο βαθιά, βρήκα και πάλι σημεία χιονιού πατημένα και από τους ανθρώπους και από τα ζώα. Τα βήματά τους αποτυπώνονταν στην παγωμένη, μα εύθραυστη, επιφάνεια πλέον με ολοκάθαρα ίχνη. Στο μεταξύ, η απόκοσμη ατμόσφαιρα σου πάγωνε το αίμα. Δεν ήταν μόνο από το κρύο. Ένιωθα πως κάτι κακό και σατανικό αιωρούταν μέσα στο δάσος! Μ' αυτά και μ' αυτά, έφτασα στην κορυφή του λόφου, στο ύψος των πυραμίδων. Θυμάμαι ότι ο αέρας κυριολεκτικά μου έγδερνε το πρόσωπο, σα να με τρυπούσαν εκατοντάδες βελόνες! Μέχρι εκείνο το σημείο δεν είχα ανακαλύψει κάτι. Πήρα την απόφαση να μπω στο αλβανικό έδαφος. Τα μάτια μου τα είχα δεκατέσσερα και τα αυτιά μου τριάντα τέσσερα! Παρόλο που οι βοσκοί από εκείνα τα χωριά με γνώριζαν, έ, όπως και να το κάνουμε, ένας ένοπλος μέσα σε ξένη χώρα παράνομα, έπρεπε να είναι υπέρ του δέοντος προσεχτικός! Δεν είχα σκοπό να προχωρήσω πιο βαθιά. Το πολύ μισό χιλιόμετρο να περπατούσα μέσα στην Αλβανία και θα έπαιρνα περιμετρικά το δάσος προς τα πίσω».

«Δε συνάντησες κανέναν;»

«Όχι, ευτυχώς. Αφού ξαναμπήκα στο δάσος, από την άλλη πλευρά του λόφου, συνέχιζα το ψάξιμο. Μόλις ολοκλήρωσα τον κύκλο και επέστρεφα από ένα κακοτράχαλο μονοπάτι, λίγο προτού ξαναπατήσω ελληνικά χώματα, πάνω σε ένα χιονισμένο σημείο, ανακάλυψα κηλίδες αίματος! Στην αρχή είδα κάποιες σταγόνες. Ξεκίνησα να παίρνω αυτή την κατεύθυνση και έβρισκα όλο και περισσότερο αίμα. Διέκρινα ίχνη από παπούτσια. Είχαν μεγάλη απόσταση μεταξύ τους. Αυτός από τον οποίον προερχόταν το αίμα, σίγουρα έτρεχε με μεγάλους διασκελισμούς. Ύστερα τα έχασα, αλλά, περνώντας από μια συστάδα πατημένων θάμνων, τα ξαναβρήκα. Προέρχονταν από ένα άτομο, είμαι σίγουρος για αυτό. Στη συνέχεια, οι πατημασιές που άφηναν οι δρασκελιές είχαν πιο κοντινή απόσταση και το αίμα ήταν περισσότερο. Σκέφτηκα ότι είχε αρχίσει να καταβάλλεται και είχε ελαττώσει ταχύτητα. Έφτιαχνα διάφορα σενάρια στο μυαλό μου. Έψαχνα για έναν τραυματισμένο, που προς το παρόν ήταν φάντασμα. Δεν είχα άλλες ενδείξεις της ύπαρξής του. Αναρίγησα! Επικρατούσε μια εκκωφαντική σιωπή, που όμως έμοιαζε να δονεί τα πάντα, λες και το δάσος ψιθύριζε κάτι.Τότε, ένα πύρινο βλέμμα, που εκτοξευόταν από δυο κιτρινωπά σχιστά μάτια, με προσέλκυσε. Στα αριστερά μου, στα έξι με εφτά μέτρα, ξαπλωμένος δίπλα σε ένα θύσανο από φτέρες, ένας λύκος με κοίταζε στα μάτια. Ταράχτηκα, αλλά δεν έχασα την ψυχραιμία μου. Τον σημάδεψα με το τουφέκι, αλλά δίσταζα να πατήσω τη σκανδάλη. Ήταν βαριά τραυματισμένος και η αναπνοή του έβγαινε με δυσκολία. Αιμορραγούσε από τα αριστερά πλευρά του και χαμηλά κάτω από το σβέρκο του. Όπως κάθε ζώο που ψυχορραγεί, έδωσε την τελευταία ικμάδα των δυνάμεών του για να σηκωθεί και να μου ορμήσει, βγάζοντας μια συγκλονιστική κραυγή απόγνωσης ή ίσως θυμού! Μου έδειξε τα δόντια του, τα οποία ήταν κατάλευκα, τεράστια και κοφτερά!Ένας πυροβολισμός αντήχησε μέσα στον λόφο. Τον πυροβόλησα στο κεφάλι. Το ζώο πλέον έπεσε νεκρό. Πήγα από πάνω του και άρχισα να το επιθεωρώ. Τα τραύματα που είχε ήταν βαριά και μετά βεβαιότητας, αν δεν το πυροβολούσα, θα πέθαινε σε λίγες ώρες. Ίσως και να τον γλίτωσα από το μαρτύριό του! Πάντως οι πληγές που είχε, προήλθαν από κοφτερό μαχαίρι. Κάποιος πήγε να τον σφάξει! Τον είχε πετσοκόψει για τα καλά! Είχαν έρθει στα "χέρια", αν μπορώ να το πω έτσι, άνθρωπος και ζώο!»

«Συγκλονιστικό! Ύστερα;»

«Ύστερα; Ύστερα έγινε κάτι που μου επιβεβαίωσε πως πάλευα με τον διάολο! Κάτι που δεν μπορείς να το διανοηθείς! Από πέντε διαφορετικά σημεία, ξεπρόβαλαν αντίστοιχα πέντε λύκοι. Πλησίαζαν αργά με το κεφάλι προς τα κάτω βγάζοντας βρυχηθμούς και με προτεταμένα τα δόντια τους. Πυροβόλησα τους δύο, σωριάζοντάς τους στο παγωμένο έδαφος. Οι άλλοι δυο κοντοστάθηκαν και έπειτα έκαναν προς τα πίσω, ενώ ο τρίτος κινήθηκε απειλητικά προς τα πάνω μου. Φυσικά, δεν προλάβαινα να γεμίσω το όπλο και γυρίζοντάς το ανάποδα του το φέρνω πάνω στο κεφάλι. Τον ζάλισα για τα καλά, γιατί φεύγοντας έκανε οχτάρια από το χτύπημα. Χάθηκαν μέσα στο δάσος. Κοντοστάθηκα. Ξεφύσησα. Δεν μπορούσα να το χωνέψω. Μου έστησαν παγίδα! Ναι! Μου την έστησαν βάζοντας για δόλωμα τον ετοιμοθάνατο λύκο της αγέλης τους! Και μου λες εσύ πως δεν είχα να κάνω με τον διάολο!» Τρέκλισε καθώς σηκώθηκε και πρώτη φορά τον έβλεπα τόσο αναστατωμένο.

Αν αλήθευαν αυτά που μου αφηγούταν ο Αναστάσης, ήταν συγκλονιστικά και πρωτόγνωρα. Δε φανταζόμουν ότι θα παρέσερναν ποτέ λύκοι, με αυτό τον τρόπο, κάποιον άνθρωπο σε παγίδα. Αδυνατούσα να δώσω μια λογική εξήγηση! Επρόκειτυ σίγουρα για μια πολύ έξυπνη αγέλη. Ο Αναστάσης είχε χλομιάσει. Σηκώθηκα και του έφερα ένα ποτήρι νερό. Αφού το ήπιε, ξερόβηξε και έβγαλε έναν αναστεναγμό.

«Καλό είναι να μη συνεχίσεις παραπέρα την ιστορία σου. Σε αναστατώνει».

«Εντάξει, δεν υπάρχει πρόβλημα. Απλώς, είχα καιρό να τα φέρω στο μυαλό μου και όσο να 'ναι... μου χαλάει η διάθεση».

«Τελικά, βρήκες τον αγνοούμενο;»

«Δεν έψαξα από εκεί και πέρα με ζωντάνια και ενεργητικότητα. Γύρισα με αργό ρυθμό προς το σπίτι μου. Αργότερα, ίσως τρεις – τέσσερις εβδομάδες από τότε, έμαθα από Αλβανούς βοσκούς τι απέγινε: ο αγνοούμενος είχε φτάσει βαριά τραυματισμένος σε ένα χωριό αλβανικό. Από εκεί τον πήραν και τον πήγαν σε κάποιο νοσοκομείο, τώρα ήταν στην Κορυτσά ή κάπου αλλού, δεν είμαι σίγουρος. Σε λίγες μέρες ξεψύχησε. Πάει ο άνθρωπος! Τζάμπα και άδικα!»

Έμεινα σιωπηλός. Αναμόχλευα στον εγκέφαλό μου όλα τα στοιχεία της αφήγησης του Αναστάση. Έπρεπε να είμαι πολύ πιο προσεχτικός, όταν θα τριγυρνούσα στα δάση. Βεβαίως, δεν υπήρχε περίπτωση να παύσω τις πεζοπορίες μου. Πάντα τα σκυλιά θα με συντρόφευαν και εξάλλου είχα και το τουφέκι μου. Θα έλεγα πως τώρα, αντί να ελαττώσω τις βόλτες μου, μια εσωτερική παρόρμηση με ωθούσε να βρίσκομαι ακόμα πιο συχνά στα βουνά! Περισσότερο ένιωθα ενθουσιασμό παρά διστακτικότητα και σκεπτικισμό.

Και αν πετύχαινα πουθενά αυτή την αγέλη; Ήδη φανταζόμουν τον Έκτορα να μπήγει τα δόντια του στο λαιμό κάποιου λύκου! Από την άλλη, τέσσερα χρόνια ύστερα από τα γεγονότα, πίστευα ότι πλέον δεν υπήρχε αυτή η αγέλη και σε συνάρτηση με την πολυλογία και την υπερβολή του Αναστάση ήμουν σίγουρος ότι δεν υπήρχε ούτε μία πιθανότητα στις εκατό να συμβούν παρόμοια περιστατικά. Έτσι, αποφάσισα να φύγω, είχε μεσημεριάσει. Ο Αναστάσης σηκώθηκε να με ξεπροβοδίσει.

«Και όπως είπαμε: τσιμουδιά σε κανέναν!» μου υπενθύμισε με σοβαρότητα.

«Σου έδωσα τον λόγο μου».

Τον αποχαιρέτισα και βγήκα έξω, όπου τα σκυλιά με περίμεναν με μεγάλη χαρά. Όλοι μαζί πήραμε την ανηφόρα για το φυλάκιο.

VII

Τις επόμενες ημέρες ήμουν κακόκεφος. Λίγο οι σκέψεις που με τυραννούσαν, λίγο ένα εκνευριστικό κρυολόγημα, με είχαν βγάλει έξω από τα νερά μου. Δεν είχα βγει καθόλου στο δάσος και πιθανώς ήταν η κυριότερη αιτία για να είμαι στα κάτω μου. Κάθε φορά που έβγαινα από την εξώπορτα του φυλακίου, ήταν ελάχιστες, τα σκυλιά βυθίζονταν στην απογοήτευση. Τους έλειπε η βολτίτσα, η περιήγηση και ήταν εξαιρετικά ανήσυχα. Ούρλιαζαν συνεχώς με παράπονο! Μέχρι και ο Έκτορας, που συνήθως με αγνοούσε, με κοίταζε στα μάτια, προσδοκώντας σε ένα μου νεύμα για να ξαμοληθούμε στο δάσος.

Οι υπόλοιποι οπλίτες είχαν παρατηρήσει την αθυμία μου, αλλά θα έλεγα πως ήταν αρκετά διακριτικοί. Εξάλλου, κατά διαστήματα, όλο και κάποιος βρισκόταν σε κακή διάθεση και ήταν συνηθισμένοι σε τέτοιες καταστάσεις. Έτσι, απέφευγα τις πολλές ερωτήσεις. Το ίδιο σκεφτικός ήταν και ο Σανιδάς, αν και ήμουν βέβαιος τι είδους σκέψεις περνούσαν από το μυαλό του.

139

Ένα από αυτά τα απογεύματα της κακοκεφιάς μου και, καθώς ήμουν στα κρεβάτι μου ξαπλωμένος και διάβαζα κάποιο από τα βιβλία που είχα πάρει μαζί μου, ο Σανιδάς με πλησίασε και κάθισε στο διπλανό άδειο κρεβάτι. Οι συνάδελφοι, αν είχα αντιληφθεί σωστά, ή έβλεπαν τηλεόραση ή χαζολογούσαν στην κουζίνα. Ήμασταν λοιπόν οι δυο μας στον θάλαμο. Από το ύφος του κατάλαβα πως "τρωγόταν" να μου μιλήσει.

«Σ' ακούω» τον προέτρεψα να μου μιλήσει, χωρίς να κατεβάσω το βλέμμα από το βιβλίο μου.

«Δεν είσαι πολύ ορεξάτος τελευταία».

«Όταν έχω κρυολόγημα χαλιέμαι αφάνταστα. Ειδικά αυτή η καταρροή από τη μύτη με φουντώνει!»

«Αυτό είναι; Νόμιζα ότι σε προβληματίζει κάτι άλλο».

«Τι να με προβληματίζει; Κατά τα άλλα, όλα βαίνουν ομαλώς» πέταξα με προσποιητή αφέλεια. Είχα υποσχεθεί στον Αναστάση να μην αναφέρω τίποτα απ' όσα μου είχε διηγηθεί. Προσπάθησα να αλλάξω θέμα.

«Εσύ πώς τα πας με την κοπέλα σου; Μιλήσατε τελευταία;»

«Κάνω και τίποτα άλλο; Συνέχεια στο τηλέφωνο είμαι! Μέσα στο σαλόνι με έχουν πάρει όλοι στο ψιλό! Δεν πιάνουν και τα κινητά...»

«Αχ, Διονύση, τι τραβάς και συ! Συνέβη κάτι;»

«Να..., της ζήτησα να αρραβωνιαστούμε» μου εκμυστηρεύτηκε, αφού κόμπιασε για λίγο.

«Αλήθεια φίλε; Άντε με το καλό!»

«Αρνήθηκε! Είπε πως είναι νωρίς ακόμα. Ας απολυθώ, λέει, και μετά το συζητάμε. Λες να με κερατώνει;»

«Επειδή δε θέλει να αρραβωνιαστεί δε σημαίνει ότι σε κερατώνει. Δίκιο έχει η κοπέλα. Ακόμα δεν απολύθηκες, δεν έχεις μπει σε μια γραμμή επαγγελματικά, πώς θέλεις να αρραβωνιαστείς;»

«Λες να βιάστηκα;»

«Ασφαλώς. Η ανασφάλειά σου σε ωθεί σε λανθασμένες και σπασμωδικές κινήσεις. Τέλειωσε τη θητεία σου, με το καλό, και θα σκεφτείς πιο ψύχραιμα και με νηφαλιότητα το μέλλον σου. Όλο αυτό που ζούμε εδώ στο φυλάκιο μας φθείρει ψυχολογικά, άσχετα αν εμείς περνάμε καλά. Μη δείχνεις αδυναμία. Η γυναίκα δε θέλει τον άντρα αδύναμο και φοβισμένο. Ακόμα και αν είσαι, μη το δείχνεις! Διότι απ' ότι αντιλαμβάνομαι σ' έχει στο χέρι της και σ' έχει κάνει μοτοσακό! Αυτή μαρσάρει και εσύ τρέχεις! Χαλάρωσε λιγάκι. Σ' έχει σίγουρο και για αυτό σου κάνει νάζια. Αδιαφόρησε λίγο αδελφέ!»

Ο Σανιδάς είχε κατεβάσει τα μούτρα και βρισκόταν σε περισυλλογή. «Καλά τα λες, αλλά τι πιστεύεις, με απατά;»

«Διονύση, μ' έχεις πρήξει μ' αυτό το ζήτημα! Να την κάνεις να θεωρεί πως ίσως εσύ την απατάς. Και για να σου απαντήσω, πιστεύω ότι δε σε απατά. Διότι και να σε απατά, μάλλον δεν πρόκειται να το μάθεις. Άρα, αφού δε θα το γνωρίζεις, θα πιστεύεις πως δε σε απατά! Ικανοποιήθηκες;»

«Όχι. Δεν κατάλαβα λέξη! Με απατά ή όχι;»

«Θα με τρελάνεις! Όχι, δε σε κερατώνει! Εντάξει;» Τον αποπήρα με τις δυνατές φωνές μου.

Με κοίταξε απορημένα. Είχα ξεσπάσει και φώναξα με υψηλή ένταση. Ίσως να το παράκανα και λίγες στιγμές έπειτα με τυραννούσαν οι τύψεις. Αυτό το κρυολόγημα με είχε κάνει νευρικό και ξεσπούσα σε λάθος άτομο. Τι ήθελε ο άνθρωπος; Μια κουβέντα να ξεφύγει λιγάκι. Έναν καλό λόγο να του ανυψώσει το ηθικό και τη διάθεση. Και μου έκανε και την τιμή να μου εκμυστηρευτεί τα προσωπικά του. Έτσι, έβαλα μπόλικη γλυκύτητα στο πρόσωπό μου και προσπάθησα να του μιλήσω με ηρεμία.

«Σου ζητώ συγγνώμη που σου φώναξα Διονύση. Δεν είμαι και στα καλύτερά μου τις τελευταίες μέρες. Ξέρω τι μας χρειάζεται, κρατήσου! Λέω να πάμε το βράδυ σε ένα μπαράκι στον Άγιο Γερμανό. Λίγη επαφή με τον πολιτισμό θα μας κάνει όλους καλό». Δεν είχα πάει ποτέ εκεί, αλλά είχα ακούσει ότι είχε δυο μπαράκια.

«Ωραία ιδέα, να ξελαμπικάρουμε και λίγο. Πάω να ειδοποιήσω και τους άλλους».

Σκέφτηκα ότι μια αλλαγή από τη ρουτίνα του φυλακίου θα μας ανέβαζε όλους ψυχολογικά. Ειδικότερα τον Σανιδά, που ήθελα να τον κάνω να πάψει να είναι τόσο συναισθηματικός. Δεν κέρδιζε κάτι με το να τον βασανίζουν οι σκέψεις και να φθείρεται ο εσωτερικός του κόσμος. Ας πηγαίναμε να διασκεδάσουμε, να πιούμε κανένα ποτάκι να κάνουμε λίγο κέφι τέλος πάντων! Όλοι το είχαμε ανάγκη. Ήλπιζα να παίρναμε την έγκριση του δοκίμου και να μας επέτρεπε να πάμε ως εκεί.

Όταν βράδιασε για τα καλά, η γνωστή ομάδα ήταν έτοιμη: εγώ, ο Σούλιος, ο Σανιδάς και ο Μπόλιος. Ζήτησα από τον δόκιμο ευγενικά να μας δώσει την άδεια να πάρουμε το αυτοκίνητο του λόχου, το οποίο βρισκόταν σε ακινησία για αρκετές ημέρες. Ο δόκιμος όμως είχε τις αντιρρήσεις του. Δεν ήθελε να κινηθεί νυχτιάτικα το αυτοκίνητο, για παν ενδεχόμενο. Δεν είχε πρόβλημα να πάμε να διασκεδάσουμε, αλλά όχι με το δικό μας όχημα. Τότε πώς;

Ο Σούλιος μας έβγαλε από τη δύσκολη θέση.

«Το αγροτικό του Αναστάση!»

«Είσαι σίγουρος ότι θα μας το δώσει;»

«Ο Αναστάσης; Ναι, μην αγχώνεσαι».

Αμέσως έτρεξε στο σαλόνι και του τηλεφώνησε. Θα μας το έδινε! Είπε να περάσουμε να το πάρουμε. Αυτός νυχτιάτικα δε θα το χρειαζόταν. Θα έπεφτε νωρίς για ύπνο, όπως είπε.

Ξεκινήσαμε ευδιάθετοι για το σπίτι του. Μια φωνή από πίσω μας ακούστηκε.

«Πού πάτε; Περιμένετε και εμένα» φώναξε ο δόκιμος.

«Δόκιμε; Αυτό είναι ευχάριστο. Δε μας συνηθίζεις σε τέτοια».

«Είπα κι εγώ να ξεσκάσω. Όλο τηλεόραση τη βαρέθηκα!»

Αφού άφησε υπεύθυνο τον λοχία Καζώνη, μας πλησίασε προς το σημείο που τον περιμέναμε και ξεκινήσαμε πλέον και οι πέντε. Όταν φτάσαμε έξω από το σπιτάκι του Αναστάση, είδαμε παρκαρισμένο μπροστά από την αυλόπορτα το παλιό αγροτικό. Αυτός μας πήρε είδηση και βγήκε στο κατώφλι του σπιτιού του. Φόραγε αστείες πιτζάμες με καφετί βούλες πάνω σε άσπρο παλιομοδίτικο ύφασμα. Έδωσε τα κλειδιά στον Σούλιο και μας συνέστησε να είμαστε προσεχτικοί. Στη συνέχεια, χωρίς πολλά – πολλά, έκλεισε την πόρτα και ακούσαμε τον θόρυβο της κλειδαριάς που ασφάλιζε το σπίτι.

Αν εξαιρούσα κάποια σημεία στην καρότσα που είχε χαθεί το χρώμα και είχαν πιάσει σκουριά, κατά τα άλλα το παλιό Datsun φαινόταν σε καλή κατάσταση. Το χρώμα του, ανοιχτό πράσινο που προσέγγιζε προς το λαχανί, είχε αρχίσει να ξεθωριάζει. Ωστόσο, ήταν ευχάριστο στην όψη. Ας ίσχυε το ίδιο και στον χειρισμό του. Παρέμενε όμως ένα μικρό πρόβλημα. Η καμπίνα του χωρούσε με το ζόρι τρία άτομα και εμείς ήμασταν πέντε. Αποφασίστηκε, σε μια μικρή σύσκεψη που κάναμε, να οδηγήσει ο Σανιδάς, μια που είχε και άδεια στρατιωτικού οδηγού και εγώ με τον δόκιμο να καθίσουμε στην καρότσα. Στον γυρισμό, τις θέσεις μας θα τις έπαιρναν ο Σούλιος με τον Μπόλιο.

Ο Σανιδάς πήρε θέση μπροστά από το τιμόνι με τον Σούλιο δίπλα του και τον Μπόλιο να έχει πάρει αγκαλιά την πόρτα. Εγώ με τον δόκιμο, καθίσαμε στην καρότσα με το πρόσωπο μας στραμμένο προς τα πίσω. Έπιασα με την αριστερή μου παλάμη τα κάγκελα που διαχώριζαν την καρότσα από την καμπίνα. Με μιμήθηκε και ο δόκιμος.

Έκανε ψύχρα, αλλά πίστευα ότι θα άντεχα κουκουλωμένος με το μπουφάν και τον ζεστό σκούφο. Με το που ξεκίνησε το όχημα, το κρύο έγινε ακόμα πιο τσουχτερό, λόγω της κίνησης. Φαινόταν πως και αυτό θα το άντεχα. Αφού βγήκε από τα όρια του χωριού και ανέπτυξε ταχύτητα, τότε ο κρύος αέρας κυριολεκτικά μας θέρισε! Λες και χιλιάδες βελόνες τρυπούσαν με μανία τα πρόσωπά μας! Ήταν και αυτές οι στροφές που μας πήγαιναν πέρα δώθε από τη μια άκρη της καρότσας στην άλλη και ένιωθα το στομάχι μου να έχει ανέβει μέχρι τον λαιμό μου! Ο δόκιμος με κοίταξε στα μάτια.

«Δε θα αντέξουμε μέχρι τον Άγιο Γερμανό», τα λόγια του βγήκαν με δυσκολία.

Χτύπησα με τη δεξιά μου παλάμη το τζάμι της καμπίνας και έκανα νόημα με τα χέρια μου στον Σανιδά να σταματήσει το αυτοκίνητο. Σταμάτησε και άνοιξε το παράθυρό του.

«Τι τρέχει παιδιά;»

«Φίλε το κρύο είναι αφόρητο. Πήγαινέ το πολύ αργά για να κόβει κάπως ο αέρας» τον παρακάλεσα.

Πράγματι, ξεκίνησε και έδωσε στο όχημα μικρή επιτάχυνση. Με αυτή την ταχύτητα, κόπασε κάπως το ψύχος και έγινε πιο υποφερτό. Όχι ότι ήταν ευχάριστο, αλλά θα τα καταφέρναμε με τον δόκιμο. Δυο με τρία λεπτά αργότερα άνοιξε το παράθυρο από την πλευρά του Μπόλιου και ακούστηκε η φωνή του Σούλιου.

«Λάσκαρη, έτσι όπως πάμε δε θα πιούμε τα ποτά μας, αλλά θα φάμε κατευθείαν πρωινό!»

«Θα σου πω στον γυρισμό, όταν θα πήξει το κορμάκι σου».

«Γιωτάδες!» ούρλιαξε ο Σούλιος με τη φωνή του να σβήνει σιγά – σιγά, καθώς ο Μπόλιος έκλεινε το παράθυρο.

Ένα μισάωρο αργότερα περνούσαμε από το φυλάκιο της Κούλας. Ο Σανιδάς κόρναρε μπροστά από τον σκοπό, ο οποίος μας ανταπόδωσε τον χαιρετισμό με ένα κούνημα του κεφαλιού του. Αφού πήραμε τη στροφή, βγήκαμε στη μεγάλη ευθεία, ανάμεσα στις δύο λίμνες, που οδηγεί ως το χωριό. Ύστερα από λίγα λεπτά μπήκαμε θριαμβευτικά στον γραφικό Άγιο Γερμανό.

Το χωριό αποτελεί το κεφαλοχώρι της περιοχής και βρίσκεται μόλις λίγα χιλιόμετρα από τα σύνορα με την Πρώην Γιουγκοσλαβική Δημοκρατία της Μακεδονίας και πάνω από τη Μεγάλη Πρέσπα σε υψόμετρο 1040 μέτρα. Ανεβαίναμε την ανηφόρα του κεντρικού δρόμου και όσο μπορούσα να δω, λόγω της νύκτας, εντυπωσιάστηκα από τα παλιά αρχοντικά σπίτια, τα οποία μου έδιναν την αίσθηση πως ήμουν σε μια περασμένη εποχή. Αρκετά από αυτά κρατιόντουσαν σε άριστη κατάσταση, ενώ υπήρχαν άλλα, στα οποία ο χρόνος και η εγκατάλειψη είχαν αφήσει έντονα τα σημάδια τους.

Φτάσαμε στην πανέμορφη και γραφική πλατεία του χωριού. Ο Σανιδάς πάρκαρε κάπου στην άκρη, δίπλα σε κάποια κάγκελα χρώματος μαύρου. Κατεβήκαμε με ανακούφιση από την καρότσα κινούμενοι πέρα δώθε και πραγματοποιώντας επιτόπια άλματα για να ζεσταθούμε. Οι άλλοι τρεις βγήκαν άνετοι από την καμπίνα, χωρίς να προβληματίζονται από το κρύο.

«Καλά τώρα σοβαρά, έκανε τόσο κρύο εκεί πάνω;» ρώτησε ο Σούλιος δείχνοντας την καρότσα.

«Θα το ανακαλύψεις μόνος σου στον γυρισμό» αντιγύρισε ξερά και με μεγάλη δόση χαιρεκακίας ο δόκιμος.

Ο Σούλιος δεν πτοήθηκε και μας υπέδειξε ένα από τα δύο μπαρ που βρίσκονταν απέναντι το ένα από το άλλο. Κινηθήκαμε όλοι μαζί προς αυτό που επιλέξαμε εντελώς στην τύχη. Έριξα μια γρήγορη ματιά στην ομάδα.

Θα χαρακτήριζα την εμφάνισή μας εκκεντρική για να μη πω απαράδεκτη! Ο δόκιμος φορούσε ένα παντελόνι τζιν με ένα καρό κόκκινο πουκάμισο μέσα στο τσαλάκωμα. Ο Σανιδάς ένα πουκάμισο παλαιάς κοπής που το συνδύαζε με ένα υφασμάτινο λαδί παντελόνι, προφανώς κομμάτι από κοστούμι περασμένων δεκαετιών. Ο Σούλιος ήταν άνετος με τις μαύρες φόρμες τους και τις αρβύλες του! Ο Μπόλιος με την παραλλαγή του, τις αρβύλες και μια χοντρή ζιβάγκο πράσινη μπλούζα έμοιαζε απτόητος, όσο για μένα, αν εξαιρούσα τα βρώμικα αθλητικά παπούτσια, το πατικωμένο μαλλί και το ηλιοκαμένο πρόσωπο, έμοιαζα με μοντέλο για ταλαιπωρημένους! Δίναμε σήμα από χιλιόμετρα ότι ήμασταν φαντάροι!

Λίγο πριν εφορμήσουμε στο μαγαζί, ο Σανιδάς προσπάθησε να φτιάξει το μαλλί του και να ισιώσει το πουκάμισο, λες και ήταν μόνο αυτές οι εξωτερικές του ατέλειες!

«Προχώρα Μπραντ Πιτ!» τον αποκάλεσα αστειευόμενος και άνοιξα την πόρτα για να περάσουν οι υπόλοιποι, ενώ παράλληλα έριχνα και μια ματιά στην όμορφη ξύλινη πρόσοψη.

Περάσαμε στην είσοδο και βρεθήκαμε μέσα. Ο φωτισμός ήταν σχετικά χαμηλός και τα ξύλινα τραπεζάκια είχαν τοποθετηθεί αρμονικά τριγύρω, μπροστά από τα πολλά παράθυρα που διέθετε το μαγαζί. Στο βάθος το μπαρ, που με μια γρήγορη περασιά των οφθαλμών μου από εκεί, είχε αρκετά μεγάλη κάβα, επενδυμένο με ξύλο, έδενε αρμονικά με το παραδοσιακό τζάκι που βρισκόταν στα δεξιά του. Δεν είχε πολύ κόσμο. Δυο παρέες που η μια αποτελούταν από τρία άτομα και η άλλη από τέσσερα και μάλλον ήταν ντόπιοι. Στα σκαμπό μπροστά από το μπαρ δεν καθόταν κανένας.

Καθίσαμε δίπλα στο τζάκι, σχεδόν μπροστά του. Μια συμπαθητική σερβιτόρα ήρθε με ένα υγρό πανί και καθάρισε το τραπεζάκι μας, την ώρα που περνούσε από, τον καθόλου διακριτικό, έλεγχο του Σούλιου! Μας ρώτησε ευγενέστατα τι να μας φέρει. Όλοι, εκτός από τον Σούλιο που ζήτησε βότκα, παραγγείλαμε ουίσκι. Όταν ήρθαν τα ποτά, έγινε ένας μικρός χαμός από τις ευχές μας και τα "στην υγειά σας". Κάποιοι από τους θαμώνες μας κοίταξαν με ένα μειδίαμα συγκατάβασης και μας ευχήθηκαν το ποθητό "καλοί πολίτες", αφού, ασφαλώς, είχαν καταλάβει ότι ήμασταν στρατιώτες.

Ξεκινήσαμε να συζητάμε σε χαλαρό ρυθμό και καθώς

σήκωσα το βλέμμα μου προς το μπαρ, πρόσεξα μια κοπέλα που εργαζόταν ως μπαργούμαν. Σε κάποια στιγμή τα βλέμματά μας συναντήθηκαν και αναγκάστηκα να γυρίσω αλλού το κεφάλι μου για να μη φαίνομαι αδιάκριτος. Ο Σούλιος με αντιλήφθηκε.

«Πολύ καλή!» είπε ξεδιάντροπα.

«Ποια Σούλιο;»

«Η μπαργούμαν».

«Καλή φαίνεται» είπα αδιάφορα και ήπια απότομα μια γουλιά από το ποτό μου.

Ο Σανιδάς με τον δόκιμο είχαν τη δική τους συζήτηση. Συζητούσαν συνεχώς για τις κοπέλες τους και έκαναν σχέδια για το μέλλον τους. Ο Μπόλιος, ως συνήθως, απλώς παρακολουθούσε αμίλητος. Ο δόκιμος έλεγε πως θα παντρευόταν μετά την απόλυσή του, κάτι που έκανε τον Σανιδά να μελαγχολεί και να προβληματίζεται για το δικό του θέμα.

Ο Σούλιος, για άλλη μια φορά, πείραζε τους πάντες και ιδιαίτερα τον Σανιδά και τον δόκιμο που ήταν δεσμευμένοι και, ως εκ τούτου, αγχωμένοι, αφού βρίσκονταν μακριά από τις σχέσεις τους. Δεν του ξέφευγε και ο Μπόλιος, προτρέποντάς τον να πάει με καμιά γυναίκα για να ξελαμπικάρει λίγο ο εγκέφαλός του, όπως έλεγε.

Πού και πού μου πετούσε πονηρά και καμιά σπόντα, κάθε φορά που το βλέμμα μου έπεφτε στο μπαρ. Ξαφνικά σηκώθηκε με το ποτήρι του στο χέρι, το οποίο το είχε ήδη αδειάσει και κατευθύνθηκε προς τα εκεί. Κάτι είπε στην κοπέλα, η οποία γύρισε για να πάρει ένα μπουκάλι. Ο Σούλιος, όσο ήταν γυρισμένη, σηκώθηκε στις μύτες των ποδιών του και έριξε μια εμπεριστατωμένη ματιά στην κοπέλα από πίσω. Μόλις ανέστρεψε το κορμί της, ο Σούλιος έκανε τον αδιάφορο. Του γέμισε το ποτήρι και, αφού την ευχαρίστησε, ξανάρθε στο τραπέζι μας.

«Νόμιζα πως θα έκανες καμιά βλακεία».

«Ένα ποτό πήγα να πάρω. Τι να της έλεγα; Το φιλαράκι μου από εκεί σ' έχει "φάει" με τα μάτια του;»

«Κάτι παρόμοιο. Ικανό σ' έχω!»

«Πάντως, αν σ' ενδιαφέρει, μπορώ να σου πω με απόλυτη βεβαιότητα πως η κοπέλα έχει κορμάρα! Άγαλμα!»

Ήπια νευρικά από το ποτό μου. Ήταν μια όμορφη γυναίκα που ανέδυε μια αύρα, η οποία με μαγνήτιζε. Προσπάθησα να μη δώσω παραπάνω προσοχή και συμμετείχα πιο ενεργά στις συζητήσεις της παρέας.

«Λέτε να βρεθούμε μπροστά σε καμιά αρκούδα, παιδιά;» ρώτησε ο Σανιδάς, αυτή τη φορά πιο κεφάτος απ' ότι ήταν πριν μερικά λεπτά.

«Δύσκολο, αλλά όχι και τελείως απίθανο» απάντησε ο δόκιμος.

«Ακόμα δεν μπορώ να αποβάλλω από το μυαλό μου την ιστορία του Αναστάση με την αρκούδα» συνέχισε ο Σανιδάς.

«Εσύ, Λάσκαρη, γνωρίζεις πολλά για αυτά τα θέματα. Θα μας εξηγήσεις κάποια πράγματα;» μου ζήτησε ο λιγομίλητος Μπόλιος.

«Παιδιά, ό,τι θέλετε. Απλώς και εγώ όσα ξέρω, μόνο θεωρητικά είναι. Δεν έχω δει ζωντανή αρκούδα στη φύση, μόνο σε ζωολογικό κήπο».

Ξεκίνησα να εκθέτω τις γνώσεις μου γι' αυτό το επιβλητικό πλάσμα, απαντώντας με σαφήνεια και υπομονή σ' όλες τις ερωτήσεις των συναδέλφων. Τους ενημέρωσα για τα εξωτερικά χαρακτηριστικά της, τις συνήθειές της, τη διατροφή τους, τον πληθυσμό της και τις περιοχές που κατοικεί αλλά και για το ζευγάρωμά τους. Έδειξαν ιδιαίτερη ευαισθησία στον κίνδυνο εξάλειψης του είδους. Επιπλέον, τους εξήγησα πειστικά πως δεν πρέπει να τις φοβόμαστε και αν τύχει και συναντήσουμε καμιά, απλώς να απομακρυνθούμε διακριτικά. Έμειναν εντυπωσιασμένοι από τις πληροφορίες.

«Ευτυχώς που πέφτει σε χειμέρια νάρκη τώρα τον χειμώνα» είπε ο Σούλιος και ένευσε προς τη σερβιτόρα να του φέρει ακόμα ένα ποτό.

«Λάθος κάνεις, Σούλιο. Πέφτει σε χειμέριο λήθαργο» τον διόρθωσα.

«Είναι διαφορετικό αυτό;»

«Ασφαλώς. Θα σου εξηγήσω. Καταρχάς, είναι ένας μηχανισμός προσαρμογής της αρκούδας στις αντίξοες συνθήκες του χειμώνα. Αυτή η ακούσια επιβράδυνση του μεταβολισμού της, ελαττώνει τις καύσεις και μειώνει τις τροφικές της ανάγκες. Παράλληλα μέσα στη φωλιά που έχει φτιάξει, μειώνει στο ελάχιστο τις απώλειες θερμότητας του σώματός της».

«Και η διαφορά του λήθαργου με τη νάρκη ποιά είναι;» ρώτησε ο Μπόλιος.

«Κατά τη χειμέρια νάρκη, στην οποία πέφτουν για παράδειγμα οι σκαντζόχοιροι, η θερμοκρασία του ζώου πλησιάζει τη θερμοκρασία του περιβάλλοντος, ας πούμε, επειδή είναι και χειμώνας, 2 βαθμούς κελσίου. Οι καρδιακοί παλμοί και ο αναπνευστικός ρυθμός ελαττώνονται δραματικά. Σε κάποια ζωάκια έως και 95%! Κατά διαστήματα, το ζώο ξυπνά για να αποβάλει ούρα και κόπρανα. Από την άλλη, στο λήθαργο που πέφτει η αρκούδα, η θερμοκρασία της πέφτει μόλις έναν με δύο βαθμούς σε σχέση με την κανονική της, η οποία κυμαίνεται στους τριάντα οχτώ. Οι καρδιακοί της παλμοί από πενήντα δύο πέφτουν στους είκοσι τέσσερις. Όπως καταλαβαίνετε, το επίπεδο εγρήγορσης είναι υψηλότερο στο λήθαργο από τη νάρκη. Γι' αυτό και η αρκούδα πολύ εύκολα ξυπνάει, όταν ενοχληθεί η φωλιά της. Αυτό την κάνει εξαιρετικά ευαίσθητη, διότι δύσκολα ξαναπέφτει σε λήθαργο και επίσης δύσκολα βρίσκει τροφή μέσα στον χειμώνα, με αποτέλεσμα να καταναλώνει νωρίτερα το αποθηκευμένο λίπος της. Έτσι γίνεται δυσχερής η επιβίωσή της.Πολλές αρκούδες, λοιπόν, ξυπνάνε είτε από ενόχληση που προέρχεται από ανθρώπους, ας πούμε κυνηγούς ή κτηνοτρόφους, είτε λόγω καλών καιρικών συνθηκών. Μόνο τα ετοιμόγεννα θηλυκά ακινητοποιούνται πλήρως μέσα στη φωλιά. Πάντως κατά το λήθαργο, δεν καταναλώνει ούτε τροφή ούτε νερό και δεν αποβάλλει ούτε ούρα ούτε κόπρανα!» συνέχισα την ανάλυσή μου.

«Μα αυτό είναι εξωπραγματικό!» αναφώνησε ο Σανιδάς με αποτυπωμένη την απορία στο πρόσωπό του.

«Και όμως Διονύση, αυτό συμβαίνει. Ακόμα και οι μεγαλύτεροι επιστήμονες αδυνατούν να δώσουν μια εύλογη εξήγηση. Η αρκούδα είναι το μόνο πλάσμα που λειτουργεί σε "κλειστό κύκλωμα" κατά τη φάση αυτή, κατορθώνοντας με κάποιους μηχανισμούς, που αποδίδονται σε ορμονικούς παράγοντες, να ανακυκλώνει τα τοξικά απόβλητα του οργανισμού της, μετατρέποντάς τα εκ νέου σε απλούστερες ενώσεις και θρεπτικές ουσίες χωρίς κανένα σύμπτωμα τοξιναιμίας!»

Καθ' όλη τη διάρκεια της συζήτησής μας, τα ποτά πηγαινοέρχονταν με αμείωτους ρυθμούς. Φυσικά, ο Σούλιος πρωτοστατούσε σε αυτή την ενδιαφέρουσα οινοπνευματοποσία! Άρχισε να χάνει σιγά – σιγά τον έλεγχο του εαυτού του και το λευκό του πρόσωπο γινόταν ακόμα χλομότερο. Οι φωνές του, θα έλεγα, πως υπερκάλυπταν τη σχετικά σε χαμηλή ένταση μουσική, σε τέτοιο σημείο μάλιστα, που κάποιοι από τους θαμώνες να δείχνουν ενοχλημένοι από την ηχορύπανση που προκαλούσε.

Έπειτα από τις έντονες παρατηρήσεις των υπολοίπων, κατά κάποιο, τρόπο συμμορφώθηκε. Έμεινε ασάλευτος με το βλέμμα πάνω στο τραπέζι και κουνούσε μοναχά το ποτήρι του από αμηχανία. Όπως ήταν φυσικό, του απαγορεύσαμε να πάρει άλλο ποτό, πράγμα για το οποίο μας αποκάλεσε φασίστες, αλλά, επειδή δεν τον συνέφερε να τα βάλει με όλους μας, δεν έδωσε έκταση στο θέμα.

Όμως, εκτός από αυτό, είχα την αμυδρή εντύπωση πως πολλές φορές το βλέμμα της μπαργούμαν συναντούσε το δικό μου και θα έλεγα καθόλου τυχαία! Σκέφτηκα ότι ίσως να της θύμιζα κάποιον. Εγώ σίγουρα την έβλεπα για πρώτη φορά στη ζωή μου.

Σηκώθηκα και κατευθύνθηκα στις τουαλέτες. Περνώντας μπροστά από το μπαρ, έριξα μια κλεφτή ματιά προς τα μέσα, αλλά ήταν απασχολημένη πάνω από τα μπουκάλια της. Έπλυνα το πρόσωπό μου με μπόλικο νερό και κοιτάχτηκα στον καθρέπτη.

«Εντάξει, καλός είμαι!» Προσπάθησα να ανυψώσω το ηθικό μου.

Αφού έστρωσα, κατά κάποιο τρόπο, τα μαλλιά μου, βγήκα και πάλι έξω. Μόλις πέρασα δίπλα από το μπαρ θεώρησα ότι δεν έπρεπε να κοιτάξω προς τα εκεί, μη με περνούσε για λιγούρη και είχα σκοπό να πάω κατευθείαν στον τραπέζι μας. Μια ελαφρώς βραχνή γυναικεία, μα συνάμα γλυκιά φωνή, έφτασε στα αυτιά μου.

«Στρατιώτη, έλα να σε κεράσω ένα σφηνάκι».

Ήταν η μπαργούμαν!

Ένα ρίγος διαπέρασε το κορμί μου. Είχε καιρό να μου μιλήσει γυναίκα! Όσο και να προσπαθούσα, το καρδιοχτύπι μου δεν καταλάγιαζε! Γύρισα με ένα αμήχανο χαμόγελο και κάθισα στο πρώτο σκαμπό που έπιασα, ενώ απέφευγα να σηκώσω το βλέμμα μου.

«Αριάδνη» συστήθηκε και μου έδωσε το χέρι της. Έσφιξα την παλάμη της και την ένιωσα βελούδινη, σε αντίθεση με τη δική μου που ήταν τραχιά.

«Λουκάς» μουρμούρισα μέσα από τα δόντια μου, σηκώνοντας το κεφάλι μου για πρώτη φορά και έμεινα έκθαμβος!

Τα μάτια της ήταν μεγάλα και πράσινα, ζωηρά και φωτεινά με σμαραγδένια απόχρωση που έδεναν αρμονικά με το λευκό της δέρμα, ικανά να σαγηνέψουν και τον πιο απαιτητικό άνδρα! Από πάνω τους, στέκονταν τα τεχνιέντως τοξωτά φρύδια της. Τα χείλη της θελκτικά, μεγάλα και σαρκώδη, ενώ πίσω από το ελαφρύ χαμόγελο φανερώθηκε μια οδοντοστοιχία με απαστράπτοντα λευκά δόντια. Μου έριξε ένα επίμονο διερευνητικό βλέμμα και ένα ανεξιχνίαστο χαμόγελο υπέπεσε στην αντίληψή μου, καθώς τα ματόκλαδά της πετάριζαν. Τα μαλλιά της κοντοκουρεμένα, με ένα ιδιόρρυθμο στυλ, χτενισμένα προς τα πλάfor, είχαν καστανό χρώμα με ανταύγειες που προσέγγιζαν το πορτοκαλί. Με ένα τόσο εντυπωσιακό πρόσωπο δε χρειαζόταν μακριά κόμη για να αναδείξει την πλούσια θηλυκότητά της!

Φορούσε ένα κολλητό άσπρο μπλουζάκι, όπου στο πλούσιο στήθος της ήταν κεντημένο ένα κόκκινο περίεργο σχέδιο γεμάτο με κινέζικα σύμβολα, των οποίων τη σημασία αγνοούσα. Στη λεπτή της μύτη, πάνω από το αριστερό ρουθούνι, είχε περάσει ένα διακριτικό σκουλαρίκι, πολύ πιο όμορφα τοποθετημένο από τους χαλκάδες του Σούλιου!

«Αριάδνη λοιπόν!» επανέλαβα για να συνεχίσω την κουβέντα. «Ναι» επιβεβαίωσε χαμογελώντας ξεκάθαρα.

«Πολύ όμορφο όνομα. Δεν το λέω έτσι για να πω κάτι, πράγματι μου αρέσει» κατέβαλα αξιοθρήνητες προσπάθειες να τη φλερτάρω συνεχίζοντας το κομπλιμέντο.

«Ευχαριστώ. Τι να βάλω;»

«Ό,τι επιθυμείς».

Έπιασε ένα μπουκάλι τεκίλα και έχυσε το ποτό στα δυο σφηνοπότηρα που είχε ήδη ετοιμάσει. Μόλις είδα την τεκίλα σκιάχτηκα! Δεν τη μπορούσα με τίποτα. Μόνο που τη μύριζα μου ερχόταν να ξεράσω. Ήμουν αποφασισμένος όμως να τη πιω.

«Στην υγειά σου στρατιωτάκι».

«Στην υγειά σου». Κατέβασα το σφηνάκι, με προσποιητή ευχαρίστηση.

Τα επόμενα δευτερόλεπτα, πίστεψα ότι θα μου έφευγε το κεφάλι, αλλά απέκτησα ταχύτατα την αυτοσυγκέντρωσή μου. Προσπάθησα να ορθωθώ για να μη ρεζιλευτώ.

«Σε πείραξε, έτσι;»

«Πού το κατάλαβες; Κι εγω που σφίχτηκα για να δείξω άνετος!»

«Τι μπαργούμαν θα ήμουν, αν δεν καταλάβαινα ποιοι πελάτες δεν την αντέχουν;»

Γέλασα αμήχανα για το ρεζιλίκι μου και κοίταξα προς το τραπέζι μας. Τα μάτια τους ήταν στραμμένα προς τα επάνω μου, ενώ διέκρινα και ύποπτα γελάκια. Ο Σούλιος μου έκανε νοήματα, του ύφους "προχώρα" και άλλα παρόμοια. Τους έκανα σήμα, με το χέρι μου κάτω από τον πάγκο του μπαρ, να ηρεμήσουν. Γύρισα πάλι προς την Αριάδνη με μεγαλύτερη αποφασιστικότητα. Μόλις με κοίταξε στα μάτια, κόλλησα!

Τι σαγηνευτική γυναίκα!Με είχε μαγνητίσει με τα αμυγδαλωτά μάτια που διέθετε. Το χαμόγελο της έλουζε ευχάριστα την ατμόσφαιρα.

«Είσαι από εδώ;» τη ρώτησα, αφού συνήλθα.

«Όχι. Έρχομαι κάθε Παρασκευή και Σάββατο για μεροκάματο ή μάλλον για νυχτοκάματο».

«Από πού είσαι λοιπόν;»

«Σπουδάζω στη Φλώρινα, στο Παιδαγωγικό δημοτικής εκπαίδευσης και είμαι από τη Θεσσαλονίκη».

«Από Θεσσαλονίκη; Κοίτα σύμπτωση! Ώστε λοιπόν, είμαστε πατριωτάκια».

«Ναι; Είσαι Σαλονικιός;» φάνηκε να δυσπιστεί.

«Βεβαίως. Από πάππο προς πάππο!»

«Χαίρομαι» ψιθύρισε, διότι είχε αναλάβει μια νέα παραγγελία.

Αφού έβαλε τα ποτά, η άλλη κοπέλα, η σερβιτόρα, τα πήρε με το δίσκο της και έφυγε.

«Σε ποιο έτος είσαι στη σχολή;»

«Στο τελευταίο. Αν όλα πάνε καλά μέχρι τον Σεπτέμβριο, θα τελειώσω».

Μια νέα παραγγελία ήρθε με τη σερβιτόρα. Ένιωσα σα να ήμουν βάρος και σκέφτηκα να αποχωρήσω και να επιστρέψω στην παρέα μου. Πριν γίνει όμως αυτό, κέρασα μια γύρα σφηνάκια. Παρήγγειλα τεκίλα κλείνοντάς της το δεξί μου μάτι. Έβαλε τα ποτά και τα ήπιαμε με τη μία. Πλήρωσα και σηκώθηκα από το σκαμπό.

«Ώστε φεύγεις;»

«Να μη σε ενοχλώ στη δουλειά σου».

«Εγώ σε κάλεσα να καθίσεις μαζί μου, εκτός αν δε σου αρέσει η παρέα μου».

Μιλούσε με πολύ νάζι και γοητεία και με αναστάτωνε.

Ένιωσα αγαλλίαση και τρομερή ευχαρίστηση απ' αυτό το γεγονός, ενώ ταυτόχρονα η πεσμένη μου αυτοπεποίθηση εκτοξεύτηκε στα ύψη. Ένιωθα πως δεν της περνούσα απαρατήρητος. Το έβλεπα στα μάτια της, αλλά και σε όλες τις κινήσεις του κορμιού της, που με μαγνήτιζε με την εκθαμβωτική ελκυστικότητά του. Έβαλε ξανά μια γύρα, αυτή τη φορά από το ουίσκι που έπινα.

«Πόσος καιρός απομένει για να απολυθείς;»

«Περίπου τρεις μήνες. Τον φάγαμε τον γάιδαρο».

«Πότε ήρθες εδώ; Πού υπηρετείς;»

«Θα 'χω έναν μήνα και κάτι. Στο Βροντερό υπηρετώ».

«Βροντερό; Έχει φυλάκιο εκεί;»

«Ασφαλώς και έχει! Πολύ μάχιμο!»

«Κατάλαβα». Ένεψε χαμογελώντας και στοίβαξε μερικά ποτήρια μέσα στον ειδικό κάδο.

Συνεχίσαμε τις διαπιστεύσεις μας για αρκετή ώρα. Κάθε στιγμή που συνομιλούσαμε τα βλέμματά μας διασταυρώνονταν. Δεν είχε κανέναν ενδοιασμό να με κοιτάζει κατάματα. Το ίδιο έπραττα πλέον και εγώ. Διέθετε μια βελούδινη, σχεδόν πνιχτή φωνή. Μου ήταν τρομερά ευχάριστη η όψη της. Θαύμαζα τη λυγερή κορμοστασιά της και τον λευκό φιλντισένιο λαιμό της που προκαλούσε στο κορμί μου έναν αέρα νευρικής έξαψης. Παρατηρούσα τα εκλεπτυσμένα χαρακτηριστικά του προσώπου της, του οποίου το είδωλο ήμουν σίγουρος πως θα αποτυπωνόταν μια και καλή στις κόρες των ματιών μου. Έδειχνε ανεπιτήδευτα όμορφη και αληθινή, ακτινοβολώντας έντονη αυτοπεποίθηση.

Μου εξήγησε ότι σχεδόν έναν χρόνο τώρα ερχόταν για να εργαστεί στο χωριό. Όπως τόνισε, δεν το έκανε για βιοποριστικούς λόγους, απλώς λίγο παραπάνω χρήμα δεν την έβλαπτε καθόλου. Της άρεσε να βρίσκεται εδώ, όπου τα πράγματα ήταν πιο ήσυχα και ήρεμα. Έπειτα από λίγο, προσπάθησε να διεισδύσει σε πιο προσωπικά θέματα.

«Η κοπέλα σου, σίγουρα θα ανησυχεί που βρίσκεσαι μακριά της».

«Ναι, θα μπορούσες να το πεις αυτό, αν είχα κοπέλα!» Ίσως ο τόνος μου να ήχησε μελαγχολικός. Τα μεγάλα της μάτια διαστάλθηκαν.

«Πώς; Δεν έχεις κοπέλα;»

«Θα έπρεπε;»

«Όχι, εννοώ...ένας άνδρας σαν και εσένα...όλο και κάτι θα έχει». Τραύλισε αμήχανα και με χαροποίησε.

«Ε, λοιπόν, ένας άνδρας σαν και εμένα, δεν έχει κοπέλα!»

Σταμάτησε για λίγο τη συζήτηση λόγω παραγγελίας. Μόλις τελείωσε, επανήλθε στο θέμα.

«Μου λες αλήθεια;»

«Γιατί να σου πω ψέματα;»

«Δεν ξέρω. Ίσως επειδή είσαι άνδρας!» Ακουγόταν καχύποπτη με ένα παγωμένο χαμόγελο να κοσμεί το πανέμορφό της πρόσωπο.

«Με συγχωρείς, αλλά δεν είναι όλοι οι άντρες ψεύτες».

«Τουλάχιστον εμένα έτσι μ' έχουν συνηθίσει!»

«Τότε λυπάμαι, αλλά δεν είχες επαφές με τους κατάλληλους».

«Ίσως».

«Κάποιος σου είπε πολλά παραμύθια, σωστά;»

«Όσα περισσότερα μπορούσε!»

«Και δε φαντάζομαι να είστε ακόμα μαζί;»

«Ασφαλώς και δεν είμαστε μαζί! Έχω ένα εξάμηνο που χώρισα», μου έλυσε την απορία και δεν ξέρω γιατί χάρηκα τόσο πολύ.

«Λυπάμαι». Δεν πίστευα ούτε σε ένα γράμμα από τη λέξη που της είπα για παρηγοριά!

«Εγώ καθόλου! Ξεμπέρδεψα και ησύχασα!»

Χασκογελούσε, αλλά τα μάτια της πήραν μια μελαγχολική χροιά.

«Αν επιτρέπεται, τώρα είσαι με κάποιον;»

«Είμαι μόνη μου και είμαι καλά!»

«Καλή και η μοναξιά πολλές φορές, συμφωνείς;»

«Σίγουρα!»

«Υπάρχουν όμως κάτι άνδρες! Εγώ, αν είχα μια κοπέλα με ομορφιά νεράιδας, όπως εσύ, θα ήμουν μαγεμένος από τα θέλγητρά της!» δαγκώθηκα, γιατί μου φάνηκε ότι το παρατράβηξα.

«Ευχαριστώ. Αυτό ήταν ό,τι πιο γλυκό μου έχουν πει τα τελευταία χρόνια. Πραγματικά σ' ευχαριστώ».

158

Πήρα το ύφος του ανθρώπου *εντάξει, δεν έκανα και κάτι σπουδαίο*, αλλά από μέσα μου πετούσα! Απολάμβανα αυτή τη λαγνεία της υποκριτικής ταπεινοφροσύνης μου. Γνώριζα πως με τις γυναίκες τα κατάφερνα μια χαρά, τουλάχιστο στα λόγια, αλλά είχα καιρό να παίξω παιχνίδι. Νομίζω ότι τα πήγαινα μια χαρά, ύστερα από τόσον καιρό αποτραβηγμένος από τα "εγκόσμια". Άρχισα να ξαναβρίσκω τη φόρμα μου!

Ξαφνικά ένιωσα δίπλα μου μια παρουσία. Γύρισα προς τα αριστερά και βρέθηκα πρόσωπο με πρόσωπο με τον Σανιδά. Έσκυψε διακριτικά και ψιθύρισε μέσα στο αυτί μου ότι έπρεπε στα κοντά να φύγουμε. Του ζήτησα πέντε – δέκα λεπτά ακόμα. Έγνεψε καταφατικά και απομακρύνθηκε τόσο αθόρυβα όσο εμφανίστηκε.

«Αριάδνη, λυπάμαι, αν και δε θα το επιθυμούσα, πρέπει να φύγουμε. Θα σε ξαναδώ την επόμενη Παρασκευή;»

«Φυσικά. Την Παρασκευή. Θα είμαι εδώ. Θα σε περιμένω...» κόμπιασε, αλλά το χαμόγελο δεν έσβηνε με τίποτα από τα μεθυστικά χείλη της..

Εκείνη τη στιγμή μου ήρθε μια φαεινή ιδέα και έτσι όπως είχα πάρει φόρα δεν είχα τον παραμικρό ενδοιασμό να τη διατυπώσω.

«Έχω κάτι καλύτερο να προτείνω. Τι ώρα πιάνεις δουλειά;»

«Κατά τις οχτώ και μισή».

«Ωραία. Θα ήθελες λοιπόν να συναντηθούμε το μεσημέρι και να πάμε να φάμε στους Ψαράδες; Ύστερα, θα μπορείς να πας στη δουλειά σου».

«Θα παρακαλέσω τον Δημήτρη, τον ιδιοκτήτη του μπαρ, να έρθει να με πάρει πιο νωρίς. Δυστυχώς, δεν έχω δικό μου μεταφορικό μέσο. Πάντως, πολύ ωραίες ιδέες έχεις φαντάρε! Μήπως μιλά η τεκίλα;».

«Δε νομίζω!»

«Στις δύο το μεσημέρι, είναι καλά;»

«Τέλεια. Λέω να συναντηθούμε εδώ στο χωριό, έξω από το μπαρ. Εγώ θα βρω όχημα να πάμε στους Ψαράδες.

«Στις δύο λοιπόν» με κάρφωσε με τα θεϊκά της μάτια.

«Στις δύο» της έσφιξα το χέρι κρατώντας το παραπάνω δευτερόλεπτα από ότι διαρκεί μια τυπική χειραψία.

Σήκωσε το χέρι της και με αποχαιρέτισε καθώς φεύγαμε. Της έριξα μια τελευταία ματιά βγαίνοντας από το μαγαζί και μου ανταπόδωσε ανοιγοκλείνοντας τα βαθυπράσινα μάτια της και σουφρώνοντας τη καλοσχηματισμένη μυτούλα της σαν γατούλα.

«Είσαι αλάνι Λάσκαρη! Μπράβο και πάλι μπράβο» ο Σούλιος με έσφιξε στην αγκαλιά του, μόλις βρεθήκαμε έξω.

«Γιατί αυτό το ξέσπασμα αγάπης;»

«Γιατί την έλιωσες τη γυναίκα! Θαρρείς ότι δεν παρακολουθούσα πως σε χάζευε;»

«Αν σου πω ότι κλείσαμε και ραντεβού για την Παρασκευή, τι θα έλεγες;»

Έμεινε άγαλμα και με αγκάλιασε πάλι!

«Είσαι μεγάλος, μ' ακούς; Είσαι μεγάλος!» ξεφώνησε μέσα στο πρόσωπό μου, πασπαλίζοντάς το με σάλια.

Μόλις φτάσαμε στο αυτοκίνητο, ο Σούλιος προσπάθησε να ανοίξει την πόρτα του συνοδηγού. Ο δόκιμος τον τράβηξε από τον γιακά της φόρμας του και του έδειξε με νόημα την καρότσα.

«Εντάξει δόκιμε, ξεχάστηκα».

«Πολύ εύκολα ξεχνάς. Ας ελπίσω ότι δεν είναι από το ποτό».

Ο Σούλιος πήδηξε σαν αίλουρος, αν και πιωμένος, στην καρότσα και κάθισε όπως ακριβώς ήρθαμε με τον δόκιμο.

«Δεν καταλαβαίνω τα παράπονά σας. Είναι άνετα και βολικά εδώ πάνω» απεφάνθη ο Σούλιος καθώς προσπαθούσε να βολευτεί.

VIII

Καθίσαμε στην καμπίνα με τον δόκιμο και τον Σανιδά μπροστά από το τιμόνι, ενώ ο Σούλιος και ο Μπόλιος είχαν τη βάρδιά τους στην καρότσα. Το όχημα ξεκίνησε. Η ώρα ήταν δύο και τέταρτο το πρωί. Ο Σανιδάς άναψε το καλοριφέρ. Ένα αόρατο ζεστό πέπλο μας αγκάλιασε. Τι απολαυστικά που ήταν! Καμιά σχέση με τις συνθήκες του ερχομού μας.

Έριξα μια ματιά στην καρότσα. Οι δυο οπλίτες κουλουριασμένοι και χωμένοι μέσα στα μπουφάν τους, έμοιαζαν αμίλητοι και ασάλευτοι, λες και ήταν πετρωμένοι. Πριν φτάσουμε στο φυλάκιο της Κούλας, διακρίναμε νιφάδες χιονιού πάνω στο παρ-μπριζ. Ώσπου να πλησιάσουμε εγγύτερα στο φυλάκιο, έριχνε για τα καλά και άρχισε να το στρώνει, καθώς η χιονόπτωση μαστίγωνε τη γη.

Συνεχίσαμε την πορεία μας, με τον Σανιδά να είναι πλέον αρκετά προσεχτικός, αφού το χιόνι άρχισε να καλύπτει το οδόστρωμα. Ευτυχώς ο Αναστάσης είχε περασμένα λάστιχα χιονιού και κρατούσαν σταθερό το όχημα πάνω στον ολισθηρό δρόμο. Κοίταξα πάλι προς την καρότσα. Το χιόνι πασπάλιζε τους δυο οπλίτες και είχε αρχίσει να τους καλύπτει. Τους λυπήθηκα έτσι κουρνιασμένοι που ήταν σαν τυφλά κουτάβια που αναζητούν μια ζεστή γωνιά. Ζήτησα από τον Σανιδά να σταματήσει το όχημα.

Μόλις ακινητοποιήθηκε, πράγμα όχι και εύκολο, κατεβήκαμε με τον δόκιμο. Τα γυαλιά του Μπόλιου είχαν θολώσει και αμφέβαλα αν έβλεπε έστω και λίγο. Από την άλλη, ο Σούλιος έτρεμε όπως τα χαμόκλαδα από τον μανιασμένο άνεμο. Τους προτείναμε ή μάλλον τους επιβάλαμε να μεταφερθούν μέσα στο αυτοκίνητο. Θα τους παίρναμε στην αγκαλιά μας! Πήρα τον Σούλιο πάνω μου και ο δόκιμος τον Μπόλιο.

Περιττό να αναφέρω ότι με το ζόρι χωρούσαμε. Το κεφάλι των δυο φιλοξενούμενων άγγιζε την οροφή της καμπίνας, ενώ τα χέρια τους τα είχαν ακουμπισμένα στο ταμπλό για να κρατούν ισορροπία, όσο βέβαια ήταν αυτό δυνατόν. Από την άλλη, ο Σανιδάς στην προσπάθειά του να πιάσει τον λεβιέ των ταχυτήτων, έπρεπε να επιδείξει ακροβατικές ικανότητες για να προσπελάσει τους μηρούς του Σούλιου.

«Υπομονή. Σε είκοσι λεπτά θα είμαστε στο φυλάκιο».

Στο μεταξύ, η χιονόπτωση είχε πυκνώσει δυσχεραίνοντας την ορατότητα. Ήταν αξιοθαύμαστη η ταχύτητα με την οποία το χιόνι κάλυπτε τα πάντα και έκανε να φαίνεται το έδαφος με μια γαλακτερή επιφάνεια. Όσο πλησιάζαμε προς το φυλάκιο, με αργό ρυθμό πάντα, τόσο πιο παχιές νιφάδες κολλούσαν πάνω στα τζάμια, η οποίες έμοιαζαν με μικρά χνούδια από βαμβάκι. Οι υαλοκαθαριστήρες δούλευαν σαν τρελοί πέρα δώθε, που όσο τους παρατηρούσες, τόσο σε ζάλιζαν, σε σημείο να σε πιάνει ναυτία.

Ο Σούλιος ξαφνικά άρχισε να γελά νευρικά.

«Αχ, Λάσκαρη, πού να το φανταζόσουν! Αντί να έχεις αγκαλιά την μπαργούμαν, έχεις εμένα! Ελπίζω να μην έχεις παράπονο!»

«Μη λες βλακείες» του έδωσα μια φιλική κουτουλιά στην πλάτη.

Με τα πολλά και με ρυθμό χελώνας, καταλήξαμε στο φυλάκιο. Τα πάντα ήταν σκεπασμένα με ένα άσπρο στρώμα και επέκειτο και συνέχεια, αφού ο ουρανός ξερνούσε άπειρους λευκούς κρυστάλλους. Μόλις αποβιβαστήκαμε, ο Σούλιος έτρεξε προς τη σκοπιά.

«Πού πας;» φώναξε ο Μπόλιος.

«Να κατουρήσω, θα σκάσω!»

«Και γιατί δεν πας μέσα στις τουαλέτες;»

«Είναι πιο απολαυστικά μέσα στο χιόνι!»

Τα σκυλιά εμφανίστηκαν πίσω από τις παλιές αποθήκες γαβγίζοντας. Τα χάιδεψα με τρυφερότητα, αλλά έδειχναν ανήσυχα. Η προσοχή τους ήταν στραμμένη προς το δάσος, στα δυτικά. Συνέχισαν να γαβγίζουν προς εκείνη την κατεύθυνση. Ακόμα και ο Μήτσος έδειχνε αυστηρός και βλοσυρός. Ο Σούλιος πήγε αρκετά μέτρα πίσω από τη σκοπιά, δεν τον βλέπαμε, αλλά ακουγόταν ψιθυριστά ένας μουσικός σκοπός να βγαίνει από τα χείλη του.

Ο Σανιδάς άφησε το αμάξι στο πλαϊνό μέρος του φυλακίου, στην ανατολική πλευρά για να προστατεύεται κάπως από το χιόνι και τον άνεμο. Σκεφτήκαμε να το επιστρέψουμε το πρωί στον Αναστάση, αφού, αν το πηγαίναμε τώρα, θα ήταν επώδυνο να γυρίσουμε με τα πόδια ως το φυλάκιο με αυτό το χιόνι. Υποθέσαμε πως δε θα είχε καμία αντίρρηση ο Αναστάσης για αυτή την πρωτοβουλία

που πήραμε. Εξάλλου δεν υπήρχε περίπτωση να το χρεια-
στεί νυχτιάτικα μέσα στη χιονοθύελλα.

Τα σκυλιά συνέχισαν να αλυχτούν έντονα, κάτι που
καταντούσε εκνευριστικό. Τα μάλωσα για να σταματή-
σουν. Με κοίταξαν με κάποια φοβία εντυπωμένη στις μου-
σούδες τους. Κόπασαν για λίγα δευτερόλεπτα, αλλά ευθύς
αμέσως ξεκίνησαν και πάλι τον σαματά.

«Λάσκαρη!» η φωνή του Σούλιου ίσα που ακούστηκε
πίσω από τη σκοπιά.

«Τι συμβαίνει;»

«Θυμάσαι τη συζήτηση που είχαμε στο μπαράκι;»

«Μίλα πιο δυνατά. Δε σ' ακούω καθαρά».

«Τη συζήτηση στο μπαρ» ανέβασε την ένταση της
φωνής του.

«Για την μπαργούμαν;»

«Όχι, ρε σειρά. Θυμάσαι ποιο θέμα συζητούσαμε;»

«Για τις αρκούδες;»

«Ακριβώς». Μόλις ανακάλυψα μία! Έλα να δεις».

Έτρεξα πίσω από τη σκοπιά. Είδα τον Σούλιο να είναι
σκυμμένος πάνω στο χιόνι και να εξετάζει κάτι πάνω σε
αυτό. Πήγα από πάνω του σκουπίζοντας το πρόσωπό μου
από τις πυκνές νιφάδες. Έσκυψα και εγώ.

«Βλέπεις;»

«Βλέπω!»

Οι άλλοι τρεις που είχαν ακούσει τη στιχομυθία μας
εμφανίστηκαν δίπλα μας. Τα μάτια τους καρφώθηκαν
πάνω στο υπό εξέταση σημείο. Και οι τρεις ταυτόχρονα με
κοίταξαν ζαρωμένοι με απλανές βλέμμα.

«Είναι πατημασιές από αρκούδα! Ορίστε, Σανιδά που
είχες απορία αν πετύχουμε καμιά: μας πέτυχε αυτή!»

Το φως από τον προβολέα του φυλακίου έφτανε αχνά. Με το φως από το κινητό μου, χρησίμεψε και κάπου, φώτισα προς το χιονισμένο έδαφος. Όπως λογικά το φανταζόμουν! Βρήκα και άλλες πατημασιές. Ακολούθησα την πορεία τους και οι άλλοι ακολούθησαν εμένα. Προχώρησα είκοσι μέτρα πιο κάτω ως την περίφραξη, στο σημείο όπου το σύρμα ήταν κατεστραμμένο και παρουσίαζε ένα μεγάλο κενό.

«Από εδώ μπήκε» παρατήρησα.

Οι υπόλοιποι κοίταζαν πότε την περίφραξη και πότε εμένα, πάντα αμίλητοι και ανήσυχοι.

Εννοείται ότι τα ίχνη ήταν πολύ φρέσκα. Στο σημείο που βρισκόμασταν, το πολύ μισή ώρα νωρίτερα, βάδιζε μια πραγματική αρκούδα! Παρατήρησα ξανά κάποια από τα αποτυπώματα που άφησε. Διακρίνονταν καθαρά το πέλμα και οι εγκοπές που άφησαν τα νύχια της πάνω στο χιόνι. Συμπέρανα ότι δεν ήταν ιδιαίτερα μεγάλη, ωστόσο δεν ήταν και μικρή.

«Τι λες;» ρώτησε ο δόκιμος που η μύτη του είχε κοκκινίσει σαν ντομάτα.

«Λέω πως δεν είναι μεγαλόσωμη. Σίγουρα κάτω από 120 κιλά. Ίσως 100. Δεν μπορώ να προσδιορίσω με ακρίβεια το φύλο της, αλλά μάλλον πρέπει να είναι θηλυκή. Πάντως, δε θα έχει πολύ καιρό που ανάνηψε από τον λήθαργό της. Πιθανό και να την ξεσήκωσαν από τη φωλιά της ανώμαλα. Όπως και να 'χει πεινά πολύ, γι' αυτό έφτασε και μέχρι το φυλάκιο. Προφανώς τα σκυλιά τη φόβισαν και την έδιωξαν.

«Πάμε όλοι μέσα, τώρα. Είναι διαταγή» πρόσταξε ο δόκιμος.

Κατευθυνθήκαμε προς το κτήριο και σε λίγες στιγμές

ΧΡΗΣΤΟΣ Ι. ΜΠΑΡΜΠΑΓΙΑΝΝΙΔΗΣ

ήμασταν μέσα στο ζεστό περιβάλλον του φυλακίου. Οι υπόλοιποι οπλίτες βρίσκονταν στα κρεβάτια τους και με το ρυθμικό ροχαλητό τους, που λες και παιζόταν από συμφωνική ορχήστρα, έδιναν μια ιδιόρρυθμη συναυλία.

Ο δόκιμος πήγε στον καθένα από πάνω του και με άγαρμπες κινήσεις, σπρώχνοντας, τους ξυπνούσε. Ο Σανιδάς άναψε τα φώτα του θαλάμου. Ο Λυτράκος πετάχτηκε σαν ελατήριο με τα σπιρτόζα μάτια του να έχουν διογκωθεί και να κοιτάζουν με περιέργεια πότε τον δόκιμο και πότε τους υπόλοιπους. Ο Μπάκας, σα να ήταν κάτι το φυσικό να τον ξυπνάνε απότομα και βίαια, απλώς σηκώθηκε με ηρεμία δίχως να πει λέξη και περίμενε για μια εξήγηση.

Στον αντίποδα, ο Καζώνης σηκώθηκε με νεύρα ψιθυρίζοντας κάποια "γαλλικά" μέσα από τα δόντια του. Ο Γαρούφαλος, έντρομος, άρπαξε την παραλλαγή του και προσπάθησε γρήγορα να ντυθεί, νομίζοντας πως έγινε έφοδος από κάποιον αξιωματικό. Ήταν η ώρα που είχε νούμερο για σκοπιά!

Ο δόκιμος μας διέταξε όλους, ανεξαιρέτως, να πάμε στην κουζίνα για να μας μιλήσει. Διακρινόταν μια νευρικότητα στις κινήσεις του που φανέρωνε την αναστάτωσή του. Βρεθήκαμε εκεί, όλοι να κάθονται γύρω από το τραπέζι, με εξαίρεση τον δόκιμο και εμένα που πήραμε θέση στην κορυφή όρθιοι, αυτός μπροστά και γω λίγο πιο πίσω, δίπλα στο παράθυρο.

«Σας κάλεσα όλους εδώ, για να σας ενημερώσω για ένα ζήτημα που προέκυψε. Πριν από λίγο ανακαλύψαμε, ακριβώς έξω από το φυλάκιο, ίχνη από αρκούδα».

Οι υπόλοιποι πάγωσαν. Ιδιαίτερα ο Λυτράκος, ο οποίος άρχισε να τρέμει.

«Θα ήθελα να μάθω, αν αντιληφτήκατε έστω και το παραμικρό που να σας τράβηξε την προσοχή, όσο εμείς λείπαμε».

«Τα σκυλιά... τα σκυλιά γαβγίζανε σαν δαιμονισμένα» πρόλαβε και ψέλλισε ο λουσμένος από φόβο Λυτράκος.

«Ναι, ακούσαμε τα κοπρόσκυλα να γαβγίζουν, αλλά κάνουν και τίποτα άλλο κάθε βράδυ απ' το να μη μας αφήνουν να κοιμηθούμε;» αναρωτήθηκε ειρωνικά ο Καζώνης.

«Θα έχει μισή ώρα που ξεκίνησαν να γαβγίζουν πολύ δυνατά. Μας ξύπνησαν προς στιγμήν, αλλά πέσαμε και πάλι για ύπνο. Δεν πήγε το μυαλό μας πως θα συνέβη κάτι τέτοιο» πήρε τον λόγο ο Μπάκας.

«Μαγειρέψατε κάτι;»

«Χμ, ναι. Έφτιαξα τηγανίτες» απάντησε διστακτικά ο Λυτράκος.

«Τι ώρα;»

«Κατά τα μεσάνυχτα. Είχαμε μια λιγούρα με τον Μπάκα και είπαμε να φάμε κάτι» δικαιολογήθηκε ο μάγειρας.

«Πολύ πιθανό να μύρισε τις τηγανίτες σας».

«Δεν είμαι και τόσο σίγουρος γι' αυτό, δόκιμε» επενέβην δύσπιστα. «Ίσως να συντέλεσε και αυτό, αλλά πιστεύω ότι και χωρίς να μύριζε τις τηγανίτες, πάλι θα μας επισκεπτόταν. Σίγουρα θα έχει μεγάλη πείνα μέσα στην καρδιά του χειμώνα. Ήταν θέμα χρόνου να μας έρθει μια βόλτα από εδώ, αφού θα πήγαινε σε όλα μέρη της επικράτειάς της για να βρει φαγητό. Επειδή βλέπω τους περισσότερους έντρομους, θα ήθελα να σας βεβαιώσω ότι σε καμιά περίπτωση δεν κινδυνεύουμε».

«Είσαι σίγουρος Λάσκαρη; Δε διατρέχουμε κίνδυνο;» ρώτησε προβληματισμένος ο Σανιδάς.

«Είμαι σιγουρότατος, Διονύση. Να μη σας ανησυχεί τίποτα. Μια περίεργη αρκούδα είναι. Αν ήταν επιθετική θα είχε ορμήσει στα σκυλιά και θα έκανε άνω κάτω τον κάδο των σκουπιδιών, εδώ απ' έξω» έδειξα το παράθυρο της κουζίνας, όπου ακριβώς εκεί αποθέταμε τα απορρίμματά μας.

«Για να το λέει ο Λάσκαρης, έτσι θα είναι» πετάχτηκε εκείνη τη στιγμή ο Σούλιος που δεν είχε ανοίξει το στόμα του καθ' όλη τη διάρκεια του συμβουλίου μας.

«Έτσι και αλλιώς, μια ριπή στον αέρα αν ρίχναμε με το όπλο, από τον θόρυβο και μόνο, θα έφευγε έντρομη τρέχοντας. Γι' αυτό τονίζω ξανά: ψυχραιμία! Είμαστε στη περιοχή της αρκούδας. Είναι απολύτως λογικό, και όπως αποδείχτηκε ήδη, να έρθουμε σε επαφή μαζί τους» συνέχισα να εμψυχώνω τους συναδέλφους μου.

«Και τώρα; Τι θα κάνουμε από εδώ και πέρα;» ρώτησε ο Σανιδάς που έδειχνε εξαιρετικά ανήσυχος, για να μη πω τρομαγμένος.

«Συνεχίζουμε κανονικά. Εγώ πάντως το πρωί θα βγω στο δάσος. Έχω μια φωτογραφική μηχανή στον σάκο μου. Ίσως να είμαι τυχερός και την αποθανατίσω στην κάμερα. Τέτοια ευκαιρία δε θα τη χάσω!»

Βλέμματα απορίας με έζωσαν. Πολλά πρόσωπα είχαν τυπωμένη την έκπληξη.

«Είσαι σοβαρός;» απόρησε ο δόκιμος.

«Ασφαλώς και είμαι. Σας είπα πως δεν έχουμε να φοβηθούμε τίποτα».

«Θα έρθω μαζί σου» αποτόλμησε να προσφερθεί ο Σούλιος και όλοι εξεπλάγησαν. «Τι κοιτάτε; Θα πάω και γώ».

«Θεωρώ πως δεν πρέπει να βγείτε για λίγες μέρες» διαφώνησε ο δόκιμος.

«Γιατί πιστεύεις πως η αρκούδα θα εξαφανιστεί; Εδώ

είναι το σπίτι της. Δε θα καθίσουμε ως την απόλυσή μας κλεισμένοι στο φυλάκιο σαν βαρυποινίτες».

Εκείνη τη στιγμή, που διαλεγόμασταν με τον δόκιμο περπατώντας στον διάδρομο, το βλέμμα μου έπεσε τυχαία στον πίνακα υπηρεσιών.

«Τι βλέπω εδώ; Λάσκαρης, Σούλιος, Μπόλιος αύριο για περιπολία! Άρα νομίμως θα βγούμε. Τουλάχιστον, εγώ με τον Σούλιο. Η υπηρεσία πρέπει να εκτελείται!»

«Και 'γω μέσα» δήλωσε αποφασιστικά ο Μπόλιος.

Ο δόκιμος μας κοίταξε με ένα μειδίαμα να έχει ζωγραφιστεί στα χείλη του. «Όπως επιθυμείτε αγόρια. Όλοι ελεύθεροι».

Κοιμήθηκα τέσσερις ώρες. Ωστόσο, σηκώθηκα φρέσκος και με δυνάμεις. Προσδοκούσα σε μια συνάντηση με αυτό το πλάσμα. Θα ήταν ιδανικό για μένα να τη δω ζωντανή μέσα στο φυσικό της περιβάλλον και φυσικά να τη βγάλω μια φωτογραφία, δίχως να μας χωρίζουν τα κάγκελα κάποιου ζωολογικού κήπου.

Οι περισσότεροι χουζούρευαν στα κρεβάτια τους. Ο Μπόλιος όμως, όπως παρατήρησα, είχε ήδη σηκωθεί και έστρωνε με λεπτές κινήσεις τα σκεπάσματά του. Κοίταξα προς το κρεβάτι του Σούλιου και... δεν ήταν εκεί! Παραξενεύτηκα. Ήταν ο πλέον υπναράς από τους οπλίτες και γενικά βαριεστημένος. Ώσπου να αναλογιστώ όλα αυτά, ξεπρόβαλε από τις τουαλέτες ευδιάθετος και χαμογελαστός.

«Άντε, Λάσκαρη, κουνήσου. Σήμερα έχουμε αποστολή, το ξέχασες;»

Του χαμογέλασα. Όσο περνούσε ο καιρός, τον έβλεπα όλο και πιο ενεργητικό, με ζωντάνια και διάθεση, καμία σχέση με αυτόν που συνάντησα στις πρώτες μου μέρες στο φυλάκιο.

«Διακρίνω ότι διακατέχεσαι από ακατάπαυστη ενεργητικότητα το τελευταίο διάστημα. Από που πηγάζει;»

«Από τη δική σου ενεργητικότητα. Μου έχεις ανακινήσει τα κρυμμένα ένστικτα της περιπέτειας που έκρυβα όλα αυτά τα χρόνια μέσα μου και που δε γνώριζα πως είχα! Άσε που σε θεωρώ πηγή γνώσης και σκοπεύω να το εκμεταλλευτώ όσο θα είσαι εδώ. Λοιπόν θα πάμε να βρούμε την αρκούδα μας;»

«Και δε φοβάσαι;»

«Εγώ δε φοβάμαι κανέναν και τίποτα. Ειδικά όταν θα έχω και σένα δίπλα μου».

Ομολογώ πως η τελευταία του πρόταση μου έφερε ρίγη συγκίνησης, αλλά συγκρατήθηκα. Γνώριζα πως είχα κάποιες ηγετικές τάσεις, ωστόσο ήταν η πρώτη φορά που κάποιος το αναγνώριζε με τόση μεγάλη φυσικότητα. Ήθελα να του πω ευχαριστώ, αλλά ντράπηκα να μιλήσω μήπως με περνούσε για ματαιόδοξο.

«Ναι, αλλά και εγώ πρώτη φορά θα επιχειρήσω κάτι τέτοιο. Μπορεί να αποδειχτεί επικίνδυνο».

«Και τι να κάνουμε Λάσκαρη; Να καθίσουμε μέσα σε τέσσερις τοίχους και να περιμένουμε μήνες ώσπου να απολυθούμε; Θα τρελαθούμε! Σου είπα πως ο ερχομός σου ήταν ευεργετικός για μένα. Έχω πλέον αρκετά ενδιαφέροντα. Σκέψου πως έχω αρχίσει να γουστάρω και τις βόλτες στο δάσος! Λίγο το έχεις αυτό;»

Δεν πίστευα σε αυτά που άκουγα! Από την άλλη, χαιρόμουν που ήμουν το λίπασμα στο πνευματικό χωράφι ενός ανθρώπου, ιδιαίτερα του Σούλιου. Το να νιώσει έλξη για τη φύση και τα πλάσματά της, έδειχνε πως εγώ ως πομπός διοχέτευα αρκετά ισχυρό σήμα προς τους δέκτες, δηλαδή, τους συναδέλφους. Η μεγάλη μου αγάπη για τη φύση επηρέαζε και τους γύρω μου!

«Εσύ Μπόλιο τι λες για όλα αυτά;»

«Εγώ από τα Γρεβενά είμαι, βουνίσιος. Πάντα είχα επαφή με την ορεινή ζωή. Εδώ όμως είναι διαφορετικά. Υπάρχει ένας περίεργος μαγνητισμός σε αυτόν τον τόπο! Συμφωνώ με τον Σούλιο: εσύ είσαι η αφορμή να μάθουμε πέντε πράγματα εδώ. Κάθε μέρα όλο και κάτι καινούριο ανακαλύπτουμε. Ξυπνώ κάθε πρωί και ξέρω ότι κάτι συναρπαστικό θα ανακαλύψουμε και αυτή την ημέρα!»

Αδυνατούσα να το πιστέψω. Οι συνάδελφοι μου ή έστω κάποιοι από αυτούς μου είχαν μεγάλη εμπιστοσύνη, κάτι που ως ένα βαθμό με κολάκευε, αλλά μου φόρτωνε πολλές ευθύνες. Για μια στιγμή αγχώθηκα. Δεν ήθελα να τους παρασέρνω με τις τρέλες μου και τα βίτσια μου. Ειδικά τώρα που ετοιμαζόμουν να πράξω κάτι που ίσως ήταν επικίνδυνο και για κάποιους ανεύθυνο.

«Συμφωνώ και εγώ με τους προλαλήσαντες», συμπλήρωσε ήρεμα ο Σανιδάς που μας άκουγε από το κρεβάτι του. Έτριψε τα πρησμένα από τον ύπνο μάτια του και χασμουρήθηκε μεγαλοπρεπώς. «Η μόνη διαφορά είναι πως εγώ δε θα σας συνοδέψω σε αυτή την εξόρμηση, διότι, πολύ απλά, φοβάμαι. Όσο και αν θεωρώ τον Λάσκαρη γνωστικό και συγκροτημένο άτομο, νομίζω πως αυτό που σκοπεύει να πράξει τώρα είναι απερισκεψία. Υποθέτω ότι, ώσπου να επιστρέψετε, θα μου έχετε βγάλει τα σωθικά!»

«Να μη στεναχωριέσαι καθόλου. Έναν απλό περίπατο θα κάνουμε. Τρεις άντρες με τρία τουφέκια και τέσσερα σκυλιά, δεν πρόκειται να πτοηθούν από τίποτα» και, αφού χτύπησα φιλικά τον ώμο του, έφυγα από τον θάλαμο.

Έφτασα έξω από το δωμάτιο του δόκιμου. Αφουγκράστηκα για να καταλάβω αν ήταν ξύπνιος. Δεν ακουγόταν κάτι. Χτύπησα την πόρτα του. Άκουσα να την ξεκλειδώνει.

«Σίγουρα θέλεις τα κλειδιά του οπλοβαστού».

«Ακριβώς και ότι άλλο θα χρειαστούμε».

«Μήπως λίγη αυτοσυγκράτηση, αν έχεις την καλοσύνη».

«Έλα δόκιμε, μέχρι εκεί απέναντι στο δάσος θα πάμε».

«Τι να σου πω; Αν δεν πας θα σκάσεις, το ξέρω. Πρόσεχε και πάλι πρόσεχε. Μη κάνετε καμιά βλακεία. Κανονικά θα έπρεπε να σου απαγορεύσω να βγεις, αλλά μπορώ; Πριν φύγετε, πηγαίνετε πίσω το αυτοκίνητο του Αναστάση, εντάξει;»

«Μάλιστα, κύριε δόκιμε» τον χαιρέτισα με επιτηδευμένη τυπικότητα και έκανα μεταβολή.

Αφού ετοιμαστήκαμε και βγήκαμε έξω από το κτήριο, τα σκυλιά τρελάθηκαν από τη χαρά τους. Δε θα μπορούσα να περιγράψω στην εντέλεια τις υπερβολικές αντιδράσεις τους! Χοροπηδούσαν και κυλιόντουσαν μέσα στο χιόνι, με τον Μήτσο να επιδίδεται σε ρεσιτάλ κωλοτούμπας! Ασφαλώς, ξαφνιάστηκαν, όταν μπήκαμε στο αγροτικό και ξεκινήσαμε πολύ σιγά να κατηφορίζουμε τον λόφο. Κοίταξα από τον καθρέπτη και τα είδα να τρέχουν απεγνωσμένα να προλάβουν το αυτοκίνητο.

Φτάσαμε στο σπίτι του Αναστάση και ακριβώς μια στιγμή έπειτα φάνηκαν και τα σκυλιά. Κόρναρα για να κάνω αισθητή την παρουσία μας, αλλά δε φάνηκε να σαλεύει κανείς. Κατέβηκα και άνοιξα την αυλόπορτα που δεν ήταν κλειδωμένη και χτύπησα την ξύλινη και βαριά πόρτα.

Καμία απάντηση. Δεν ήταν μέσα. Πού να πήγε τόσο πρωί; Πάρκαρα όσο καλύτερα γινόταν το αυτοκίνητο αφήνοντας τα κλειδιά πάνω στη μηχανή και ξεκινήσαμε, βάδην πλέον, προς το δάσος.

Το χιόνι ήταν αρκετό, εικοσιπέντε με τριάντα εκατοστά περίπου. Ήταν και αρκετά σκληρό, γιατί ήταν πια παγωμένο, καμία σχέση με εκείνο το μαλακό στρώμα που ευχαριστιόμασταν να πατάμε την προηγούμενη νύχτα. Η χιονόπτωση που είχε σταματήσει, έδωσε τη θέση της σε έναν ήλιο που λαμποκοπούσε υποκριτικά, διότι απλώς ήταν ένα διακοσμητικό κόσμημα στο πρόσωπο του πεντακάθαρου ουρανού: είχε παγωνιά! Σίγουρα δέκα με δώδεκα βαθμούς κάτω από το μηδέν!

Πορευτήκαμε προς το φυλάκιο, όχι από τον χωματόδρομο, που βέβαια ήταν χιονοδρόμιο, αλλά από τα χωράφια που απλώνονταν παράλληλα από αυτόν. Φτάσαμε στο σημείο, όπου νοητά συνέχιζε η πιθανή διαδρομή της αρκούδας από το κομμένο σύρμα της περίφραξης. Δε βρήκαμε ίχνη και ήταν λογικό, είχε πέσει και άλλο χιόνι και τα είχε καλύψει. Ξεκινήσαμε για το δάσος μέσα από το μονοπάτι, το οποίο υποθέταμε ότι βρισκόταν κάτω από τα πόδια μας και που ήταν η πιο πιθανή πυρεία να ακολούθησε το ζώο. Μετά δυσκολίας προσεγγίσαμε τη γνωστή μικρή κυκλική στάνη στο ξέφωτο, πριν εισβάλουμε στο πυκνό δάσος.

Με το χιόνι όλη η τοπογραφία έδειχνε τόσο διαφορετική. Λες και ήμουν σε μια άλλη περιοχή, σα να είχα πατήσει το πόδι μου σε έναν άγνωστο πλανήτη που περιστρεφόταν ξέφρενα στον χώρο και τον χρόνο, και όμως ήμαστtan στα ίδια μέρη που είχα πατήσει τον τελευταίο ενάμιση μήνα. Τα παγωμένα χνώτα μας δήλωναν το κρύο αλλά και τη δυσκολία της αναπνοής μας, καθώς βαδίζαμε αργά και με υπερπροσπάθεια. Πάντως τα σκυλιά δε φαίνονταν να πτοούνται. Έδειχναν ευδιάθετα και με όρεξη. Είχαν αρκετές μέρες να βγουν τη βόλτα τους και έμοιαζαν ανακουφισμένα και χαρούμενα. Σταματήσαμε για μια στιγμή να ξαποστάσουμε.

«Λάσκαρη, πότε έχεις ραντεβού με την κοπέλα;» με ρώτησε ο Σούλιος.

«Την Παρασκευή. Δηλαδή, σε πέντε μέρες. Δεν το 'χα καν στο μυαλό μου αυτή τη στιγμή».

«Ναι, καλά τώρα! Δεν τ' αφήνεις αυτά! Αν είχα ραντεβού με τέτοια γυναίκα, δε θα κοιμόμουν μέχρι τότε».

«Εγώ, όπως είδες, μια χαρά κοιμήθηκα. Εξάλλου δεν είπα ότι δε με ενδιαφέρει. Κάθε πράγμα στην ώρα του. Πρώτα σειρά έχει η αρκούδα!»

«Η αρκούδα; Είσαι περίπτωση, Λάσκαρη!»

«Αρκετά με τα δικά μου τα ερωτικά. Εσύ δε μας έχεις πει το παραμικρό για τα δικά σου. Λοιπόν;»

«Εγώ κάνω μόνο εφήμερες σχέσεις. Δε θέλω να δεσμεύομαι με τίποτα και για τίποτα. Με ξέρεις ή τελοσπάντων όσο με ξέρεις».

«Ξέρω, ξέρω. Λίγο αναρχικός, λίγο άθεος...»

«Όχι λίγο. Πολύ θα έλεγα. Αν υπήρχε αναρχόμετρο και αθεόμετρο θα βαρούσα κόκκινα! Τουλάχιστον δεν είμαι υποκριτής σαν πολλούς που κάνουν μεγάλους σταυρούς για να δείχνουν καλοί άνθρωποι και από πίσω είναι οι πιο μεγάλοι κάφροι!»

«Συμφωνώ μαζί σου. Δε σε κατηγορώ για αυτά που πιστεύεις, ούτε για αυτά που δεν πιστεύεις. Δε θα έκανα παρέα μαζί σου, αν δεν ήσουν ωραίο άτομο. Θα έλεγα πως πολλές απόψεις και ιδέες μου συμβαδίζουν με τις δικές σου. Η διαφορά μας είναι ότι εσύ φανερώνεις ξεκάθαρα αυτά που πιστεύεις σε αντίθεση με άλλους, τοποθετώ και μένα μέσα, οι οποίοι είναι πιο συγκρατημένοι. Είναι πολύ κλειστή αυτή η παλιοκοινωνία που ζούμε. Όλα παρεξηγούνται! Ειδικά αν είσαι διαφορετικός από τον μέσο άνθρωπο, σε κοιτάζουν με μισό μάτι, ψιθυρίζουν πίσω από την πλάτη σου και προσπαθούν να σε αποβάλουν ως κάτι επικίνδυνο, ως μίασμα. Καλύτερο καμιά φορά είναι να υποκρίνεσαι για να έχεις και το κεφάλι σου ήσυχο. Δυστυχώς η περισσότεροι δε δίνουν σημασία στο άρωμα, αλλά στο μπουκάλι».

«Δε φοβάμαι ούτε ντρέπομαι για την ιδεολογία και την εμφάνισή μου. Είμαι αυτό που φαίνεται και είμαι καθαρός».

«Συμφωνώ και επαυξάνω και γι' αυτό σε θαυμάζω! Είσαι ένας άνθρωπος χωρίς προσωπείο».

«Σε ευχαριστώ! Πρώτη φορά μου λέει κάποιος πως με θαυμάζει! Εσύ γιατί δε μιλάς;» απευθύνθηκε απότομα προς τον Μπόλιο, επειδή μάλλον ντράπηκε για τα καλά λόγια μου.

«Τι να πω; Τα λέτε τόσο ωραία».

«Ας πούμε, καμιά κοπελίτσα δεν υπάρχει;»

«Όχι, δεν έχω».

«Είχες ποτέ ή ακόμα είσαι...»

«Δεκαεννιά ετών είμαι! Είχα μια σχέση λίγο πριν καταταχτώ» έσκουξε από την αμηχανία.

«Σιγανοπαπαδιά! Ολοκληρωμένη;»

«Ε... σχεδόν» ψέλλισε δειλά ο Μπόλιος που έδειχνε να ντρέπεται.

«Έλα, Σούλιο, άσε τον συνάδελφο. Μη τον ρωτάς τέτοια» προσπάθησα να βγάλω τον Μπόλιο από τη δύσκολη θέση.

«Γιατί ντρέπεσαι; Άντρες είμαστε! Όταν όμως απολυθείς, φρόντισε να ξεδώσεις λίγο» τον συμβούλεψε ο Σούλιος.

Ο Μπόλιος χαμογέλασε κοκκινισμένος από το κρύο και από τη ντροπή που τον διακατείχε για τέτοια θέματα. Ήταν μικρός, σίγουρα θα αποκτούσε τις εμπειρίες του στα επόμενα χρόνια.

Το πήραμε απόφαση να ξεκινήσουμε. Έβγαλα τη μικρή φωτογραφική μηχανή και την κράτησα στη δεξιά μου χούφτα. Μπαίναμε στο δάσος και ήθελα να 'μαι έτοιμος ανά πάσα στιγμή. Το μονοπάτι πλήρες χιονιού έμοιαζε δύσβατο. Άγγιζα τα ροζιασμένα κλαδιά και απωθούσα τις πυκνές συστάδες των θάμνων. Με αργό βηματισμό και μικρούς διασκελισμούς, αρχίσαμε την πορεία μέσα σε αυτό.

Τα σκυλιά είχαν περάσει μπροστά και οδηγούσαν την ομάδα. Τίποτα δεν υπέπεσε στην αντίληψή μας. Το δάσος έμοιαζε τόσο ήσυχο σα να είχε πέσει και αυτό σε χειμέρια νάρκη. Βαδίζαμε μέσα στην κατανυκτική ατμόσφαιρά του και το μόνο που ακουγόταν ήταν ο αέρας που δημιουργούσε ένα χαμηλό μονότονο βουητό, σαν κάποιος να φυσούσε στο στόμιο ενός μπουκαλιού. Τα μόνα πλάσματα που κυκλοφορούσαν ήμαστον εμείς, τουλάχιστον έτσι φαινόταν. Ούτε πουλιά, ούτε τίποτα άλλο. Μόνο ο θόρυβος των αρβυλών μας πάνω στο παγωμένο χιόνι συνοδεία με τις βαριές μας ανάσες.

Προχωρήσαμε πιο βαθιά, φτάνοντας στην καρδιά αυτού του κομματιού που ερευνούσαμε. Έπρεπε να πά-

ρουμε μια απόφαση: θα κατευθυνόμασταν προς τις πυρα-
μίδες πέντε και έξι ή θα εισχωρούσαμε σε ένα τραχύ και
δύσκολο μονοπάτι στα αριστερά μας που έμοιαζε πάντως
απροσπέλαστο. Κάναμε μια μικρή σύσκεψη και αποφασί-
σαμε το δεύτερο.

Η περιπλάνηση λοιπόν συνεχιζόταν προς νότια κα-
τεύθυνση πλέον. Αυτό το μονοπάτι δεν το είχα διαβεί
ποτέ. Το είχα ανακαλύψει καιρό πριν, αλλά μου φαινόταν
δύσκολο και ποτέ δεν μπήκα στον κόπο να το περπατήσω.
Όταν εξορμούσα στο δάσος, διάλεγα μονοπάτια που ήταν
εμφανή και περπατημένα. Σπάνιες ήταν οι φορές που επέ-
λεγα να περιπλανηθώ σε πυκνά κομμάτια, διότι απλώς
δεν είχα τη δυνατότητα να περάσω από τα απροσπέλαστα
τείχη που δημιουργούσαν τα κλαδιά, οι χοντροί κορμοί
των δέντρων και τα θαμνάκια.

Περνούσαμε λοιπόν ανάμεσα από τα πυκνά γέρικα
δέντρα που τα κλαδιά τους μπλέκονταν και οι ροζια-
σμένες ρίζες τους περιελίσσονταν κάτω από τα πόδια μας.
Αφού απελευθερωθήκαμε μετά κόπων και βασάνων από
το αγκάλιασμα της βλάστησης, η διαδρομή έγινε κάπως
πιο υποφερτή. Όχι ότι ήταν άνετη και εύκολη, αλλά του-
λάχιστο μπορούσαμε να προχωρούμε δίχως να σκύβουμε
και να σερνόμαστε.

Διασχίσαμε περίπου τριακόσια μέτρα νοτιοδυτικά
και βρεθήκαμε σε ένα μικρό και συμπαθητικό ξέφωτο,
σαν κάποια δύναμη να είχε ξεριζώσει και εξαφανίσει, με
μαγικό τρόπο, τα δέντρα. Δεν ήταν πάνω από πενήντα με
εξήντα τετραγωνικά. Στη νότια άκρη του παρατήρησα πως
υπήρχαν μεγάλες πέτρες διάσπαρτες, σωστές κοτρώνες,
ριζωμένες δεξιά και αριστερά από το μικρό πουρνάρι που

άντεχε στο ξέφωτο μοναχό του. Προφανώς όλες αυτές οι πέτρες ή πιο σωστά οι μικροί βράχοι να προήλθαν από τη διάσπαση κάποιου μεγαλύτερου βράχου, γιατί δεξιά από το ξέφωτο, πάνω σε ένα μικρό δασωμένο ύψωμα, διακρίνονταν οι πετρώδεις πτυχώσεις από τις οποίες θα είχε ξεκολλήσει κάποτε ένα μεγάλο κομμάτι και θα είχε θρυμματιστεί σε μικρότερα, μάλλον από κάποια δυνατή νεροποντή. Εκεί πάνω πεισματικά οι πλεγμένες ρίζες κάποιων άφυλλων μικρών δέντρων γραπώνονταν με πείσμα από το βραχώδες έδαφος, σα να αιωρούνταν. Είχα την εντύπωση όμως, ότι για κάποιον ανεξήγητο λόγο, το σημείο που βρισκόμασταν μου φαινόταν οικείο.

Προχωρήσαμε τελικά μέσα στο ξέφωτο, αλλά σε κάποια στιγμή γύρισε ελαφρώς ο αστράγαλός μου πατώντας σε μια κρυμμένη πέτρα κάτω από το χιόνι. Πόνεσα μα δεν ήταν πόνος οξύς. Μπορούσα να τον αντέξω. Έβγαλα την αρβύλα του δεξιού μου ποδιού για να το εξετάσω και για να ξεμουδιάσει. Τίποτα άξιο λόγου. Ύστερα από ένα λεπτό ο πόνος είχε εξαφανιστεί. Δεν υπήρχε κανένα πρόβλημα. Έβαλα την παχιά χακί κάλτσα που είχα βγάλει και πήρα την αρβύλα στο χέρι μου, έτοιμος να τη φορέσω. Τότε ξαφνικά μου ήρθε ένα είδος επιφοίτησης. Ναι!

«Ο Αναστάσης» μονολόγησα.

«Πού;» ρώτησε ο Σούλιος συνοφρυωμένος.

«Όχι, όχι. Θυμήθηκα κάτι που μου είχε πει ο Αναστάσης για αυτό το μέρος που βρισκόμαστε» ξεφούρνισα αβίαστα, αλλά δαγκώθηκα.

«Τι ακριβώς σου είπε;»

«Ε, να... ερχόταν εδώ και έκοβε ξύλα, γιατί έχει καλά δέντρα εδώ» εξήγησα δήθεν αδιάφορος την ώρα που τοποθετούσα το πόδι μου στην αρβύλα.

«Είσαι σίγουρος; Μόνο αυτό;»

Ποτέ δεν ήμουν καλός στο να λέω ψέματα. Είμαι σίγουρος ότι πήρα εκείνο το ύφος που πάντα είχα, όταν προσπαθούσα να αποκρύψω την αλήθεια και από χιλιόμετρα μακριά με μυρίζονταν. Ποτέ δε θα μπορούσα να κάνω καριέρα ως ηθοποιός!

«Έχω την εντύπωση ότι κάτι μας κρύβεις!»

«Παιδιά δεν είναι κάτι, απλώς...» κόμπιασα.

«Απαιτώ να μας πεις!»

«Έχω δώσει τον λόγο μου στον Αναστάση, δεν μπορώ να πω τίποτα παραπάνω, να με συγχωρέσετε».

«Λάσκαρη δε θα σε συγχωρέσουμε, αν δε μας πεις. Μέχρι πριν από λίγο πίστευα ότι είμαστε φιλαράκια, αλλά φαίνεται να μη μας έχεις εμπιστοσύνη. Δεν κάνουν έτσι οι φίλοι. Πες μας τι συμβαίνει και δεν πρόκειται να αποκαλύψουμε το παραμικρό στον Αναστάση, έτσι Μπόλιο;» Αυτός ένευσε καταφατικά.

Ταλανιζόμουν από αντικρουόμενα συναισθήματα και τελικά, μετά τη γκάφα μου, τους διηγήθηκα, με όσες λεπτομέρειες θυμόμουν, τα πάντα. Τους εξήγησα πως εδώ βρήκε ο Αναστάσης τον διασκορπισμένο ανθρώπινο σκελετό. Ένιωθα άσχημα που τα αποκάλυπτα. Είχα δώσει τον λόγο μου, αλλά πλέον είχε πάει περίπατο. Από την άλλη, οι συνάδελφοι, που κάναμε παρέα κάθε μέρα και όλη την μέρα, είχαν δικαίωμα να γνωρίζουν την αλήθεια.

Ο Σούλιος καθισμένος πάνω σε έναν βράχο έστριβε ένα τσιγάρο. Ήταν σκεφτικός. Οι μύες του προσώπου του φαίνονταν να συσπώνται από νευρικότητα. Άναψε το τσιγάρο και εισέπνευσε βαθιά τον καπνό.

«Ώστε ο Αναστάσης μίλησε για λύκους!»

181

«Ήταν σίγουρος, δεν υπέθεσε».

«Εσύ τί πιστεύεις;»

«Δεν μπορώ να είμαι απόλυτος».

«Θα σου πω κάτι: ο Αναστάσης γνωρίζει τα πάντα για την περιοχή του. Για να ισχυρίζεται ότι συνέβη αυτό, πάει να πει πως είναι βέβαιος!» συμπέρανε ο Σούλιος.

«Τι να σου πω Σούλιο; Πιθανόν να είναι έτσι όπως τα λέει».

Αφού είχα αποκαλύψει το πρώτο περιστατικό, θεώρησα πως όφειλα να τους πω και για το δεύτερο. Η μισή αλήθεια μπορεί να αποδειχτεί πιο επικίνδυνη και από το ψέμα. «Ό,τι και να συνέβη, σύμφωνα πάντα με τον φίλο μας τον Αναστάση, δεν είναι το μόνο περιστατικό. Υπάρχει και άλλο!»

«Και άλλο;» ρώτησαν με έκπληξη οι δυο συνάδελφοι με ένα στόμα και μια φωνή.

Τους ενημέρωσα λοιπόν και για τη δεύτερη αποκάλυψη που μου είχε εκμυστηρευτεί ο Αναστάσης, για τους δυο Αλβανούς μετανάστες, τον πληγωμένο λύκο που σκότωσε και την ενέδρα που, κατά την πεποίθησή του, έστησε η αγέλη των λύκων, όπως και για τον θάνατο του τρίτου μετανάστη σε κάποιο νοσοκομείο της Αλβανίας.

Αφού για πολλοστή φορά τους παρακάλεσα να κρατήσουν το στόμα τους κλειστό και μου έδωσαν τον λόγο τους, αποφασίσαμε να συνεχίσουμε. Ολοκληρώσαμε κάποιους κύκλους και μετά από μια ώρα περίπου, επιστρέψαμε πάλι στο ξέφωτο με τα βράχια και έπειτα από λίγο βγήκαμε στο κεντρικό μονοπάτι. Οι καιρικές συνθήκες σε συνάρτηση με το ανώμαλο έδαφος μας είχαν εξαντλήσει. Ακόμη και τα σκυλιά άρχισαν να εμφανίζουν σημάδια κόπωσης. Οι γλώσσες τους προεξείχαν τόσο πολύ που σχεδόν άγγιζαν το χιόνι. Κατά διαστήματα, τα έβλεπα να γλείφουν το χιόνι για να ξεδιψάσουν.

Στη μέση της διαδρομής για την επιστροφή, εμφανίστηκαν ενδείξεις ανησυχίας στα σκυλιά. Ακινητοποιήθηκαν και οσφραίνονταν τον αέρα. Μείναμε ακίνητοι και προσπαθούσαμε να αφουγκραστούμε.

Απόλυτη ησυχία!

Το μόνο που ακούγαμε ήταν ο αέρας που φιλτραριζόταν μέσα από τα αειθαλή φύλλα, τα οποία αναδεύονταν νωχελικά δημιουργώντας μια ευχάριστη αίσθηση κυματισμού. Η απεραντοσύνη του δάσους έμοιαζε να εκρήγνυται πάνω από τα κεφάλια μας! Ακόμα και τις ανάσες μας είχαμε πνίξει. Μόνο το αεράκι ήταν το μοναδικό σημάδι της φύσης. Μας χάιδευε ελαφριά το πρόσωπο, αλλά ήταν ένα χάδι τραχύ και βάρβαρο.

Πέρασαν δευτερόλεπτα αγωνίας που επιτεινόταν από την επιφυλακτική και παθητική στάση των πιστών τετράποδων. Δεν κατάλαβα ποιο από τα σκυλιά κινήθηκε πρώτο. Ίσως ήταν η Κούλα, ίσως ο Έκτορας, δεν ήμουν σίγουρος. Πάντως, όπως και να 'χει, και τα τέσσερα πήδηξαν προς τα δεξιά και χάθηκαν μέσα στα πυκνά. Ούτε γάβγισαν, ούτε έβγαλαν άχνα. Απλώς, αντιλήφθηκαν κάτι και στη στιγμή εξαφανίστηκαν.

Τα δασιά χαμόδεντρα έκαναν τη βλάστηση οργιαστική. Στην αρχή ακούγαμε τον θόρυβο που έκαναν καθώς περνούσαν με ταχύτητα ανάμεσα από πυκνά κλαδιά και αειθαλείς θάμνους. Έπειτα από λίγη ώρα έπαυσε και αυτός. Αποσβολωμένοι από αυτή τη ξαφνική εξέλιξη, κρατήσαμε τις θέσεις μας μέσα στο μονοπάτι.

«Καμιά αλεπού θα είναι» έσπασε πρώτος τη σιωπή ο Σούλιος.

«Το πιθανότερο» συμφώνησα προσπαθώντας να κοιτάξω μέσα από το πυκνό τείχος των κλαδιών.

«Να μπούμε μέσα;» ρώτησε ο Μπόλιος.

«Τρελός είσαι; Δε βλέπεις ότι δεν υπάρχει πέρασμα; Θα βγάλουμε κανένα μάτι» τον επέπληξε ο Σούλιος.

«Το καλύτερο που έχουμε να κάνουμε, είναι να περιμένουμε εδώ. Τα σκυλιά θα εμφανιστούν σε λίγο» πρότεινα στους άλλους δυο και συμφώνησαν.

Το λιγοστό φως γλιστρούσε μέσα από τα φυλλώματα του θολού δάσους. Ήταν περισσότερο η βαριά ατμόσφαιρα του σκοτεινού λαβύρινθου παρά αυτή η ξαφνική τροπή των πραγμάτων, που μας είχε ανεβάσει σε αναμμένα κάρβουνα. Μας είχε συνεπάρει η απόκοσμη αύρα του δάσους! Επειδή δεν ακούγαμε τίποτα, αναλωνόμασταν σε προσπάθειες παρατηρήσεως της οποιασδήποτε ένδειξης που θα έπεφτε στην αντίληψή μας. Όμως, το οπτικό μας πεδίο ήταν τόσο περιορισμένο, που δε βλέπαμε παραπάνω από τρία μέτρα μπροστά μας. Όπου και να στρέφαμε το βλέμμα μας, η βλάστηση μας έκλεινε από παντού και μπροστά μας απλωνόταν πάλι ο αχανής δασότοπος.

Δεν προσδιόρισα τον χρόνο, αλλά υπολογίζω πως πέρασε ένα δεκάλεπτο μέσα σε αυτή την κατάσταση.

«Προτείνω...» ψέλλισα, αλλά δεν πρόλαβα να ολοκληρώσω τη φράση μου.

«Σσστ!» άκουσα τον Μπόλιο και τον είδα να έχει τον δείκτη της παλάμης του στα λεπτά του χείλη: «ακούστε» ψιθύρισε.

Τέντωσα τα αυτιά μου. Δεν έπιανα κανένα ήχο. Παρήλθαν λίγα δευτερόλεπτα και τότε σα ν' άκουσα κάποιο θόρυβο. Στην αρχή κάτι σειόταν ελαφρά στα πεσμένα κλαδιά των δέντρων. Σε λίγο άκουσα έναν ήχο ρυθμικό, σα να πατάει κάποιος πάνω σε κλαδιά σπασμένα. Ο ήχος ερχόταν περιοδικός και οξύς. Κοιτάξαμε ο ένας τον άλλο. Τραβηχτήκαμε στην απέναντι πλευρά του μονοπατιού, δηλαδή μετακινηθήκαμε δύο μέτρα πίσω, δεν υπήρχε άλλος διαθέσιμος χώρος. Πέσαμε κυριολεκτικά μέσα στους θάμνους. Ο ήχος έφτανε όλο και γρηγορότερα που φανέρωνε τη ταχύτητα του αντικειμένου. Έσφιξα τις γροθιές μου από την ένταση. Μέσα στη δεξιά χούφτα μου, έσφιγγα σα μέγγενη τη φωτογραφική. Με μια αστραπιαία κίνηση, ο Μπόλιος έβαλε το γεμιστήρα πάνω στο τουφέκι. Έσκυψε στα γόνατα, μέσα στο χιόνι, και σημάδεψε προς την κατεύθυνση που είχαν πάρει τα σκυλιά και απ' όπου προερχόταν ο ήχος που ακούγαμε. Αμέσως τον μιμήθηκε και ο Σούλιος.

«Λάσκαρη, ετοίμασε τη μηχανή σου» μουρμούρισε.

Ένα σφίξιμο, ένας κόμπος τάραξε το στομάχι μου! Σκιρτούσα από την ανατριχίλα, καθώς ένιωσα ένα παγωμένο ρίγος. Τα μηνίγγια μου σφυροκοπούσαν το κεφάλι και η καρδιά χτυπούσε ξέφρενα στο στήθος μου από την αγωνία. Κρατούσα τη μηχανή αμήχανα. Μια απλή πέτρα θα την είχα στην παλάμη με πιο ντελικάτο τρόπο! Παρόλα αυτά, την όπλισα και πήρα και εγώ θέση μάχης. Ο ήχος δυνάμωνε συνεχώς, φτάνοντας σε έναν παροξυσμό μανίας. Ύστερα όμως, εντελώς απροσδόκητα ο ήχος χάθηκε. Δεν ακουγόταν τίποτα. Παγερή ησυχία. Ένιωθα το αίμα μου να κυλά με δαιμονισμένους ρυθμούς μέσα στις φλέβες μου.

Χαλαρώσαμε και σηκωθήκαμε όρθιοι. Τίναξα το χιόνι

που είχε κολλήσει στην παραλλαγή μου. Το ίδιο έπραξαν και οι άλλοι δύο αλλά ξαφνικά...

Ένα ουρλιαχτό! Θα το χαρακτήριζα πόνου, που έσκισε την τρομαχτική γαλήνη του δάσους.

«Είναι κάποιο από τα σκυλιά μας!» αναφώνησα έντρομος.

Οι άλλοι δύο έφεραν ξανά τα τουφέκια σε θέση βολής. Είδα μάλιστα τον Σούλιο να οπλίζει και να έχει το χέρι στη σκανδάλη. Όπλισε και ο Μπόλιος. Τότε, παρατήρησα τη φωτογραφική μηχανή στο χέρι μου να πηγαίνει δεξιά και αριστερά.

«Μα τι διάολο!» Έτρεμα!

Έβαλα τη μηχανή στην τσέπη του μπουφάν μου και κατέβασα το τουφέκι από τον ώμο. Τοποθέτησα γρήγορα τον γεμιστήρα και όπλισα! Το τελευταίο που επιθυμούσα εκείνη τη στιγμή ήταν να φωτογραφήσω μια αρκούδα να έρχεται κατά πάνω μου!

Την επόμενη ακριβώς στιγμή, μια φιγούρα ξεπετάχτηκε μέσα από τους θάμνους και βρέθηκε στο μονοπάτι.

Ήταν ο Έκτορας!

Δεν μας έδωσε καμία σημασία. Συνέχισε να καλπάζει μέσα στο μονοπάτι, με κατεύθυνση προς το φυλάκιο.

«Μα πώς; Έκτορα...» άρχισα να ουρλιάζω, αλλά αυτός δεν αντέδρασε. Όλο και απομακρυνόταν!

Δεν το σκεφτήκαμε και πολύ. Τον πήραμε στο κατόπι! Τρέχαμε από πίσω του σαν δρομείς ταχύτητας με τα όπλα στα χέρια και τα πόδια στο κεφάλι! Ξαφνικά, αντιλήφθηκα ότι δίπλα μου έτρεχαν η Κούλα και η Ίρμα. Γύρισα το κεφάλι προς τα πίσω. Δεν έβλεπα πουθενά τον Μήτσο. Ούτε πίσω ούτε μπροστά. Συνεχίζαμε ακατάπαυστα να τρέχουμε παραπατώντας κάθε λίγα μέτρα μέσα στα χιόνια. Η παγωνιά διείσδυε από τα ρουθούνια μου, γλιστρούσε στο λαρύγγι μου και ταλαιπωρούσε τα πνευμόνια μου. Τα σκυλιά μας είχαν προσπεράσει και είχαν χαθεί από τα μάτια μας.

Με τα πολλά, είδαμε τη παλιά κυκλική στάνη. Απέναντι στον λόφο διακρινόταν το φυλάκιό μας. Τα σκυλιά είχαν σταματήσει εκεί και μας περίμεναν. Φτάσαμε εξουθενωμένοι. Ήμασταν τόσο λαχανιασμένοι που δεν μπορούσαμε να σταυρώσουμε λέξη. Ακόμα άκουγα τους παλμούς μου να χτυπούν. Κάτι πήγε να πει ο Σούλιος, αλλά του βγήκε ένα μουγκρητό, κάτι εντελώς ακατανόητο. Του έκανα νόημα με το χέρι να ηρεμήσει, να συνέλθουμε λιγάκι, προτού αρθρώσουμε κουβέντα.

Ο Μπόλιος πέταξε το όπλο, έβγαλε τα γάντια και κροτάλισε τις αρθρώσεις των δαχτύλων του. Τον μιμήθηκα. Οι δικές μου αρθρώσεις ήταν μελανιασμένες και διάστικτες από το τσουχτερό κρύο. Ο Σούλιος κάθισε στις φτέρνες του και έχωσε το μουσκεμένο του πρόσωπο στα γόνατα. Άρχισε να βήχει και ένας απαίσιος ήχος, σαν ρόγχος, βγήκε από τον λαιμό του. Δύο λεπτά αργότερα, οι αναπνοές μας άρχισαν να επανέρχονται σε φυσιολογικά επίπεδα.

«Ο Μήτσος εξαφανίστηκε!» είπα με στεναχώρια.

«Λέτε αυτός να ούρλιαξε εκεί πέρα;» ρώτησε ο Σούλιος δείχνοντας προς το δάσος.

«Το ουρλιαχτό εκείνο ήταν πόνου!» εκτίμησε ο Μπόλιος.

«Καημένε Μήτσο...ελπίζω να είναι καλά!» προσπάθησα να δώσω μια ελπίδα στον εαυτό μου.

«Εγώ πάντως δεν κατάλαβα τι έγινε εκεί. Πρώτη φορά είδα τον Έκτορα να το βάζει στα πόδια τόσο φοβισμένος!» επεσήμανε ο Σούλιος.

«Έχεις δίκιο. Ουσιαστικά, αυτό μας φόβισε περισσότερο: ο φόβος του Έκτορα!» συμπέρανα προσπαθώντας να ανασάνω, γιατί δεν ήθελα να αποτολμήσω μεγαλόφωνα άλλες υποθέσεις που με ταλάνιζαν.

«Αν δεν έφευγε μ' αυτόν τον τρόπο, ούτε εμείς πιστεύω θα τον ακολουθούσαμε έτσι άδοξα!» συμπλήρωσε ο Μπόλιος.

«Παιδιά, ξέρετε τι είμαστε; Χέστες!» ξεφώνησα γεμάτος νεύρα.

«Όχι, όχι, δεν το δέχομαι. Εμείς τουλάχιστο ήρθαμε εδώ. Χέστες είναι αυτοί που κλειδαμπαρώθηκαν στο φυλάκιο» διαμαρτυρήθηκε ο Σούλιος.

Ίσως. Αυτή η άποψή του μάλλον με βόλευε. Μέσα στο κρύο, μέσα στα χιόνια, σε ένα δάσος που ξέραμε πως ήταν γεμάτο με αρκούδες και λύκους, ήμασταν και εμείς οι τρεις! Μάλλον το έθεσε σωστά ο Σούλιος, αλλά και πάλι δεν μπορούσα να χρυσώσω το χάπι! Ένιωθα απογοήτευση για την αντίδρασή μας στον υποτιθέμενο κίνδυνο.

Μα να είμαστε τελικά τόσο δειλοί;

Τα έβαλα με τον εαυτό μου, αλλά και πάλι αναλογιζόμουν τα λόγια του συναδέλφου. Πάλευαν τα αντικρουόμενα συναισθήματα μέσα μου. Αυτή η αμφισημία κατασπάραζε τα σωθικά μου! Κατέληξα στο απλό συμπέρασμα: είμαστε άνθρωποι! Με τα θετικά μας και τα αρνητικά μας. Πότε γενναίοι, πότε δειλοί και άνανδροι, όπως και τώρα στην περίπτωσή μας. Άρχισα να νιώθω μια σύγχυση μέσα μου, ώσπου κουράστηκα από τις διφορούμενες σκέψεις μου. Έπαψα να αναμοχλεύω το μυαλό μου και αγκάλιασα την Κούλα που μου έγλειψε το πρόσωπο. Ξεκινήσαμε αμίλητοι για το φυλάκιο. Σε δέκα λεπτά φτάναμε ακριβώς έξω από την είσοδο του κτηρίου.

Διηγήθηκα σε όλους τα γεγονότα της εξόρμησής μας και για τα πενιχρά αποτελέσματα που απέφερε. Ο Λυτράκος είχε ξαναβρεί το χρώμα του και έκανε τον σταυρό του από ανακούφιση, επειδή η αρκούδα δεν τριγυρνούσε έξω από το φυλάκιο. Οι περισσότεροι έκαναν υποθέσεις για το περίεργο περιστατικό και την εξαφάνιση του Μήτσου. Ακούστηκαν διάφορα λογικά και παράλογα.

«Εγώ πιστεύω ότι ο Μήτσος έφαγε μια καλή δαγκωματιά από τον Έκτορα και από την τρομάρα του εξαφανίστηκε. Δε θα αργήσει να φανεί στο φυλάκιο» ο Σανιδάς έδωσε την πιο λογική εξήγηση.

«Ναι, αλλά ο Έκτορας γιατί έφυγε με αυτό τον τρόπο;» ρώτησε ο δόκιμος.

«Νομίζω πως απλώς βαρέθηκε και γύρισε στο φυλάκιο».

«Το έχει ξανακάνει;» ρώτησα.

«Ασφαλώς. Ο Εκτορας είναι ανεξάρτητος. Όταν βαρεθεί, εξαφανίζεται και επιστρέφει για μια ξάπλα δίπλα στη σκοπιά. Σίγουρα αυτό είναι. Παρέσυρε και τις δίδυμες μαζί του, αν και αυτές βέβαια τρελαίνονται για βόλτα και κυνήγι».

Ο Σανιδάς μιλούσε με σιγουριά. Μακάρι να είχε δίκιο. Θα αναμέναμε, λοιπόν, την επιστροφή του Μήτσου, της μασκότ του φυλακίου! Όσο για τον δόκιμο, αυτός απεφάνθη ότι ορθά πράξαμε και εξαφανιστήκαμε από εκείνο το μέρος και πως δεν ήταν καθόλου δειλή η στάση μας.

«Γεια σου, Λάσκαρη, κομάντο!» μου πέταξε ειρωνικά ο Καζώνης και ένα χαμόγελο ανασήκωσε τις άκρες του στόματός του, ενώ συνέπραττε μαζί του και ο Γαρούφαλος, πάντα με αυτό το απαίσιο ύπουλο και παρασκηνιακό του ύφος.

Αυτοί οι δύο μου την έδιναν στα νεύρα! Τους κοίταξα συνοφρυωμένος, αλλά δεν είπα το παραμικρό.

«Άντε Καζώνη, πάρε το τσιράκι σου και πηγαίνετε να δείτε καμιά γκόμενα στην τηλεόραση» ανέλαβε την υπεράσπισή μου ο Σούλιος. «Ναι, ασφαλώς, αυτό ακριβώς θα κάνουμε. Είναι πιο διασκεδαστικό από το να χέζομαι μπροστά σε αόρατες αρκούδες!» συνέχισε να προκαλεί ο Καζώνης και κατευθύνθηκε προς το σαλόνι.

Ο Σούλιος ήταν γεμάτος μπαρούτι μέσα του, έτοιμο να εκραγεί. Είχε κοκκινίσει τόσο που για μια στιγμή πραγματικά σκέφτηκα πως δε γλίτωνε το εγκεφαλικό!

«Άφησέ τον, Σούλιο. Δε βλέπεις πως ο άνθρωπος είναι ανόητος;» προσπάθησα να τον καλμάρω, αφού το πρόσωπό του μετατράπηκε ξαφνικά σε μια παγωμένη μάσκα και ένας μυς πετάριζε στο σαγόνι του.

Πήγαμε στην κουζίνα για το μεσημεριανό μας. Όταν τελειώσαμε, πέσαμε ξεροί στα κρεβάτια μας και σε λίγα λεπτά αποκοιμηθήκαμε.

Ξυπνήσαμε το απόγευμα και ήδη νύχτωνε, καθώς η αντηλιά του ηλιοβασιλέματος έπεφτε πάνω μας, φιλτραρισμένη μέσα από το τζάμι του παραθύρου. Πήγαμε στην κουζίνα για να φτιάξουμε καφέδες. Ο Λυτράκος που πίστευε, κατά ένα περίεργο λόγο, πως είχαμε διώξει την αρκούδα, προσφέρθηκε να μας φτιάξει τους καφέδες για να μας ευχαριστήσει. Ήμασταν όλοι εκεί με εξαίρεση βέβαια τη γνωστή τριάδα, τους λάτρεις της τηλεοράσεως.

Ρώτησα, στον αέρα, αν εμφανίστηκε ο Μήτσος. Δεν έλαβα καμία θετική απάντηση. Μέχρι να ετοιμαστεί ο καφές μου, βγήκα έξω από το κτίριο. Τα τρία σκυλιά ήταν ξαπλωμένα στη βεράντα για να προστατεύονται από το κρύο. Είχαν απλωθεί πάνω σε δυο μικρά χαλάκια για να ζεσταίνονται, αν και δε γνώριζα ποιος τα έστρωσε. Ίσως ο Σανιδάς. Αυτός ήταν ο επόμενος, μετά από εμένα, που πρόσεχε τους τετράποδους φίλους μας. Οι δίδυμες σύρθηκαν στα πόδια μου και ανταμείφθηκαν από την πλευρά μου με ένα ζεστό χάδι. Ο Εκτορας που χουζούρευε, άνοιξε νωχελικά τα μάτια του και με κοίταξε. Δεν είχε και ιδιαίτερη διάθεση. Τα έκλεισε ήρεμα πάλι και αφέθηκε στο χουζούρι του. Εξαιτίας όμως του ψύχους μπήκα γρήγορα μέσα.

Ήμουν ανήσυχος και προσπαθούσα να καταλήξω σε μια θεωρία για την εξαφάνιση του Μήτσου. Ίσως και να περιφερόμουν μάταια σε αυτή την αέναη δίνη των πιθανών περιπτώσεων! Άραγε πού να βρισκόταν; Δεν κάναμε καλά που εξαφανιστήκαμε. Το σωστό θα ήταν να τον ψάξουμε. Αν δεν επέστρεφε ως το πρωί, θα πήγαινα να τον αναζητήσω. Δε μου έκανε καρδιά να τον αφήσω έτσι στα αζήτητα. Τον αγαπούσα και ας ήταν αδέξιος και τελείως ατσούμπαλος! Ήταν, όμως, αξιολάτρευτος και πολύ παιχνιδιάρης.

Πήγα να απολαύσω το καφεδάκι μου, το οποίο ήταν έτοιμο και με περίμενε. Όση ώρα έπινα το ρόφημά μου ήμουν αμίλητος. Από τη μια έφερνα στο μυαλό μου τον Μήτσο, από την άλλη ερχόταν η Αριάδνη. Προτεραιότητα αυτή τη στιγμή είχε ο σκύλος. Για τη γυναίκα, που έμοιαζε με αρχαία θεά, είχα μέρες ακόμα να φιλοσοφήσω το θέμα.

Και αν ο Μήτσος δε ζούσε; Αν ήταν βαριά τραυματισμένος; Η άγνοια με άγχωνε περισσότερο και με κατέτρεχε ένας μύχιος φόβος. Πόσο πραγματικά ήθελα να αποβάλω όλη αυτή την πίεση που ένιωθα. Άφησα απότομα την κούπα του καφέ πάνω στο τραπέζι και πετάχτηκα σαν ελατήριο.

«Τι έπαθες έτσι ξαφνικά;» ρώτησε ο Σανιδάς με τα γαλάζια μάτια του διεσταλμένα.

«Θα πάω μια βόλτα ως του Αναστάση. Ίσως μου ξεδιαλύνει κάποιες απορίες για τα σημερινά γεγονότα».

«Θα έρθω και εγώ» προσφέρθηκε.

«Εσείς Σούλιο, Μπόλιο;»

«Φίλε, νιώθω πως ανεβάζω πυρετό και είμαι πολύ κομ-μένος. Λέω να ξαπλώσω» απάντησε ο Σούλιος, περίεργο, γιατί δεν έχανε επίσκεψη στο σπίτι του Αναστάση.

«Εμένα πονάνε αφόρητα τα πόδια μου. Θα την πέσω και εγώ» απάντησε με τη σειρά του ο Μπόλιος.

«Εντάξει Διονύση, θα πάμε οι δύο μας. Ετοιμάσου».

Ντυθήκαμε ζεστά, μια που το κρύο ήταν αφόρητο. Το θερμόμετρο υδραργύρου στη βεράντα έδειχνε -17°C! Η νύχτα όμως ήταν εντυπωσιακή και μου φανέρωνε μια απρόσκοπτη θέα. Είχε ξαστεριά με τον ουρανό να είναι πεντακάθαρος. Διακρίνονταν άστρα με έντονο φωτισμό, σα να έχουν ανάψει χιλιάδες λαμπτήρες. Το τοπίο είχε μια υπέρμετρη πλησμονή τελειότητας! Η σελήνη κατά τα τρία τέταρτα έλαμπε, όπου πάνω της φαίνονταν ξεκάθαρα τα φαράγγια και οι κρατήρες της και έκανε τη φεγγαρό-λουστη πλαγιά μαγευτική! Δεν μπόρεσα να συγκρατήσω ένα επιφώνημα θαυμασμού μπροστά στην εκτυφλωτική ομορφιά του τοπίου!

Με αργό ρυθμό και με συνοδεία των τριών σκυλιών, δυστυχώς, πορευόμασταν πάνω στο χιόνι, το οποίο ήταν πατικωμένο και γλιστερό, προς το σπίτι του φίλου μας. Ένα τέταρτο της ώρας αργότερα, φτάσαμε έξω από το γραφικό σπιτάκι. Ως συνήθως, τα σκυλιά έμειναν έξω από την αυλό-πορτα. Κάποια σκυλιά του χωριού, ξεσήκωσαν τον κόσμο με τα ουρλιαχτά και τα γαβγίσματά τους, όταν πήραν εί-δηση τα δικά μας. Αυτά, με επιδεικτικό τρόπο, αγνόησαν τους αντιπάλους τους και τα είδα να ξαπλώνουν, ακριβώς πίσω από την πόρτα της αυλής, στον δρόμο. Θα περίμεναν εκεί ώσπου να βγούμε, πιστά και ακλόνητα!

Χτυπήσαμε διακριτικά την πόρτα. Ο Αναστάσης άνοιξε

και μας υποδέχτηκε με ένα μεγάλο χαμόγελο. Εισβάλαμε κυριολεκτικά μέσα και... τι ανακούφιση! Πόσο όμορφα και τρυφερά μας αγκάλιασε και μας χάιδεψε η ζεστασιά από το τζάκι! Σταθήκαμε μπροστά του, τοποθετώντας τα δάχτυλά μας κοντά στη φωτιά. Τι αγαλλίαση! Ο οικοδεσπότης μας έφερε από ένα ποτηράκι τσίπουρο για να ζεστάνουμε τα σωθικά μας. Ήταν ό,τι έπρεπε. Το κατεβάσαμε με τη μία και ήρθαμε στα καλά μας. Πλέον ένιωθα φυσιολογικά αποπέμποντας όλη εκείνη την κρυάδα που μαστίγωνε το κορμί μου.

Αφού αποθέσαμε τα πανωφόρια μας και τα σκουφιά μας πάνω σε μια καρέκλα, καθίσαμε κοντά στο τζάκι, όπου η φωτιά τριζοκοπούσε χαρούμενα και δε θέλαμε να απομακρυνθούμε από αυτήν. Όση ώρα προσπαθούσαμε να γεμίσουμε κάθε πόρο του δέρματός μας με θερμότητα, ο Αναστάσης έστρωνε τραπέζι με ωραία μεζεδάκια. Δεν έχανε ευκαιρία κάθε φορά που είχε παρέα. Όπως έλεγε, δεν έχει γούστο να πίνεις και να τρως, ακόμα και τα πιο νόστιμα φαγητά του κόσμου, μόνος σου. Προτιμούσε να τρώει ψωμί, τυρί και να πίνει νερό, με δυο φίλους για παρέα. Η παρέα νοστιμίζει το ποτό και το φαγητό! Συμφωνώ! Ήταν ένα είδος ιεροτελεστίας γι' αυτόν και της προσέδιδε την απαιτούμενη μεγαλοπρέπεια! Και εμείς βέβαια άλλο που δε θέλαμε! Δε μας κακόπεφτε καθόλου!

Λίγα λεπτά αργότερα, καθίσαμε στο τραπέζι. Γέμισε με ευλάβεια πάλι τα ποτήρια.

«Λοιπόν νεαροί, τι νέα;»

Ξαφνικά ένιωσα ένα σφίξιμο μέσα μου. Ένα μείγμα ντροπής και φόβου. Δεν είχα κρατήσει τον λόγο μου και αισθανόμουν απαίσια που είχα προδώσει την εμπιστοσύνη που μου έδειξε.

«Να πάρει! Τι ήθελα και μίλησα; Πρέπει να το απο-βάλλω από το μυαλό μου και να φερθώ φυσιολογικά» σκέφτηκα. Ήπια λίγο και έβγαλα έναν αναστεναγμό. «Χά-σαμε τον Μήτσο».

«Γι' αυτό έχεις αυτά τα χάλια! Θα γυρίσει, μη στενα-χωριέσαι» με καθησύχασε με πατρικό ύφος χαμογελαστά. Όμως, τα χάλια μου τα είχα για άλλον λόγο, αλλά με βό-λευε και αυτό. Ο Σανιδάς δε γνώριζε τίποτα, έλπιζα να μη του μίλησαν οι άλλοι.

Άρχισα να εξιστορώ τα πάντα με λεπτομέρειες, από την έξοδό μας στον Άγιο Γερμανό ως τη στιγμή αυτή.

«Εσύ τι λες; Να μη γνώριζα την επίσκεψη της Αν-θούλας;» καυχήθηκε αυτή τη φορά με ένα σαρδόνιο χαμό-γελο να έχει ζωγραφιστεί στα ξερά του χείλη.

«Η Ανθούλα; Ποια είναι αυτή;»

«Χμ, βλέπω πως δεν είσαστε ενημερωμένοι. Είναι η αρκούδα της περιοχής. Μια νεαρή θηλυκή. Είναι ακίνδυνη, τηρουμένων των αναλογιών βέβαια».

«Τηρουμένων των αναλογιών;»

«Ναι, Λουκά μου. Εάν θέλεις να τα βάλεις μαζί της, τότε, θα αντιδράσει και αυτή. Πάντως δεν υπάρχει λόγος να ανη-συχείτε. Είναι ένα διακριτικό και ευχάριστο πλάσμα».

«Απλώς, αρκετοί στο φυλάκιο αναστατώθηκαν. Το βρίσκω λογικό, αλλά συμφωνώ μαζί σου Αναστάση».

«Δηλαδή λες να μην ανησυχούμε;» ρώτησε ο Σα-νιδάς.

«Αχ, Διονύση! Αφού στο λέω εγώ ή μήπως νομίζεις πως θέλω το κακό σας;»

«Όχι, προς θεού! Δεν είπα κάτι τέτοιο».

«Είδες την αρκούδα;»

«Όχι Λουκά. Πρώτον, την αντιλήφθηκα από τα αδιά-κοπα και ιδιόρρυθμα γαβγίσματα των σκυλιών του χω-ριού. Ξεφωνίζουν με έναν ιδιαίτερο τρόπο, όταν πρόκειται για αρκούδα. Δεύτερον, από τα σημάδια που άφησε στους κορμούς, εκεί στις παρυφές του δάσους δίπλα από το χω-ράφι μου. Αφού μου είπες και για τα ίχνη που ανακαλύ-ψατε στο φυλάκιο, έχω επιβεβαιωθεί».

«Ήταν απερισκεψία η σημερινή εξόρμηση στο δάσος; Τι πιστεύεις;»

«Ξέρω ότι θα αντιμετώπιζες σωστά την όποια κατά-σταση θα δημιουργούταν. Αφού έκρινες πως έπρεπε να φύγετε άρον – άρον, μάλλον σωστά έπραξες. Δε θεωρώ ότι έπραξες αλόγιστα, ούτε πηγαίνοντας στο δάσος, ούτε αποχωρώντας με αυτόν τον τρόπο. Σου έχω εμπιστοσύνη σε τέτοια ζητήματα».

«Εγώ πάλι, γιατί νιώθω ότι αντέδρασα με δειλία;»

«Ας το αναλύσουμε λοιπόν το ζήτημα. Αν είχες στο οπτικό σου πεδίο μια αρκούδα τι θα έπραττες;»

«Θα έστεκα ακίνητος, ώσπου να απομακρυνθεί».

«Πολύ σωστά! Είχες στο οπτικό σου πεδίο την αρ-κούδα;»

«Όχι και δεν ξέρω αν τελικά είχα να κάνω με αρκούδα. Ίσως ήταν καμιά αλεπού, ίσως κάποιο από τα σκυλιά».

«Πολύ καλά. Άρα φύγατε ακολουθώντας τον Έκτορα, που έδειξε μια ανεξήγητη και δειλή συμπεριφορά».

«Ναι έτσι ακριβώς. Μας πανικόβαλε!»

«Επομένως, συμπεραίνω ότι αντέδρασε το ένστικτο της επιβίωσης! Αυτό το ένστικτο σε οδήγησε σε αυτόν τον τρόπο αντίδρασης. Άρα ξαναλέω, πως έπραξες συνετά.

Μπροστά στο άγνωστο ωθήθηκες από μια εσωτερική δύναμη που σου υπέδειξε να απομακρυνθείς από εκείνο το σημείο για να σιγουρέψεις τη ζωή σου. Επανέρχομαι στον αρχικό συλλογισμό μου πάλι και θεωρώ ότι θα αντιδρούσες σωστά βλέποντας το όποιο πλάσμα εμφανιζόταν μπροστά σου και αυτό που δε θα εμφανιζόταν. Ζύγισες την κατάσταση και κινήθηκες ανάλογα. Γι' αυτό, δεν είσαι καθόλου δειλός, ούτε εσύ, ούτε και οι άλλοι».

«Ευχαριστώ για την προσπάθεια τόνωσης του ηθικού μου, Αναστάση».

«Μπα δε κάνει τίποτα. Σου είπα αυτό που πιστεύω, το ηθικό σου δεν έχει ανάγκη από εξύψωση! Άντε, τρώτε και τίποτα, εγώ θα τα φάω όλα;»

Υιοθετήσαμε την παρότρυνσή του και αρχίσαμε να τσιμπάμε με πιο γρήγορους ρυθμούς. Προσπάθησα να αφεθώ στο ταξίδι των γεύσεων που τόσο ευλαβικά αγκάλιαζε τον ουρανίσκο και τον οισοφάγο μου. Και ο Σανιδάς έδειχνε να το απολαμβάνει έχοντας ένα ύφος που υποδήλωνε πληθώρα ευφορίας.

«Για την περίπτωση του Μήτσου, τι έχεις να πεις; Ο Διονύσης θεωρεί ότι θα εμφανιστεί κάποια στιγμή».

«Δυο υποθέσεις κάνω: η πρώτη είναι να μάλωσε με κάποιον από τους υπόλοιπους σκύλους και η δεύτερη να τον τρόμαξε κάτι άλλο, ίσως κάποιο ζώο ή κάποιος άνθρωπος, αν βρισκόταν εκεί» συμπέρανε, με το μέτωπό του να ζαρώνει σε σημείο να γίνουν τα μάτια του δυο μικρές σχισμές.

«Κάποιος άνθρωπος; Αυτή την περίπτωση δεν την είχα σκεφτεί. Ομολογώ πως είναι δελεαστική!»

Ο Αναστάσης με κοίταξε με νόημα. Μήπως κάποιος βοσκός; Αλλά με τέτοια κακοκαιρία ποιος θα έβγαζε το κοπάδι του; Ίσως πάλι κάποιος που περνούσε λαθραία τα σύνορα. Ναι, δε μου φαινόταν τελείως παράλογη αυτή η θεωρία. Τα σκυλιά τον μυρίστηκαν, έτρεξαν κατά εκεί και αυτός προφανώς τα τρόμαξε ή τα χτύπησε με κάποια μαγκούρα που πιθανό να είχε μαζί του. Πήρα αρκετές ελπίδες με αυτές τις σκέψεις και αναθάρρησα. Είχα την προσδοκία ότι δε θα αργούσε ο Μήτσος να επιστρέψει στο φυλάκιο!

«Αναστάση, μόνο αυτή η αρκούδα υπάρχει στην περιοχή;» τον ρώτησα δαγκώνοντας ταυτόχρονα και ένα κομμάτι τυρί.

«Ουσιαστικά, ναι. Βεβαίως, όλο και θα εμφανιστεί κανένα αρσενικό κατά την περίοδο της αναπαραγωγής. Βασικά όμως είναι η επικράτεια της Ανθούλας».

«Λες να βρει ταίρι φέτος;»

«Πιθανόν. Είναι πλέον σε κατάλληλη ηλικία. Αν είναι τυχερή».

«Τυχερή;»

«Τη μάνα της τη σκότωσαν λαθροκυνηγοί. Την είχαν βρει κάποιοι χωριανοί κοντά στη κορυφή Τσουτσούλι. Γνωρίζαμε ότι κυκλοφορούσε μαζί με δυο μικρά. Το ένα δε βρέθηκε ποτέ. Ίσως να αιχμαλωτίστηκε. Το δεύτερο μικρό, η Ανθούλα, γλίτωσε και κατάφερε με κάποιο τρόπο να επιβιώσει. Η μάνα της μάλλον είχε προλάβει να της διδάξει μερικά μυστικά επιβίωσης, διαφορετικά δεν είχε καμιά ελπίδα. Έτσι τώρα, την έχουμε να μας επισκέπτεται κάπου – κάπου. Είναι εξοικειωμένη με τους ανθρώπους, δηλαδή, εννοώ πως γνωρίζει καλά τι είναι οι άνθρωποι, για να μπορεί να φυλά τα νώτα της. Είναι έξυπνη η άτιμη!» κραύγασε με ενθουσιασμό.

«Και φαντάζομαι όχι επικίνδυνη!» πετάχτηκε ο Σανιδάς.

«Επικίνδυνη; Όχι, όχι δεν είναι επικίνδυνη, όπως το εννοείς. Όμως, όπως και να το κάνουμε, άγριο πλάσμα είναι. Οφείλεις να σέβεσαι αυτά τα πλάσματα».

Τα ποτήρια μας άδειαζαν γρήγορα και ξαναγέμιζαν ακόμα γρηγορότερα! Ο Αναστάσης αφηγούταν ιστορίες από τα χρόνια της νεότητάς του. Μας είπε για τα ζώα που είχε κάποτε, για τη μακαρίτισσα τη γυναίκα του και για τους δυο του γιούς. Εκθείασε τα λαχανικά του και μας εξήγησε για την καλλιέργειά τους, τη φροντίδα τους και πώς μπορεί κάποιος να βγάλει μεγάλη και ποιοτική παραγωγή, γενικά πράγματα που δεν τα καλοκαταλαβαίναμε, αλλά απολαμβάναμε το επιστημονικό του ύφος. Ήταν απολαυστικός!

«Ώστε εσύ νεαρέ είπες ότι γνώρισες μια κοπέλα» άλλαξε το θέμα της συζήτησης.

«Ναι, αλήθεια είναι».

«Και πώς βλέπεις τα πράγματα;»

«Απλώς, θα πάμε για φαγητό, είπαμε για Ψαράδες και... τι να πω; Δεν ξέρω πού θα βγει. Βλέποντας και κάνοντας!»

«Είναι όμορφη;»

«Κουκλάρα!» πετάχτηκε κάπως άκομψα ο Σανιδάς. Τον κοίταξα ενοχλημένος και στράφηκε προς τους μεζέδες ζαρωμένος.

«Αυθόρμητα την αποκάλεσα νεράιδα! Είναι πράγματι εξωτικό πλάσμα!»

«Μπράβο νεαρέ. Χαίρομαι για σένα».

«Να ’σαι καλά Αναστάση. Ωστόσο έχουμε χρόνο για το ραντεβού μας. Προτιμώ να επικεντρωθώ σε άλλα ζητήματα, για παράδειγμα στην ανεύρεση του Μήτσου».

«Τα είπαμε αυτά παιδί μου. Θα γυρίσει σύντομα ο Μήτσος σου, εκτός αν...»

«Εκτός αν;» ρώτησε αιφνιδιασμένος ο Σανιδάς.

«Εκτός αν έπεσε στα δόντια των λύκων».

«Μα τι λες τώρα;» αντέδρασα. «Είπαμε πως η αγέλη των λύκων έχει χρόνια να χτυπήσει στην περιοχή».

«Μα ποιοι λύκοι, ποια αγέλη; Τι είναι αυτά που λέτε;» ο Σανιδάς είχε μείνει εμβρόντητος!

Έμεινα ασάλευτος για λίγο με το κενό μου βλέμμα προς το ποτήρι μου. Έστρεψα τα μάτια μου προς τον Αναστάση. Τον έβλεπα μειλίχιο και με ένα μειδίαμα, παρόλο που το πρόσωπό του ήταν κατακόκκινο. Ο Σανιδάς κοίταζε μια εμένα μια τον Αναστάση και προσδοκούσε σε μια απάντηση.

«Τι είναι αυτοί οι λύκοι παιδιά; Είναι κανονικοί;» μου φάνηκε τόσο αστείος με τις ερωτήσεις του.

Ο Αναστάσης γέλασε και ξεκίνησε να του εξιστορεί για την περίφημη αγέλη. Ο Σανιδάς, με γουρλωμένα μάτια, ξεφυσούσε και κατέβαζε το τσίπουρο σαν νερό. Ήμουν σίγουρος ότι μια μέγγενη φόβου τον συνέθλιβε. Πάντως, ένιωθα ξαλαφρωμένος που ο Αναστάσης διηγούταν με λεπτομέρειες και παραστατικότητα τα των λύκων. Είπε τα πάντα και με έβγαλε από τη δυσχερή θέση να τα αποκαλύψω εγώ. Φυσικά ο καημένος ο Σανιδάς είχε αναστατωθεί. Είχε που είχε το άγχος του με την αρκούδα, ήλθε και έδεσε το γλυκό! Αγκομαχούσε και συνεχώς αναστέναζε.

Ο Αναστάσης προσπαθούσε να τον ηρεμήσει γεμίζοντας ανά τακτά διαστήματα το ποτήρι του, που το περιεχόμενό του το κατάπινε ασυναίσθητα. Τα βλέφαρά του βάρυναν με μια μπλαβιασμένη απόχρωση και τα ροζέ πλέον μάτια του φανέρωναν την εξασθένισή του. Αφού ρώτησε καμιά δεκαριά φορές για το αν αληθεύουν όλα αυτά για τους νεκρούς άνδρες, κάθε φορά που έπαιρνε την ίδια απάντηση, έπεφτε σε περισυλλογή.

«Άψογα! Τέλεια! Θαυμάσια!» φώναξε ο Σανιδάς,

καθώς κοίταζε αποσβολωμένος τη φωτιά που τρεμόπαιζε στο τζάκι. Σηκώθηκε, πήγε προς τα εκεί, άρπαξε ένα κούτσουρο και το πέταξε μέσα στη θράκα.

«Πότε απολυόμαστε Λουκά; Είναι η πρώτη φορά από τότε που ήρθα στο φυλάκιο, που θα 'θελα να βρίσκομαι στο χωριό μου στα Τρίκαλα!»

«Ηρέμησε Διονύση. Δε διατρέχουμε κανένα κίνδυνο. Αυτά είναι παλιές ιστορίες». Είχα την εντύπωση ότι δε με άκουσε καθόλου!

«Παλιές ιστορίες; Πριν τέσσερα χρόνια; Αν είναι δυνατόν! Είναι πρόσφατα Λουκά, πρόσφατα, καταλαβαίνεις;» έκρωξε αλαφιασμένος.

Τελικά, με άκουγε παρόλη την αναστάτωσή του. Περπατούσε πάνω κάτω μπροστά από το τζάκι, σκεφτικός με το δάχτυλο στο πηγούνι.

«Βεβαίως από την άλλη, πέρασαν τέσσερα χρόνια δίχως κανένα απρόοπτο» μονολόγησε.

Σταμάτησε κοιτάζοντας το πάτωμα. Σήκωσε απότομα το δεξί του χέρι και μας έδειξε το δάσος.

«Εντούτοις, όσο υπάρχουν αυτοί οι λύκοι, εγώ δεν αισθάνομαι και πολύ άνετα. Πείτε ό,τι θέλετε!» Κάθισε στην καρέκλα του και ρούφηξε όλο το περιεχόμενο του ποτηριού.

«Κυκλοφορούν άλλοι λύκοι στην περιοχή;» ρώτησα τον Αναστάση.

«Περιστασιακά. Η αγέλη όμως έχει εξαφανιστεί. Ίσως να εξολοθρεύτηκαν από βοσκούς ή κυνηγούς. Δεν έχω ακούσει πάντως για κάποιο περιστατικό».

«Επομένως, από ποιους διατρέχει κίνδυνο ο Μήτσος;»

«Σου είπα, εμφανίζονται και άλλοι λύκοι, δεν είναι κατ' ανάγκη η ίδια αγέλη. Υπάρχουν και λύκοι που δρουν εκτός αγελών, μοναχικοί περιπλανώμενοι».

«Αν είναι έτσι, δύσκολα να βάλει κάτω τον Μήτσο ένας και μόνο λύκος. Μπορεί να 'ναι χαζούλης, αλλά είναι μεγαλόσωμος και δυνατός».

«Ασφαλώς. Υποθέσεις κάνουμε Λουκά».

«Μάλιστα. Τώρα που το ξανασκέφτομαι, δεν είναι και τόσο τραγικά τα πράματα» πέταξε ο Σανιδάς που αφυπνίστηκε από τον λήθαργό του.

«Ναι, Διονύση μου! Έτσι σε θέλω. Εσύ είσαι παλικάρι! Έλα δώσε μου το ποτήρι σου» μίλησε γαλήνια ο Αναστάσης. Του το γέμισε με τσίπουρο. Ο αναψοκοκκινισμένος Σανιδάς το ήπιε με τη μια.

Είχε έρθει η ώρα να αναχωρήσουμε για το φυλάκιο. Αποχαιρετίσαμε τον ευγενικό οικοδεσπότη και ξεκινήσαμε για τη βάση μας. Όταν φτάσαμε, μαζί με τους τρεις σκύλους, είχα την ελπίδα πως θα έβλεπα τον Μήτσο να μας περιμένει. Τίποτα. Σε λίγα λεπτά βρισκόμουν ξαπλωμένος στο κρεβάτι μου. Όλοι κοιμούνταν.

Προσπάθησα να μη σκέφτομαι τίποτα. Έκλεισα τα μάτια μου και ηρέμησα. Το ποτό μου είχε φέρει μια ευχάριστη υπνηλία. Απολαυστική διαδικασία ο ύπνος! Ένιωθα τα βαριά μου βλέφαρα ασήκωτα. Η ζεστασιά από το σλίπινγκ μπαγκ με έσπρωχνε όλο και ταχύτερα στην αγκαλιά του Μορφέα. Για κακή μου τύχη, ο Σανιδάς από το διπλανό κρεβάτι είχε όρεξη για κουβέντα.

«Λάσκαρη κοιμάσαι; Ε, Λάσκαρη» ψιθύρισε.

«Πώς να κοιμηθώ Διονύση, αφού μου μιλάς;»

«Γνωρίζει κανένας άλλος για όλα αυτά που μας είπε ο Αναστάσης;»

«Μόνο ο Σούλιος με τον Μπόλιο. Σκέφτομαι να ενημερώσω και τον δόκιμο κάποια στιγμή. Κοιμήσου τώρα».

«Τα γνώριζες καιρό αυτά;»

«Μερικές μέρες. Οι άλλοι δυο τα πληροφορήθηκαν μόλις σήμερα το πρωί».

«Και δε μου είπες τίποτα;»

«Ο Αναστάσης με είχε παρακαλέσει να μην αποκαλύψω τίποτα. Δεν ήθελε να μας τρομάξει και πολύ καλά έπραξε. Την ίδια άποψη έχω και εγώ. Είναι και αυτή η μανία μου να κυκλοφορώ μέσα στα δάση! Να με προστατέψει ήθελε ο άνθρωπος».

«Γιατί τα είπε σε σένα;»

«Μη νομίζεις ότι μου έδωσε τις πληροφορίες αβίαστα και απλόχερα. Τον πίεσα αρκετά, διότι μου μασούσε πολλά, ώσπου αναγκάστηκε να μου μιλήσει ανοιχτά. Δεν πιστεύω πως με θεωρεί πιο σοβαρό και αξιόπιστο από εσένα»

«Όμως στους άλλους δυο το εκμυστηρεύτηκες!» φάνηκε θιγμένος.

«Σου είπα μην το παίρνεις προσωπικά και μην κάνεις σαν παιδάκι που δεν το παίζουν. Έκανα μια γκάφα σήμερα και αναγκάστηκα να τους τα πω».

«Τι γκάφα;»

«Το πρωί βρεθήκαμε εκεί που ανακάλυψε ο Αναστάσης τον σκελετό».

«Τι; Πήγες εκεί; Πώς ήταν;» ρώτησε τρομαγμένος.

«Τι πώς ήταν; Απλώς, δάσος».

«Ήταν τρομαχτικά;»

«Ένα μέρος όπως και τα άλλα μέρη του δάσους. Αν δε γνωρίζεις αυτή την ιστορία, δε σου κάνει καμιά εντύπωση. Εν πάση περιπτώσει, μόλις κατάλαβα πού είχαμε βρεθεί, τα έχασα κάπως και οι άλλοι κατάλαβαν ότι κάτι έτρεχε. Δε γινόταν να μη τους πω την αλήθεια».

«Αν αληθεύουν πάντως όλα αυτά...»

«Κατάλαβες τώρα, γιατί δεν ήθελε να μάθουμε αυτά

τα γεγονότα; Είναι προτιμότερο μερικές φορές να μη γνωρίζουμε τίποτα. Γιατί να μας φοβίζουν ιστοριούλες του παρελθόντος, αν ισχύουν βέβαια;»

«Λες να είναι παραμύθια όλα αυτά;»

«Είναι δεν είναι, δε συντρέχει λόγος ανησυχίας. Αλλά και πάλι τι λόγους είχε να μου πει ένα τέτοιο ψέμα; Ίσως λιγάκι να τα φούσκωσε, ε, τί να κάνουμε; Αναστάσης είναι αυτός! Άντε, ύπνο τώρα, θα τα πούμε το πρωί».

«Καλά, καληνύχτα». Έβγαλε έναν βαθύ αναστεναγμό.

Το επόμενο πρωινό, άργησα να σηκωθώ. Η ώρα είχε πάει δέκα. Με νωχελικές κινήσεις κατευθύνθηκα προς τις τουαλέτες. Αφού καλλωπίστηκα, βρέθηκα στην κουζίνα με όλο τον καλό τον κόσμο. Περίμενα λίγη ώρα στη σειρά για να φτιάξω τον καφέ μου. Ο Λυτράκος μαγείρευε με όλη του τη μεγαλοπρέπεια. Απ' την άλλη, ο δόκιμος έλεγχε τον χώρο της κουζίνας για την παραμικρή ατασθαλία του μάγειρα. Κύριο μέλημά του ήταν η υγιεινή και η καθαριότητα.

«Δόκιμε, έχεις πέντε λεπτά χρόνο;»

«Μόνο πέντε λεπτά; Χρόνος αμέτρητος!»

«Θα μπορούσαμε να τα πούμε ιδιαιτέρως;»

«Πάμε στο δωμάτιό μου».

Όταν πήγαμε εκεί, του αποκάλυψα όσα πληροφορήθηκα από τον Αναστάση. Με άκουσε ψύχραιμα και, όπως πάντα, με νηφαλιότητα, ανέκφραστος και σοβαρός.

«Όλο εκπλήξεις είναι αυτός ο Αναστάσης. Εμείς ας κοιτάξουμε τις δουλειές μας. Όσο ήσυχα πέρασε ο καιρός μέχρι τώρα, τόσο ήσυχα ας περάσει και ο υπόλοιπος».

«Εντάξει δόκιμε. Απλώς ήθελα να είσαι ενήμερος και

γι' αυτό το θέμα. Στο κάτω – κάτω, εδώ διοικείς εσύ».

«Εντάξει Λάσκαρη, σ' ευχαριστώ. Αν έχουμε το μυαλό μας μέσα στο κεφάλι μας δε διατρέχουμε κανέναν κίνδυνο. Ο μόνος αληθινός κίνδυνος μπορεί να προέλθει από τα φαγητά του Λυτράκου. Εξάλλου αμφιβάλλω για τα λεγόμενα του Αναστάση. Άκου εκεί; Τι είμαστε, παιδάκια; Να πιστεύουμε τέτοιες ιστοριούλες που λένε οι παππούδες στα εγγόνια τους. Ο κακός λύκος και η κοκκινοσκουφίτσα; Πόσα τσίπουρα είχε πιεί πριν σου πει όλα αυτά;»

«Δε νομίζω να είχε πιει κάτι. Αν θυμάμαι καλά, πίναμε καφέ».

«Έστω. Εσύ, Λάσκαρη, έχεις σπουδάσει για τη φύση και το περιβάλλον. Επειδή λοιπόν κάτι σκαμπάζεις απ' αυτά, πιστεύω ότι καταλαβαίνεις τη γελοιότητα της κατάστασης».

«Μπορεί, αλλά αυτός ζει όλη του τη ζωή μέσα στη φύση, όχι εμείς. Όπως και να 'χει, δεν είναι τελείως απίθανα όλα αυτά».

«Επιμένεις δηλαδή να πιστεύεις τον Αναστάση;»

«Σε γενικές γραμμές, μάλλον ναι. Θεωρώ τον Αναστάση άνθρωπο παθιασμένο με τη φύση, κάτι που τον οδηγεί συχνά σε υπερβολές, αλλά δεν τον θεωρώ ούτε κακό, ούτε υποκριτή. Με τίποτα δε θα τον χαρακτήριζα ως ένα κοινό ψεύτη».

«Δεν είπα ότι είναι κακός, κάθε άλλο. Ανθρωπάκι του Θεού είναι! Όμως πιστεύω πως έχει μια τάση προς το παραμύθι, επειδή η επιθυμία του είναι να εντυπωσιάζει τους συνομιλητές του. Βεβαίως, κατά τ' άλλα είναι ψυχούλα».

«Έχει καλώς. Εγώ θα βγω προς το δάσος μήπως και βρω τον Μήτσο. Τα λέμε αργότερα».

«Στο καλό και να προσέχεις».

Βγήκα έξω. Πουθενά ο Μήτσος. Μπήκα θλιμμένος και πάλι μέσα. Πήγα να ετοιμαστώ για την επικείμενη αναζήτηση του σκύλου. Ήταν το λιγότερο που μπορούσα να πράξω. Τουλάχιστον ας έκανα μια προσπάθεια, δεν είχα να χάσω τίποτα. Καθώς ετοιμαζόμουν, ο Σανιδάς στάθηκε πλάι μου. «Θα πας να τον ψάξεις;»

«Ναι, Διονύση. Ας πάω για να μου φύγει από μέσα μου όλη αυτή η αγωνία».

«Θέλεις παρέα;»

«Παρέα; Γιατί όχι; Θα είναι ακόμα καλύτερα».

«Ευχαριστώ. Αποφάσισα ότι πρέπει να καταπολεμήσω τον φόβο μου. Εντάξει, έχω βέβαια αρκετές αναστολές μέσα μου, αλλά θα τις ξεπεράσω».

«Είναι ευχάριστο αυτό. Σκέφτεσαι σωστά. Σε δέκα λεπτά αναχώρηση».

«Μάλιστα κύριε δεκανέα» με χαιρέτισε επίσημα, κάτι που με έκανε να ευθυμήσω.

Αφού ντυθήκαμε με τα απαραίτητα και αρματωθήκαμε, στραφήκαμε προς την έξοδο. Ο Σούλιος, με μια κουβέρτα πάνω στους ώμους του, μας πλησίασε. «Ώρα καλή και μη γυρίσετε χωρίς τον Μητσάρα» απαίτησε με βραχνή φωνή εξαιτίας του κρυολογήματος που είχε αρπάξει. «Θα σας συνόδευα, αλλά δεν έχω καθόλου δυνάμεις. Το ίδιο και ο Μπόλιος. Την πατήσαμε άσχημα! Ανάθεμα την ασθένειά μου!»

«Καλή τύχη» ίσα που ακούστηκε ο Μπόλιος μέσα από τον θάλαμο, κουκουλωμένος κάτω από τα σκεπάσματά του.

«Ελάτε, μη κάνετε σαν μυξοπαρθένες. Σε δυο – τρεις μέρες θα είστε περδίκια».

Με τη θερμοκρασία αρκετούς βαθμούς κάτω από το μηδέν και ένα διαβολικό βοριαδάκι να μας γρατζουνά το πρόσωπο, βαδίζαμε αμίλητοι πάνω στο παγωμένο χιόνι. Γρήγορα προσεγγίσαμε τις υπώρειες του λόφου στα όρια του δάσους.

Τα σκυλιά ήταν ευδιάθετα και ορεξάτα, όπως πάντα άλλωστε. Άραγε να ανησυχούσαν και αυτά για την εξαφάνιση του Μήτσου; Φέρονταν όπως κατά το σύνηθες. Οι δίδυμες τραβούσαν μπροστά με τον Έκτορα πιο πίσω και ακόμα πιο πίσω εμάς τους δύο.

Κατά διαστήματα, φωνάζαμε με όλη μας την ένταση το όνομα του Μήτσου. Φυσικά επικρατούσε η απόλυτη ησυχία. Μονάχα οι φωνές μας ακούγονταν καθώς αντιλαλούσαν μέσα στα χιλιάδες δέντρα. Διασχίσαμε αρκετά μονοπάτια και περάσαμε από αρκετά σημεία χωρίς αποτέλεσμα. Κάναμε αμέτρητα ζιγκ – ζαγκ, κινηθήκαμε προς όλες τις κατευθύνσεις του ορίζοντα, αλλά και πάλι δεν ανακαλύψαμε κανένα σημάδι παρουσίας του μεγάλου απόντα μας.

«Πάμε προς τις πυραμίδες» πρότεινε ο Σανιδάς που με εντυπωσίασε με την αποφασιστικότητά του. Αλλάξαμε ρότα κατευθυνόμενοι πλέον προς τα ανώτερα σημεία του δασωμένου λόφου.

Φτάσαμε στο άδενδρο οροπέδιο πάνω στο οποίο λυσσομανούσε ο βοριάς. Εδώ έκανε ακόμα περισσότερο κρύο. Έβαζα την παλάμη μου μπροστά από το πρόσωπό μου στην προσπάθειά μου να προστατευτώ από το ανελέητο σφυροκόπημά του. Ένιωθα τον αέρα να χορεύει πάνω στο ταλαιπωρημένο μου κορμί. Ήδη είχα αρχίσει να αναπολώ το πυκνό δάσος, που φάνταζε πλέον τόσο ζεστό και φιλόξενο! Το δάσος όμως βρισκόταν πια πίσω μας και εμείς πελαγοδρομούσαμε πάνω στις ορέξεις του αφηνιασμένου ανέμου. Συνεχίσαμε για μερικές εκατοντάδες μέτρα που μου φάνηκαν χιλιόμετρα!

«Πρέπει να καλυφθούμε από τον άνεμο. Είναι αφόρητος!» έσκουξε ο Σανιδάς που με τα βίας ακούστηκε.

«Αν προχωρήσουμε λίγο ακόμα, έχει ένα ρέμα. Υπάρχει βαθούλωμα, ένα κοίλο σημείο που πιστεύω ότι θα μας προσφέρει κάποια κάλυψη».

Έπειτα από μερικά λεπτά, όπως σωστά θυμόμουν, φτάσαμε σε αυτή τη γούβα του εδάφους. Την κατεβήκαμε προσεχτικά και βρεθήκαμε περίπου σε τέσσερα μέτρα βάθος. Ένα ταλαιπωρημένο δέντρο, φυτρωμένο στην αριστερή πλευρά, φάνταζε ιδανικό σημείο για να ξαποστάσουμε. Καθαρίσαμε τα χιόνια από κάτω και βάλαμε όπως – όπως τα αλεξίσφαιρά μας πάνω από τα κεφάλια μας και ανάμεσα στα χαμηλά κλαδιά εν είδει σκεπής. Μια ιδιόμορφη και εκκεντρική σκηνή είχε δημιουργηθεί! Προστατευόμενοι από τα τοιχώματα του εδάφους, ο άνεμος είχε εξαφανιστεί ή τουλάχιστο είχε εξασθενίσει αισθητά. Όχι ότι δε φυσούσε, αλλά το σφοδρό ράπισμά του περνούσε αρκετά πάνω από τα κεφάλια μας.

Τα σκυλιά ήρθαν και χώθηκαν ανάμεσά μας. Μέχρι και ο Έκτορας κάθισε ακριβώς δίπλα μου. Άπλωσα δειλά το χέρι μου και... με άφησε να τον χαϊδέψω! Ήταν η πρώτη φορά που γινόταν αυτό και αισθάνθηκα όμορφα που επιτέλους με αποδεχόταν. Σα να μην έφτανε αυτό, έτσι όπως καθόμουν, έβαλε το κεφάλι του πάνω στους μηρούς μου. Άρχισα να του τρίβω το τρίχωμα της κεφαλής όλο και πιο έντονα. Φαινόταν να το απολαμβάνει. Είχε κλείσει τα μάτια του και είχε αφεθεί ολοκληρωτικά στα χάδια μου.

Ο Σανιδάς χαμογέλασε. «Τώρα είστε φιλαράκια! Εμένα ακόμα δε με αφήνει να τον αγγίξω, αλλά πού θα πάει; Αν τον ταΐζω πιο συχνά, ίσως μια μέρα με αποδεχτεί».

«Έλα τώρα, άσ' τα αυτά και πες μου τι έγινε με τη δικιά σου. Μιλήσατε;»

«Χθες δε την πήρα καθόλου και μου τηλεφώνησε στο φυλάκιο αργά το απόγευμα. Βλέπεις, Λουκά μου, κάθε μέρα το θύμα ο Διονύσης έπαιρνε τηλέφωνα και η μαντάμ μας το έπαιζε δύσκολη! Μια μέρα δεν τηλεφώνησα και αμέσως με πήρε αυτή».

«Εσύ πως το χειρίστηκες;»

«Της είπα ότι βγήκαμε το προηγούμενο βράδυ και ξεχάστηκα να την πάρω. Φυσικά έγινε πυρ και μανία!» φούσκωσε από έπαρση ο Σανιδάς.

«Σωστά. Πυρ, γυνή και θάλασσα!»

«Όπως ξέρεις, εκδήλωσε τη κλασική γυναικεία γκρίνια - γνώρισες καμιά και με ξέχασες κι εγώ που με τρώει η αγωνία που είσαι μακριά - και τέτοια κοινότυπα. Βεβαίως κι εγώ από την πλευρά μου τα μάσησα λίγο, υπερέβαλα και κάπως, με ύφος τι τέλεια που περάσαμε και τελικά μου έκλεισε το τηλέφωνο στα μούτρα! Να σου πω την αλήθεια ήθελα να την πάρω αμέσως, αλλά κρατήθηκα. Ακολούθησα αυτό που με είχες συμβουλέψει. Όχι και να μας θεωρεί τόσο σίγουρους!»

«Σωστή στρατηγική. Παίρνεις άριστα!»

«Και αν, λέω αν στραβώσει και με διαολοστείλει;»

«Αν στραβώσει θα την ισιώσουμε πάλι! Πάντως, αποκλείω αυτό το ενδεχόμενο, αφού το πρώτο βήμα πέτυχε. Πιστεύω ότι θα κολλήσει πάνω σου ακόμα περισσότερο. Οι γυναίκες θέλουν ειδική μεταχείριση. Είναι τα πιο έξυπνα πλάσματα, αλλά αν προσεγγίσεις τον τρόπο σκέψης τους, γίνονται προβλέψιμες!»

«Εσύ πού τα γνωρίζεις όλα αυτά;»

«Δε μου λες; Έχεις παράπονο από την πορεία της υπόθεσης;»

«Όχι καθόλου. Απλώς, είναι στιγμές που με εκπλήσσεις!»

«Είμαι παθών και μαθών! Και κουνουπίδι να είχα μέσα στο κεφάλι μου αντί για μυαλό, κάτι θα μάθαινα όλα αυτά τα χρόνια!»

«Αυτό να μου πεις. Πάντως, το πήρα απόφαση να αραιώσω τα τηλεφωνήματα. Θα το παίξω δύσκολος και όπου βγει. Δε θα με τρελάνει αυτή!»

«Καζανόβα μου εσύ! Δε χρειάζεται να χολοσκάς. Ένα είναι σίγουρο: τέτοιες καταστάσεις είναι πάντα πιο απλές απ' ό,τι φαίνονται».

«Θα πάμε ξανά στο μπαράκι;»

«Βλέπω, ζωήρεψες! Εξυπακούεται αυτό. Εκτός αν φάω καμιά φόλα από την Αριάδνη την Παρασκευή».

«Ε, και; Έχει και άλλο μπαρ στο χωριό».

«Μ' αρέσει η πρακτικότητα του μυαλού σου. Έχεις απόλυτο δίκιο».

«Σκέφτεσαι να το προχωρήσεις το θέμα;»

«Ασφαλώς, αλλά με μεθοδικότητα και διακριτικότητα. Από την άλλη, και μόνο που κανόνισα και ραντεβού με γυναίκα είναι αξιοσημείωτη περίπτωση. Πού να το φανταζόμουν εδώ πάνω! Δεν είναι και ντόπια να φοβάμαι μη με πιέσουν αδέλφια, ξαδέλφια και όλο το σόι! Το άλλο πού το βάζεις; Είναι από τη Θεσσαλονίκη! Αν συμβεί κάτι καλό, μπορούμε να το συνεχίσουμε και εκεί. Μεγάλη τύχη να είμαστε από την ίδια πόλη. Όμως, ας μη λέω μεγάλες κουβέντες. Να δούμε πως θα πάει η συνάντηση και έπειτα θα αξιολογήσω την κατάσταση».

Οι γυναίκες! Τι πλάσματα και αυτά! Παντού και πάντα στο μυαλό των ανδρών. Η ζωές μας είναι άρρηκτα συνυφασμένες μαζί τους. Ακόμα και εδώ πάνω, συζητάμε για αυτές. Ευχή αλλά και κατάρα πολλές φορές. Περήφανες μα και υποχθόνιες! Απλοϊκές μα και έξυπνες! Ταπεινές αλλά φιλόδοξες! Ψυχούλες αλλά και εκδικητικές!

Όμως, τόσο απαραίτητες. Το λίκνο της ζωής!

Αν δεν υπήρχαν, δε θα έβρισκαν ερεθίσματα τα συναισθήματά μας να εκδηλωθούν, δηλαδή, δε θα ήμασταν άνθρωποι, απλώς άψυχα όντα! Αν εξαφανίζονταν από τη γη σε μια στιγμή, το μόνο που θα μας απόμενε ήταν η ομαδική αυτοκτονία! Μάνες, σύζυγοι, αδελφές, οι ισχυροί κρίκοι στην αλυσίδα της ζωής!

Πάντα πίσω από κάποια αντρική πράξη υπάρχει μια γυναίκα. Ακόμα και αυτή η κοινότυπη ρήση, δεν καθιερώθηκε τυχαία στη συνείδηση όλων μας. Ίσως να είναι ένα κατάλοιπο από τις απαρχές της ανθρωπότητας, τότε που αυτή ήταν μητριαρχική. Εκείνη την εποχή που ήταν η δύναμη, το μυαλό και η ψυχή των πρωτόγονων κοινωνιών, ώσπου, με το πέρασμα των εποχών, απώλεσε το πρώτο και κράτησε τα υπόλοιπα δύο στοιχεία. Μήπως όμως το μυαλό και η ψυχή δεν είναι μια υπερδύναμη; Απλώς, όσο περνούσε ο χρόνος, αποτραβήχτηκε από το προσκήνιο στο παρασκήνιο.

Πόσα έργα τέχνης δημιούργησε η ανθρωπότητα με θέμα τη γυναίκα; Πόσα ποιήματα, πόσα βιβλία έχουν γραφτεί για αυτήν; Για να μην αναφέρω τον κινηματογράφο! Ακόμα και πόλεμοι έχουν ξεκινήσει εξαιτίας της. Πώς να ξεχάσουμε τον υπέροχο μύθο του Τρωικού πολέμου και της πεντάμορφης Ελένης;

Γυναίκες! Θεϊκά όντα! Η μήτρα τους είναι η γεννήτρια όχι μόνο των ανθρώπων, αλλά του ανθρώπινου πολιτισμού. Με λίγα λόγια, η γυναίκα είναι τα πάντα! Δεν άκουγα τίποτα απ' αυτά που έλεγε ο Σανιδάς. Με είχαν απορροφήσει οι σκέψεις μου. Επανήλθα απότομα στην πραγματικότητα, όταν τα σκυλιά έδειξαν σημάδια ανησυχίας. Πετάχτηκαν όρθια και κινήθηκαν προς το ανηφορικό τοίχωμα για να βγουν από τη λακκούβα. Έφυγαν και φυσικά εξαφανίστηκαν από το οπτικό μας πεδίο, αφού βρισκόμασταν στην ουσία κάτω από το έδαφος. Δε γάβγιζαν και έτσι ούτε που τα ακούγαμε. Ο Σανιδάς φάνηκε αναστατωμένος. «Γιατί έφυγαν;»

«Κάτι θα μυρίστηκαν ή κάτι θα άκουσαν το οποίο εμείς δεν αντιλαμβανόμαστε. Αυτά πιάνουν ήχους σε πολύ χαμηλές συχνότητες. Σίγουρα θα είναι αλεπού. Βρωμά ο τόπος από δαύτες».

«Πώς τις μυρίστηκαν; Παντού έχει χιόνι!»

«Μάλλον από τον αέρα. Δεν έχω τη δική τους μύτη! Θα γυρίσουν. Πάντα έτσι δεν κάνουν;»

«Δεν αισθάνομαι άνετα με τα σκυλιά εξαφανισμένα. Μακάρι τα άτιμα να επιστρέψουν το συντομότερο».

«Μην ανησυχείς φιλαράκο. Εδώ γύρω είναι. Μια φωνή αν βάλεις, αμέσως θα είναι εδώ».

«Καλό θα ήταν να πάρω το όπλο στα χέρια μου».

«Αν νιώθεις πιο ασφαλής...»

Τοποθέτησε τον γεμιστήρα και κράτησε σφιχτά το G3 στα χέρια του. Του έριξα μια εξεταστική ματιά και προσπάθησα να τον ψυχολογήσω. Τα μάτια του ήταν πλημμυρισμένα από λαμπερή ένταση. Έμοιαζε σκυθρωπός επειδή ήταν σαστισμένος. Προφανώς πάλευε μέσα του να ξεπεράσει τις φοβίες του. Πάντως και μόνο που με συντρόφευε σε αυτή την αναζήτηση, έδειχνε δύναμη ψυχής. Μου φανέρωνε αρκετά ψήγματα γενναιότητας και θάρρους. Κατά τη γνώμη μου, γενναίος δεν είναι μόνο αυτός που δε φοβάται τίποτα, αλλά και αυτός που παλεύει να ξεπεράσει τους φόβους του. Ήξερα πως ένιωθε και μου προξενούσε μια εκδήλωση αμέριστης συμπάθειας προς το πρόσωπό του. Και πράγματι μου ήταν συμπαθής. Ένα αγνό και καλόκαρδο παλικάρι της ελληνικής επαρχίας.

«Τι έγινε; Γιατί με κοιτάς με αυτόν τον τρόπο;»

«Απλώς σε θαυμάζω. Έχεις ανδρισμό! Σε ευχαριστώ που ήρθες μαζί μου».

Κατέβασε τα μάτια ντροπαλά και ένα μειδίαμα σχηματίστηκε στα χείλη του. «Μακάρι να μου το έλεγε αυτό και η κοπέλα μου!»

«Είμαι σίγουρος ότι το έχει πει από μέσα της».

Συζητήσαμε μέσα σε πνεύμα ευθυμίας πολλή ώρα, για τη ζωή στο φυλάκιο, αλλά και αυτά που μας περίμεναν μετά την απόλυση.

«Όταν απολυθώ, θα αράξω έναν μήνα στο σπιτάκι μου και θα κοιμάμαι όλη μέρα! Ύπνος, ξάπλα και μάσα! Έπειτα θα πάω για τα μπάνια μου, μάλλον προς τα χωριά του Πηλίου. Είναι καταπληκτικά εκεί!» ονειροπόλησε ο Σανιδάς.

«Πράγματι και μετά τις βουτιές μας να πάμε σε ένα ταβερνάκι δίπλα στο κύμα με καλούς φίλους και να φάμε θαλασσινά. Έπειτα θα πιούμε όλη την κάβα μέχρι να σκάσουμε!»

«Τι ωραία που είναι η ζωή φίλε! Απλά πράγματα, δε ζητώ παράλογα. Να περνάμε όμορφα την κάθε μας στιγμή, χωρίς πίεση και άγχος. Μια απλή δουλίτσα να τα φέρνουμε βόλτα και μια ευτυχισμένη οικογένεια. Ζητώ πολλά; Είμαι πλεονέκτης;»

«Όχι, Διονύση» αναστέναξα, «δε ζητάς τίποτα το παράλογο. Τα ίδια θέλω και εγώ. Απλά πράγματα, όπως είπες. Είμαι εραστής της απλότητας! Οικογένεια, υγεία και φιλία, αυτά είναι τα μόνα πλούτη που πρέπει να έχουμε όλοι».

Εκείνη τη στιγμή ακούσαμε γαβγίσματα. Διήρκησαν ένα με ενάμιση λεπτό και έπειτα κόπασαν. Ήταν σίγουρα τα δικά μας σκυλιά, μια που γνωρίζαμε το γάβγισμα του καθενός πολύ καλά. Μια στιγμή αργότερα τα ακούσαμε ξανά, αμυδρά αυτή τη φορά, ίσα που έφταναν στα αυτιά μας. Αν έκρινα σωστά, ο θόρυβος προερχόταν πέρα από την πυραμίδα, μέσα από τη γειτονική χώρα.

Σηκωθήκαμε και προχωρήσαμε, ώσπου προσεγγίσαμε τη πυραμίδα νούμερο πέντε. Ακούγαμε καθαρότερα τα σκυλιά, μα και πάλι δεν μπορούσαμε να τα διακρίνουμε. Φωνάξαμε δυνατά τα ονόματά τους, το καθένα ξεχωριστά, αλλά δεν εμφανίστηκαν. Περιμέναμε πέντε λεπτά, έπειτα άλλα πέντε, αλλά και πάλι τίποτα. Ακούγαμε τον θόρυβο που έκαναν και προσπαθούσαμε να καταλάβουμε προς τα που περίπου μπορεί να βρίσκονταν. Έκανα ένα βήμα και... βρέθηκα στη γειτονική χώρα, αποδεικνύοντας, για άλλη μια φορά, ότι τα σύνορα ήταν μια απατηλή μεμβράνη!

«Λουκά, τι κάνεις; Έλα πίσω» έκραξε.

«Πρέπει να μάθουμε τι γίνεται».

Προχώρησα προς τα μέσα για τα καλά.

«Ανισόρροπε!» φώναξε ο Σανιδάς, αλλά παρόλα αυτά με ακολούθησε.

Ήμασταν μέσα στην Αλβανία. Οδεύαμε πλέον προς τα εκεί που ακούγαμε τον σαματά. Απέναντι, στις υπώρειες ενός χαμηλού βουνού διακρινόταν το αλβανικό χωριό που είχα προσέξει όσες φορές βρέθηκα στη νοητή συνορογραμμή. Δε μιλούσαμε καθόλου, απλώς βαδίζαμε με μεγάλη προσοχή, περνώντας ανάμεσα από θάμνους και χαμηλή βλάστηση. Πού και πού συναντούσαμε και καμιά συστάδα από μερικά λιανά δέντρα, αλλά γενικώς αυτά ήταν σπάνια.

«Και τι γίνεται αν μας συλλάβουν; Δεν τολμώ να διανοηθώ να περνώ μερικά χρόνια σε κάποια αλβανική φυλακή!» πρόφερε με αποστροφή ο λαχανιασμένος Σανιδάς.

«Τίποτα δε θα γίνει. Εδώ οι Αλβανοί δεν έχουν ούτε στρατό, ούτε αστυνομία. Εξάλλου, πώς οι βοσκοί μπαινοβγαίνουν και στις δυο χώρες;»

«Ναι, αλλά εμείς είμαστε στρατιώτες. Άσε που είμαστε και οπλισμένοι! Οι χωρικοί γνωρίζονται χρόνια μεταξύ τους, είναι άλλη περίπτωση. Την έχουμε άσχημα έτσι και μας συλλάβουν Λουκά! Ακούς; Την έχουμε πολύ άσχημα!»

«Μη φέρνεις το κακό στο νου σου. Δεν υπάρχει περίπτωση να μας συλλάβει κανείς. Μη κλαψουρίζεις! Αν θέλεις πήγαινε πίσω στην πυραμίδα και περίμενε με εκεί ή γύρνα στο φυλάκιο».

Σταμάτησε για μια στιγμή να αναλογιστεί τα λόγια μου. «Καλά, θα συνεχίσω μαζί σου. Δεν αισθάνομαι ασφαλής, αν μείνω μονάχος».

Έπειτα από λίγη ώρα, τα συνεχή γαβγίσματα των σκυλιών ακούγονταν πλέον δίπλα μας, αλλά και πάλι δεν τα βλέπαμε λόγω της διαμόρφωσης του εδάφους από τις αυξομειώσεις των μικρών λόφων που διαρρηγνύονταν από τα ρέματα. Ήμασταν κοντά, το ένιωθα από την καρδιά μου, που την άκουγα κυριολεκτικά να χτυπά με γρήγορο ρυθμό.

Εντελώς ξαφνικά ένας πυροβολισμός αντήχησε μέσα σ' αυτή τη μικρή στέπα. Ενστικτωδώς πέσαμε κάτω μπρούμυτα. Σήκωσα το κεφάλι και είδα ότι βρισκόμασταν λίγο πριν τη κορυφή ενός μικρού υψώματος του εδάφους.

«Τι ήταν αυτό;» ψιθύρισε ο Σανιδάς γεμάτος τρόμο.

«Δεν ξέρω. Όμως, ας μη μιλάμε δυνατά και να δούμε τι συμβαίνει».

«Αχ, Λάσκαρη, θα μας κάψεις!»

Έτρεμε και πρέπει να είχε πολλή πίεση, μια που είχε κοκκινίσει σαν παντζάρι. Είχε χάσει την αυτοκυριαρχία του. Έπρεπε να τον επαναφέρω αμέσως. «Διονύση, συγκεντρώσου και μη σκέφτεσαι αρνητικά. Ίσως είναι κάποιος κυνηγός. Σύνελθε σε παρακαλώ, σε χρειάζομαι νηφάλιο και με αποφασιστικότητα».

Του έδωσα μερικά ελαφριά σκαμπίλια στο μάγουλο για να τον επαναφέρω. Φάνηκε να συνέρχεται. «Σίγουρα δεν πυροβόλησαν εμάς;»

«Σίγουρα! Η σφαίρα δεν ακούστηκε να περνά δίπλα μας. Προφανώς ρίχτηκε προς άλλη κατεύθυνση. Ελπίζω μόνο να μην κατευθύνθηκε προς τα σκυλιά μας».

Σύρθηκα σαν ερπετό, με το πρόσωπό μου να ακουμπά πάνω στο χιόνι. Μόλις έφτασα στην κορυφή του υψώματος, σήκωσα αργά και προσεχτικά το κεφάλι μου. Είδα τα σκυλιά να χοροπηδάνε και να ουρλιάζουν μανιασμένα, ακριβώς απέναντι από μια μικρή στάνη. Ίσως κάποιος να πυροβόλησε από εκεί μέσα.

Τα σκυλιά απείχαν πενήντα περίπου μέτρα από αυτή την τρώγλη. Δεν πλησίαζαν, αλλά επέμεναν με το γάβγισμά τους. Έκανα νόημα στον Σανιδά να με πλησιάσει. Παρατήρησε και αυτός ό,τι και εγώ: η στάνη ήταν γεμάτη με κατσίκια.

«Δεν βλέπω πάντως να υπάρχουν σκυλιά στη στάνη. Δεν καταλαβαίνω γιατί επιμένουν τα σκυλιά μας. Ποτέ δεν έχουν δώσει σημασία στα κατσίκια. Τους είναι αδιάφορα» είπε ο Σανιδάς.

«Ίσως γαβγίζουν τον βοσκό. Κοίτα εκεί δεξιά, κάτω απ' το υπόστεγο».

Πράγματι, κάτω από το υποτυπώδες τσίγκινο σκέπαστρο, στεκόταν με μια καραμπίνα στο χέρι ένας ψιλόλιγνος μαυριδερός άνδρας.

«Τον είδα. Μάλλον αυτός πυροβόλησε, ίσως για να φοβίσει και να διώξει τα σκυλιά μας. Πάντως περίεργο που δεν έχει σκύλους στη στάνη».

«Μπορεί να έχει, αλλά να τριγυρίζουν κάπου εδώ γύρω. Ας περιμένουμε λίγο».

Τα σκυλιά μας κατά διαστήματα πλησίαζαν τη στάνη, αλλά ο βοσκός με τις κραυγές του τα τρόμαζε και τα ανάγκαζε να ξανακάνουν πίσω. Ο Εκτορας έφτασε πονηρά πιο κοντά στη στάνη, όση ώρα κατασκοπεύαμε. Εν τω μεταξύ, παρακολουθούσαμε με μεγάλη προσοχή. Σκεφτόμουν με ποιον τρόπο θα παίρναμε τα σκυλιά πίσω, χωρίς να μας πάρει είδηση ο βοσκός. Αυτός βγήκε από το υπόστεγο και σημάδεψε με την καραμπίνα προς τον Έκτορα. Πυροβόλησε και εμείς παγώσαμε! Η σφαίρα σήκωσε μια ποσότητα χιονιού τέσσερα – πέντε μέτρα δεξιά του. Ευτυχώς! Ήταν ξεκάθαρο ότι ο σκοπός του ήταν απλώς να εκφοβίσει τα σκυλιά μας. Ο Εκτορας σαστισμένος ξαναγύρισε πίσω εκεί που βρίσκονταν οι δίδυμες, οι οποίες δε σταμάτησαν στιγμή να ουρλιάζουν.

Ανάμεσα στον σαματά που δημιουργούταν από τα γαβγίσματα, τα βελάσματα των εριφίων και τις κραυγές του βοσκού, μου φάνηκε πως άκουσα κάποια περίεργη κραυγή, κάτι σαν κλάμα, σαν ουρλιαχτό μέσα από τη στάνη. Προσπάθησα να επικεντρωθώ σε αυτό. Δεν έκανα λάθος. Κάποιος σκύλος υπήρχε μέσα στη στάνη. Και ο Σανιδάς επίσης έκανε την ίδια διαπίστωση. «Πώς; Τελικά έχει και αυτός σκύλο!»

Ακούστηκε ξανά και πιο καθαρά ένα μακρόσυρτο γάβγισμα. Κάτι μου θύμιζε!

«Ναι, είναι ο Μήτσος!» φώναξα περιχαρής. Ο Σανιδάς, κοιτάζοντάς με στα μάτια, μου το επιβεβαίωσε κουνώντας καταφατικά πάνω κάτω το πηγούνι του.

Ο Μήτσος, λοιπόν, και ήμασταν σίγουροι για αυτό, βρισκόταν μέσα σ' αυτή την παλιά άθλια στάνη αιχμάλωτος. Δεν υπήρχε άλλη εξήγηση. Η υπόλοιπη αγέλη επέμενε απέναντι από αυτό το κτήριο.

«Ποιο είναι το πλάνο;» με ρώτησε ο Σανιδάς.

«Θα κατέβω και θα κινηθώ γύρω από το λοφάκι. Θα πάω πίσω από τη στάνη. Θέλω να δω σε ποιο σημείο βρίσκεται ο Μήτσος και να μπω κρυφά, μήπως και τον ελευθερώσω. Εσύ μείνε εδώ να ελέγχεις την κατάσταση».

«Εντάξει, καλή τύχη φίλε».

Έκανα έναν μικρό κύκλο για να καλύπτομαι από το ύψωμα και παίρνοντας ένα κατηφορικό άνοιγμα, κινήθηκα προς τη πίσω πλευρά της στάνης. Για να βρεθώ εκεί έπρεπε να διανύσω μια απόσταση τριάντα μέτρων χωρίς κάλυψη. Δεν είχα άλλη επιλογή από το να ρισκάρω και να προσεγγίσω έτσι το σαράβαλο κτήριο.

Προσπάθησα να το κάνω όσο το δυνατό με λιγότερο θόρυβο, αλλά αυτό ήταν σχετικά αδύνατο, όταν σε κάθε μου βήμα το παγωμένο χιόνι έβγαζε αυτό τον χαρακτηριστικό κριτσανιστό ήχο. Πάντως, έφτασα ακριβώς πίσω από τη στάνη. Έμεινα ακίνητος και αφουγκράστηκα. Μάλλον δεν είχα γίνει αντιληπτός. Γινόταν και όλο αυτό το νταβαντούρι που με ωφελούσε. Παρατήρησα μια ξύλινη παλιά πόρτα με έναν ιδιόμορφο σύρτη. Δεν ήταν σοφή ιδέα να διεισδύσω από εκείνο το σημείο.

Δεν γνώριζα σε ποιο σημείο στεκόταν ο βοσκός. Σκυφτός στην κυριολεξία, συρόμενος στα γόνατα, έκανα μια κυκλωτική κίνηση και βρέθηκα στο πλάι, από την απέναντι πλευρά όπου βρισκόταν ο Σανιδάς. Έβαλα το πρόσωπό μου σε ένα κενό ανάμεσα από τις σανίδες του ξύλινου φράχτη. Προς μεγάλη μου χαρά, στην απέναντι γωνία από μένα, είδα τον Μήτσο δεμένο με ένα χοντρό σκοινί. Εκεί που πριν η αγωνία κατέτρωγε ανελέητα τα σωθικά μου, τώρα είχα μεθύσει από ευτυχία. Ο Μήτσος χοροπηδούσε προσπαθώντας να λυθεί. Όμως, το σκοινί ήταν περασμένο σφιχτά πάνω σε έναν καμπυλωτό σιδερένιο στύλο, ο οποίος ήταν βαθιά χωμένος μέσα στο έδαφος.

Ακριβώς κολλητά κάτω από το υπόστεγο υπήρχε ένα προχειροφτιαγμένο καλυβάκι, όχι μεγαλύτερο από δεκαπέντε τετραγωνικά μέτρα. Ένα μπουρί που πρόβαλε λίγο έξω από τυ υπόστεγο, κάπνιζε. Δεν είδα τον βοσκό πουθενά. Αποκλείεται να είχε φύγει! Παρακολούθησα προσεχτικά μέσα από τα κενά το χώρο που στέκονταν τα κατσίκια. Ούτε εκεί τον είδα. Μάλλον θα είχε μπει στην καλύβα για να ζεσταθεί. Το μικρό οίκημα είχε ένα παραθυράκι που επικοινωνούσε με το εσωτερικό της μάντρας. Αν διείσδυα από το σημείο που βρισκόμουν και, εφόσον ο βοσκός συνέχιζε να μένει μέσα, δεν υπήρχε περίπτωση να με πάρει είδηση.

Ή τώρα ή ποτέ!

Αστραπιαία, έβαλα τα χέρια μου πάνω στην περίφραξη που δεν ξεπερνούσε τα δυο μέτρα σε ύψος και έδωσα ώθηση και με τα τέσσερα άκρα. Βρέθηκα μέσα, παράλληλα από την καλύβα. Παντού ολόγυρά μου κατσίκια που με τα σαστισμένα μεγάλα μάτια τους προσπαθούσαν να απομακρυνθούν από κοντά μου. Ήταν τόσο μεγάλος ο αριθμός τους και σε τόσο μικρή έκταση, που δεν είχαν τη δυνατότητα να αναδιπλωθούν. Ήμουν για τα καλά ανάμεσά τους που τα άγγιζα. Αυτά μέσα σε σύγχυση κουτουλούσαν μεταξύ τους.

Πλησίασα με ήρεμες κινήσεις προς την καλύβα. Μόλις έφτασα στην πόρτα, που είχα δει από την εξωτερική πλευρά, με τον σύρτη, ο Μήτσος με αντιλήφθηκε. Σκίρτησε τρελαμένος πάνω κάτω, όσο του το επέτρεπε η θηλιά και ούρλιαζε σαν κουτάβι. Κοίταξα προς την πόρτα της καλύβας, η οποία παρέμενε κλειστή, κάτι που ήταν παραπάνω από ενθαρρυντικό. Ζύγωσα τη γωνιά της καλύβας και έσκυψα για να περάσω κάτω από το παραθυράκι. Ήμουν σε απόσταση αναπνοής από τον σκύλο. Τη στιγμή που άπλωνα τα χέρια για να πιάσω τη θηλιά, ένας θόρυβος από πόρτα που ανοίγει ακούστηκε πίσω μου. Έφτασε στα αυτιά μου πεντακάθαρα ο ήχος του κόκορα και το τουφέκι όπλισε.

Κατάρα!

Ανέστρεψα το κορμί μου πολύ αργά αλλά νευρικά. Ένιωσα μια φονική χορδή τρόμου να ανεβοκατεβαίνει στη ραχοκοκαλιά μου. Ένα μαστίγωμα από απανωτά συναισθηματικά σοκ τάραζε την καρδιά μου! Η ψιλόλιγνη φιγούρα με σημάδευε με το όπλο του από τα τρία μέτρα! Δεν έβγαζε άχνα. Απλώς είχε στραμμένο το όπλο του πάνω μου.

Ας μην ήταν ο τελευταίος άνθρωπος που θα έβλεπα στη ζωή μου! Και τι φιγούρα! Μέσα στη βρώμα και στη λίγδα, με παλιά σκισμένα ρούχα και άθλια παπούτσια μέσα στην κοπριά, τραβηγμένα ζυγωματικά κάτω από τις μπλάβες σκιές των ματιών του και πεταχτά αυτιά! Τα οστά του προσώπου του ξεχώριζαν κάτω από το κιτρινιάρικο δέρμα του. Ο τρόπος που έσφιγγε το στόμα του, με έκανε να σκεφτώ πως ήταν θυμωμένος, πολύ θυμωμένος. Έριξα το τουφέκι από τον ώμο μου, το οποίο έπεσε με δύναμη στο έδαφος. Σήκωσα τα χέρια μου και έμεινα αταλάντευτος.

Ο άντρας άρχισε να βροντοφωνάζει και να μου λέει διάφορα στη γλώσσα του που φυσικά ούτε καταλάβαινα, αν και δεν ήταν δύσκολο να υποψιαστώ. Στη συνέχεια οι φωνές του έγιναν ουρλιαχτά και καθώς έτρεμε από την ένταση, το τουφέκι του ανεβοκατέβαινε. Ο Μήτσος εξακολουθούσε να κλαίει και να πασχίζει να ελευθερωθεί μάταια. Ο άντρας με πλησίασε απειλητικά στο ένα μέτρο συνεχίζοντας να κραυγάζει και να με σημαδεύει. Αναγνώρισα πάντως σημάδια ταραχής και φόβου παρά την οξύτητα της φωνής του. Μπορεί να ωρυόταν, ωστόσο αυτό ήταν δείγμα αδυναμίας. Αναθάρρησα. Εκείνη τη στιγμή θυμήθηκα τον Αναστάση που μου είχε πει πως όλοι οι Αλβανοί των συνόρων γνώριζαν από λίγο έως πολύ ελληνικά.

«Μιλάς ελληνικά;» τον ρώτησα με νηφαλιότητα και σταθερότητα στη φωνή μου.

«Μιλάω» απάντησε με σπασμένη προφορά τρεμάμενος.

«Το σκυλί είναι δικό μου».

«Δικό σου σκυλί; Εγώ το βρήκα στο δάσος. Τώρα είναι

δικό μου!» βρυχήθηκε με τα κόκκινα γουρλωμένα μάτια του και ταράχτηκα από τις ανοίκειες διακυμάνσεις της φωνής του, ωστόσο παρέμεινα ψύχραιμος.

«Ο σκύλος ανήκει στο ελληνικό φυλάκιο. Δώσ' τον πίσω, χωρίς άλλα προβλήματα».

«Είναι δικός μου!» ούρλιαξε και εκσφενδονίστηκαν τα σάλια του στο πρόσωπό μου. Αηδία αλλά αυτό ήταν το λιγότερο που με ενοχλούσε! Συνέχισε να τρέμει και να σημαδεύει το στήθος μου.

«Έρχονται πολλοί στρατιώτες πίσω μου για να πάρουμε τον σκύλο. Άφησέ τον και δε θα υπάρξει πρόβλημα».

«Όχι, δεν τον δίνω. Αν έρθουν οι φαντάροι, θα τους πυροβολήσω!» απείλησε.

«Αν θέλεις σκύλο, έλα στο χωριό να σου δώσουμε κάνα δυο κουτάβια από κάποιον γιδοβοσκό δικό μας. Υπάρχουν πολλά. Εσύ δεν έχεις σκυλιά;»

«Λύκοι τα έφαγαν! Φοβάμαι! Εγώ πρέπει να μένω εδώ, να προσέχω τα ζώα. Θέλω τον σκύλο».

«Ωραία. Δώσε τον δικό μου και θα σου φέρω εγώ άλλον σκύλο».

«Όχι, μ' αρέσει αυτός σκύλος. Δεν τον δίνω!» στρίγκλισε φανερώνοντάς μου αρκετά από τα σάπια δόντια του.

Εκείνη τη στιγμή παρατήρησα να προβάλει από τη γωνιά της καλύβας ένα μαυριδερό αντικείμενο. Πριν συνειδητοποιήσω τι συμβαίνει, η αιχμή ενός όπλου άγγιξε τον αριστερό του κρόταφο.

Ήταν ένα G3A3!

«Πέτα το όπλο κάτω!» αξίωσε με σταθερή φωνή και αποφασιστικότητα ο Σανιδάς.

Ο άντρας έριξε περίτρομος μπροστά στα πόδια μου την καραμπίνα. Γύρισα προς τον Μήτσο και με τον σουγιά μου έκοψα εύκολα τη θηλιά που τον κρατούσε δέσμιο. Μάζεψα το τουφέκι μου από κάτω καθώς και την καραμπίνα του βοσκού.

Από μηχανής θεός ο Σανιδάς! Αποφάσισε να με ακολουθήσει, άκουσε τι διαδραματιζόταν, άνοιξε τον σύρτη από την εξωτερική πλευρά, εισήλθε αθόρυβα και βρέθηκε την κατάλληλη στιγμή στο κατάλληλο σημείο.

Ο βοσκός τρομαγμένος μας κοίταζε παρακλητικά, αλλά δεν μπορούσε να αρθρώσει λέξη. Ο Σανιδάς συνέχιζε να τον απειλεί, ενώ εγώ με τον Μήτσο εξερχόμασταν από την ξύλινη πόρτα του κτηρίου. Ο Σανιδάς έβγαινε αργά με την πλάτη καθώς είχε ακόμα το τουφέκι του στραμμένο προς τον βοσκό.

Μόλις βγήκαμε από τη στάνη, τρέξαμε προς το απέναντι λοφάκι. Τα υπόλοιπα σκυλιά, μόλις μας πήραν είδηση, μας πλησίασαν με γοργό καλπασμό. Έτσι, όλοι μαζί σκαρφαλώναμε στο λόφο και απομακρυνόμασταν, όσο πιο γρήγορα μπορούσαμε. Έστρεψα το κεφάλι μου προς τα πίσω. Είχε χαθεί από το οπτικό μου πεδίο η παλιά στάνη και ο ιδιοκτήτης της.

Λίγα μέτρα προτού φτάσουμε στην πυραμίδα, πέταξα με αποτροπιασμό την καραμπίνα του βοσκού σε ένα ρέμα. Χώθηκε αρκετά εκατοστά μέσα στο χιόνι. Ίσως, αν περνούσε κάποια ημέρα από εκείνο το σημείο, να την έβρισκε. Ακόμα και αν την ανακάλυπτε κάποιος άλλος, ήταν κάτι που αυτή τη στιγμή δε με ενδιέφερε καθόλου. Το φονικό αυτό εργαλείο που μόλις είχα ξεφορτωθεί, θα μπορούσε να μου αφαιρέσει τη ζωή πριν από λίγα λεπτά.

Ανατρίχιασα!

Προσπεράσαμε την πυραμίδα και βρεθήκαμε πλέον

σε ελληνικό έδαφος. Όλη αυτή την ώρα δεν είχαμε ανταλλάξει κουβέντα. Βαδίζαμε ταχύτατα προς το δάσος και ο μόνος σκοπός μας ήταν να φτάσουμε σύντομα στο φυλάκιο. Μόλις τα δέντρα μας κάλυψαν και μας κατάπιε αυτός ο χωρίς όρια πράσινος λαβύρινθος αρχαίων δέντρων, σταματήσαμε να πάρουμε μια ανάσα.

«Σ' ευχαριστώ, Διονύση. Δεν έχω άλλα λόγια για να σου εκφράσω την ευγνωμοσύνη μου».

«Ακόμα δεν μπορώ να καταλάβω τι συνέβη εκεί και ακόμα περισσότερο πώς μπόρεσα και έπραξα αυτό το πράγμα! Δε γνώριζα ότι είχα τόση τόλμη μέσα μου. Εκατό φορές αν με ρωτούσες, πριν απ' όλα αυτά, θα σου απαντούσα κατηγορηματικά ότι δεν υπήρχε περίπτωση να επιχειρήσω κάτι παρόμοιο! Και όμως το έπραξα! Το αξιοθαύμαστο είναι πως δεν ένιωσα φόβο. Τώρα είναι που αρχίζω και σκιάζομαι!» άρχισε να τρέμει.

«Ο δειλός φοβάται πριν τη μάχη και την εγκαταλείπει. Ο άνανδρος κατά τη διάρκεια της μάχης, αλλά τον γενναίο τον πιάνει φόβος, αφού τελειώσει η μάχη! Και εσύ Διονύση είσαι γενναίος! Πραγματικά μου έσωσες τη ζωή. Είσαι ο φύλακας άγγελός μου!» Τον αγκάλιασα!

Από τους μορφασμούς στο πρόσωπό του κατάλαβα ότι ένιωσε άβολα και μόνο χαμογέλασε.

Σε λιγότερο από μια ώρα επιστρέψαμε πανηγυρικά στο φυλάκιο. Σχεδόν όλοι βγήκαν έξω να δουν και να καλωσορίσουν τον Μήτσο. Ακόμα και ο Σούλιος με τον Μπόλιο, γεμάτοι μύξες και φλέματα, δημιούργησαν μια θριαμβευτική υποδοχή στο όμορφο τσοπανόσκυλο. Αυτό με τη σειρά του, δεν ήξερε προς τα που να δείξει τη χαρά και την ευγνωμοσύνη του. Ο δόκιμος και ο Λυτράκος μου έδιναν συγχαρητήρια, αλλά τα δέχθηκα μάλλον κρύα. Δεν ήθελα να οικειοποιηθώ την τιμή του ατόμου που έσωσε τον Μήτσο. Η τιμή αυτή ανήκε κυρίως στην αγέλη και στον Διονύση.

Αναλογιζόμουν συνεχώς το περιστατικό και με έπιασε ένα σφίξιμο στο στήθος. Έπαιξα με τη φωτιά και παραλίγο να καώ! Αν και είχα την πεποίθηση ότι ο βοσκός δεν είχε την ψυχική δύναμη να πατήσει τη σκανδάλη, όμως ποτέ δεν ξέρεις πως λειτουργεί το ανθρώπινο μυαλό, ιδίως υπό καθεστώς πίεσης.

Επιπλέον, ανησυχούσα μήπως είχαμε δημιουργήσει κάποιο διπλωματικό επεισόδιο με την εισβολή μας στη γειτονική χώρα και κυρίως με όλα τα δρώμενα εκεί μέσα. Δεν ήμουν για τέτοιου είδους μπελάδες τώρα. Προσπαθούσα να υποθέσω τι είχε στο μυαλό του αυτή τη στιγμή ο βοσκός. Μήπως θα ήθελε να μας εκδικηθεί; Μήπως ανέφερε το γεγονός σε κάποια αρμόδια αρχή της χώρας του; Απ' την άλλη, δεν είχε μάρτυρες για να επιβεβαιώσουν τα πεπραγμένα. Αυτή η σκέψη κάπως με ησύχασε. Το πιο συνετό θα ήταν να ενημερώσω τον δόκιμο.

Στο μεταξύ στη κουζίνα, ο Σανιδάς αφηγούταν τα πεπραγμένα με παραστατικότητα και αρκετές λεπτομέρειες. Ο δόκιμος άκουγε προβληματισμένος δίχως να διακόπτει τον αφηγητή. Βρέθηκα ήσυχα και εγώ ανάμεσα στους ακροατές. Τώρα έτσι όπως έγιναν τα πράγματα, θα μάθαιναν τα πάντα από τον Διονύση. Δεν τον διέκοψα καθόλου, αφού έτσι και αλλιώς έλεγε την αλήθεια. Σιγά – σιγά μια ομίχλη στο μυαλό μου με εμπόδιζε να παρακολουθήσω τη συνέχεια της αφήγησης. Ερχόταν στα αυτιά μου ένα μονότονο βουητό, δίχως να ξεχωρίζω λέξεις και φράσεις. Κάποια στιγμή προφανώς έδωσε τέλος στην ιστορία του, γιατί όλοι είχαν στρέψει τα βλέμματά τους πάνω μου.

«Ε... ναι, έτσι ακριβώς συνέβη» πέταξα αμήχανος ξύνοντας το μέτωπό μου.

«Θα μας βάλεις σε μεγάλους μπελάδες, Λάσκαρη» με επέπληξε ο δόκιμος με αυστηρότητα. Ήταν η πρώτη φορά που μου μιλούσε με τέτοιο ύφος. Τον κατανοούσα και είχε δίκιο. «Έτσι και μαθευτεί αυτό προς τα έξω, θα μπλέξετε με στρατοδικεία και ύστερα άντε να βγάλεις άκρη!» συνέχισε σε υψηλό τόνο.

Ο Σανιδάς ξεροκατάπιε. Τα βλέμματά μας συναντήθηκαν. Αόριστα δυσοίωνα προαισθήματα με κυρίεψαν. Χαμήλωσα το πρόσωπο και κάθισα στην καρέκλα. Μια σκέψη μου ερχόταν στο μυαλό: πήρα τον Διονύση στον λαιμό μου! Αν ο δόκιμος ανέφερε το περιστατικό ή αν από κάπου διέρρεε στην Καστοριά, στον διοικητή, η κατάσταση θα περιπλεκόταν. Ίσως την πλήρωνε και ο δόκιμος και δεν το άξιζε. Αγαπούσε την ησυχία και την τάξη, μας επέτρεπε να περνάμε την ώρα μας λες και ήμασταν σε κατασκήνωση και τώρα τον βάζαμε σε μεγάλους μπελάδες.

«Δόκιμε, θέλω να μιλήσουμε ιδιαιτέρως, αν γίνεται» τον παρακάλεσα.

Μου έκανε νόημα να πάμε στο δωμάτιό του. Μόλις κλείδωσε, το τσιτωμένο δέρμα του προσώπου του χαλάρωσε. «Κοίταξε Λουκά, όσο κυκλοφορείς εκεί έξω, τόσο περισσότερες οι πιθανότητες να συμβούν διάφορα. Γνωρίζεις την άποψή μου: είμαστε χαλαροί, δε θέλουμε να δημιουργούμε προβλήματα που θα κάτσουν στον σβέρκο μας, περνάνε οι μέρες, πλησιάζει η απόλυση. Αυτή είναι η θέση μου. Εκτός αν θεωρείς ότι σας πιέζω και περνάτε και άσχημα εδώ».

«Κάθε άλλο, δόκιμε! Ομολογώ ότι περνάμε τέλεια. Θα ήμουν, αν μη τι άλλο, παράλογος, αν είχα έστω και ένα παράπονο».

«Την πρώτη φορά παραλίγο να σε ξεσκίσει μια αγέλη τσοπανόσκυλων και γλιτώνεις παρά τρίχα, όπως είπες. Τη δεύτερη, με την αρκούδα να περιφέρεται γύρω από το φυλάκιο, πας βόλτα στο δάσος για να τη βρεις, λες και είναι ζωολογικός κήπος εκεί. Είδες πουθενά κάγκελα; Τώρα, όχι μόνο περνάς ένοπλος υπαξιωματικός σε άλλο κράτος παράνομα, αλλά κοντεύεις και να σκοτωθείς! Γιατί; Για έναν σκύλο; Αξίζει για ένα παλιόσκυλο να χάσεις τη ζωή σου; Ποιος σ' άφησε να κάνεις όλα αυτά; Εγώ! Κατανόησε και λίγο τη θέση μου, η οποία είναι λεπτή. Αν πάθει κάποιος από εσάς το παραμικρό, όταν θα με ανακρίνουν, τι να τους απαντήσω; Τι σόι επικεφαλής είμαι που δεν μπορώ να ελέγξω τους οπλίτες μου; Δεν είσαι κανένα παιδάκι που δεν του κόβει. Έλα στη θέση μου! Είμαι υπεύθυνος για εννέα ανθρώπους εδώ».

Είχε μαλακώσει κάπως και μου μιλούσε περισσότερο ως φίλος και λιγότερο ως αξιωματικός. Είχε όμως μια απογοήτευση ζωγραφισμένη στα μάτια του.

«Ειλικρινά συγγνώμη. Θα είμαι υπέρ του δέοντος προσεχτικός από εδώ και έπειτα. Στο υπόσχομαι. Θα αναφέρεις τίποτα στον διοικητή;» ρώτησα δειλά με τους ώμους μου καμπουριασμένους μετά την κατσάδα.

«Τρελός είσαι; Τι να του αναφέρω; Θα μας πάρει η μπάλα όλους με τη σειρά! Μακάρι να μη γίνει θέμα από την άλλη πλευρά και ζητήσουν λόγο».

«Ένα λεπτό! Τώρα που το σκέφτομαι, ο Αναστάσης μπορεί να δώσει κάποια λύση στο πρόβλημα. Αυτός γνωρίζει όλους τους βοσκούς από τα γύρω αλβανικά χωριά. Ας τον ρωτήσουμε» συνέστησα έπειτα από μια αναλαμπή επίγνωσης.

«Μπράβο, σωστά! Τηλεφώνησέ του αμέσως και πες

του να έρθει στο φυλάκιο».

Πήγα στο σαλόνι και τηλεφώνησα στο σπίτι του Αναστάση. Ήλπιζα να ήταν εκεί. Κουδούνισε τέσσερις φορές και πριν τη πέμπτη, τον άκουσα στην άλλη άκρη της γραμμής.

«Γεια σου Αναστάση, ο Λουκάς είμαι. Σε παρακαλώ, έλα όσο πιο γρήγορα μπορείς στο φυλάκιο».

«Τι είναι παιδί μου; Τρέχει κάτι σοβαρό;»

«Όχι. Όμως σε θέλουμε με τον δόκιμο για να μας διαφωτίσεις για ένα ζήτημα που προέκυψε».

«Εντάξει, σε λίγη ώρα θα είμαι εκεί».

Μάλιστα! Ο Αναστάσης ίσως μπορούσε να μας βοηθήσει. Αν χρειαζόταν να βρει αυτό τον βοσκό και να λύσει το θέμα, ακόμα καλύτερα!

Σε δέκα λεπτά ακούστηκε το αγροτικό του αυτοκίνητο. Πάρκαρε και αμέσως εισήλθε στο κτήριο. Ο δόκιμος, χωρίς χρονοτριβές, τον οδήγησε στο δωμάτιό του. Ο Αναστάσης φάνηκε να απορεί με όλη αυτή την αναστάτωση. Ο δόκιμος κλείδωσε την πόρτα.

«Τι συμβαίνει Ανδρέα; Λουκά;»

Είχε ξεθωριάσει από τη μνήμη μου το μικρό όνομα του δοκίμου, αφού ποτέ δεν τον αποκάλεσα με αυτό.

«Είδα τον σκύλο σας έξω. Δε σου είπα ότι θα επέστρεφε;»

Δίχως χασομέρια του αφηγήθηκα επακριβώς όλα τα γεγονότα. Κούνησε δυο τρεις φορές σκεφτικός το κεφάλι του και τελικά εμφανίστηκε ένα μειδίαμα στα χείλη του. «Ο Μπεχάρ! Πώς δεν το σκέφτηκα από την αρχή;»

«Ο Μπεχάρ; Φαντάζομαι ότι τον γνωρίζεις, σωστά;»

«Πώς δεν τον γνωρίζω; Λωποδύτης μεγάλος! Γνωστός και μη εξαιρετέος! Είναι μεγάλο μούτρο. Όπως στο λέω! Βεβαίως, έχει χρόνια να δράσει. Είχε ηρεμήσει τα τελευταία χρόνια. Παλιότερα είχε ρημάξει τον κόσμο στο κλέψιμο και στην Αλβανία και εδώ σε εμάς. Τα πάντα έκλεβε: από σπίτια, από στάνες, ό,τι έβρισκε! Ζώα, πράγματα, χρήματα, ό,τι θέλεις! Μόλις του γυάλιζε κάτι, το άρπαζε στο άψε σβήσε. Λένε πως αν δεν έβρισκε κάτι να κλέψει, έσκυβε και έπαιρνε μια πέτρα για να μη φύγει με άδεια χέρια! Τόση μανία είχε με την κλεψιά! Εννοείται ότι έφαγε άγριο ξύλο ουκ ολίγες φορές και από δικούς του και από δικούς μας».

«Λες να μην ανησυχούμε;» τον ρώτησε ο δόκιμος.

«Η φωλιά του είναι πολύ λερωμένη. Πρώτα απ' όλα, κανείς δεν τον παίρνει στα σοβαρά, αφού και κανείς δεν τον έχει σε εκτίμηση. Ακόμα και αν τον πιστέψουν, κανένας δε θα είχε τη διάθεση να τον βοηθήσει! Όλοι τον αντιπαθούν. Ίσα – ίσα που θα χαρούν για το πάθημά του!»

«Μα αν πάει στην αστυνομία και καταγγείλει το γεγονός;» αναρωτήθηκα.

«Ποιος; Αυτός; Να πάει στην αστυνομία; Μα αν πάει, θα τον βάλουν μέσα. Είναι σεσημασμένος! Γι' αυτό με φωνάξατε; Για τον Μπεχάρ; Ελάτε, σοβαρευτείτε!» κάγχασε.

Έβγαλα έναν αναστεναγμό. Ένιωθα να μου φεύγει ένα βάρος από μέσα. Χίλια ευχαριστώ στον Αναστάση! Είχε αυτό το χάρισμα να μας μεταδίδει ηρεμία και χαλαρότητα και να νιώθουμε ευχάριστα. Το ίδιο έπραξε για μια ακόμα φορά.

Ο δόκιμος ανακουφισμένος ξεκλείδωσε την πόρτα. Ο Αναστάσης κινήθηκε προς τον θάλαμο των οπλιτών. Ευχήθηκε περαστικά στον Σούλιο και στον Μπόλιο. Έβγαλε μέσα από το μπουφάν του μια σακούλα που περιείχε κάποια κουτάκια με χυμούς και τα έδωσε στους δυο ασθενείς μας.

«Θα προτιμούσα, κανένα μπουκαλάκι με "αγιασμό"!» διευκρίνισε ο Σούλιος.

«Μόλις γίνετε καλά, θα οργανώσουμε μια συνεστίαση στο σπίτι μου».

«Θα έχεις και εκείνα τα πεντανόστιμα λουκάνικα;» ρώτησε κάτω από τα κλινοσκεπάσματά του ο Μπόλιος.

«Φυσικά και θα έχω».

«Μήπως θα έχεις και από τα φασόλια σου μαζί με εκείνο το τουρσί που φτιάχνεις» ρώτησε αυτή τη φορά ο Σούλιος.

«Και απ' αυτά θα έχουμε. Μη στενοχωριέστε. Ο θείος Αναστάσης θα σας φροντίσει!» Μας αποχαιρέτισε και αναχώρησε διακριτικά.

Εν τω μεταξύ, εξιστόρησα στους τρεις φίλους μου τι ειπώθηκε ανάμεσα σε μένα, τον δόκιμο και τον Αναστάση. Ο Σανιδάς φάνηκε να αναζωογονείται. Το ροδαλό του χρώμα είχε επανέλθει.

«Και μη ξεχνάς, είσαι πάντα ο ήρωας μου» τον επαίνεσα.

«Έλα, έλα, μη με κάνεις να ντρέπομαι».

«Τι λες, ετοιμάζουμε ένα βασιλικό γεύμα στα σκυλιά;»

«Καλή ιδέα! Ο Μήτσος μου φάνηκε λίγο κομμένος. Ώρα να ξαναβάλει τα κιλά που έχασε!» συμφώνησε και πήγε στη κουζίνα για να ετοιμάσει το γεύμα για τους τετράποδους φίλους μας.

Πέρασαν λίγες μέρες με ηρεμία. Το τσουχτερό κρύο εξακολουθούσε να υφίσταται, όμως δίχως χιονόπτωση. Δε δοκίμασα να ξεμυτίσω για κάποιον περίπατο στα γύρω μέρη. Αναλώθηκα σε διάβασμα και σε έντονη χαρτοπαιξία με Σανιδά, Λυτράκο και Σούλιο, ο οποίος είχε ξεπεράσει την ασθένειά του, όπως και ο Μπόλιος. Ο τελευταίος δεν έπαιζε χαρτιά, ούτε για πλάκα, όπως κάναμε εμείς, καθώς τα απεχθανόταν. Μας συντρόφευε ολιγόλογος, όπως το συνήθιζε. Όσο για τον Αναστάση, είχα να τον δω από την τελευταία του επίσκεψη στο φυλάκιο, όταν τον είχαμε καλέσει με τον δόκιμο για το θέμα του βοσκού.

Απ' την άλλη, οι σκύλοι μας περιφέρονταν καμιά φορά γύρω από το φυλάκιο για να ξεσκάσουν, αλλά δεν απομακρύνονταν και πολύ. Τους παρακολουθούσα κάποιες φορές να προσεγγίζουν τα όρια του δάσους ή να πλησιάζουν στο χωριό αλλά μέχρι εκεί. Επέστρεφαν γρήγορα βαριεστημένοι και απρόθυμοι για οτιδήποτε άλλο. Συνήθως, τους έβρισκες ξαπλωμένους κάτω από το υπόστεγο της εισόδου στο κτήριο, απλωμένους πάνω στα πατάκια, που είχαμε στρώσει για να μη κρυώνουν. Επιπλέον, έτρωγαν βασιλικά, επειδή είχαμε αρκετό περίσσευμα φαγητού. Είχα την εντύπωση πως οι τετράποδοι φίλοι μας διήγαν έναν άνετο και όμορφο βίο!

Αύριο πάντως ήταν η μεγάλη μέρα. Ερχόταν η Παρασκευή, η μέρα που θα συναντούσα την Αριάδνη. Άραγε το θυμόταν; Μήπως μου έδινε "άκυρο", όπως λέγαμε και στον στρατό; Μου έρχονταν κάποιες αρνητικές σκέψεις, αλλά τις έδιωχνα αμέσως. Γιατί να μην εμφανιζόταν; Είχε δείξει έντονη διαχυτικότητα προς το πρόσωπό μου, που θα ενθουσίαζε κάθε άνδρα. Όσο περνούσαν οι ώρες, τη σκεφτόμουν όλο και εντονότερα, τόσο που κάποια στιγμή είχε μονοπωλήσει τις σκέψεις μου.

Έπρεπε να προετοιμαστώ κατάλληλα και πρώτα απ' όλα καλό θα ήταν να εξασφαλίσω μεταφορικό μέσο. Από ποιον άλλον; Από τον Αναστάση βεβαίως. Του τηλεφώνησα και τον παρακάλεσα, αν είχε την καλοσύνη, να με πετάξει ως τον Άγιο Γερμανό και έπειτα να μας μεταφέρει στους Ψαράδες.

«Δεν θα πρέπει όμως να επιστρέψεις κάποια στιγμή;» ρώτησε από την άλλη άκρη της γραμμής.

«Χμ, ναι. Θα βρω κάποιο τρόπο».

«Τι ναι; Θα με πάρεις τηλέφωνο να έρθω να σε πάρω, ό,τι ώρα και να 'ναι».

«Είσαι μάλαμα, Αναστάση. Ευχαριστώ».

«Τον Θεό! Εγώ μια μικρή εξυπηρέτηση θα κάνω».

Έκλεισα το ακουστικό ενθουσιασμένος. Τι μεγάλη καρδιά είχε ο Αναστάσης! Τέτοιοι μεγαλόκαρδοι άνθρωποι σπανίζουν σήμερα!

Ωραία, ένα πρόβλημα είχε λυθεί. Τώρα έπρεπε να κάνω μια έρευνα στη γκαρνταρόμπα μου. Κατευθύνθηκα προς τον φωριαμό μου για να διαλέξω τα ρούχα που θα φορούσα στη συνάντηση. Εντάξει, ομολογώ, δεν είχα και πολλές επιλογές! Τουλάχιστον, ας εμφανιζόμουν με μια αμφίεση αξιοπρεπή και με έναν καλλωπισμό που να μη βρωμάει φανταρίλα από χιλιόμετρα!

Το πιο κόσμιο ρούχο που αλίευσα ήταν ένα πουκάμισο γκρι με μαύρες ρίγες. Επίσης, βρήκα και ένα τζην παντελόνι. Υποφερτά! Όσον αφορά τα υποδήματα, είχα ακόμα λιγότερες επιλογές, την εξής μία: ένα ζευγάρι αθλητικά. Ήταν από γνωστή εταιρία αθλητικών ειδών, κάτι που του προσέδιδε κάποιο κύρος! Συν τοις άλλοις, είχα το στιλάτο και σε καλή κατάσταση μπουφάν και έτσι έκλεισα με αυτό το θέμα. Αρκεί να έβρισκα κάποιο σίδερο για να ισιώσω το τσαλακωμένο πουκάμισο. Ρώτησα τους συναδέλφους στον θάλαμο αν μπορούσαν να με εξυπηρετήσουν. Όπως το φαντάζομουν, κανένας δεν ήταν σε θέση. Τι περίμενα; Ίσως ο δόκιμος να διέθετε, έτσι που αγαπούσε την τάξη και την καθαριότητα.

Πήγα στο δωμάτιο του να τον ρωτήσω. Χωρίς να μου απαντήσει, άνοιξε το ντουλαπάκι του και έβγαλε ένα μικρό σίδερο που έμοιαζε περισσότερο με παιδικό παιχνίδι. Πήρα λοιπόν το εργαλείο, τσέπης θα το χαρακτήριζα, και έφυγα για τον θάλαμο.

Τώρα από σιδέρωμα, δε μπορώ να πω πως ήμουν και ειδήμων! Λίγες ήταν οι απόπειρές μου και αυτές δε θα έλεγα ότι είχαν στεφθεί με απόλυτη τελεσφόρηση. Να 'ναι καλά η μανούλα μου! Ακόμα και όταν σπούδαζα στην Αμερική, μόλις μαζεύονταν πολλά ρούχα, έβρισκα κάποια συμφοιτήτριά μου, με το αζημίωτο, να με βοηθήσει σε αυτή τη βαρετή διαδικασία. Θα χαρακτήριζα λοιπόν το σημερινό σιδέρωμα ως ένα εξαιρετικά δύσκολο εγχείρημα.

Άπλωσα το πουκάμισο με προσεχτικές κινήσεις, σχεδόν ευλαβικές, πάνω στο κρεβάτι μου. Ξεκίνησα από τα μεγάλα τμήματα του υφάσματος, όπου δεν είχα και ιδιαίτερες δυσκολίες. Εν συνεχεία, ασχολήθηκα με τα μανίκια. Ήταν πιο επίμοχθη διαδικασία, αλλά νομίζω ότι το πέτυχα. Αυτό που με ανησυχούσε ήταν το τελικό στάδιο, αυτό το οποίο περιελάμβανε τον γιακά. Μου φαινόταν περίπλοκη περίπτωση. Θα ήμουν τυχερός αν δεν έκαιγα κανένα δάχτυλο! Ποτέ δε φανταζόμουν ότι το σιδέρωμα θα είχε τόσο μεγάλες δυσκολίες. Αδυνατούσα να κεντράρω το σίδερο επάνω στον γιακά. Ζήτησα τη βοήθεια των Σούλιου και Μπόλιου. Αυτοί τον τραβούσαν, ο ένας από δεξιά και ο άλλος από αριστερά για να τεντώσει. Έτσι, με τα δύο χέρια πλέον, είχα τη δυνατότητα να πατήσω ευκολότερα το ύφασμα.

«Πρόσεχε τα δάχτυλά μας!» με προειδοποίησε ο Σούλιος.

«Πρώτη φορά βλέπω τρεις ανθρώπους να σιδερώνουν ένα πουκάμισο» μας χλεύασε ο Σανιδάς, που εμφανίστηκε τρώγοντας ένα μήλο.

Τελικά, η δουλειά αποπερατώθηκε. Νομίζω ότι κάτι κάναμε. Πήρα με απαλές κινήσεις το πουκάμισο, σα να κρατούσα βελούδινη πορφύρα και το πέρασα πάνω στην κρεμάστρα, την οποία τοποθέτησα πίσω στη θέση της.

Μια που είχα πάρει το κολάι, έριξα και ένα σιδέρωμα στο παντελόνι. Αυτό το έκανα εντελώς μόνος μου! Ήταν αρκετά πιο εύκολο. Έπειτα, με ένα πανάκι καθάρισα και περιποιήθηκα τα αθλητικά παπούτσια. Αφού έλαμψαν, ξαναμπήκαν στο φωριαμό.

Αργά το απόγευμα, επιδοθήκαμε σε ευγενή αθλήματα, όπως λόγου χάρη, χαρτιά και τάβλι. Ο Λυτράκος ήταν εξαιρετικός παίχτης, το ίδιο και ο Σανιδάς, παρόλο που είχε και την ιδιαίτερη εύνοια της τύχης στις ζαριές του. Έχανα τη μια παρτίδα πίσω από την άλλη.

Τον μόνο που κέρδιζα συνεχώς ήταν ο Σούλιος που, μετά βεβαιότητας, ήταν χειρότερος από εμένα. Ασφαλώς, ήταν κάτι που δεν το παραδεχόταν! Ήταν τόσο πεισματάρης και εγωιστής που απέδιδε την κάκιστη απόδοσή του στον παράγοντα τύχη. Τα κακόμοιρα τα ζάρια άκουσαν αμέτρητα κοσμητικά επίθετα. Αν είχαν αυτιά, θα είχαν κουφαθεί από τις αγριοφωνάρες του! Πέταξε αρκετές φορές το τάβλι στο πάτωμα από τα νεύρα του, που με κόπο μαζεύαμε τα σκόρπια πούλια, και κάθε φορά σηκωνόταν με ένα τσιγάρο στο στόμα και έκανε μια βόλτα μέσα στο φυλάκιο για να ηρεμήσει. Επέστρεφε πιο ήρεμος και αποφασισμένος για τη ρεβάνς.

Μόλις τελείωσε η τελευταία παρτίδα και, αφού και πάλι έχασε στην τελευταία ζαριά, σηκώθηκε μαινόμενος και κλώτσησε όσες καρέκλες βρέθηκαν στο διάβα του. Ξεσπάσαμε σε τρανταχτά γέλια και μακάρι να είχαμε μια κάμερα να τον αποθανατίσουμε! Έδινε μια ξεκαρδιστική παράσταση. Όμως, έπειτα από δυο λεπτά, ξέχασε την υπερβολική συμπεριφορά του και ηρέμησε, όπως πάντα.

Την ώρα των εύθυμων αυτών καταστάσεων ακούσαμε ήχο μηχανής και τα σκυλιά να ουρλιάζουν. Διαμέσου του παραθύρου του σαλονιού, είδαμε ένα κόκκινο άγνωστο τζιπάκι. Ακούσαμε την κόρνα του οχήματος, ενώ τα σκυλιά μας το είχαν κυκλώσει με επιθετική διάθεση. Βγήκαμε έξω με τον δόκιμο και τον Σανιδά. Πρόσταξα τα σκυλιά να ηρεμήσουν. Αυτά αποτραβήχτηκαν, αλλά η περιέργειά τους παρέμενε. Ο Σανιδάς τα αποτράβηξε ακόμα παραπέρα.

Άνοιξαν οι πόρτες του αυτοκινήτου και αποβιβάστηκαν οι επιβάτες του. Εμφανίστηκαν δυο, μάλλον παχουλοί, άντρες γύρω στα πενήντα με πενήντα πέντε, ντυμένοι με παραλλαγές, αλλά από αυτές που φορούν συνήθως οι κυνηγοί. Η πινακίδα του αυτοκινήτου παρέπεμπε στην Αθήνα.

«Γεια σας, λεβέντες» μας χαιρέτισε αυτός που κατέβηκε από τη θέση του οδηγού, με τα παχουλά μάγουλα και το έντονο προγούλι που κρεμόταν σαν σακούλα!

«Καλησπέρα σας» συμπλήρωσε και ο δεύτερος που είχε κάποια κιλά λιγότερα από τον πρώτο, δίχως όμως να τον αποκαλείς αδύνατο.

«Γεια και σε σας» ανταπόδωσε ο δόκιμος.

«Φαντάζομαι εσύ είσαι ο επικεφαλής δόκιμε» διαπίστωσε ο συνοδηγός, παρατηρώντας τα διακριτικά στον γιακά του.

«Εγώ είμαι. Εσείς ποιοι είστε αν επιτρέπεται;»

«Εγώ είμαι ο Αργύρης και αυτός ο Κώστας. Είμαστε κυνηγοί από την Αθήνα. Είχαμε ένα περίεργο περιστατικό».

«Τι περιστατικό;» ρώτησε ο δόκιμος.

«Να, έτσι όπως προχωρούσαμε στο δάσος, στο βουνό πίσω από το χωριό, ακούσαμε έναν σαματά από γρυλλίσματα. Πλησιάσαμε και ανακαλύψαμε κάτι αποτρόπαιο: μια αγέλη λύκων κατασπάραζε έναν μεγάλο σκύλο, ολόμαυρο με χαρακτηριστικές άσπρες πατούσες. Τον κακόμοιρο! Γι' αυτό ήρθαμε να σας ρωτήσουμε αν ο σκύλος ήταν δικός σας, γιατί, απ' όσα πληροφορηθήκαμε, δεν ανήκε σε κανέναν απ' το χωριό.

«Πόσοι λύκοι ήταν περίπου;» ρώτησα.

«Θα ήταν οχτώ – εννιά».

Κοιταχτήκαμε συνωμοτικά με τον Σανιδά.

«Αυτός ο σκύλος δεν ανήκε σε κανέναν. Είχε τη δική του αγέλη» ενημέρωσα τον κυνηγό.

«Εμείς πάντως εξαφανιζόμαστε απ' εδώ! Είναι πολύ επικίνδυνα στα γύρω δάση. Να προσέχετε». Επιβιβάστηκαν στο αυτοκίνητο και πολύ γρήγορα αναχώρησαν.

Με έπιασε θλίψη και τρόμος. Λυπήθηκα για τον χαμό του Τρόμου αλλά και αναρίγησα από τρόμο για την ύπαρξη της αγέλης. Οι σκέψεις χόρευαν στο μυαλό μου, ωστόσο δεν ήθελα να καταλήξω σε επισφαλή συμπεράσματα.

Συζητήσαμε για λίγη ώρα ακόμα και ύστερα οι περισσότεροι πήγαμε για ύπνο. Όταν ξαπλώσαμε στα διπλανά κρεβάτια με τον Σανιδά, αυτός κοιτάζοντάς με, κόλλησε τον δείκτη του στον κρόταφο. «Είδες που στα έλεγα;»

Προσποιήθηκα πως δεν κατάλαβα τι εννοούσε.

«Άκουσες τι είπαν οι κυνηγοί; Τυχεροί ήμασταν τις προάλλες!»

«Άσε τις υπερβολές, Διονύση! Όπως είδες, ούτε εγώ, ούτε εσύ πάθαμε κάτι. Εξάλλου, μπορεί και να υπερβάλουν. Ο Τρόμος μετά τη μάχη με τα σκυλιά μας, ίσως ήταν βαριά τραυματισμένος. Επομένως, αφού δεν τα κατάφερε και ξεψύχησε, τον βρήκαν οι λύκοι και τον κατασπάραξαν. Είμαι σίγουρος ότι αυτό έγινε».

«Όπως και να έχει το πράγμα, καλύτερα να αποφεύγουμε τις πολλές περιηγήσεις. Δεν ξέρεις από πού θα σου έρθει! Αρκούδες, λύκοι, άγρια σκυλιά, σκυλοκλέφτες! Όλα αυτά αυξάνουν κατακόρυφα την επικινδυνότητα της περιοχής».

Γέλασα με την καρδιά μου. Ο Σανιδάς, ως συνήθως, είχε κυριευτεί από σκεπτικισμό και απαισιοδοξία και ομολογώ ότι το πρόσωπό του σκοτείνιαζε από τέτοιες σκέψεις και έμοιαζε κωμικό.

«Άντε καληνύχτα. Αύριο έχω ραντεβού και πρέπει να είμαι φρέσκος». Τον άκουσα να αναστενάζει βαριά.

Κοιμήθηκα αρκετά και ξύπνησα με καλή διάθεση. Έβαλα νωχελικά τις παντόφλες μου και έστρωσα το κρεβάτι μου. Πήγα προς τον φωριαμό και πήρα τα ξυριστικά μου. Όταν έφτασα στις τουαλέτες, ο Σούλιος στον διπλανό νιπτήρα έπλενε με άγαρμπες κινήσεις τα δόντια του. Τον καλημέρισα και μου ανταπόδωσε με γεμάτο οδοντόκρεμα στόμα.

Άπλωσα προσεχτικά τον αφρό στο πρόσωπό μου, ώσπου να καλύψει ολόκληρη τη γενειοφόρα περιοχή. Με λεπτεπίλεπτες κινήσεις, ξεκίνησα να ανεβοκατεβάζω το ξυράφι. Οι λεπίδες γλιστρούσαν τόσο άνετα, όπως ο σκιέρ πάνω στο χιόνι. Μόλις καθάρισα το πρόσωπό μου από τα γένια, είχε έρθει η στιγμή για το "πότισμα". Έβαλα μια σεβαστή ποσότητα από άφτερ σέϊβ στις παλάμες μου και άρχισα να σκαμπιλίζω το φρεσκοξυρισμένο δέρμα. Έπειτα, το άπλωσα σε όλη την περιοχή. Τελείωσα και μύριζα υπέροχα. Εισέπνευσα βαθιά για να επαναβεβαιωθώ. Έφτυσα στον αέρα για να μη με ματιάσω! Το πρώτο στάδιο καλλωπισμού είχε φτάσει στο τέρμα του. Ώρα για καφεδάκι.

Η κουζίνα θα έλεγα ότι εκείνη τη στιγμή ήταν ο δημοφιλέστερος χώρος του φυλακίου. Σχεδόν όλοι βρίσκονταν εκεί και πάλευαν για να πάρουν σειρά και να φτιάξουν τον καφέ τους. Ακόμα και ο Καζώνης έστεκε στη σειρά γεμάτος νεύρα και ανάμενε να έρθει η σειρά του.

Ο Σανιδάς με τον Μπόλιο, στη γωνιά του τραπεζιού,

έπιναν άνετοι μέσα από τα φλιτζάνια τους. Ο Λυτράκος, υπό την επίβλεψη του δοκίμου, ετοίμαζε το μενού. Σε κάθε του ερώτηση απαντούσε γελαστά και εξηγούσε πως με τον συγκεκριμένο τρόπο μαγειρέματος, το ψητό θα γινόταν εξαιρετικά εύγευστο. Ο δόκιμος, αν και είχε αντιρρήσεις, τον άφησε να το μαγειρέψει με τον τρόπο που πρότεινε.

Όταν ήρθε επιτέλους η σειρά μου, έφτιαξα το καφεδάκι μου και το απόλαυσα σιγά – σιγά. Τα πειράγματα του Σανιδά και του Μπόλιου έδιναν και έπαιρναν και μόλις εμφανίστηκε και ο Σούλιος, το καρέ συμπληρώθηκε. Αφού ασχολήθηκαν με το περίτεχνό μου ξύρισμα, συνέχισαν με συμβουλές, δίχως να τους τις ζητήσω, όσον αφορά τη στρατηγική που έπρεπε να ακολουθήσω στο ραντεβού με την Αριάδνη. Τους άκουγα με ευχαρίστηση μειλίχιος και έδειχνα δήθεν ενδιαφέρον για όσα έλεγαν. Όταν κουράστηκα να τους ακούω, σηκώθηκα και βγήκα έξω.

Φανταστική ατμόσφαιρα! Παρά την ψύχρα, ο πεντακάθαρος αέρας άγγιζε το δέρμα και μου προκαλούσε ευφορία. Μια λεπτή άλικη κορδέλα έζωνε τον ορίζοντα προαναγγέλλοντας τον ήλιο. Αυτός, έστω και αδύναμος, συνέχιζε την ανάβασή του στα υψηλότερα στρώματα του ουρανού, παλεύοντας να ζεστάνει την πλάση. Με εξίταρε το γεγονός να διάγω ένα βίο κομψής απομόνωσης, όπως εδώ στο φυλάκιο. Ένιωθα απαλλαγμένος από καταναγκασμούς και αγαλλίαζα που δεν ενέδιδα στα ελαττώματα της μικροαστικής ματαιοδοξίας, η οποία με έφθειρε.

Κινήθηκα προς τα σκυλιά και κάθισα ανάμεσά τους στο πεζούλι. Ο Μήτσος προσπάθησε να χαϊδευτεί πάνω μου, αλλά ο Έκτορας με ένα απειλητικό γρύλλισμα τον έκανε να τραβηχτεί αμέσως. Τοποθέτησε το κεφάλι του ανάμεσα στους μηρούς μου και άρχισε να γλύφει το χέρι μου. Η τραχιά του γλώσσα κινούνταν πάνω κάτω μέσα στην παλάμη μου. Τελικά, ένας σκληρός αρχηγός μπορεί να έχει και αυτός τις ευαισθησίες του! Η αποδοχή του με ευχαριστούσε και με γέμιζε ικανοποίηση.

Όμως, ως όφειλα για να είμαι δίκαιος, με το άλλο χέρι χάιδευα την Κούλα και την Ίρμα. Ο Μήτσος κοίταζε με αγωνία και ενδοιασμούς λίγο πιο πέρα. Μόλις του έγνεψα, πήδηξε απάνω μου και με έλουσε με τα σάλια του. Ένα κουβάρι άνθρωπος και ζώα, αποδίδαμε ευγνωμοσύνη και εκδηλώναμε την εμπιστοσύνη μας μεταξύ μας. Αυτά τα υπέροχα πλάσματα άξιζαν μια πραγματικά ανθρώπινη συμπεριφορά, ένα χάδι, μια αγκαλιά.

Αφού ολοκλήρωσα τις στοργικές μου στιγμές, επέστρεψα μέσα και τηλεφώνησα στον Αναστάση. Κανονίσαμε να έρθει να με πάρει στη μιάμιση το μεσημέρι. Στις δύο θα ήμουν στον Άγιο Γερμανό και ήλπιζα να ερχόταν και η Αριάδνη. Δεν ήθελα καν να φαντάζομαι το αντίθετο! Στο κάτω – κάτω, το βράδυ θα ξεκινούσε η βάρδιά της στο μπαρ, επομένως θα τη συναντούσα και θα της ζητούσα εξηγήσεις, αν δεν ήταν αξιόπιστη.

Όταν έφτασε, επιτέλους η προκαθορισμένη ώρα, εξήλθα από το φυλάκιο και ανέμενα με ιδιαίτερη αγωνία τον Αναστάση. Οι συνάδελφοί μου ήρθαν να με ξεπροβοδίσουν, λες και έφευγα μετανάστης! Μέχρι και τα σκυλιά, που χόρευαν τριγύρω μας, είχαν εξαιρετική διάθεση, η οποία εκδηλωνόταν μέσω των παιχνιδιών τους και της ζωηράδας τους και έκαναν να μοιάζει η επικείμενη αναχώρησή μου με ένα είδος γιορτής.

Με τις παροτρύνσεις τους ο Σανιδάς και ο Σούλιος με άγ-

χωναν ακόμα περισσότερο. Αυτό το ραντεβού το είχαν ανα-
γάγει σε μείζον θέμα, που δεν ξέρω αν βρίσκονταν στη θέση
μου πως θα αντιδρούσαν και τι θα είχαν στο μυαλό τους.
Πάντως στο δικό μου κεφάλι κυριαρχούσαν ένας σωρός
σκοτεινές σκέψεις. Πάλευα όμως να γεννήσω πιο αισιόδοξες
μέσα μου. Μονάχα ο Μπόλιος είχε μια υποψία για την ψυ-
χολογική μου κατάσταση και μου είπε, όπως συνήθιζε με
ηρεμία, ότι όλα θα πήγαιναν καλά. Ομολογώ πως μου μετέ-
δωσε αυτή την ηρεμία του και με γαλήνεψε σε μεγάλο βαθμό.
Άρχισα να αναλογίζομαι την κατάσταση πιο θετικά.

Έπειτα από λίγο ακούσαμε μηχανή αυτοκινήτου να
πλησιάζει στο φυλάκιο. Ο γνωστός αυτός ήχος προερ-
χόταν βεβαίως από το αγροτικό του Αναστάση, το οποίο
αγκομαχούσε στην ανηφόρα. Στιγμές αργότερα είχε
φτάσει και είχε σταματήσει μπροστά μας. Βγήκε από το
αυτοκίνητο χαιρετώντας εγκάρδια έναν – έναν και, αφού
βέβαια ο Σούλιος αυτοπροσκαλέθηκε για ένα τσίπουρο το
βράδυ στο σπίτι του, εγώ αμίλητος άνοιξα την πόρτα του
συνοδηγού και κάθισα στη θέση μου.

Ξεκινήσαμε αργά και αμίλητοι, τουλάχιστο ώσπου να
βγούμε από τα όρια του χωριού. Εκείνη τη στιγμή με ένα
ύποπτο χαμόγελο να διαγράφεται στα χείλη του με ρώ-
τησε αν ήμουν έτοιμος.

«Είμαι πανέτοιμος».

«Εμένα πάλι γιατί δε μου φαίνεσαι; Έχεις δει τα
μούτρα σου; Σε ραντεβού πας ή σε κηδεία;»

Κοιτάχτηκα στον καθρέπτη. Πέρα από το χλομό μου
πρόσωπο, το οποίο είχε απολέσει την ερυθρότητα που
πάντα είχε, τα καστανά μου μάτια έδειχναν πιο σκούρα
και κενά απ' ότι με είχαν συνηθίσει! Με είχε υποσκελίσει η

ηττοπάθεια και είχα ένα βλέμμα που έκρυβε ανεκπλήρωτη προσδοκία! Τελικά, όσο άνετος και να προσπαθούσα να φανώ απέναντι στους άλλους και κυρίως στον εαυτό μου, σίγουρα είχα αγχωθεί περισσότερο από το επιτρεπτό.

Ο Αναστάσης με μια επιδέξια κίνηση, έβγαλε από τη τσέπη του πανωφοριού του ένα τσίγκινο φλασκί και μου το έδωσε. «Πιες λίγο να συνέλθεις».

«Τι είναι;»

«Σίγουρα όχι νερό!»

Άνοιξα το επιστόμιο και μύρισα το φλασκί. Τι άλλο θα μπορούσε να ήταν; Ήπια μια γουλιά από το τσίπουρό του, που μου έκαψε ευχάριστα πρώτα τη γλώσσα και κατόπιν τον λαιμό μου. Του το έδωσα πίσω, αλλά με κοίταξε περίεργα. «Πιες μια καλή!» πρόσταξε προσβεβλημένος.

Αυτή τη φορά ρούφηξα περισσότερη ποσότητα. Το κράτησα για λίγο στο στόμα μου, μέχρι να μουδιάσουν τα ούλα μου, και στη συνέχεια το κατάπια. Ένιωσα αυτή την ευχάριστη πυράκτωση στον οισοφάγο μου. Ήδη άρχισα να παίρνω τα πάνω μου. Τον ευχαρίστησα και αφού έκλεισα το φλασκί του το επέστρεψα.

Ο δρόμος ήταν καθαρός, αλλά όλη η υπόλοιπη περιοχή ήταν καλυμμένη από χιόνι, παρόλο που είχε μέρες να χιονίσει. Δεν έλεγε να λιώσει εξαιτίας του παρατεταμένου ψύχους. Λίγο πριν προσεγγίσουμε το φυλάκιο της Κούλας, έστρεψα το βλέμμα μου προς τα δεξιά και έμεινα έκθαμβος από το ονειρικό θέαμα!

Η Μικρή Πρέσπα ήταν ένα τεράστιο παγοδρόμιο. Δε διακρινόταν κανένα κομμάτι όπου να υπήρχε νερό. Παντού πάγος! Ήταν η πρώτη φορά στη ζωή μου που παρακολουθούσα ένα τόσο αξιοπερίεργο θέαμα στη χώρα μου. Μόνο στην Αμερική είχα δει κάτι ανάλογο. Ίσως ήταν η πιο παραμυθένια εικόνα που έβλεπαν τα μάτια μου. Δε χόρταινα να παρατηρώ αυτή την ανυπέρβλητη θέα και να θαυμάζω τις κατακόρυφες σκεπασμένες πλαγιές με πεύκα και έλατα, καθώς και τις στεφανωμένες με χιόνια κορυφές των βουνών. Ένιωθα τόσο μηδαμινή οντότητα και ήταν στιγμές, όπως αυτή, που αδυνατούσα να κατανοήσω τη φαντασμαγορική επίδειξη και την αινιγματική πολυφωνία της φύσης.

Εν αντιθέσει, από απέναντι, η άλλη Πρέσπα, η Μεγάλη, διατηρούσε εκείνο το καταγάλανο χρώμα, το οποίο την έκανε να μοιάζει περισσότερο με θάλασσα παρά με λίμνη.

«Αυτή σχεδόν ποτέ δεν παγώνει» με πρόλαβε ο Αναστάσης, πριν σχολιάσω, «έχει ρεύματα που δεν επιτρέπουν να δημιουργηθεί πάγος».

Σε δέκα λεπτά διαβαίναμε τα όρια του Άγιου Γερμανού. Η ώρα είχε πάει δύο παρά πέντε. Σταματήσαμε στο μικρό πάρκο απέναντι από το μπαράκι. Κοίταξα ολόγυρα. Κανένα σημάδι ανθρώπινης παρουσίας και ειδικότερα της Αριάδνης. Ένιωσα μια μικρή απογοήτευση. Άρχισα να γλιστρώ μέσα στην αγκαλιά του αρνητισμού. Στο μυαλό μου στροβιλίζονταν αμέτρητες αλληλένδετες πεσιμιστικές σκέψεις. Προσπάθησα να καθησυχάσω τον εαυτό μου. Σίγουρα οι γυναίκες το έχουν στο αίμα τους να αργούν στα ραντεβού τους. Ο Αναστάσης με κοίταξε με συγκατάβαση. «Μην ανησυχείς, θα έρθει. Έτσι είναι οι γυναίκες».

Βγήκα από το αυτοκίνητο, κάθισα στο απέναντι παγκάκι και άναψα ένα τσιγάρο. Ο Αναστάσης με παρακολουθούσε διακριτικά και χαμογελούσε. Δεν κατέβηκε από τη θέση του. Ίσως να του φαινόμουν και αστείος.

Το ψυχρό αλλά ευεργετικό αεράκι, έτσι όπως με άγγιζε στο πρόσωπο, με έκανε λίγο πιο αισιόδοξο. Μου μετέδιδε εκείνη την αίσθηση ελευθερίας και ανεμελιάς που αέναα αιωρούνται πάνω από τις Πρέσπες.

Πέρασαν από μπροστά μου δυο αυτοκίνητα, είχα την ελπίδα πως κάποιο θα σταματούσε και θα έβγαινε από μέσα, αλλά μάταια. Συνέχισαν την πορεία τους προς τα σπίτια που βρίσκονταν στα πιο ψηλά σημεία του χωριού. Τα μάτια μου έπεσαν πάνω στο ρολόι: δύο και πέντε. Καμιά κίνηση από τον δρόμο.

Αφού σηκώθηκα όρθιος, ακουμπισμένος πάνω στα κάγκελα, θαύμαζα την απεραντοσύνη της Μεγάλης Πρέσπας. Παρακολουθούσα τις αμέτρητες ντουζίνες των υδρόβιων πουλιών που πλατσούριζαν και απολάμβαναν τα γαλάζια νερά. Στο βάθος διέκρινα δυο βαρκούλες όπου πάνω τους οι κάτοχοί τους επιδίδονταν στο ψάρεμα. Πόσο θα ήθελα να ήμουν και εγώ μέσα σε μία από αυτές! Τα μάτια μου στράφηκαν και πάλι προς το ρολόι: δύο και τέταρτο και ούτε ίχνος από άνθρωπο ή αυτοκίνητο! Φυσικά, αφού ήταν καταμεσήμερο. Όλοι βρίσκονταν μέσα στα γραφικά τους σπίτια.

Ο Αναστάσης έπινε πού και πού από το φλασκί του, όταν δεν είχε ακουμπισμένους τους αγκώνες του βαριεστημένος πάνω στο τιμόνι. Ανέμενε και αυτός, όπως και εγώ. Ένιωθα όμως άσχημα, που τον είχα υποχρεώσει σε αυτή την αγγαρεία.

Δύο και εικοσιπέντε! Το πήρα απόφαση. Θα περίμενα άλλα πέντε λεπτά και έπειτα θα έφευγα. Ήδη με είχε πιάσει η κρυάδα και σίγουρα δεν ήταν από τον καιρό! Τώρα είχα νευριάσει πραγματικά! Είχα υπερκεράσει όλους τους ενδοιασμούς, το άγχος, την αβεβαιότητα και την ανασφά-λεια. Με κυρίεψε οργή για την ασυνέπεια, γι' αυτό που ου-σιαστικά ήταν κοροϊδία!

Όμως... ήχος από μηχανή αυτοκινήτου ακούστηκε που όλο και πλησίαζε προς το σημείο που βρισκόμασταν. Δεν ήλπιζα πλέον και σε πολλά. Κάποιο αγροτικό θα είναι που ανεβαίνει με το ζόρι την ανηφόρα. Πλησίασα στο πα-λιομοδίτικο κονσερβοκούτι του Αναστάση και έβαλα τα χέρια πάνω στο καπό. Ο Αναστάσης με παρατηρούσε αμί-λητος αλλά με πολύ εύγλωττο βλέμμα. Σα να μου έλεγε: «καημένο παιδί!»

Ο ήχος γινόταν εντονότερος, ώσπου κάποια στιγμή έκανε την εμφάνισή του ένα άσπρο παλιό αυτοκίνητο μάρκας VW. Τα σκουρόχρωμα τζάμια του με δυσκόλευαν να διακρίνω ποιος ήταν μέσα του. Πάρκαρε απέναντι από εμάς, ακριβώς έξω από το μπαρ.

Από την πόρτα του οδηγού κατέβηκε ένας ψηλός σγου-ρομάλλης, γύρω στα σαράντα. Στο μπροστινό μέρος του κρανίου του έλειπαν κάποια μαλλιά. Η κοιλιά του, που ήταν αρκετά μεγάλη, φανέρωνε άνθρωπο που απολάμβανε το πολύ φαγητό! Άνοιξε και η πόρτα του συνοδηγού.

Το κορμί μου πέτρωσε και κόλλησε στο έδαφος! Μ' έπιασε ένα τρέμουλο στο στομάχι, το οποίο μετατράπηκε σε ένα σκίρτημα ευχαρίστησης!

Η Αριάδνη βγήκε από μέσα και με πλησίαζε χαμογε-λαστή, ενώ το κολλητό της παντελόνι μου φανέρωνε τα καλ-λίγραμμα πόδια της. Δίχως ενδοιασμούς, άπλωσε τα χέρια της και με αγκάλιασε. Μου έδωσε δυο σταυρωτά φιλιά, που ομολογώ ότι με αναστάτωσαν. Χωρίς να πάρει τα χέρια της από τους ώμους μου, με κοίταξε με τα διαπεραστικά της μάτια. «Με συγχωρείς που άργησα, αλλά δεν εξαρτιόταν από μένα. Ο Δημήτρης άργησε να έρθει να με πάρει».

Τα σμαραγδένια της μάτια εξέπεμπαν τόση ακτινοβολία που η οργή μου είχε πάει περίπατο! Πώς ήταν δυνατόν άλλωστε, μπροστά σε ένα τέτοιο πλάσμα να μην εκδηλώσω τον ατέρμονο θαυμασμό μου!

«Πώς θα πάμε στους Ψαράδες; Να μας πετάξει ο Δημήτρης;» έδειξε τον προϊστάμενό της.

«Ας μη τον υποχρεώνουμε τον άνθρωπο. Θα πάμε με το φορτηγάκι του φίλου μου» έδειξα με τη σειρά μου τη σακαράκα του Αναστάση.

Μειδίασε φανερώνοντας δείγματα αμηχανίας και έκπληξης. Δέχτηκε πάντως την επιλογή μου χωρίς πολλά λόγια.

Χαιρέτισα τον Δημήτρη, ο οποίος με προσκάλεσε και από το μαγαζί του και υπενθύμισε στην Αριάδνη στις οκτώμισι να είναι στο πόστο της. Έβγαλε κάποια κλειδιά και τα κράτησε στην παλάμη του. Έπειτα κατευθύνθηκε προς την πόρτα της επιχείρησής του.

Άνοιξα την πόρτα του συνοδηγού ως γνήσιος τζέντλεμαν και της ένευσα να περάσει μέσα. Μόλις πέρασε, εισέβαλα και εγώ κάπως βιαστικά και αγχωμένα, διότι, όπως και να το κάνουμε δε την έβαζα μέσα και σε καμιά λιμουζίνα!

Ο Αναστάσης συστήθηκε στην Αριάδνη η οποία κάθισε ακριβώς δίπλα του, στη μέση, ενώ εγώ κάθισα από την άλλη πλευρά, προς την πόρτα. Ιδιαίτερη εντύπωση μου προκάλεσε το γεγονός που ο Αναστάσης ήταν λακωνικός. Πέρα από τα τυπικά δεν αναφέρθηκε σε τίποτα άλλο. Έδειχνε αυτοσυγκράτηση και ήταν εξαιρετικά διακριτικός.

Το όχημα ξεκίνησε και πήρε τον δρόμο προς τα κάτω με

στόχο το γραφικό ψαροχώρι των Ψαράδων. Θα έλεγα ότι επικρατούσε μια παγωμάρα κατά τη διάρκεια της διαδρομής. Ο Αναστάσης αμίλητος, αφοσιωμένος στο τιμόνι του, ενώ εγώ να μη λέω πολλά, επειδή μάλλον ντρεπόμουν την παρουσία του. Από την άλλη, η Αριάδνη έμοιαζε να απολαμβάνει τη διαδρομή ή, απλώς, δεν αισθανόταν και τόσο άνετα ανάμεσα σε δυο άντρες, τους οποίους σχεδόν δε γνώριζε. Ωστόσο, το γεγονός ότι καθόμουν τόσο κοντά της έκανε την καρδιά μου να πάλλεται σαν ατμομηχανή. Ένιωθα μια τρελή παρόρμηση να απλώσω τα χέρια να την αγγίξω, αλλά με συγκρατούσε το αόρατο πλέγμα της εγκράτειας.

Αφού αφήσαμε πίσω και το φυλάκιο της Κούλας, στρίψαμε δεξιά με κατεύθυνση τους Ψαράδες. Οι ανηφορικές στροφές του δρόμου ήταν λιγότερο επίπονες, καθώς ανταμειβόμασταν απλόχερα με το ονειρικό θέαμα των Πρεσπών. Ένα δεκάλεπτο αργότερα τα μάτια μας αντίκριζαν το γνωστό τουριστικό χωριουδάκι.

Αφού διαβήκαμε τα όρια του χωριού, διασχίζοντας τον κεντρικό δρόμο, φτάσαμε στο σημείο που ξεκινάνε τα όμορφα ταβερνάκια. Εκεί ο Αναστάσης σταμάτησε το αυτοκίνητό του. Αποβιβαστήκαμε τεντώνοντας τα κορμιά μας, μια που δεν είχαμε και άπλετο χώρο μέσα στην καμπίνα του οχήματος με αποτέλεσμα να πιαστούμε.

«Ε, Βασίλη», φώναξε ο Αναστάσης προς ένα ηλιοκαμένο νευρώδη συνομήλικό του. «Θα πας προς το χωριό;»

Ο άνδρας έγνεψε καταφατικά.

«Θα με πάρεις μαζί σου;»

«Έπαθε κάτι το αμάξι σου;»

«Όχι, αλλά θα αφήσω το αυτοκίνητο στον φίλο μου» έδειξε εμένα.

247

«Έλα».

«Αναστάση, δεν είναι ανάγκη να το κάνεις αυτό» προσπάθησα να του αλλάξω γνώμη.

«Σταμάτα. Τουλάχιστο να την ευχαριστηθείτε τη βόλτα σας. Αφού μπορώ να εξυπηρετηθώ και αλλιώς, δεν το χρειάζομαι το αυτοκίνητο. Να προσέχεις τον πάγο, μόλις νυχτώσει. Δεσποινίς μου, χάρηκα πολύ» γύρισε και έσφιξε το χέρι της Αριάδνης. Με γρήγορα βήματα έφτασε στο αυτοκίνητο του συγχωριανού του και στο άψε σβήσε αποχώρησαν από το χωριό.

Έτσι λοιπόν, μείναμε μόνοι, εγώ και αυτή! Τελικά, καθώς το ξανασκεφτόμουν αυτή η εξέλιξη με βόλευε ακόμα περισσότερο. Και αυτοκίνητο είχα και ήμασταν μόνοι οι δυο μας. Όχι πως ο Αναστάσης μου ήταν βάρος, αλλά, όσο να 'ναι, μου προκαλούσε, βεβαίως άθελά του ο άνθρωπος, μια ψυχολογική πίεση, αφού ντρεπόμουν μπροστά του να λειτουργήσω με απελευθερωμένη ψυχολογία.

Πήρα λοιπόν τα κλειδιά από τη μηχανή και τα έβαλα στην τσέπη μου, αφήνοντας το αυτοκίνητο εκεί όπου το είχε παρκάρει ο Αναστάσης. Ξεκινήσαμε να πεζοπορούμε προς το κέντρο του χωριού.

Ήταν η πρώτη φορά που επισκεπτόμουν αυτό το χωριό, την τουριστική αιχμή του δόρατος των Πρεσπών. Ό,τι γνώριζα γι' αυτό, ήταν από όλα όσα είχα διαβάσει σε τουριστικούς οδηγούς, που μου άρεσε πάντα να τους μελετώ, και ό,τι είχα ακούσει από ανθρώπους που είχαν βρεθεί εδώ.

Το χωριό λοιπόν απέχει εξήντα χιλιόμετρα από τη Φλώρινα και είναι χτισμένο σε υψόμετρο 850 μέτρων. Όπως και πάρα πολλά χωριά της ελληνικής επαρχίας και ιδιαίτερα τα ακριτικά, το χειμώνα κατοικείται από εκατό περίπου κατοίκους, ενώ το καλοκαίρι από περισσότερους. Οι χειμώνες εδώ είναι δύσκολοι, όπως πραγματικά διαπίστωνα και ο ίδιος. Πάντως το χωριό φαινόταν να έχει κάποια κίνηση, επειδή είναι διάσημο και προσελκύει αρκετούς τουρίστες από πολλά μέρη, κυρίως της βορείου Ελλάδος. Υπήρχαν αρκετά αυτοκίνητα παρκαρισμένα δεξιά και αριστερά και από τις πρώτες ματιές στις ταβέρνες έβλεπα ότι ήταν σχεδόν γεμάτες. Εξάλλου το χωριό φημιζόταν για το γριβάδι και την πέστροφά του.

Πρότεινα στην Αριάδνη να περπατήσουμε ως την άκρη του χωριού και να προσεγγίσουμε τον μικρό και γραφικό μόλο και έπειτα να πάμε για φαγητό. Δέχτηκε ευχαρίστως.

Πλησιάσαμε την προβλήτα και ατενίζαμε τα βράχια στην απέναντι όχθη της λίμνης. Μπροστά μας ήταν αγκυροβολημένες τέσσερις – πέντε ψαρόβαρκες. Εκτός από τον τουρισμό, άλλες κύριες πηγές εισοδήματος ήταν η αλιεία και η κτηνοτροφία. Μάλιστα εκτρέφεται και μια σπάνια ράτσα αγελάδων με κοντά κέρατα. Για του λόγου το αληθές, λίγο πιο αριστερά μας, ένα μικρό κοπάδι από δαύτες έβοσκε στο υγρό παγωμένο λιβάδι που απλωνόταν ακριβώς δίπλα από τη λίμνη. Έσπαγαν τον πάγο και δάγκωναν το χόρτυ. Μασούσαν ασταμάτητα δίχως να ενοχλούνται από τη διακριτική παρουσία μας.

Παρατηρούσαμε τα γαλανά νερά της λίμνης αμίλητοι. Βρισκόμαστε στο πρώτο στάδιο, το στάδιο της αμηχανίας, το στάδιο όπου ένας από τους, εν δυνάμει, συνομιλητές επιχειρούσε δειλά το πρώτο βήμα, ανοίγοντας μια συζήτηση για όποιο θέμα του ερχόταν στο μυαλό. Δεν παρέκλινα από την πεπατημένη. «Βλέπεις εκείνα τα βράχια στην απέναντι όχθη;»

«Ναι, τα βλέπω».

«Αν είχαμε μια βάρκα θα μπορούσαμε να επισκεφτούμε τις σπηλιές με τα ασκηταριά. Είναι πολύ όμορφα».

«Πράγματι» συμφώνησε χαμογελώντας και ας μη τα έβλεπε.

«Εκεί βρίσκονται τα ασκηταριά της Παναγίας Ελεούσας, της Ανάληψης και της Μεταμορφώσεως του Σωτήρος. Στην Παναγία της Ελεούσας υπάρχουν μάλιστα και εκπληκτικές βραχογραφίες με μεγάλη αρχαιολογική και καλλιτεχνική αξία».

«Έχεις πάει ποτέ;»

«Α, όχι, απλώς τα έχω διαβάσει» απάντησα με ένα χλιαρό μειδίαμα.

«Πάντως τα παρουσιάζεις τόσο ωραία. Θα έκανες για ξεναγός!»

Το πρώτο στάδιο, λοιπόν, ολοκληρώθηκε επιτυχώς. Το στόμα είχε ξαναβρεί το σάλιο του, η οικειότητα άρχισε σιγά – σιγά να καταλαμβάνει τον χώρο της και η διάθεση, τουλάχιστον η δική μου, είχε σκαρφαλώσει στα ύψη.

«Επειδή όμως έχω ξεπαγιάσει, λέω να πάμε κάπου πιο ζεστά» πρότεινε τρεμάμενη.

Πραγματικά είχε αρκετή ψύχρα, αλλά δε μου είχε προκαλέσει ιδιαίτερη εντύπωση, καθότι η παρουσία της με ζεμάτιζε σε τέτοιο βαθμό, ώστε μια εσωτερική παρόρμηση με ωθούσε να πετάξω όλα μου τα ρούχα! Όμως, είχε δίκιο. Της υπόδειξα να πάμε στο πρώτο ταβερνάκι που εντοπίσαμε, ακριβώς απέναντί μας.

Άνοιξα την πόρτα και μπήκαμε γρήγορα. Ήταν τόσο ζεστά και το τζάκι πλαισιωνόταν από τις φλόγες των κούτσουρων. Ένα τραπεζάκι δίπλα στο παράθυρο ήταν το μοναδικό αδειανό, αλλά και το πιο ιδανικό για να καθίσουμε και να απολαύσουμε τη θέα της λίμνης. Ως γνήσιος ευγενής, τράβηξα την καρέκλα για να κάτσει και πήρα κι εγώ θέση απέναντί της. Αποφασίσαμε να δοκιμάσουμε το γριβάδι που ήταν τόσο φημισμένο εδώ. Δώσαμε την παραγγελία στον ευγενέστατο σερβιτόρο και αναμέναμε. Έπειτα από λίγο έφτασε το λευκό κρασί που ζητήσαμε. Έπιασα μαεστρικά το ποτήρι της και το γέμισα.

«Στην γνωριμία μας» ευχήθηκα και τσουγκρίσαμε απαλά τα ποτήρια μας.

«Στην γνωριμία μας» είπε με τη σειρά της χαμογελαστή και ήπιε λίγο κρασί με μια μικρή ρουφηξιά σαν πουλάκι.

«Συγχώρεσέ με, αν είμαι λίγο αμήχανη και κουμπωμένη, αλλά έχω πολύ καιρό να βγω... ε, ραντεβού δεν το λένε;»

«Είσαι μια χαρά, υπέροχη. Πες το ραντεβού, πες το όπως θες ή καλύτερα θεώρησε ότι είμαστε δυο συντοπίτες, δυο πατριωτάκια που βρεθήκαμε στα ξένα».

«Δυο συμπατριώτες στα ξένα; Αστείο ακούγεται!» Γέλασε με την ψυχή της.

Χάρηκα που άρχισε να νιώθει άνετα, γιατί μου έδινε περισσότερα περιθώρια να ελιχθώ.

«Πώς είναι η ζωή σου στη Φλώρινα;»

«Σε γενικές γραμμές περνώ ωραία, αν και έχω αρχίσει να βαριέμαι κάπως τον τελευταίο καιρό. Είναι όμορφη πόλη με ευγενικούς κατοίκους, αλλά είμαι σχεδόν τέσσερα χρόνια εκεί. Επειδή είναι μικρή, ανακυκλωνόμαστε στα ίδια και στα ίδια. Πάντως, όταν θα φύγω, θα έχω πολλές και ευχάριστες αναμνήσεις».

«Πολλές και ευχάριστες! Μάλιστα, κατάλαβα!»

«Εννοώ ότι πέρασα όμορφα, με τις φιλίες μου, τις διασκεδάσεις μου, με τη σχολή μου. Όλα αυτά μου αφήνουν, ως παρακαταθήκη, θετικότατα συναισθήματα από την πόλη και τις σπουδές μου».

«Έλα, σε πειράζω. Δεν υπονόησα κάτι πονηρό» δικαιολογήθηκα ψευδώς και άγγιξα τα δάχτυλά της δίχως να τα τραβήξει, κάτι που το εξέλαβα ως ενθαρρυντικό σημάδι.

«Έχω και γω τις δικές μου ευχάριστες αναμνήσεις από τις σπουδές μου».

«Αλήθεια, τι σπούδασες;»

«Ζωολογία».

«Αυτό είναι πολύ ενδιαφέρον. Στην Ελλάδα ή...»

«...στο εξωτερικό, στις Ηνωμένες Πολιτείες» πρόλαβα να προσθέσω και μου ξέφυγε ένας αναστεναγμός.

«Θέλεις να επιστρέψεις εκεί πέρα πάλι, σωστά;»

«Όχι, δεν είναι αυτό. Στην Ελλάδα δεν υπάρχει κατάλληλη υποδομή και όπως καταλαβαίνεις είναι εξαιρετικά απίθανο να έχεις μια αξιοπρεπή επαγγελματική αποκατάσταση. Το πιθανότερο είναι πάλι να ξενιτευτώ».

«Σε κατανοώ. Είναι δύσκολες τέτοιες αποφάσεις. Να σκέφτεσαι θετικά και ίσως κάτι καταφέρεις. Πάντως ο τομέας σου μου φαίνεται συναρπαστικός».

«Είναι πολύ περισσότερο από αυτό. Από μικρός είχα αποφασίσει τι ήθελα να σπουδάσω και δε νομίζω ότι θα μπορούσα κάτι διαφορετικό. Ιδιαίτερα εδώ στις Πρέσπες έχω τη δυνατότητα να παρατηρώ την πλούσια πανίδα τους, κάνω κάτι δηλαδή σαν πρακτική που λένε».

«Και τι έχεις παρατηρήσει έως τώρα;»

«Πάρα πολλά κατσίκια και σκυλιά, κότες, γαϊδουράκια, αλεπούδες και κάποια ίχνη από... αρκούδα!»

«Από αρκούδα;»

«Ναι, ακριβώς έξω από το φυλάκιο. Δυστυχώς την αρ-κούδα δεν την είδαμε».

«Δε φοβάσαι;»

«Δεν έχεις ζήσει σε αμερικάνικη μεγαλούπολη για να δεις τι σημαίνει φόβος! Γενικά, όπου υπάρχουν άνθρωποι, εκεί εδρεύει και ο τρόμος».

«Δεν τα πας καλά με τους ανθρώπους ή κάνω λάθος;»

«Τα πάω καλά με όλους αυτούς που είναι αληθινοί άν-θρωποι. Μέχρι στιγμής δεν έχω κάποιο λόγο για να μη τα πηγαίνω καλά μαζί σου, αν αυτό σε ανησυχεί. Πάντως, ο άνθρωπος είναι χειρότερος και από το πιο άγριο κτήνος. Τουλάχιστο αυτό διαπίστωσα από τότε που άρχισα να κα-τανοώ τον κόσμο. Διαφωνείς;»

«Καθόλου, μα δεν πρέπει να μπαίνουν όλοι στο ίδιο καζάνι. Υπάρχουν πολλοί που αξίζουν να έχουν τον τίτλο του "ανθρώπου"».

«Ασφαλώς, ποτέ δεν είμαι απόλυτος. Μην ανησυχείς, σου είπα και πιο πριν, σε εντάσσω στην κατηγορία των "καλών", μέχρι τούτη τη στιγμή βέβαια!»

«Πάλι καλά! Ευχαριστώ» ειρωνεύτηκε και χτύπησε το ποτήρι της πάνω στο δικό μου. «Να γνωρίζεις όμως ότι, όταν αγριεύω, γρατζουνάω».

«Αυτό ήταν απειλή ή προειδοποίηση;»

«Απλή διασαφήνιση».

«Είσαι μια αγριόγατα, δηλαδή, μια *Felix Silvestris* για την ακρίβεια».

«Να που άρχισες και τα επιστημονικά σου τώρα» έσκουξε χαμογελώντας και φανέρωσε την τέλεια οδοντο-στοιχία της.

«Εντάξει, σίγουρα δε θα ήθελα να δοκιμάσω τα νύχια σου, για αυτό θα φροντίσω να σε έχω ήρεμη, στο υπόσχομαι».

Εκείνη τη στιγμή κατέφτασε το φαγητό μας. Δοκιμάσαμε το ψάρι και εντυπωσιαστήκαμε: το ψητό στα κάρβουνα γριβάδι ήταν σκέτο λουκούμι! Δεν το διαφήμιζαν τελικά τόσο άδικα. Προέκυψε ένα θέμα με τα αγκαθάκια, αλλά προσπεράστηκε χωρίς απρόοπτα.

Τρώγαμε και πίναμε με όρεξη, συζητώντας και θωρώντας ο ένας τα μάτια του άλλου δίχως ιδιαίτερες αναστολές. Ήταν κάτι παραπάνω από βέβαιο πως πέρα από το ψάρι, ήθελα να ξεκοκαλίσω και την Αριάδνη! Έδειξα όμως αυτοσυγκράτηση. Η κατάσταση έπρεπε να ωριμάσει, διότι αν έδειχνα βιασύνη το παιχνίδι το είχα χαμένο. Δεν έπρεπε να φερθώ λυσσαλέα σαν πεινασμένος φαντάρος και ας ήμουν πραγματικά! Ήμουν σίγουρος ότι της κινούσα το ενδιαφέρον, έτσι δεν ήθελα να χάσω το παιχνίδι των εντυπώσεων φερόμενος απερίσκεπτα. Η υπομονή είναι μεγάλη αρετή και σίγουρα είχα αρκετή. Όπως ο λύκος περιμένει οι δυνάμεις να εγκαταλείψουν το πληγωμένο ελάφι, προτού εξαπολύσει την τελική επίθεση, έτσι και εγώ ανέμενα την κατάλληλη στιγμή για να επιτεθώ στη δική μου ελαφίνα. Θα άφηνα την κατάσταση να χαλαρώσει για να δω πού θα κατέληγε.

«Τι σκέφτεσαι τώρα;» διέκοψε τις σκέψεις μου.

«Σκέπτομαι πόσο απλές είναι οι ανθρώπινες σχέσεις. Δηλαδή, πριν από λίγο καιρό ούτε που γνωριζόμασταν ή μάλλον αγνοούσαμε ο ένας την ύπαρξη του άλλου και τώρα είμαστε εδώ μαζί, σε ένα όμορφο χωριό, τρώμε νόστιμο φαγητό συζητάμε και απολαμβάνουμε την υπέροχη θέα. Λοιπόν, πιστεύω ότι περνάμε υπέροχα, τουλάχιστον εγώ».

«Τι σε κάνει να αμφιβάλλεις ότι εγώ δεν περνώ όμορφα; Είναι το καλύτερο μεσημέρι μου εδώ και καιρό!» μου εκμυστηρεύτηκε.

«Επομένως, ας φροντίσω να μην είναι μόνο το μεση-μέρι, αλλά όλη σου η μέρα» τόλμησα να πω.

«Θα το 'θελα πολύ, πίστεψέ με».

Με τα δάχτυλά της άγγιξε τα δικά μου και τα έτριψε σιγά. Ανατρίχιασα! Πήρα γρήγορα θάρρος και άγγιξα με το άλλο μου χέρι τα δικά της. Ήθελα τόσο πολύ να ενώσω τα χείλη μου με τα δικά της, μα με εμπόδιζε το τραπέζι. Έτσι και έκανα να σηκωθώ απότομα, καθώς δεν είχαμε και πολύ χώρο, ίσως να είχαμε κάποιο ατύχημα. Επομένως, άφησα στην άκρη αυτή την σκέψη, γιατί μάλλον θα φαινόμουν άγαρμπος και αδέξιος. Αμέσως μάζεψα διακριτικά τα χέρια μου πάνω από τα δικά της, αν και δεν το ήθελα καθόλου.

Συνεχίσαμε την οινοποσία μας και διαπίστωνα ότι το άντεχε το κρασί. Την παρακολουθούσα συνεχώς δίχως να τη χάνω από τα μάτια μου, ούτε αυτήν, ούτε τις κινήσεις και τους μορφασμούς της. Τα απαστράπτοντα λευκά δό-ντια της φώτιζαν το πρόσωπό της. Είχε τα μαλλιά της επι-μελώς ατίθασα και με κοίταζε με εκείνο το σκανταλιάρικο ύφος, όμως το βλέμμα της ήταν κοφτερό, τυλιγμένο σε ένα πέπλο μυστηρίου. Έδειχνε ευαίσθητη αλλά και δυναμική, ευγενική αλλά και άγρια. Αυτή η διττή της φύση με συνάρ-παζε. Δε θα τη χαρακτήριζα καθόλου μονότονη και βαρετή γυναίκα. Εξάλλου πόσο βαρετό να είναι ένα τέτοιο θεϊκό πλάσμα; Αγαλλίαζα και μόνο που την παρατηρούσα!

Η φωνή της ήταν τόσο ηδονική, οι συσπάσεις του προσώπου της τόσο παραστατικές, ενώ οι κινήσεις των χεριών της τόσο ντελικάτες που έμοιαζαν φιδίσιες. Ένα χάρμα οφθαλμών! Και τι θα μπορούσα να σκεφτώ για τα σαρκώδη χείλη της; Πώς να τα χαρακτήριζα εκτός από ελκυστικά και μεθυστικά; Μήπως παραισθησιογόνα; Ήταν μια σειρήνα που με μαγνήτιζε και εγώ ένας Οδυσσέας λυτός και με ανοιχτά αυτιά! Άρχισα να χάνω το μυαλό μου. Αυτή η σειρήνα με είχε μαγέψει! Τα συμπτώματα από το ερωτικό πάθος ήταν εμφανή, καθώς η όρασή μου αδυνάτιζε, τα μάτια στέγνωναν, η γλώσσα ξεραινόταν και η αναπνοή γινόταν ακανόνιστη. Ήπια βιαστικά από το κρασί μου, μήπως και συνέλθω.

«Πώς είναι μια συνηθισμένη μέρα σου στο φυλάκιο;» έσπασε τη σιωπή, πετώντας στον βρόντο το αισθησιακό κλίμα που εκκολαπτόταν.

«Ξυπνάμε ότι ώρα θέλουμε, κάνουμε όποια υπηρεσία θέλουμε, περνάμε την ώρα μας όπως θέλουμε και κοιμόμαστε όποτε θέλουμε» την αποστόμωσα και με παρατηρούσε με γουρλωμένα μάτια, ίσως θεωρώντας πως αστειεύομαι. Γέλασε με την ψυχή της!

«Δεν περνάτε και άσχημα!»

«Το μόνο που δε θέλουμε, αλλά πράττουμε, είναι η εξονυχιστική καθαριότητα. Είναι βέβαια για το καλό μας, αλλά και το μόνο που ζητά επιτακτικά ο επικεφαλής δόκιμος».

«Μεταξύ σας έχετε καλές σχέσεις;»

«Κοίταξε, με κάποιους συναδέλφους κάνουμε κολλητή παρέα. Με κάποιους άλλους απλώς συνυπάρχουμε δίχως όμως ιδιαίτερα προβλήματα. Επίσης πολύ καλός φίλος είναι ο Αναστάσης, τον οποίον γνώρισες πριν, που είναι από το χωριό, μας βοηθά και μας φροντίζει σαν παιδιά του».

«Και πότε απολύεσαι;»

«Σε τρεις μήνες περίπου. Στο είχα πει και όταν γνωριστήκαμε...»

«Συγχώρεσε με, μου είχε διαφύγει» δικαιολογήθηκε με νάζι.

«Σε συγχωρώ».

Φούσκωσε τα εξαίσια χείλη της, μισόκλεισε τα μάτια της σε σημείο να γίνουν δυο στενές σχισμές και συνοφρυωμένη με κοίταξε βλοσυρά. «Έλα, μην είσαι παρεξηγησιάρης. Αν είναι τότε και εγώ θα πάρω αυτό το αυστηρό ύφος και θα σε κοιτάζω με παρόμοιο τρόπο».

Ήταν η σειρά μου να γελάσω.

Έβλεπα πως είχε υψηλή αίσθηση του χιούμορ κάτι που με γοήτευε πάνω στις γυναίκες. Εξακολουθούσα να την κοιτάζω στα μάτια δίχως να στρέφω αλλού το βλέμμα. Το ίδιο έπραττε και αυτή. Πέρασε μισό λεπτό απόλυτης σιωπής στο τραπέζι μας. Σα να είχαμε στερέψει από λόγια. Απλώς, ο ένας παρακολουθούσε τον άλλον, μουγκός και σφιγμένος.

«Είσαι γοητευτικός!» ξεστόμισε και χαμήλωσε το βλέμμα της.

Σε μια στιγμή πίστεψα πως η καρέκλα μετακινήθηκε από κάτω μου, αλλά τελικά εξακολουθούσα να είμαι καθισμένος πάνω της. Δεν πρόλαβα καν να επεξεργαστώ αυτό που μόλις άκουσα. Άκουγα τα γρανάζια του μυαλού μου να γυρίζουν, μα δεν μπορούσα να επικεντρωθώ στη φράση της.

«Δεν ξέρω γιατί στο είπα αυτό. Είμαι τόσο μπερδεμένη! Φαίνεσαι πολύ καλός άνθρωπος. Οι δικοί σου άνθρωποι μάλλον είναι τυχεροί που σ' έχουν στη ζωή τους».

«Σ' ευχαριστώ πολύ. Είναι μεγάλη ανταμοιβή για μένα να με θεωρούν καλό άνθρωπο. Σημαίνει ότι κάτι κάνω σωστά στη ζωή μου που δεν περνά απαρατήρητο. Εντάξει, έχω και τα ελαττώματά μου, που βέβαια είναι πολλά. Πάντως πραγματικά προσπαθώ και παλεύω για να είμαι αξιοπρεπής και ταπεινός».

«Μου δημιουργείς τέτοια αίσθηση. Μάλιστα μόλις τώρα με εντυπωσίασες!»

«Γιατί;»

«Πριν από λίγο σε αποκάλεσα γοητευτικό».

«Ελπίζω να μη το πάρεις πίσω».

«Όχι. Όμως, έδωσες σημασία και μου απάντησες μόνο όταν σου είπα ότι είσαι καλός άνθρωπος. Είσαι ξεχωριστός! Σ' ενδιαφέρει πρώτιστα να αναδείξεις την ψυχή σου. Αυτό με έχει εντυπωσιάσει!» ομολόγησε.

Βεβαίως, το ότι δεν απάντησα το παραμικρό για τον χαρακτηρισμό του γοητευτικού, είχε να κάνει με το γεγονός ότι μου ήρθε τόσο ξαφνικά και δεν πρόλαβα να αντιδράσω. Φυσικά, είχε εντυπωθεί στα ανώτερα στρώματα του εγκεφάλου μου. Ήθελα όμως να δω πού ήθελε να καταλήξει.

«Εσύ γιατί σκοτείνιασες;» τη ρώτησα, αφού διέκρινα έντονο προβληματισμό στα βαθυπράσινα μάτια της.

Συνήλθε από το απλανές βλέμμα που είχε σχηματιστεί στο πρόσωπό της και ξεφύσησε. «Σου είπα είμαι ακυβέρνητο καράβι τους τελευταίους μήνες. Χάνω τον προσανατολισμό μου! Ίσως επειδή παλεύω να πάρω το πτυχίο μου, ίσως γιατί διέκοψα μια μακροχρόνια σχέση ή ίσως γιατί γνώρισα κάποιον που μου αρέσει...»

«Γνώρισες κάποιον; Χαίρομαι για σένα. Ελπίζω να είναι αντάξιός σου, αν και είναι δύσκολο...»

Καμιά φορά στη ζωή μας συμβαίνουν αλλόκοτα πράγματα. Υπάρχουν καταστάσεις που δεν είσαι σε θέση να κατανοήσεις και να ερμηνεύσεις, ούτε θυμάσαι πώς εμπλέκεσαι σ' αυτές. Βιώνεις γεγονότα που δεν προλαβαίνει να τα συλλάβει ο νους σου. Κάτι ανάλογο συνέβη και στο τραπέζι μας. Δεν αντιλήφθηκα καν πώς βρέθηκε δίπλα μου με τα χέρια της, σαν ένα σάρκινο κολιέ, περασμένα στο λαιμό μου. Εκείνο που με έκανε να ξεπεράσω αυτό το μικρό κενό μνήμης και να επανέλθω στον πραγματικό χρόνο, ήταν το ηδονικό άρωμά της που γαργάλησε τη μύτη μου και η κάψα των σαρκωδών χειλιών της που άνοιξαν και εισέπνευσα τη μεθυστική μοσχοβολιά της. Όταν αυτά τα υγρά χείλη ρούφηξαν με βουλιμία τα, μάλλον, στεγνά δικά μου και όταν η καυτή της γλώσσα ενώθηκε με τη δική μου, τότε συνειδητοποίησα τι συνέβαινε!

Άπλωσα, δειλά, τα χέρια μου και την αγκάλιασα από τη μέση, πιέζοντας ακόμα περισσότερο το στόμα μου πάνω στο δικό της. Η αρχική ανατριχίλα, που μετατράπηκε σε έξαψη, έμοιαζε τόσο θελκτική και μαγική που μετά δυσκολίας, έπειτα από λίγο, βρήκα το σθένος να την τιθασεύσω. Για λόγους ευπρέπειας, μια που ήμασταν και σε δημόσιο χώρο, αποτραβηχτήκαμε, ομολογώ μετά πόνου ψυχής από την πλευρά μου!

«Μη ρωτήσεις τίποτα. Απλώς, έτσι μου ήρθε!» πέταξε γρήγορα και ζωηρά.

«Μα, δε ρώτησα κάτι!»

«Ήθελα να το κάνω από τη νύχτα που καθόσουν μπροστά μου στο μπαρ».

«Κοίτα σύμπτωση! Το ίδιο ήθελα και εγώ!»

Με κοίταζε με τα μεγάλα πράσινα μάτια της και μου χάιδευε απαλά τον δεξιό μου κρόταφο. Αφέθηκα στο βελούδινο χάδι της και με τη σειρά μου της έτριβα στοργικά το κάτω μέρος της πλάτης της. Κάποια αδιάκριτα βλέμματα

ορισμένων θαμώνων δεν ήταν διόλου ενοχλητικά. Αντι-
θέτως, τίποτα δε με πτοούσε από το να την αγγίζω με τρυ-
φερότητα αλλά και πάθος, που με έκανε ηφαίστειο έτοιμο
να εκραγεί. Είχα κυριευτεί από την ερωτική έξαψη!

«Μη προσδοκάς προς το παρόν κάτι ιδιαίτερο, μετά
από αυτό. Μου αρέσεις και σε φίλησα. Δε σκέφτομαι μα-
κρύτερα από αυτό».

«Ούτε και εγώ. Απλώς, απολαμβάνω τις στιγμές. Δεν
πιέζω τις καταστάσεις. Εξάλλου, ίσως και να μην ιδω-
θούμε ποτέ ξανά!»

«Ποτέ ξανά;»

«Είπα ίσως. Μου αρέσεις τρομερά και θα επιδιώξω να
βρισκόμαστε όσο πιο συχνά γίνεται, αν υπάρχει ανταπό-
κριση από τη μεριά σου».

«Λες να μην υπάρξει;»

«Δεν το ξέρω. Όμως, πιστεύω ότι θα υπάρξει».

Τυλίχτηκε πάνω μου και με φίλησε παθιασμένα. Η ευ-
χάριστη οσμή της εκτόξευε την τεστοστερόνη μου στα ύψη.
Μα τι διάολο, δε με λυπόταν καθόλου; Φαντάρος είμαι!

Εν πάση περιπτώσει, δεν αντιστάθηκα και πάλι στο
ελάχιστο και αφέθηκα σε αυτή την ερωτική πανδαισία.
Είχαμε απορροφηθεί τόσο πολύ σ' αυτά τα μακρόσυρτα
φιλιά που με τον αγκώνα μου έσπρωξα και έριξα ένα πο-
τήρι νερό στο πάτωμα. Ο οξύς θόρυβος από το σπάσιμο
μας επανέφερε στην τάξη, καθώς ο σερβιτόρος είχε κιόλας
εμφανιστεί με μια σκούπα και ένα φαράσι, μαζεύοντας το
θρυμματισμένο ποτήρι. Κάποιοι από τους πελάτες της τα-
βέρνας χαμογελούσαν πονηρά και μας σχολίαζαν χαμηλό-
φωνα μαζί με τους συνδαιτυμόνες τους.

«Το φαντάστηκες πως θα γνώριζες κάποια κοπέλα,

όταν μετατέθηκες εδώ;» με ρώτησε χωρίς να πτοείται από τον σαματά και την αναστάτωση που προκαλέσαμε.

«Αν σου πω ναι, θα είναι μεγάλο ψέμα. Πάντως, έφτασα σ' αυτό τον τόπο με δική μου πίεση και θέληση. Μια μυστήρια δύναμη με έσπρωχνε προς αυτά τα μέρη, ίσως για να συναντηθούμε».

«Έλα, σταμάτα να με κοροϊδεύεις».

«Η αλήθεια είναι ότι επιδίωξα πράγματι να τοποθετηθώ στο Βροντερό. Είχα ακούσει από συναδέλφους ότι είναι απομακρυσμένο φυλάκιο, άρα και ήσυχο. Είχαν απόλυτο δίκιο. Εγώ έψαχνα την ησυχία μου. Επιπροσθέτως, το ότι θα βρισκόμουν μέσα στον εθνικό δρυμό των Πρεσπών, ήταν ένα τεράστιο κίνητρο. Είμαι λάτρης της φύσης και επομένως μέσα στο στοιχείο μου».

«Τελικά, πώς έφτασες εδώ;»

«Ο διοικητής ήθελε να με κρατήσει στο τάγμα, στην Καστοριά, κάτι που με έκανε να δυσφορήσω έως και να μελαγχολήσω. Έμεινα κάτι λιγότερο από έναν μήνα εκεί. Κάθε μέρα του ζητούσα ή πιο σωστά τον παρακαλούσα να με στείλει σε ένα φυλάκιο. Ένιωθα τόσο κουρασμένος και πιεσμένος από τους προηγούμενους μήνες μέσα στα στρατόπεδα. Ήθελα διακαώς τους τελευταίους μήνες τουλάχιστο να το απολαύσω. Ο άνθρωπος βεβαίως, για να λέω και του στραβού το δίκιο, με συμπαθούσε. Είχε μια ιδιαίτερη εκτίμηση σε ανθρώπους των πανεπιστημίων και των επιστημών, όπως εγώ. Με τη δική του λογική, το να είμαι στο τάγμα μέσα στην πόλη και να βγαίνω μέρα παρά μέρα εξοδούχος, του φαινόταν ό,τι καλύτερο. Δε μπορούσε να με καταλάβει. Δε λέω, εκεί έχει κόσμο, είναι πανέμορφη πόλη, υπάρχουν μαγαζιά, υπάρχει ζωή. Αλλά εγώ είμαι περίπτωση! Ήθελα την ησυχία μου, την μοναξιά μου, σ' αυτή την περίοδο της ζωής μου».

«Από αυτά που αντιλαμβάνομαι, ήθελες κατά κάποιο τρόπο να απομονωθείς;»

«Απομόνωση; Ίσως οι περισσότεροι να το βλέπουν υπό αυτό το πρίσμα. Εγώ δεν ένιωθα όμως καθόλου έτσι. Πίστευα ότι θα απελευθερωνόμουν και από τις διαδικασίες του στρατού και από άλλες σκέψεις που χοροπηδούσαν μέσα στο μυαλό μου».

«Ποια σε πλήγωσε;» ρώτησε με γλυκύτητα και μου έτριψε το κεφάλι, ανακαλύπτοντας πράγματι και την άλλη βασική αιτία που με έκανε να επιθυμώ να εξαφανιστώ.

«Καμία που να αξίζει να αναφέρομαι σε αυτήν»

Δεν είχα καμιά διάθεση να αναφέρομαι στο ερωτικό μου παρελθόν. Έδειξε να το κατανοεί. «Εντάξει, δε ρωτώ τίποτα παραπάνω».

«Συγγνώμη, μη με παρεξηγείς. Το παρελθόν είναι παρελθόν. Μας εξηγεί το παρόν και μας ορίζει το μέλλον. Δε θέλω να χαλάσω τη διάθεση και των δυο. Δεν είναι άξιο αναφοράς, όταν βρίσκεσαι εσύ μπροστά μου».

Ένας νέος γύρος παθιασμένων φιλιών ξεκίνησε, μια που είχα πάρει εμπρός και δεν έλεγα να σταματήσω. Κάποια στιγμή στέγνωσε όλη η στοματική μου κοιλότητα και ξεκόλλησα για να πάρω μια ανάσα και να δροσιστώ με λίγο κρασάκι.

«Πες μου για τον ερχομό σου».

«Πού είχαμε μείνει; Α, ναι. Λοιπόν, μια μέρα τελικά, ο διοικητής με φώναξε στο γραφείο του και μου είπε να ετοιμαστώ για να πάω στο φυλάκιο του Ανταρτικού».

«Ήσουν στο Ανταρτικό; Μα κάθε φορά που έρχομαι

για τη δουλειά, περνώ από εκεί. Το έχω δει τόσες φορές αυτό το φυλάκιο! Πέρασα από δίπλα σου χωρίς να το γνωρίζω!»

«Σίγουρα. Έμεινα εκεί περίπου άλλον έναν μήνα. Ήταν όμως η έδρα του λόχου και είχαμε τον λοχαγό κάθε μέρα πάνω από το κεφάλι μας, επομένως ούτε και εκεί είχα αυτό που έψαχνα. Παρακαλούσα να με στείλει στο Βροντερό. Έπαιξα και λίγο τον μελαγχολικό ή τον παρανοϊκό, αν προτιμάς, ώσπου είδε και απόειδε και σου λέει μ' αυτόν δε βγάζω άκρη. Τελικά ένα πρωί μ' έστειλε εκεί που ήθελα και ησυχάσαμε όλοι!»

«Είσαι ένας πονηρός εσύ!» Μου έδωσε άλλο ένα καυτό φιλί.

«Μα να θες να πας στο χειρότερο μέρος, όπως έλεγαν οι στρατιωτικοί, και να μη σε στέλνουν! Αρκετά όμως με τα δικά μου. Τώρα είναι η σειρά σου να μου πεις κάποια πράγματα. Και πρώτα από όλα γιατί χώρισες με τον πρώην σου;»

Απόρησε με την απότομη ερώτησή μου. «Δεν είσαι δίκαιος. Εσύ δε μου είπες τίποτα για την προηγούμενη σχέση σου. Μήπως θα μπορούσα να κάνω το ίδιο;»

«Έχεις απόλυτο δίκιο. Μα είναι τόσο ακόρεστη αυτή η επιθυμία μου, που θα θελα να γνωρίζω για τον ηλίθιο ο οποίος έχασε μέσα από τα χέρια του μια από τις πιο όμορφες γυναίκες που έχουν την τιμή τα μάτια μου να αντικρίζουν!» προσπάθησα να την μεταπείσω, πιστεύοντας ακράδαντα σε αυτά τα λόγια, που μόλις είχα εκστομίσει.

«Υπερβολές! Σίγουρα, κάθε γυναίκα αρέσκεται να ακούει όμορφα λόγια, ακόμη και αν δεν είναι αληθινά. Τέλος πάντων, με κατάφερες. Είναι που σου έχω και μια μικρή αδυναμία! Αλλά θα στα πω σύντομα, γιατί δεν έχω διάθεση να μιλώ για τα περασμένα. Το όνομά του είναι Μιχάλης. Τα είχαμε φτιάξει, το καλοκαίρι, πριν πάω στο πανεπιστήμιο και τη μία και μοναδική φορά που επέστρεψα από τη Φλώρινα δίχως να τον ενημερώσω, με σκοπό να του κάνω μια υπέροχη έκπληξη, τον έπιασα στα πράσα ή, για να κυριολεκτώ, στο κρεβάτι!»

Αντί να δείξω συμπόνια, αισθήματα ζήλιας με κατέκλυσαν, καθώς σκεφτόμουν την Αριάδνη στην αγκαλιά αυτού του ανθρώπου! Την προέτρεψα να συνεχίσει, ώστε να μισήσει ακόμα παραπάνω τον πρώην της φέρνοντας στο νου της ό,τι πιο δυσάρεστο απ' αυτόν!

«Ενδιαφέρον. Λυπάμαι, όχι και πολύ, διότι δε θα ήσουν ελεύθερη τώρα» ξεστόμισα ο αθεόφοβος.

Ένιωσα τόσο ελεεινός! Βρισκόμουν στο λάκκο της καταισχύνης, αλλά δε με ένοιαζε. Ήθελα να αφουγκραστώ την απέχθειά της για τον πρώην της. Δεν άντεχα την επικριτική επιείκεια. Επιθυμούσα να βιώσει πάλι αυτή τη συναισθηματική σύνθλιψη που ένιωσε τότε, μόνο και μόνο για να πέσει ευκολότερα στην αγκαλιά μου! Πόσο πιο αξιολύπητος θα μπορούσα να υπάρξω! Αντί να της πω μια παρηγορητική κουβέντα, την εξωθούσα σε μια οδυνηρή αναπόληση. Δεν ήμουν τέτοιος άνθρωπος, αλλά ο φθόνος που γεννούσε ο έρωτας μου για αυτήν με μετέτρεπε σε σιχαμένο ανθρωπάκι!

Την παρακολουθούσα με προσοχή, εξετάζοντας εξονυχιστικά κάθε σύσπαση των μυών του προσώπου της. Ήταν ηλίου φαεινότερο ότι είχε κυριευτεί από ένταση και ατελείωτη ζοχάδα. Την παρότρυνα να συνεχίσει για να αποπέμψει την συνεχώς αυξανόμενη νευρικότητά της.

«Αφού λοιπόν μπήκα στο σπίτι του, μια που είχα

κλειδιά, με μεγάλη χαρά, προχώρησα αθόρυβα προς το δωμάτιό του, υποθέτοντας ότι θα τον έβρισκα πάνω από πακέτα σημειώσεων και χοντροκομμένα πανεπιστημιακά βιβλία. Όμως, μόλις έφτασα έξω από την πόρτα, κοκάλωσα! Αντιλαμβανόμουν πως κάτι αφύσικο συνέβαινε. Προσπάθησα να αφουγκραστώ. Σκέφτηκα ότι ίσως ήταν ανοιχτή η τηλεόραση, τα γελάκια όμως που άκουγα μου φαίνονταν τόσο φυσικά που δεν ταίριαζαν να προέρχονται από κάποιον δέκτη.Άρχισα να υποψιάζομαι αυτό που πράγματι συνέβαινε αλλά δεν ήθελα να το πιστέψω. Μέχρι την τελευταία στιγμή είχα την ψευδαίσθηση πως όλα ήταν αποκυήματα της φαντασίας μου. Τι ανόητη που ήμουν! Λόγω της υπερδιέγερσής μου έσφιγγα τόσο δυνατά τα κλειδιά, ώσπου έφυγαν από το χέρι μου. Η αδρεναλίνη μου χτύπησε στο κόκκινο. Έσκυψα να τα σηκώσω από το πάτωμα τη στιγμή που άνοιγε η πόρτα. Σκυμμένη καθώς ήμουν είδα να ξεπροβάλλουν τα γυμνά του πόδια. Ανάμεσά τους, στο φόντο, διέκρινα μια γυμνή γυναίκα πάνω στο κρεβάτι να προσπαθεί να κρύψει τη γύμνια της κάτω από τα σκεπάσματα».

«Ελπίζω να μη δικαιολογήθηκε με το γελοίο "αγάπη μου, δεν είναι αυτό που νομίζεις"...»

«Δεν μου είπε το παραμικρό, ούτε και τον κοίταξα στο πρόσωπο. Έμεινα κάτω στα πλακάκια, ανήμπορη να σηκωθώ. Ένας θόρυβος ερχόταν στα αυτιά μου, αλλά ήμουν τόσο στα χαμένα που δεν καταλάβαινα από τι ήταν. Έπειτα από λίγες στιγμές πέρασε σαν σίφουνας η γυναίκα που ήταν στο δωμάτιο από δίπλα μου, ντυμένη και εξαφανίστηκε από το σπίτι. Ούτε καν που είχα δει τα χαρακτηριστικά της. Το μόνο που θυμάμαι είναι τα κατάμαυρα μακριά μαλλιά της».

«Ίσως είναι περιττό να το αναφέρω, αλλά λυπάμαι πολύ. Πρέπει να ένιωσες απαίσια από αυτή την προδοσία, σε συμπονώ» επιτέλους την παρηγόρησα, αρχίζοντας να ξαναβρίσκω την ανθρωπιά μου και χάιδεψα με τρυφερότητα τα μαλλιά της.

Σταμάτησα να αναφέρομαι στο θέμα, αφού δεν ήθελα να τη βλέπω συγχυσμένη και επιπλέον τρελαινόμουν με τη σκέψη να έχει περάσει χρόνια στην αγκαλιά κάποιου τύπου που της φέρθηκε απαίσια. Είναι ώρες που οι γυναίκες με εκπλήσσουν: ενώ είναι πανέξυπνα πλάσματα, σε πολλές περιπτώσεις φέρονται με τόση αφέλεια, όπως τα παιδάκια του νηπιαγωγείου! Μα να τρώει τέτοια κοροϊδία τόσα χρόνια; Έτσι είναι όμως, όταν ερωτεύεσαι είσαι σαν ταξιδιώτης μέσα στην έρημο, δε γνωρίζεις ποια κατεύθυνση να πάρεις. Κάποιοι είναι τυχεροί και βρίσκουν την όαση, ενώ οι περισσότεροι περιπλανώνται άσκοπα μέχρι να εξαντληθούν και να αφεθούν στη μοίρα τους. Μέχρι να μείνουν άδειοι από συναισθήματα και αυτό το καραβάνι του έρωτα να καταλήξει στο πουθενά!

«Για να σπουδάσεις στην Αμερική, όπως εσύ, νομίζω χρειάζονται αρκετά χρήματα ή κάνω λάθος;» άλλαξε θέμα συζήτησης.

«Μικρή μου, μάθε κάτι για να γνωρίζεις και μην έχεις την ίδια εντύπωση που έχουν πολλοί κακεντρεχείς: δούλευα στο σουβλατζίδικο του θείου μου, ήμουν ψήστης για χρόνια. Το μισό Σικάγο έχει φάει σουβλάκια και πίτα-γύρο από τα χεράκια μου! Αν σκεφτείς ότι εκτός από τη δουλειά μέσω της οποίας έβγαζα τα δίδακτρα, έμενα και χωρίς ενοίκιο στο σπίτι του θείου, φέρνοντάς τα κουτσά στραβά βόλτα. Έτσι σπούδασα!»

«Με συγχωρείς, δεν είχα τη διάθεση να σε προσβάλλω».

«Εγώ ζητώ συγγνώμη αν σου μίλησα απότομα. Απλώς, ακούει ο άλλος για Αμερική και νομίζει ότι είμαι κανένας μεγιστάνας!» Την αγκάλιασα και τη φίλησα.

Περνούσα υπέροχα, αλλά περνούσε και η ώρα. Μα δε γινόταν να σταματήσει ο χρόνος να περνά; Είχε ήδη νυχτώσει. Κανά δυο παρέες είχαν ξεμείνει και απολάμβαναν το φαγητό τους διακριτικά. Παραγγείλαμε να πιούμε και από ένα καφεδάκι.

Από τη στιγμή που φιληθήκαμε για πρώτη φορά, δεν ξεκολλήσαμε ο ένας από τον άλλον και γεύτηκα ουκ ολίγες φορές τη δροσερή ανάσα της. Πίναμε τον καφέ μας, συζητούσαμε, φιλιόμαστdeltaν και πάλι από την αρχή! Το ρολόι, δυστυχώς, δε φέρθηκε ως καλός σύμμαχος και οι δείκτες στον απέναντι τοίχο της ταβέρνας θα έλεγα ότι κινούνταν εξαιρετικά γρήγορα, με μια εκνευριστική ταχύτητα!

Πλήρωσα τον, όχι και ιδιαίτερα μεγάλο λογαριασμό, και με αργές κινήσεις σηκωθήκαμε και κατευθυνθήκαμε προς την έξοδο. Το χωριό σιγά – σιγά άρχιζε να χάνει την κινητικότητά του και την αίσθηση τουριστικής αναλαμπής που ανέδυε. Οι περισσότεροι επισκέπτες, αφού ήρθαν, έκαναν τη βόλτα τους, έφαγαν, πήραν τον δρόμο της επιστροφής για τις πόλεις τους ή όσοι θα έμεναν για το διήμερο, για τα μοτέλ τους. Ελάχιστοι κυκλοφορούσαν έξω και το χωριό έμοιαζε να κατεβάζει τα ρολά για την επερχόμενη παγερή, όπως αναμενόταν, νύχτα.

Η Αριάδνη, που τουρτούριζε από το κρύο, έτρεξε γρήγορα να μπει στο αυτοκίνητο. Δυστυχώς, το αυτοκίνητο δε διέθετε κλειδιά με τηλεχειριστήριο και έτσι αναγκαστικά με περίμενε που ερχόμουν με το πάσο μου για να ανοίξω χειροκίνητα τη σακαράκα του Αναστάση.

«Ξεχάστηκα. Αυτό το όχημα είναι προϊστορικό» αρκέστηκε να πει.

«Το "μαγαζί" μόνο αυτό διαθέτει!»

Άνοιξα την πόρτα και μπήκαμε μέσα. Μόλις έβαλα εμπρός τη μηχανή και δούλεψε για λίγη ώρα, ο ζεστός αέρας του καλοριφέρ μας αγκάλιασε ευλαβικά. Η Αριάδνη έγειρε προς τον δεξί μου ώμο και εναπόθεσε το κεφάλι της πάνω του.

«Μη ξεκινάς ακόμα».

Τράβηξα το χέρι μου και της κάλυψα τον ώμο με αποτέλεσμα να πέσει μέσα στην αγκαλιά μου. Μείναμε αμίλητοι μέσα σε αυτή τη ρομαντική ατμόσφαιρα. Ξαφνικά, ξεκινήσαμε τα παθιασμένα φιλιά που δεν είχαν τελειωμό!

Μόλις παύσαμε τα ερωτικά μας παιχνίδια, έβαλα ταχύτητα και ξεκίνησα με αργό ρυθμό για τον Άγιο Γερμανό. Έφτασα έξω από το μπαρ και σταμάτησα. Της άνοιξα την πόρτα και κοντοστάθηκα.

«Τι συμβαίνει;»

«Κοίτα, λέω να σε αφήσω να δουλέψεις με ηρεμία, μην έχεις και μένα πάνω στο κεφάλι σου».

«Μη με ξενερώνεις τώρα! Έλα να πιεις τουλάχιστον καμιά μπύρα» με παρακάλεσε εμφανώς στεναχωρημένη.

«Δώσε μου τον αριθμό του κινητού σου. Σου υπόσχομαι ότι αύριο θα έρθω να καθίσω, ώσπου να σχολάσεις. Λέω να φύγω άμεσα, γιατί βλέπω πως ο δρόμος θα παγώσει όσο προχωρά η νύχτα. Σου υπόσχομαι... αύριο».

Ο λόγος που αποφάσισα να μη μείνω, δεν ήταν μόνο ο παγωμένος δρόμος, αλλά το ότι δε μου άρεσε να κάθομαι άχαρα πάνω από το κεφάλι της. Θα ένιωθα άβολα να στέκομαι στο μπαρ απέναντί της και να την απασχολώ από τη δουλειά της. Όχι ότι δεν ήθελα διακαώς να είμαι μαζί της, κάθε άλλο, αλλά ήταν μια από τις αρχές μου: δε ενοχλώ κανέναν κατά τη διάρκεια της εργασίας του και επιπλέον δε μου αρέσει καθόλου να κάνω τον τσομπάνη που φυλά τα πρόβατα! Ειδικά, σήμερα που δε θα είχα και κανέναν για παρέα. Τι να έκανα; Τον αγαπητικό που προστατεύει την κοπέλα του; Δεν ήταν καν κοπέλα μου, τουλάχιστον ακόμα. Έτσι, αν και με πίκρα μπόλικη, αποφάσισα συνετά να αποχωρήσω. Δε χάθηκε και ο κόσμος, θα την έβλεπα και πάλι αύριο. Είχε κατεβάσει τα μούτρα και αμφέβαλα αν είχε πιστέψει στη δικαιολογία μου. Μου έδωσε το νούμερό της, που το αποθήκευσα στο κινητό μου. Άπλωσα τα χέρια μου και την έκλεισα μέσα στην αγκαλιά μου. Με το δάχτυλό μου σήκωσα το πιγούνι της, το οποίο ήταν κατεβασμένο μαζί με το υπόλοιπο κεφάλι προς τα κάτω από τη στεναχώρια. Τα μάτια της δήλωναν απορία και απογοήτευση. Τι μάτια! Φιληθήκαμε ώσπου να μας κοπεί η αναπνοή.

«Αύριο» της υποσχέθηκα.

«Αύριο. Θα μετρώ το κάθε λεπτό μέχρι να έρθει αυτό το αύριο» απάντησε, με τη φωνή της να βγαίνει έντονα ένρινη από την συγκίνηση, ενώ τα γυαλιστερά ωχρά και πορφυρά της βλέφαρα είχαν ζαρώσει.

Έφυγα με βήμα ταχύ προς το αυτοκίνητο. Δεν μπήκε μέσα στο κτήριο και με παρακολουθούσε μέχρι να αποχωρήσω. Την κοίταξα από τον εσωτερικό καθρέπτη και ήταν ακόμα εκεί ως τη στιγμή που η πρώτη στροφή την εξαφάνισε από το οπτικό μου πεδίο.

Ομολογώ ότι η καρδιά μου βάρυνε. Έπρεπε να είμαι

όμως ορθολογιστής. Αν έμενα στο μπαρ, δε θα μπορούσα, ούτε να την αγκαλιάζω, ούτε να τη φιλώ, όση ώρα δε θα είχε κάτι να κάνει. Θα καθόμουν άγαρμπος γύρω από το μπαρ και θα έπινα, αφού δε θα είχα κανέναν άνθρωπο να μιλήσω. Θα φανερωνόταν σε όλους ότι κάτι τρέχει με την μπαργούμαν και γνωρίζω καλά πως δουλεύουν αυτά τα μαγαζιά: αν οι πελάτες αντιληφθούν ότι η όμορφη μπαργούμαν είναι καπαρωμένη, τότε θα μετριάσουν τη διάθεση τους για ποτό και χαμένος θα βγει ο ιδιοκτήτης, αφού θα καταναλωθεί λιγότερο αλκοόλ, άρα λιγότερα έσοδα για την επιχείρηση! Είναι κάτι εντελώς φυσιολογικό. Αν όμως το πεδίο είναι ελεύθερο όλο και περισσότερα "τσακάλια" θα ζυγώσουν το θήραμα και θα ξηλωθούν κερνώντας πολλές γύρες. Σε όλο τον κόσμο έτσι γίνεται. Γιατί να είναι εδώ η εξαίρεση;

Πάντως, είχα δίκιο για τον παγωμένο δρόμο. Το οδό-στρωμα σε αρκετά σημεία του είχε πιάσει αυτή την επικίν-δυνη κρούστα από πάγο και ήταν εξαιρετικά δύσκολος ο από-λυτος έλεγχος του αυτοκινήτου. Με προσεχτική οδήγηση και χαμηλή ταχύτητα πορευόμουν προς το Βροντερό, έχοντας τα μάτια μου δεκατέσσερα και το μυαλό μου προσηλωμένο στο τιμόνι, αν ήθελα να φτάσω χωρίς προβλήματα.

Πλησίασα το χωριό, που σου έδινε την αίσθηση των ταινιών θρίλερ, με τον μοναχικό οδηγό του, το απόλυτο σκοτάδι και τα απόκοσμα δάση στους γύρω λόφους. Ήταν σαγηνευτικά! Πόσο έχαναν αυτοί που δε βίωναν μια τέ-τοια μυστικιστική ατμόσφαιρα!

Πήρα την απόφαση να πάω από τον Αναστάση να του αφήσω το αυτοκίνητο. Καθώς προσέγγιζα την οικία του, είδα γνωστές τετράποδες φιγούρες: όλα τα σκυλιά του φυλακίου μας να είναι αραγμένα έξω από την αυλό-πορτά του. Σίγουρα θα εύρισκα και τις γνωστές δίποδες φιγούρες στο εσωτερικό του σπιτιού.

Μόλις κατέβηκα από το όχημα τα σκυλιά με πλησίασαν και άρχισαν τις χαρές χωρίς φειδωλότητες. Αφού τα αντάμειψα με τα χάδια μου, άνοιξα την πόρτα της αυλής και προχώρησα προς την πόρτα της εισόδου του σπιτιού. Άκουσα οικείες φωνές από μέσα. Χτύπησα την πόρτα και περίμενα να μου ανοίξουν.

Ο Σούλιος στήθηκε μπροστά από την πόρτα αποτρέποντας την είσοδό μου. Με κοίταζε μέσα στα μάτια αδιάσπαστος. «Καλώς τον Λάσκαρη. Ελπίζω να είχαμε θετικά αποτελέσματα, ειδάλλως δεν επιτρέπεται η είσοδος».

«Γιατί εδώ τι είστε; Η λέσχη των ντελικάτων εραστών;»

«Δεν τους ξέρω τους κυρίους, αλλά περιμένω αναλυτική και εμπεριστατωμένη περιγραφή».

«Έλα, πάμε μέσα και θα σας τα πω».

Έκανε στην άκρη και πέρασα μέσα στο ζεστό περιβάλλον του σπιτιού του Αναστάση. Ο Σανιδάς μαζί με τον Μπόλιο ήταν αραγμένοι δίπλα από το τζάκι, ενώ ο Αναστάσης μπροστά από αυτό τακτοποιούσε κάποια ψητά πάνω στη φωτιά. Η ευωδιά του ψημένου κρέατος ήταν τόσο ερεθιστική, που, αν και φαγωμένος, ομολογώ ότι έκανε το στομάχι μου να πάλλεται από τον πόθο να το τοποθετήσει μέσα του. Όλοι είχαν αυτό το ηλίθιο χαμόγελο, με το οποίο ανέμεναν πιπεράτες λεπτομέρειες από το περίφημο ραντεβού μου. Οι "μικρές μου κουτσομπόλες" προσδοκούσαν με ανυπομονησία να ανοίξω το στόμα μου και να ρουφήξουν την κάθε πληροφορία που θα τους προσέφερα.

«Βλέπω ότι πίνετε και τσιπουράκι! Ποιο καλό παιδί θα μου βάλει και μένα λίγο σε ένα ποτηράκι;»

Εν ριπή οφθαλμού, ο Σούλιος, αφού έτρεξε στην κουζίνα, διακτινίστηκε μπροστά μου, κρατώντας το ποτήρι περήφανα.

«Καλά ξεροσφύρι θα το πιω; Δε θα με κεράσετε κανένα παϊδάκι;»

Ο Σούλιος εμφανίστηκε και πάλι ταχύτατα μπροστά μου κρατώντας ένα πιάτο με ένα λαχταριστό κομμάτι κρέας, που άχνιζε, ερεθίζοντας τη ρινική κοιλότητά μου. Δοκίμασα αμέσως, μασώντας αργά με κλειστά μάτια το θεσπέσιο κομμάτι, αφήνοντας τα υγρά του να κατακλύσουν τον οισοφάγο μου. Ο Αναστάσης απερίσπαστος στο ψήσιμό του χαμογελούσε αμίλητος. Οι υπόλοιποι με παρακολουθούσαν και περίμεναν να καταπιώ.

«Περιμένετε κάτι;»

«Θα μας σκάσεις ρε Λάσκαρη, πες μας τι έγινε» γκρίνιαξε ο Σανιδάς.

Είχα τη δυνατότητα να εκμεταλλευτώ ακόμα περισσότερο την κατάσταση, αλλά έκρινα ότι αρκετά τους ταλαιπώρησα. Αφού ήπια λίγο από το ποτό και άφησα το πιάτο πάνω στο τραπέζι, σοβαρεύτηκα και ξεκίνησα να τους αφηγούμαι τα συμβάντα.

Μόλις τελείωσα αυτά που είχα να τους πω, ο Σούλιος μου έδωσε μια φιλική αγκαλιά και τσίμπησε το μάγουλό μου. «Στο 'χα πει ότι η κοπέλα σε γουστάρει. Καλά έκανες όμως και γύρισες, μη παίρνει και πολύ αέρα. Αύριο θα πάμε όλοι μαζί, να πιούμε και κανένα ποτό. Θα μας δώσει και το αυτοκίνητο ο Αναστάσης, έτσι δεν είναι αφεντικό;»

«Ασφαλώς, Γιώργο μου, ασφαλώς» αρκέστηκε να πει ο καλόκαρδος Αναστάσης.

«Εγώ διαφωνώ και με σένα και τον Σούλιο» παρενέβη ο Σανιδάς, «όφειλες να μείνεις και να της κρατήσεις παρέα ως σωστός κύριος. Τι σε ένοιαζε ποιος θα ήταν εκεί και τι θα έλεγε; Μήπως τους ξέρεις; Πιστεύω ότι την πλήγωσες

την κοπέλα. Ίσως περίμενε και κάτι παραπάνω καταλα-
βαίνεις..., είχες και αυτοκίνητο, θα την πέταγες έπειτα και
μέχρι τη Φλώρινα και θα γύρναγες».

Μάλλον λογικά μου ακούστηκαν τα όσα είπε, αλλά
δεν μπορούσε να είναι μέσα στο μυαλό μου και να κατα-
νοήσει την κοσμοθεωρία μου.

«Λουκά, είσαι μεγαλύτερος από εμένα και με περισ-
σότερες εμπειρίες. Εσύ γνωρίζεις καλύτερα από εμάς να
ελέγχεις τέτοιες καταστάσεις» με υπερασπίστηκε ο μπου-
κωμένος από το φαγητό Μπόλιος.

Απευθύνθηκα με το βλέμμα μου προς τον Αναστάση.
Αυτός μειλίχιος και αναψοκοκκινισμένος μου αποκρίθηκε:
«Παιδί μου, όλα καλά πήγαν. Θα σας δώσω το αυτοκίνητο
και πάλι να πάτε αύριο».

Στρωθήκαμε στο φαγητό και στο ποτό και καλαμπου-
ρίζαμε γελώντας. Ο Σούλιος ρωτούσε συνεχώς για περισ-
σότερες λεπτομέρειες όσον αφορά την Αριάδνη, τις οποίες
απέφευγα να του αποκαλύψω, αφού ξεπερνούσαν και τα
ασαφή όρια του σεξισμού! Ο Σανιδάς προσπαθούσε να τον
συμμορφώσει με συνεχείς παρατηρήσεις, αλλά αυτός ήταν
απτόητος, ενώ ο Μπόλιος και ο Αναστάσης ξεσπούσαν σε
ασταμάτητα γέλια από τα καθόλου διακριτικά και δίχως
ίχνος αιδούς σχόλιά του.

«Μα καλά πόσο συντηρητικοί και πουριτανοί είστε;
Δεν πιστεύω μετά να πάτε και για εξομολόγηση;» ρω-
τούσε προκλητικά ο Σούλιος, ο οποίος αφού δεν έπαιρνε
τις απαντήσεις που ήθελε, το έριξε στο ποτό και στο φαΐ
εκνευρισμένος. Ήταν όμως τόσο αυθόρμητος και αστείος
που το μόνο που προκαλούσε ήταν η ευθυμία και η καλή
διάθεση της παρέας.

Εκείνη τη στιγμή το βλέμμα μου καρφώθηκε σε ένα αντικείμενο που στεκόταν ακριβώς δίπλα από την εξώπορτα. Ήταν η καραμπίνα του Αναστάση. Συνήθως την είχε κρεμασμένη στον τοίχο αριστερά από το τζάκι. Τώρα βρισκόταν ακουμπισμένη στο τοιχάκι δίπλα στη πόρτα, στηριγμένη με το κοντάκιο πάνω στο πάτωμα.

«Αναστάση, πήγες για κυνήγι;»

Έριξε μια ματιά στην καραμπίνα, ίσως για να δει αν βρισκόταν ακόμα σε εκείνη τη θέση. «Όχι, την έχω εκεί για ώρα ανάγκης». Είχε εκείνο το γνωστό ύφος που έπαιρνε, όταν ήθελε να αποκρύψει κάτι. Τον είχα μάθει, όλον αυτό τον καιρό που κάναμε παρέα. Για κάποιον λόγο την έστησε εκεί, σίγουρα για να είναι εύκολη η πρόσβαση στο όπλο.

«Τι τρέχει καλέ μου φίλε; Μήπως κάτι έχεις να μας πεις;»

«Άντε φάτε και πιείτε και αφήστε όλα τ' άλλα».

«Τώρα που είμαστε εδώ όλοι μαζί, πες μας περί τίνος πρόκειται».

Δε μίλησε, ενώ σηκώθηκα απότομα από την καρέκλα μου και πήρα το όπλο στα χέρια μου. «Αυτό εδώ είναι μια καραμπίνα γεμάτη! Εσύ ποτέ δεν είχες γεμάτο όπλο μέσα στο σπίτι σου, απ' όσο θυμάμαι. Περιμένω εξηγήσεις».

Τα μάτια του έλαμπαν στο κοκκινωπό φως των κάρβουνων και το αλαβάστρινο μέτωπό του γέμισε αυλακιές από ανησυχία. Το πιγούνι ήταν μονίμως βυθισμένο μέσα στο στέρνο του. Το έξυσε αμήχανα, έπειτα έξυσε και το αριστερό του αυτί, ξερόβηξε, ήπιε μονοκοπανιάς το περιεχόμενου του ποτηριού που κρατούσε στο δεξί του χέρι και επιτέλους άνοιξε το στόμα του. «Έμαθα για τους κυνηγούς και για τον σκύλο που βρήκαν στο δάσος, αλλά δεν είναι μόνο αυτό. Ο Ευθύμης, ένας χωριανός μου που μένει όχι πολύ μακριά από μένα, είχε μια απρόσμενη επίσκεψη στη στάνη του χθες».

«Την Ανθούλα;» ρώτησε σαστισμένος ο Σανιδάς.

«Μακάρι να ήταν αυτή, γιατί και με λίγες ρίζες βολεύεται. Λύκος! Μπήκε στη στάνη και του σκότωσε εφτά κατσίκια!»

«Τι λύκος;» ρώτησε έντρομος και πάλι ο Σανιδάς.

«Λύκος παιδί μου, λύκος κανονικός».

«Τον είδε; Σκυλιά δεν έχει;» ρώτησα αμέσως.

«Έχει τρία – τέσσερα, μάλιστα μεγάλα και δυνατά. Αυτός λέει ότι τον είδε, βγήκε να τον διώξει, αλλά πρόλαβε και εξαφανίστηκε. Τα σκυλιά του φάνηκαν μετά από λίγο, ίσως τριγυρνούσαν έξω στο χωριό».

«Κάτι δε σου αρέσει. Σε καταλαβαίνω από το ύφος σου».

«Λουκά μου, νομίζω ότι δεν ήταν μόνο ένας και ας λέει ο Ευθύμης πως επρόκειτο για μονόλυκο. Τα σκυλιά του είναι έμπειρα και δε θα την πατούσαν από έναν μοναχικό περιπλανώμενο διάολο».

«Αγέλη;»

«Κάτι παραπάνω από προφανές».

«Αλήθεια, πιστεύετε ότι κινδυνεύουμε;» ρώτησε δειλά με έναν κόμπο στο λαιμό του ο Σανιδάς.

«Έλα σοβαρέψου» τον αποπήρα.

Κοίταξε τον Αναστάση, ο οποίος ήταν σκεφτικός και σοβαρός. Αυτός αμίλητος κοίταζε συνεχώς προς την καραμπίνα του. «Εσύ τι λες Λουκά;»

«Δεν είμαι σίγουρος, αλλά ίσως και να μην έχεις άδικο, Αναστάση. Ξέρω τι σκέφτεσαι: η υπόλοιπη αγέλη παρέσυρε τα σκυλιά του Ευθύμη μακριά από τη στάνη και άφησε τη δουλειά να την τελειώσει αυτός που εισέβαλε μέσα. Έχω δίκιο;»

«Ακριβώς. Έχει τέσσερα σκυλιά και, επειδή οι λύκοι είναι εξαιρετικά πρακτικοί στη σκέψη τους, τότε με απόλυτη βεβαιότητα ισχυρίζομαι ότι αποτελούταν με πάνω από τέσσερα μέλη η αγέλη τους».

«Καταλαβαίνω πού το πας, Αναστάση: οι λύκοι δεν επιτίθενται, αν δεν είναι βέβαιοι για την επιτυχία τους. Όλα τα ζυγίζουν και τα υπολογίζουν με ακρίβεια. Αν υποθέσουμε ότι ένας λύκος είναι περίπου ισάξιος σε ισχύ με ένα καλό τσομπανόσκυλο, τότε πολύ πιθανό να ήταν πέντε ή και έξι ακόμα εκεί έξω. Παρέσυραν τους σκύλους, ουσιαστικά τους εξουδετέρωσαν, για να κατακτήσουν τα τρόπαιά τους χάρη στον "κομάντο" που έστειλαν στη στάνη».

«Μπράβο Λουκά, μπράβο. Αυτό ακριβώς πιστεύω και εγώ» με επιβράβευσε για την υπόθεση μου.

«Αλλά και πάλι, όλα αυτά είναι εικασίες. Υπάρχει και η πιθανότητα, ένας πεινασμένος λύκος να ρίσκαρε τη ζωή του και να έκανε φουλ επίθεση στο μαντρί».

«Τι είναι αυτά που λες; Το πράγμα μιλάει μόνο του, ήταν αγέλη!»

«Έστω και αυτό. Φυσιολογικό μου φαίνεται σ' αυτά τα μέρη να κυκλοφορούν τα λυκάκια μας. Πάντα υπήρχαν λύκοι σ' αυτά τα βουνά και είσαι συνηθισμένος σ' αυτό. Δεν καταλαβαίνω για ποιο λόγο είσαι σε τέτοια ετοιμότητα. Η καραμπίνα έτοιμη να δουλέψει και συ σε αναμμένα κάρβουνα».

«Αναστάση, σε παρακαλώ μη το πεις αυτό που έχεις στο μυαλό σου» εκλιπάρησε τον οικοδεσπότη μας ο Σανιδάς.

«Μπορεί να είναι η ΑΓΕΛΗ μας!» ξεστόμισε ο Αναστάσης.

«Το είπε!» αναστέναξε ο Σανιδάς με την παλάμη στο πρόσωπό του απογοητευμένος.

«Για ποια αγέλη μιλάμε; Αυτή που τρώει ανθρωπάκια για πρωινό;» αστειεύτηκε ο Σούλιος, που μέχρι εκείνη τη στιγμή δεν είχε μιλήσει, αφού κατέβαζε το ένα ποτήρι μετά το άλλο.

«Σταμάτα ρε αναίσθητε, δεν είναι αστεία αυτά» τον μάλωσε ο Σανιδάς.

Καθίσαμε για λίγη ώρα αμίλητοι. Ο καθένας μας απορροφημένος στις δικές του σκέψεις και υποθέσεις. Δεν είμαι σίγουρος βέβαια, αν ο Μπόλιος που τσάκιζε το ένα παϊδάκι μετά το άλλο και ο Σούλιος που κατέβαζε το τσίπουρο σα νερό, τι είδους σκέψεις είχαν στο μυαλό τους. Τα πρόσωπά τους άστραφταν στο χαρούμενο φως της φωτιάς. Έμοιαζαν να αδιαφορούν για το θέμα που συζητούσαμε. Ο Σανιδάς σηκώθηκε και παρακολουθούσε από το παράθυρο το δάσος, όσο μπορούσε, εξαιτίας του σκότους. Ξεφυσούσε και κουνούσε βαρύθυμος το κεφάλι του πέρα δώθε.

Εγώ από τη πλευρά μου, προσπαθούσα να βάλω σε μια σειρά όλα τα δεδομένα. Για το μόνο που ήμουν απόλυτα βέβαιος ήταν πως δεν υπήρχε περίπτωση να καταλήξουμε στην απόλυτη αλήθεια. Ανακάτευα τα σενάρια στον εγκέφαλό μου, όντας σίγουρος ότι δε θα ανακαλύπταμε αυτό που πραγματικά είχε συμβεί.

Σε αντίθεση, ο Αναστάσης ήταν πεπεισμένος για την αγέλη και μάλιστα για την αγέλη, που σύμφωνα με τα λεγόμενά του, ήταν υπεύθυνη για φόνο ανθρώπων και που την είχε αντιμετωπίσει σκοτώνοντας κάποια μέλη της.

Δεν είχα αποκλείσει τίποτα από όσα εξιστορούσε ο καλός μας φίλος, ούτε όμως και κατάπινα αμάσητα τα όσα ισχυρίζόταν. Οι θρύλοι αυτοί, για κακούς και αιμοβόρους λύκους, ήταν βαθιά εντυπωμένοι σε πολλά ορεινά χωριά της Μακεδονίας, όπου από μικρά τα παιδιά άκουγαν απίθανες έως εξωφρενικές ιστορίες και στοχοποιούσαν τους κακομοίρηδες τους λύκους, οι οποίοι το μοναδικό που επιζητούσαν ήταν ένα κομμάτι φαγητό, για να μη πεθάνουν της πείνας. Τώρα, αυτό το κομμάτι θα ήταν κάποιο ζωάκι του δάσους, κάποιο αμνοερίφιο, πάντως κάτι που δε δικαιολογούσε όλο αυτό το κυνήγι μαγισσών εναντίων αυτών των καταπληκτικών πλασμάτων.

«Δεν πάμε να βρούμε αυτόν τον Ευθύμη, Αναστάση;» έσπασα τη σιωπή.

«Πάμε, Λουκά».

«Όπα, σιγά! Εμείς τι θα κάνουμε εδώ; Εγώ δε βγαίνω από το σπίτι για να πάω στο φυλάκιο με τα πόδια» εξέφρασε ανήσυχα ο Σανιδάς.

«Μάλιστα. Τότε να μείνετε εδώ και να περιμένετε να επιστρέψουμε» του πρότεινα.

«Υπό έναν όρο: βάλε τα σκυλιά μέσα στην αυλή».

«Αμάν, Διονύση, ηρέμησε».

«Σε παρακαλώ! Ας είναι τουλάχιστο στην αυλή μη τυχόν και σας ακολουθήσουν καθώς θα φεύγετε. Δε νομίζω να σας είναι κόπος... Θέλω κάποια ασφάλεια, κακό είναι;» επέμενε με το αστείο κατακόκκινο πρόσωπό του να με κοιτά σχεδόν με οίκτο.

«Ό,τι επιθυμείς νεαρέ μου» συμφώνησε ο Αναστάσης πιάνοντας στα χέρια του την καραμπίνα, ανησυχώντας περισσότερο τον ήδη αγχωμένο Σανιδά.

«Μήπως θέλεις να την κρατήσεις στο σπίτι;»

«Όχι. Κλείδωσέ μας και βάλε του σκύλους στην αυλή. Τίποτα άλλο, αυτό μου αρκεί».

«Μήπως να έρθω και εγώ;» ρώτησε ο Μπόλιος, άνετος από την καρέκλα του.

«Κάθισε εκεί που είσαι να προσέχεις τον Διονύση» πέταξα με αρκετή δόση ειρωνείας.

Την στιγμή που πήγε να κλειδώσει την εξώπορτα ο Αναστάσης, ακούστηκε η φωνή του Σούλιου που βρισκόταν στη δική του διάσταση. «Αναστάση, πού έχεις το υπόλοιπο τσίπουρο; Αυτό το μπουκάλι μόλις τελείωσε».

«Ψάξε στην κουζίνα, θα το βρεις εσύ».

Τους κλειδώσαμε λοιπόν μέσα. Ο Αναστάσης άνοιξε την πόρτα της αυλής και τα σκυλιά αναταράχτηκαν. Τον κοίταξαν με δυσπιστία, αλλά δεν τόλμησαν να κάνουν την παραμικρή κίνηση. Μόλις ένευσα να πλησιάσουν, κινήθηκαν δειλά προς τα μέσα κοιτάζοντας ανήσυχα τον Αναστάση. Φυσικό ήταν, διότι ποτέ δεν τα φιλοξενούσε μέσα στην αυλή του. Μάλιστα, τα μάλωνε συνεχώς και όπως ήταν φυσικό τους ήρθε λίγο απότομη αυτή η πρόσκληση. Τελικά, πέρασαν μέσα και σύρθηκαν σκυφτά στα πόδια μου, με τις ουρές τους να πηγαίνουν πέρα δώθε.

Κλείσαμε την αυλόπορτα και βγήκαμε στο δρομάκι, ενώ ο Διονύσης μας παρακολουθούσε από το τζάμι του μπροστινού παραθύρου. Του έκανα σήμα με το δάχτυλο πως όλα τακτοποιήθηκαν σύμφωνα με τις επιθυμίες του. Κούνησε το κεφάλι του με συγκατάβαση.

Πήραμε λοιπόν το αυτοκίνητο, αφού βέβαια ο Αναστάσης εναπόθεσε με ευλάβεια τον όπλο του μέσα στην αγκαλιά μου και κινήσαμε για το χωριό. Το σπίτι του, κάπως απομονωμένο, απείχε μερικές εκατοντάδες μέτρα από τον πυρήνα του χωριού. Δεν κατευθυνθήκαμε προς τα εκεί, αλλά μέσω ενός καρόδρομου, προσεγγίσαμε ένα από τα τελευταία οικήματα στο βορειοδυτικό τμήμα του οικισμού. Σταματήσαμε ακριβώς έξω από ένα τυπικό σπίτι, όπως και τα περισσότερα, το οποίο στο πλαϊνό δυτικό του τμήμα πλαισιωνόταν από το κλασσικό μαντρί.

Τέσσερα μεγαλόσωμα τσομπανόσκυλα μας υποδέχτηκαν, χωρίς φιλικότητα, που γαύγιζαν ασταμάτητα και περικύκλωσαν το αυτοκίνητο.

«Μπράβο σας, βλαμμένα! Όταν ήρθαν οι λύκοι, κοιμόσασταν!» τα κατέκρινε ο Αναστάσης με απαράμιλλο ύφος και με έκανε να ξεραθώ στα γέλια.

Ένα φως άναψε στην πρόσοψη της εισόδου και άνοιξε η πόρτα. Ένας άντρας κατέβηκε βιαστικά τα σκαλοπάτια και πρόσταξε τα σκυλιά να σωπάσουν. Αυτά ηρέμησαν και αποτραβήχτηκαν ήσυχα σε μια γωνία. Ο Αναστάσης κατέβηκε από το όχημα και, με ένα δισταγμό, έπραξα το ίδιο. Ένα από τα σκυλιά με πλησίασε και άρχισε να με μυρίζει. Στάθηκα ακίνητος, ώσπου να τελειώσει τον έλεγχο. Μόλις ολοκλήρωσε το έργο του, γύρισε και πάλι στη θέση του αγέρωχο.

«Μη φοβάσαι παλικάρι μου» μου είπε ο χωρικός που μάλλον ήταν ο Ευθύμης απ' ό,τι είχα καταλάβει. Κοντούλης, στραβοκάνης, αδύνατος μα νευρώδης, πάνω κάτω στην ηλικία του Αναστάση.

«Τι τα θέλεις αυτά τα κοπρόσκυλα; Τζάμπα τα ταΐζεις» αποδοκίμασε απότομα ο Αναστάσης τους σκύλους του.

«Μη προσβάλλεις τα καμάρια μου, Αναστάση».

«Από εδώ ο Λουκάς, είναι από το φυλάκιο. Πολύ καλό παιδί!» προχώρησε στις συστάσεις ο Αναστάσης και, αν ήμουν ντροπαλός, θα είχα κοκκινίσει.

«Χαίρω πολύ, Ευθύμης» μου έτεινε το χέρι του και αισθάνθηκα στην τραχιά παλάμη του όλες τις δυσκολίες της κτηνοτροφικής ζωής.

«Ελάτε μέσα να σας κεράσω ένα κρασί».

«Άλλη φορά. Σημείωσε πάντως ότι μας το χρωστάς» βιάστηκε να διευκρινίσει ο Αναστάσης,

«Προς τι λοιπόν αυτή η νυχτερινή επίσκεψη;»

«Για να εξακριβώσουμε, φίλε μου, τι ακριβώς συνέβη χθες. Για την εισβολή των λύκων στο μαντρί σου μιλώ. Να ρίξουμε μια ματιά;» Δίχως να περιμένει απάντηση προχώρησε προς τα μέσα.

«Λύκος. Ένας ήταν, γιατί τον είδα» διόρθωσε ο Ευθύμης.

«Καλά, καλά» αρκέστηκε να μουρμουρίσει ο Αναστάσης με δυσπιστία.

Προχωρήσαμε και μπήκαμε στον χώρο της στάνης, όπου τα κατσίκια αποτραβήχτηκαν αναστατωμένα μέσα σε μια καλύβα χωρίς πόρτα. Με μια πρώτη ματιά, διαπίστωσα πως υπήρχαν δυο αυτοσχέδιες πόρτες, μια δυτικά και μια βόρεια. Παλαιοί ταλαιπωρημένοι ξύλινοι πάσσαλοι, που τέμνονταν από επίσης ξύλινους οριζόντιους μακρόστενους στύλους, αποτελούσαν την περίφραξη. Δε νομίζω να εγγυούνταν την καλύτερη ασφάλεια. Πάντως η περίφραξη ήταν υψηλή και δε φαινόταν σε κανένα σημείο παραβιασμένη.

«Και πώς λες να βρέθηκε μέσα;» ρώτησε ο Αναστάσης.

«Έλα να σου δείξω». Κινήθηκε προς τη βορεινή πλευρά της περίφραξης. «Βλέπετε εδώ;»

«Πού;»

«Εδώ, εδώ χαμηλά» έδειξε το έδαφος φωτίζοντας το σημείο, με τον φακό που κρατούσε.

«Δεν καταλαβαίνω τι εννοείς;» ρώτησε συνοφρυωμένος ο Αναστάσης.

«Εδώ ακριβώς έσκαψε ο άτιμος και πέρασε από κάτω. Δε φαίνεται τίποτα πια, το έχω καλύψει με χώμα και πέτρες».

Ο Αναστάσης κοίταζε σκεφτικός, ξύνοντας το κούτελό του. Παρατήρησα ότι το κάτω δοκάρι, το παράλληλο από το έδαφος που συνέδεε τους δυο κοντινούς στύλους, απείχε δέκα με δώδεκα εκατοστά από το έδαφος. Αν το ζώο έσκαψε και μια τρύπα είκοσι – τριάντα εκατοστών από κάτω, θα μπορούσε να τρυπώσει, έστω και δύσκολα στον εσωτερικό χώρο της στάνης. Όμως, όλο αυτό το εγχείρημα απαιτούσε κάποιον χρόνο για να ολοκληρωθεί και ίσως είχε δίκιο ο Αναστάσης που κακολογούσε τα σκυλιά του Ευθύμη για την ελλιπή τους προφύλαξη.

«Συγγνώμη, κύριε Ευθύμη, εσείς πότε αντιληφθήκατε ότι κάτι συμβαίνει;» ρώτησα ευγενέστατα.

«Μόλις άκουσα τον σαματά, βγήκα αμέσως έξω ουρλιάζοντας και έπιασα μια μαγκούρα που έχω πάντα πρόχειρη. Ο άτιμος όμως τη ζημιά του την είχε κάνει! Τον είδα να σέρνεται κάτω από τον περίβολο και αμέσως εξαφανίστηκε».

«Με συγχωρείτε και πάλι, αλλά τα σκυλιά σας πού βρίσκονταν;»

«Τι να σου πω παιδί μου; Ίσως τριγυρνούσαν μέσα στο χωριό, ίσως εδώ έξω στην ύπαιθρο».

«Γιατί δε τα αφήνετε μέσα στη στάνη, μαζί με τα κατσίκια;»

«Μα μέσα τα βάζω! Μόνο που το κάνω πιο αργά, λίγο

πριν πέσω για ύπνο. Η ζημιά έγινε μόλις σουρούπωσε, πριν πέσει για τα καλά η νύχτα. Πού να το φανταζόμουν!»

Το σπίτι και το μαντρί του ήταν το τελευταίο στην άκρη του χωριού. Δε θα έλεγα πως ήταν τελείως ξεκομμένο και απομονωμένο, αλλά, όπως και να έχει, είναι από τα πιο απομακρυσμένα. Από τη δυτική και τη βόρεια πλευρά δεν έχει παρά χέρσες εκτάσεις που καταλήγουν στις παρυφές των δασωμένων λόφων. Του Αναστάση βρίσκεται ακόμα πιο πέρα, θα έλεγε κανείς στη μέση του πουθενά, πολύ κοντά στο δάσος. Η διαφορά τους έγκειται στο γεγονός ότι ο φίλος μας δεν έχει καθόλου ζώα. Είμαι σχεδόν βέβαιος πως οι λύκοι, αν ήταν πάνω από ένας, πέρασαν πολύ κοντά και από του Αναστάση το σπίτι, για να μη πω ακριβώς δίπλα. Χαρές που θα έκανε ο Σανιδάς, μόλις το μάθαινε!

«Πόσα κατσίκια σκότωσε και πού βάλατε τα πτώματά τους;» ρώτησα.

«Εφτά ήταν τα κακόμοιρα. Τα έβαλα πάνω στην καρότσα του αγροτικού και τα πέταξα εδώ πιο πάνω, σε έναν χώρο που ρίχνουμε άχρηστα πράγματα».

«Είναι μακριά από εδώ;»

«Θα είναι κάνα δυο χιλιόμετρα. Αν τραβήξεις πάνω τον χωραφόδρομο, πίσω από το σπίτι μου, σε δέκα λεπτά είσαι εκεί».

«Για ποιον λόγο τα έριξες εκεί; Δεν είναι και το πιο συνετό. Θα βρωμάει από τα πτώματα όλη η περιοχή για λίγες ημέρες».

«Μάλλον, δεν έχεις ιδέα από αυτά! Μέχρι αύριο δε θα έχει μείνει τίποτα. Γιορτή θα κάνουν τ' αγρίμια!»

Αφού λοιπόν δεν είχα ιδέα από αυτά, σύμφωνα με τον Ευθύμη, προτίμησα να διακόψω τη συζήτηση, καθώς έβλεπα και τον Αναστάση, πίσω από την πλάτη του, να μου γνέφει για να σταματήσω. Πάντως από αυτή την απερισκεψία του Ευθύμη, θα μαζεύονταν άγρια ζώα και θα γυρόφερναν συνεχώς κοντά στο χωριό, αφού θα έβρισκαν εύκολα φαγητό.

Παίρνοντας λοιπόν θάρρος, θα προσέγγιζαν όλο και εγγύτερα την κατοικημένη περιοχή και οι συναντήσεις θα ήταν αναπόφευκτες! Αδέσποτα σκυλιά, τσακάλια, λύκοι και αρκούδες, πρόσωπο με πρόσωπο με ανθρώπους! Αυτό που με ανησυχούσε, δεν ήταν πως κάποιος άνθρωπος θα πάθαινε κάτι κακό, αυτό το απέκλεια, αλλά συνήθως σε αυτές τις συναντήσεις την πληρώνουν τα άτυχα τα ζώα, τα οποία, δίχως να το αντιλαμβάνονται, υπερβαίνουν τα νοητά όρια και εισέρχονται στην επικράτειά μας.

Φυσικά, πάντα τον ρόλο του κακού τον επωμίζονται ο λύκος και η αρκούδα, που δαιμονοποιούνται τόσο, ώστε η δολοφονία τους να θεωρείται συνετή, επιβεβλημένη και μακάρια δράση! Αλλά πώς να τα εξηγούσα τώρα όλα αυτά στον Ευθύμη, από τη στιγμή που μου δήλωσε ότι πλέον έχει κηρύξει πόλεμο και θα εξολόθρευε από την περιοχή όσους λύκους μπορούσε!

Αποχαιρετίσαμε τον Ευθύμη και επιστρέψαμε στο σπίτι του Αναστάση χωρίς να ανταλλάξουμε κουβέντα κατά την τρίλεπτη διάρκεια της διαδρομής. Μόλις φτάσαμε στην αυλή του, έλεγξε εξονυχιστικά το έδαφος, για να διαπιστώσει, αν τα σκυλιά είχαν σκάψει τρύπες. Αφού δεν είδε κάτι το μεμπτό, τα έβγαλε απ' έξω και έκλεισε πάλι την πόρτα.

Μπήκαμε μέσα στο σπίτι και βρήκαμε τους άλλους τρεις ή μάλλον τους δύο σε κατάσταση υπερβολικής ευθυμίας. Από τη στιγμή μάλιστα που ο συνήθως πράος Αναστάσης, βλέποντας και αυτό το μπουκάλι σχεδόν άδειο, μάλωσε έντονα τον Σούλιο και του απέτρεψε να συνεχίσει να πίνει, η κατάσταση είχε μάλλον εκτροχιαστεί! Ο Σανιδάς μας ρώτησε ποιο ήταν το αποτέλεσμα της έρευνάς μας. Του ανέφερα με κάθε λεπτομέρεια όλα όσα είδα, διότι δε θα γλίτωνα από τις συνεχείς ερωτήσεις του. Όμως αλίμονο!

«Δηλαδή, απ' ότι κατάλαβα ήταν ολόκληρη αγέλη;» ξεκίνησε να ρωτά.

«Πολύ πιθανόν, Διονύση μου. Αλλά είτε ένας είτε ολόκληρη αγέλη, ο κτηνοτρόφος έχασε εφτά ζώα. Δεν έχει σημασία πόσοι λύκοι το έπραξαν. Πιστεύω ότι μέσα μπήκε ένας, θες γιατί πρόλαβε θες για άλλον λόγο που αγνοώ, ίσως και να βρίσκονταν και άλλοι τριγύρω από τον χώρο εκείνο».

«Εσύ Αναστάση τι έχεις να πεις; Επιμένεις στην άποψή σου για την αγέλη;»

«Επιμένω και είμαι απόλυτα βέβαιος για αυτό!» απάντησε ξερά και κοφτά τη στιγμή που άδειαζε την κάνη από τα φυσίγγια και τα τοποθετούσε μέσα στην φυσιγγιοθήκη. Μόλις τελείωσε, κρέμασε το όπλο στον τοίχο όπου συνήθιζε να το έχει.

«Όμως ελάτε, το θέμα έληξε. Σηκωνόμαστε και επιστρέφουμε στο φυλάκιο» πρόσταξα χτυπώντας τις παλάμες μου.

«Με τα πόδια;» διαμαρτυρήθηκε με έναν μορφασμό αγανάκτησης ο Σανιδάς.

«Ναι. Με τα πόδια δεν ήρθες; Ίσως ο φρέσκος αέρας να συνεφέρει και αυτό το πτώμα» έδειξα τον Σούλιο, ο οποίος είχε χυθεί πάνω στην καρέκλα και με κοίταζε σαν χαζοχαρούμενος με ένα ηλίθιο χαμόγελο και κόκκινα μάτια, ίδια με του διαβόλου!

«Λάσκαρη! Πολύ σ' αγαπώ ρε μάγκα» στρίγκλισε ο Σούλιος και σηκώθηκε με τα χέρια ανοιχτά για να με αγκαλιάσει. Δυστυχώς, όμως, στο πρώτο βήμα έχασε την ισορροπία του, δεν ήθελε και ιδιαίτερη προσπάθεια, και έπεσε φαρδύς πλατύς κάτω στο πάτωμα. Όλοι γελάσαμε εκτός από τον ίδιο, που με στραβή γλώσσα και σύνταξη του λόγου όπως ενός τρίχρονου παιδιού, ισχυριζόταν ότι κάποιος τον έσπρωξε από την καρέκλα!

«Εντάξει Σούλιο, ήταν μια άτυχη στιγμή. Έλα κρατήσου από τον ώμο μου» τον προέτρεψα καθώς υποβασταζόταν και από τον Σανιδά. Τον φορτωθήκαμε λοιπόν ανάμεσά μας και ξεκινήσαμε για το φυλάκιο.

Όταν βγήκαμε έξω, τα σκυλιά τον πλησίαζαν συνεχώς και τον οσμίζονταν με μεγάλη επιφυλακτικότητα, αφού βρωμούσε οινόπνευμα λες και ήμαστεν μέσα σε κάποιο αποστακτήριο! Τι να περνούσε άραγε από το μυαλό των καημένων των τετραπόδων;

Ομολογώ ότι ήταν κουραστική η διαδρομή προς το φυλάκιο. Δεν ήταν μόνο το παγωμένο χιόνι, που δεν έλεγε να λιώσει, ούτε βέβαια και η δεκαπεντάλεπτη περίπου απόσταση. Ήταν και αυτή η μεταφορά του Σούλιου που δυσχέραινε τους μυς μας, την αντοχή μας και ασφαλώς την ισορροπία μας. Ανά μικρά διαστήματα, τον κουβαλούσαμε με βάρδιες για να παίρνει ο ένας, που περίσσευε από τους τρεις, πολύτιμες ανάσες.

Ο Σούλιος, σε κατάσταση μέθης, δε νομίζω ότι αντιλαμβανόταν και πολλά. Μας κρατούσε από τους ώμους και έλεγε τα δικά του, από τα οποία δεν εξάγαμε κανένα νόημα. Η ακατάληπτη λογοδιάρροιά του ήταν εκνευριστική, με αποτέλεσμα να τον παρατηρούμε συνεχώς να πάψει να ανοίγει το στόμα του. Επιπλέον είχα την εντύπωση ότι δε βημάτιζε καθόλου, αλλά τον σέρναμε και σε μερικά τμήματα του δρόμου τον σηκώναμε από το έδαφος για να κερδίσουμε γρήγορα λίγα μέτρα παραπάνω.

Ο Σανιδάς μέσα σε μια πλαστική σακούλα, κρατώντας τη στο δεξί του χέρι, περιέσωσε υπολείμματα από τα παϊδάκια, κυρίως τραγανά κόκαλα για να τα μοιράσει, μόλις φτάναμε, στα σκυλιά. Φυσικά, αυτά το αντιλήφθηκαν και είχαν συνεχώς το μυαλό τους εκεί. Τον πλησίαζαν και προσπαθούσαν να χώσουν τις μουσούδες τους στη σακούλα. Χρειάστηκε να τα μαλώσουμε σε έντονο ύφος για να σταματήσουν αυτή, την κατά τ' άλλα, φυσιολογική παρενόχλησή τους.

Λίγο πριν πιάσουμε την ανηφόρα για το φυλάκιο και με τον αχνό φωτισμό, που έφτανε δειλά από τον προβολέα, είδαμε, για μια ακόμα φορά, εκείνον τον λιανό κοκαλιάρη σκύλο που τριγύριζε πάντα κοντά στο φυλάκιο, όταν φυσικά του δινόταν αυτή η ευκαιρία. Μόλις τον αντιλήφθηκαν τα σκυλιά μας, εφόρμησαν κατά πάνω του. Ο καημένος και ταλαιπωρημένος σκύλος, με την ουρά στα σκέλια, ξεκίνησε να τρέχει πανικόβλητος προς το μόνο μέρος όπου θα μπορούσε να ξεφύγει, το δάσος. Διέταξα τα σκυλιά με μια άγρια φωνή να επιστρέψουν κοντά μας, κάτι που τελικά έγινε.

Ήταν άξιο απορίας, έτσι αδύναμος που φαινόταν, πώς ο σκύλος αυτός επιβίωνε ανάμεσα στα πολλά και άγρια τσομπανόσκυλα του χωριού και ανάμεσα στα δικά μας, εξίσου, δυναμικά σκυλιά. Πάντως, για να πω και μια καλή κουβέντα για τα δικά μας, ποτέ δεν τον έφερναν σε δεινή θέση. Με κάποια ψεύτικα δαγκώματα και περισσότερο με εκφοβισμό τον απομάκρυναν από την περιοχή τους.

Ίσως αντιλαμβάνονταν το πόσο μειονεκτούσε απέναντί τους και δε διοχέτευαν επάνω του την αγριότητα και την αναμφισβήτητη ρώμη τους. Προφανώς, έδειχναν μεγαλοψυχία και μεγαλοπρέπεια, απέναντι σε έναν υποδεέστερο και άκακο αντίπαλο και τον άφηναν να φύγει τρομαγμένο. Είχα την εντύπωση ότι απλώς τα ευχαριστούσε να τον τρομοκρατούν, ειδάλλως θα τον είχαν ξεσκίσει, αφού πολλές φορές τα δόθηκε η ευκαιρία.

Επομένως, για μια ακόμα φορά είχε γλιτώσει τα χειρότερα και χάθηκε στα σκοτάδια του δάσους. Δεν πρέπει να πέρασαν περισσότερα από δυο με τρία λεπτά, όταν έφτασε στα αυτιά μας ένας οδυρμός, ένα κλάμα γοερό από το σημείο που είχε τρυπώσει. Τα σκυλιά αναταράχτηκαν και έφυγαν βολίδα προς εκείνο το κομμάτι του δάσους. Μείναμε αποσβολωμένοι να κοιταζόμαστε.

«Λάσκαρη, τι ήταν αυτό;» ρώτησε σαστισμένος ο Σανιδάς.

«Δεν είμαι σίγουρος. Γρήγορα προς το φυλάκιο».

Ανεβάσαμε τον ρυθμό του βηματισμού μας. Τα δάσος κατάπιε τα σκυλιά, ενώ εμείς βρισκόμασταν ήδη έξω από το φυλάκιο. Εκεί απέναντι, μέσα στο ζόφος, και με την απόλυτη αταραξία που απέπνεε η παγερή βραδιά, ακούσαμε γρυλλίσματα και γαβγίσματα.

Ήταν σίγουρο ότι γινόταν μάχη!

Δεν βλέπαμε τίποτα, απλώς υποθέταμε, έτσι όπως είχαμε ακινητοποιηθεί στην κορυφή του λόφου και αφουγκραζόμασταν. Μέχρι και ο Σανιδάς δε ρωτούσε το παραμικρό. Μόνο προσπαθούσαμε αμίλητοι να ακούσουμε, όσο καλύτερα γινόταν, όλους τους ήχους. Έπειτα από λίγο έπαυσε και ο παραμικρός θόρυβος.

«Πάμε μέσα προς το παρόν» πρότεινα στους συναδέλφους μου.

Στο φυλάκιο άλλοι είχαν πέσει για ύπνο και άλλοι σκότωναν την ώρα τους μπροστά από την τηλεόραση. Πετάξαμε τον Σούλιο όπως ήταν πάνω στο κρεβάτι του και τον αφήσαμε έτσι. Όμως, ο Μπόλιος, επειδή τον λυπήθηκε, γύρισε πίσω να του βγάλει τις αρβύλες και να τον τακτοποιήσει κάτω από τις κουβέρτες. Μόλις προβάλλαμε στον διάδρομο, ξεμύτισε και ο δόκιμος από το δωμάτιό του, με μάτια βαριά και ακόμα βαρύτερη διάθεση. Του εξήγησα τι συνέβαινε, κάπως αφυπνίστηκε και, αφού έβαλε πάνω του το παλτό του, μας συνόδεψε έξω.

Τίποτα δεν υπέπεσε στην αντίληψή μας. Προσπαθούσαμε να διακρίνουμε φιγούρες μπροστά από τα πρώτα δέντρα του δάσους, αλλά αυτό ήταν αδύνατο. Παντού μαυρίλα! Αν και ένιωθα δέος, δεν ήθελα να απεγκλωβιστώ από αυτόν τον αθέλητο εναγκαλισμό του δάσους! Ο αέρας της νύχτας μου φάνηκε θείο βάλσαμο, καθώς μαστίγωνε το πρόσωπό μου. Κατέφτασε και ο Μπόλιος ζωσμένος με το τουφέκι του, κάτι που ευχαρίστησε τον Σανιδά. Κατεβήκαμε ως την περίφραξη για να κερδίσουμε κάποιες δεκάδες μέτρα. Από εκεί, και πάλι δεν ξεχωρίζαμε κάτι. Δεν ξανακούστηκε κάτι ύποπτο. Αμίλητοι αναμέναμε, δεν ξέρω και γω τι. Απλώς στεκόμασταν και ευελπιστούσαμε σε κάποια ένδειξη, είτε ήχου είτε κίνησης.

«Λάσκαρη, ακούω τη γνώμη σου» άνοιξε το στόμα του ο Σανιδάς.

«Θα είμαι ειλικρινής και ξεκάθαρος. Το πρώτο ενδεχόμενο είναι η ύπαρξη αγέλης αγριόσκυλων, όπως αυτή του "Τρόμου". Δεύτερον, να είναι μια αρκούδα. Τρίτον, να είναι λύκος. Από αυτή την πλευρά του δάσους, δεν κυκλοφορούν συχνά άλλα σκυλιά, πέραν των δικών μας, γιατί δε ρισκάρουν να αναμετρηθούν μαζί τους. Αν ήταν αρκούδα, δε νομίζω ότι θα επιτιθόταν στον ξερακιανό σκύλο, τουλάχιστον δεν το συνηθίζουν απ' όσο ξέρω. Επομένως, αν πρέπει να επιλέξω, επιλέγω τον λύκο. Να το πω πιο ξεκάθαρα: εκεί μέσα υπάρχουν λύκοι. Μ' αυτούς μάχονται τα σκυλιά μας!»

Ο Σανιδάς ξεροκατάπιε και σταυροκοπήθηκε, ενώ ο Μπόλιος τοποθετούσε τον γεμιστήρα στο τουφέκι του.

«Για παν ενδεχόμενο» μου εξήγησε καθώς τον κοίταξα με απορία.

Μείναμε σε εκείνη τη θέση για περισσότερο από μια ώρα. Τα δάχτυλα των ποδιών μου είχαν αρχίσει να μουδιάζουν, τόση ώρα μέσα στο χιόνι, σχεδόν ακίνητος. Η αδρεναλίνη ελαττώθηκε και η όποια ανασφάλεια και φόβος που μας είχε κυριεύσει, καταλάγιασε. Πλέον απόλυτη ηρεμία. Ίσως τα σκυλιά μας να μπήκαν στο παιχνίδι της καταδίωξης και να απομακρύνθηκαν αρκετά. Ήταν το μόνο που μπορούσα να υποθέσω.

Ακούστηκε ένα ουρλιαχτό!

Πάγωσε ακόμα παραπάνω η ψυχρή και απόκοσμη ατμόσφαιρα. Ο δόκιμος με κοίταζε στα χαμένα ευελπιστώντας σε μια απάντηση. Προσποιήθηκα ότι δεν το παρατήρησα.

«Πω, πω γλέντια! Αυτό ήταν ουρλιαχτό νίκης ή ήττας;» ρώτησε ο Σανιδάς.

«Ιδέα δεν έχω. Μπορεί να έφτασε στα αυτιά μας από απόσταση μεγαλύτερη των πέντε χιλιομέτρων».

«Όμως μπορεί και από πιο κοντά, σωστά;»

«Ναι, μπορεί».

«Τι μέρος είναι αυτό, Λάσκαρη, πού βρισκόμαστε; Τι μέρος;» ρώτησε ρητορικά.

«Απλώς, στη φύση!» ψιθύρισα δειλά, καθώς παρατηρούσα το ακανόνιστο περίγραμμα της σκοτεινής δασωμένης έκτασης στο βάθος του ορίζοντα. Τότε, μια δροσερή αύρα με χάιδεψε απαλά, φέρνοντας μαζί της τη μεθυστική μυρωδιά του δάσους.

«Πάντως, παρόλη την τρομαχτική ατμόσφαιρα, είναι συγκλονιστικές αυτές οι στιγμές» ακούστηκε η φωνή του λακωνικού Μπόλιου.

Δεν πήρε απάντηση, αλλά νομίζω ότι το έθεσε στη σωστή του διάσταση. Τα έντονα αυτά συναισθήματα θα έμεναν ανεξίτηλα μέσα μας. Αυτή η μικρότητα του ανθρώπου μέσα στο μεγαλείο της φύσης φανέρωνε τη γύμνια και την αδυναμία του. Αισθανόμουν λίγος, απειροελάχιστος, μπροστά σε αυτόν τον γίγαντα! Αυτές οι σκέψεις περιτριγύριζαν το μυαλό μου και αμφιβάλλω, αν διέφεραν πολύ από των συναδέλφων μου, κρίνοντας και από το βλέμμα τους.

Αποφασίσαμε να επιστρέψουμε στο φυλάκιο. Η ζέστη μέσα ήταν βάλσαμο. Όλοι οι υπόλοιποι κοιμούνταν βαριά. Αφού αφαιρέσαμε τη περιττή ένδυση, με εξαίρεση τον δόκιμο που έφυγε κατευθείαν για το δωμάτιό του, οι υπόλοιποι τρεις αράξαμε στο σαλόνι, το οποίο ήταν άδειο. Δεν ανάψαμε το φως, θέλοντας μάλλον, και ας μη το αντιλαμβανόμασταν, να διατηρήσουμε αυτή την ατμόσφαιρα μυστηρίου, που αιωρούνταν παντού. Ο Σανιδάς ξάπλωσε στον καναπέ απέναντι από τη τηλεόραση, μπροστά από το παράθυρο. Ο Μπόλιος έπιασε τον άλλο, τον μικρότερο και εγώ κάθισα σε μια καρέκλα δίπλα του. Απ' ότι κατάλαβα, κανείς μας δεν είχε και ιδιαίτερη όρεξη για ύπνο.

«Εγώ πιστεύω ότι τα σκυλιά μας τους τσάκισαν» έσπασε τη σιωπή ο Σανιδάς σε μια έξαρση αισιοδοξίας.

«Ναι, σίγουρα. Ο Εκτορας τους έχει βάλει κάτω έναν – έναν και τους δείχνει ποιος είναι το αφεντικό!» συμπλήρωσε ο Μπόλιος.

Δεν πρόσθεσα τίποτα. Χαμένος στους δικούς μου διαλογισμούς, αδυνατούσα να εκφράσω το παραμικρό. Ήρθε στο μυαλό μου η Αριάδνη. Τέτοια ώρα θα ήταν στον δρόμο για τη Φλώρινα, αν δεν είχε ήδη φτάσει. Πόσο επιθυμούσα να την είχα τώρα στην αγκαλιά μου! Μήπως έπρεπε να καθίσω μαζί της όλη νύχτα; Α, όχι, όχι! Καλά έκανα και επέστρεψα. Έκανα προσπάθεια να αποπέμψω αυτή τη σκέψη από μέσα μου, γιατί θα με έφθειρε. Όμως, η μορφή της ήταν τόσο ελκυστική, που δεν έλεγε να βγει από μέσα μου. Μήπως την είχα ερωτευτεί; Ίσως ο έρωτας να ωθούσε την ψυχή μου σε αφανισμό! Ή μήπως εξαιτίας της απομόνωσής μου και της θητείας μου, ήταν σκέψεις και πόθοι υπερεκτιμημένοι; Μήπως, μόλις γινόμουν και πάλι πολίτης, όλα αυτά τα αισθήματα να αμβλύνονταν ή ακόμα και να εξαφανίζονταν; Αλλά και πάλι, δε θα έλεγα πως λειτουργούσα με τέτοιο τρόπο. Δεν ερωτευόμουν εύκολα και πάντα είχα τον έλεγχο του εαυτού μου.

Ορθολογισμός!

Αυτό ήταν το αγαπημένο μου σύνθημα, το σλόγκαν μου, η κοσμοθεωρία μου. Ίσως για αυτό και να τυραννιόμουν από τότε που με θυμάμαι, επειδή ήμουν εκνευριστικά λογικός! Δεν επέτρεψα ποτέ στον εαυτό μου να απελευθερωθεί πλήρως. Κατάπινα τα συναισθήματα και θεωρούσα ότι επιβαλλόμουν πάνω τους.

Φοβόμουνα!

Φοβόμουνα, μήπως κάποια μέρα έσκαγαν μέσα μου με ανυπολόγιστες συνέπειες και η περίφημη λογική μου

ΧΡΗΣΤΟΣ Ι. ΜΠΑΡΜΠΑΓΙΑΝΝΙΔΗΣ

εκμηδενιζόταν, πήγαινε περίπατο! Και τότε δε θα ήμουν σε θέση να γνωρίζω σε ποιο σημείο παραφοράς μπορούσα να φτάσω!

«Ξύπνα, Λάσκαρη. Καλό θα ήταν να μας εξηγούσες λίγα πράγματα για τους λύκους» με επανέφερε ο Σανιδάς στην πραγματικότητα.

«Όταν μαζευτούμε όλοι, εννοώ να είναι και ο Σούλιος ή και ο δόκιμος, τότε θα σας αναλύσω όσα γνωρίζω γι' αυτούς».

«Ωραία λοιπόν. Αφού εμπεδώσαμε τα της αρκούδας, ας μάθουμε και για αυτούς τους διαόλους, όπως τους αποκαλεί ο Αναστάσης».

«Δεν έχεις ανάγκη! Εσύ μ' έσωσες από τον Μπεχάρ, τον βοσκό. Μη νομίζεις ότι το ξέχασα».

«Έλα, μη με δουλεύεις. Έκανα ό,τι θα έκανες κι εσύ».

«Επομένως, αφού έπραξες κάτι τόσο ηρωικό, πραγματικά το εννοώ, είναι παράλογο να σε ανησυχούν μερικά λυκάκια».

«Εξάλλου έχουμε και τα τουφέκια μας» πετάχτηκε ο Μπόλιος που άνοιγε δύσκολα το στόμα του.

«Εσύ έξυπνε μη μας το παίζεις άνετος. Δηλαδή, δε φοβάσαι καθόλου;»

«Αν ήμουν μόνος και άοπλος απέναντί τους μέσα στο δάσος, σίγουρα θα φοβόμουν. Τι θα φοβόμουν; Θα είχα τρομοκρατηθεί! Θα φροντίσω όμως να μη φτάσω σε αυτή τη θέση και νομίζω ότι δε θα συμβεί ποτέ».

«Η ζωή είναι περίεργη Μπόλιο. Ποτέ μη λες ποτέ!»

«Εγώ έχω μια απορία. Πού βάζει όλο αυτό το ποτό ο Σούλιος;» αναρωτήθηκα.

«Αυτός δεν έχει ό,τι και ό,τι στομάχι! Αύριο πάλι θα ψάχνεται για ποτό. Εγώ αν έπινα τόσο, θα ήθελα μια εβδομάδα να συνέλθω».

«Έχεις δίκιο, Διονύση. Και δεν είναι μόνο αυτό, είναι και το γεγονός ότι παραμένει αδύνατος. Δεν παχαίνει με τίποτα!»

«Καταραμένα γονίδια!» έκρωξε ο Σανιδάς αγγίζοντας τη στρουμπουλή κοιλιά του.

«Λάσκαρη, οι λύκοι τρώνε σκύλους;» ρώτησε ο Μπόλιος.

«Απ' όλα τρώνε, Θανάση. Έφαγαν τον Τρόμο και φοβάσαι μην έχει την ίδια τύχη και ο χτικιάρης».

«Ακριβώς. Λες να τον έφαγαν και να είναι τώρα μακαρίτης;»

«Κοίτα, ας το πάρουμε απ' την αρχή. Μόλις μας είδε, εξαφανίστηκε στο δάσος. Υποθέτουμε πως εκεί κάτι του επιτέθηκε. Καταλήξαμε στο πιο πιθανό να ήταν λύκοι. Όμως, γρήγορα τα σκυλιά μας έτρεξαν προς τα εκεί. Έγινε συμπλοκή. Δεν είμαι σε θέση να υπολογίσω τις απώλειες εκατέρωθεν. Επομένως, αν κρίνω ψύχραιμα και λογικά, ο χτικιάρης ή σκοτώθηκε, αλλά σίγουρα δεν πρόλαβαν να τον φάνε ή τον τραυμάτισαν. Υπάρχει, βεβαίως, και το ενδεχόμενο να γλίτωσε».

«Ευελπιστώ να μην έπαθαν κάτι τα σκυλιά μας. Δε θα αντέξω οποιαδήποτε απώλεια» ξεφύσησε προβληματισμένος ο Σανιδάς.

«Σ' αυτό δεν μπορώ να σου απαντήσω, Διονύση. Είναι αδύνατο να κάνω την παραμικρή υπόθεση. Το μόνο που μπορούμε πια να κάνουμε, είναι να ελπίζουμε. Ας περιμένουμε να επιστρέψουν, να δούμε και σε τι κατάσταση βρίσκονται».

Πέρασε λίγη ώρα ακόμα, ώσπου άρχισε να φτάνει στα αυτιά μου ένα απαλό ροχαλητό από τον καναπέ όπου είχε ξαπλώσει ο Μπόλιος. Όσο μπορούσα να διακρίνω με σβηστό το φως, αφού τα μάτια είχαν συνηθίσει στο σκοτάδι, έβλεπα απέναντί μου τον Σανιδά αμίλητο να κοιτάζει το ταβάνι, χωρίς διάθεση για άλλη κουβέντα.

Έφερα στον νου μου τους γονείς μου αλλά και τα δυο μικρότερα αδέλφια μου. Θα κοιμούνταν οι μαντράχαλοι στο κοινό δωμάτιό μας, όπου μέναμε από μικροί. Θα ροχάλιζαν ακόμα χειρότερα και από τον Μπόλιο. Φυσικά ο μικρός θα είχε πιάσει το κρεβάτι μου. Πάντα του άρεσε να ξαπλώνει εκεί, απ' όταν ήταν παιδάκι και του διάβαζα παραμύθια και περιοδικά με άγρια ζώα. Θυμάμαι τον βομβαρδισμό ερωτήσεων που δεχόμουν! Έπρεπε να εξηγώ τα πάντα αλλιώς δε γλίτωνα με τίποτα και καθώς του επεξηγούσα και του ανέλυα με λεπτομέρειες, όσα μου ζητούσε, τον έβλεπα ξαφνικά να κλείνει τα βλέφαρα και να κοιμάται.

Πολλές φορές, μόλις τον έβλεπα να έχει αποκοιμηθεί, σταματούσα να μιλώ και τότε άνοιγε τα μάτια του και ήθελε να συνεχίσω. Πόσο με εκνεύριζε αυτό! Συνέχιζα όμως, ώσπου έπεφτε σε βαθύ ύπνο. Τον έπαιρνα αγκαλιά και τον άφηνα τρυφερά στο κρεβάτι του και κάθε φορά έλεγα τα ίδια λόγια: δεν πειράζει που με κούρασες πάλι αδερφάκι μου!

Όσο για τον μεσαίο, αυτός ήταν σκέτη αντίδραση! Γρουσούζη τον ανέβαζα, γρουσούζη τον κατέβαζα. Συνεχώς μαλώναμε. Σε όλα διαφωνούσαμε και για το παραμικρό καυγαδίζαμε. Τα ίδια έκανε και με τον μικρό. Οξύθυμος, έμπλεκε πάντα σε καυγάδες και ουκ ολίγες φορές αναγκαζόμουν να καθαρίσω γι' αυτόν. Ξέρω όμως πως θα έδινε και τη ζωή του για εμένα. Μου έλειπε!

Αυτός δεν είχε επιστημονικές ανησυχίες όπως εγώ και ο μικρός. Από πολύ νεαρός κυνηγούσε τα κορίτσια. Αν και τρία χρόνια μικρότερος, είχε μεγαλύτερες επιτυχίες από εμένα στις γυναίκες. Όταν δε βρισκόμασταν σε εμπόλεμη κατάσταση, πάντα ζητούσε τη γνώμη μου και εγώ πάντα με τις φιλοσοφημένες απόψεις μου, του έδινα τις κατάλληλες συμβουλές. Αν του έβγαιναν τα πράγματα όπως ήθελε, ήμουν ο "μεγάλος", ο "σοφός". Αν όχι, για κακή μου τύχη, με κατακεραύνωνε και με αποκαλούσε "άσχετο" και "ηλίθιο"! Έτσι είναι τα αδέλφια. Εγώ, ως πρωτότοκος, όφειλα να τους συμβουλεύω και να τους συνετίζω. Ίσως αυτή η εξάσκηση σε αυτόν τον τομέα μου έβγαινε σε καλό, όταν και αν γινόμουν πατέρας κάποια στιγμή.

Τελικά και ο Σανιδάς άρχισε να θορυβεί σαν μπουκωμένη κόρνα, αφού αποκοιμήθηκε, με το ένα πόδι του να ακουμπά στο πάτωμα. Αμαρτία ήταν να τους ξυπνήσω για να πάνε στα κρεβάτια τους. Πήγα λοιπόν στον θάλαμο, πήρα από μια κουβέρτα για τον καθένα και τους σκέπασα. Γέλασα. Σα να ήμουν σπίτι και αυτοί οι δυο να ήταν τα αδέλφια μου. Πραγματικά τους ένιωθα δικούς μου ανθρώπους και αυτούς τους δυο, όπως φυσικά και τον Σούλιο. Έμεινα καθισμένος στην καρέκλα και προσπάθησα να χαλαρώσω, κλείνοντας και εγώ τα βλέφαρα. Ήθελα να καθαρίσω το μυαλό μου από κάθε σκέψη.

Όμως, δεν πρόλαβα να ηρεμήσω. Άκουσα θόρυβο έξω από την πόρτα. Πετάχτηκα σαν ελατήριο και έτρεξα προς τα εκεί. Άναψα το φως και τράβηξα την πόρτα ταχύτατα. Ήταν τα σκυλιά! Άρχισα να τα μετρώ. Όλη η αγέλη βρισκόταν κάτω στα πόδια μου και μου έδειχνε την αγάπη της. Ξεκίνησα ένα – ένα να τα ψαχουλεύω παντού για να δω αν είχαν υποστεί κάποιον τραυματισμό.

Ο Μήτσος με την τεράστια γλώσσα του μου έγλειφε το πρόσωπο, καθώς ήμουν σκυμμένος πάνω από την Κούλα, και με δυσκόλευε. Τον έσπρωξα απότομα για να φύγει από μπροστά μου. Εξέτασα την Κούλα και βρήκα, ευτυχώς, κάποια γδαρσίματα στα πίσω πόδια. Γενικώς, ήταν αλώβητη. Έπιασα την Ίρμα στα χέρια μου. Ο Μήτσος και πάλι μπλέχτηκε ανάμεσά μας και τώρα έγλειφε τα δάχτυλά μου. Τον έσπρωξα και πάλι με δύναμη. Δεν ήταν η στιγμή για παιχνίδια. Δυστυχώς, αυτή είχε δεχτεί μια καλή δαγκωνιά στο κάτω μέρος του λαιμού. Αιμορραγούσε, αλλά δε μου φαινόταν πολύ σοβαρή πληγή. Κατά τ' άλλα, έδειχνε σε καλή κατάσταση και με ανεβασμένη διάθεση.

Έπιασα και τον Μήτσο. Αυτός ξάπλωσε ανάσκελα και περίμενε τα χάδια μου. Μόλις τον ψηλάφησα, άρχισε να στριφογυρίζει και χοροπήδησε χαρούμενος. Τον έσφιξα με δύναμη με το ένα χέρι και με το άλλο τον εξέτασα. Δε βρήκα κάτι ύποπτο. Τη γλύτωσε και αυτός.

«Μπράβο, Μητσάρα» τον επιβράβευσα και μου το ανταπόδωσε γεμίζοντάς με πολλά σάλια.

Πήγα προς τον Έκτορα, τον χάιδεψα δειλά, κάτι που το δέχτηκε και προσπάθησα να τον εξετάσω με προσεχτικές κινήσεις, αφού με αυτόν δεν είχα μεγάλη οικειότητα. Είχε και αυτός τα γδαρσίματά του, αλλά έμοιαζε ατσαλάκωτος.

Έτρεξα μέσα στην κουζίνα, στο φαρμακείο που διαθέταμε, δηλαδή ένα κουτί πρώτων βοηθειών, και πήρα βαμβάκι και ιώδιο. Το άλειψα μετά δυσκολίας στο λαιμό της Ίρμας, αφού δεν καθόταν, υποθέτω επειδή της φάνηκε παράξενο όλο το σκηνικό. Τελικά, κάλυψα το τραυματισμένο σημείο, ενώ η αιμορραγία είχε σταματήσει.

Τους έφερα από το τραπέζι της κουζίνας τα κόκαλα

που έφερε ο Σανιδάς και τα είχε ξεχάσει εκεί. Τους τα μοίρασα και επιδόθηκαν με ένα δυνατό και αχόρταγο μασούλημα στο νόστιμο δείπνο. Ευτυχώς, δεν έπαθε κανένα σκυλί τίποτα. Ήταν πραγματικοί στρατιώτες!

Τα άφησα στην ησυχία τους να ξαποστάσουν και επέστρεψα μέσα. Έβαλα το ξυπνητήρι στο τηλέφωνό μου, διότι αποφάσισα το πρωί να κάνω μια μικρή έρευνα σχετικά με τα νυχτερινά συμβάντα. Έπεσα ξερός στο κρεβάτι μου, έκλεισα τα μάτια και κοιμήθηκα.

XII

Ξύπνησα πολύ νωρίς, την ώρα που όλοι οι άλλοι εξακολουθούσαν να κοιμούνται. Βγήκα έξω να με χτυπήσει ο φρέσκος αέρας. Οι ρόδινες πινελιές του πρωινού χάιδευαν το πρόσωπό μου. Ο ήλιος προχωρούσε προς την αναπόδραστη ανατολή του και μια μενεξεδιά λάμψη έπεφτε πάνω στο μυστηριακό τοπίο. Συνεπαρμένος μπήκα πάλι μέσα και επισκέφτηκα την κουζίνα για να πιω έναν καφέ στα γρήγορα. Εκεί βρήκα τον δόκιμο να κάθεται νωχελικά και να ρουφά με βαρεμάρα τον καφέ από την κούπα του. Με ρώτησε αν είχε συμβεί κάτι άξιο αναφοράς τη νύχτα και του ανέφερα για την επιστροφή των σκυλιών και τον ελαφρύ τραυματισμό της Ίρμας.

«Τώρα τι σκέφτεσαι να κάνεις;»

«Θα πάω για μια εξερεύνηση στο δάσος. Θα ήθελα να βρω αποδείξεις».

«Είναι αναγκαίο αυτό; Δε κάθεσαι στα αυγά σου, λέω».

«Δε γίνεται αυτό δόκιμε. Ψάχνω αποδείξεις για να συνθέσω τα γεγονότα. Το γνωρίζεις πόσο με συναρπάζει!»

«Ας είναι. Όμως, δε θέλω να πας μόνος. Πες πως το ζητώ ως χάρη, πες πως είναι διαταγή, πες το όπως νομίζεις. Μόνο δε σε αφήνω να βγεις έξω».

«Επειδή σε βλέπω ως φίλο, θα το θεωρήσω χάρη και δε θα βγω μόνος. Όλο και κάποιος θα φιλοτιμηθεί να με συνοδέψει».

«Καλώς. Ετοιμάσου λοιπόν και κάνε ό,τι σε φωτίσει ο θεός».

Ντύθηκα ζεστά και, αφού πήρα το τουφέκι μου, κατευθύνθηκα πανέτοιμος προς τον καναπέ που ξάπλωνε ο Μπόλιος και τον σκούντηξα διακριτικά. Αμέσως τεντώθηκε και αναδιπλώθηκε, έβαλε τα γυαλιά του και με κοίταξε έκπληκτος.

«Έτοιμος για μια εκδρομή;»

«Μέσα». Σηκώθηκε γοργά και ξεκίνησε να ετοιμάζεται.

Βρέθηκα πάνω από το κεφάλι του Σούλιου. Κοιμόταν σα πουλάκι! Επειδή το τραβούσε ο οργανισμός του, του έδωσα μια γερή σκουντιά. Δε πτοήθηκε ιδιαίτερα. Άνοιξε το ένα του μάτι και χασμουρήθηκε μεγαλοπρεπώς.

«Ξύπνα, κρασοπατέρα! Ετοιμάσου να σε πάω μια εκδρομή να ρουφήξεις και λίγο καθαρό αέρα».

«Στον ύπνο σου μ' έβλεπες Λάσκαρη;» έκρωξε με φωνή εξαντλημένη.

Τον άρπαξα και τον σήκωσα με όλη μου τη δύναμη. Διαμαρτυρήθηκε, αλλά ούτε που έδωσα σημασία. Τον πήγα κρατώντας τον από τη μέση και τον πέταξα στις τουαλέτες.

«Ρίξε μπόλικο νερό στο πρόσωπό σου, κάνε ό,τι είναι να κάνεις και σε πέντε λεπτά να 'σαι έτοιμος». Τον άφησα μπροστά στον νιπτήρα.

Οι φωνές του Σούλιου δεν ενδεικνύονταν για μια γαλήνια αφύπνιση, αλλά με αυτό τον τρόπο ξύπνησαν σχεδόν όλοι στον θάλαμο. Ο Καζώνης διαμαρτυρήθηκε εντόνως, αλλά δεν του δώσαμε σημασία. Ο Σανιδάς, που εμφανίστηκε από το σαλόνι, με είδε ντυμένο και αρματωμένο, έτοιμο για εξόρμηση.

«Θα ψάξεις για τα σκυλιά;»

«Διονύση, τα σκυλιά είναι απ' έξω». Τον είδα ενθαρρυμένο και να χαμογελά.

«Αλήθεια; Είναι καλά;»

«Βγες να δεις».

Έτρεξε προς την έξοδο. Άνοιξε την πόρτα, τα είδε και έβγαλε έναν αναστεναγμό ανακούφισης.

«Δάγκωσαν την Ίρμα, έτσι;».

«Το εξέτασα, δεν είναι κάτι σοβαρό. Της το καθάρισα και το απολύμανα με ιώδιο. Μου φαίνεται μια χαρά».

Έσκυψε και τη χάιδεψε στοργικά.

«Θα πάω προς το δάσος. Δε σου λέω να με συνοδέψεις, δε θέλω να σε πιέσω».

«Καλά θα κάνεις. Δεν έχω καμιά όρεξη. Πιάστηκα και εκεί στον καναπέ. Θα πάω να συμπληρώσω λίγο υπνάκο ακόμα στο κρεβάτι μου».

Την ώρα που έμπαινε μέσα στο φυλάκιο, έβγαιναν ο Σούλιος και ο Μπόλιος.

«Σούλιο, βλέπω πως είσαι φρέσκος σήμερα» τον πείραξε ο Σανιδάς.

«Τι να κάνω; Αν δεν πάω να τον προσέχω, θα τα κάνει θάλασσα! Άντε Λάσκαρη, προχώρα, μη χρονοτριβείς». Ξεκίνησε πρώτος, με τα σκυλιά να τον ακολουθούν ευδιάθετα.

Προσεγγίσαμε περίπου το σημείο, στο οποίο υποθέσαμε ότι έγινε η νυχτερινή συμπλοκή. Μας χάιδεψε το γκριζοκύανο φως του πρωινού, καθώς απολαμβάναμε την κελαρυστή μελωδία των πουλιών. Όμως σε λίγο χανόμασταν στο καταχνιασμένο δάσος. Πυκνό από τα κλαδιά και τους θάμνους και με πολύ χιόνι, αφού ο νωθρός ήλιος δεν το άγγιζε εύκολα, όπως στις άδενδρες επιφάνειες, κάναμε υπερπροσπάθεια για να το διασχίσουμε. Τα σκυλιά χτένιζαν την περιοχή, με τις μουσούδες τους να κολλάνε πάνω σε κορμούς, βράχους και πυκνές φυλλωσιές από αειθαλείς θάμνους. Έπειτα από λίγο άρχισαν να είναι νευρικά και να τρέχουν πάνω κάτω, με τις ουρές σηκωμένες. Ήταν φανερό ότι είχαν πιάσει οσμές που εμείς αγνοούσαμε.

Δεν άργησαν να επιβεβαιωθούν, καθώς λίγο πιο πέρα, σε ένα κομμάτι δάσους, όχι ιδιαίτερα πυκνό, ανακαλύψαμε πατημασιές πάνω στο χιόνι.

Πάρα πολλά ίχνη συγκεντρωμένα μέσα σε λίγα τετραγωνικά. Έπεσα στα γόνατα και προσπάθησα να τα εξακριβώσω. Τα αποτυπώματα πάνω στην κατάλευκη επιφάνεια ήταν ανακατεμένα. Προέρχονταν και από σκύλους και από λύκους. Έσπασα το κεφάλι μου για να διαχωρίσω το κάθε αποτύπωμα. Μέτρησα, υπέθεσα, ταξινόμησα και αφού τα ζύγισα μέσα μου, έβγαλα ένα επισφαλές συμπέρασμα: πέντε σκυλιά, δηλαδή τα δικά μας και ο χτικιάρης και πέντε διαφορετικού μεγέθους αλλά της ίδιας κοπής, δηλαδή από λύκους. Εφόσον δεν έσφαλα, κατέληξα ότι πρόκειται για τέσσερις τουλάχιστον λύκους, ίσως και πέντε, αν το πέμπτο αποτύπωμα, που με προβλημάτισε, προερχόταν από διαφορετικό ζώο. Τα μικρά διάσπαρτα αποτυπώματα που ανακάλυψα, δεν υπήρχε αμφιβολία, ήταν του μικρού σκύλου.

Εξέφρασα ανοιχτά τις σκέψεις μου στους άλλους δυο, τονίζοντας πως κάνω υποθέσεις χωρίς να είμαι απόλυτα βέβαιος για αυτές.

«Πέντε λύκοι;» ρώτησε εντυπωσιασμένος ο Σού-λιος.

«Περίπου. Τουλάχιστο σ' αυτό το κομμάτι εδάφους. Πολύ πιθανό να ήταν ένα με δυο μέλη ακόμη τριγύρω».

«Δηλαδή, μπορεί και εφτά; Είναι φυσιολογικό αυτό;»

«Τρεις – τέσσερις είναι ο μέσος όρος της αγέλης στα Βαλκάνια. Όμως, δεν είναι και σπάνιο να αποτελείται από παραπάνω άτομα, αγαπητέ Σούλιο».

Συνεχίσαμε να ακολουθούμε τα αποτυπώματα και όσο δε βρίσκαμε κάτι άλλο, τόσο αναπτερώνονταν οι ελπίδες για τη σωτηρία του χτικιάρη, όπως είχαμε συνηθίσει πλέον να τον ονομάζουμε. Τουλάχιστον εκεί που βρήκαμε τα πολλά ίχνη, δεν είδαμε ούτε αίματα ούτε κάποιο πτώμα.

«Ίσως να σώθηκε ο μπαγάσας» διατύπωσε ο Σού-λιος.

Περάσαμε παράλληλα από το σπίτι του Αναστάση και κατευθυνόμασταν νότια. Τα ίχνη σε εκείνο το σημείο έκαναν μια στροφή προς τα βόρεια. Άρχισε μια υποφερτή ανηφόρα. Αργότερα όμως γινόταν κακοτράχαλη και δύσβατη. Ωστόσο, συνεχίσαμε να ακολουθούμε τα ξεκάθαρα αποτυπώματα, αν και σε ορισμένα σημεία, όπου δεν είχε χιόνι, τα χάναμε. Ευτυχώς, τα ανακαλύπταμε και πάλι λίγο πιο κάτω, αφού οδεύαμε προς τη νοητή και λογική κατεύθυνσή τους.

Μισή ώρα αργότερα προσεγγίσαμε ένα κομμάτι του δάσους, το οποίο δεν το είχα περπατήσει πολλές φορές. Περιβαλλόμασταν από λόχμες με οξιές και φλαμουριές και περνούσαμε ανάμεσα από αιωνόβια δέντρα που γραπώνονταν στο έδαφος με τις συστρεμμένες ρίζες τους. Μόλις αραίωσαν τα δέντρα, εμφανίστηκε ένας φιδογυριστός ανηφορικός χαλικόδρομος, ο οποίος ήταν σε κάκιστη κατάσταση. Μόνο μουλάρια και κατσίκες θα ένιωθαν άνετα να τον διαβούν.

Εκεί διαπιστώσαμε ότι τα ίχνη ελαττώνονταν. Έλαβε χώρα ένα μικρό συμβούλιο μεταξύ μας και αποφασίσαμε να συνεχίσουμε, ώσπου να ανέβουμε στο ψηλότερο σημείο που λογικά οδηγούσε αυτός ο δρόμος. Κρίναμε ότι, αφού οι λύκοι βγήκαν από το δάσος, θα βρέθηκαν εδώ και επειδή δεξιά υπήρχαν βράχια και παράλληλα μια χαράδρα από τα αριστερά, επικίνδυνη και βαθιά, τότε θα ακολούθησαν τον δρόμο προς τα πάνω. Πηγαίναμε πλέον με τη λογική, αλλά και το ένστικτο μας ωθούσε να περπατήσουμε την ανηφόρα.

Τεράστιες λακκούβες, πολλοί πεσμένοι βράχοι, μισολιωμένο χιόνι συνέθεταν το πάζλ αυτού του ερειπωμένου και μυστηριώδους δρόμου.

«Αυτός ο δρόμος έχει να χρησιμοποιηθεί δεκαετίες» συμπέρανε ο Σούλιος λαχανιασμένος.

«Ίσως τον έφτιαξαν οι αντάρτες στον εμφύλιο» υπέθεσα και εγώ με τη σειρά μου, μια που η ευρύτερη περιοχή ήταν ένα από τα κέντρα τους και μάλιστα εδώ είχε στηθεί και το περίφημο νοσοκομείο τους, το οποίο δεν μπήκα ποτέ στον κόπο να το ψάξω.

Ανεβαίναμε για ώρα με χαμηλό ρυθμό, διότι συμπληρώναμε ήδη δυο ώρες σε πορεία από τότε που ξεκινήσαμε από το φυλάκιο. Μόνο τα σκυλιά έμοιαζαν απτόητα και μας συντρόφευαν, όπως πάντα, με διάθεση και ανιδιοτέλεια.

Η κοιλάδα του Βροντερού φαινόταν όλο και πιο μικρή σαν ένας μικρός κήπος, καθώς διαβαίναμε τον θρασεμένο κατάφυτο λόφο, που μπορούσες να τον βάλεις μέσα στην παλάμη σου, όσο πιάναμε μεγαλύτερο υψόμετρο. Συνεχίσαμε να ανεβαίνουμε τον δρόμο που κατά διαστήματα πλαισιωνόταν με σκουρόχρωμους θάμνους. Παντού διακρίνονταν οι ανώμαλες κορυφές των βουνών σκεπασμένες με κωνικά έλατα. Κάποια μικρά σύννεφα χιμούσαν μπροστά από τον ήλιο, ενώ κοίταζα τα αφηρημένα μοτίβα τους, βρίσκοντας τυχαία εικόνες μέσα στα σχήματα. Ωστόσο, δεχόμασταν συνεχώς χτυπήματα από το εκτυφλωτικό τσέρκι του ήλιου και ο ουρανός έπαιρνε μια αχνή ρόδινη απόχρωση. Πραγματικά χανόμουν σ' αυτή την τερπνή γλυκύτητα των χρωμάτων!

Σε κάθε στροφή, μόλις εισερχόταν στο οπτικό μας πεδίο το χωριό, στρέφαμε το βλέμμα μας προς τα αριστερά για να θαυμάσουμε αυτό το ζωντανό κάδρο, ένα έμψυχο έργο τέχνης, λες και ήταν ζωγραφισμένο μαεστρικά από αναγεννησιακό καλλιτέχνη.

Παρά την κούραση λοιπόν, ανταμειβόμασταν απλόχερα από το φυσικό τοπίο, το οποίο ξεκούραζε το μάτι μας και κατά συνέπεια, ανανέωνε και φρεσκάριζε το μυαλό μας. Με αυτό τον τρόπο αποκτούσαμε δύναμη και κουράγιο για να συνεχίσουμε τη δυσχερή ανάβαση, η οποία δοκίμαζε σκληρά την αντοχή μας. Έριξα μια ματιά προς τα πίσω και διέκρινα τον δρόμο που καμπύλωνε σαν φίδι από κάτω.

Κάτω από τα πόδια μας ακούγαμε το κροτάλισμα των πετρών, οι οποίες λαμπύριζαν ξεπλυμένες από την υγρασία. Πάντως στα λίγα χιονισμένα σημεία, δεν υπέπεσαν στην αντίληψή μας ίχνη και πατημασιές, αφού υπήρχαν πολλά καθαρά σημεία στον δρόμο και όπως είναι φυσικό, πάνω στις πέτρες και στα χαλίκια ήταν αδύνατο να ανακαλύψουμε έστω και το παραμικρό σημάδι από τους λύκους.

«Διάλειμμα, διάλειμμα» εκλιπάρησε από πίσω μας ο Σούλιος που είχε μείνει είκοσι μέτρα πιο κάτω.

Σταματήσαμε σε ένα σημείο με ηλιοφάνεια για να αντλήσουμε θερμότητα, όπως οι σαύρες, και τον περιμέναμε να πλησιάσει. Καθίσαμε πάνω σε κορμούς ξασπρισμένους από τις βροχές και τα χιόνια.

«Ήδη δυο ποτά έφτασε η ταρίφα, Λάσκαρη», εκστόμισε με δυσκολία.

«Δυο ποτά;»

«Δυο ποτά το βράδυ από σένα κερασμένα στο μπαράκι της φίλης σου».

«Είσαι αδιόρθωτος Σούλιο! Μετά τα χτεσινά, έχεις όρεξη πάλι για αλκοόλ;»

«Πάνε αυτά με τόσο περπάτημα που έχω ρίξει. Ετοιμάσου το βράδυ να ξηλωθείς. Δε θέλω αντιρρήσεις».

«Ας είναι. Νομίζω πως το αξίζεις. Σ' ευχαριστώ που με συνοδεύεις».

«Και συ Μπόλιο. Ένα ποτό και εσύ θα κεράσεις» αξίωσε ο Σούλιος με αυστηρό ύφος.

«Γιατί και εγώ; Δεν έχω πολλά χρήματα» διαμαρτυρήθηκε ο καημένος ο Μπόλιος.

«Άσ' το Μπόλιο. Το δικό σου θα το κεράσω πάλι εγώ» τον καθησύχασα.

Καθισμένος πάνω σε έναν βράχο, ο Μπόλιος έτριβε αποκαμωμένος τα μικρά θολά του μάτια κάτω από τα μυωπικά γυαλιά του, ενώ ο Σούλιος προσπαθούσε να επαναφέρει τις αναπνοές του στα επιθυμητά επίπεδα. Η Ιρμα *πλησίασε και έχωσε τη μουσούδα της ανάμεσα στα πόδια μου. Ίσως να ήθελε με αυτό τον τρόπο να με ευχαριστήσει για τις φροντίδες μου.*

Από ψηλά, με στραμμένο το βλέμμα προς το μικρό τμήμα της Μικρής Πρέσπας, το οποίο ήταν ορατό στα δυτικά, εισέβαλε στο οπτικό μας πεδίο η παραλία, που απείχε περίπου τρία χιλιόμετρα από το Βροντερό. Όσο παράξενο και αν ακουγόταν, ποτέ δεν πλησίασα εκείνο το μέρος. Ήταν από τα λίγα τμήματα της περιοχής που είχα αφήσει ανεξερεύνητα! Σίγουρα άξιζε μια εκδρομή και εκεί. Πάντως στο σημείο που ξεκουραζόμασταν ξεδιπλωνόταν μια ανείπωτη θέα που δε χόρταινα να την απομυζώ. Είχα μια υπέροχη αίσθηση πλήρωσης και λύτρωσης. Κατοπτεύαμε ολόκληρη την κοιλάδα και κάλλιστα θα μπορούσε να στηθεί στο σημείο ένα παρατηρητήριο.

Μόλις ηρεμήσαμε και νιώσαμε ξανά ψήγματα ζωτικότητας να επανέρχονται μέσα μας, ξεκινήσαμε την ανάβαση. Σύραμε αργά τα πόδια μας, τα οποία μου φάνηκαν ασήκωτα, αφού οι γάμπες μου είχαν πετρώσει. Μου δινόταν η εντύπωση ότι η μικρή αυτή ανάπαυλα, τελικά, μας έκανε περισσότερη ζημιά. Κόψαμε τον ρυθμό που είχαμε και η επανεκκίνησή μας έγινε πιο δύσκολη. Χρειαζόμασταν διακοπή μεγαλύτερης διάρκειας, αλλά δεν είχαμε πολυτέλεια χρόνου. Παρόλο όμως τον αργό ρυθμό, κερδίζαμε μέτρα και ανεβαίναμε ακόμα ψηλότερα.

Επιτέλους, ένα τέταρτο αργότερα, προσεγγίσαμε την κορυφή του βουνού και βρεθήκαμε σε ένα οροπέδιο με αραιή βλάστηση και αλπικά λιβάδια. Συνεχίσαμε την πορεία μας, με τον δρόμο να γίνεται ένα με τα λιβάδια, δίχως να ξεχωρίζει καθαρά από αυτά. Δεν αποτελούταν από πέτρες και χαλίκια αλλά από καθαρό χώμα. Και μάλιστα από χώμα φανερά πατημένο, περπατημένο θα έλεγα. Για του λόγου το αληθές, λίγο πιο κάτω, υπήρχαν ευδιάκριτα αποτυπώματα από λάστιχα αυτοκινήτων και από παπούτσια! Όσο προχωρούσαμε, οι ροδιές αυτές και οι πατημασιές ήταν περισσότερες και καθαρότερες. Όλοι παραξενευτήκαμε και αρχίσαμε τις εικασίες.

«Κάτι τρέχει εδώ πέρα» ψέλλισε ο Σούλιος που είχε ξεχάσει τον κάματό του και επιδείκνυε ζηλευτή ενεργητικότητα, σκυμμένος πάνω στις ροδιές.

«Από κάτω αυτοκίνητο δεν ανεβαίνει, έτσι όπως είναι ο δρόμος. Σίγουρα αυτά τα αυτοκίνητα έρχονται από την Αλβανία. Αγνοώ όμως τον λόγο» εξέθεσα τη γνώμη μου.

«Θυμάσαι τι σας έλεγα; Για να μη λέτε πως ο Σούλιος λέει κοτσάνες».

«Δε είναι αποδείξεις αυτά. Νομίζω ότι σου αρέσουν οι συνωμοσίες!» τον τσίγκλησα.

Δεν απάντησε, αλλά αντί για αυτό προχώρησε ακόμα παρακάτω μαζί με τα σκυλιά. Ανοίξαμε το βήμα μας για να τον προφτάσουμε, αλλά αυτός έκανε μια παράκαμψη και χώθηκε σε ένα κοίλωμα και τον χάσαμε από τα μάτια μας. Σε λίγο τον ακούσαμε να μας καλεί. Με οδηγό τη φωνή του, τον βρήκαμε να κάθεται δίπλα στην πυραμίδα.

«Η πυραμίδα οχτώ!» ούρλιαξε ενθουσιασμένος δείχνοντάς τη με καμάρι, λες και είχε ανακαλύψει την Αμερική!

Τελικά, έστω και κατά τύχη, βρεθήκαμε σε αυτή την περιβόητη περιοχή, για την οποία είχαν ακουστεί τόσα πολλά.

«Ωραία Σούλιο, ήρθαμε και στην οχτώ. Ικανοποιήθηκες; Όμως, δε βλέπω τίποτα το περίεργο».

«Δεν μπορεί να μη τρέχει κάτι εδώ! Τις είδες τις ρο-διές, τις είδες! Μη με βγάλεις ψεύτη!»

«Δε σε αποκάλεσα ψεύτη, απλώς σε θεωρώ υπερβο-λικό».

Σηκώθηκε και άρχισε να ανιχνεύει την περιοχή με συμ-μάχους τα σκυλιά, δίχως να δώσει σημασία στα λεγόμενά μου. Προσπέρασε τη νοητή γραμμή των συνόρων και χά-θηκε μέσα στο αλβανικό έδαφος. Τρέκλισα για μια στιγμή. Ξαφνικά ένιωσα να βουλιάζω εξαντλημένος σ' έναν ανή-συχο λήθαργο! Η τελευταία φορά που πέρασα αυτό το όριο παραλίγο να είχε ατυχή έκβαση και ούτε που επιθυ-μούσα να τη θυμάμαι. Ο Μπόλιος τον ακολούθησε και τε-λικά αναγκάστηκα να υπερκεράσω τους όποιους ενδοια-σμούς και να πράξω το ίδιο. Διέκρινα και πάλι στο βάθος το αλβανικό χωριό, αλλά αυτή τη φορά βρισκόταν ανατο-λικότερα. Το τοπίο έμοιαζε αρκετά με αυτό της πυραμίδας πέντε, όπου συνήθως βγαίναμε για περιπολία.

Οι φωνές του Σούλιου αντιλάλησαν σ' αυτή την ερημιά.

Τι να βρήκε πάλι;

Αφού ανεβήκαμε μια μικρή τούμπα του εδάφους, πλησι-άσαμε με περιέργεια έναν χώρο άδεντρο, μόνο χώμα και πο-ώδης βλάστηση. Κοντοστάθηκα για μια στιγμή, γιατί από το μικρό ύψωμα απλωνόταν κάτω πάμπολλα διάσπαρτα αντι-κείμενα, έτσι όπως παρατηρούσαμε. Ο Σούλιος ανάμεσά τους έσκυβε και ψαχούλευε ό,τι βρισκόταν μπροστά του.

Τον ζυγώσαμε και αρχίσαμε να ερευνούμε το έδαφος. Πεταμένα σκόρπια και τρύπια ρούχα, φθαρμένα παπού-τσια και ό,τι άλλο μπορούσες να φανταστείς. Πιο πέρα, ανοιγμένα κουτιά από κονσέρβες, μπουκάλια από μπύρες, ουίσκι και κρασιά, όπως όταν συναθροίζονται παρέες για πικνίκ. Επίσης, ανάμεσα σε όλα τα άλλα παντού χαρτιά, σακούλες και κάθε λογής σκουπίδια.

«Κοιτάξτε αυτό!» γύρισε ο Σούλιος κρατώντας ένα μυτερό ξύλο, όπου στην άκρη του κρεμόταν ένα ταλαιπωρημένο προφυλακτικό.

«Άσ' το βρωμιάρη, θα κολλήσεις καμιά αρρώστια!» τον μάλωσε ο Μπόλιος.

Τα σκουπίδια ήταν διασκορπισμένα σ' αυτόν το χώρο των εκατό πενήντα με διακόσια τετραγωνικών μέτρων. Από εκεί και έπειτα το έδαφος ήταν πάλι πεντακάθαρο. Δεν περπατήσαμε περισσότερο τον δρόμο, που επανερχόταν στην οριοθέτηση του δεξιά και αριστερά και έμοιαζε ξανά με γεωργικό χωματόδρομο.

«Περιμένω να με παραδεχτείτε και να ζητήσετε συγγνώμη» απαίτησε ο Σούλιος.

«Για ποιο πράγμα;» τον ρώτησα σκουπίζοντας σκυφτός τις αρβύλες μου.

«Επειδή, ασφαλώς, δεν πιστεύατε για το λαθρεμπόριο».

«Το γεγονός ότι κάποιοι έρχονται εδώ εκδρομή, τρώνε και πίνουνε, δε σημαίνει ότι είναι λαθρέμποροι».

«Ναι, Λάσκαρη, έρχονται ως εδώ στα κατσάβραχα, τέρμα θεού, για να περάσουν όμορφες οικογενειακές στιγμές!»

«Είναι και αυτό ένα ενδεχόμενο». Ο Σούλιος έσκασε!

«Λάσκαρη, εδώ σταματάνε, παίρνουν την ταρίφα τους και τους λένε: «Από εδώ κάτω είναι η Ελλάδα, θα καλοπεράσετε, θα πλουτίσετε, θα γίνετε άνθρωποι». Στο μεταξύ, στο ενδιάμεσο, "πηδάνε" και καμιά γκόμενα με το έτσι θέλω και αυτές τι να κάνουν οι κακομοίρες; Κάθονται και τα ανέχονται, αφού οι τύποι είναι σίγουρα οπλισμένοι. Μιλάμε για αλβανική μαφία!» ξέσπασε και ίσως να μην είχε και τόσο άδικο για όλα αυτά.

«Μήπως είναι βοσκοί;» αναρωτήθηκε εύλογα και φάνηκε αληθοφανές το ερώτημα του Μπόλιου.

«Ξέρω, ξέρω, είναι και αυτό ένα ενδεχόμενο, έτσι Λάσκαρη;» με πρόλαβε ο Σούλιος, πριν αρθρώσω λέξη.

Δεν είπα τίποτα. Όλα είχαν τις πιθανότητές τους και ήταν ένα μυστήριο, που αυτή τη στιγμή ήμασταν ανήμποροι να το διαλευκάνουμε.

«Πάντως, τα ίχνη των λύκων τα χάσαμε, αν δεν το καταλάβατε» σημείωσε ο Μπόλιος ολόσωστα.

«Μάλλον. Το πιο πιθανό να τράβηξαν κάπου μέσα στην Αλβανία».

«Τι θα γίνει μ' εκείνη τη συγγνώμη;» ρώτησε με αναίδεια ο Σούλιος.

«Δε μας παρατάς και εσύ και η συγγνώμη σου» ήταν η πληρωμένη απάντηση του Μπόλιου.

Κάτι σφύριξε μέσα από τα δόντια του ο Σούλιος καταπίνοντας την αμφισβήτηση των υποθέσεών του. «Ας γυρίσουμε να ξεκουραστούμε. Το βράδυ κερνά ο Λάσκαρης». Έκανε μεταβολή και πήρε τον δρόμο της επιστροφής. Τον ακολουθήσαμε.

Κόντευε μεσημέρι, όταν επιστρέψαμε στο φυλάκιο, μετά τη χωρίς απρόοπτα εξαντλητική πεζοπορία μας. Μυρωδιά από θεσπέσιο χοιρινό κρέας κατέκλυσε την ατμόσφαιρα, φυσικά μαγειρεμένο από τον καλλιτέχνη μάγειρά μας. Τρωγόταν δεν τρωγόταν, με την πείνα που είχα θα καταβρόχθιζα ό,τι έπεφτε μπροστά μου. Προτού όμως γίνει αυτό, έτρεξα στον δόκιμο να του αναφέρω με λεπτομέρειες τις ανακαλύψεις μας. Για πρώτη φορά στριφογύριζε μέσα μου η άποψη πως ο Σούλιος ίσως και να είχε ένα μικρό δίκιο για όλες αυτές τις τραβηγμένες, όπως ως τώρα πίστευα, θεωρίες του, άσχετα αν τον αμφισβητούσα, τον πείραζα και δεν τις αποδεχόμουν, μπορεί και από πείσμα.

Όπως ήταν φυσικό και επόμενο, ο δόκιμος, εκτός από την έκδηλη ανησυχία του, νευρίασε και ξεφύσησε από τη οργή του. Σε έντονο ύφος με επέπληξε και για πρώτη φορά η στάση του μου ξένισε. Τον άφησα να ξεθυμάνει, ώσπου να ηρεμήσει. Τον άκουγα να λέει τα δικά του και να μου παραπονιέται ότι τάχα τον αγνοούμε και δε δείχνουμε τον απαιτούμενο σεβασμό στις διαταγές του. Αφού είπε και είπε όλα αυτά που μάντεψα ότι θα πει, έκανε μια παύση στο ακραίο και συνεχές λεκτικό του ξέσπασμα.

«Ωραία. Τώρα που τελείωσες, μπορώ να σου εξηγήσω πώς προέκυψαν όλα αυτά;»

«Για να δω τι έχεις να μου πεις».

«Στην πυραμίδα βρεθήκαμε από καθαρή τύχη, δεν το επιδιώξαμε. Ακολουθούσαμε τα ίχνη και αυτά μας οδήγησαν σε εκείνο το σημείο. Ποτέ δεν θα πήγαινα εκεί, διότι είναι κάτι εκτός των ενδιαφερόντων μου. Συν τοις άλλοις, σου είχα δώσει τον λόγο μου να μη πατήσω το πόδι μου εκεί πάνω. Όλα ήταν καθαρά θέμα συγκυριών! Πώς να το δικαιολογήσω διαφορετικά; Επιπλέον, λυπάμαι που θα το πω, αλλά για πρώτη φορά αφήνω ένα παραθυράκι ανοιχτό για το τι συμβαίνει εκεί πάνω. Δεν ασπάζομαι απόλυτα την άποψη του Σούλιου. Όμως, το γεγονός είναι πως υπάρχουν ενδείξεις δραστηριότητας. Ποιοι πάνε εκεί και τι κάνουν, δεν το γνωρίζω. Πάντως, κάποιοι διαβαίνουν την περιοχή. Όλα εκείνα τα απορρίμματα δηλώνουν κατηγορηματικά ότι άνθρωποι περνάνε και κάθονται εκεί για κάποιον λόγο. Ποιον λόγο; Μη με ρωτάς, δεν έχω απάντηση να σου δώσω».

Ο δόκιμος προβληματίστηκε ακόμα περισσότερο. Δεν περίμενε ότι θα έμπαινα σ' αυτό το παιχνίδι των θεωριών. Έκανε αυτό που πάντα συνήθιζε σε τέτοιες περιπτώσεις: να πελαγώσει και να βουβαθεί. Στάθηκα ακίνητος και αμίλητος. Δεν επιθυμούσα περαιτέρω αντιπαράθεση μαζί του. Κατά βάθος ήταν καλόψυχος και το να χαλάσουμε τις καρδιές μας, ήταν κάτι που δε θα ωφελούσε κανέναν μας.

Τον έπιασα φιλικά από τον ώμο. «Δόκιμε, δεν είμαι παιδί ούτε παριστάνω τον ήρωα. Μικρές βόλτες κάνουμε στα δάση και στα βουνά της περιοχής για να εξαγνίσουμε την ψυχή μας και να ξεχαστούμε από τα προβλήματα που κουβαλά ο καθένας μας. Δε βρισκόμαστε σε πόλεμο. Ερεθίσματα γυρεύουμε για να απασχολούμε το μυαλό μας. Γι' αυτόν τον λόγο τριγυρίζω έξω, πέρα του ότι μου αρέσει. Θα περάσουν τα χρόνια και θα θυμόμαστε με θυμηδία και νοσταλγία όλες αυτές τις στιγμές. Όταν θα διηγηθούμε τις ιστορίες της θητείας μας στους νεώτερους, θα σκιρτήσει η καρδιά μας. Οι εμπειρίες αυτές μας μεστώνουν και μας καταστούν σοφότερους! Θα λέμε και εμείς, όπως ακούγαμε τους παλαιότερους, "όταν ήμουν στον στρατό" και ένα χαμόγελο θα γεννάται στα χείλη μας. Δεν βρισκόμαστε λοιπόν εδώ για το καθήκον που λένε, αλλά για τον εαυτό μας, για την αγαλλίαση της ψυχής μας και για τη σωτηρία του πνεύματός μας! Γιατί νομίζεις έκανα τα αδύνατα δυ-

νατά για να έρθω σε αυτή την απομόνωση; Για να "καθα-
ρίσω" από μέσα μου! Για να ξεκλέψω και να εμφυτεύσω
μέσα μου λίγη από την αέναη ζωτικότητα αυτού του εκλε-
κτού τόπου! Για να γίνω πιο δυνατός!»

Δεν είχα ιδέα αν κατάλαβε το παραμικρό απ' όσα του
είπα. Τον χαιρέτισα ευγενικά και απομακρύνθηκα από το
δωμάτιό του. Έφαγα και αμέσως μετά ξάπλωσα και από-
λαυσα στο κρεβάτι μου τον μεσημεριανό ύπνο.

Ξύπνησα αργά το απόγευμα και διαπίστωσα πως στο
διπλανό κρεβάτι, του Σανιδά, καθόταν ο ίδιος μαζί με τον
Σούλιο και τον Μπόλιο.

«Λάσκαρη, γιατί φώναζε ο δόκιμος το μεσημέρι;» ρώ-
τησε ο Σούλιος.

«Ξέρεις γιατί!»

«Σιγά – σιγά να ετοιμάζεσαι για τον Άγιο Γερ-
μανό».

«Βλέπω δεν ξεχνάς εύκολα».

«Άντε σήκω. Εγώ πάω να συνεννοηθώ με τον Ανα-
στάση για το αυτοκίνητο. Τι θα κάνατε χωρίς εμένα;»

Ντύθηκα και έτρεξα για καφέ, όση ώρα ο Σούλιος κα-
νόνιζε από το τηλέφωνο τις τελευταίες λεπτομέρειες για
το θέμα του αυτοκινήτου. Μόλις βράδιασε για τα καλά,
βάλαμε τα καλά μας, ας πούμε, και ήμασταν πανέτοιμοι
για την έξοδό μας. Προσκάλεσα και τον δόκιμο, αλλά τον
είδα ανόρεκτο, χωρίς διάθεση. Αρνήθηκε και μας επέστησε
να έχουμε την προσοχή μας στον δρόμο.

Όταν έφτασε ο Αναστάσης, με τράβηξε παράμερα
προς τα έξω. Άρχισε να ψιθυρίζει στο αυτί μου. «Με πλη-
ροφόρησε ο Γιώργος για τα χτεσινοβραδινά συμβάντα,
όπως και για τα σημερινά».

«Πρόκειται για καλή αγέλη. Σίγουρα πέντε μέλη, ίσως και περισσότερα. Όσο για ό,τι βρήκαμε στην πυραμίδα, δεν έχω εξήγηση. Εσύ τι γνώμη έχεις;»

«Άσε την πυραμίδα. Αυτά γίνονται εδώ και χρόνια. Το άλλο με ανησυχεί! Θα έχουμε επιθέσεις από εδώ και στο εξής και θα το δεις!»

«Το πολύ – πολύ να χάσετε κανένα κατσικάκι. Κάπως πρέπει να τραφούν και αυτοί».

«Φοβάμαι μην έχουμε χειρότερα. Ελπίζω μονάχα να μην είναι αυτοί οι διάολοι!»

«Καλέ μου, Αναστάση, μην υπερβάλλεις. Τίποτα δεν πρόκειται να συμβεί. Πάντως σ' ευχαριστούμε για άλλη μια φορά για την ευγενική σου χορηγία».

«Ποια χορηγία;»

«Το αυτοκίνητο εννοώ».

«Έλα τώρα! Εγώ σας έχω σαν παιδιά μου, τα έχουμε πει αυτά. Πήγαινέ με σπίτι και εσείς να πάτε στην ευχή του Θεού».

Τον κατέβασα ως το σπίτι του και, αφού έκανα αναστροφή, κινήθηκα για το φυλάκιο να πάρω και τους υπόλοιπους. Περίμεναν απ' έξω σαν καλά παιδιά, με τον Σούλιο όλο χαμόγελα, επειδή βεβαίως τον περίμενε μια βραδιά απ' αυτές που του αρέσουν: με πολύ αλκοόλ!

Χωρίς να το σκεφτούν και πολύ, μπήκαν και οι άλλοι τρεις στο αυτοκίνητο, με τον Σανιδά να πιάνει το τιμόνι, το οποίο του παραχώρησα πηγαίνοντας δίπλα, και πιο δεξιά ο Μπόλιος που πήρε πάνω του τον Σούλιο, μια που θα ήταν αμαρτία με αυτό τον ψόφο να πετούσαμε έναν από εμάς στην καρότσα. Αφού αντέξαμε στη συμπίεση και στις κραυγές χαράς του Σούλιου, φτάσαμε στον Άγιο Γερμανό.

317

Ο Σανιδάς πάρκαρε στο ίδιο σημείο με την προηγούμενη φορά και αποβιβαστήκαμε από την καμπίνα, τεντώνοντας το κορμί μας για να ξεπιαστούμε. Ο Σούλιος, λες και το μαγαζί θα έφευγε, κυριολεκτικά έτρεξε προς τα εκεί. «Δεν θα τελειώσουν τα ποτά!» τον πείραξε ο Σανιδάς.

Πριν μπω στο μπαράκι, ένας κόμπος δημιουργήθηκε μέσα μου. Όσο άνετος και αν φαινόμουν, λαχταρούσα απίστευτα να τη δω και να τη σφίξω στην αγκαλιά μου. Μπήκα τελευταίος από την παρέα, ενώ ο Σούλιος είχε πιάσει το ίδιο τραπέζι που καθίσαμε την προηγούμενη φορά. Τα μάτια μου καρφώθηκαν πίσω από το μπαρ, αλλά δεν είδα κανέναν μέσα. Ένιωσα τη γη να φεύγει κάτω από τα πόδια μου!

Ο Δημήτρης, ο τροφαντός ιδιοκτήτης, ήρθε να με καλωσορίσει. «Καλώς τα παιδιά. Πώς είσαι Λουκά;». Ένευσα παγωμένος και έψαχνα με αγωνία σε όλο το μαγαζί για να τη βρω.

«Στην τουαλέτα είναι» πέταξε φευγαλέα.

«Ορίστε;»

«Στην τουαλέτα είναι η Αριάδνη. Πήγε να φρεσκαριστεί». Η καρδιά μου επανήλθε στη θέση της.

«Μάλιστα. Εσύ πώς είσαι;»

«Δε βαριέσαι, όλα καλά. Την υγεία μας να έχουμε».

Κάθισα μαζί με τους άλλους, αλλά δεν πρόλαβα να στρωθώ. Η Αριάδνη εξερχόταν καμαρωτή και περιποιημένη. Το σκοτεινά όμορφο παρουσιαστικό της ανέδυε μια στιλιζαρισμένη μορφή. Παρακολουθούσα ανήμπορος τα λυγερά χορευτικά της βήματα. Το περπάτημά της ήταν τόσο ρευστό, σχεδόν φιδίσιο, καθώς κινούσε το κορμί της με έναν αέρα μεγαλοπρέπειας. Μόλις με πήρε είδηση, το χαμόγελό της έλουσε την ατμόσφαιρα και αιτία για αυτό το χαμόγελο ήμουν εγώ! Προχώρησα αποφασιστικά και την αγκάλιασα. Τη φίλησα με πάθος, ανταποκρινόμενη στον ίδιο βαθμό. Ένιωσα να με μεθά η τριανταφυλλένια της αναπνοή.

«Επιτέλους!» ψιθύρισε χαϊδεύοντας το κεφάλι μου.

Το κορμί μου σπαρταρούσε από πόθο, αλλά τούτη τη στιγμή ήταν αδύνατο να εκτονωθεί. Μια ανατριχίλα διαπερνούσε περιοδικά όλο το σώμα μου σαν εκκενώσεις ηλεκτρικού ρεύματος.

«Μου έλειψες» κούνησε γλυκά τα εκρηκτικά της χείλη.

«Εσύ να δεις! Αυτή η μέρα μου φάνηκε αιώνας. Έλα να σε γνωρίσω στα παιδιά». Την έπιασα από το χέρι, οδηγώντας την στο τραπέζι της παρέας.

Αναδιπλώθηκαν αμέσως και φόρεσαν τη μάσκα της σοβαροφάνειας για να προβάλλουν τον καλύτερό τους εαυτό. Αντέδρασαν άψογα, ευγενικά και με ζηλευτή σοβαρότητα. Μέχρι και ο Σούλιος, που δεν ήσουν ποτέ σίγουρος τι θα ξεστομίσει, σηκώθηκε από την καρέκλα του, εκδηλώνοντας συμπεριφορά βγαλμένη από το πρωτόκολλο του Μπάκιγχαμ, την οποία εκμαίευσε από τα άδυτα του ταρακουνημένου μυαλού του!

Η Αριάδνη πρότεινε να καθίσουμε μπροστά από το μπαρ για να έχουμε τη δυνατότητα να λέμε και καμιά κουβέντα. Συμφώνησαν όλοι και έτσι μεταφερθήκαμε μπροστά στον ξύλινο πάγκο, με αυτή να παίρνει τη θέση της από τη μέσα πλευρά.

Ως εκείνη την ώρα, δεν υπήρχαν πελάτες, άλλωστε ήταν και νωρίς, αλλά αμέσως κατέφτασε μια παρέα, έπειτα από λίγο άλλη, ώσπου μαζεύτηκε αρκετός κόσμος, με τη μουσική να αυξάνει την έντασή της. Από ένα ήσυχο καφέ μετατράπηκε σε ένα ζωηρό και ζωντανό κλαμπ.

Η δουλειά άρχισε να αυξάνει και έτσι δεν υπήρχαν ευοίωνες προοπτικές για να συνομιλώ μαζί της. Καθόμουν στο κέντρο της παρέας με τον Σανιδά στα αριστερά μου και τον Σούλιο στα δεξιά μου, ενώ ο Μπόλιος δεξιότερα του Σούλιου. Δεν την άφηνα στιγμή από τα μάτια μου καθώς, με περισσή χάρη, γέμιζε τα ποτήρια των πελατών. Ανά διαστήματα, σήκωνε το βλέμμα της και μου χαμογελούσε, κάτι το οποίο με χαροποιούσε και με κολάκευε.

«Η Αριάδνη είναι καλλονή. Είσαι πολύ τυχερός!» μουρμούρισε στο αυτί μου, με συνωμοτικό ύφος, ο Σούλιος.

«Ευχαριστώ, αλλά εσύ μη καλοκοιτάζεις κατά κει».

«Τι να κάνω; Αφού είναι μπροστά μου!» διαμαρτυρήθηκε ο Σούλιος, που με τις απότομες αυτές αντιδράσεις του έμοιαζε αστείος και πάντα μας ανέβαζε το κέφι.

«Πλάκα σου κάνω. Μην αρχίσεις όμως μετά από τέσσερα - πέντε ποτά να πετάς κοτσάνες! Πίνε με μέτρο και αργά».

«Μα γουλιά – γουλιά το πίνω!»

«Ναι αλλά η μια η δική σου είναι όσο το μισό ποτήρι!»

Υποσχέθηκε ότι θα κινούταν στα όρια της ευπρέπειας. Από την άλλη, αν δεν έπραττε όπως συνήθιζε, δε θα ήταν ο γνωστός Σούλιος, ο απίθανος αυτός χωρατατζής, αυθόρμητος και καταπληκτικός τύπος!

«Αϊ στο καλό, ας κάνει ό,τι του γουστάρει, αφού έτσι

είναι ο χαρακτήρας του» σκέφτηκα και του έδωσα το δίκιο του.

Η ώρα περνούσε απολαυστικά, από τη στιγμή που ήμασταν περικυκλωμένοι από κόσμο με ζωντάνια και διάθεση, κάτι που είχαμε αποπέμψει από τη ζωή μας τους προηγούμενους μήνες. Αν και νιώθαμε κάπως έξω από τα νερά μας, αφού είχαμε γίνει συνώνυμο της απομόνωσης, αντιδρούσαμε περίπου ως κανονικοί άνθρωποι! Τραγουδούσαμε, χορεύαμε, αστειευόμασταν και γενικά φαινόμασταν ζωντανοί. Επιπλέον, στο άκουσμα κάποιων έντονα χορευτικών τραγουδιών, η Αριάδνη λίκνιζε το ευλύγιστο κορμί της σύμφωνα με τον ρυθμό και απογείωνε τη λίμπιντό μου, γεννώντας μέσα μου τις πιο ακραίες ερωτικές επιθυμίες! Έκανα υπερπροσπάθεια να αποπροσανατολίσω το μυαλό μου από εκείνη, αλλά έμοιαζε αδύνατον. Δεν άντεχα να τη βλέπω μπροστά μου και να μη μπορώ να την αγγίξω. Σκέτο μαρτύριο! Έπρεπε να απασχοληθώ με κάτι διαφορετικό και μάλιστα αμέσως. Την παράκαμψη αυτή στη μονοκόμματη ευθεία των σκέψεών μου την πρόσφερε ο Σανιδάς, που πλησίασε κοντά μου σκυφτός και κάπως προβληματισμένος.

«Λάσκαρη, προτείνω να μας κάνεις μια ενημέρωση περί λύκων, να γνωρίζουμε τι μας γίνεται. Δεν ξέρω αν φαίνεται, αλλά το θέμα αυτό με ανησυχεί. Εσύ μπορεί να μη φοβάσαι να βγαίνεις από το φυλάκιο, δεν ισχύει όμως το ίδιο και με μένα. Τουλάχιστο να πληροφορηθούμε για το τι έχουμε ν' αντιμετωπίσουμε, αν βέβαια χρειαστεί».

«Επιθυμείς απλή ενημέρωση ή εκτεταμένη ανάλυση;» τον ρώτησα, αφού μου έδωσε ένα καλό έναυσμα για να αλλάξω ρότα στις σκέψεις μου.

«Μάλλον θέλω να μάθω τα πάντα. Εντάξει, πάνω κάτω έχω κατανοήσει όλες τις υποθέσεις που έχεις επεξεργαστεί, σχετικά με την αγέλη μας. Πώς όμως ζούνε, πώς σκέφτονται και ποιες στρατηγικές ακολουθούν, θα ήθελα πολύ να τα εμπεδώσω».

Ξεκίνησα λοιπόν να αναλύω και την παραμικρή λεπτομέρεια για ένα από τα αγαπημένα μου ζώα. Ο Σούλιος με τον Μπόλιο προσελκύστηκαν από την ενδιαφέρουσα συζήτηση και πλησίασαν περισσότερο, με αποτέλεσμα να συμπτυχτούμε μέσα σε δυο τετραγωνικά μέτρα.

«Η όσφρησή του είναι η ισχυρότερη αίσθησή του. Ένα θα σας πω: μπορούν να εντοπίσουν το θήραμά τους σε απόσταση τριών χιλιομέτρων μόνο από τη μυρωδιά! Αλλά και από ακοή δεν πάνε πίσω. Αντιλαμβάνονται ήχους σε ευρύ φάσμα συχνοτήτων από 250 έως 30000Hz».

«Τι σημαίνει αυτό;» ρώτησε ο λιγομίλητος Μπόλιος.

«Σημαίνει ότι μπορούν να επικοινωνούν και να ακούν ο ένας τον άλλον, ακόμη και όταν ο άνθρωπος αντιλαμβάνεται απόλυτη σιωπή!»

Ο Σανιδάς έπραξε το αμίμητο: ζήτησε από την Αριάδνη ένα στυλό και ένα χαρτί και άρχισε να κρατά σημειώσεις πάνω στον πάγκο του μπαρ!

«Διονύση, τι κάνεις; Δε βρισκόμαστε σε κανένα πανεπιστημιακό αμφιθέατρο!»

«Άσε να κάνω τη δουλειά μου. Είπα ότι θέλω να μάθω τα πάντα, πώς θα τα θυμάμαι αν δε τα γράψω;»

Η Αριάδνη χασκογελούσε και έσκυψε προς το μέρος μου δίνοντάς μου ένα ρουφηχτό φιλί, κάτι που δεν έμεινε ασχολίαστο από τον εκρηκτικό Σούλιο. Ο Σανιδάς είχε πάρει φωτιά

και κατέγραφε ό,τι μπορούσε να θυμηθεί απ' τις πληροφο-
ρίες που του είχα δώσει. Ο Μπόλιος έσκυψε από πάνω του
και κούνησε επικριτικά πάνω κάτω το κεφάλι του.

«Σε κάθε αγέλη αναπαράγονται μόνο ένα αρσενικό με
ένα θηλυκό. Είναι το κυρίαρχο ζευγάρι. Μόνο αυτά τα δύο
και κανένα άλλο μέλος».

«Δεν σε καταλαβαίνω μήπως κάπου μπερδεύεσαι;
Όσα πιο πολλά θηλυκά αναπαραχθούν τόσα περισσότερα
μικρά θα γεννηθούν» υπέθεσε ο Σανιδάς.

«Δυστυχώς, κάνεις λάθος. Δεν έχουμε να κάνουμε με
απλά μαθηματικά, δηλαδή ένα και ένα κάνουν δύο και
ούτω καθεξής. Αν γεννούσαν όλα τα θηλυκά, δε θα είχαν
τη δυνατότητα να τραφούν πλήρως, και τα ενήλικα και τα
μικρά. Θα πέθαιναν από λιμοκτονία, επειδή δε θα επαρ-
κούσαν τα αποθέματα τροφής. Κάθε μάνα θα επιχειρούσε
να συντηρήσει τα δικά της μικρά μόνη της, κάτι δύσκολο να
επιτευχθεί. Δε θα λειτουργούσε η αγέλη ως σφιχτή ομάδα.
Ή λοιπόν θα έβγαινε για κυνήγι εκθέτοντας τα κουτάβια
μόνα στους αμέτρητους κινδύνους του δάσους ή θα έμενε
να τα φυλάξει, όσο αντέχει, ώσπου θα πέθαινε από την
πείνα, και αυτή και τα μικρά. Συμπερασματικά, αναπαρά-
γεται ένα ζευγάρι, οι αρχηγοί της αγέλης, για να επιβιώ-
σουν όσα περισσότερα μικρά είναι δυνατόν. Τα υπόλοιπα
μέλη φροντίζουν να φέρνουν τροφή, ούτως ώστε η μάνα
να αφοσιωθεί στο ανατροφή των κουταβιών. Εργάζονται
ως μια θαυμάσια και μονταρισμένη ομάδα».

«Οι άλλοι όμως οι αρσενικοί δε θέλουν να ζευγαρώ-
σουν;» ρώτησε εύλογα ο Σούλιος.

«Θα σου εξηγήσω τι συμβαίνει και σ' αυτή την πε-
ρίπτωση. Ο αρχηγός είναι πραγματικός... αρχηγός. Ο πιο

δυνατός από την αγέλη και συνάμα ο πιο επιβλητικός και μεγαλοπρεπής. Με τη συνεχή εγρήγορσή του και με μεθόδους πειθαρχίας, όπως ο εκφοβισμός, στρεσάρει τα υπόλοιπα αρσενικά τόσο έντονα που ως αποτέλεσμα διατηρείται η τεστοστερόνη τους σε πολύ χαμηλά επίπεδα, ώστε να μη τους γεννάται σεξουαλική επιθυμία! Βεβαίως, αρκετές φορές εμφανίζεται κάποιος διεκδικητής και τότε ανάβουν τα αίματα. Γίνεται σφοδρή μάχη!Ο αρχηγός, που τρέφεται πιο πλουσιοπάροχα και ως εκ τούτου είναι υγιέστερος και δυνατότερος, συνήθως είναι ο νικητής. Στον ηττημένο δε μένει παρά ο δρόμος της εξορίας. Αποπέμπεται από την αγέλη και ξεκινά μια συνεχή περιπλάνηση δύσκολη. Ολομόναχος, με δυσεύρετη την τροφή, θα πρέπει, συν τοις άλλοις, να αποφεύγει τις άλλες αγέλες, η οποίες θα τον θεωρούν παρείσακτο εχθρό και γενικά θα ζει κυριολεκτικά στο περιθώριο. Οι περισσότεροι από τους εξόριστους βρίσκουν τελικά τον θάνατο. Όσοι παίζουν με τη φωτιά με σκοπό να πάρουν την αρχηγία της αγέλης, ουσιαστικά ρισκάρουν την επιβίωσή τους».

«Τι κοιτάζετε σαν χάνοι; Και εμείς αγέλη είμαστε! Απ' ότι φαίνεται μόνο ο Λάσκαρης θα ζευγαρώσει, μάλλον είναι το κυρίαρχο αρσενικό! Ας επωφεληθούμε από την προστασία που μας παρέχει και ας πιούμε στην υγειά του ακόμα ένα ποτάκι».

Από εδώ το πήγαινε από εκεί το έφερνε, πάντα κατέληγε σε ένα ποτήρι με αλκοόλ. Ο Σούλιος ήταν αξεπέραστος και σε χιούμορ και σε ταπεραμέντο! Ο Σανιδάς συνέχιζε με μανία να σημειώνει και να επαναλαμβάνει, μονολογώντας, λέξεις και φράσεις που μόλις πριν είχα διατυπώσει.

Η Αριάδνη, ανάμεσα στο σερβίρισμα των ποτών και

στον σαματά, έδειχνε ένα σχετικό ενδιαφέρον για τη συζήτησή μας, αν και πολλά από τα λεχθέντα σίγουρα δεν τα άκουγε καθαρά. Όταν κόπασε κάπως ο φόρτος εργασίας της, βγήκε από τον χώρο της και χώθηκε μέσα στην αγκαλιά μου. «Εμένα πότε θα μου κάνεις ιδιαίτερο μάθημα;» ψιθύρισε κοντά στο αυτί μου με αβάστακτο ερωτισμό.

Συγκλόνισε συθέμελα όλο μου το είναι το άγγιγμα των χειλιών της και παρακάλεσα μέσα μου κάποια ανώτερη δύναμη να με μεταφέρει εδώ και τώρα σε ένα μέρος, όπου θα ήμασταν ολομόναχοι. Δυστυχώς, επειδή θαύματα δε γίνονται, με άφησε και έφυγε προς την τουαλέτα να περιποιηθεί λίγο, όπως μου εξήγησε, το μακιγιάζ της.

Ο Σανιδάς έγραφε και έγραφε και τελειωμό δεν είχε.

«Αμφιβάλλω αν στο σχολείο έχεις γράψει ποτέ τόσα πολλά» τον πείραξε ο Σούλιος.

«Σούλιο, ρούφα το ποτό σου για να μη σ' ακούω. Το θέμα μας αφορά όλους».

Η Αριάδνη επέστρεψε πίσω από το μπαρ, αφού έκανε μια στάση επάνω μου για ένα ακόμη φιλί. Ο Σούλιος με ύφος μηχανορράφου και έρπουσας γελοιότητας έσκυψε προς το μέρος μου. «Άτιμε Λάσκαρη, η γυναίκα λιώνει για σένα. Πολύ σύντομα θα σου δοθεί! Ομυρφώπαιδο εσύ! Τώρα, κέρνα ένα ποτάκι».

«Πόσα έχεις πιει νερόφιδο;»

«Αυτό είναι το τέταρτο. Τρία υποσχέθηκες να κεράσεις, θα πληρώσεις και κάνα δυο – τρία ακόμη δανεικά, επειδή δεν έχω μία και θα τα βρούμε κάποια στιγμή! Στο οικονομικό θα τα χαλάσουμε;»

«Οι φωλιές τους είναι κοντά σε κατοικημένες περιοχές;» ρώτησε ο Σανιδάς.

«Οι φωλιές στήνονται υπό μία ακόμη προϋπόθεση, δηλαδή να υπάρχει, σε κοντινή απόσταση, μόνιμη παροχή νερού. Συνήθως είναι μια φυσική κοιλότητα ή σκάβεται σε μαλακό υπόστρωμα. Πάντως, δίχως να θέλω να σε τρομάξω, έχουν καταγραφεί φωλιές σε αποστάσεις ένα – δύο χιλιόμετρα από χωριά. Πάντως τους ανθρώπους τους φοβούνται».

«Δε θέλεις να με τρομάξεις, αλλά το κάνεις και με το παραπάνω! Αν αυτή η αγέλη είναι η αγέλη που ανησυχεί τον Αναστάση, τότε μάλλον δε μας φοβούνται αρκετά».

«Ο Αναστάσης είναι ένας άνθρωπος που γεννήθηκε και έζησε μέσα στο πνεύμα όλων αυτών των δοξασιών και των θρύλων, οι οποίοι αναγάγουν τον λύκο σε τέρας! Μάλλον υπερβάλλει για όλα αυτά. Εξάλλου, θεωρώ ότι δεν τους φοβάται, αλλά περισσότερο τους σέβεται. Σου είπα ότι υπάρχουν κάποιες καταγραφές που δεν είναι ο κανόνας αλλά η εξαίρεση. Αν θέλεις την εκτίμησή μου, πιστεύω πως το λημέρι των δικών μας δεν είναι στο δάσος μας. Είναι κάπου μέσα στην Αλβανία. Προφανώς, λόγω μη εύρεσης εύκολης τροφής, ξεμάκραιναν από την περιοχή τους και διεύρυναν την ακτίνα του κυνηγότοπού τους. Κάθε αγέλη έχει μια επικράτεια, θα το χαρακτήριζα ως το κράτος τους. Όπως εμείς θεωρούμε επικράτειά μας την περιοχή από τις πυραμίδες και προς εμάς, που την υπερασπιζόμαστε, το ίδιο περίπου πράττουν και αυτοί. Όσο πιο μεγάλη αγέλη τόσο μεγαλύτερη επικράτεια».

«Υπάρχει πόλεμος μεταξύ των αγελών;» ρώτησε ο Σανιδάς.

«Υπάρχουν περιπτώσεις, όπου άτομα μιας αγέλης εισέρχονται σε περιοχή γειτονικής αγέλης με αποκλειστικό σκοπό την εκδίωξη ή θανάτωσή τους για την προσάρτηση εκτάσεων στην επικράτειά τους και την εκμετάλλευση των τροφικών πηγών».

«Μου ακούγεται λίγο βάρβαρο αυτό» συμπέρανε ο Σανιδάς.

«Γιατί, μήπως οι άνθρωποι δε το κάνουν αυτό συνεχώς; Για κοίτα πόσοι πόλεμοι διεξάγονται στον κόσμο. Ξύπνα, Σανιδά! Τουλάχιστον οι λύκοι πολεμούν για την επιβίωσή τους, όχι για τα πετρέλαια και τον πλούτο των χωρών» ήταν το σχόλιο του Σούλιου.

«Με τι άλλο τρέφονται;» ρώτησε δειλά ο Μπόλιος.

«Ως ζώο που βρίσκεται στην κορυφή της τροφικής αλυσίδας, τρέφεται με ελάφια, ζαρκάδια ή αγριογούρουνα. Όταν όμως δε τα βρίσκει αυτά, στρέφεται και προς μικρότερα θηλαστικά ή προς τα κτηνοτροφικά ζώα. Επίσης, μπορεί να φάει από σκουπίδια και υπολείμματα από σφαγεία και άλλες, ανθρωπογενούς προέλευσης, πηγές τροφής. Επομένως, εμφανίζει μια σπουδαία τροφική ευελιξία για να επιβιώσει».

«Άρα, για να επιτίθενται σε μαντριά, σημαίνει πως δεν υπάρχει αρκετή τροφή γι' αυτούς» επισήμανε ο Σούλιος.

«Ακριβώς. Γι' αυτό μην έχετε την παραμυθένια εικόνα μιας αγέλης που ζει σε ακατοίκητες περιοχές, σε πυκνά δάση μακριά από τον άνθρωπο. Εν μέρει αυτό είναι αληθές, εφόσον υπάρχει κάτι να φάει εκεί! Επειδή λοιπόν οι αριθμοί των φυτοφάγων ζώων έχουν περιοριστεί, είναι συνηθισμένες οι εμφανίσεις τους σε περίχωρα χωριών και πόλεων, όπου γενικά μπορούν να βρουν εύκολα τροφή».

Η συνεχής συζήτηση, το ποτό και η μουσική, την οποία είχα ξεσυνηθίσει, ένιωθα να με καταβάλλουν. Από τις στιγμές της αταραξίας στη φύση, στο κοσμοπολίτικο περιβάλλον αυτού του μπαρ του Αγίου Γερμανού ήταν τεράστια δοκιμασία για τα νεύρα μου. Ευτυχώς που υπήρχε και η Αριάδνη, την οποία κάθε φορά που τη χάζευα με επανέφερε σε μια αξιοζήλευτη ευεξία. Ειδικά, όταν παιζόταν κάποιο σουξεδάκι, τύλιγε τα δάχτυλά της στα δικά μου και λικνιζόταν τόσο αισθησιακά που δε συγκλόνιζε μόνο εμένα, αλλά έχω την εντύπωση και όλους τους θαμώνες!

«Πώς κυνηγούν, Λάσκαρη;» μας επανέφερε στη συζήτηση ο Σανιδάς.

«Όπως σας είπα και στου Αναστάση, υπολογίζουν όλες τις κινήσεις τους. Δε ρισκάρουν, αν δεν έχουν τις περισσότερες πιθανότητες με το μέρος τους. Συνηθίζουν να παρακολουθούν το θήραμα, ώσπου να διακρίνουν υπάρχουσες αδυναμίες. Για παράδειγμα, αν σκοπεύουν να επιτεθούν σε ένα κοπάδι ελάφια, ελέγχουν λεπτομερώς αν κάποιο είναι πιο αδύναμο από τα άλλα, αν είναι τραυματισμένο ή γέρικο και τότε μόνο εξαπολύουν την επίθεσή τους. Γενικά, επιτίθενται στα πιο ευάλωτα ζώα και εξαιρετικά σπάνια, εφόσον έχουν εξαντληθεί όλες οι επιλογές τους, στα πιο δυνατά. Γι' αυτό τους αποκαλούν και "γιατρούς" ή καθαριστές του δάσους.Εξαλείφουν τα άρρωστα και αδύναμα ζώα. Έτσι υπάρχει μια σταθερότητα του πληθυσμού των φυτοφάγων. Τώρα, ως προς την στρατηγική τους, θα λέγαμε ότι κινούνται με σύστημα. Ο λύκος είναι από τα ελάχιστα είδη, και θα τον χαρακτήριζα δάσκαλο της μεθοδευμένης και επικεντρωμένης προσπάθειας, που εστιάζει απερίσπαστος σε ό,τι έχει βάλει στόχο η αγέλη:

κάποια μέλη αρχίζουν να κυνηγάνε το θήραμα, μέχρι να το εξαντλήσουν και κάποια άλλα μέλη στήνουν ενέδρα σ' ένα σημείο που υπολογίζουν ότι θα το φέρουν οι διώκτες. Μόλις το χτυπήσουν, τότε όλοι μαζί ορμάνε και το θήραμα αφήνει την τελευταία του πνοή ανάμεσα σε ισχυρά σαγόνια και κοφτερά δόντια».

Ο Σανιδάς συνέχιζε να καταγράφει όσα στοιχεία άξιζαν να σημειωθούν. Μάλιστα, ζήτησε και πήρε επιπλέον χαρτί, μια που το πρώτο το είχε γεμίσει με τις πληροφορίες που του έδινα.

«Υπάρχουν πολλοί στη χώρα μας;» με ρώτησε.

«Κάποιοι υπολογισμοί ομιλούν για εξακόσια με εφτακόσια ζώα. Ίσως να είναι και παραπάνω, αν λογαριάσουμε και αυτούς που κινούνται στα όρια με τις γειτονικές χώρες. Πάντως, πανευρωπαϊκά η Ελλάδα και οι λοιπές βαλκανικές χώρες έχουν τους μεγαλύτερους πληθυσμούς».

«Για ποιον λόγο;» ρώτησε με ενδιαφέρον ο Σούλιος, που αν και τα είχε κοπανήσει, διατηρούσε άριστη τη νοητική του κατάσταση.

«Το θέμα εδώ είναι περισσότερο φιλοσοφικό! Ο κύριος λόγος αφορά την οργάνωση των αγροτικών κοινωνιών και τη διαφορετική κουλτούρα πάνω στο θέμα της φύσης, σε σχέση με τις κοινωνίες της κεντρικής Ευρώπης. Οι νομάδες κτηνοτρόφοι στην Ελλάδα ακολουθούν προκαθορισμένους δρόμους μετακίνησης και υπάρχουν παραδοσιακοί τόποι διαχείμασης και ξεκαλοκαιριάσματος των κοπαδιών. Οι κτηνοτρόφοι γνωρίζουν πολύ καλά τις περιοχές τους και μαθαίνουν τις συνήθειες των λύκων, σε αντίθεση με τους συνεχώς μετακινούμενους νομάδες τις βόρειας και κεντρικής Ευρώπης.Επιπλέον, η χρήση των ποιμενικών σκύλων στις μεσογειακές χώρες είναι σημαντικός παράγοντας. Για παράδειγμα, ο ελληνικός ποιμενικός είναι από τους κορυφαίους στη φύλαξη και στη συνοχή του κοπαδιού και σκέφτεται όπως και ο λύκος. Έτσι, τον αντιμετωπίζει με επιτυχία. Στη βόρεια Ευρώπη, όμως, εκτρέφονται φυλές που καταδιώκουν σε μεγάλες αποστάσεις και θανατώνουν τον λύκο ακόμη και αν δεν απειλεί τα κοπάδια. Επιπρόσθετα, ο φόβος για την απώλεια ζώων στην Ευρώπη, σε αντίθεση με τις Βαλκανικές χώρες, αποκτά μεταφυσικές διαστάσεις».

«Τι εννοείς με το "μεταφυσικές διαστάσεις";» ρώτησε ο Σανιδάς.

«Πρόσεξέ με. Εδώ στη χώρα μας, έχουμε μια παθητική και αμυντική αντιμετώπιση του λύκου. Εννοώ πως αποδεχόμαστε γενικά την παρουσία του, εφόσον δε μας βλάπτει. Στις βόρειες χώρες όμως η αντιμετώπιση είναι ενεργητική και επιθετική».

«Πάλι δεν καταλαβαίνω πού το πας» απόρησε ο Σανιδάς.

«Στη νότια Ευρώπη ποτέ δεν έγινε οργανωμένο κυνήγι λύκων, και αν έγινε, έγινε σε τοπική κλίμακα και στη περίπτωση εκτεταμένων ζημιών. Αντίθετα, εκεί οργανώνονταν ειδικά σώματα εξόντωσης με στόχο την πλήρη εξαφάνιση του είδους, με κάθε μέσο. Σε αυτό, σημαντική ήταν η επίδραση των θρησκευτικών δοξασιών και της μυθοπλασίας. Εδώ κολλάει το φιλοσοφικό και το μεταφυσικό που ανέφερα πιο πριν».Όλα ξεκίνησαν από την καθολική εκκλησία και την προσπάθειά της να αντικρούσει οποιαδήποτε αίρεση και αμφισβήτησή της. Έτσι, εισήγαγε μια υπεραπλουστευμένη άποψη περί δυαδικής υπόστασης στη φύση. Από τη μια υπάρχει το αποδεκτό και επιθυμητό ανθρωπογενές περιβάλλον μαζί με τη γεωργική γη, ελεγχόμενα από τα γερά εδραιωμένα κοσμικά και θρησκευτικά κέντρα εξουσίας. Από την άλλη, υπάρχει η άγρια φύση και τα ζώα θεωρούνται ως πηγή αναρχίας τα οποία πρέπει να υποταχτούν προς όφελος του ανθρώπου και των οικονομικών του συμφερόντων».

«Και οι λύκοι αναρχικοί; Τώρα τους συμπαθώ ακόμη περισσότερο» φώναξε με ενθουσιασμό ο εκστασιασμένος Σούλιος.

«Συνεχίζω, τονίζοντας ότι στον Μεσαίωνα το μέτρο, η ανοχή και η γνώση των φυσικών φαινομένων, που αποτελούσαν αναπόσπαστο μέρος των κλασσικών χρόνων, καταρρέουν προς όφελος του υπερφυσικού, του μυστηρίου και της πίστης. Ο λύκος ταυτίζεται με τον διάβολο και τη δαιμονική πλευρά της φύσης. Συμβολίζει τους αιρετικούς και ψευδοπροφήτες, την άκρατη σεξουαλικότητα και τη σκληρότητα, έτοιμος να κατασπαράξει τον "αμνό του θεού", σύμβολο ηρεμίας, καλοσύνης αλλά και της υποταγής».

«Μήπως έχουμε δει και κανένα καλό από την εκκλησία;» πέταξε ο Σούλιος

«Αθεόφοβε, θα καείς στην κόλαση» τον απείλησε ο Σανιδάς, ενώ αυτός κατέβαζε μονορούφι, μάλλον, το πέμπτο του ποτό.

«Ωραία, αυτά εξελίχθηκαν στην καθολική Ευρώπη. Στη χώρα μας;» ρώτησε ο Μπόλιος.

«Εδώ, αν και ο λύκος συμβολίζει την πανουργία και διατηρεί την αιμοδιψή του φύση, παρουσιάζεται ταυτόχρονα και ως τρωτό πλάσμα. Δείτε για παράδειγμα τους μύθους του Αισώπου: εμφανίζεται στις περισσότερες περιπτώσεις ως ζώο που μπορεί να ξεγελαστεί εύκολα και ταπεινώνεται, προκαλώντας ακόμα και το αίσθημα της συμπάθειας. Κατ' αυτόν τον τρόπο χάνει την όποια υπερφυσική υπόσταση και τοποθετείται πιο κοντά στην πραγματική του βιολογική ταυτότητα, ως πλάσμα με σάρκα και οστά, άλλοτε δυνατό και άλλοτε εξαιρετικά ευάλωτο. Επίσης, δεν αναφέρεται σχεδόν ποτέ ως ανθρωποβόρο ον, εν αντιθέσει με την αφθονία των μύθων στους λαούς της κεντρικής και βόρειας Ευρώπης, όπου παρουσιάζεται συχνά να καταδιώκει ανθρώπους για να τους φάει!»

«Αν μου επιτρέπετε, μπορώ να ενισχύσω όλες αυτές τις, σωστές κατ' εμένα, θεωρίες του Λάσκαρη και να συμπληρώσω ότι μεγάλη ζημιά έκαναν και όλες αυτές οι κινηματογραφικές ταινίες με θέμα τους λυκανθρώπους. Έλεος πια! Ομολογώ ότι εδώ ποτέ δεν πλάσαμε τόσο ανόητες ιστορίες!» τόνισε με πάθος ο Σούλιος.

«Έχεις δίκιο, Σούλιο. Όσο και να υπήρξαν διάφορες δοξασίες για αυτούς, ποτέ δε σκεφτήκαμε να τους εξολοθρεύσουμε, ίσως γιατί τους βλέπαμε και ως ένα κομμάτι της δικής μας υπόστασης».

«Νομίζω, Λάσκαρη, πως μ' έχεις καλύψει πλήρως. Η προσέγγιση του θέματος ήταν απλώς εκπληκτική και πιστεύω ότι μια μέρα, αναγνωρίζοντας την αξία σου, θα διδάσκεις σε μικρούς αδαείς φοιτητές πάνω από κάποια πανεπιστημιακή έδρα!» πρόσθεσε γεμάτος ικανοποίηση ο Σανιδάς.

Ακόμα και να αστειευόταν ο Σανιδάς, τα λεγόμενά του ήχησαν υπέροχα στα αυτιά μου. Δεν είναι μικρής αξίας τα λόγια εκτίμησης προς το πρόσωπό σου και μάλιστα αφειδώς. Όλοι οι άνθρωποι έχουν την ανάγκη της αναγνώρισης. Σε καμιά περίπτωση δε θα θεωρούσα τον εαυτό μου ματαιόδοξο ή φίλαυτο. Ωστόσο ένοιωθα τεράστια ικανοποίηση για τις καλλιλογίες, ειδικά όταν πήγαζαν από άτομα δίχως ιδιοτελείς σκέψεις, όπως ο Σανιδάς. Είναι τουλάχιστον υποκριτικό να πει κάποιος πως δεν ευφραίνεται από όμορφα λόγια ανθρώπων που εκτιμάει.

Η ώρα περνούσε, το μαγαζί άρχιζε σιγά – σιγά να αδειάζει και η μουσική κατέβαζε ρυθμούς. Οι υπάλληλοι του καταστήματος ξεκίνησαν να τακτοποιούν ό,τι μπορούσαν, ενώ η Αριάδνη σέρβιρε το τελευταίο ποτό, στον μοναδικό πελάτη που ακόμα δεν είχε σταματήσει να πίνει: στον Σούλιο! «Τελευταίο, για να έχω δυνάμεις για τον δρόμο» δικαιολογήθηκε ζαρωμένος, καθώς τον αγριοκοίταξα.

Κάπου πήρε το μάτι μου και τον Δημήτρη, τον ιδιοκτήτη, να πηγαίνει πέρα δώθε και να δίνει εντολές και κατευθύνσεις στο προσωπικό. Έπειτα από λίγο, η μουσική έπαυσε οριστικά και η μόνη παρέα που είχε απομείνει ήταν η δική μας. Ο Σανιδάς μελετούσε τις σημειώσεις του με προσήλωση, όση ώρα ο Μπόλιος χασμουριόταν καθισμένος στο σκαμπό. Απ' την άλλη, ο συνήθως παρορμητικός Σούλιος, αμίλητος και αποκαμωμένος, κατάπινε με βουλιμία το ποτό του. Εγώ πάλι, αφού πλήρωσα το λογαριασμό, δεν άφηνα από τα μάτια μου την Αριάδνη, η οποία υπέροχη και αεράτη συμμάζευε μια στοίβα από ποτήρια.

Όταν το μαγαζί κάπως σουλουπώθηκε, ο Δημήτρης κάλεσε σε ένα γωνιακό τραπέζι τους υφισταμένους του και, αφού συζήτησε για λίγη ώρα μαζί τους, άρχισε έναν προς ένα να τους πληρώνει το νυχτοκάματο.

Σηκωθήκαμε και κατευθυνθήκαμε προς την έξοδο και αναμέναμε ακριβώς απ' έξω την Αριάδνη. Βγήκαν και οι άλλοι έξω με τον Δημήτρη τελευταίο να κλειδώνει την πόρτα. Η Αριάδνη ήρθε προς το μέρος μας και στάθηκε εμπρός μου. «Τώρα; Να φύγω με τον Δημήτρη;» με ρώτησε με ένα κόμπιασμα στη φωνή.

Τώρα τι; Με αιφνιδίασε, διότι δεν είχα επεξεργαστεί κανένα πλάνο ούτε είχα καταστρώσει κάποιο σχέδιο για το μετά.

«Θα χαρούμε να σε φιλοξενήσουμε στο φυλάκιο» πετάχτηκε ως από μηχανής θεός ο Σούλιος. Αυτή χαμογέλασε αμήχανα καθώς με κοίταζε μέσα στα μάτια.

«Μη το σκέφτεσαι!» επέμενε ο Σούλιος που την έπιασε από το μπράτσο άγαρμπα και την τράβηξε προς το αμάξι.

Αυτή γέλασε και εξακολουθούσε να με παρατηρεί. Πήγα προς το μέρος της και την αγκάλιασα. «Θα χαρώ να περάσουμε τη βραδιά μαζί» ήταν το μόνο που ψέλλισα και τη φίλησα.

«Μα γίνεται αυτό; Επιτρέπεται να έρθω;»

«Όλα γίνονται. Εκτός αν δεν επιθυμείς να έρθεις».

«Πώς δε θέλω! Όμως, μου φαίνεται παράξενο. Αλλά... άντε στο καλό, ας κάνω και γω μια τρέλα!»

Έτσι, με την παρέμβαση του Σούλιου, το θέμα πήρε την πιο αίσια τροπή για εμένα. Η Αριάδνη ενημέρωσε τον Δημήτρη να μη την περιμένει να την πάει στη Φλώρινα. Έπιασα τον Σούλιο λίγο παράμερα και τον ευχαρίστησα για τη λύση που έδωσε.

«Πλάκα κάνεις; Σε είδα που κόλλησες και είπα να επέμβω για να σε βοηθήσω. Άρα, είμαστε πάτσι για τα ποτά που κέρασες».

«Είμαστε πάτσι» διαβεβαίωσα με ανεβασμένη ψυχολογία τον πονηρό Σούλιο.

Ο Σούλιος σε μια έξαρση γενναιοδωρίας φιλοτιμήθηκε και αποφάσισε για την επιστροφή να παραχωρήσει τη θέση του στην Αριάδνη. Πραγματικά με συγκίνησε αυτή η αυταπάρνησή του, βλέποντάς τον να πηδά και να κάθεται στην καρότσα. Του παραχώρησα λοιπόν και το δικό μου πανωφόρι και τυλίχτηκε σαν μούμια καλύπτοντας όλο του το σώμα. Οι υπόλοιποι μπήκαμε στο αυτοκίνητο, με μένα στη γωνία να έχω πάνω μου την Αριάδνη, και ξεκινήσαμε.

Σε όλη τη διαδρομή το ανάλαφρο κορμί της τριβόταν μέσα στην αγκαλιά μου και ξύπναγε μέσα μου τα βαθύτερα ζωώδη ένστικτά μου. Πάντως, το διασκέδαζε έχοντας μεγάλα κέφια και μονολογώντας συνεχώς ότι διαπράττει μεγάλη τρέλα. Κατά διαστήματα τη φιλούσα στο λαιμό, κάτι που έφερνε σε δύσκολη θέση τον εξαιρετικά ντροπαλό Μπόλιο. Αυτός είχε θρονιαστεί ανάμεσα στον Σανιδά και εμάς. Έστρεφε το κεφάλι του από την άλλη, αφού προσπαθούσε να φανεί διακριτικός και για άλλη μια φορά είχε κοκκινίσει σαν παντζάρι.

Μόλις φτάσαμε στο φυλάκιο, τα σκυλιά μας υποδέχτηκαν χαρούμενα. Περικύκλωσαν το αυτοκίνητο και, κουνώντας ασταμάτητα τις ουρές τους, επιδίδονταν σε αλαλαγμούς. Όταν όμως κατέβηκε η Αριάδνη, ξαφνικά σοβαρεύτηκαν και έδειξαν ανήσυχα. Την έβαλα από πίσω μου για να την προστατέψω και μίλησα ήρεμα προς αυτά. Πάντα ήταν επιφυλακτικά με τους ξένους και φοβόμουν για κάποια ακραία αντίδραση. Ο Μήτσος πλησίασε και μύρισε τα πόδια της. Τον έδιωξα, αλλά οι δίδυμες έχωσαν τις μουσούδες τους και μύριζαν και αυτές. Ο Εκτορας, λίγο πιο πέρα, όρθιος σε στάση αναμονής, απλώς παρακολουθούσε. Αφού ολοκλήρωσαν τη διαδικασία της ανα-

γνώρισης για το άγνωστο σε αυτά πρόσωπο, αποτραβή-
χτηκαν αλλά όχι μακριά.

«Στάσου να πάρουν τη μυρωδιά σου και μη φοβάσαι»
την καθησύχασα εξακολουθώντας να έχω το κορμί μου ως
ασπίδα.

«Δε φοβάμαι μαζί σου!»

Ο Μήτσος πλησίασε ξανά με παιχνιδιάρικη διάθεση και
της έγλειψε το χέρι, γεμίζοντάς το με τα σάλια του.

«Αχ, τι γλυκούλης που είναι! Είναι σαν χνουδωτή
μπάλα!»

«Μάλλον, σαν τεράστια χνουδωτή μπάλα!»

Αφού απώλεσαν το ενδιαφέρον τους για τον επι-
σκέπτη, έφυγαν περιπολώντας τον χώρο.

Από ψηλά παρατήρησα ένα αχνό φως που αναδυόταν
από την οικία του Αναστάση. Τέτοια ώρα και ακόμη ξύ-
πνιος; Την έβαλα στο φυλάκιο και της έκανα μια μικρή
ξενάγηση. Οι συνάδελφοι έπεσαν ξεροί για ύπνο, ενώ οι
υπόλοιποι μάλλον κοιμούνταν εδώ και ώρες. Το ροχαλητό
έδινε και έπαιρνε μέσα στον θάλαμο με την Αριάδνη πά-
ντως να το γλεντάει.

«Τι φασαρία είναι αυτή!»

«Ε, τι να κάνουμε; Έτσι είναι όταν κοιμούνται πολλοί
άνδρες μαζί. Έλα να σου δείξω πού κοιμάμαι».

Μόλις της έδειξα το κρεβάτι ξίνισε το πρόσωπό της.

«Σίγουρα θα εκτιμώ από εδώ και στο εξής ακόμα πε-
ρισσότερο το κρεβατάκι μου».

Της έδειξα και τους υπόλοιπους χώρους. Ασφαλώς
όλα αυτά που έβλεπε ήταν μια πρωτόγνωρη εμπειρία για
εκείνη, αλλά τίποτα δεν την πτοούσε.

«Πάντως, καλά είστε εδώ! Πίστευα ότι θα ήταν πολύ
χειρότερα».

Καθίσαμε στο σαλόνι. Παρατήρησα ότι ακόμα υπήρχε φως αναμμένο στο σπίτι του Αναστάση. Έμεινα για λίγη ώρα προσηλωμένος σ' αυτό. Η Αριάδνη με ρώτησε τι κοιτούσα τόσο επίμονα. Της εξήγησα και υπέθεσε ότι ίσως το ξέχασε ανοιχτό.

«Μπα, δε νομίζω να το έκανε αυτό. Είναι πολύ νοικοκύρης».

«Τότε, αν ανησυχείς, πάμε πέντε λεπτά να σου φύγει η περιέργεια».

Βγήκαμε έξω, πήραμε το αυτοκίνητο και τραβήξαμε για του Αναστάση. Μόλις βρεθήκαμε ακριβώς έξω από την πόρτα του, δίστασα προς στιγμή, αλλά τελικά χτύπησα δειλά. Ο Αναστάσης άνοιξε και γούρλωσε τα μάτια του αντικρίζοντάς μας,

«Παιδιά, τι ευχάριστη έκπληξη! Αριάδνη, πόσο χαίρομαι που σε βλέπω και πάλι».

«Και γω χαίρομαι πάρα πολύ κύριε Αναστάση».

«Αναστάση, είδα το φως αναμμένο και ανησύχησα. Γι' αυτό και ήρθαμε τέτοια ώρα και να μας συγχωρέσεις».

«Είδες Αριάδνη πόσο μ' αγαπάει ο Λουκάς; Τέτοια παλικάρια σπανίζουν στις μέρες μας».

«Αϋπνίες είχες;»

«Κάθομαι σκοπιά μήπως και αντιληφθώ κάτι μέσα στη νύχτα».

«Τι;» ρώτησε η Αριάδνη με αφέλεια.

«Τίποτα! Είναι ένα αστείο που λέμε μεταξύ μας, όταν δε μας πιάνει ύπνος» διέκοψα άκομψα για να μη τρομάξουμε άδικα την κοπέλα. Δεν ήταν ώρα για ιστορίες με λύκους.

«Ε, ναι. Απλώς, δεν είχα ύπνο και καθόμουν μπροστά στο τζάκι» συμπλήρωσε αμήχανα ο Αναστάσης.

Η Αριάδνη αφοσιώθηκε στο να παρατηρεί το γραφικό εσωτερικό του σπιτιού.

«Εσύ κοπέλα μου, πώς και έτσι από τα μέρη μας;»

«Θα με φιλοξενήσουν τα παιδιά στο φυλάκιο».

«Δεν είστε με τα καλά σας! Πώς θα μείνεις εκεί, εσύ ένα μπουμπούκι, με τόσους μαντραχαλάδες;»

«Θα στριμωχτούμε λίγο στο κρεβάτι μου, αλλά θα τη βγάλουμε τη νύχτα», απάντησα αγκαλιάζοντας το "μπουμπούκι".

«Ασφαλώς όχι, δεν το επιτρέπω! Είστε νέοι και από τα μάτια σας διακρίνω πως γεννιέται ένας έρωτας μεγάλος μεταξύ σας. Σας χρειάζεται χώρος!» μας αιφνιδίασε. Η Αριάδνη χαμογέλασε και κατέβασε ταπεινά το πρόσωπό της. Σίγουρα θα είχε ντραπεί, όπως και εγώ.

«Λοιπόν, θα πάω εγώ να κοιμηθώ στο κρεβάτι σου Λουκά και εσείς θα μείνετε εδώ στο σπίτι μου».

«Όχι, Αναστάση! Δε θα σε ξεσπιτώσουμε κιόλας!»

«Θα πάω εγώ στο φυλάκιο είπα και εσείς θα κοιμηθείτε εδώ μόνοι σας. Εξάλλου και εγώ στρατιώτης νιώθω! Ίσα – ίσα που θα χαρώ να κοιμηθώ εκεί και φαντάζομαι την έκπληξη του Γιώργου, μόλις με δει το πρωί απέναντί του! Η διαπραγματεύσεις έλαβαν τέλος» αποφάσισε με αυταρχικό ύφος.

Κοιταχτήκαμε με την Αριάδνη. Έκανε έναν μορφασμό που υπονοούσε ότι δε γινόταν διαφορετικά. Μόλις άρχισε να κατακάθεται στο μυαλό μου η ιδέα του Αναστάση, εκτός από γενναιόδωρη μου φάνηκε και θαυμάσια. Ο Αναστάσης μας κατατόπισε για τα μέρη όπου υπήρχαν σκεπάσματα, μαξιλάρια και σεντόνια, μας πρότεινε αν θέλαμε να χρησιμοποιήσουμε και δυο πανέμορφες παραδοσιακές κουβέρτες και τοποθέτησε επιπλέον ξύλα στο τζάκι φουντώνοντας τη φωτιά.

«Τώρα είστε έτοιμοι να το απολαύσετε και μην ανησυχείτε για μένα καθόλου. Το θεωρώ χαρά μου να σας παραχωρήσω το σπίτι».

Τον ευχαρίστησα μέσα από τα βάθη της καρδιάς μου γι' αυτή την άκρως απλόχερη προσφορά του.

«Να λες ευχαριστώ στους ξένους. Όμως, εμείς δεν είμαστε ξένοι».

Έτεινε το χέρι του και με την παλάμη του με χάιδεψε με ένα πατρικό άγγιγμα στο κεφάλι. Βγήκε και έκλεισε την πόρτα. Χάρη στον καλόψυχο αυτό άνθρωπο, μείναμε ολομόναχοι σε έναν ζεστό όμορφο χώρο. Ίσως τελικά να γίνονται ακόμα θαύματα!

Η Αριάδνη με κοίταξε με ένα πονηρό χαμόγελο σχηματισμένο στα μεταξένια της χείλη. Εγώ αντίθετα προσπάθησα να φανώ σοβαρός μήπως και καταχωνιάσω κάπου την απερίγραπτη χαρά μου. Ξαπλώσαμε πάνω στη φλοκάτη μπροστά από το τζάκι αγκαλιασμένοι, ώσπου ξεκίνησε ένας ατελείωτος γύρος από φλογερά φιλιά, τα οποία ήταν πιο καυτά και από την πυρά μέσα στο τζάκι! Ένιωσα μια ηλεκτρική εκκένωση από το χάιδεμά της στο κορμί μου. Στιγμές αργότερα, πάνω στην έξαψη του πάθους, με μια λεπτεπίλεπτη κίνηση, αποδεσμεύτηκε από το φόρεμά της. Έμεινα εμβρόντητος να παρατηρώ με ανοιχτό το στόμα το γυμνό θεσπέσιο και καλλίγραμμο κορμί της. Είχε χρώμα δέρματος λευκό σαν πορσελάνη και ο καλοσχηματισμένος αφαλός της έμοιαζε με πιπεράτο κάλυκα! Η νύχτα προμηνυόταν ιδιαιτέρως θερμή!

XIII

Ξύπνησα εξαιτίας των ηλιαχτίδων που περνούσαν μέσα από τα παραθυρόφυλλα. Είχα την αίσθηση πως η αυγή διαδέχτηκε τη νύχτα με μεγάλη βιασύνη. Πήγα στο παράθυρο και διέκρινα μια λεπτή άλικη κορδέλα που έζωνε τον ορίζοντα. Ο νεογέννητος πυρακτωμένος ήλιος έκανε τα πάντα να αστράφτουν, ενώ η σκόνη ταξίδευε μέσα στο φως του. Είχαμε κοιμηθεί μπροστά από το τζάκι, που ακόμα σιγόκαιγε. Η ατμόσφαιρα ήταν τόσο θερμή μέσα στο σπίτι, ώστε και ημίγυμνος να σκάω.

Κάθισα στην απέναντι καρέκλα και παρατηρούσα την Αριάδνη. Το αγγελικό της πρόσωπο έμοιαζε τόσο γαλήνιο καθώς κοιμόταν. Μα ήταν δυνατόν να υπάρχει ένα τέτοιο υπέροχο πλάσμα και μάλιστα να μου έχει δοθεί ολοκληρωτικά; Και όμως ήταν! Σκέφτηκα ότι η τύχη μου είχε παίξει ένα θαυμάσιο παιχνίδι και με είχε ανταμείψει απλόχερα. Δεν ήμουν καθόλου σίγουρος για ποιον λόγο. Για το μόνο που ήμουν, ήταν η αίσθηση ότι με περίζωνε ένας άκρατος ενθουσιασμός, μια έξαρση που άγγιζε τα όρια της παρά-

ΧΡΗΣΤΟΣ Ι. ΜΠΑΡΜΠΑΓΙΑΝΝΙΔΗΣ

νοιας! Όμως, δε θα καθόμουν να το σκαλίσω παραπάνω. Για μια φορά ας εκμεταλλευόμουν αυτή την εύνοια δίχως λογική και εμβριθείς στοχασμούς.

Ετοίμασα πρωινό με ό,τι υλικά μπόρεσα να βρω, έφτιαξα καφέδες και ανέμενα τη νεράιδα να ξυπνήσει. Έπειτα από λίγο άρχισε να τεντώνεται σαν γατί και να με κοιτάζει χαμογελώντας με τα μεγάλα αμυγδαλωτά της μάτια.

«Σου ετοίμασα πρωινό».

«Ναι, το κατάλαβα, αφού ξύπνησα από τους θορύβους στην κουζίνα» πέταξε ενώ χασμουριόταν.

«Πες και ένα ευχαριστώ»

«Ήταν η πιο γλυκιά φασαρία που έχω ακούσει!»

Σηκώθηκε και προχώρησε γυμνή κατά πάνω μου. Τύλιξε το λαιμό μου με τα χέρια της και μου έδωσε ένα φιλί.

«Σ' ευχαριστώ. Ήταν η ωραιότερη νύχτα της ζωής μου». Κόντεψα να ουρλιάξω από χαρά!

Όσο την παρακολουθούσα με λαιμαργία, αυτή άρχισε να ντύνεται. Μόλις τελείωσε, πήγε στο μπάνιο να φρεσκαριστεί, ενώ εγώ έστρωνα το τραπέζι. Όταν τελείωσα, σκέφτηκα να τηλεφωνήσω στο φυλάκιο. Πήγα πάνω από τη συσκευή και σχημάτισα τους αριθμούς. Με το πρώτο χτύπημα κάποιος το σήκωσε. «Φυλάκιο Βροντερού, παρακαλώ;»

«Ποιος είναι εκεί; Εδώ Λάσκαρης».

«Καζώνης. Πού είσαι εσύ; Δε πιστεύω να είσαι σκαστός;»

«Χαλάρωσε, στο σπίτι του Αναστάση είμαι. Αν είναι ο Σούλιος ή ο Σανιδάς εκεί κοντά, δώσε μου έναν». Άφησε το ακουστικό και περίμενα για λίγη ώρα.

«Λάσκαρη, όλα καλά φίλε;»

«Καλημέρα Διονύση. Είχαμε κανένα πρόβλημα;»

«Μη στεναχωρηθείς που η απουσία σου πέρασε απαρατήρητη!»

«Είχα μια σκασίλα! Ο Αναστάσης πού είναι;»

«Στην κουζίνα με τον Σούλιο, παίζουν τάβλι και γίνεται χαμός! Ο Σούλιος, ως συνήθως, δεν έχει πάρει παρτίδα και είναι σκασμένος! Καταλαβαίνεις...»

«Εντάξει, θα τα πούμε πιο μετά».

«Όλα καλά με την Αριάδνη;»

«Τέλεια!»

«Μπήκα στο νόημα! Καλά λοιπόν, θα τα πούμε αργότερα».

Έκλεισα το ακουστικό και στρώθηκα στο τραπέζι, αφού και η Αριάδνη βγήκε από το μπάνιο. Φάγαμε με πολλή όρεξη και πήρα τα εύσημα για τις ικανότητές μου. Της υπενθύμισα ότι έζησα πολλά χρόνια μόνος και, θέλοντας και μη, τα κατάφερνα μια χαρά στις απαιτήσεις τις κουζίνας.

«Το μόνο θέμα που έχω, είναι πώς θα επιστρέψω στη Φλώρινα» μου εκμυστηρεύτηκε με μπουκωμένο το στόμα της.

«Έλα, μη σ' ανησυχεί. Θα σε πάω με κάποιο τρόπο. Αλήθεια, γιατί να φύγεις; Δε μένεις μερικές ημέρες μαζί μου;»

«Θα το ήθελα όσο τίποτα άλλο, αλλά πρέπει αύριο να είμαι στη σχολή».

«Είναι απαραίτητο αυτό;»

«Φυσικά και είναι! Πώς θα πάρω το πτυχίο μου διαφορετικά;»

«Τουλάχιστο να φύγουμε αργά το απόγευμα, δέχεσαι;»

«Αυτό το δέχομαι. Έχεις κάτι στον νου;»

«Σκέφτομαι να επισκεφτούμε το νησάκι του Αγίου Αχίλλειου. Είναι πολύ γραφικό».

«Ωραία ιδέα. Εγώ δεν αξιώθηκα να το επισκεφτώ ακόμα, επειδή έρχομαι στην περιοχή μόνο για δουλειά».

«Ας κάνουμε λοιπόν και λίγο τουρισμό, αφού πρώτα τακτοποιήσουμε το σπίτι και το αφήσουμε όπως το βρήκαμε».

Έτσι λοιπόν, μόλις τελειώσαμε το πρωινό μας, ξεκινήσαμε να συμμαζεύουμε το τραπέζι, τα σκεπάσματα και ό,τι άλλο είχαμε αφήσει σε εκκρεμότητα. Όταν ολοκληρώσαμε τη διαδικασία, γέμισα με μερικά κούτσουρα το τζάκι για να μη χαθεί η θερμότητα από το σπίτι, ώστε ο Αναστάσης να μη βρει την ατμόσφαιρα παγωμένη.

Κλειδώσαμε και πήραμε το αυτοκίνητο, κατευθυνόμενοι καταρχάς για το φυλάκιο. Μόλις πατήσαμε το πόδι μας στην είσοδο, δυνατές φωνές και πυκνά γέλια έζωσαν το περιβάλλον. Αν διέκρινα ξεκάθαρα, οι κραυγές ανήκαν στον Σούλιο. Στην κουζίνα, στο μεγάλο τραπέζι, το παιχνίδι φαινόταν να έχει ανάψει. Μαζεμένοι οι περισσότεροι παρακολουθούσαν το ντέρμπι στο τάβλι μεταξύ Αναστάση και Σούλιου. Είμαι σίγουρος πως το ενδιαφέρον των θεατών δεν αναλωνόταν τόσο στον αγώνα, όσο στις νευρικές και διασκεδαστικές αντιδράσεις, για αυτούς, του Σούλιου. Ήταν ίσως ο χειρότερος παίχτης που είχα γνωρίσει, αλλά ο πιο πεισματάρης και ξεροκέφαλος, που δεν παραδεχόταν ποτέ την ανικανότητά του.

Η παρτίδα είχε φτάσει, απ' ότι κατάλαβα, σε μια κρίσιμη καμπή με τους παρευρισκόμενους να ενθαρρύνουν τον Σούλιο και να τον προτρέπουν να κινεί τα πούλια σύμφωνα με τη δική τους βούληση. Αντίθετα, ο Αναστάσης έδειχνε άνετος και καλλιτέχνης, μια που έπαιζε το παιχνίδι εδώ και δεκαετίες. Η παρουσία μας πέρασε σχεδόν απαρατήρητη.

Τα αίματα άναψαν από πλευράς Σούλιου, ο οποίος πίστεψε για μια στιγμή πως μπορούσε να κερδίσει την παρτίδα. Ο Αναστάσης με ηρεμία και με το χαμόγελο στα χείλη, με μαεστρικές κινήσεις αποτελείωνε τον ανυποψίαστο αντίπαλο. Η παρτίδα τελείωσε! Ο Σούλιος έπιασε το τάβλι και το πέταξε για άλλη μια φορά στο πάτωμα βρίζοντας θεούς και δαίμονες! Το γέλιο και η ευφορία που προκάλεσε στους υπόλοιπους οπλίτες δεν περιγράφεται! Ακόμα και η Αριάδνη, μέσα στο ξάφνιασμά της, γέλασε με την ψυχή της. Φυσικά η αιτία της ήττας σύμφωνα με τον Σούλιο ήταν η κακοδαιμονία του στα ζάρια. Τα έβαλε με την τύχη του, αλλά μόλις ηρέμησε έδωσε το χέρι του στον Αναστάση αποδεχόμενος την ήττα του.

«Σου είπα ότι δε θα σε λυπηθώ».

«Καλά τώρα! Έφερες εφτά φορές εξάρες! Ας είχα και γω το ζάρι σου και θα τα λέγαμε» γκρίνιαξε ο μπαρουτιασμένος Σούλιος.

Επιτέλους επικράτησε γαλήνη και ήρθε η ώρα για το καλωσόρισμά μας. Έκανα και τις συστάσεις σε όσους δε γνώριζαν την Αριάδνη. Ζήτησα παράταση για την "ενοικίαση" του αυτοκινήτου από τον Αναστάση ως το βράδυ. Δεν έφερε την παραμικρή αντίρρηση, αντιθέτως με μάλωσε που συνεχώς ρωτάω τα αυτονόητα!

«Σου είπα ότι είστε σαν παιδιά μου. Τα δικά μου πράγματα είναι και δικά σας!»

Μας αποχαιρέτησε ευγενικά και αναχώρησε με τα πόδια για το σπίτι του. Παραγγελία να τον είχαμε αυτό τον άνθρωπο! Τέτοια αγάπη δε θα εισπράτταμε από πουθενά! Μεγάλη η τύχη μας να τον έχουμε γνωρίσει σ' αυτή τη γωνιά της χώρας. Με το χέρι στην καρδιά, θα τον χαρακτήριζα ως άγγελο που μας παρείχε, αδιάλειπτα, χείρα βοηθείας.

Ενημέρωσα τον δόκιμο ότι θα λείψω και για το υπόλοιπο της ημέρας και πήρα τη σχετική έγκριση. Αποφασίσαμε με την Αριάδνη να πάμε πρώτα στον Άγιο Αχίλλειο και χωρίς πίεση χρόνου να πάμε με το πάσο μας προς τη Φλώρινα αργά το απόγευμα. Φτάνοντας στην έξοδο του κτηρίου, ο Καζώνης μας πλησίασε με εκείνο το γνωστό αγριωπό και εμετικό ύφος που συνήθως είχε. Από πίσω του, σαν ουρά του, ο Γαρούφαλος τον ακολούθησε.

«Ωραίες παρουσίες έχουμε σήμερα» επισήμανε δήθεν αφηρημένα στον Γαρούφαλο.

«Ναι» συμφώνησε εκείνος τρέχοντας τα σάλια του.

«Λάσκαρη, γιατί δε μας συστήνεις στην αδελφή σου;» παραπονέθηκε με κακή ηθοποιία ο Καζώνης.

«Δεν είναι αδελφή μου».

«Με συγχωρείς, τότε είναι ξαδέλφη σου ή μήπως ανιψιά σου;»

«Καζώνη, κοίτα τη δουλειά σου και άσε τις εξυπνάδες».

«Είμαι η κοπέλα του! Ησύχασες τώρα;» απάντησε εκνευρισμένη η Αριάδνη.

«Κοπελιά μου, έλα μέσα στο θάλαμο να σου δείξω τι σημαίνει αληθινός άντρας και άσε τον ψόφιο τον Λάσκαρη!»

Δεν κατάλαβε από που του ήρθε αυτή η "οβίδα", η οποία προωθήθηκε από τον ώμο μου, κατευθύνθηκε προς τη γροθιά μου και κατέληξε μεγαλοπρεπώς στο αριστερό του μάτι. Ούτε εγώ όμως αντιλήφθηκα πώς σηκώθηκε στη συνέχεια το δεξί μου γόνατο και χάιδεψε, ομολογώ κάπως βιαίως, το στομάχι του, με αποτέλεσμα να σωριαστεί στο πάτωμα. Εύκολα, γρήγορα και προπαντός αναίμακτα ήταν κάτω στα πόδια μου και θα έλεγα ότι είχε τη στάση των προσκυνητών, όπως ακριβώς κάνουν, όταν βρίσκονται σε ιερούς χώρους!

«Εσύ Γαρούφαλε επιθυμείς να πάρεις τη δόση σου;» ρώτησα με ένα σαρδόνιο χαμόγελο.

Τρέμοντας, εξαφανίστηκε προς τον θάλαμο αποδεικνύοντας πόσο δειλός ήταν. Ο Καζώνης, σερνόμενος και βογκώντας, δεν ήξερε τι να πρωτοπιάσει, το κεφάλι του ή την κοιλιά του.

«Θα μου το πληρώσεις Λάσκαρη» με απείλησε με τρεμάμενη φωνή.

«Ασφαλώς, και θα σε περιμένω με χαρά και ανυπομονησία».

Σηκώθηκε και έτρεξε προς την κουζίνα. Τον άκουσα να ρωτά πού έχει πάγο να βάλει στο μάτι του. Δευτερόλεπτα ύστερα μαζεύτηκε όλο το φυλάκιο στον διάδρομο. Ο δόκιμος έτρεξε ανήσυχος και ήθελε να μάθει για λεπτομέρειες. Οι μόνοι αυτόπτες μάρτυρες, εκτός την Αριάδνη ήταν ο λιγόψυχος Γαρούφαλος και ο Μπάκας που παρακολούθησε τη σκηνή, επειδή καθόταν στο σαλόνι. Ο Σούλιος χαμογελούσε πονηρά και μου έκανε νοήματα, για να μάθει τι ακριβώς συνέβη.

Στήθηκε δικαστήριο στο σαλόνι, με τον δόκιμο να παίρνει τον ρόλο του δικαστή. Ο Καζώνης ισχυρίστηκε πως αστειευόταν και δεν κατάλαβε τι με είχε πειράξει. Σε αυτό συνέπραττε και ο Γαρούφαλος. Αντίθετα, ο Μπάκας τόνισε ότι θα ενεργούσε ακριβώς με τον ίδιο τρόπο. Εγώ δεν μπήκα σε λεπτομέρειες και δικαιολογήθηκα απλώς ότι πρόσβαλε και εμένα και την Αριάδνη.

Η απόφαση του δόκιμου ήταν άμεση: για δυο εβδομάδες, εναλλάξ, θα ήμασταν υπηρεσία στην καθαριότητα του κτηρίου, αρχής γενομένης από εμένα αύριο. Η σύναξη διαλύθηκε, ενώ εξηγούσα στους τρεις φίλους μου τι συνέβη, με τον Σούλιο να μου δίνει συγχαρητήρια και λέγοντας ότι έπρεπε να τις φάει περισσότερο. Ο ευμεγέθης Μπάκας με πλησίασε. «Εντυπωσιάστηκα από την ταχύτητα και την τεχνική σου! Σίγουρα γνωρίζεις από πολεμικές τέχνες».

«Μόνο κάτι λίγα. Όμως, προτιμώ να λύνω τις διαφορές με διάλογο».

Έσκυψε προς το αυτί μου και μου είπε διστακτικά:

«Βρήκες άνθρωπο για να συζητήσεις!»

«Μα εγώ νόμιζα ότι είστε φίλοι!»

«Απλώς παρακολουθούμε μαζί τηλεόραση. Δε νομίζω πως αυτό μας κάνει και κολλητούς».

Η Αριάδνη έμοιαζε πικραμένη, καθώς έγινε η αιτία να λάβει χώρα αυτός ο καυγάς. Την πήρα έξω και της ζήτησα συγγνώμη.

«Μη ζητάς συγγνώμη. Πολύ καλά έκανες! Όμως τέτοια γεγονότα με θλίβουν». Με αγκάλιασε και με φίλησε.

«Ώστε είσαι η κοπέλα μου; Ή μήπως δεν άκουσα καλά;»

«Μετά τα χθεσινοβραδινά, δε μας λες και απλούς φίλους! Εκτός αν το μετάνιωσες;»

«Τρελή είσαι;»

Την έσφιξα μέσα στην αγκαλιά μου. Από την πρώτη στιγμή που την είχα δει, η καρδιά μου σπαρταρούσε. Έδειξα δείγμα για το τι θα μπορούσα να πράξω για να την προστατέψω. Κυριαρχούσε στο μυαλό μου και έδωσα υπόσχεση στον εαυτό μου να μη μετριάσω αυτή την εξουσία που ασκούσε στη καρδιά μου. Θα άφηνα ανεξέλεγκτη την όμορφη αυτή κατάσταση, χωρίς ίχνη λογικής. Δε θα ζύγιζα ούτε τα υπέρ ούτε τα κατά. Ο αέρας εδώ πάνω με είχε απελευθερώσει από τις λαβίδες του ορθολογισμού. Για πρώτη φορά ένιωθα τόσο ελεύθερος και ευτυχισμένος. Δε θα κατέστρεφα αυτά τα συναισθήματα για κανέναν λόγο.

Αποχαιρετήσαμε τους συναδέλφους μου και ετοιμαστήκαμε για την αναχώρησή μας. Οδηγώντας προσεχτικά, παράλληλα συζητούσα μαζί της επί παντός του επιστητού. Ήθελα να γνωρίσω όσα περισσότερα για αυτήν. Με ενημέρωσε ότι έχει έναν αδελφό δυο χρόνια μικρότερό της. Της αφηγήθηκα και εγώ για τα δικά μου αδέλφια ευτράπελες ιστορίες. Με ρώτησε επίμονα για τη ζωή στις Ηνωμένες Πολιτείες και με παραστατικό τρόπο της αφηγήθηκα για το πώς πήγα και πώς έζησα εκεί. Αντιλήφθηκα ότι τη διακατείχε άγχος για το συγκεκριμένο ζήτημα. Βεβαίως, δε μου το εκμυστηρεύτηκε, αλλά από τα μάτια της το έβλεπα και το καταλάβαινα. Ίσως φοβόταν ότι θα επέστρεφα εκεί. Ούτε και γω ο ίδιος δεν είχα ιδέα για το τι μου επιφύλασσε το μέλλον.

Μ' αυτά και μ' αυτά φτάσαμε στην ακρολιμνιά απέναντι από τον Άγιο Αχίλλειο. Αφήσαμε το αυτοκίνητο στο χώρο του παρκινγκ και αποβιβαστήκαμε. Παρόλο το κρύο, η κυριακάτικη αυτή μέρα ήταν ηλιόλουστη και με αρκετούς επισκέπτες.

Πλησιάσαμε τη γέφυρα που ενώνει τη στεριά με το νησί. Δε θα είχε πάνω από δυο χρόνια που κατασκευάστηκε και έδωσε μεγάλη ανάσα στους λιγοστούς μόνιμους κατοίκους. Κάποτε ήταν αναγκασμένοι να πηγαινοέρχονται με τις βάρκες και, όταν πάγωνε η λίμνη για τα καλά, τη διασχίζανε με τα πόδια κάτι που εγκυμονούσε τεράστιους κινδύνους, αφού ανά πάσα στιγμή θα μπορούσε ο πάγος να σπάσει με τις αυτονόητες συνέπειες που αυτό συνεπάγεται. Έτσι λοιπόν η γέφυρα αυτή των οχτακοσίων μέτρων ήταν ό,τι πιο ζωτικό για αυτούς τους ανθρώπους.

Ανεβήκαμε πάνω στη ξύλινη πλωτή γέφυρα και προχωρούσαμε αργά απολαμβάνοντας το τοπίο. Δεν ήταν λίγες οι φορές που αντιλαμβανόμασταν το ανεπαίσθητο κούνημά της. Σταματήσαμε για λίγο κάπου στο μέσο της και ακουμπήσαμε στο προστατευτικό κάγκελό της.

Η Μικρή Πρέσπα είχε σχεδόν ξεπαγώσει, αλλά σε κάποια σημεία παρατηρούσαμε ατόφια κομμάτια πάγου. Ειδικά τη νύχτα, με θερμοκρασίες αρκετά κάτω του μηδενός, πάγωνε σε μεγαλύτερη έκταση. Το νερό είχε το χρώμα του ατσαλιού, σκούρο γκρι σκεπασμένο με λευκούς αφρούς, καθώς πάφλαζε γλυκά στις δαντελωτές ακτές. Πριν δεκάδες χιλιάδες χρόνια οι δυο λίμνες ήταν ενωμένες σχηματίζοντας μια τεράστια λίμνη. Αργότερα διασπάστηκαν, ωστόσο η στάθμη της Μεγάλης βρίσκεται πάντα χαμηλότερα απ' αυτή της Μικρής ένα με δύο μέτρα, ανάλογα βέβαια και με τις εποχές του έτους. Επίσης, ενημέρωσα την Αριάδνη ότι παλαιότερα οι λίμνες ονομάζονταν Μικρή και Μεγάλη Βρυγηίς.

Τα μολυβί θολά νερά της προσέδιδαν μια αίσθηση μυστηρίου σε όλο του το μεγαλείο. Σε υψόμετρο 856 μέτρων, με μέγιστο μήκος τα 13.6 χιλιόμετρα και εμβαδόν 43 τετραγωνικά χιλιόμετρα ανήκει, με εξαίρεση ένα μικρό τμήμα στο νότιο άκρο της, στο ελληνικό κράτος. Οι ακτές της, όπου δεν είναι απότομες και βραχώδεις, είναι σπαρμένες με καλαμώνες. Ασφαλώς και αποτελεί έναν από τους σημαντικότερους υγροτόπους, διεθνούς σημασίας σύμφωνα με τη συνθήκη Ραμσάρ και βέβαια είναι η καρδιά του εθνικού δρυμού Πρεσπών. Τα νερά της προσφέρουν πολλά στους ντόπιους και χρησιμοποιούνται για ύδρευση, άρδευση, αλιεία και φυσικά για αναψυχή και τουρισμό.

Παρακολουθούσαμε μαγεμένοι το πλήθος των πουλιών που πλατσούριζαν αμέριμνα γύρω και μέσα στους καλαμώνες. Οι εκκωφαντικές κραυγές τους μας ξεκούφαιναν, αλλά αυτοί οι ήχοι της φύσης είναι που έχουν τη μέγιστη αξία. Όλο αυτό το σούσουρο ήταν ένα θαύμα συνήχησης και αρμονίας! Αμέτρητα πουλιά απογειώνονταν σαν ένα πέπλο που κάλυπτε το φως του ήλιου και ακόμα περισσότερα βουτούσαν κάτω από τα νερά. Έπειτα από λίγο αναδύονταν από κάποιο άλλο σημείο της λίμνης, συνήθως με ένα ψαράκι στο ράμφος τους ως έπαθλο.

Την προσοχή και τον θαυμασμό μας τον προσέλκυσαν κυρίως και δικαιολογημένα οι αποικίες των αργυροπελεκάνων και των ροδοπελεκάνων. Όμως δε μας θάμπωσαν λιγότερο και οι περήφανοι ερωδιοί καθώς και οι φωνακλάδες κορμοράνοι.

Στα παρυδάτια δάση διαβιούν κάποια από τα πιο σπάνια θηλαστικά, όπως οι δεινές κολυμβήτριες βίδρες, ενώ όπως ήδη αντιληφθήκαμε και από τη διαμονή μας στο φυλάκιο στα γύρω βουνά κυκλοφορούν αρκούδες, λύκοι, ζαρκάδια και αλεπούδες. Πολλές φορές από την Αλβανία επισκέπτεται την περιοχή και ο, σχεδόν μυθικός, λύγκας.

Ας έβλεπα στη φύση ένα τέτοιο ζώο και δεν ήθελα τίποτα άλλο απ' τη ζωή μου!

Μόλις πατήσαμε το πόδι μας στο νησί, μας έκαναν εντύπωση οι παλιές παραδοσιακές βάρκες, οι οποίες ήταν αραγμένες στη σειρά και ουσιαστικά καλωσόριζαν τον επισκέπτη. Εκεί πάνω σε μια από αυτές, ένας ηλικιωμένος άντρας την επιδιόρθωνε. Αφού τον χαιρέτισα τον ρώτησα σχετικά για τη βάρκα που πάλευε να σιάξει. Μου εξήγησε ευγενέστατα ότι αυτές οι βάρκες είναι καινούριες. Μου έδειξε προς τα νότια του νησιού και αντικρίσαμε από μακριά, τις παλαιού τύπου λέμβους. Μας οδήγησε προς τα εκεί και διαπιστώσαμε πως ήταν σε αχρηστία. Είχαν όμως τεράστιο λαογραφικό ενδιαφέρον. Αυτές οι πλάβες, όπως ονόματισε αυτά τα μονόξυλα, κατασκευάζονταν από ένα μεγάλο και ευθύ κορμό βελανιδιάς και είχαν μήκος τρία – τέσσερα μέτρα. Η πλώρη τους ήταν στενότερη και μυτερή. Τα χρησιμοποιούσαν μέχρι τη δεκαετία του '60 και μόνο δίπλα στην ακτή, επειδή ήταν ασταθείς.

Λίγο πιο εκεί προσέξαμε ένα άλλο είδος βάρκας που έπλεε και αυτό παλαιότερα στη λίμνη. Είχε μήκος εφτά μέτρα και στο κάτω μέρος βρίσκονταν παράλληλα τοποθετημένοι φλοιοί πεύκων που ενώνονταν κατά μήκος. Η πλώρη και η πρύμνη είχαν ευθύ σχήμα. Αφού ενημερωθήκαμε για τις παραδοσιακές βάρκες και αποχαιρετίσαμε τον συμπαθέστατο γέροντα, προχωρήσαμε προς το κέντρο του νησιού, περνώντας μέσα από τις παραδοσιακές κατοικίες.

Βαδίζαμε επιτέλους μέσα στον Άγιο Αχίλλειο που απέχει 60 χιλιόμετρα από τη Φλώρινα και 65 από την Καστοριά και βρίσκεται κυριολεκτικά μέσα στη Μικρή

Πρέσπα. Ο ομώνυμος οικισμός αποτελείται από έντεκα σπίτια, αφού όπως θρυλείται σύμφωνα με την παράδοση, αν γίνουν περισσότερα, κάποιο θα γκρεμιστεί. Αξιοσημείωτος και γεμάτος μυστήριο θρύλος! Οι κάτοικοι ασχολούνται, με τι άλλο, με την αλιεία, την κτηνοτροφία και τον τουρισμό και για του λόγου το προφανές δίπλα μας έβοσκαν ανέμελα αρκετές αγελάδες που άφηναν μια χαρακτηριστική ευωδιά κοπριάς! Πάντως, καλύτερη και υγιέστερη από το να αναπνέεις διοξείδιο του άνθρακα σε κάποια μεγαλούπολη!

Αφήσαμε πίσω μας τον οικισμό και σε κοντινή απόσταση προσεγγίσαμε τα ερείπια της τρίκλιτης βασιλικής του Αγίου Αχιλλείου, η οποία χρονολογείται από τον 10° αιώνα. Στην εκκλησία αυτή βρίσκεται και ο τάφος του Αγίου Αχιλλείου. Εδώ μετέφερε ο Βούλγαρος τσάρος Σαμουήλ από την πόλη της Λάρισας το λείψανο του επισκόπου της, Αγίου Αχιλλείου, γύρω στο 980 με 985μ.Χ. Ήταν μια τρίκλιτη ξυλόστεγη, που βέβαια πλέον είναι ερειπωμένη, με νάρθηκα και αποτέλεσε για πέντε αιώνες μια από τις μεγαλύτερες βασιλικές του ελλαδικού χώρου.

Περπατήσαμε στα ερείπια και θαυμάσαμε την περίτεχνη αρχιτεκτονική συντροφιά με αρκετές παρέες επισκεπτών, οι οποίοι τραβούσαν φωτογραφίες τα αξιοσημείωτα σημεία αυτού του παμπάλαιου ναού. Τα έντομα ζουζούνιζαν και τερέτιζαν, ενώ δειλά τα πρώτα αγριολούλουδα, στο τέλος του χειμώνα, ήδη φορούσαν τα ανοιξιάτικά τους.

Στη συνέχεια επισκεφτήκαμε και ένα άλλο αξιόλογο θρησκευτικό μνημείο, το μοναστήρι της Παναγίας Πορφύρας που χρονολογείται από τις αρχές του $16^{ου}$ αιώνα. Σίγουρα ένα από τα χαρακτηριστικά των κατοίκων της περιοχής ήταν η θεοσέβειά τους, αφού υπήρχε πλήθος μικρών εκκλησιών. Σε παλαιότερες εποχές όλο το νησί ήταν ένα κάστρο κάτι που διαφαίνεται και από τη γεωμορφία του.

Αφού τριγυρίσαμε για αρκετή ώρα το καταπράσινο νησί και σουλατσάραμε στην παρόχθια ατραπό, ακούγοντας τον αδιάκοπο φλοίσβο των κυμάτων, στο τέλος ανεβήκαμε στον ψηλό λόφο που δεσπόζει στο κέντρο του. Από εκεί πάνω μας δινόταν η δυνατότητα να επισκοπούμε όλο το οικοσύστημα, με τη μαύρη ρυτιδωμένη επιφάνεια της λίμνης να λαμπυρίζει κάτω από τα μάτια μας. Καθίσαμε σε ένα παγκάκι με το βλέμμα μας προς το νότιο μέρος.

Η Αριάδνη θρονιάστηκε πάνω στα πόδια μου και με αγκάλιασε σφιχτά, έγειρε το κεφάλι της στο λαιμό μου και έκλεισε γαλήνια τα μάτια της. Την κοίταξα στρίβοντας το κεφάλι μου και στη συνέχεια απόλαυσα και πάλι τη θέα της λίμνης. Ποιο από τα δυο θεάματα ήταν πιο ευχάριστο; Τι με ένοιαζε! Είχα και τα δυο μπροστά στα μάτια μου και το ευχαριστιόμουν! Πραγματικά αυτή η γυναίκα, παρόλη την ανεπιτήδευτη αθωότητα που ανέδυε, δημιουργούσε μια ευχάριστη μειωμένη ελλειμματική λειτουργία στον εγκέφαλό μου! Ήταν η βασίλισσα που είχε θρονιαστεί στο μυαλό μου! Το μόνο που με διέπνεε ήταν μια παραδείσια τέρψη και ένας περίβολος πραότητας!

Δεν συζητήσαμε, σχεδόν, το παραμικρό. Ταξιδεύαμε με τον νου μας, χωρίς αυτό το ταξίδι φαντασίας να προσκρούει σε εμπόδια και αντιξοότητες. Βυθισμένος σε ευχάριστους διαλογισμούς, αγνάντευα τα γύρω βουνά τα οποία έβριθαν από τον πράσινο μανδύα των οξιών, των δρυών και των σημύδων. Τα υγρά λιβάδια, με τη χαμηλή υγρόφιλη βλάστηση, προσέδιδαν μια πινελιά εκθαμβωτική στο μάτι του επισκέπτη.

Ένας κόσμος ξεχωριστός, ένας κόσμος παρθένος, ένας παράδεισος που δεν έπρεπε επ' ουδενί να καταστραφεί. Είχε κάτι το μοναδικό αυτός ο τόπος. Σε ξελόγιαζε, σε μάγευε. Ήταν ένας μοναδικός γητευτής των ανθρώπινων παθών που σαγήνευε ακόμα και την πιο τραχιά και στριμμένη προσωπικότητα. Σε ημέρευε, σε ξεπάστρευε από τη βρώμα που κουβαλάς μέσα σου. Ήταν το δικό μου καθαρτήριο!

Φίλησα την Αριάδνη με μια έντονη παραφορά! Τα χείλη μου μούδιασαν από την ανατριχίλα και το μούδιασμα αυτό διαπέρασε όλο το κορμί μου, έφτασε μέχρι και στα δάχτυλα των ποδιών.

«Αυτό που ζω δεν το έχω βιώσει ποτέ» ψιθύρισε.

«Όλα έγιναν τόσο ξαφνικά και αναπάντεχα μεταξύ μας που δεν έχω εξήγηση, στο κάτω – κάτω δε με απασχολεί! Όλο το ενδιαφέρον μου εξαντλείται επάνω σου. Η κάθε στιγμή μαζί σου είναι συναρπαστική και μαγική. Από την πρώτη στιγμή που σε είδα, άσκησες τέτοιο μαγνητισμό πάνω μου, που ήταν αναπόφευκτο το να δελεαστώ από τα θέλγητρά σου. Έχω τόσον ενθουσιασμό, όσο και ένα παιδάκι όταν του αγοράζουν παγωτά και καραμέλες. Τα έχω χαμένα, αλλά είναι μια γλυκύτατη απώλεια της λογικής!»

Την είδα να δακρύζει. Η μορφή της έμοιαζε θλιμμένη, αλλά δεν ήταν. Δάκρυσε από χαρά και συγκίνηση εξαιτίας των ειλικρινών συναισθημάτων που της εκμυστηρεύτηκα. Όλη αυτή κατάσταση ήταν κάτι που αντέβαινε τη μυστικοπαθή μου φύση, με απελευθέρωνε από τη μόνιμη εσωστρέφειά μου. Ο υπολογιστικός και συγκρατημένος χαρακτήρας μου καταχωνιάστηκε σε κάποια άβυσσο της ψυχής μου!

Αυτή η γυναίκα με παρέσερνε και με εκτροχίαζε από

τις συμβατές ράγες που συρόταν η αμαξοστοιχία της ζωής μου μέχρι πριν από λίγο καιρό. Δε θα σταματούσα σε κανέναν σταθμό παρά μόνο στο τέρμα, όποιο και αν ήταν αυτό. Ακόμα και αν συγκρουόμουν, αν τσακιζόμουν, θα είχα ζήσει έναν μεγάλο έρωτα. Δεν ξέρω αν είναι ο έρωτας της ζωής μου, αυτά τα πράγματα τα αντιλαμβάνεσαι όταν περάσουν τα χρόνια, όταν μεστώσεις. Κάλιο όμως να συντριβείς από κάτι που το έζησες έντονα, παρά να μαραζώσεις αργά και καταθλιπτικά, όπως τα λουλούδια τον χειμώνα. Γιατί προτιμότερο είναι να ζήσεις επικίνδυνα και να τελειώσεις απότομα, παρά από την πρώτη μέρα της ζωής σου να είσαι πεθαμένος και όταν φύγεις από αυτό το κόσμο έπειτα από πολλά χρόνια, τότε ο θάνατος θα μοιάζει με λύτρωση, θα είναι το πιο ενεργητικό κομμάτι της μίζερης ζωής σου!

Η απόφασή μου ήταν ειλημμένη: να ζήσω έντονα μετανιώνοντας για πράγματα που θα έπραττα παρά να μετανιώνω μια ζωή για όσα δεν τόλμησα να πράξω. Αυτή ήταν η μαγεία αυτού του τόπου, με απελευθέρωσε από συμβατότητες, καθωσπρεπισμό και αστική ματαιοδοξία. Δε μου άρεσε να φορώ το προσωπείο της κενόδοξης κοσμικότητας! Μου φανέρωνε πόσο σοφό και φρόνιμο είναι να είσαι ένας απλός και ταπεινός άνθρωπος. Ένα πλάσμα με χιλιάδες αδυναμίες αλλά και κάτι ζωοποιό μέσα του: την ψυχή του!

Κατευθυνθήκαμε προς τον μοναδικό ξενώνα του νησιού, ένα παραδοσιακό οίκημα, το οποίο όμως είχε και αρκετές πινελιές από τον σύγχρονο αστικό τρόπο ζωής. Ο χώρος της καφετέριας ήταν κατειλημμένος από δεκάδες επισκέπτες και μετά κόπων και βασάνων βολευτήκαμε σε μια γωνίτσα. Ήπιαμε τα καφεδάκια μας και στη συνέχεια πήραμε και μερικά παραδοσιακά μεζεδάκια τα οποία μας προκάλεσαν με τη θεσπέσια μυρωδιά τους και τη λαχταριστή εμφάνισή τους, παρακολουθώντας μια διπλανή παρέα να τα τιμάει με τη μέγιστη μεγαλοπρέπεια! Τα συνοδέψαμε με το απαραίτητο τσίπουρο, που από τότε που η ζωή μας έφερε εδώ, το υποληπτόμασταν αρκετά και του αποδίδαμε τον σεβασμό που άξιζε. Ήρθε στο μυαλό μου ο Σούλιος, ο οποίος θα το γιόρταζε με τον δικό του τρόπο.

«Αυτό που με προβληματίζει είναι η αντίδραση αυτού του Καζώνη» πήρε τον λόγο περίλυπη η Αριάδνη.

«Εσένα να σε απασχολεί η σχολή σου και...εγώ!»

«Δε μου άρεσε καθόλου, φαίνεται ύπουλος».

«Λες να μη το γνωρίζω; Αλλά και πάλι πιστεύεις ότι είμαι τόσο αδύναμος και άβουλος;»

«Κάθε άλλο, αλλά είσαι καλός άνθρωπος και οι καλοί τις πιο πολλές φορές την πατάνε!»

«Σου υπόσχομαι ότι θα είμαι προσεχτικός, να μην ανησυχείς, εντάξει;»

Έγνεψε καταφατικά το κεφάλι της και έγειρε το κορμί της προς το μέρος μου. Με γράπωσε με τα χέρια της από τον λαιμό και αφέθηκα στο υγρό φιλί της. Περιττό να πω ότι κάθε φορά που με άγγιζε αναστάτωνε όλη την ύπαρξή μου. Δεν είχα βιώσει με καμία άλλη γυναίκα αυτή την ευχάριστη ανακατωσούρα μέσα στο στήθος μου. Αναρωτιόμουν κάθε στιγμή αν όλα αυτά αντιστοιχούσαν στην πραγματικότητα ή απλώς ήταν ένα ακόμα ευχάριστο όνειρο. Μήπως θα ξυπνούσα μέσα σε έναν στρατιωτικό θάλαμο και δευτερόλεπτα έπειτα θα έτρωγα την κρυάδα; Αυτό που συμβαίνει, όταν ξυπνάς, και αναρωτιέσαι αν

είναι αλήθεια ή ψέμα και περνώντας ο χρόνος συνειδητο-
ποιείς πως για μια ακόμα φορά ο εγκέφαλος σε πλάνεψε
παίζοντάς σου ένα πονηρό παιχνίδι.

Όμως, ήμουν σίγουρος ότι όλα ήταν αληθινά. Δε θα
μπορούσε αυτό το ανάλαφρο άγγιγμα που ένιωθα να
αποτελεί μέρος ενός δόλιου σχεδίου! Δεν μπορούσαν αυτά
τα θελκτικά χείλη και αυτά τα δελεαστικά πράσινα μάτια
να είναι μια απλή φαντασίωση, αυτό το αγγελόμορφο
πλάσμα να είναι μια ουτοπία! Ήταν μια αληθινή παραδει-
σένια ύπαρξη!

Επειδή στο σημείο που βρισκόμασταν τα κινητά μας
είχαν πιάσει σήμα, εκμεταλλευτήκαμε την ευκαιρία για
να τηλεφωνήσουμε στα προσφιλή μας πρόσωπα. Μίλησα
με τους γονείς μου και τα αδέλφια μου, τα είπαμε και με
κάνα δυο φίλους και ένιωσα αρκετά ξαλαφρωμένος και
αναζωογονημένος με αυτήν την υποτυπώδη επαφή. Και η
Αριάδνη, από την πλευρά της, επικοινώνησε με την οικο-
γένειά της και έδειχνε ιδιαίτερα πρόσχαρη. Ίσως να συνέ-
λαβα και εγώ σε αυτή της τη χαρά!

Μ' αυτά και μ' αυτά, σουρούπωσε και ο ουρανός, πα-
ρατηρώντας τον από το τζάμι, σκοτείνιαζε επικίνδυνα.
Ωστόσο, με συνέπαιρνε αυτό το ασημένιο λυκόφως που
με το άλικο πέπλο του χρωμάτιζε τον ορίζοντα.

Ήταν ώρα να αναχωρήσουμε. Έπρεπε να την πάω
μέχρι τη Φλώρινα και να επιστρέψω. Απομακρυνθήκαμε
από τον ξενώνα και προσεγγίσαμε την πλωτή γέφυρα. Ρί-
ξαμε μια τελευταία ματιά προς τα πίσω για να χορτάσει,
όσο μπορούσε περισσότερο το μάτι, από το ακόρεστο
θέαμα που σου πρόσφερε το παραμυθένιο νησάκι του
Αγίου Αχιλλείου.

Φτάσαμε στο αυτοκίνητο και μπήκαμε μέσα του. Μανούβραρα το αυτοκίνητο και ξεκίνησα. Είχαμε αφήσει πια πίσω αυτή την κυριακάτικη εκδρομή, γεμάτοι με ευχάριστες εμπειρίες και σίγουρα ανεξίτηλες αναμνήσεις.

Ο δρόμος είχε αρκετή κίνηση, αφού η ηλιόλουστη μέρα ήταν αφορμή και πρόκληση για τους επισκέπτες της περιοχής. Με χαμηλή ταχύτητα, ανεβαίναμε τις ανηφόρες μέχρι που βγήκαμε στην εθνική Καστοριάς – Φλωρίνης. Έστριψα αριστερά και λίγα λεπτά αργότερα περνούσα κάτω από το φυλάκιο του Ανταρτικού. Κοίταξα δειλά προς τον λόφο και είδα το φωτισμένο φυλάκιο να φεγγοβολά μέσα στο σκοτάδι του βουνού. Ανεβαίναμε πάλι σε υψόμετρο με το όχημα να αγκομαχά σε κάθε πάτημα του γκαζιού, ενώ το χιόνι δεξιά και αριστερά του δρόμου ήταν πολύ περισσότερο και παχύτερο.

Την στιγμή που μπαίναμε στο Πισοδέρι ή Βίγλα, όπως είναι επίσης γνωστό, ουσιαστικά πηγαίναμε σημειωτόν! Σε πολλά σημεία το οδόστρωμα ήταν καλυμμένο με πάγο και τα προπορευόμενα αυτοκίνητα είχαν δημιουργήσει μια ουρά εκατοντάδων μέτρων. Αυτό το κονβόι πάντως δε μας χάλασε τη διάθεση. Είχαμε την ευκαιρία να παρατηρούμε με άνεση το γραφικό αυτό χωριό με την παραδοσιακή αρχιτεκτονική, που έτερπε τους οφθαλμούς μας. Ειδικά τη στιγμή που περνούσαμε ακριβώς δίπλα από το χιονοδρομικό κέντρο, μείναμε άφωνοι από το σαλέ του και τις φωταγωγημένες πίστες του. Η αντίθεση της νύχτας με το φωτεινό χιόνι προσέδιδαν μια παραμυθένια εικόνα στο συγκρότημα.

Συνεχίσαμε διερχόμενοι ανάμεσα από θεόρατα δέντρα, τμήματα του σκοτεινού δάσους, τα οποία προκαλούσαν, αν μη τι άλλο, σεβασμό και μια αίσθηση τρόμου στον διαβάτη. Το χιόνι στα πλαϊνά μέρη του δρόμου άγγιζε το ένα μέτρο και το αποχιονισμένο οδόστρωμα μόνο αθώο και ακίνδυνο δεν ήταν. Πολύ αργά και προσεχτικά, διανύσαμε και αυτό το δύσβατο κομμάτι, χωρίς να μιλάμε μεταξύ μας, καθώς το είχε αντιληφθεί και η Αριάδνη ότι η διαδρομή ήθελε προσοχή και με άφησε να συγκεντρωθώ στην οδήγησή μου.

Μόλις πιάσαμε τον κατήφορο και ο δρόμος άρχισε να βελτιώνεται, πολλά φωτάκια έκαναν την εμφάνισή τους στο οπτικό μας πεδίο. Η πανοραμική άποψη της πόλης της Φλώρινας αντάμειβε πλουσιοπάροχα τον ταξιδιώτη έπειτα από μια ομολογουμένως δυσχερή διαδρομή. Ύστερα από λίγη ώρα διασχίζαμε για τα καλά τα πρώτα σπίτια της όμορφης πόλης, χτισμένης στην κοιλάδα ανάμεσα στον Βαρνούντα και το Βίτσι. Αφού με καθοδήγησε η Αριάδνη, δε δυσκολεύτηκα να φτάσω τελικά κάτω από το σπίτι που νοίκιαζε.

Ένα τυπικό διώροφο δίπλα στον ποταμό Σακουλέβα, όπου στον πάνω όροφο ένα από τα δυο διαμερίσματα ήταν το σπίτι που διέμενε. Ανεβήκαμε από τις σκάλες, που δεν ήταν και πάρα πολλές. Βρέθηκα σε μια καλοδιατηρημένη και προσεγμένη γκαρσονιέρα: ένα υπνοδωμάτιο, μια σαλονοκουζίνα σχετικά άνετη και ένα πεντακάθαρο λουτρό.

«Πολύ συμπαθητικό. Σίγουρα πιο άνετο από τον θάλαμό μας!»

«Καλό είναι. Τέταρτη χρονιά είναι που το νοικιάζω. Θα το θυμάμαι όμως για μια ζωή. Το αγαπάω αυτό το σπιτάκι!»

«Βλέπω πως έχεις και σταθερό τηλέφωνο! Θαύμα! Θα μπορούμε να επικοινωνούμε εύκολα».

«Δεν το χρησιμοποιώ και πολύ, αφού έχω το κινητό, αλλά τώρα τα πράγματα άλλαξαν!»

«Εντάξει, αν σου κάνει κόπο, μη το χρησιμοποιείς» παράστησα τον στεναχωρημένο.

«Αχ, τι φατσούλα θλιμμένη είναι αυτή! Πιστεύεις δηλαδή ότι δε θα σου τηλεφωνήσω ή ότι δε θα είμαι πάνω από τη συσκευή αναμένοντας να ακούσω τη φωνή σου;»

Μου υπαγόρευσε τον αριθμό και τον αποθήκευσα για σιγουριά στη μνήμη του κινητού μου.

Χαλαρώσαμε αγκαλιά πάνω στον καναπέ παρακολουθώντας τηλεόραση. Τίποτα δεν άλλαξε στον κόσμο! Όσο καιρό δεν είχα επαφή με τα "εγκόσμια" πίστευα πως θα συνέβαιναν κοσμοϊστορικές αλλαγές, αλλά τελικά ο κόσμος παρέμενε ο ίδιος! Οι πολιτικοί ακόμα πανηγύριζαν για την είσοδο της χώρας, εδώ και ένα δίμηνο, στο ευρώ, κάτι που δεν το καλοκαταλάβαινα, λες και ο φτωχός θα έτρωγε περισσότερο με την αλλαγή του νομίσματος! Τελοσπάντων, κλείσαμε κάποια στιγμή το χαζοκούτι και απολαύσαμε ο ένας τον άλλον.

Μετά τους ηδείς χαριεντισμούς μας, σκέφτηκα να τηλεφωνήσω στο φυλάκιο για να τους ενημερώσω ότι είμαι καλά. Πήγα πάνω από τη συσκευή και πήρα τον αριθμό του φυλακίου. Το σήκωσε ο Καζώνης και μόλις άκουσε τη φωνή μου, το έκλεισε! Επέμενα, ώσπου πήρε το ακουστικό στην άλλη γραμμή ο Μπάκας. Του ζήτησα κάποιον από τους φίλους μου και μου είπε ότι μόνο ο Σανιδάς βρισκόταν εκεί. Μισό λεπτό αργότερα τον άκουσα στην άλλη άκρη.

«Τελικά, Λάσκαρη, όποτε λείπεις, συμβαίνουν συνταρακτικά γεγονότα. Είσαι στη Φλώρινα;»

«Εδώ είμαι, αλλά τι εννοείς;»

«Μάντεψε πού είναι ο Σούλιος με τον Μπόλιο;»

«Στου Αναστάση και μπεκρουλιάζουν;»

«Χα! Θα έπρεπε μάλλον να είσαι στο χωριό. Πιάσανε λύκο μέσα σε ένα μαντρί! Εκεί πήγαν με τον Αναστάση».

«Τι; Πότε;»

«Πριν καμιά ώρα ήρθε ο Αναστάσης με έναν άλλον χωρικό και τους πήρανε μαζί τους».

«Δε λέω για τον Αναστάση, αλλά οι συγχωριανοί του μάλλον θα τον σκοτώσουν. Κάτι πρέπει να κάνω για να το αποτρέψω».

«Ό,τι νομίζεις φίλε μου. Αν προλάβεις και έρθεις, πάμε μαζί».

«Εντάξει, θα έρθω όσο πιο γρήγορα γίνεται».

Έκλεισα το τηλέφωνο και εξήγησα τα συμβάντα στην Αριάδνη. Έδειξε κατανόηση για τη διαμορφωμένη κατάσταση, αν και θα ήθελε να κάτσω λίγες ώρες ακόμα. Την αποχαιρέτισα με ένα φιλί και μια ζεστή αγκαλιά. Της υποσχέθηκα πως θα μιλήσουμε στο τηλέφωνο και θα βρεθούμε και πάλι την ερχόμενη Παρασκευή.

«Να προσέχεις. Δε θέλω να πάθεις κάτι, ακόμα δε σε βρήκα!»

«Να 'σαι ήσυχη. Θα προσέχω για να εμφανιστώ και πάλι σώος και αρτιμελής μπροστά σου!»

Την ξαναφίλησα και έφυγα. Πήρα το αυτοκίνητο και ξεκίνησα σβέλτα πρώτα για να βρω την εθνική οδό. Μόλις μπήκα μέσα της, από εκεί και πέρα ο δρόμος ήταν απλός: τραβούσα και πάλι για τις Πρέσπες. Πέρασα από όλα τα σημεία που είχα διασχίσει και πριν αλλά από την αντίθετη κατεύθυνση. Με κάπως πιο γρήγορη πορεία απ' ότι πριν από μερικές ώρες, πλησίαζα προς το φυλάκιο. Μιάμιση ώρα αργότερα, έμπαινα στο χωριό και πορευόμουν προς το φυλάκιο.

Έφτασα απ' έξω, με τον Σανιδά να περιμένει υπομονετικά. Βγήκα από το αυτοκίνητο να πάω να ρίξω λίγο νερό στο πρόσωπό μου. Τα σκυλιά χαρούμενα ήρθαν να τριφτούν στα πόδια μου. Μόλις επέστρεψα, ο Σανιδάς είχε πιάσει το τιμόνι και με περίμενε.

«Πού πάμε;»

«Εμένα ρωτάς; Εσύ ήσουν εδώ».

«Δε μου είπαν, Λουκά», πρόφερε ενοχλημένος.

«Έλα πάμε, θα το καταλάβουμε εύκολα που βρίσκονται. Εξάλλου το χωριό είναι μικρό».

Πήραμε κατεύθυνση προς τα τελευταία σπίτια, εκεί που περίπου βρισκόταν και το σπίτι του Ευθύμη. Αυτά τα οικήματα, που ήταν πιο απομονωμένα, ήταν υποψήφια για να τα προσβάλλουν οι λύκοι ευκολότερα. Μετά από μια μικρή αναζήτηση επιτέλους είδαμε φώτα από ένα μαντρί και τέσσερα αγροτικά παρκαρισμένα από έξω. Ήταν τριάντα μέτρα πιο πέρα, προς τον νότο, από το σπίτι του Ευθύμη. Παρκάραμε και κατεβήκαμε ταχύτατα.

Μόλις αποσφραγίσαμε την αμπάρα από την πόρτα της στάνης, αντιμετωπίσαμε μια πρωτόγνωρη κατάσταση. Ένα τσούρμο ατόμων μπροστά από ένα υποτυπώδες σιδερένιο κλουβί, που μετά βίας μπορούσε να χωρέσει ένα ζωντανό μέσα του. Όλοι περιεργάζονταν τον λύκο που περιείχε το κλουβί, μέσα σε επευφημίες και πανηγυρισμούς. Τα τσοπανόσκυλα πλησίαζαν απειλητικά το κλουβί και επιδίδονταν σε ανηλεή γαβγίσματα, αλλά οι παρευρισκόμενοι τα απέτρεπαν να προσεγγίσουν στενά τη φριχτή αυτή φυλακή.

Κάπου μέσα σ' αυτό το συνονθύλευμα βρίσκονταν ο Σούλιος, ο Μπόλιος και ο Αναστάσης. Διέκρινα και τον Ευθύμη μαζί με τέσσερις άλλους συγχωριανούς του, γνωστές φυσιογνωμίες, όπου δυο από αυτούς κρατούσαν και από μια καραμπίνα σφιχτά στα χέρια τους.

Ξεροκατάπια, και πλησίασα δειλά το κλουβί, με τον Σανιδά να με ακολουθεί κατά πόδας. Αυτό που είδα ήταν ένα άτυχο κατατρομαγμένο πλάσμα, που σίγουρα τα είχε χαμένα από το όλο σκηνικό. Ήταν ένας αρσενικός, νεαρής ηλικίας που τα πύρινα μάτια του φανέρωναν ένα μείγμα φόβου και απορίας.

«Φοβερή φάση, έτσι Λάσκαρη;» μου είπε ο Σούλιος που φαινόταν να το διασκεδάζει.

«Πάντως όχι για τον λύκο!»

«Φοβάται, Λάσκαρη. Το βλέπεις; Δε φανταζόμουν ότι η πρώτη επαφή με έναν λύκο θα μου γέμιζε την ψυχή με συμπόνια και συμπάθεια», διαπίστωσε ο Σανιδάς, συμφωνώντας μαζί του και ο Μπόλιος.

«Αναστάση, για εξήγησέ μας τι συνέβη;»

«Πότε επέστρεψες εσύ και δε σε πήρα είδηση; Με πήρε τηλέφωνο ο Ευθύμης και μου πε πως εκείνος ο ψηλός, ο

Ηλίας, παγίδεψε έναν λύκο στη στάνη του. Έτσι, πήρα και τα παιδιά από το φυλάκιο για να μη χάσουν το θέαμα και ήρθαμε».

«Δε νομίζω να είναι όμορφο θέαμα αυτό. Ένα ταλαίπωρο πλάσμα είναι που η πείνα το έσπρωξε εδώ μέσα. Καλά θα κάνουν να το αφήσουν ελεύθερο στο δάσος και να μη ψάχνουν για εξιλαστήρια θύματα».

«Ταυτίζονται οι απόψεις μας, Λουκά. Το ίδιο προτείνω και εγώ, αλλά δεν μπορώ αυτή τη στιγμή να επιβληθώ απόλυτα. Τα δικά τους ζωντανά κινδύνεψαν».

«Λάσκαρη, τι λες για αυτόν τον λύκο;» ρώτησε ο Σανιδάς.

Πλησίασα το κλουβί και τον παρατήρησα. Δεν ήταν πολύ μεγάλου μεγέθους και ήταν μαζεμένος κάτω, με τις τρίχες της ράχης του ανασηκωμένες.

«Φαίνεται περσινή γέννα και δεν είναι πάνω από ενός έτους. Ανήκει σε αγέλη, γιατί δε νομίζω να την εγκατέλειψε σε τόση μικρή ηλικία. Το ότι είναι έφηβος φαίνεται και από το ελάχιστα γκρι χρώμα της πλάτης του. Αν ήταν ενήλικος, όλη η ράχη από το σβέρκο ως την ουρά θα είχε αυτό το χρώμα. Ίσως να ήταν και από τις πρώτες του εξορμήσεις. Είμαι βέβαιος ότι δεν έχει δει ποτέ του ανθρώπους από τόσο κοντά».

Οι χωρικοί αντάλλασσαν απόψεις για τη μοίρα του λύκου. Ο Ευθύμης επέμενε να εκτελεστεί επί τόπου! Ο Ηλίας, ο ψηλός ιδιοκτήτης της στάνης, συναινούσε και το πήγαινε ακόμα πιο πέρα το ζήτημα, που πρότεινε μετά τη θανάτωση να τον γδάρουν και να κρατήσει το τομάρι ως τρόπαιο! Οι άλλοι τέσσερις απλώς συμφωνούσαν, διότι φοβούνταν πως μπορεί τα επόμενα θύματα να είναι τα δικά τους ζώα. Ο Αναστάσης αμίλητος, με τα χέρια στις τσέπες, απλώς παρακολουθούσε. Έπρεπε να επέμβω μήπως και τους άλλαζα τα μυαλά, έστω και αυτή την ύστατη ώρα. Οι χωρικοί ήταν όλοι φιλόξενοι και καλόκαρδοι, αλλά μπροστά στην ανησυχία που προκάλεσε ο λύκος, ήταν έτοιμοι να διαπράξουν κάτι που δεν ταίριαζε στην ιδιοσυγκρασία τους.

Διείσδυσα ανάμεσά τους και σήκωσα τα χέρια μου για να τραβήξω την προσοχή τους. Από πίσω μου το κλουβί και από μπροστά μου όλα τα μέλη αυτής της νυχτερινής σύναξης. Όλα τα βλέμματα καρφώθηκαν επάνω μου. «Ακούστε με όλοι με προσοχή. Ονομάζομαι Λουκάς Λάσκαρης, είμαι ζωολόγος και ως εκ τούτου γνωρίζω πολύ καλά τις συνήθειες των λύκων. Μπορεί να σας το επιβεβαιώσει και ο Αναστάσης».

Ο Αναστάσης κούνησε καταφατικά το κεφάλι του επιβεβαιώνοντάς με, τη στιγμή που όλα τα βλέμματα στράφηκαν επάνω του. Ήθελα να τους προκαταλάβω με την επιστημονική μου ιδιότητα, μήπως και τους επηρεάσω.

«Πρώτα απ' όλα θα ήθελα να ενημερωθώ με ποιον τρόπο αιχμαλωτίστηκε ο λύκος».

Ο Ηλίας ξερόβηξε και πήρε τον λόγο: «Προτού δυο ώρες, αντιλήφθηκα μια αναστάτωση μέσα στη στάνη. Τα σκυλιά μου είχαν κλείσει σε μια γωνιά τον λύκο. Αυτός αποκλείστηκε ανάμεσα σε μια ντάνα από άχυρα και μια στοίβα από ξύλα. Διαθέτω ένα μικρό κλουβάκι, αυτό που βλέπεις, για να μεταφέρω ζώα. Αφού τα σκυλιά τον είχαν εγκλωβίσει, είχα τον χρόνο να μεταφέρω το κλουβί μπροστά του. Ανέβηκα πάνω στα ξύλα και με μια μακριά βέργα τον έσπρωξα μέσα στο κλουβί. Ήταν τόσο φοβισμένος που η όλη διαδικασία ήταν πανεύκολη».

«Αντιλήφθηκες κάτι εξόν απ' αυτό;»

«Τίποτα, πέρα από το γεγονός ότι τα σκυλιά γάβγιζαν μανιωδώς, αλλά και αυτό είναι κάτι που γίνεται συνεχώς».

«Θέλεις να πεις ότι τα σκυλιά σου βρίσκονταν πίσω από την μάντρα;»

«Ναι, τα είχα μέσα αλλά όχι στη στάνη. Μπροστά από την πόρτα του σπιτιού μου είναι αραγμένα».

«Υπάρχει εύκολη πρόσβαση από το σπίτι προς τη στάνη;»

«Μια καγκελόπορτα. Αν την ανοίξεις, μπαίνεις από την αυλή μου στο μαντρί».

«Μάλιστα. Επομένως, απ' ότι αντιλαμβάνομαι δε βρίσκονταν μαζί με τα κατσίκια. Είπες πως γάβγιζαν συνεχώς, προς τα πού;»

«Δεν πρόσεξα. Γενικώς γάβγιζαν. Έτσι κάνουν. Κυκλοφορούν πολλά άλλα σκυλιά, γατιά, άνθρωποι, όποιος περνάει απ' έξω αυτά γαβγίζουν».

«Ο λύκος γνώριζε πάντως ότι τα σκυλιά σου τα είχες από την άλλη πλευρά του κτηρίου. Γι' αυτό και ρισκάρισε και εισέβαλε μέσα. Είσαι τυχερός που αντιλήφθηκες γρήγορα ότι κάτι συνέβαινε, αλλιώς θα είχες χάσει αρκετά ζώα. Και τώρα ένα πιο καίριο ερώτημα: πώς πιστεύεις ότι βρέθηκε μέσα; Σίγουρα, όχι με κάποιο τεράστιο άλμα, διότι παρατηρώ ότι έχεις υψηλή περίφραξη».

«Ασφαλώς και όχι. Έσκαψε το έδαφος, εκεί στη γωνία» γύρισε και έδειξε με το δάχτυλό του τη νοτιοανατολική γωνία της μάντρας «αν θέλεις έλα να σου δείξω».

Πήγαμε όλο το τσούρμο προς εκείνο το σημείο. Η στάνη ήταν χτισμένη κοντά στη στάνη του Ευθύμη και δεν υπήρχε προς τα νότια άλλο οίκημα αλλά μόνο χέρσα γη και πέρα το δάσος. Μου φάνηκε όμοια με την περίπτωση του Ευθύμη. Ολόιδια τεχνική εισβολής. Ήμουν βέβαιος ότι επρόκειτο για τον ίδιο λύκο ή την ίδια αγέλη. Επειδή ο αιχμάλωτος λύκος ήταν αρκετά νεαρός και αποκλείεται να είχε την εμπειρία για τέτοιες ριψοκίνδυνες αποστολές, έκλινα με σχεδόν απόλυτη βεβαιότητα για την ύπαρξη αγέλης. Επιπλέον, για να φτιαχτεί μια λακκούβα, χρειαζόταν κάποιο σεβαστό χρονικό διάστημα. Βγήκα από την εξωτερική πλευρά της περίφραξης. Ζήτησα από τον Ηλία να μου δανείσει τον φακό του και άρχισα να επιθεωρώ το έδαφος. Ανακάλυψα αυτό που ήθελα να βρω: αποτυπώματα πάνω στο μαλακό χώμα. Και μάλιστα ίχνη από δυο διαφορετικά πέλματα σε μέγεθος!

«Βλέπετε εδώ τα αποτυπώματά τους; Αυτό που δείχνω τώρα είναι πιο μικρό σε εμβαδόν και πιο ρηχό. Για προσέξτε όμως εκείνο παραδίπλα: είναι πιο μεγάλο και πιο βαθύ. Οι λύκοι που έσκαβαν ήταν δύο!»

Προβληματισμένοι οι περισσότεροι κοίταζαν το έδαφος ανέκφραστοι. Ο Ηλίας με τον Ευθύμη σκυφτοί εξέταζαν εξονυχιστικά τα αποτυπώματα.

«Ναι, δεν ταιριάζουν μεταξύ τους» επισήμανε και ο Ηλίας ξύνοντας από αμηχανία το κεφάλι του.

«Ελάτε μαζί μου και ίσως συμπληρώσουμε τα κομμάτια που λείπουν από αυτό το μυστήριο». Ήταν απόλαυση να ξεμπερδεύω ένα ωραίο περίπλοκο κουβάρι και ήθελα να το ξεμπλέξω σωστά.

«Πού πάμε;» ρώτησε ο Ηλίας.

Δεν του απάντησα. Απλώς έγνεψα να με ακολουθήσουν. Μεταφερθήκαμε από την άλλη πλευρά του οικήματος, σε μια μικρή αλάνα απέναντι από την πρόσοψη της κατοικίας του. Έσκυψα και πάλι κάτω ανιχνεύοντας το έδαφος. Όπως το είχα φανταστεί! Πολλά αποτυπώματα πάνω στο έδαφος, όπως και σε κάποια χιονισμένα σημεία. Άλλα έδειχναν ζιγκ ζαγκ κινήσεις και περίεργες διασταυρώσεις μεταξύ τους. Το κυριότερο, προέρχονταν από τουλάχιστο τρία άτομα, αφού τα συνέκρινα με όση περισσότερη ακρίβεια γινόταν. Εξέφρασα όλες αυτές τις διαπιστώσεις στην ομήγυρη.

«Ποιο είναι το συμπέρασμά σου;» ρώτησε με έκδηλη αναστάτωση ο Ηλίας.

«Το συμπέρασμά μου, το οποίο νομίζω πως απηχεί και στην πραγματικότητα, είναι το εξής: μια αγέλη πέντε, άντε έξι το πολύ, λύκων, ξεγέλασε μια χαρά τα σκυλιά σου! Χωρίστηκαν σε δυο ομάδες. Η πρώτη ήρθε από μπροστά και απασχόλησε τους φύλακές σου, παίζοντας παιχνιδάκια, χοροπηδώντας και τρέχοντας γύρω – γύρω από τον εαυτό τους, δημιουργώντας αντιπερισπασμό! Απλώς, σας ενημερώνω ότι ο λύκος έχει 30% μεγαλύτερο εγκέφαλο από τον σκύλο! Η δεύτερη ομάδα, με όλη της την άνεση, έσκαβε με την ησυχία της, ώσπου μπήκε μέσα στον περίβολο. Για καλή σου τύχη, επενέβης εγκαίρως και έπιασες τον έναν λύκο, γιατί ο άλλος προφανώς μπόρεσε και ξέφυγε. Επιπλέον θα σου εξηγήσω και τι θα συνέβαινε στη συνέχεια, όπως το φαντάζομαι: αν έμεναν ανενόχλητοι, αφού η ομάδα που εισέβαλε ικανοποιούσε την πείνα της, οι ρόλοι θα εναλλάσσονταν. Η ομάδα αντιπερισπασμού θα έπαιρνε τη θέση της μέσα στη στάνη και η άλλη ομάδα θα συνέχιζε τον αντιπερισπασμό».

Όλα κοιτάχτηκαν μεταξύ τους, με ένα μείγμα απορίας,

αμηχανίας αλλά και τρόμου. Μόνο ο Αναστάσης χαμογελούσε διατηρώντας την ψυχραιμία του. «Εγώ σας είπα ότι ο Λουκάς είναι γνώστης του αντικειμένου» υπερηφανεύτηκε. «Έτσι όπως παρέθεσες την αναπαράσταση, φαίνονται λογικά όλα αυτά. Ας κοιτάξουμε όμως και την ουσία. Έχουμε πιάσει έναν από δαύτους. Άρα με τη γλώσσα των αριθμών έχουμε μηδενικές απώλειες και συν μια σύλληψη στο ενεργητικό μας. Αν ξεπαστρέψουμε αυτόν που κρατάμε, θα υπολογίζουμε έναν λιγότερο από αυτούς» τόνισε με έπαρση και πάθος ο Ηλίας.

«Ναι, να τελειώνουμε με αυτόν» ξεφώνισε ο φανατισμένος Ευθύμης.

«Αν δεν τους εξοντώσουμε θα περάσουν και από τα δικά μας μαντριά» φώναξε με βαριά φωνή ένας κοντούλης ευτραφής στρογγυλοπρόσωπος χωρικός, που κρατούσε ψηλά την καραμπίνα του.

Τα πράγματα δυσκόλευαν επικίνδυνα. Έπρεπε οπωσδήποτε να σώσω κυριολεκτικά το τομάρι του λυκόπουλου. Εκείνη τη στιγμή μου ήρθε μια ιδέα. Στο χωριό είχα διαπιστώσει ότι όλοι ήταν ευσεβείς χριστιανοί. Αυτό άλλωστε φανερωνόταν και από τον προσεγμένο ναό του Αγίου Νικολάου στην πλατεία του χωριού, γενικά από τα πάμπολλα εκκλησάκια σε όλη τη γύρω περιοχή και, συν τοις άλλοις, από την ευλάβεια που διακατείχε όλους τους κατοίκους από τη φύση τους.

Ζήτησα τον λόγο και πάλι. «Πριν υλοποιήσετε αυτό που έχετε στο μυαλό σας, θα επιθυμούσα για τελευταία φορά να δώσετε την προσοχή σας στα λόγια μου. Καταρχάς ίσως είναι περιττό, αλλά το θεωρώ αναγκαίο να σας ενημερώσω για την προσφορά του λύκου στο φυσικό περιβάλλον. Κρατάει σε ισορροπία το φυσικό περιβάλλον, τρεφόμενος κυρίως με τα πιο ασθενικά φυτοφάγα ζώα των δασών σας. Δε λέω, καμιά φορά, όταν δεν έχει άλλη επιλογή, έρχεται και προς τα μαντριά σας και καταλαβαίνω και συμμερίζομαι την αγωνία σας για τυχόν απώλειες.Αν εκλείψουν όμως οι λύκοι, τα φυτοφάγα θα ρημάξουν τα δάση σας και τους βοσκοτόπους σας. Έτσι, και εσείς θα ζημιωθείτε, όχι αμέσως, αλλά σε μερικές δεκαετίες, όταν θα αφήσετε στα παιδιά σας "καμένη" γη, όταν δε θα υπάρχει τόπος πράσινος να βοσκήσουν τα ζωντανά σας. Και επίσης θέλω να σας ρωτήσω κάτι ακόμη πιο σημαντικό: είστε χριστιανοί ορθόδοξοι;»

«Φυσικά και είμαστε» αποκρίθηκαν, σχεδόν όλοι, με μια φωνή.

Ένα γέλιο ξέφυγε από, τον ανέκφραστο τόση ώρα, Σούλιο και ένας από τους χωρικούς γύρισε και τον αγριοκοίταξε. Του ένευσα να σωπάσει και συμμορφώθηκε.

«Θαυμάσια! Θα θέσω ξανά μερικά ερωτήματα: ποιος δημιούργησε τον κόσμο μας;»

«Ο Θεός» απάντησε ο Ηλίας και όλοι συμφώνησαν. Μερικοί μάλιστα σταυροκοπήθηκαν.

«Ωραία! Ποιος δημιούργησε τον άνθρωπο;»

«Ο Θεός» αναφώνησαν όλοι.

«Ποιος δημιούργησε τη φύση, όλα τα φυτά και όλα τα ζώα;»

«Μα φυσικά ο Θεός!» εξέφρασε αγανακτισμένος ο Ευθύμης.

«Τότε ποιος λέτε να δημιούργησε και τον λύκο;»

«Ο Θεός» μουρμούρισαν κοιτάζοντας ο ένας τον άλλον.

Ο Σούλιος ήταν έτοιμος να σκάσει στα γέλια, αλλά συγκρατούσε, έστω και δύσκολα, τον εαυτό του. Από την άλλη, ο Αναστάσης χαμογελούσε πονηρά, διότι είχε αντιληφθεί πού το πήγαινα.

«Επομένως, ένα πλάσμα δημιούργημα του Κυρίου θεωρώ πως είναι τεράστια αμαρτία να το εξολοθρεύσουμε! Γνωρίζω ότι είστε νοικοκυραίοι και άνθρωποι με χρυσή καρδιά. Πραγματικά σας θαυμάζω για τον καθημερινό κόπο που καταβάλλετε για να τα φέρετε βόλτα. Θα είμαι πολύ υπερήφανος, όταν θα λέω ότι έζησα κάποιους μήνες ανάμεσά σας. Όμως, σας προειδοποιώ για αυτή την ακολασία που σκέφτεστε να διαπράξετε. Εναντιώνεστε στη βούληση του Κυρίου και δεν επιθυμώ να συνδράμω σε τούτο το ανοσιούργημα! Λυπάμαι που θα το εκστομίσω, αλλά θεωρώ ότι στρέφεστε ξεκάθαρα εναντίον του! Αυτά είχα να σας πω και εύχομαι να σας συγχωρέσει».

Δεν μπορώ να περιγράψω σε τι περισυλλογή έπεσαν οι χωρικοί. Αναστέναζαν, κοίταζαν προς το κλουβί και έπειτα ο ένας τον άλλον. Ξεφυσούσαν σαν να περίμεναν να πει πρώτα μια κουβέντα ο διπλανός τους και κατόπιν να μιλήσουν και οι ίδιοι.

«Εσύ, Αναστάση, τι γνώμη έχεις;» τον ρώτησε απηυδισμένος ο Ηλίας.

Ο Αναστάσης που ήταν γενικά ένα σεβάσμιο πρόσωπο στο χωριό και με μεγάλη επιρροή στους συγχωριανούς του, αυτοσυγκεντρώθηκε και τελικά άνοιξε το στόμα του.

«Ο Λουκάς μίλησε με σύνεση και λογική και επιπλέον κατέχει άπειρες γνώσεις σε αυτόν τον τομέα. Είχα και γω ζώα και γνωρίζω τον τρόπο σκέψης σας. Σας προτρέπω να πράξετε το δίκαιο και ηθικό. Ας δώσουμε παράταση

372

ζωής σε αυτό το πλάσμα, που στο κάτω – κάτω είναι ένα πλάσμα του Θεού. Από τη στιγμή που ο Κύριος δίνει σε μας συγχώρεση, ποιοι είμαστε εμείς να μη συγχωρέσουμε αυτή τη κακόμοιρη ύπαρξη; Και αν χάσετε και κάποιο κατσίκι, θεωρήστε ότι το φάγατε με τους φίλους σας. Νομίζω ότι οφείλουμε να απελευθερώσουμε αυτόν τον λύκο».

Οι χωρικοί μαλάκωσαν από τις παραινέσεις του Αναστάση και έγιναν πιο διαλλακτικοί. Τους ήταν εξαιρετικά δύσκολο να ακυρώσουν την εκτέλεση, αλλά από την άλλη, η ευσέβειά τους στεκόταν τροχοπέδη στην προκείμενη πράξη τους. Από τις εκφράσεις του προσώπου τους και από τις σπασμωδικές κινήσεις των σωμάτων τους φανέρωναν τη σύγχυση στην οποία είχαν περιέλθει.

«Κομμάτια να γίνει!» πρόφερε ο Ηλίας και φάνηκε να συμφωνούν και οι υπόλοιποι. Ευτυχώς! Το λυκόπουλο λες και καταλάβαινε τι συνέβαινε αναθάρρησε και ανακινήθηκε μέσα στον πολύ κλειστό χώρο που βρισκόταν.

«Ωραία, ας τον απελευθερώσουμε. Όμως, πώς θα γίνει αυτό; Να περιμένουμε να ξημερώσει;» ρώτησε ο Ηλίας.

«Εγώ προτείνω να γίνει άμεσα, να μη σπαταλάμε χρόνο» πρότεινα γεμάτος ικανοποίηση και ζωηράδα.

«Τώρα νυχτιάτικα;» διαμαρτυρήθηκε ο Ευθύμης.

«Ναι, καλύτερα τώρα. Έτσι και αλλιώς τα αυτοκίνητα διαθέτουν φώτα! Ας πάμε λίγο πιο κάτω από το χωριό και ας τον ξαμολήσουμε» ήταν η τελική μου πρόταση.

Τελικά, όλοι συμφώνησαν μαζί μου. Μεταφέραμε το κλουβί πάνω στη καρότσα ενός αγροτικού αυτοκινήτου, με τα σκυλιά του Ηλία να προσπαθούν μάταια να επιτεθούν στον προφυλαγμένο λύκο. Αποφασίσαμε να τον πάμε νότια, προς τα εκεί που κάποτε υπήρχε ο οικισμός του Αγκαθωτού. Η διαδικασία ξεκίνησε χωρίς χρονοτριβή. Ένα κονβόι από έξι αυτοκίνητα πήρε τον παλιό χωματόδρομο, έναν δρόμο που σπάνια έβλεπε να κυκλοφορούν πάνω του τόσα πολλά αυτοκίνητα στη σειρά.

Ένα χιλιόμετρο πιο κάτω, εγώ που προπορευόμουν με το αυτοκίνητο του Αναστάση, σταμάτησα και ως επακόλουθο αυτού σταμάτησαν και οι υπόλοιποι. Αποβιβάστηκα μαζί με τον Σανιδά, και τους έκανα νόημα να βγουν όλοι, θεωρώντας κατάλληλο το σημείο για την απελευθέρωση.

Ο Ηλίας έφερε το όχημα σε θέση, όπου το πίσω μέρος του κοίταζε προς την κοντινή συστάδα δάσους, διότι πάνω στο αυτοκίνητό του βρισκόταν το τρισάθλιο κλουβί. Με ένα σάλτο βρέθηκε δίπλα του, με τον λύκο φοβισμένο να κάθεται στο πάτωμα ζαρωμένος. Όλοι οι υπόλοιποι μαζεύτηκαν στα πλαϊνά μέρη του οχήματος και περίμεναν.

«Άντε λοιπόν, ελάτε να βάλετε ένα χεράκι να το κατεβάσουμε κάτω» φώναξε με βαριά φωνή.

Προθυμοποιήθηκα, με συμπαραστάτη τον Σανιδά και έναν από τους χωρικούς. Το ακουμπήσαμε προσεχτικά κάτω στο έδαφος, τρία – τέσσερα μέτρα μπροστά από την καρότσα.

«Μήπως θέλεις να το κάνεις εσύ;» μου πρότεινε ο Ηλίας.

«Καλύτερα εσύ».

Με ευλαβικές κινήσεις σήκωσε αργά προς τα πάνω τη συρόμενη πόρτα του κλουβιού, ώσπου δημιουργήθηκε ένα άνοιγμα ικανό για να διέλθει από εκεί το ζώο. Αυτό όμως, έτσι πανικοβλημένο που ήταν, δεν μετατοπίστηκε ούτε εκατοστό από τη θέση του. Ο Ηλίας χτύπησε με το χέρι του το επάνω μέρος της φυλακής του και το ζώο σήκωσε το κεφάλι του ζαρωμένο, αλλά χωρίς διάθεση να κινηθεί.

«Έλα, κουνήσου, πριν το μετανιώσω».

Εξακολουθούσε να στέκεται μαρμαρωμένο, έως τη στιγμή που ο Ηλίας πήρε μια γκλίτσα και την έχωσε από πίσω ανάμεσα στις παράλληλες σιδερένιες βέργες. Μόλις το ακούμπησε, αυτό ηλεκτρισμένο πετάχτηκε προς τα έξω και ξεκίνησε έναν οργιώδη καλπασμό, ώσπου εξαφανίστηκε μέσα στο δάσος.

«Ελπίζω ο Θεός να μας ανταμείψει για αυτήν μας την πράξη», μονολόγησε ο Ηλίας.

«Θα σας ανταμείψει Ηλία, θα σας ανταμείψει» τον ενθάρρυνε ο Αναστάσης.

«Δε πάμε και εμείς προς τα σπίτια μας;» είπε ο Ευθύμης και κινήθηκε προς το αυτοκίνητό του.

Όλοι μπήκαμε στα οχήματα και πήραμε τον δρόμο της επιστροφής. Σε λίγο βρισκόμασταν έξω από το σπίτι του Αναστάση. Μας προσκάλεσε μέσα και δε γινόταν να του αρνηθούμε. Είχαν περάσει τα μεσάνυχτα και η κούραση απ' όλη αυτή τη γεμάτη μέρα βάραινε τα βλέφαρά μου. Σχολιάσαμε και αναλύσαμε ξανά το περιστατικό με τον λύκο. Οι συνάδελφοί μου έδιναν συγχαρητήρια για την τροπή και την κατάληξη που πήρε το θέμα και ιδιαίτερα ο Σούλιος που είχε εκπλαγεί με το υπερβολικό θρησκευτικό αίσθημα που διέπνεε τους χωρικούς.

«Μόλις αντιλήφθηκα τι πήγαινες να κάνεις, είπα από μέσα μου θα τα καταφέρει ο μπαγάσας!»

«Εσύ καλό θα ήταν να μη κοροϊδεύεις τα Θεία» τον επέπληξε ο Σανιδάς, «εμένα αυτό που μου έκανε μεγάλη εντύπωση ήταν η αίσθηση συμπάθειας και κατανόησης που ένιωσα απέναντι σε αυτό το ζώο. Ούτε φόβος, ούτε ανασφάλεια, ούτε οτιδήποτε άλλο παρά μόνο οίκτο. Τελικά από κοντά είναι υπέροχα πλάσματα αυτοί οι λύκοι! Πρέπει οπωσδήποτε να σε ευχαριστήσω Λάσκαρη, που με βοήθησες να κατανοήσω αυτά τα ζώα».

«Εσύ, Αναστάση, τι έχεις να πεις; Και ρωτώ γιατί σε είδα υπερβολικά θετικό όσον αφορά την απελευθέρωσή του. Μέχρι χθες είχες το όπλο έτοιμο για χρήση!» απευθύνθηκα στον οικοδεσπότη μας.

«Αυτός δεν ήταν από εκείνους που προσδοκούσα να βρω. Δεν ανήκει στην επικίνδυνη αγέλη ή και αν ακόμα ανήκει δεν είχε συμμετάσχει σε εκείνες τις προ ετών βαρβαρότητες. Τους θυμάμαι έναν προς έναν. Είναι αδύνατον να ξεχάσω εκείνα τα αιμοβόρα βλέμματα!»

Ο καθένας έχει την άποψή του. Δεν ήμουν σε θέση να τον καθησυχάσω και να του βγάλω από το μυαλό, όλα αυτά που τον βασάνιζαν. Ας σκεφτόμουν πρακτικά: σώσαμε ένα πλάσμα από την εκτέλεση. Τώρα, αν τυχόν εμφανιζόταν η περίφημη αγέλη που ανησυχούσε τον Αναστάση, θα είχαμε τον χρόνο να το εξετάσουμε το ζήτημα, όταν προέκυπτε. Θυμήθηκα ότι αύριο το πρωί είχα να κάνω την καθαριότητα του φυλακίου, μετά την ιδιόρρυθμη ποινή που μας επέβαλε ο δόκιμος, εμένα και τον Καζώνη. Έτσι, αφού καληνυχτίσαμε τον Αναστάση, πήραμε τον δρόμο για το φυλάκιο.

Στις οχτώ το πρωί είχα πάρει τη σκούπα παραμάσχαλα και στρώθηκα στη δουλειά! Είχα μήνες να πιάσω σκούπα επίσημα για υπηρεσία και μου φάνηκε περίεργο. Δεν το συζητώ ασφαλώς πως τους πρώτους μήνες της θητείας μου είχε γίνει το τρίτο μου χέρι, αλλά όσο περνούσε ο καιρός αυτή την υπηρεσία την αναλάμβαναν οι νεότεροι. Έτσι και πάλι, ξαναβρέθηκα παρέα με μια καλοδιατηρημένη σκούπα, μα δε με πείραζε καθόλου. Το φυλάκιο το ένιωθα ως σπίτι μου και να το περάσω ένα χέρι μου φαινόταν ως και διασκεδαστικό!

Πέρασα από όλους τους χώρους χωρίς να αφήνω ασκούπιστη και την παραμικρή γωνίτσα. Όσο περνούσε η ώρα ο ζήλος μου γιγαντωνόταν και εργαζόμουν με προσήλωση, σκύβοντας το κεφάλι και αποσκοπώντας να μην αφήσω το παραμικρό σκουπιδάκι που θα υποβίβαζε την προσπάθειά μου.

Πέρασα από τον διάδρομο, από το σαλόνι, την κουζίνα και από τον θάλαμο, όπου σχεδόν όλους τους ξύπνησα από τη θέρμη μου. Στη συνέχεια, με τη μάπα, σφουγγάρισα όλα τα μέρη που πρωτύτερα είχα σκουπίσει και έλαμψαν τα πάντα. Τελικώς, απολύμανα μέχρι τελευταίας λεπτομέρειας τις τουαλέτες, καθάρισα τα λουτρά και τους νιπτήρες και κάθισα για μερικές στιγμές να θαυμάσω ολοκληρωμένο το έργο μου.

Το φυλάκιο άρχισε να παίρνει σιγά – σιγά ζωή από τις κινήσεις των βαριεστημένων οπλιτών. Ο δόκιμος ήρθε να επιθεωρήσει τη δουλειά μου και μου έδωσε τα εύσημα για το αποτέλεσμα. Την επόμενη θα ήταν η σειρά του Καζώνη και ούτω καθεξής για δυο εβδομάδες. Μία εγώ και μία αυτός.

Εν τω μεταξύ, οι σχέσεις μας είχαν παγώσει μετά το περιστατικό ανάμεσά μας και ούτε πλέον ανταλλασσόταν και εκείνη η τυπική καλημέρα. Με απέφευγε όλη την εβδομάδα και ήταν στιγμές που με τον φιλαράκο του τον Γαρούφαλο, σε μια γωνιά του θαλάμου συζητούσαν χαμηλόφωνα και ύποπτα. Ίσως κάτι να σχεδίαζε για να με εκδικηθεί. Προσποιούμουν πως τον αγνοούσα, αλλά πάντα παρακολουθούσα προσεχτικά τις κινήσεις του, γιατί ήταν άτομο δίχως τιμή και αξιοπρέπεια, που δεν είχε μπέσα. Πάντως δε με ανησυχούσε προς το παρόν ιδιαίτερα. Ακόμα και όταν τηλεφωνούσα στην Αριάδνη από το σταθερό του φυλακίου, εξαφανιζόταν από το σαλόνι και έτσι με την ησυχία μου, μπορούσα να συζητώ με άνεση μαζί της.

Έτσι, με λίγες βόλτες γύρω από το φυλάκιο παρέα με τα σκυλιά, με κάποια επίσκεψη στου Αναστάση και με μπόλικες παρτίδες τάβλι και χαρτιών με τους φίλους μου, πέρασε η εβδομάδα και ήρθε η Παρασκευή. Αφού επιτέλεσα την υπηρεσία καθαριότητας και ετοιμάστηκα για μια εξόρμηση με τους τετράποδους συντρόφους μου, ο δόκιμος με σταμάτησε στον διάδρομο και με ενημέρωσε πως έπρεπε να κατέβω στο τάγμα στην Καστοριά για να μεταφέρω τα ώνια, ως συνοδός υπαξιωματικός του λόχου μας.

Ο οδηγός, ο Βασιλείου, ήρθε και με παρέλαβε και ξεκινήσαμε για το τάγμα. Και κατά τον πηγαιμό μας και κατά την επιστροφή μας, το κεφάλι μου κόντεψε να σπάσει από την πολυλογία του και την περιαυτολογία του! Βαρέθηκα να τον ακούω να καυχιέται για την παλαιότητά του στον στρατό και τα καψώνια που έκανε στους νεότερους.

Μόλις, επιτέλους, γυρίσαμε πίσω στο φυλακιό μας, ένιωσα να αποδεσμεύομαι απ' αυτή την αγγαρεία και τις αγριοφωνάρες του Βασιλείου!

«Απορώ, Λάσκαρη, πώς αντέχεις εδώ! Μόνο βουνά και δάση!»

«Μου αρέσουν τα βουνά και τα δάση».

«Είσαι πολύ περίεργος, ρε φίλε!» Έκανε αναστροφή και αναχώρησε για το Ανταρτικό.

Μάλιστα! Εξακολουθούσε να αιωρείται από πάνω μου η διάδοση ότι ήμουν ένα περίεργο άτομο. Όλο αυτό, μόνο και μόνο επειδή λάτρευα τη φύση και με ικανοποιούσε να βρίσκομαι κοντά της! Επειδή ήμουν ένας πολέμιος του σύγχρονου αστικού πολιτισμού. Ενός πολιτισμού ο οποίος επιβράβευε τη μετριότητα, την απάθεια και την υποταγή του ανθρώπινου πνεύματος. Ενός πολιτισμού που δημιουργούσε υπηκόους και όχι πολίτες. Αυτόν τον πολιτισμό τον απεχθανόμουν! Το δικό μου καταφύγιο ήταν η ανιδιοτελής επαφή με το περιβάλλον, με αυτή την αρχέγονη υπερδύναμη, η οποία ξεμπρόστιαζε την ανημπορια, τα μειονεκτήματα και την αδυναμία του ανθρώπου, που είχε την αξίωση να τιθασεύσει και να την υποτάξει. Χωρίς κανέναν σεβασμό, χωρίς καμία φροντίδα για τη φύση, αυτό το πλάσμα που θεώρησε τον εαυτό του Θεό, θέλησε να επιβληθεί σε μια δύναμη δισεκατομμυρίων ετών, πληγώνοντάς την ίσως ανεπανόρθωτα. Όμως, η αντίδραση και η εκδίκηση του λαβωμένου θηρίου, θα είναι τόσο σθεναρή, που ανατριχιάζω και μόνο σε αυτή τη σκέψη.

«Τηλέφωνο, Λάσκαρη» με ειδοποίησε από το παράθυρο του σαλονιού ο Μπάκας και διέλυσε τις σκέψεις μου.

Έτρεξα γρήγορα μέσα και πήρα το ακουστικό στο χέρι. «Φανταράκι μου γλυκό», ακούστηκε η μελωδική φωνή της από την άλλη άκρη της γραμμής.

«Νεράιδα μου! Περιμένω με ανυπομονησία να σε σφίξω στην αγκαλιά μου το βράδυ».

«Δυστυχώς, γλυκέ μου, θα περιμένεις λίγες μέρες παραπάνω. Πρέπει να πάω στη Θεσσαλονίκη, γιατί η μητέρα μου έχει αρρωστήσει και δεν την άκουσα καλά από το τηλέφωνο. Με ανησύχησε και οφείλω, αν μη τι άλλο, να πάω να δω τι τρέχει».

«Τώρα μου έβαλες μαχαίρι στην καρδιά! Πότε φεύγεις;»

«Σε λιγότερο από μια ώρα. Ίσως καθίσω κάποιες ημέρες, ανάλογα με την κατάστασή της».

«Σε καταλαβαίνω. Αν και με στεναχωρεί, καλά θα κάνεις να πας. Μάνα είναι μόνο μία! Τι έχει;»

«Πνευμονία. Δε προσέχει καθόλου! Σ' ευχαριστώ πάντως για την κατανόηση, στρατιώτη μου. Να 'σαι σίγουρος πως θα είσαι συνεχώς στο μυαλό μου, όπως εξάλλου συμβαίνει κάθε ώρα, κάθε στιγμή».

«Εύχομαι περαστικά στη μητέρα σου και να επιστρέψεις γρήγορα στην αγκαλιά μου. Αν μπορέσουμε να επικοινωνήσουμε και κάποια στιγμή όλες αυτές τις ημέρες, θα ήταν ιδανικό για εμένα. Ξέρεις... μου λείπεις!»

«Και εσύ μου λείπεις. Μάλλον μ' έχεις σαγηνεύσει επικίνδυνα! Τελικά δεν είμαι εγώ η νεράιδα, εσύ είσαι ο μάγος της καρδιάς μου!»

«Δε γνώριζα ότι κατείχα τέτοιες υπερφυσικές δυνάμεις, αλλά με γοητεύει αυτό που μόλις μου εκμυστηρεύτηκες!»

«Σε χαιρετώ, λοιπόν, μάγε μου και σου στέλνω ένα θερμό φιλάκι».

Ένας ήχος ακούστηκε από το τηλέφωνο. Ήταν το φιλί της.

«Συμβιβάζομαι προς το παρόν μ' αυτό. Καλό ταξίδι και θα μετρώ το κάθε λεπτό, ώσπου να σε ξαναδώ».

Βγήκα πάλι έξω ζοχαδιασμένος. Τα σκυλιά εμφανίστηκαν και με υποδέχτηκαν, όπως πάντα με μπόλικη διάθεση. Με καλωσόρισαν αφειδώς και με έλουσαν με τα σάλια τους και την τσαχπινιά τους. Ακόμα και ο Έκτορας εξωτερίκευε συναισθήματα αγάπης και αφοσίωσης προς το πρόσωπό μου. Ο Μήτσος ήρθε να ρίξει μια ματιά στις σακούλες και προσπάθησε να χώσει τη μουσούδα του μέσα. Τον μάλωσα με άγριες φωνές και αναγκάστηκε να βάλει την ουρά στα σκέλια και να απομακρυνθεί εν ριπή οφθαλμού!

Μπήκα μέσα στο κτήριο και πήγα στο δωμάτιο του δόκιμου. Ξαπλωμένος και μισοκοιμισμένος ίσα που κουνήθηκε μια στάλα. Τελικά, βρήκε το κουράγιο και τη διάθεση να σηκωθεί και να σταθεί κάπως πιο αξιοπρεπώς στο κρεβάτι του.

«Όλα καλά, Λάσκαρη;»

«Καλά, δόκιμε. Έχεις και χαιρετισμούς από τον διοικητή».

«Καλοσύνη του! Ήρθε και ο Λοχαγός στο φυλάκιο. Μας έπρηξε και αναχώρησε».

«Τι εννοείς;»

«Μας έκανε ένα σωρό παρατηρήσεις. Τον πείραξε το στρώσιμο των κρεβατιών, έβαλε τις φωνές στον Σούλιο για την απαράδεχτη εμφάνισή του, είχαμε και ένα θέμα με τις υπηρεσίες, άσ' τα να πάνε!»

«Τι θέμα;»

«Έστειλα στο δάσος τον Μπάκα, τον Γαρούφαλο και τον Μπόλιο αλλά δίχως υπαξιωματικό, αφού εσύ ήσουν στο τάγμα και ο Καζώνης άρρωστος. Εκνευρίστηκε με αυτό το ανούσιο ζήτημα. Δε θα καταλάβω ποτέ με ποια λογική σκέφτονται! Επίσης μας πληροφόρησε ότι υπάρχει έντονη κινητικότητα από την άλλη πλευρά των συνόρων».

«Κινητικότητα;»

«Λαθρομετανάστες. Όπως δήλωσε, υπάρχει ένα κύμα από δαύτουςΠού το γνωρίζει; Έχει πληροφορίες από την Ε.Υ.Π.;» ειρωνεύτηκα.

«Τι να σου πω; Από τη μια ο διοικητής μας λέει να καθόμαστε ήσυχα και από την άλλη ο λοχαγός μας στέλνει περιπολίες για να συλλάβουμε κόσμο. Ποιον να ακούσουμε;»

«Δεν το γνώριζες ότι οι χαμηλόβαθμοι αξιωματικοί είναι πιο πωρωμένοι από τους υψηλόβαθμους; Όσο πιο μικρός βαθμός τόσο μεγαλύτερο σύμπλεγμα κατωτερότητας! Ειδικά κάποιοι αρχιλοχίες και ανθυπασπιστές, μακριά από αυτούς! Εγώ προτείνω βασικά να υπακούμε σε όλους για να έχουμε το κεφάλι μας ήσυχο. Πετάει ο γάιδαρος; Πετάει! Έτσι και αλλιώς τον φάγαμε, η ουρά έμεινε!»

«Τι κάνω εγώ εδώ;» αναρωτήθηκε με απόγνωση ο δόκιμος.

«Κάθε μέρα που περνάει κέρδος είναι. Μη χαλάς τη διάθεσή σου και μη ψάχνεις για λογική εδώ μέσα. Είναι γνωστό πως εκεί που σταματά αυτή, ξεκινά ο στρατός».

«Για νέο μας το λες, Λάσκαρη; Τους έχω βαρεθεί όλους! Φυσικά, εσύ εξαιρείσαι. Μακάρι όλοι να ήταν σαν και σένα!»

«Ευχαριστώ για την εκτίμηση, αλλά την καμπάνα σου μου την έριξες!»

«Μόνος σου το είπες πιο πριν, δεν υπάρχει λογική εδώ μέσα. Εξάλλου την άξιζες την καμπάνα. Όσο αντιπαθής και αν είναι ο Καζώνης, δεν έπρεπε να έρθετε στα χέρια».

«Μια λεπτομέρεια σου διαφεύγει: δεν ήρθαμε στα χέρια, δεν πρόλαβε καν να κουνηθεί!»

«Λάσκαρη, σοβαρέψου! Δεν είσαι κανένας αλήτης να μπλέκεις σε καυγάδες. Μεταξύ μας τώρα, το ευχαριστήθηκα που του τις έβρεξες» έσκυψε και ψιθύρισε στο αυτί μου.

«Για να πω την αλήθεια, ήταν η πρώτη φορά που έφαγα ποινή και δε με πείραξε καθόλου! Έπραξες το σωστό. Είσαι δίκαιος άνθρωπος».

«Τώρα τι κάνουμε; Ανταλλαγή φιλοφρονήσεων; Άντε πήγαινε να ξεκουραστείς, έχεις να πας και στην κοπέλα σου».

«Άσ' το, έφυγε Θεσσαλονίκη, γιατί αρρώστησε η μάνα της. Επομένως, καταλαβαίνεις πώς θα περάσω το σαββατοκύριακό μου: περιήγηση και κανένα τσιπουράκι!»

«Κατάλαβα! Κάνε ό,τι νομίζεις χωρίς μπλεξίματα» αρκέστηκε να συμπληρώσει και ξάπλωσε στο κρεβάτι του, σαν να ήθελε να μου πει «τώρα άδειασέ μου τη γωνιά!»

Του έκανα λοιπόν τη χάρη και απομακρύνθηκα από το δωμάτιό του. Τα είπα λίγο με τον Λυτράκο καθώς έτρωγα τη φασολάδα που μαγείρεψε και πήγα στον θάλαμο. Συζήτησα με τους φίλους μου για τα γεγονότα της ημέρας. Ο Σούλιος βρήκε αμέσως τη λύση, αφού η Αριάδνη θα έλειπε: το βράδυ στου Αναστάση για να πιούμε αγιασμό! Κομμάτια να γίνει! Αφού το πρόγραμμα δε θα έχει Αριάδνη, ας έχει Αναστάση!

Ξάπλωσα στο κρεβάτι και τεντώθηκα ολάκερος. Ο Σανιδάς, από το διπλανό κρεβάτι, κρατούσε τις σημειώσεις στα χέρια που κατέγραψε για τη ζωή των λύκων και μελετούσε απερίσπαστος και προσηλωμένος και πού και πού ψαχούλευε τα χαρτιά του.

«Λάσκαρη, υπάρχει κάτι που δεν μπορώ να κατανοήσω. Να σε ενοχλήσω για ένα λεπτό;»

«Βεβαίως να με ρωτήσεις, Διονύση μου».

«Οι λύκοι που επιτέθηκαν στη στάνη του Ηλία, νομίζεις ότι θα ξαναχτυπήσουν εκεί; Λες να αντιλήφθηκαν ότι είναι επικίνδυνα σε αυτή τη στάνη και θα ψάξουν αλλού;»

«Ίσως. Αν έχουν έξυπνο αρχηγό, δε θα πάνε σίγουρα εκεί. Αλλά πάλι, αν φτάσουν σε σημείο εξαθλίωσης και είναι ανήμποροι να τραφούν αλλού, ανάμενε νέες επιθέσεις, αν όχι στα ίδια μαντριά, σίγουρα σε κάποια άλλα».

«Άρα, θα έχουμε και άλλα επεισόδια!»

«Δεν είπα αυτό. Υπάρχει όμως και ένα ενδεχόμενο να ξανασυμβεί».

«Ξέρεις, γιατί ρωτώ; Διότι έχω συμπαθήσει τόσο αυτά

τα πλάσματα που θα μου κακοφαινόταν να πάθει κακό ένα από αυτά! Καλύτερα να πάρουν απόφαση να απομακρυνθούν από το χωριό».

«Καμιά φορά πράττουν με γνώμονα τις επιταγές του στομαχιού τους και όχι με κάποιο σχέδιο. Πάντως, όταν απολυθούμε θα σου κάνω δώρο ένα καλό βιβλίο για τα λυκάκια μας. Όχι για τίποτα άλλο, αλλά για να με θυμάσαι».

«Πάντα θα σε θυμάμαι, Λάσκαρη!».

«Λοιπόν, κλείνω τα μάτια και ρίχνω έναν υπνάκο. Θα τα πούμε αργά το απόγευμα».

«Εντάξει, καλή ξεκούραση».

Το βραδάκι, λοιπόν, βρεθήκαμε στο φιλόξενο περιβάλλον που απέπνεε η εστία του καλού μας φίλου, του Αναστάση. Κάθε τόσο, μια ο Αναστάσης και μια ο Σανιδάς, έριχναν ματιές από το παράθυρο προς το δάσος. Τους διακατείχε μια αγωνία που προσέγγιζε τα όρια της αδημονίας και ήλπιζα να μην έφταναν σε σημείο παροξυσμού.

Αυτή η ιστορία με τους λύκους άφηνε τα αποτυπώματά της πάνω μας και εξωτερίκευαν τα συναισθήματά μας. Ο Αναστάσης ανέμενε να επιβεβαιωθεί ότι η αγέλη ήταν η ίδια με αυτή που είχε αντιμετωπίσει μόλις πριν λίγα χρόνια. Ο Σανιδάς έδειχνε μια ξαφνική συμπάθεια για αυτά τα ζώα, δίχως όμως να έχει απεμπολήσει όλες τις φοβίες του και τις πεποιθήσεις του.

Από την άλλη, ο Σούλιος έβρισκε όλη αυτή την κατάσταση διασκεδαστική και χιουμοριστική και αρκούταν στο να αστειεύεται και να περιπαίζει, ιδιαίτερα τον Σανιδά που ώρες – ώρες εκνευριζόταν αφάνταστα με τα χωρατά του συναδέλφου του. Όσο για τον Μπόλιο, για άλλη μια φορά λιγομίλητος και μειλίχιος, απλώς άκουγε χωρίς να μιλά και πολύ.

Αναλωθήκαμε σε ατελείωτες συζητήσεις για όλα τα ζητήματα που μας απασχολούσαν, με τον καθένα να εκθέτει τις προσωπικές του απόψεις, δίνοντας τον δικό του τόνο. Ο Σούλιος και αυτή τη βραδιά του έδωσε και κατάλαβε! Η πόση του δεν είχε σταματημό, ούτε βέβαια και η όρεξή του. Έτρωγε, έπινε και μιλούσε ταυτόχρονα προκαλώντας δυσαρέσκεια στον Σανιδά αλλά ευχαρίστηση στους υπολοίπους. Ομολογώ ότι η παραστατικότητα και η ζωτικότητά του τον έκαναν μια εξαιρετικά ελκυστική προσωπικότητα παρόλη την προκλητικότητα των λόγων του.

Ο Σανιδάς νευρίασε μαζί του, σηκώθηκε και στάθηκε όρθιος. Τα πειράγματα του Σούλιου τον είχαν αναστατώσει. Τον επέκρινε για την παθητική του στάση, στο ζήτημα της σχέσης του με την κοπέλα του, κάτι που έκανε έξω φρενών τον συναισθηματικό Διονύση. Δεν του έδινε πλέον σημασία και αγνάντευε προς το δάσος, αμίλητος. Ήταν η πρώτη φορά που ξέφευγε η κατάσταση, διότι ποτέ ως τώρα δεν υπήρξε κάποια παρεξήγηση μεταξύ μας. Βεβαίως, ο Σούλιος δεν καλοκαταλάβαινε από τέτοια και συνέχιζε να τον πικάρει, αδειάζοντας με υπερηχητική ταχύτητα το ποτήρι του.

«Λοιπόν, για να σοβαρευτούμε, δε σταματάτε αυτή την κουβέντα» πρόσταξα με σοβαρότητα.

«Μη τα λες σ' εμένα. Σε εκείνον πες τα» εξανέστη ο Σανιδάς συνεχίζοντας να κοιτάζει το νυχτερινό τοπίο.

«Σούλιο, φτάνει. Είστε φιλαράκια, μη του συμπεριφέρεσαι έτσι».

«Εγώ να τον "ξυπνήσω" θέλω. Δεν μπορώ άλλο να τον ακούω να μυξοκλαίγεται. Άντρας είναι, όχι κανένα παιδάκι. Οι φίλοι δεν είναι φίλοι, εάν δεν προσπαθούν να συνετίσουν ο ένας τον άλλον. Ο φίλος δεν είναι μόνο για να λέει καλά λόγια, αλλά για να υποδεικνύει και τα στραβά του άλλου ειδάλλως αυτό είναι λυκοφιλία, για να το πω έτσι μια και πολύ με λύκους ασχολούμαστε τελευταία».

«Εντάξει, Σούλιο. Καταλάβαμε ότι τον πειράζεις έχοντας καλό σκοπό, αλλά από τη στιγμή που αυτός θίγεται, οφείλεις να πάψεις και να σεβαστείς την επιθυμία του. Καλό είναι να τα βρείτε».

«Καλά, Λάσκαρη, δε θα το συνεχίσω».

Συνοφρυώθηκε, ενώ το δέρμα του προσώπου του ήταν κατακίτρινο σαν κερί στην ανταύγεια της φωτιάς. Τα μάτια του ήταν βουλιαγμένα στις κόγχες τους και ανταριασμένα. Ωστόσο, δεν ξανάνοιξε το στόμα του.

«Λάσκαρη, έλα μια στιγμή να δεις κάτι» πέταξε ξαφνικά ο Σανιδάς μπροστά από το παράθυρο. Σηκώθηκα με απορία και πήγα δίπλα του.

«Κοίτα, εκεί στο βάθος, δε σου φαίνεται ότι κάτι κινείται;»

Προσπάθησα να επικεντρώσω τι βλέμμα μου προς την κατεύθυνση που μου υπέδειξε. Μέσα από τα σκοτάδια του δάσους αναδύθηκε μια φιγούρα. Πράγματι, μια μαύρη σκιά κινούταν πάνω στο χιόνι μέσα στο χωράφι, πίσω από το σπίτι του Αναστάση. Η σκιά συνεχώς πλησίαζε προς το χωριό. Και οι υπόλοιποι, που μας είδαν προσκολλημένους στο παράθυρο, μας πλησίασαν και έχωσαν τα κεφάλια τους. Ο Αναστάσης έφερε τον μεγάλο φακό στο ένα χέρι και κιάλια στο άλλο. Άνοιξε το παράθυρο και έριξε μια δέσμη φωτός στο χωράφι, φέρνοντας τα κιάλια μπροστά στα μάτια του.

«Τι βλέπεις, Αναστάση;»

«Δεν είμαι σίγουρος. Αν πλησιάσει κι άλλο ίσως διακρίνω τι είναι. Α, για μια στιγμή... μάλιστα! Ναι, Αυτός είναι!»

«Ποιος;» τον ρώτησα.

«Είναι ο σκύλος, εκείνος ο χτικιάρης όπως τον αποκαλείτε. Μια χαρά τον βλέπω. Τελικά γλίτωσε ο καημενούλης!»

Ο σκύλος προσέγγιζε το σπίτι του Αναστάση και όλοι μας χαρούμενοι τον επευφημούσαμε. Ακόμα και τα σκυλιά μας δεν έδειξαν επιθετικότητα με τον επανεμφάνισή του. Μάλιστα, θα έλεγα ότι αδιαφόρησαν και συνέχισαν να είναι ξαπλωμένα μπροστά από την πόρτα της αυλής. Με σκυφτό το κεφάλι και ταχύ διασκελισμό έφτασε στο πίσω μέρος του σπιτιού.

Έτρεξα έξω με συμπαραστάτες τον Μπόλιο και τον Σανιδά, ο οποίος κρατούσε σε μια χαρτοπετσέτα κάποια κοκαλάκια. Σφύριξα ρυθμικά και ο χτικιάρης κοντοστάθηκε γεμάτος αμφιβολία για τις προθέσεις μου, αφού εμφανίστηκαν οι σκύλοι μας. Τους κλείδωσα λοιπόν στην αυλή για παν ενδεχόμενο.

Συνέχισα να σφυρίζω και να του μιλώ αργά και ήρεμα. Αναθάρρησε και κουνώντας την ουρά του μας πλησίασε με λιγότερο δισταγμό πια. Μπροστά στα πόδια μου άρχισε να κυλιέται χαρούμενος πάνω στο χιονισμένο έδαφος. Τον χάιδεψα στοργικά και ένιωσε τη ζεστασιά του αγγίγματός μου. Μου ανταπόδωσε το χάδι, γλείφοντας τα δάχτυλά μου. Τον εξέτασα στα πρόχειρα και πέρα από την αδυναμία του, δε διαπίστωσα κάποιο τραύμα.

Ο Σανιδάς του έβαλε μπροστά του τα αποφάγια, κάτι που τον χαροποίησε ιδιαίτερα. Λαίμαργα, γράπωσε στο στόμα του ένα κόκαλο και σχεδόν το κατάπιε αμάσητο. Πήρε και το δεύτερο και έφυγε τρέχοντας με το στόμα του γεμάτο. Φοβήθηκε, μήπως κάποιος άλλος σκύλος, πιο μεγαλόσωμος, του το έκλεβε. Έτσι, έφυγε να βρει μια κρυψώνα για να απολαύσει το αναπάντεχο δώρο που του δόθηκε.

Μπήκαμε στο σπίτι και συζητήσαμε για το περιστατικό, ικανοποιημένοι για την επανεμφάνιση του χτικιάρη. Καθίσαμε καμιά ώρα ακόμα, με το κλίμα να έχει επανέλθει σε καλό επίπεδο, αφού ο Σούλιος με τον Σανιδά τα πίνανε παρέα με αρκετή ευθυμία. Καληνυχτίσαμε τον Αναστάση και επιστρέψαμε στο φυλάκιο.

Το επόμενο πρωί, σηκώθηκα ορεξάτος και ευδιάθετος. Έπειτα κάτι ανάδεψε στο μυαλό μου: η Αριάδνη. Η εικόνα της κλωθογύριζε βασανιστικά στη μνήμη μου και αυτόματα μου έπεσε η διάθεση. Αποφάσισα να πάω μια βόλτα στο δάσος για να απασχολήσω το μυαλό μου μήπως και μπορέσω να σταθεροποιήσω την εναλλαγή των διαθέσεών μου.

Ο Σούλιος και ο Μπόλιος, προς μεγάλη μου χαρά, πήραν στη στιγμή την απόφαση να με συνοδέψουν. Ο Καζώνης με την σκούπα στα χέρια διαμαρτυρόταν στον φιλαράκο του τον Γαρούφαλο, που του έκανε παρέα, αναφέροντας συνεχώς ότι είναι ανεπίτρεπτο ένας λοχίας που απολύεται σε δεκαπέντε μέρες να καθαρίζει.

Αρματωθήκαμε και περάσαμε από μπροστά τους, με τον Καζώνη να μου ρίχνει ένα δολοφονικό βλέμμα! Δεν του έδωσα καμία σημασία και άνοιξα την εξώπορτα, με τους άλλους να με ακολουθούν. Βρέθηκα έξω, στο δροσερό αχνό φως της ανατολής του ηλίου. Η ροδοδάχτυλη αυγή τύλιγε σε ένα απαλό κόκκινο χρώμα το χωριό. Τα σκυλιά μόλις μας είδαν με όλο τον εξοπλισμό μας να εξερχόμαστε, τρελάθηκαν από την χαρά και χοροπηδούσαν με ευδιαθεσία και κέφι. Μας πήραν από πίσω και πλέον όλοι μαζί κατηφορίζαμε από τον λόφο προς το δάσος. Ως συνήθως, τα σκυλιά μας προσπέρασαν λίγο πιο κάτω και προσέγγισαν πρώτα το κλασσικό μονοπάτι, δίπλα από την παλιά κυκλική στάνη με τον ξύλινο περίβολο.

Ανεβήκαμε τη μεγάλη ανηφόρα, ώσπου βγήκαμε σε ένα από τα μικρά ξέφωτα που υπήρχαν μέσα στο δάσος. Η γη ήταν σκεπασμένη με ένα δροσερό πέπλο που ήθελες να το γευτείς! Ένα διάλειμμα ήταν απαραίτητο. Στρωθήκαμε κάτω και ακουμπήσαμε τα κορμιά μας πάνω στις πέτρες που κείτονταν διάσπαρτες. Ο λαμπερός πλέον ήλιος εκτόξευε πάνω μας τις ακτίνες του και προσπαθούσαμε να απορροφήσουμε τη θερμότητα που μας πρόσφερε με το σταγονόμετρο!

«Αχ» τεντώθηκε ο Σούλιος, «αυτό είναι! Εκεί που χτυπά ο ήλιος είναι απόλαυση. Μόλις μας πιάσει η σκιά, κάνει ψόφο!»

«Μακάρι να είχα στην αγκαλιά μου την Αριάδνη. Δε μπορείτε να φανταστείτε πόσο θερμό κορμί διαθέτει!»

«Μια χαρά μπορούμε να φανταστούμε, αλλά έχει χάρη που είμαστε κύριοι και δε σκεφτόμαστε πονηρά» δήλωσε ο Σούλιος καθώς έστριβε ένα τσιγάρο.

«Είναι φανταστική η αίσθηση ενός καυτού γυναικείου κορμιού!»

«Εσύ έχεις νιώσει ποτέ αυτή τη θερμότητα μικρέ;» απευθύνθηκε στον Μπόλιο ο Σούλιος.

«Όχι πολλές φορές, αλλά κάτι θυμάμαι».

«Στο έχω ξαναπεί: χρειάζεσαι επειγόντως γυναικεία φροντίδα! Μόλις απολυθείς να ορμήσεις όπου βρεις. Πότε απολύεσαι;».

«Τέλη Νοέμβρη».

«Πω, πω! Οκτώμισι μήνες ακόμα! Και το καλοκαίρι μέσα! Θα πήξεις ρε Μπόλιο!»

«Σιγά τ' αυγά! Εσύ απολύεσαι τον Ιούλιο, δεν είναι και μεγάλη η διαφορά μας».

«Καλά, πλάκα μας κάνεις; Ξέρεις τέσσερις μήνες τι είναι στον στρατό. Μια ζωή ολόκληρη. Σκέψου πως όταν θα κάνω τα μπανάκια μου, εσύ θα βολοδέρνεις εδώ πάνω, κακόμοιρε!»

«Σωστό αυτό Σούλιο, αλλά τουλάχιστο τότε θα είναι παλιός. Σεβασμός και εκτίμηση προς το πρόσωπό του! Γι' αυτό λοιπόν και εγώ, μόλις απολυθώ, θα σου αφήσω το τζόκεϊ μου για να με θυμάσαι» απευθύνθηκα στον Μπόλιο. «Το βλέπεις; Όλο γδαρσίματα και ξεθωριασμένο χρωματάκι! Όταν το βάλεις στο κεφάλι σου, όλοι θα βαράνε προσοχή μπροστά σου!»

«Άσ' το Λάσκαρη. Για να εμπνέεις σεβασμό δε χρειάζονται μόνο τα παλιά ρούχα και τα καπέλα, πρέπει να το χεις και μέσα σου και ο Μπόλιος δεν το έχει».

«Ενώ εσύ σκίζεις από προσωπικότητα και ύφος!» αντέτεινε στο ίδιο ειρωνικό ύφος ο Μπόλιος.

«Ελάτε, μη κάνετε σαν μωρά. Κάποια στιγμή όλοι θα φύγουμε από εδώ. Άλλοι πιο γρήγορα, άλλοι πιο αργά. Ας περνάμε όμορφα μέχρι να έρθει εκείνη η ώρα, όπως αυτή τη στιγμή. Παρατηρήστε και απολαύστε τα θεόρατα δέντρα, αφουγκραστείτε τους ήχους του δάσους, μυρίστε τις ευωδιές που αναδύονται από την κάθε του γωνιά. Πού θα ξαναβρείτε τέτοιο μέρος για να τέρψετε τις αισθήσεις σας;»

«Εγώ λέω να ξεκινήσουμε και να προσεγγίσουμε την πυραμίδα. Δε θα έχουμε πολλές φορές ακόμα την ευκαιρία να ευχαριστιόμαστε τούτη τη διαδρομή» πρότεινε ο Σού-λιος που σηκώθηκε απότομα και άνοιξε το βήμα του.

Τα σκυλιά τον ακολούθησαν με μεγάλη χαρά, ενώ εγώ και ο Μπόλιος, με νωχελικές κινήσεις, ακολουθούσαμε.

Ανεβήκαμε τον δασωμένο λόφο παρατηρώντας όλες τις πτυχές της ζωής αυτού του ονειρεμένου βιότοπου. Το χιόνι είχε αρχίσει να λιώνει, αλλά το κρύο ήταν αισθητό. Η παρατεταμένη λιακάδα πάλευε για να απωθήσει τον γοη-τευτικό αλλά και βάρβαρο χειμώνα, που έδρευε για μήνες σε αυτό τον τόπο. Σε λίγο καιρό θα έμπαινε ο Μάρτιος, ο πρώτος μήνας της άνοιξης, αλλά που εδώ θεωρούταν ένας επιπλέον χειμωνιάτικος μήνας. Όπως μου είχε εξηγήσει ο Αναστάσης, η άνοιξη ουσιαστικά ξεκινούσε τον κύκλο της από τα τέλη του Απριλίου. Γι' αυτό λοιπόν, ίσως είχαμε και νέες χιονοπτώσεις στο προσεχές μέλλον.

Αφήσαμε πίσω μας το δάσος και η πορεία συνεχίστηκε στο άγονο και άδεντρο οροπέδιο, ώσπου λίγο έπειτα πλη-σιάσαμε την πιο επισκέψιμη πυραμίδα. Παρατήρησα για άλλη μια φορά το μικρό αλβανικό χωριό στο δάσος. Μού ήρθε και πάλι στον νου μου το περιστατικό με τον Αλ-βανό βοσκό. Θυμήθηκα ότι είχα ρίξει σε ένα χαντάκι την καραμπίνα του, όχι πολύ μακριά από το σημείο που βρι-σκόμασταν. Μου ήρθε η φαεινή ιδέα να ψάξω να τη βρω. Όχι για κάποιον άλλο λόγο, αλλά είχα μεγάλη απορία να ανακαλύψω τι έγινε εκείνο το όπλο. Άραγε να το είχε βρει ο Μπεχάρ; Μήπως είχε κάποιον κακό σκοπό για το πρό-σωπό μου; Αναλογίστηκα ότι είχα πράξει απερίσκεπτα και επιπόλαια, πετώντας το όπλο κάτω. Έπρεπε να το είχα πάρει μαζί μου στο φυλάκιο και να το κρύψω. Ωστόσο, εκείνες τις στιγμές αγωνίας και τρόμου, αυτό ήταν το τελευταίο που θα σκεπτόμουν. Αλλά αφού βρέθηκα και πάλι εδώ, ας έκανα έναν κόπο να το βρω.

Οι συνάδελφοι είχαν καθίσει σε ένα ξερό σημείο του εδάφους και απολάμβαναν τις ισχνές ακτίνες του ηλίου. Τα σκυλιά, με εξαίρεση τον Έκτορα που είχε ξαπλώσει δίπλα στον Μπόλιο, ανίχνευαν τριγύρω από την πυραμίδα την περιοχή, μια που πολλά σημεία τους τραβούσαν την προσοχή, χώνοντας τη μουσούδα τους παντού και ουρώντας γύρω – γύρω αφήνοντας το στίγμα τους.

Ενημέρωσα τους άλλους για τον μικρό περίπατο που θα επιχειρούσα λίγο πιο νότια. Μόνο η Κούλα με ακολούθησε. Τα άλλα δυο σκυλιά ξάπλωσαν δίπλα στον Έκτορα, ο οποίος δεν έλεγε με τίποτα να κουνηθεί από τη θέση του. Η Κούλα ήταν αυτή που μου είχε απεριόριστη συμπάθεια και παρακολουθούσε ευλαβικά την κάθε μου κίνηση. Ακόμα και όταν έξυνα το κεφάλι μου, πάντα παρατηρούσα το βλέμμα της να είναι στραμμένο πάνω μου. Όποια απλή και ασυναίσθητη κίνηση έκανα, ένιωθα πως δε με έχανε από τα μάτια της. Τόσο είχε δεθεί μαζί μου, που ο χωρατατζής Σούλιος, όταν μου μίλαγε για αυτήν, την αποκαλούσε "η φιλενάδα σου"!

Σιγά – σιγά απομακρυνόμασταν από την πυραμίδα και για άλλη μια φορά εισβάλαμε στη γειτονική χώρα. Προχωρούσαμε με σχετική δυσκολία, γιατί το έδαφος ήταν λασπώδες, όπου δεν είχε χιόνι, αλλά δεν πτοούμασταν. Ειδικά η Κούλα με το ντελικάτο βάδισμά της, κυριολεκτικά χόρευε με την απαράμιλλη κορμοστασιά της. Προσπαθούσα να πατάω πάνω σε όσο το δυνατόν πιο στερεό και ξηρό χώμα. Οι αρβύλες είχαν γεμίσει με λάσπη και τα πόδια μου σήκωναν ακόμα μεγαλύτερο βάρος.

Κατά διαστήματα, στεκόμουν και καθάριζα πάνω σε πέτρες τις σόλες και αναχαίτιζα τον καλπασμό της Κούλας. Αυτή έκανε αναστροφή, με πλησίαζε και κάθε φορά μου έγλειφε τα χέρια.

Μ' αυτά και μ' αυτά, σύμφωνα με τους υπολογισμούς μου, βρέθηκα περίπου στο σημείο που πέταξα την καραμπίνα του βοσκού. Δεν ήμουν μακρύτερα από πεντακόσια μέτρα από την πυραμίδα και την υπόλοιπη ομάδα. Κατέβηκα στο κοίλωμα του εδάφους και ανίχνευα με προσήλωση. Η Κούλα, που φυσικά δε γνώριζε τι έψαχνα, οσμιζόταν το έδαφος και αντλούσε τις δικές της πληροφορίες με την πανίσχυρη ρινική της κοιλότητα.

Προχώρησα μερικές δεκάδες μέτρα μέσα σε αυτή την εσοχή του εδάφους, αλλά προς μεγάλη μου απογοήτευση δεν ανακάλυψα αυτό που προσδοκούσα. Κάποιος θα τη βρήκε και θα την πήρε. Ενδεχομένως και ο ίδιος ο Μπεχάρ. Με περίζωσε ένας προβληματισμός και μια αίσθηση ανασφάλειας. Αλλά και πάλι, αναλογίστηκα ότι αν ήθελε να μου κάνει κακό, αυτό θα το είχε κάνει εδώ και καιρό. Δε χρειαζόταν αποκλειστικά και μόνο αυτή την καραμπίνα. Ίσως να είχε και άλλα όπλα. Εδώ που τα λέμε, το να βρεις όπλο στην Αλβανία δεν ήταν και το πιο δύσκολο πράγμα στον κόσμο!

Σκαρφάλωνα με δυσκολία για να βγω από το βαθούλωμα της γης, όταν η Κούλα, η οποία είχε ήδη ανέβει, ξέσπασε σε γρυλίσματα και έντονα γαβγίσματα. Δεν την είχα στο οπτικό μου πεδίο, αλλά ήταν μερικά μέτρα πάνω από το κεφάλι μου. Ανέβηκα και γω ταχύτατα αποκολλώντας από το κατηφορικό έδαφος μεγάλα κομμάτια χώματος και λάσπης, τα οποία κατέληξαν στον πάτο του ρέματος.

Η ανασηκωμένες τρίχες της Κούλας ήταν το πρώτο που μου έκανε εντύπωση.

Αυτό δεν ήταν καθόλου ενθαρρυντικό!

Καθώς εξερχόμουν από το κοίλωμα με ένα μικρό σάλτο, σάστισα και κόλλησα στη λάσπη. Είκοσι μέτρα απέναντι, δίπλα από ένα μικρό χαμόδεντρο, ένα πλάσμα μας παρακολουθούσε. Η Κούλα ωρυόταν και το πλησίαζε σιγά – σιγά με αρκετά επιθετική διάθεση. Έβγαζε τα δόντια της και φαινόταν, πραγματικά, απερίγραπτα τρομακτική με τις τρίχες της ορθωμένες σαν συρμάτινη βούρτσα. Στένεψα τα μάτια μου να δω καλύτερα, επειδή το φως του ήλιου ήταν εκτυφλωτικό. Ο μέχρι πρότινος ενθουσιασμός μου σαρώθηκε από ένα ξαφνικό κύμα ανησυχίας.

Η αρκούδα με εμφανή την αναστάτωσή της, είχε ανασηκωθεί στα πίσω της πέλματα και μας παρατηρούσε μάλλον τρομαγμένη. Ξεφυσούσε με δύναμη και με θόρυβο δίχως άλλο ίχνος επιθετικότητας. Με κοίταζε με ένα διαπεραστικό βλέμμα και ένιωσα τον αέρα στα πνευμόνια μου να παγώνει. Έσφιξα το τουφέκι μου με προσεχτικές και απαλές κινήσεις, αλλά δεν έκανα ούτε βήμα.

Η Κούλα όλο και πλησίαζε αυτό το μεγαλοπρεπέστατο ζώο, που αν και η παρουσία του μου είχε κόψει τα πόδια, βρήκα το κουράγιο για να το θαυμάσω. Σίγουρα, δεν ήταν η Ανθούλα. Ήταν ένα αρσενικό κοντά στα διακόσια κιλά, όπως το υπολόγισα πρόχειρα. Η ανοιχτόχρωμή του καφέ περιβολή έλαμπε από τις χρυσαφένιες ανταύγειες του ηλίου. Έμοιαζε εύρωστη και υγιής, πάνω στο άνθος της ηλικίας της.

Η Κούλα βρέθηκε στα πέντε μέτρα μπροστά της και έσφυζε από αποφασιστικότητα και γενναιότητα. Ούρλιαζε τόσο που έφτανε σε σημείο παραφροσύνης. Η αρκούδα προσγειώθηκε στα τέσσερα πόδια της αφήνοντας ένα βαρύγδουπο ήχο. Έσυρε το μπροστινό δεξί της πόδι και έσπρωξε νευρικά χώμα και πέτρες, αναγκάζοντας τον σκύλο να οπισθοχωρήσει και τρομάζοντάς με ακόμα περισσότερο. Κινήθηκε προς τα μπροστά γρυλλίζοντας και παγώνοντας το αίμα μου. Η Κούλα όμως έκανε ένα σάλτο πιο μπροστά που την ανάγκασε να αναδιπλωθεί προς τα πίσω.

Η αρκούδα είχε εγκλωβιστεί ανάμεσα στον σκύλο και στα χαμόκλαδα που περιέβαλλαν έναν χαμηλό βράχο. Είχε πάρει ξεκάθαρα μια αμυντική στάση και αυτό την έκανε εξίσου επικίνδυνη. Όμως, η Κούλα επέμενε και αυτό ήταν επίφοβο για τη σωματική της ακεραιότητα, γιατί η αρκούδα με τα δυνατά πόδια και τα κοφτερά της νύχια, με ένα χτύπημά της θα μπορούσε να την τσακίσει και να την ξεσκίσει.

Διέταξα με φωνές δυνατές τον σκύλο να οπισθοχωρήσει αλλά εις μάτην! Με μια κίνηση αστραπής τοποθέτησα τον γεμιστήρα και πήρα κουράγιο. Αν εξελισσόταν στραβά η κατάσταση, το τουφέκι μου ήταν έτοιμο. Ασφαλώς και δεν είχα σκοπό να το χρησιμοποιήσω, εκτός αν έφτανε σε επισφαλές σημείο η ζωή μου.

Πυροβολισμοί έσκισαν τον αέρα από την πλευρά της πυραμίδας.

Έστρεψα το βλέμμα προς τα εκεί και είδα τα υπόλοιπα σκυλιά να τρέχουν μανιασμένα και να αλυχτούν. Από πίσω τους, με τα όπλα στα χέρια, ο Σούλιος και ο Μπόλιος ακολουθούσαν τρέχοντας. Πυροβόλησαν άλλες δυο φορές εκ νέου στον αέρα. Η Κούλα αποσυντονίστηκε και η αρκούδα βρήκε την ευκαιρία με μια λεπτεπίλεπτη πιρουέτα να ξεφύγει από τη γωνιά της και να ξεκινήσει έναν καλπασμό κατάβασης προς την ασφάλεια του δάσους.

Η Κούλα ξεχύθηκε ξοπίσω της να την καταδιώκει.

Δευτερόλεπτα έπειτα πέρασαν από μπροστά μου τα υπόλοιπα σκυλιά που την ακολούθησαν με μανία. Όσο και αν τα πρόσταξα να σταματήσουν, στάθηκε αδύνατο να τιθασεύσω την ορμή τους. Χάθηκαν όλα μαζί λίγο πιο κάτω, μέσα στο δάσος. Ένα λεπτό ύστερα κατέφτασαν και οι συνάδελφοι λαχανιασμένοι από το τρέξιμο. Με προέτρεψαν να ξεχυθούμε πίσω τους με σκοπό να μαζέψουμε τα σκυλιά.

Με ταχύ βηματισμό ακολουθήσαμε τους τετράποδους μαχητές, οδηγούμενοι από το έντονο και επιθετικό αλύχτισμά τους. Ήταν εξαιρετικά δυσχερές να τα εντοπίσουμε μέσα στον πυκνό δρυμό. Οι κραυγές τους έμοιαζαν να προέρχονται από το κάθε σημείο αυτού του στακτοπράσινου λαβύρινθου και, ως εκ τούτου, ο εντοπισμός τους ήταν σχεδόν αδύνατος. Παρόλα αυτά, οι προσπάθειές μας διέπονταν από φιλότιμο και αυταπάρνηση.

Δεν αργήσαμε να δικαιωθούμε. Στη βάση ενός μικρού υψώματος, γεμάτο με ποώδη βλάστηση και βραχώδη υφή, τα σκυλιά είχαν εγκλωβίσει και πάλι την αρκούδα. Ποτέ δεν τα είχα δει τόσο μανιασμένα και να λυσσομανούν αβυσσαλέα. Εάν δεν είχα αυτή την οικειότητα μαζί τους, θα τα χαρακτήριζα ως δαίμονες της κόλασης! Τα προτεταμένα ισχυρά σαγόνια τους με τα κοφτερά δόντια, σχεδόν άγγιζαν την παχιά γούνα της.

Αυτή από την πλευρά της, φοβισμένη αλλά αγέρωχη, πάσχιζε να απεμπλακεί από τη ζόρικη κατάσταση που είχε μπλέξει. Παρά το θηριώδες παρουσιαστικό της, δεν μου προκαλούσε φόβο αυτές τις στιγμές, μα μόνο οίκτο και ευσπλαχνία. Μου φαινόταν οξύμωρο, αυτό το περήφανο και ρωμαλέο ζώο να βρίσκεται σε παθητική και μειονεκτική θέση. Κάποιες στιγμές επιτιθόταν ξαφνικά με προτεταμένα τα νύχια των μπροστινών της ποδιών και ανάγκαζε τα σκυλιά να παραπατούν και να οπισθοχωρούν. Πάλι όμως, η ομαδική δουλειά της αγέλης τη στρίμωχνε ανάμεσα στα βράχια.

Παιδευόμουν να απομακρύνω τα σκυλιά και προσπαθούσα να τα προσελκύσω προς το μέρος μας, αλλά δε μου έδιναν καμιά σημασία. Είναι αλήθεια ότι αυτοί που κινδύνευαν περισσότερο ήταν οι σκύλοι μας. Η πιθανότητα να κάνουν ζημιά στην αρκούδα ήταν μικρότερη από αυτή που είχε τη δυνατότητα να τους κάνει η βασίλισσα του δάσους. Πήρα την απόφαση να πλησιάσω ακόμα εγγύτερα στις δυο αντιμαχόμενες πλευρές.

Ο Σούλιος με τον Μπόλιο όπλισαν και τοποθέτησαν τα όπλα με το κοντάκι να στηρίζεται στην κλείδα τους. Με το δάχτυλο στη σκανδάλη ακροβολίστηκαν στις άκρες του ανοίγματος και στόχευαν προς την αρκούδα για παν ενδεχόμενο. Έφτασα λίγα μέτρα πίσω από τα σκυλιά. Μου ήρθαν στο μυαλό τα λόγια του Αναστάση, που είχε πει ότι δε θα ξεχνούσε ποτέ εκείνη τη μυρωδιά και είχε απόλυτο δίκιο. Η δυσοσμία, που σκόρπιζε στον αέρα το κορμί και η αναπνοή της, τρύπωσε στα ρουθούνια μου και σε ένα ευαίσθητο στομάχι θα προκαλούσε αναγούλα! Πάντως ήταν το τελευταίο που μ' απασχολούσε αυτή τη στιγμή.

Ήμουν πλέον ανάμεσα στα σκυλιά, στα τέσσερα μέτρα απέναντί της! Δε γνωρίζω τον λόγο, αλλά η παρουσία μου την εξόργισε. Ταράχτηκα από τον εκκωφαντικό βρυχηθμό της αρκούδας. Ίσως είχε κακή εμπειρία από την ανθρώπινη επαφή. Κυριεύτηκα από έξαψη και ένιωσα δέος από το ψυχρό πέτρινο βλέμμα των μαύρων ματιών της. Όρμησε καταπάνω μου αψηφώντας τα δόντια των σκυλιών που την είχαν αρπάξει από διαφορετικά σημεία της γούνας της.

Έπεσα προς τα πίσω για να την αποφύγω. Το όπλο μου ξέφυγε από τα χέρια και κατέληξε μέσα στα κλαδιά. Τα νύχια της έξυσαν τη βουβωνική μου χώρα, διότι τη στιγμή εκείνη η Κούλα έπεσε δυναμικά και με αυτοθυσία πάνω στο πόδι της. Αυτό της ανέκοψε την ορμή και με έσωσε από τα χειρότερα.

Αισθάνθηκα μια διάπυρη οδύνη να με διαπερνά. Ένιωθα καταιγιστικές σουβλιές στην κοιλιά μου. Ένας μικρός δακτύλιος από αίμα σχηματίστηκε γύρω από την πληγή, που απορροφούταν από το ύφασμα.

Το χτύπημά της αρκούδας στην Κούλα, την οποία εκτόξευσε πάνω από τρία μέτρα, ήταν κολοσσιαίο! Πεσμένος καθώς ήμουν, την είδα να ίπταται πάνω από το κεφάλι μου. Έβγαλε ένα κλάμα την ώρα που αιωρούταν και προσγειώθηκε ατσούμπαλα. Τα υπόλοιπα σκυλιά πανικοβλήθηκαν και αποτραβήχτηκαν αρκετά πίσω μου.

Ήμασταν πια τετ α τετ! Ένιωθα το δάσος να περιστρέφεται με ακατάληπτη ταχύτητα, επειδή ζαλιζόμουν εξαιτίας της πληγής στην κοιλιά μου. Κοίταζα μπροστά, αλλά δε διέκρινα τίποτα. Αυτός ο αποπροσανατολισμός ήταν ο φυσικός μηχανισμός άμυνας του σώματος απέναντι στον πόνο!

Η αρκούδα έβγαλε έναν βρυχηθμό που συγκλόνισε την πλάση. Αυτό με έκανε να ανανήψω από το πρόσκαιρο λήθαργό μου. Διατηρούσα ακόμα ψήγματα διαύγειας! Έτεινα το χέρι μου για να πιάσω το τουφέκι, αλλά δεν το έφτανα. Η αρκούδα σηκώθηκε στα πίσω της πόδια. Αν έπεφτε προς τα μπροστά θα με καταπλάκωνε. Ένιωσα την αριστερή κοιλιακή μου χώρα να με καίει. Έβαλα το χέρι επάνω της, ανάμεσα στο κουρελιασμένο ύφασμα και στο δέρμα μου.

Το αίμα έβαψε την παλάμη μου.

Κάποιος από τους φίλους μου πυροβόλησε. Δεν πρέπει να την πέτυχε, αλλά αυτό ήταν αρκετό. Η αρκούδα προσεδαφίστηκε προς τα πλάγια και εξαφανίστηκε με μεγάλη ταχύτητα ανάμεσα στις βελανιδιές.

Ο Σούλιος έπιασε από τον λαιμό την Ίρμα και την κράτησε σφιχτά. Το ίδιο έπραξε και ο Μπόλιος με τον Μήτσο. Η Κούλα, μάλλον ζαλισμένη, στάθηκε από πάνω μου. Μονάχα ο Έκτορας ξεχύθηκε πίσω της, αλλά έπειτα από λίγα μέτρα σταμάτησε. Η αρκούδα είχε ξεφύγει και κινούταν κάπου μέσα σε έναν από τους πολλούς διαδρόμους του δάσους.

Οι δυο φίλοι έτρεξαν να με σηκώσουν. Ο πόνος από το τραύμα σταθεροποιήθηκε και προς το παρόν έμοιαζε υποφερτός.

«Για να ρίξω μια ματιά» μίλησε ήρεμα ο Σούλιος.

Έσκυψε στα γόνατα, σήκωσε το καταρρακωμένο ύφασμα και ψηλάφησε το τραύμα. Ένα ελαφρύ άλγος με έκανε να βογκήξω.

«Δεν είναι βαθύ, αλλά θέλει περιποίηση. Περισσότερο μοιάζει με γρατζουνιά παρά σε σχίσιμο».

Έβγαλε ένα χαρτομάντιλο από μια τσέπη του και το τοποθέτησε πάνω στη πληγή.

«Κράτα το σφιχτά για καλό και για κακό. Δεν υπάρχει έντονη ροή, ωστόσο αιμορραγείς».

Έκανα μερικά βήματα και διαπίστωσα πως, έστω και με κάποιες ενοχλήσεις, κατάφερνα να βαδίσω. Με τη παλάμη πίεζα την πληγή και πήρα τον δρόμο για το φυλάκιο. Οι φίλοι προσφέρθηκαν να με υποβαστάξουν, αλλά αρνήθηκα, αφού είχα τη δύναμη να ανταπεξέλθω στην πεζοπορία.

«Θα πάμε στον Αναστάση. Αυτός σίγουρα θα γνωρίζει από κάτι τέτοια. Αν χρειαστεί, θα σε πάει μέχρι το κοινοτικό ιατρείο στον Άγιο Γερμανό» πρότεινε ο Σούλιος.

Έπειτα από λίγο φτάσαμε στο σπίτι του Αναστάση, ο οποίος αναστατώθηκε, μόλις μας είδε να καταφτάνουμε, με εμένα να κρατιέμαι από τους ώμους των άλλων δυο. Επί τροχάδην, ο Σούλιος εξήγησε την κατάληξη της περιπέτειάς μας και μέσα σε ελάχιστο χρόνο με ξάπλωσαν ημίγυμνο στο κρεβάτι.

Ο Αναστάσης με πανιά καθάρισε την πληγή και, απ' όσο μπόρεσα να δω και ο ίδιος, η αιμορραγία είχε πάψει. Τελικά δε φαινόταν μεγάλη σε μέγεθος, όπως αρχικά πίστευα. Τέσσερις χαρακιές, περισσότερο επιφανειακές, μήκους εφτά – οχτώ εκατοστών, κοσμούσαν την κοιλιακή μου χώρα. Μικρό αντίτιμο, αν σκεφτόμουν ότι λίγα εκατοστά βαθύτερα να με είχε κόψει, θα μου είχε πετάξει τα σπλάχνα έξω!

Ο Αναστάσης ως εκείνη τη στιγμή δεν είχε πει και πολλά. Αλλά όταν άλειψε το βάμμα ιωδίου και συγκάλυψε την πληγή, με επέκρινε με αυστηρότητα. Είχε δίκιο! Πολλές φορές δεν έδινα σημασία στην απροσμέτρητη δύναμη ορισμένων μου πράξεων και να τώρα οι συνέπειες. Πήγα να πω κάτι, αλλά η διαμαρτυρία πνίγηκε στο λαρύγγι μου. Συνέχιζε να μου τα ψέλνει για πολλή ώρα, ώσπου δεν άντεξα.

«Καλά, πες μου τώρα αν πιστεύεις ότι χρειάζεται να πάω σε κανέναν γιατρό».

«Ασφαλώς, σε ψυχίατρο! Εάν βέβαια επιθυμείς, δεν έχω κανένα πρόβλημα να σε πάω, αλλά νομίζω πως δεν είναι αναγκαίο. Σε δυο μερούλες θα είσαι μια χαρά. Πες πως κόπηκες λίγο παραπάνω στο ξύρισμα!»

«Δεν είναι ακριβώς το ίδιο, αλλά θα δώσω βάση στη διάγνωσή σου. Και κάτι ακόμα: ας μείνει μεταξύ μας αυτό το συμβάν. Το πολύ –πολύ να το εκμυστηρευτώ στον Διονύση».

«Ούτε στον δόκιμο; Αύριο έχεις καθαριότητα, πώς θα την κάνεις;» ρώτησε ο Μπόλιος.

«Ναι, έχεις δίκιο. Θα πω στον δόκιμο να με απαλλάξει για λίγες υπηρεσίες και θα συνεχίσω τις επόμενες μέρες. Θα του πω ότι χτύπησα σε κάποια κλαδιά».

«Θα κάνω εγώ την υπηρεσία σου» αυτοπροτάθηκε ο Σούλιος.

«Σ' ευχαριστώ Σούλιο, είσαι ψυχάρα! Αλήθεια, εσύ πυροβόλησες εκείνη την κρίσιμη στιγμή;»

«Αυτός ο γκαβός!» έδειξε τον Μπόλιο, ο οποίος απλώς χαμογέλασε.

«Καλύτερα που αστόχησε. Ευτυχώς τρόμαξε και με παράτησε. Ίσως αν την πετύχαινε, να εξαγριωνόταν περισσότερο».

«Σου εφιστώ πάντως την προσοχή: εφόσον δε νιώσεις καλά, αν αισθανθείς ζαλάδες ή τάσεις για εμετό, σε παίρνω και σε πάω σε γιατρό, ξηγημένοι!» επισήμανε με αυστηρότητα ο Αναστάσης.

«Ό,τι πεις αφεντικό!»

«Μη το ρίχνεις στον χαβαλέ, Λουκά, και αναλογίσου από τι κίνδυνο ξέφυγες» ο τόνος του ήχησε σοβαρός.

«Το ρίχνω στην πλάκα, διότι είναι το καλύτερο φάρμακο για όλα. Φυσικά και έχω συνειδητοποιήσει τη σοβαρότητα της κατάστασης που δημιουργήθηκε εκεί. Πάντως αυτή η αρκούδα, δεν είναι της περιοχής σας. Είμαι σίγουρος ότι έψαχνε για φαγητό ή για να ζευγαρώσει.

Ίσως οι ορμόνες της Ανθούλας να την προσέλκυσαν από χιλιόμετρα μακριά. Μπορεί έτσι να εξηγείται το γεγονός ότι επέδειξε γενικά μια παθητική αντίδραση, με εξαίρεση την επίθεση που εξαπέλυσε εναντίον μου, που για να ακριβολογούμε θα μπορούσε να είναι πολύ πιο σφοδρή».

«Γενικά, συμφωνώ με την ανάλυσή σου. Μου θυμίζεις κάτι από τη δική μου περιπέτεια μ' εκείνο το θηρίο. Ωστόσο να προσέχετε ακόμα παραπάνω. Είδατε πόσοι κίνδυνοι καραδοκούν! Ο τόπος μπορεί να είναι ευλογημένος, αλλά είναι και επίφοβος. Θα κινείστε με γνώμονα τον σεβασμό στη φύση και στα πλάσματά της. Καλά θα κάνεις να ανάψεις και κανένα κεράκι στην εκκλησία για να ευχαριστήσεις τον Κύριο, ο οποίος σε έσωσε. Και συ να πας» γύρισε και απευθύνθηκε με αυστηρότητα στον Σούλιο. Αυτός χαμογέλασε και δεν αντέδρασε απότομα, όπως θα ήταν το φυσιολογικό σύμφωνα με τον χαρακτήρα και την ιδεολογία του.

«Εντάξει, θα το ανάψω το κερί, αν και μάλλον θα χρειάζονται και δυο λαμπάδες επιπλέον, μέχρι το μπόι αυτών των δυο» έδειξα με το δάχτυλο τους δυο συναδέλφους.

«Σοβαρέψου φυσιοδίφη!» με πείραξε ο Σούλιος, με τον Μπόλιο μόνο να χαμογελά.

«Να ανάψεις και για αυτούς, αυτό είναι το σωστό» συμπλήρωσε ο Αναστάσης.

«Η Κούλα είναι καλά;»

«Δεν φαίνεται να έχει κανένα πρόβλημα η φιλενάδα σου. Μα να σου χει τέτοια αγάπη;» αναρωτήθηκε ο Σούλιος.

«Φαίνεται ότι σ' αυτό τον τομέα τα πάω περίφημα εδώ πέρα. Έχω προσελκύσει όλα τα θηλυκά, και δίποδα και τετράποδα».

«Μίλησες καθόλου με την Αριάδνη;»

«Καθόλου και καλά που μου το υπενθύμισες να προσπαθήσω να επικοινωνήσω μαζί της. Αυτό και αν θα είναι γιατρικό!»

«Να τηλεφωνήσεις από εδώ» πρότεινε ο Αναστάσης.

«Δε θέλω να σε χρεώσω καλέ μου φίλε, σε κινητό θα τηλεφωνήσω».

«Άσε τις βλακείες! Άκου εκεί θα με χρεώσεις! Τηλεφώνησέ της. Εμείς θα πάμε στο δωμάτιο μέσα για να τα πείτε με την ησυχία σας. Και θα καθίσετε να φάμε όλοι μαζί, κάτι θα βρεθεί να βάλουμε στο στόμα μας».

Έφυγαν μέσα και μου άφησαν ελεύθερο το πεδίο. Σηκώθηκα χωρίς ιδιαίτερη δυσκολία και σχημάτισα τα νούμερα στη συσκευή του τηλεφώνου.

«Παρακαλώ;» ακούστηκε η φωνούλα της από την άλλη άκρη της γραμμής.

«Νεράιδα! Πόσο μου λείπεις!»

«Φανταράκι μου, εσύ να δεις πόσο!»

«Καταρχάς, πώς είναι η μητέρα σου;»

«Όχι και πολύ καλά, αλλά θα τα καταφέρει. Τελικά είχε μια ήπιας μορφής πνευμονία, την οποία σιγά – σιγά θα την ξεπεράσει. Εσύ πώς είσαι; Από πού τηλεφωνείς;»

«Από του Αναστάση. Όσον αφορά εμένα είμαι... μια χαρά!» σούφρωσα τα χείλη μου για το αθώο ψεματάκι μου. Δεν υπήρχε λόγος να την αναστατώνω.

«Μάλιστα. Στο τέλος της εβδομάδας θα επιστρέψω, θα εργαστώ στο μπαρ. Ελπίζω να περάσουν γρήγορα οι μέρες. Εντάξει;»

«Γρήγορα θα περάσουν. Φυσικά μπορείς να φιλοξενηθείς το σαββατοκύριακο και στο εξοχικό μου!»

«Στο εξοχικό σου;»

«Εννοώ στο σπίτι του Αναστάση! Δεν περάσαμε υπέροχα την προηγούμενη φορά;»

«Εφόσον δεν έχει αυτός πρόβλημα, τότε ούτε και γω έχω. Εξάλλου εκεί για πρώτη φορά... εμείς οι δύο... καταλαβαίνεις!»

«Ναι, κάτι θυμάμαι!»

«Κάτι θυμάσαι;»

«Σε πειράζω μωρό μου. Λες να το έχω ξεχάσει ή ότι θα το ξεχάσω ποτέ; Ήταν μια από τις ομορφότερες νύχτες της ζωής μου».

«Για εμένα ήταν η ομορφότερη νύχτα! Όχι τόσο επειδή έμεινα σε εκείνο το ζεστό και φιλόξενο σπίτι, αλλά... γιατί ήμουν μαζί σου! Και κάθε νύχτα ή κάθε στιγμή που θα είμαι δίπλα σου θα είναι η ομορφότερη στιγμή της ζωής μου!»

«Μη μου λες τώρα τέτοια! Με αναστατώνεις και με τρελαίνεις! Θα μετρώ το κάθε δευτερόλεπτο, μέχρι να σε σφίξω ξανά στην αγκαλιά μου».

«Εγώ ήδη μετρώ από τη στιγμή που έφυγα!»

«Ανυπόμονη γατούλα!»

«Μωρό μου πρέπει να κλείσω. Σα να ακούω τη μητέρα μου να με φωνάζει από μέσα. Θα τα πούμε».

«Φιλάκια, στα φουσκωτά χειλάκια σου». Η γραμμή έκλεισε.

Πόσο οξύμωρο είναι να νιώθεις άσχημα, επειδή θέλεις να μιλήσεις με κάποιον και δεν μπορείς. Και όταν το κατορθώσεις, να νιώθεις ακόμα χειρότερα, επειδή αργότερα η αίσθηση του κενού μέσα σου σε βαραίνει! Έτσι ακριβώς ένιωθα: μόλις έκλεισα το τηλέφωνο με έπιασε μια απαισιοδοξία που πήγαζε από την απουσία της.

Ενημέρωσα με μια δυνατή φωνή τους άλλους να επιστρέψουν από την προσωρινή τους εξορία. Ο Αναστάσης προχώρησε προς την κουζίνα με συμπαραστάτη τον Σούλιο για να ετοιμάσουν το μεσημεριανό.

Φάγαμε μια απίστευτη πεντανόστιμη σούπα, συνοδευόμενη από ένα καταπληκτικό τυρί. Κάθε τόσο οι φίλοι ρωτούσαν πώς νιώθω. Τους διαβεβαίωνα ότι ήμουν μια χαρά. Πέρα από μια μικρή ενόχληση, δεν είχα κάποιο άλλο πρόβλημα. Ο πόνος αυτός είχε μια εξαγνιστική αντίδραση μέσα στη ψυχή μου, αλλά δεν τολμούσα να το εξωτερικεύσω μήπως με περνούσαν για τρελό! Δε λέω, το ενδιαφέρον τους ήταν αληθινό, ανιδιοτελές και ανθρώπινο, αλλά ήταν φορτικό κάθε τόσο να διαβεβαιώνω ότι είμαι καλά.

«Άμα μάθει ο Σανιδάς τι πάθαμε, θα φρικάρει!» είπε ο Σούλιος με μπουκωμένο το στόμα του.

«Να σου θυμίσω ότι με έσωσε από τον Αλβανό βοσκό;»

«Ναι, άλλο πάλι και τούτο. Τελικά ξέρεις τι διαπιστώνω Λάσκαρη; Σε κυνηγάνε οι μπελάδες!»

«Μπορεί, Σούλιο. Πάντως μόνο βαρετά δεν περνάμε, όπως νομίζουν πολλοί».

«Αυτό είναι το μόνο βέβαιο και το ενστερνίζομαι. Η ζώσα πραγματικότητα αποκαλύπτει ότι είμαστε πολύ δραστήριοι, στο κατά τ' άλλα απομονωμένο μέρος που ζούμε. Σκέψου με τις τρέλες σου τι έχουμε ζήσει!»

«Και με κατακρίνεις για αυτό;»

«Κάθε άλλο! Ευχαριστώ την τύχη που σε γνώρισα. Το πιο σημαντικό που μου δίδαξες ξέρεις ποιο ήταν;»

«Έχω μεγάλη περιέργεια να μάθω».

«Μου δίδαξες, όχι με λόγια, αλλά με τη γενικότερη θεώρηση που έχεις για τη ζωή, ότι υπάρχει ουσία μέσα στην πιο απλή, στην πιο υποτιμημένη, στην πιο μηδαμινή μορφή αυτού του κόσμου! Πετάς το περικάλυμμα και αντλείς, ξεζουμίζεις αυτή τη μικρή σταγόνα από τα σωθικά του κάθε απλού και μικρού πράγματος. Ακόμα και όταν σε έβλεπα να θαυμάζεις ένα λουλουδάκι, κάτι το αμελητέο για πολλούς, του προσέδιδες μια τελετουργική υπόσταση και αναρωτιόμουν τι το σπουδαίο βρίσκεις σ' αυτό. Πολλές φορές αναλογίστηκα και παραξενεύτηκα τι κρύβει ο εγκέφαλός σου, δεν το κρύβω! Τις πρώτες μέρες έφτασα στο σημείο να πιστεύω πως χρησιμοποιείς με τέτοιον τρόπο το μυαλό σου για να καταλήξεις σε πιο περίπλοκες απόψεις, ίσως για να εντυπωσιάσεις τους γύρω σου. Αλλά διαψεύστηκα! Την περιπλοκότητα της ζωής προσπαθείς να την ξετυλίξεις και να αγγίξεις τελικά την απλότητα! Και το καταφέρνεις και σε θαυμάζω γι' αυτό. Φιλία, συντροφικότητα, ανθρωπιά, είναι οι αξίες που σε διέπουν. Και από αυτήν την καλοσύνη που αποπνέεις θέλω να ξεκλέψω και γω μια στάλα! Μαζί σου γίνομαι καλύτερος άνθρωπος». Είδα τα μάτια του υγρά!

Δεν ξέρω, αν τον ώθησε το ποτό που έπινε για να μου πει αυτά τα όμορφα λόγια, αλλά κάτι ένιωσα και εγώ να κυλάει στο μάγουλό μου.

Είχα δακρύσει!

Ναι, για πρώτη φορά μετά από πολλά χρόνια δάκρυσα από χαρά. Ούτε σε καταστάσεις λύπης, ούτε για γυναίκα, ούτε και όταν έφυγε από τη ζωή ο αγαπημένος μου παππούς, ούτε όταν πέθανε η γάτα μου, που έζησε στο δωμάτιο μου για εφτά χρόνια, δάκρυσα. Το θεωρούσα σημάδι αδυναμίας και ποτέ δεν ήθελα να εξωτερικεύω τα αισθήματά μου.

Τώρα όμως ξέσπασα!

Έστω και αυτό το δάκρυ, ήταν μια έκρηξη για μένα. Δικαι-ώθηκα, όταν πίστευα ότι αυτός ο τόπος είναι μαγικός και θα με μεταμόρφωνε προς το καλύτερο. Και μαζί με εμένα, μετέ-βαλε και τους γύρω μου. Και αφού ο μετασχηματισμός αυτός μας ανέβαζε ένα σκαλοπάτι ψηλότερα στην ανθρώπινη κλί-μακα, ήταν μια μεταβολή ευχάριστη και αποδεκτή.

Ο Σούλιος ξέσπασε σε λυγμούς και με πλησίασε. Δεν πίστευα πως ο Σούλιος μπορεί να είχε τέτοιες ευαισθη-σίες, αλλά έσφαλα. Με άρπαξε και με αγκάλιασε άγαρμπα, τρακουνώντας με συθέμελα. Ένας πόνος προερχόμενος από την κοιλιακή μου χώρα με συντάραξε. Έσφιξα τα δόντια και τον ασπάστηκα. Σηκώθηκε και ο Μπόλιος, ο οποίος με τη σειρά του άνοιξε τα χέρια του και μας έκλεισε και τους δυο μέσα. Αυτή η έκρηξη των συναισθημάτων μας ήταν το επιστέγασμα των αξιών που βιώναμε καθημερινά με αυτούς τους ανθρώπους, της φιλίας, της συντροφικό-τητας και της συναδελφικότητας.

Ο Αναστάσης, εμφανώς συγκινημένος και ο ίδιος, καθι-σμένος στην πολυθρόνα σαν βεζίρης σε κάποιο παλάτι της Ανατολής, παρακολουθούσε με συγκατάβαση και συμπά-θεια ως άλλος πάτερ φαμίλιας, που έβλεπε τα παιδιά του μονιασμένα και ενωμένα σαν γροθιά. Άρχισε να γελά, γιατί πολλές φορές γελούσε όταν τα πράγματα ήταν σοβαρά και παρέμενε σοβαρός, όταν αστειευόταν. Όντας όμως έμπειρος άνθρωπος, διέκρινε τον μορφασμό πόνου που σχηματίστηκε στο πρόσωπό μου και με απόλυτο ύφος, συνοφρυωμένος, αποφάσισε για το καλό μου να με μεταφέρει στο αγροτικό ιατρείο. Δεν τόλμησα να φέρω αντίρρηση, επειδή ψηλάφησα την πληγή και είδα πως είχε αρχίσει και πάλι να αιμορραγεί.

Δεν ήταν καθόλου συνετό να φερθώ απερίσκεπτα, από τη στιγμή που είχα γλιτώσει τα χειρότερα.

Ξεκινήσαμε οι δυο μας αμέσως για τον Άγιο Γερμανό. Φτάσαμε στο ιατρείο, το οποίο στεγαζόταν σε ένα παλιό, ωστόσο παραδοσιακό, κτήριο. Ένας νεαρός, κοντούλης και μελαχρινός γύρω στα τριάντα, εμφανίστηκε με τη λευκή ποδιά του στην είσοδο και μας υποδέχτηκε ευγενικά.

«Τι πρόβλημα έχουμε εδώ;» ρώτησε με ένα μεγάλο χαμόγελο.

Δίχως να δώσω λεκτική απάντηση, σήκωσα την μπλούζα μου και τράβηξα απότομα και με δύναμη το ματωμένο πρόχειρο επίθεμα. Τα τσιρότα τράβηξαν και ξερίζωσαν αρκετές τρίχες και με έκαναν να βογκήξω από το τσούξιμο.

Ο ιατρός εξέτασε την πληγή αρχικά από απόσταση, τη στιγμή που έβαζε τα γάντια του. Έσκυψε από πάνω της και την άγγιξε.

«Πώς έγινε;»

«Από νύχια».

«Τι σόι νύχια ήταν αυτά;» ρώτησε πάλι, καθώς επεξεργαζόταν την πληγή.

«Από αρκούδα» πετάχτηκε ο Αναστάσης.

«Αρκούδα; Παναγία μου!» αναφώνησε έντρομος.

«Ακριβώς γιατρέ. Πες μου τώρα πώς βλέπεις το τραύμα μου; Τι μπορούμε να κάνουμε;»

«Έχεις κάνει αντιτετανικό εμβόλιο;»

«Ναι, έχω κάνει πριν από λίγα χρόνια. Είμαι σίγουρος για αυτό. Ασχολούμαι με ζώα».

«Είσαι στρατιώτης, έτσι; Μάλλον όμως θα είσαι και κτηνοτρόφος για να ασχολείσαι με ζώα».

«Ναι, είμαι στο φυλάκιο του Βροντερού. Όσο για το αν είμαι κτηνοτρόφος, θα σε απογοητεύσω, δεν είμαι, αλλά δεν είναι αυτή η ουσία». «Μάλιστα. Λοιπόν φίλε μου, νομίζω ότι πρέπει να ράψουμε την πληγή. Δεν είναι ιδιαίτερα σοβαρή, ωστόσο νομίζω ότι τα ράμματα είναι απαραίτητα για να κλείσουν γρήγορα οι πληγές και να αποφύγουμε την οποιαδήποτε μόλυνση. Δεν ξέρεις τι ασθένειες μπορεί να κουβαλά ένα τέτοιο ζώο. Αρκούδα; Αν είναι δυνατόν!»

Πήρε στα χέρια του τα κατάλληλα ιατρικά εργαλεία και έπεσε με τα μούτρα στη δουλειά. Ούτε αναισθητικό, ούτε κάτι παρεμφερές που θα εξοστράκιζε τον πόνο, αν και ομολογώ πως η ιατρική βελόνα δεν προκαλούσε ιδιαίτερη ενόχληση. Με διεξοδικές, επιμελημένες και λεπτεπίλεπτες κινήσεις, ο ιατρός, αεράτος, προσπαθούσε να ενώσει τις εγκοπές του δέρματός μου. Κάθε τόσο με ρωτούσε εάν πονώ και του έδινα την ίδια αρνητική απάντηση.

«Εντάξει, αν ήταν πιο σοβαρό θα σου έκανα και μια τοπική αναισθησία, αλλά αφού αντέχεις. Ξέρεις... δεν έχουμε φαρμακευτικό υλικό σε αφθονία. Καταλαβαίνεις τι εννοώ;»

«Ασφαλώς. Ίσως τα χρειαστείτε για πιο σοβαρές περιπτώσεις».

«Καλά, μη νομίζεις ότι έχουμε και σοβαρά περιστατικά. Και συ ρε φίλε, το όνομα σου δεν ξέρω, πού τη βρήκες την αρκούδα;»

«Ονομάζομαι Λουκάς Λάσκαρης. Την αρκούδα τη βρήκα στο δάσος, κοντά στο χωριό».

«Χαίρω πολύ, Γιώργος Καρούζος. Σε ρώτησα περισσότερο για να σε περάσω στο βιβλίο των ασθενών. Και πώς... δεν καταλαβαίνω;»

«Πώς έγινε; Προσπαθούσα να σώσω τα σκυλιά του φυλακίου μας και... την πάτησα εγώ!»

«Πραγματικά, έχω μείνει έκπληκτος. Το περιστατικό είναι αξιοπερίεργο και εξαιρετικά σπάνιο! Πάντως σου δίνω συγχαρητήρια. Πρέπει να τα αγαπάς πολύ αυτά τα σκυλιά».

«Κοίταξε, για να πω την αλήθεια, πήγαινα γυρεύοντας. Όσο για τα σκυλιά έχεις δίκιο. Απορώ κι εγώ με αυτή τη μεγάλη αγάπη».

«Πονάς;»

«Είπαμε όχι, γιατρέ».

«Είσαι παλικάρι Λουκά. Λίγο ακόμα και τελειώνουμε. Κάνε υπομονή».

Επιτέλους, κάποια στιγμή η μικρή αυτή επέμβαση έλαβε τέλος. Άλειψε πάνω στην κλειστή πλέον πληγή μια αλοιφή, χωρίς να ρωτήσω τι ακριβώς ήταν και πού χρησίμευε. Για να έβαλε, κάτι παραπάνω θα ήξερε αυτός. Σκέπασε το περιποιημένο τραύμα με μεθοδικότητα, τοποθετώντας ένα καινούριο επίθεμα.

«Σιδερένιος! Θα τα νιώθεις λίγο να σε τραβάνε, αλλά θα το συνηθίσεις. Όμως, πιστεύω ότι αύριο δε θα αισθάνεσαι το παραμικρό. Σε μια εβδομάδα να έρθεις ξανά για να δούμε αν έκλεισαν οι πληγές και αν είναι να βγάλουμε τα ράμματα. Μέχρι τότε να 'σαι λίγο προσεχτικός στις κινήσεις σου και σου προτείνω να περνάς τη μέρα σου ξαπλωμένος».

«Ό,τι πεις γιατρέ, θα ακολουθήσω τις οδηγίες σου. Σ' ευχαριστώ μέσα από την καρδιά μου».

«Παρακαλώ, και να είσαι προσεχτικός άλλη φορά όταν εξερευνάς τα δάση».

«Εάν δεν ερευνάς στη ζωή σου, δεν αξίζει να ζεις. Σε χαιρετώ και πάλι ευχαριστώ».

Τον αποχαιρετήσαμε και επιβιβαστήκαμε στο αυτοκίνητο. Μισή ώρα αργότερα ο Αναστάσης με άφησε στην είσοδο του φυλακίου. Προχώρησα γρήγορα προς τα μέσα με τελικό προορισμό το κρεβάτι μου. Σχεδόν όλοι απολάμβαναν τον μεσημεριανό τους ύπνο, με εξαίρεση τον Μπάκα που καθόταν μοναχός του στο σαλόνι και παρακολουθούσε άπραγος και βαριεστημένος την τηλεόραση. Μόλις ξάπλωσα, ένιωσα έναν κάματο που με οδήγησε στα σκοτεινά μονοπάτια του ύπνου.

Πέρασαν μερικές μέρες ακόμα χωρίς ιδιαίτερα απρό-οπτα. Ο καιρός είχε μαλακώσει, δηλαδή το θερμόμετρο έδειχνε οριακά πάνω από το μηδέν. Απειλητικά σύννεφα είχαν σκεπάσει τον ουρανό και δεν άργησε να πέσει πυκνό χιόνι που άρχισε σιγά – σιγά να καλύπτει τα πάντα. Ήδη μέσα σε λίγα λεπτά δύο – τρεις πόντοι είχαν εγκατασταθεί πάνω στο παγωμένο έδαφος.

Με εξαίρεση τον Σανιδά που του αποκάλυψα τον τραυ-ματισμό μου, δε μίλησα σε κανέναν άλλον, ούτε καν στον δόκιμο. Ισχυρίστηκα ψευδώς, ότι με είχε πιάσει γαστρεντε-ρίτιδα όλες αυτές τις ημέρες και την υπηρεσία της καθαριό-τητας τη διεκπεραίωνε ο Σούλιος. Δεν ήμουν σίγουρος αν ο δόκιμος το είχε χάψει, πάντως δε μου ανέφερε το παραμικρό. Δεν είχα καμιά διάθεση να τον ακούω πάλι να με κράζει για όσα έγιναν. Καλύτερα να μη γνώριζε τίποτα.

Όσο για την Αριάδνη, αυτή παρέτεινε την παραμονή της στη Θεσσαλονίκη για άλλη μια εβδομάδα για να βρί-σκεται πλησίον της άρρωστης μητέρας της. Της τηλεφώνησα από το φυλάκιο τρεις – τέσσερις φορές και τα είπαμε. Μου έλειπε πολύ, ωστόσο δεν ανάφερα τίποτα σχετικό για τον τραυματισμό μου, για να μη πω ότι κατά κάποιον τρόπο η απουσία της με βόλεψε, αφού δεν ήθελα να με δει τραυματισμένο.

Οι πληγές πάντως, δε με ενοχλούσαν καθόλου, όπως είχε προβλέψει και ο γιατρός, αλλά και εγώ ήμουν αρκετά προσεχτικός με τις κινήσεις μου. Το πρωί μάλιστα, μόλις ξύπνησα, για πρώτη φορά από τότε που μου τοποθετή-θηκε το επίθεμα, το άνοιξα κρυφά στο μπάνιο και εξέτασα τα ράμματά μου. Μου φάνηκε ότι η πληγή είχε κλείσει, αν και υπέθεσα ότι οι ουλές, μάλλον, θα ήταν μόνιμες πάνω στο δέρμα μου. Δε μου έμενε παρά να περιμένω τον Ανα-στάση, ο οποίος θα ερχόταν να με πάρει για να με πάει στον γιατρό, καθώς είχε συμπληρωθεί μια εβδομάδα από εκείνη την ημέρα.

Το μόνο βέβαιο ήταν πως αυτές οι τελευταίες ημέρες ήταν ίσως οι πιο βαρετές εδώ στο φυλάκιο. Μέσα, ξαπλω-μένος συνήθως και με αρκετή συζήτηση με τους φίλους μου. Πού και πού, έβγαινα ως την πόρτα της εισόδου και έβλεπα τα σκυλιά, τα οποία μόλις με αντιλαμβάνονταν αναπηδούσαν χαρούμενα, αλλά γρήγορα απογοητεύονταν καθώς έκλεινα αμέσως την πόρτα λόγω του κρύου. Μέχρι και τη διατροφή τους την είχε αναλάβει αποκλειστικά ο Σανιδάς. Έτσι άρχισε να με πιάνει μια μίζερη βαρεμάρα και ανυπομονούσα πώς και πώς πότε θα ερχόταν η στιγμή να βγω μια βόλτα προς το δάσος.

Όσο για κάποια επαφή με τους λύκους ή κάποια αρ-κούδα, δεν είχε υποπέσει το παραμικρό στην αντίληψή μας, αφού θα είχαμε ενημέρωση, αν υπήρχε κάτι, από τον Αναστάση. Δεν υπήρχε λοιπόν κάποιο αξιοσημείωτο συμβάν, ούτε στο χωριό ούτε στη γύρω περιοχή. Ο Αναστάσης με επισκέφτηκε δύο φορές για να δει πώς είναι η υγεία μου, αν και προχτές οι άλλοι τα πίνανε μέχρι αργά στο σπίτι του, πράγμα που ομολογώ ότι με έκανε να ζηλέψω.

Συν τοις άλλοις, και οι σχέσεις μου με τον Καζώνη παρέμεναν βαλτωμένες και παγωμένες, όχι ότι ήταν ποτέ ιδιαίτερα θερμές. Όπως πάντα, η φάτσα του διαπνεόταν από διαρκή χλευασμό για όλους και για όλα. Το πρόσωπό του ήταν ρουφηγμένο και άσαρκο και οι κόγχες των ματιών άδειες. Κάποιες φορές διαπίστωνα να με παρακολουθεί, αλλά ανταπέδιδα με τη μεγαλύτερη απάθεια το βλέμμα του. Ωστόσο, με απέφευγε συστηματικά και βρισκόμασταν στον ίδιο χώρο μόνο κατά τη διάρκεια του νυχτερινού ύπνου στον θάλαμο. Τα ίδια και με τον κολλητό του τον Γαρούφαλο. Όπου πήγαινε ο ένας, πήγαινε και ο άλλος λες και ήταν αυτοκόλλητοι. Το μόνο βέβαιο ήταν πως κανένας από τους υπόλοιπους δεν συμπαθούσε αυτούς τους δυο. Ακόμα και τα σκυλιά τους αντιπαθούσαν, προφανώς επειδή οσμίζονταν αυτή την κακή αύρα που ανέδυαν.

Το πιο ευχάριστο στην όλη υπόθεση ήταν ότι στον τρέχοντα μήνα, στα τέλη του Μαρτίου, δηλαδή σε δυο περίπου εβδομάδες, ο Καζώνης θα απολυόταν. Δεν ξέρω αν είχε και μερικές ημέρες άδειας ακόμη, ώστε να μας άδειαζε τη γωνιά μια ώρα αρχύτερα. Σίγουρα, χωρίς υπερβολές, αυτή θα ήταν μια από τις πιο ευχάριστες στιγμές στο φυλάκιο. Μάλιστα, ο υπερβολικός Σούλιος είχε προτείνει να ανοίξουμε και μια σαμπάνια κατά τη στιγμή της αποχώρησής του!

Λίγο πριν το μεσημέρι, ο Αναστάσης έφτασε με το θρυλικό αγροτικό του και με πήρε. Ήσυχα και χωρίς πολλά –

πολλά φτάσαμε στον Άγιο Γερμανό και πιο συγκεκριμένα στο αγροτικό ιατρείο. Ο ιατρός, ο Γιώργος Καρούζος, μας υποδέχτηκε με περίσσια χαρά και ζωντάνια που με έκανε εντύπωση.

«Πολύ κεφάτος δείχνεις, γιατρέ».

«Δεν έχει πατήσει άνθρωπος από το πρωί φίλε μου. Με έζωσε η μοναξιά για άλλη μια ημέρα. Και όσο σκέφτομαι πως θα είμαι άλλους έξι μήνες εδώ».

«Δεν έχεις δίκιο, είναι ένας πανέμορφος τόπος. Άλλοι πληρώνουν χρήμα για να βρεθούν μερικές μερούλες εδώ, ενώ εσύ και εδώ είσαι και πληρώνεσαι!»

«Ίσως έχεις δίκιο, πάντως δεν μπορώ την πολλή ησυχία. Είμαι άνθρωπος της πόλης και της βαβούρας».

«Είναι μια καλή ευκαιρία για να αποτοξινωθείς από το αστικό ναρκωτικό που μας ποτίζουν. Επιπλέον αυτή η ησυχία, δημιουργική τη χαρακτηρίζω εγώ, είναι μια καλή ευκαιρία για να αναθεωρήσεις κάποια πράγματα για τη ζωή σου και να γεμίσεις τις μπαταρίες σου. Πότε θα σου ξαναδοθεί απλόχερα τέτοια τύχη;»

«Σου είπα, μπορεί να έχεις δίκιο. Τέλος πάντων, για να ρίξουμε μια ματιά και στο τραύμα σου. Για να μην έρθεις πιο μπροστά σημαίνει ότι δεν αντιμετώπισες κάποιο πρόβλημα, σωστά;»

«Έτσι ακριβώς. Ακολούθησα πιστά τις συμβουλές σου και νομίζω ότι ήρθε η ώρα να τελειώνουμε με αυτά τα ράμματα».Ξάπλωσα στην εξεταστική κλίνη και σήκωσα την μπλούζα. Πλήρης τυπικότητας, φόρεσε τα γάντια του και έριξε μια εμπεριστατωμένη ματιά.

«Θηρίο είσαι. Η πληγή έχει επουλωθεί πλήρως απ' ό,τι βλέπω. Δε μας μένει παρά ν' αφαιρέσουμε τα ράμματα από εκεί».

Δεν πέρασαν πάνω από δυο λεπτά, ώσπου απελευθερώθηκα από αυτά. Ήταν μια απελευθέρωση περισσότερο ψυχολογική παρά κυριολεκτική. Ενώ, όταν βρίσκονταν πάνω στην κοιλιακή μου χώρα, ένιωθα ασθενής, τώρα ως δια μαγείας, αισθάνομαι υγιέστατος και με ανεβασμένη ψυχολογία. Βεβαίως, ο γιατρός μου επέστησε για κάποιες μέρες επιπλέον να είμαι προσεχτικός και απαλός στις κινήσεις μου, εντελώς για προληπτικούς λόγους. Δεν του έφερα αντίρρηση και του υποσχέθηκα ότι θα ήμουν φρόνιμος και υπάκουος.

Έσκυψα το κεφάλι και παρατήρησα τις ουλές. Χαμογέλασα! Επιτέλους, είχα πια το αποτύπωμα της μητέρας φύσης! Ένιωσα σα να βαπτίστηκα, σα να πήρα το χρίσμα. Πλέον ήμουν ένα άξιο παιδί της! Αισθάνθηκα μια διεστραμμένη περηφάνια να με περιβάλει. Συγκρατούσα αυτή τη βιτσιόζα διανοητική υπεροψία με κόπο και αυτό γιατί έδειχνα μια απόμακρη περιφρόνηση για τον σύγχρονο αστικό τρόπο ζωής. Πάντα το είχα αυτό: ώρες – ώρες να νιώθω μια στοχαστική αλαζονεία!

Ήμουν βέβαιος ότι αν εξωτερίκευα αυτές τις σκέψεις και αυτά τα συναισθήματα, θα θεωρούμουν αλλόκοτος. Ένα τατουάζ που δεν έγινε σε κάποιο εξειδικευμένο ατελιέ αλλά στο μεγάλο εργαστήρι της φύσης! Πήρα την εμπειρία και το σημάδι των νυχιών ως ισόβιο ενθύμιο. Αποχαιρετίσαμε τον συμπαθή γιατρό και πήραμε τον δρόμο της επιστροφής.

Το απόγευμα κάθισα αρκετή ώρα στο υπόστεγο της εισόδου και παρακολουθούσα την ασταμάτητη χιονόπτωση. Ο Μήτσος κυλιόταν στο χιόνι σαν κουτάβι και οι κωλοτούμπες του με έκαναν να γελάω με την ψυχή μου. Άξιοι συμπαραστάτες οι δίδυμες που με τη σειρά τους έδιναν τη δική τους παράσταση, σε αντίθεση με τον Έκτορα που ρέμβαζε γαλήνιος την ολόλευκη πλάση ακριβώς δίπλα μου. Άνοιξε από πίσω μου η πόρτα και ο Σανιδάς βρέθηκε στο πλάι μου.

«Δεν κρυώνεις;»

«Και να κρύωνα, χάνει κανείς τέτοιο θέαμα;»

«Μου τη δίνει που πάντα έχεις δίκιο. Ομολογώ τέτοιο θέαμα δεν το χάνεις από τα μάτια σου» είπε μελαγχολικά και έβγαλε έναν αναστεναγμό.

«Τι έχεις και είσαι έτσι κακόκεφος;»

«Μάλλον είναι οι μέρες μου για να παλέψω με την πλήξη. Δεν ξέρω φίλε, σκέφτομαι διαρκώς όλα αυτά τα περιστατικά που ζήσαμε στο φυλάκιο. Η τύχη πρέπει να σε συμπαθεί».

«Τι εννοείς;»

«Μια με τον Αλβανό βοσκό, μια με την αρκούδα. Έχεις άστρο! Σχεδόν αλώβητος βγήκες! Ας μη ξεχάσω και την Αριάδνη... φανταστική γυναίκα!»

«Δεν πιστεύω να ζηλεύεις;» αστειεύτηκα.

«Κάθε άλλο. Χαίρομαι πολύ για σένα. Το αξίζεις και με το παραπάνω. Αλλά δεν έχεις αναρωτηθεί μήπως εξαντληθούν τα αποθέματα της καλοτυχίας σου;»

«Κατάλαβα, δε διανύεις τις μέρες πλήξης αλλά τις μέρες του συνηθισμένου πεσιμισμού και σκεπτικισμού σου! Δε με απασχολούν καθόλου τα γεγονότα του παρελθόντος. Τα αφήνω στην άκρη ή, ακόμα καλύτερα, τα χαντακώνω στο χρονοντούλαπο. Αφιερώνομαι στην κάθε μέρα, στην κάθε ώρα και στιγμή, γιατί περνάνε και φεύγουν ταχύτατα. Γιατί να στεναχωριέμαι για το κάθε άσχημο που μου τυχαίνει; Μήπως αν χολοσκάω και θλίβομαι θ' αλλάξει τίποτα; Όχι. Τραβάω λοιπόν μια κόκκινη γραμμή σε όλα τα αντιαισθητικά και δύσμορφα γεγονότα της ζωής μου και συνεχίζω με όση αισιοδοξία πηγάζει μέσα από την ψυχή μου. Στο κάτω – κάτω νομίζω μου αξίζει ένα χαμόγελο της μοίρας. Δεν ήμουν πάντα τυχερός!»

«Εντάξει, μη ξεσπάς. Απλώς έχω κάποιους προβληματισμούς και ήθελα να τους μοιραστώ, κακό είναι;»

«Ασφαλώς και όχι. Γι' αυτό και σου ανοίγομαι με τη σειρά μου. Όμως, είναι ώρες που είσαι πολύ κακόκεφος και δύσθυμος και ψάχνεις άλλοθι για να μιζεριάσεις. Κατανοώ και αντιλαμβάνομαι ότι ενδιαφέρεσαι ανιδιοτελώς για το καλό μου, αλλά επικεντρώνεσαι πάντα στα αρνητικά. Κοίτα τα όλα με μια πιο θετική ματιά. Είμαστε εδώ! Είμαστε αρτιμελείς! Τότε όλα είναι όμορφα. Απλά πράγματα!»

«Τι ήθελα και μίλησα; Το ήξερα ότι θα μου φώναζες!»

«Δε σου φωνάζω από κακία, ούτε σε μαλώνω. Προς Θεού, φιλαράκια είμαστε! Απλώς θέλω να σε ξυπνήσω. Στο έχω πει, δε θέλω να σε βλέπω κατσούφη. Θέλω να είσαι κεφάτος και να απολαμβάνεις όλα αυτά τα μικροπράγματα που μας απασχολούν».

«Θα προσπαθήσω. Πάντως, έχω τη διαίσθηση ότι κάτι κακό θα συμβεί».

«Ε, είσαι αδιόρθωτος!» Τον έπιασα από τον σβέρκο κάνοντας δήθεν πως τον πνίγω.

Γελάσαμε με την ψυχή μας τόσο έντονα, που ακόμα και τα σκυλιά παράτησαν το παιχνίδι και μας παρακολουθούσαν με απορία. Έπεσα και ξάπλωσα μέσα στο χιόνι με τα χέρια ορθάνοιχτα. Δίχως πολλές σκέψεις έπραξε και ο

Σανιδάς το ίδιο. Ο Μήτσος και οι δίδυμες ήρθαν από πάνω μας και κουλουριάστηκαν πάνω στα σώματά μας. Έπιασα μια ποσότητα χιονιού και έλουσα τον Μήτσο που αναστατώθηκε από αυτή την ξαφνική επίθεσή μου και πετάχτηκε από την τρομάρα του δυο μέτρα μακρύτερα.

Ξεκίνησε ένας ανηλεής χιονοπόλεμος με ξεκαρδιστικά αποτελέσματα. Οι χιονόμπαλες εκτοξεύονταν με κινηματογραφική ταχύτητα με κύριους αποδέκτες τον Σανιδά και τον Μήτσο. Αλλά και γω δεν έφαγα λιγότερες. Από τις φωνές μας και τα αλυχτίσματα των σκυλιών, σχεδόν όλο το φυλάκιο βγήκε έξω και σα να ήμασταν συνεννοημένοι, όλοι επιδόθηκαν στο παιχνίδι. Μόνο οι δυο κολλητοί, Καζώνης και Γαρούφαλος, έμειναν μέσα να μας παρακολουθούν από το παράθυρο. Ακόμα και ο δόκιμος χαιρόταν σα μικρό παιδάκι και "πυροβολούσε" ανελέητα τον Λυτράκο κατηγορώντας τον για τη μαγειρική του τέχνη! «Όλα εδώ πληρώνονται» του φώναζε συνεχώς. Αυτός με τη σειρά του, έτρεχε τριγύρω του και γελώντας προσπαθούσε να αμυνθεί.

Από την άλλη, ο Σούλιος με τον Μπόλιο είχαν τη δική τους μονομαχία. Έφτιαξαν ο καθένας από ένα ανάχωμα μέσα στο χιόνι, περίπου εφτά – οχτώ μέτρα απέναντι ο ένας από τον άλλον και με πολύ πάθος εκσφενδόνιζαν τις μπάλες τους. Σα να μην έφταναν όλα αυτά, ο θερμόαιμος Σούλιος άρχισε να πετά σιγά – σιγά τα ρούχα του μέχρι που έμεινε με τα σώβρακα! Κατόπιν έπεσε μέσα στα χιόνια και κυλιόταν με μανία ουρλιάζοντας. Το αδύνατο κορμί του είχε κοκκινίσει από το ψύχος αλλά αυτός εκεί, δεν έλεγε να σταματήσει! Κάποια στιγμή πρέπει να ξεπάγιασε και τουρτουρίζοντας έψαχνε για τα ρούχα του. Τα μάζεψε και έτρεξε σαν τρελός μέσα στο φυλάκιο, φωνάζοντας ότι έγινε παγάκι.

Τι ξέσπασμα ήταν και αυτό! Όμως, αυτός ο παλιμπαι-δισμός ήταν τόσο ζωογόνος που μας έφτιαξε τη διάθεση. Όλοι μπήκαμε στο καυτό φυλάκιο, όπως μας φάνηκε, και μαλώναμε μεταξύ σοβαρού και αστείου για το ποιος θα μπει πρώτος στα ντους και ποιος θα απλώσει τα βρεγμένα ρούχα του πάνω στο καλοριφέρ!

Το επόμενο πρωινό ξύπνησα με μια εκνευριστική και αδιάλειπτη φαγούρα πάνω στις ουλές της κοιλιάς μου. Προ-σεχτικά και με λεπτοκαμωμένες κινήσεις των δαχτύλων μου έξυνα το σημείο και ανακουφιζόμουν. Κάποια στιγμή έπαψε ο κνησμός, αλλά μου έδωσε την εντύπωση ότι με το παραμικρό θα είχα ενοχλήσεις. Δεν έδωσα βαρύτητα και σηκώθηκα από το κρεβάτι μου με αργό ρυθμό.

Έριξα μια ματιά από το παράθυρο έξω. Η χιονόπτωση είχε σταματήσει, αλλά όλος ο τόπος είχε σκεπαστεί με ένα παχύ λευκό πάπλωμα. Ήπια τον καφέ μου παρέα με τον Λυτράκο που μαγείρευε με δεξιότητα το μοσχαρίσιο κρέας που είχαμε στο μενού. Με τον καιρό βελτιωνόταν και συμ-φωνούσαμε όλοι σε αυτό, κάτι που τον χαροποιούσε ιδιαί-τερα. Μάλιστα, μου εκμυστηρεύτηκε ότι είχε σκοπό να πα-ρακολουθήσει μαθήματα σε κάποια μαγειρική σχολή και να ασχοληθεί επαγγελματικά σε αυτόν τον τομέα.

Είχα μέρες να βγω από το φυλάκιο και ψοφούσα για μια βόλτα έξω, παρόλο το χιόνι. Σκέφτηκα να προσκα-λέσω και τα φιλαράκια μου να με συνοδέψουν. Δυστυχώς, ο Σούλιος και ο Μπόλιος δεν έδειξαν ιδιαίτερα θερμοί σε αυτή μου την πρόταση. Μόνο ο Σανιδάς προθυμοποιήθηκε να έρθει, γιατί και αυτός φαινόταν σκασμένος από την κλεισούρα του φυλακίου.

Ενημέρωσα τον δόκιμο για την επικείμενη πεζοπορία

μας, που αν και απόρησε, έδωσε όπως πάντα την έγκρισή του. Ντυθήκαμε ζεστά, αρματωθήκαμε και εξήλθαμε από το κτήριο. Τα σκυλιά έδειξαν την ευγνωμοσύνη τους, για το δώρο που κατάλαβαν ότι θα τα προσφέραμε, και μας έλουσαν με τα σάλια τους. Κατεβήκαμε τον λόφο, έστω και με βραδυπορία, και προσεγγίσαμε το χωριό. Αποφασίσαμε να πάρουμε τον αγροτικό δρόμο που βγάζει στα ερείπια του Αγκαθωτού, στις όχθες του πίσω τμήματος της Μικρής Πρέσπας. Αν και χιονισμένος, αυτός ο δρόμος ήταν πιο βατός από τα μονοπάτια μέσα στο δάσος.

Μόλις εισήλθαμε στο χωριό, ξεκίνησε ο σαματάς από τα γαβγίσματα και τα ουρλιαχτά των σκυλιών των βοσκών. Πολλά πλησίαζαν με επικίνδυνες διαθέσεις, αλλά μερικά μέτρα προτού να μας προσεγγίσουν, απλώς σταματούσαν το τρέξιμο και επιδίδονταν μόνο σε απειλητικά γαβγίσματα. Προτιμήσαμε να περάσουμε περιφερειακά και να μην μπούμε στην καρδιά του χωριού για κάθε ενδεχόμενο.

Βγήκαμε στον δρόμο που θέλαμε να περπατήσουμε, ενώ από πίσω μας κάποια τσοπανόσκυλα μας ακολουθούσαν από απόσταση, λες και ήθελαν να μας ξεπροβοδίσουν. Καθ' όλη αυτή τη διάρκεια, τα δικά μας σκυλιά αδιαφόρησαν παντελώς για τα καμώματα των συναδέλφων τους. Κάλπαζαν με ελαφρούς μα συνάμα ραφινάτους διασκελισμούς μπροστά μας, σταματώντας κάπου – κάπου για να δουν αν τα ακολουθούμε. Είχαν τόσο ισχυρό ένστικτο και ήμουν σχεδόν σίγουρος πως γνώριζαν προς τα που έπρεπε να κινηθούν.

Απομακρυνόμασταν από το χωριό με αργό ρυθμό λόγω του χιονιού που ξεπερνούσε τα τριάντα εκατοστά. Τα σκυλιά του χωριού, τα οποία για μερικές δεκάδες μέτρα μας ακολουθούσαν από απόσταση, σταμάτησαν και έκαναν αναστροφή προς το χωριό. Είχαμε να διανύσουμε λίγο πάνω από δυο χιλιόμετρα μέχρι να φτάσουμε στο σημείο που βάλαμε ως στόχο. Τώρα περνούσαμε ακριβώς από το σημείο που ελευθερώσαμε τον νεαρό λύκο εκείνη τη νύχτα. Λίγο πιο κάτω ο δρόμος συμπτυσσόταν και περνούσε μέσα από μια στενωπό. Δεξιά και αριστερά του δρόμου, τα βράχια πλησίαζαν απότομα προς το μέρος μας και έδιναν την ψευδαίσθηση ότι ήθελαν να μας αγγίξουν! Κάτω ακριβώς από τα βράχια, δέντρα, τα περισσότερα γυμνά από τα φύλλα τους, μας καλωσόριζαν με τα απλωμένα πυκνά κλαδιά τους. Βλέπαμε στο βάθος της χαράδρας τα ήρεμα νερά της λίμνης να μας ελκύουν, αλλά πλησιάζαμε ελάχιστα, αφού το χιόνι επιβράδυνε την ταχύτητά μας.

Όμως έστω και έτσι, λίγα λεπτά αργότερα φτάσαμε στην ολόλευκη παραλία, βγαίνοντας από το μονοπάτι. Μπροστά μας απλωνόταν μια μεγάλη έκταση επίπεδη και χωρίς πολλά δέντρα. Κάπου εδώ πρέπει κάποτε να υπήρχε ο οικισμός του Αγκαθωτού. Τίποτα πάντως δεν υποδήλωνε ότι εδώ ήταν κτισμένα οικήματα και διαβίωναν άνθρωποι. Λγναντεύαμε προς τη λίμνη, η οποία δεν ήταν πλέον παγωμένη. Στις άκρες της, μέσα από τα νερά, πετάγονταν αμέτρητα καλάμια, τόσο πυκνά που δημιουργούσαν μια υδρόβια ζούγκλα. Αυτός ο υπέροχος καλαμώνας αποτελούσε ένα ιδανικό μέρος για τα υδρόβια πτηνά, τα οποία μας έδειξαν τη δυσφορία τους που προκλήθηκε από την απρόσμενη παρουσία μας.

Τα σκυλιά έτρεχαν πάνω κάτω στην παραλία δίχως να ενοχλούνται από τις αντίξοες συνθήκες. Κουτρουβαλούσαν μέσα στο χιόνι δαγκώνοντας ελαφριά το ένα το άλλο και κυνηγιόντουσαν με πολύ πάθος και ευδιαθεσία. Ξετρυπώσαμε δυο μεγάλες πέτρες κάτω από το χιόνι και, αφού τις καθαρίσαμε, τις τοποθετήσαμε καθ' αυτό τον τρόπο, ώστε να καθίσουμε επάνω τους για να ξαποστάσουμε, αλλά και να θαυμάσουμε το μαγευτικό χειμερινό τοπίο.

Χωρίς λόγια, σα να έβλεπες σκηνή από βουβή ταινία, αποζημιώνονταν δίχως φειδωλότητες οι οφθαλμοί μας. Στα δυτικά, η νοητή συνορογραμμή χώριζε δυο χώρες, δυο κουλτούρες, δυο λαούς. Μερικές εκατοντάδες μέτρα και εισέβαλες σε έναν άλλο κόσμο. Ήταν όμως ένας διαφορετικός απ' αυτόν που βρισκόμαστεν εκείνη τη στιγμή; Δε νομίζω! Η φύση μάλλον είχε άλλη γνώμη: όμοιοι βράχοι, όμοια δέντρα, όμοια μορφή του εδάφους, όλα τα στοιχεία πανομοιότυπα. Απλώς οι άνθρωποι αποφάσισαν ότι το από εδώ μέρος είναι το δικό μας και από εκεί είναι το δικό τους.

Ταλαιπωρούσα το μυαλό μου με τέτοιου είδους σκέψεις που δεν κατέληγαν πουθενά. Στο κάτω – κάτω της γραφής, είτε από εδώ είτε από εκεί, το περιβάλλον ήταν τόσο μεθυστικό που δε σου άφηνε περιθώρια για βαθύτερες παρατηρήσεις. Αυτή η απόκοσμη σιωπή σε έπαιρνε από το χέρι και σε οδηγούσε στους πιο δυσκολοδιάβατους λαβυρίνθους του εγκεφάλου σου. Οι σκέψεις και τα συναισθήματα βομβάρδιζαν το κακόμοιρο μυαλό μου που δεν είχε τη δυνατότητα να κατανοήσει όλους αυτούς τους ερεθισμούς.

Για άλλη μια φορά, καταστάλαζα στο συμπέρασμα της μικρότητας του ανθρώπινου είδους και της αδυναμίας του να αντιληφθεί την κατωτερότητά του μπροστά στη φύση. Αυτή η μεγαλομανία του είδους μας έφερε τον άνθρωπο σε ανώτερα επίπεδα εξέλιξης, τουλάχιστον στον υλικό τομέα.

Δυστυχώς όμως, ο πολιτισμός όπως τον εννοούμε σήμερα, όσο προχωρά τόσο μας αποκτηνώνει! Τσάκισε τις ψυχές μας, αλλοτρίωσε την προσωπικότητά μας και ως εκ τούτου απωλέσαμε την ηθική μας. Αφού λοιπόν αμβλύνθηκαν οι ηθικοί μας ενδοιασμοί και καθημερινά υψώνουμε τη σημαία της ιδιοτέλειας, δε θα διστάσουμε να συνεχίσουμε να βιάζουμε τον παράδεισο που έγκειται μέσα στα δάση, στα βουνά, στις θάλασσες, σε όλα τα πλάσματα, και σε ό,τι μας κρατά ακόμα ζωντανούς. Και όταν εννοώ ζωντανούς, εννοώ ανθρώπους με καθαρή ψυχή και δυστυχώς όλοι λίγο ή πολύ έχουμε λερώσει ένα κομμάτι της.

Ήταν λοιπόν ειδυλλιακές οι στιγμές, μα από την παρατεταμένη ακινησία μας, το κορμί μας έστελνε μηνύματα πως έπρεπε να κινηθούμε για να κυκλοφορήσει το αίμα και να ζεστάνει το σώμα μας. Σηκώθηκα και άρχισα να κουνώ ρυθμικά τα άκρα μου, με τον Σανιδά να πράττει το ίδιο. Είχαμε πάρει τη δόση μας και το μυαλό μας είχε αρχίσει να ηρεμεί. Αποφασίσαμε να πάρουμε τον δρόμο της επιστροφής. Ανασυνταχτήκαμε και, χωρίς βιασύνη, ξεκινήσαμε.

Μπήκαμε πάλι μέσα στο γοητευτικό φαράγγι με μπροστάρηδες τους τετράποδους φίλους μας. Το χιόνι, όση μαγευτική και παραμυθένια διάσταση αν προσέδιδε στο τοπίο, τόση δυσχέρεια και τόσο κώλυμα προκαλούσε στο βάδισμά μας. Κάθε βήμα βάραινε τα πόδια μας και μας έκοβε την αναπνοή που για να πεις μια κουβέντα, το σκεφτόσουν πολύ σοβαρά. Ωστόσο και οι λιγοστές φράσεις που ανταλλάχθηκαν ακούγονταν απόκοσμες λόγω του αντιλάλου τους. Τα ηχητικά κύματα προσέκρουαν στους βράχους που μας περιέβαλλαν, και αν μη τι άλλο σου έδιναν την εντύπωση ότι κάπου πάνω στους λόφους υπήρχαν μεγάφωνα!

Έτσι κατά διαστήματα κραυγάζαμε, πότε εγώ πότε ο Σανιδάς, και μας φαινόταν διασκεδαστικό. Ο Μήτσος, κάθε φορά που ο αντίλαλος επέστρεφε, σήκωνε τα αυτιά του και αναζητούσε την πηγή του. Ήταν τόσο αστείος που συνεχίζαμε τις κραυγές μόνο και μόνο για να γελάμε με τις ξεκαρδιστικές αντιδράσεις του. Δυστυχώς ύστερα από λίγη ώρα, τα πνευμόνια μας δεν άντεξαν άλλο και σταματήσαμε αυτή την αστεία ασχολία.

Λίγες εκατοντάδες μέτρα αφότου αναχωρήσαμε από τις όχθες της λίμνης, τα σκυλιά έστρεψαν το ενδιαφέρον τους μέσα στο χαντάκι που βρισκόταν στη δεξιά πλευρά των βράχων. Όλα μαζί κινήθηκαν μέσα στην πυκνή συστάδα θάμνων και δέντρων που ρίζωναν στις υπώρειες του λόφου. Χώθηκαν μέσα σε αυτό το ξύλινο πλέγμα και ψαχούλευαν με τις μουσούδες τους το σημείο. Δευτερόλεπτα αργότερα, ως δια μαγείας, εξαφανίστηκαν!

Μας φάνηκε εξαιρετικά παράξενο το γεγονός. Προσπαθήσαμε να κοιτάξουμε πιο προσεχτικά πίσω από το τείχος των κλαδιών μήπως και τα δούμε, αλλά μάταια. Μια τεράστια κορομηλιά μας έκλεινε το οπτικό μας πεδίο. Κυριολεκτικά λες και άνοιξε η γη και τα κατάπιε. Εισχώρησα και γω λοιπόν, κάπως άτσαλα, παρασέρνοντας στο διάβα μου θαμνάκια και χαμόκλαδα. Έσπαγα κλαδιά και έσπρωχνα με τα χέρια μου όσα αντιστέκονταν σθεναρά. Μόλις προχώρησα τρία μέτρα βρέθηκα μπροστά σε μια μεγάλη έκπληξη!

Τα μάτια μου συνηθισμένα για ώρα στο λευκό φόντο που με περιέβαλε, δυσκολεύτηκαν να εγκλιματιστούν στο σκότος που πλημμύρισε τα πάντα. Έτεινα τα χέρια μου μπροστά για να ψηλαφίσω τι έστεκε εμπρός μου. Δε συνάντησα κάποιο εμπόδιο και βημάτισα με προσεχτικές κινήσεις. Προχώρησα μερικά μέτρα. Στα νώτα μου ένιωθα την ανάσα του Σανιδά που με ακολουθούσε. Όσο περνούσαν οι στιγμές έβλεπα όλο και καλύτερα. Βρισκόμασταν μέσα σε μια σπηλιά!

Από το βάθος αφουγκραζόμουν τους ήχους που προξενούσαν τα σκυλιά, αλλά λόγω της ιδιότυπης ακουστικής του χώρου δεν είχα τη δυνατότητα να υπολογίσω την απόσταση που μας χώριζε. Έψαχνα με αγωνία μέσα στην εσωτερική τσέπη του τζάκετ μου για να βρω τον μικρό φακό που πάντα με συντρόφευε. Με λίγη δυσκολία, τελικά τον βρήκα. Αυτό που με ανησυχούσε και η ανησυχία επιτεινόταν και από το σκοτάδι, ήταν ότι μια τέτοια σπηλιά πιθανώς να χρησιμοποιούνταν από κάποια αρκούδα κατά τη διάρκεια του χειμέριου λήθαργού της.

Πάτησα τον διακόπτη του φακού και επιτέλους μπορούσαμε να έχουμε μια πρώτη άποψη του χώρου. Έστρεφα τον φακό και φώτιζα προς διάφορες κατευθύνσεις. Κάπου μερικά μέτρα μπροστά, τα σκυλιά εξερευνούσαν τον χώρο. Αυτό που διαπίστωσα ήταν πως η σπηλιά είχε ένα προθάλαμο εμβαδού περίπου εβδομήντα τετραγωνικών μέτρων. Το ύψος το υπολόγισα γύρω στα τρεισήμισι μέτρα. Παρατήρησα το πέτρωμα των βράχων και συμπέρανα ότι αποτελούνταν από ασβεστόλιθο, άρα ήταν σχετικά μαλακό και εύθρυπτο.

Κάναμε μερικά βήματα ακόμα και βρεθήκαμε σε ένα μεγαλύτερο άνοιγμα του σπηλαίου. Αρκετοί κορμοί δέντρων διαμέτρου τριάντα – σαράντα εκατοστών ως υποστηρίγματα, σε μορφή κιόνων, συγκρατούσαν τον βραχώδη θόλο της οροφής. Φυσικά ήταν αυτονόητο ότι είχε μπει το χέρι του ανθρώπινου παράγοντα.

Είδαμε διαμορφωμένες δυο τεράστιες βραχοκολώνες, οι οποίες δημιουργούσαν τέσσερις σπηλαιοθαλάμους! Με έναν πρόχειρο υπολογισμό το μήκος του σπηλαίου ήταν περίπου τριάντα μέτρα και το εμβαδόν ήταν σίγουρα πάνω από διακόσια τετραγωνικά μέτρα, ενώ η υψομετρική διαφορά εισόδου με το εσώτερο σημείο κυμαινόταν στα δώδεκα μέτρα. Κάπου στο μέσον του σπηλαίου, μερικά μισοκαμένα κούτσουρα υποδήλωναν ότι κάποιοι είχαν ανάψει φωτιά, και αν έκρινα σωστά, όχι πολύ καιρό πριν. Ίσως μετανάστες από την Αλβανία.

Αφού έλεγξα εξονυχιστικά όλο τον χώρο, εξακρίβωσα με βεβαιότητα ότι ήμασταν μόνοι. Ο Σανιδάς, περιέργως, χωρίς να με ρωτά το παραμικρό, παρακολουθούσε θαμπωμένος το πομπώδες θέαμα που πρόσφερε αυτή η σπηλιά.

«Είχα την εντύπωση ότι αυτή η σπηλιά βρισκόταν σε εντελώς άλλο σημείο».

«Τι σπηλιά είναι αυτή;» ρώτησε επιτέλους ο Σανιδάς.

«Δεν το κατάλαβες; Είναι το σπήλαιο του νοσοκομείου των ανταρτών, η λεγόμενη σπηλιά του Κόκκαλη».

«Θυμάμαι ότι κάποια στιγμή κάτι είχες αναφέρει για αυτήν».

«Ναι, είχα αναφέρει, αλλά δεν περίμενα να την ανακαλύψω, γιατί είχα διαβάσει ότι είχε καταπληκτική κάλυψη, και απ' ότι βλέπω έτσι ακριβώς είναι. Χρησιμοποιήθηκε ως νοσοκομείο τους τελευταίους μήνες του εμφυλίου».

«Γνωρίζεις περισσότερες λεπτομέρειες για αυτό το νοσοκομείο;»

«Αρκετές! Ο παππούς μου ήταν αντάρτης και μάλιστα είχε τραυματιστεί σοβαρά. Κάποτε νοσηλεύτηκε εδώ

μέσα! Όμως, δεκάδες άλλοι άνθρωποι άφησαν εδώ την τε-
λευταία τους πνοή. Είναι μια θλιβερή σπηλιά!»

Εξιστόρησα στον Σανιδά όσα γνώριζα γι' αυτό το
μέρος. Αυτός συνοφρυωμένος άκουγε και η θλίψη είχε
εγκατασταθεί στο ροδαλό του πρόσωπο.

«Φυσικά όπως είδες, χρησιμοποιείται ακόμα! Μήπως
πρέπει να ανησυχούμε;» Τα μάτια του δεν ξεκολλούσαν
από τα απομεινάρια της φωτιάς.

«Σοβαρέψου! Κακομοίρηδες μετανάστες θα είναι
που βρήκαν ένα μέρος για να ζεσταθούν και να ξαποστά-
σουν».

«Τέλος πάντων. Όπως και να 'χει, μου έρχεται μια κατά-
θλιψη εδώ μέσα. Δεν είναι μικρό πράγμα να γνωρίζεις ότι εδώ
απεβίωσαν δεκάδες άνθρωποι! Δεν ξέρω αν το αισθάνεσαι,
αλλά νιώθω τις ψυχές τους δίπλα μου. Ζητάνε μια δικαίωση.
Νιώσε αυτή την αύρα! Μου σηκώνεται η τρίχα!»

«Σύνελθε, μη πιστεύεις σε τέτοιες προλήψεις».

«Νιώθω να με αγγίζουν, να με τραβάνε και να θέλουν
μια εξήγηση για τον άδικο θάνατό τους!»

«Διονύση, νομίζω ότι πρέπει να φύγουμε πια απ' εδώ
μέσα.

Τον τράβηξα από τον ώμο, ενώ ταυτόχρονα σφύριξα
προς τα σκυλιά για να μας ακολουθήσουν. Ο Σανιδάς
είχε φτάσει στα όρια του παραληρήματος εντελώς απρό-
σμενα, λες και η σπηλιά τον είχε συνεπάρει και τον είχε
υπνωτίσει. Αλλού πατούσε και αλλού βρισκόταν και χρει-
άστηκε να τον κρατώ σφιχτά για να σταθεί όρθιος.

Βγήκαμε από τη σπηλιά. Έσπρωχνα με δύναμη τα
κλαδιά και ανέβηκα σε έναν πεσμένο κορμό για να περάσω
τον μικρό χείμαρρο. Τον βοήθησα να υπερκεράσει το απρο-

σπέλαστο τείχος των θάμνων και τελικά βρεθήκαμε στο μονοπάτι στη μέση του φαραγγιού. Μια λευκή ακτινοβολία κατέκλυσε τα μάτια μου. Από το σκοτάδι, κατευθείαν στο ολόλευκο φόντο. Μια τρομαχτική σιωπή σε όλο το μάκρος του μονοπατιού, παρόμοια με αυτή του σπηλαίου, υποδήλωνε την απομόνωση της συγκεκριμένης περιοχής. Ίσως να είχε ένα μικρό δίκιο ο Σανιδάς. Μπορεί η ψυχές των νεκρών ανταρτών να στοίχειωναν το μέρος!

Απομακρυνθήκαμε από το σπήλαιο δίχως να πούμε άλλες κουβέντες. Ο Σανιδάς συνέχιζε να φορά στο πρόσωπό του αυτή την καταθλιπτική μάσκα, ωστόσο το κρύο και ο αέρας είχαν επαναφέρει το ροδαλό του χρώμα. Δέκα λεπτά αργότερα αφήναμε πίσω μας τη χαράδρα και βαδίζαμε προς το χωριό, προσωπικά με λίγο πιο ανεβασμένη διάθεση. Σα να ανάσαινα καλύτερα. Εκεί μέσα μου είχε έρθει μια αθυμία που μου την μετέδωσε η κατήφεια και η μελαγχολία του Σανιδά.

Πράγματι, τώρα και τα σκυλιά έμοιαζαν να έχουν εμποτιστεί με ενέσεις αδρεναλίνης και "σκούπιζαν" τον χώρο. Με εξαιρετική διάθεση και ορμή, χάθηκαν σαν αστραπές μέσα στο πυκνό δάσος προς τα δυτικά μας.

«Τι ανακάλυψαν πάλι;» αναρωτήθηκε ο Σανιδάς, που επιτέλους μίλησε για πρώτη φορά απ' όταν βγήκαμε από τη σπηλιά.

«Συνήθως αντιδρούν με αυτό τον τρόπο, όταν παίρνουν είδηση καμιά αλεπουδίτσα».

«Ελπίζω να είναι αλεπού και όχι τίποτα άλλο».

«Λες να είναι καμιά τίγρη αυτή τη φορά;»

«Γέλα, γέλα εσύ! Εδώ κόντεψε να σε κόψει φέτες η αρκούδα! Μα είσαι τόσο αναίσθητος».

Με έκανε να ευθυμήσω. Τουλάχιστον, είχε επανέλθει στα φυσιολογικά του!

«Έλα, πάμε να δούμε».

«Τρελάρα!» φώναξε, αλλά για άλλη μια φορά με ακολούθησε.

Ακολούθησα τις αυλακιές που δημιούργησαν πάνω στο χιόνι τα σκυλιά και χώθηκα μέσα στα πυκνά. Αν και είχα τις αρβύλες δεμένες σφιχτά και φορούσα χοντρές κάλτσες, δεν ένιωθα τα δάχτυλα των ποδιών μου, αφού για ώρες βρίσκονταν μέσα στο χιόνι. Γύρισα το κεφάλι μου να δω αν με ακολουθεί. Τον άκουσα να βρίζει, γιατί είχε μπλέξει σε κάποια κλαδιά. Τον περίμενα να ξεμπλέξει από εκεί και, όταν τα κατάφερε, στάθηκε δίπλα μου βαριανασαίνοντας. Τη στιγμή εκείνη ξεκίνησαν τα δυνατά και φοβερά γαβγίσματα των σκύλων μας.

«Επιμένεις ακόμα;».

«Προχώρα!»

Δεν είχαμε οπτική επαφή, αλλά δεν πρέπει να ήταν παραπάνω από εκατό μέτρα μακριά. Συνέχισαν να βρυχώνται και να ουρλιάζουν μανιωδώς. Τότε, εντελώς απροειδοποίητα, ο Σανιδάς με τράβηξε προς τα κάτω και πέσαμε στα γόνατα. Τον κοίταζα εμβρόντητος και ξαφνιασμένος.

«Φωνές» ψιθύρισε.

«Φωνές;» Δεν είχα ακούσει το παραμικρό, πέρα από τον ανηλεή θόρυβο των σκυλιών.

«Συγκεντρώσου και άκου ξανά».

Προσπάθησα να συγκεντρωθώ και να αφουγκραστώ. Πράγματι, κάπου ανάμεσα στα γρυλλίσματα σα να μου ερχόταν ένα βουητό. Συρθήκαμε καμιά δεκαριά μέτρα προς εκείνο το σημείο και συγκεντρώθηκα κρατώντας ακόμα

ΧΡΗΣΤΟΣ Ι. ΜΠΑΡΜΠΑΓΙΑΝΝΙΔΗΣ

και την ανάσα μου. Τελικά είχε δίκιο. Μα τι αυτιά ήταν αυτά που είχε; Πραγματικές κεραίες! Δε θα είχα ακούσει τίποτα, αν δεν ήταν δίπλα μου. Τα σκυλιά είχαν στριμώξει κάποιον ή κάποιους. Διανύσαμε λίγα μέτρα ακόμα και ακούσαμε ανθρώπους να τσιρίζουν και να γογγύζουν.

«Μου φαίνεται ότι είναι και κάποια γυναίκα» συμπέρανε από το τσίριγμα και είχε δίκιο, γιατί την ίδια εντύπωση αποκόμισα κι εγώ.

Ήμασταν πλέον πάρα πολύ κοντά. Προσεγγίσαμε μια πεσμένη γέρικη βελανιδιά που δημιουργούσε ένα τείχος ανάμεσά μας. Έκανα πέρα με το χέρι μου κάποια παγωμένα ξερόκλαδα και απέκτησα οπτική επαφή. Έχωσε και ο Σανιδάς εκεί το κεφάλι του.

Τρεις άνθρωποι κατέβαλαν υπερπροσπάθεια για να αμυνθούν από τα οργισμένα σκυλιά. Ο άντρας κρατούσε γερά ένα κλαδί σε μορφή βέργας και το προέτασσε ανάμεσα σε αυτούς και τα κοφτερά δόντια, ενώ οι δυο γυναίκες, γαντζωμένες επάνω του ούρλιαζαν και έκλαιγαν.

«Πάντως, συνεχώς σε νέες περιπέτειες μας μπλέκεις» κελάηδησε απροσδόκητα ευδιάθετος.

«Έλα, πάμε να τους σώσουμε, κρίμα είναι οι άνθρωποι».

Ξεπεταχτήκαμε μπροστά τους και με φωνές δυνατές αποτραβήξαμε τα σκυλιά, τα οποία ήρθαν και στάθηκαν πλάι μας, ωστόσο χωρίς να έχει επανέλθει η ηρεμία τους. Είδα τους αγνώστους να βγάζουν αναστεναγμούς ανακούφισης.

Ο άντρας πρέπει να ήταν γύρω στα πενήντα, μα έδειχνε πολύ μεγαλύτερος από την ταλαιπωρία. Τα μαλλιά του γκριζάριζαν και το πρόσωπό του ήταν κατακόκκινο

σκασμένο με πολλές αυλακώσεις, αδύνατος με παλιομο-
δίτικα τσαλακωμένα και λερωμένα ρούχα, ενώ στα πόδια
του φορούσε παπούτσια σχεδόν κατεστραμμένα!

Από την άλλη, οι δυο αδύνατες γυναίκες με δυο φου-
στάνια παρόμοια, μωβ με κόκκινες και χρυσαφί αποχρώ-
σεις έμοιαζαν με αδελφές αγρότισσες χωριατοπούλες. Τους
ώμους τους σκέπαζε κάτι που δύσκολα το χαρακτήριζες
σακάκι! Τις πατούσες τους κοσμούσαν από ένα ζευγάρι
απλά, από σκέτο δέρμα, παπουτσάκια, τα οποία σίγουρα
δεν παρείχαν καμία θερμότητα μέσα σε αυτό το χιόνι.

Η μία, η πιο κοντή με το στρογγυλό πρόσωπο και
γκριζοπράσινα μάτια, δεν ξεπερνούσε τα τριάντα. Είχε
πιασμένα σε κοτσίδα τα καστανόξανθα μαλλιά της και
φορούσε στο λαιμό της ένα περιδέραιο, το οποίο έμοιαζε
σαν φυλακτό. Η άλλη, ψηλότερη με έντονα ζυγωματικά
και μεγάλα γαλάζια μάτια, ήταν μια πανέμορφη κοπέλα.
Είχε λυτά τα μακριά ξανθά μαλλιά της και μετά βίας αν ξε-
περνούσε τα είκοσι χρόνια σε ηλικία. Υπέθεσα ότι αν ήταν
περιποιημένη θα είχε μια εντυπωσιακή παρουσία. Πάντως
έδειχναν και οι δυο τυραννισμένες, αποκαμωμένες και το
παρουσιαστικό τους παρέπεμπε σε μορφή γυναικών πε-
ρασμένων εποχών, μορφών που είχα δει σε λευκώματα
και σε ταινίες της δεκαετίας του 1930!

Μας κοίταζαν και οι τρεις στα μάτια με ανάμεικτο
ύφος ευγνωμοσύνης αλλά και ανασφάλειας, μπολιασμένο
με ισχυρές δόσεις φόβου. Το βλέμμα τους μας χτένιζε και
κολλούσε πότε πάνω μας και πότε στα τουφέκια μας.
Ήταν ολοφάνερο ότι αγωνιούσαν για τη μετέπειτα δια-
γωγή μας. Τρεμάμενοι, με γουρλωμένα τα μάτια τους ανά-
μεναν τις αποφάσεις μας.

Ο Σανιδάς έβγαλε το πανωφόρι του και το έδωσε ευγενικά στην κοντούλα. Αυτή χαμογέλασε και ταχύτατα το φόρεσε ανακουφισμένη. Τον μιμήθηκα και πρόσφερα το δικό μου στην ομορφούλα. Κάτι ψέλλισε στη γλώσσα της, πιθανώς με ευχαρίστησε.

«Τι κάνουμε με αυτούς τώρα;» ρώτησε ο Σανιδάς.

«Προτείνω να τους πάμε στο φυλάκιο να ζεσταθεί το κοκαλάκι τους και να φάνε ένα πιάτο φαγητό. Τι λες εσύ;»

«Συμφωνώ, δε φαίνονται επικίνδυνοι».

Προσπάθησε να κάνει τις συστάσεις. «Εγώ Διονύσης» έδειξε τον εαυτό του.

Δεν πήρε καμιά απάντηση. Τον κοίταζαν και οι τρεις απορημένοι και σαστισμένοι.

«Μα καλά δεν καταλαβαίνουν;»

«Πρώτα απ' όλα να σας ευχαριστήσουμε που μας γλιτώσατε από τα σκυλιά» ξαφνικά πήρε τον λόγο με άψογα ελληνικά ο άντρας και μας άφησε ξερούς.

«Μιλάτε ελληνικά;» τον ρώτησα, αφού συνήλθα από την έκπληξη.

«Μόνο εγώ. Οι κοπέλες δε γνωρίζουν λέξη».

«Τότε, γιατί δεν το είπες από την αρχή» διαμαρτυρήθηκε ο Σανιδάς.

«Συγγνώμη, αλλά από τον φόβο που πήρα δεν μπορούσα να πω τίποτα».

«Κόρες σου είναι οι κοπέλες;» τον ρώτησα.

«Όχι, τυχαίνει να είμαστε από το ίδιο χωριό».

«Μάλιστα. Έτσι αποφασίσατε να έρθετε μια βόλτα από τη χώρα μας! Καλά, μέσα στο χειμώνα με τέτοιο χιόνι;»

«Τα πράγματα είναι δύσκολα σε μας. Θα το γνωρίζετε».

«Εντάξει, καταλαβαίνω. Όμως νομίζω ήταν ριψοκίνδυνο και ανόητο το εγχείρημά σας. Πού ξέρεις αν δε σας πυροβολούσαμε;»

«Εσείς δε θα κερδίσετε κάτι και εμείς δεν έχουμε να χάσουμε τίποτα. Εξάλλου φαίνεστε καλοί άνθρωποι!»

«Φαινόμαστε; Ναι, αλλά είμαστε στρατιώτες και η δουλειά μας είναι να μην αφήνουμε να εισβάλουν παράνομα οι συμπατριώτες σου. Εν πάση περιπτώσει, ας πάμε στο φυλάκιο και ο επικεφαλής θα αποφασίσει».

«Παίρνεις τιμητική άδεια αν συλλάβεις λαθρομετανάστες» ψιθύρισε στο αυτί μου ο Σανιδάς.

«Το τελευταίο που με απασχολεί είναι αυτό, Διονύση μου».

«Τουλάχιστον ας συστηθούμε» γύρισε προς τον άντρα ο Σανιδάς.

«Χωρίς παρεξήγηση, δεν επιθυμώ να αποκαλύψω τα αληθινά μας ονόματα. Καταλαβαίνετε. Εξάλλου μικρή σημασία έχουν. Αν θέλετε ας με αποκαλείτε Νίκο και τις κοπέλες Μαρία και Ελένη» έδειξε πρώτα την κοντούλα και ύστερα την ψηλότερη.

«Κάνεις λάθος! Για δώστε ό,τι χαρτιά και στοιχεία έχετε» απαίτησα, αφού συνήλθα από την έκπληξη.

Φυσικά, μετά την έρευνα που κάναμε στα ρούχα τους, δεν ανακαλύψαμε το παραμικρό. «Εντάξει. Θα σας αποκαλούμε όπως ζήτησες».

«Δεν μου αρέσει καθόλου αυτό» ψιθύρισε ο Σανιδάς καθώς είχαμε μείνει λίγο πιο πίσω.

«Και τι να τους κάνω, Διονύση; Να τους πάω για ανάκριση σε κανένα σκοτεινό υπόγειο και να τους βασανίσω για να μου πουν το αληθινό τους όνομα;»

«Εντάξει, όχι και έτσι αλλά...»

«Δεν έχει αλλά. Αφού έτσι ήλθαν τα πράγματα, ας το δεχτούμε».

Συνεχίσαμε την πορεία μας, περάσαμε περιφερειακά του χωριού και σε λίγα λεπτά φτάσαμε στο φυλάκιο. Ο Σανιδάς, λίγο πριν μπούμε μέσα, έτρεξε να φωνάξει τον δόκιμο, που έτσι και αλλιώς ήταν ο αρμόδιος για το ζήτημα. Λίγα δευτερόλεπτα αργότερα βγήκαν και οι δύο, με τον δόκιμο ελαφρώς αγχωμένο. Σίγουρα θα αναρωτιόταν από μέσα του, σε τι μπελάδες έμπλεξε πάλι. Τον πήρα παράμερα και τον ενημέρωσα για όλα τα σχετικά. Διέταξε να περάσουμε μέσα και κατευθυνθήκαμε προς την κουζίνα. Όλοι οι οπλίτες μαζεύτηκαν να δουν τους συλληφθέντες και δημιουργήθηκε μποτιλιάρισμα στον διάδρομο.

Ο Σούλιος με απέκλεισε σε μια γωνιά του διαδρόμου και ζήτησε να ενημερωθεί από πρώτο χέρι για τα γεγονότα. Αφηγήθηκα και σ' αυτόν όλο το ιστορικό.

«Κρίμα, Λάσκαρη, ας τους άφηνες να φύγουν, να πάνε όπου θέλουν».

«Η πρώτη μου σκέψη ήταν αυτή, αλλά βρισκόμασταν κοντά στο χωριό. Αν τους αφήναμε έτσι, ίσως κάποιος με μακριά γλώσσα, να το αποκάλυπτε. Για αυτόν τον λόγο υπάρχει το φυλάκιο, για να προστατεύει το χωριό. Έπειτα σκέφτηκα ότι καλό θα ήταν να ζεσταθούν και να φάνε κάτι. Στο τέλος μπορούμε να τους αφήσουμε και η τύχη ας είναι ευνοϊκή μαζί τους».

«Και εσύ πιστεύεις ότι ο δόκιμος, που φοβάται και τη σκιά του, θα τους αφήσει έτσι απλά;»

«Λίγο εγώ, λίγο εσύ, μπορούμε να τον τουμπάρουμε».

«Τα πράγματα έχουν μπλέξει, Λάσκαρη! Ο δόκιμος σίγουρα θα ενημερώσει τον λοχαγό, για να μη πω και τον ίδιο τον διοικητή».

«Έχω την εντύπωση ότι με μαλώνεις, φίλε μου».

«Όχι ακριβώς, αλλά νομίζω ότι τζάμπα οι άνθρωποι θα ξανασταλθούν πίσω στην Αλβανία».

«Εσύ έχεις την εντύπωση λοιπόν ότι δε θα επιχειρήσουν να ξανάρθουν; Στο κάτω – κάτω, εγώ για να τους βοηθήσω τους έφερα εδώ». Έφυγα κάπως ενοχλημένος από τις παρατηρήσεις του. Ο δόκιμος διέταξε τον Λυτράκο να τους ετοιμάσει ένα γεύμα και τους τοποθέτησε δίπλα στο καλοριφέρ της κουζίνας. Γύρισε προς τους οπλίτες και τους επέπληξε που κάθονταν πάνω από τα κεφάλια τους. Όλοι βγήκαν πανικόβλητοι από την κουζίνα, αφού ήταν μια από τις λίγες στιγμές που ο δόκιμος φώναξε με τόση ένταση. Ωστόσο, κάλεσε μέσα τον Καζώνη, ως λοχίας που ήταν, και μένα ως δεκανέα. Μόλις μπήκαμε, έκλεισε δυνατά την πόρτα και μείναμε εμείς οι τρεις, ο Λυτράκος, που θα σέρβιρε το φαγητό και οι τρεις μετανάστες.

Μόλις ετοιμάστηκε το φαγητό, οι τρεις μετανάστες, αν και φανέρωσαν ένα μικρό κόμπιασμα στην αρχή, έπεσαν με τα μούτρα στα πιάτα τους. Φαίνεται πως είχαν να τραφούν για πολλές ώρες, για να μη πω μέρες! Ανά τακτά διαστήματα, οι κοπέλες μας έριχναν κάποιες ντροπαλές ματιές και κατέβαζαν τον ρυθμό και την ταχύτητα της κατάποσης της τροφής. Διακριτικά, στρέφαμε αλλού το βλέμμα μας για να μη τις φέρνουμε σε δυσχερή θέση. Τότε, αυτές συνέχιζαν με βουλιμία να μασούν και να καταπίνουν, που χρειάστηκε να προσφέρουμε αμέσως ένα ποτήρι νερό στη Μαρία, επειδή είχε πνιγεί εξαιτίας μιας μπουκιάς που κατέβασε στραβά!

Όταν τελείωσαν και φάνηκαν ανακουφισμένοι, ο δόκιμος πήρε την καρέκλα του, τη γύρισε ανάποδα και έβαλε τα χέρια του πάνω στην πλάτη της.

«Λοιπόν, ας τα πάρουμε από την αρχή. Ζήτησες να σε αποκαλούμε Νίκο;»

«Ναι».

«Περάσατε παράνομα τα σύνορα. Αντιλαμβάνεσαι τι σημαίνει αυτό;»

«Ναι, δεν το αρνούμαι και καταλαβαίνω τι σημαίνει, αλλά κατάλαβε και εσύ ότι η κατάσταση στη χώρα μας είναι δύσκολη. Πολύ φτώχεια!»

«Τα γνωρίζω αυτά, Νίκο. Όμως, αυτό δεν σου επιτρέπει να παρανομείς. Επομένως, το σωστό είναι να σας στείλω με κάποιο τρόπο πίσω στη χώρα σας».

«Σε παρακαλώ, μη το κάνεις αυτό. Δεν είμαστε κακοί άνθρωποι, φτωχοί είμαστε».

«Καλά, όλοι έτσι λέτε αλλά στην κλεψιά πρώτοι είστε» διαφώνησε ο σιχαμένος Καζώνης.

«Δεν είμαστε κλέφτες. Απλοί άνθρωποι είμαστε, σαν και εσάς».

«Ε, όχι και είστε σαν και μας!» του επιτέθηκε ο Καζώνης.

«Ηρεμία» συνέστησε ο δόκιμος.

«Τι ηρεμία, δόκιμε; Αυτός μπορεί να είναι κανένας εγκληματίας. Τον ξέρεις και από χθες;» επέμενε ο Καζώνης, ενώ εγώ παρέμενα αμίλητος.

«Αν πάω πίσω, κινδυνεύει η ζωή μου. Θα με σκοτώσουν! Και αυτές οι κοπέλες...»

«Ποιοι θα σε σκοτώσουν;» ρώτησε ο δόκιμος.

«Αυτοί που με έφεραν ως τα σύνορα. Αυτοί ναι, είναι εγκληματίες!»

«Ποιοι είναι αυτοί;»

«Μαφία! Έχουν όπλα, εξοπλισμό, είναι οργανωμένοι!»

«Περίμενε. Τι ακριβώς κάνουν αυτοί; Ποια είναι η δράση τους;»

«Έχουν μεγάλο δίκτυο. Ψάχνουν και βρίσκουν κόσμο που θέλει να έρθει στην Ελλάδα, δεν είναι καθόλου δύσκολο αυτό μια που πολλοί είναι οι ενδιαφερόμενοι, τους παίρνουν πολλά πράγματα αξίας ή και χρήματα, όσοι έχουν να δώσουν, για να τους φέρουν ως τα περάσματα μέσα στα βουνά. Εκεί, περιμένουν να πληρωθούν για αυτό και αν δεν έχεις να τους δώσεις... έχω δει να πυροβολούν ανθρώπους!»

«Δηλαδή, πληρώνονται εκεί στα σύνορα, λίγο πριν περάσετε στη χώρα μας;»

«Όσοι δεν έχουν δώσει χρήμα ή κάτι με αξία όπως κάποιο κόσμημα από πριν, εκεί είναι ο τελευταίος σταθμός. Δεν έχουν κανένα ενδοιασμό να σε καθαρίσουν, αν δεν πάρουν τα συμφωνηθέντα. Άσε που πολλές φορές τις κοπέλες...» Ξεροκατάπιε.

«Τις βιάζουν!» συμπλήρωσε τη φράση ο δόκιμος.

«Ναι. Πώς να ξεφύγουν; Δυο – τρεις τις σημαδεύουν με τα όπλα και οι άλλοι με τη σειρά τις βιάζουν».

«Εσείς πληρώσατε;» τον ρώτησα.

«Όχι, αυτό είναι το θέμα. Είχαμε ραντεβού με μια άλλη ομάδα εμπόρων. Ανάμεσα σε αυτούς που θα έφερναν βρισκόταν και ένας ξάδελφός μου, ο οποίος είχε μαζί του το αντάλλαγμα που συμφωνήσαμε, για μένα και για τα κορίτσια. Όταν μας πήγαν εκεί που έπρεπε να μας πάνε και περιμέναμε το άλλο καραβάνι, μόλις έφτασε είδα ότι ο ξάδελφος δεν ήταν μαζί τους. Δεν ξέρω τι έγινε και τι έπαθε. Η ουσία είναι ότι δεν είχα τα λεφτά για να πληρώσω. Τους παρακάλεσα να περιμένουμε μήπως έλθει μέσα στις επόμενες ώρες, αλλά αυτός δε φαινόταν πουθενά. Έτσι πήραμε τη μεγάλη απόφαση να το σκάσουμε μόνοι μας και όπου βγαίναμε.Κατά τη διάρκεια της νύχτας, με σύμμαχο την τύχη, καταφέραμε να αποσπαστούμε της προσοχής τους και μπήκαμε στην Ελλάδα. Γλίτωσε και η μικρή, η Ελένη, γιατί την είχαν βάλει στο μάτι. Σίγουρα θα τη βίαζαν κατά τη διάρκεια της νύχτας. Με δυσκολία κατορθώσαμε και βρήκαμε μια μεγάλη σπηλιά και μείναμε χθες το βράδυ. Ήμουν σίγουρος ότι ήμασταν πλέον στη χώρα σας και είχαμε κάπως ηρεμήσει. Το πρωί είπαμε να πάρουμε τον δρόμο του φαραγγιού και σε κάποιο χωριό θα βγαίναμε, θα ζητούσαμε βοήθεια. Μπήκαμε μέσα στον παγωμένο χείμαρρο, για να μην αφήσουμε ίχνη πάνω στο χιόνι και προχωρούσαμε. Όμως ακούσαμε φωνές από πίσω μας και χωθήκαμε στο δάσος, μέχρι που τα σκυλιά σας μας βρήκαν. Έπειτα εμφανίστηκε αυτός με τον άλλον» έδειξε εμένα και ο άλλος βέβαια ήταν ο Σανιδάς.

Ο δόκιμος έπεσε σε περισυλλογή και θα έλεγες ότι ένα νεφέλωμα κάλυψε το χλομό του πρόσωπο. Ο Καζώνης είχε μονίμως αποτυπωμένο εκείνο το ειρωνικό σαρδόνιο χαμόγελο που τον έκανε εξαιρετικά αντιπαθή σε όλους. Από την πλευρά μου, αναμόχλευα στο κεφάλι μου όλες τις πληροφορίες του Νίκου. Καταρχάς, όλες οι εικασίες του Σούλιου είχαν αποδειχτεί πέρα για πέρα αληθινές. Μόλις του επιβεβαιώναμε τις θεωρίες του, πιστεύω ότι θα ένιωθε την απόλυτη δικαίωση. Οι κοπέλες, αν και δε γνώριζαν λέξη, έδειχναν πως καταλάβαιναν το νόημα των συζητήσεων.

Με χαμηλωμένο το κεφάλι τους, τα μάτια τους απέπνεαν ισχυρά στίγματα θλίψης και ανασφάλειας.

«Να συμπληρώσω και κάτι ακόμη; Αυτές τις μέρες, απ' ότι άκουσα, θα φέρνουν συνεχώς κόσμο και θα τον διοχετεύουν στα περάσματα» μας ενημέρωσε ο Νίκος. Ο δόκιμος πετάχτηκε απ' την καρέκλα συνοφρυωμένος. Η ταραχή του ήταν έκδηλη και μεταδοτική. Ο Καζώνης, που του έφυγε με τη μια το χαμόγελο, αναπήδησε και έμοιαζε χαμένος στο διάστημα. Θα έλεγα ότι πιο ψύχραιμος στάθηκα εγώ.

«Είσαι σίγουρος γι' αυτό που είπες, Νίκο;» τον ρώτησα ατάραχος.

«Ναι, το άκουσα από κάποιους από αυτούς που το συζητούσαν».

«Για ποιον λόγο δρουν αυτή την εποχή;»

«Δεν ξέρω. Ίσως επειδή είναι χειμώνας και έτσι μπορούν πιο εύκολα να περνούν απαρατήρητοι. Πάντως δε γίνεται πολύ συχνά αυτό. Δηλαδή, επιλέγουν κάποιες μέρες, δυο – τρεις στη σειρά για να περάσουν κόσμο από τα σύνορα. Έπειτα, μπορεί να περάσουν τρεις – τέσσερις μήνες χωρίς καμιά δραστηριότητα, για να αποπροσανατολίσουν τους φύλακες των συνόρων σας».

«Κατάλαβα. Οι δυνάμεις ασφαλείας, αφού δε βλέπουν κίνηση για καιρό, χαλαρώνουν τις περιπολίες και έτσι αυτά τα καθάρματα αναλαμβάνουν και πάλι δράση».

«Νομίζω ότι πρέπει να ενημερώσω τον λοχαγό», πήρε τον λόγο ο δόκιμος και κινήθηκε προς την πόρτα.

«Δόκιμε, δεν το ξανασκεφτόμαστε;» προσπάθησα να τον καλμάρω.

«Τι να σκεφτούμε, Λάσκαρη; Για να σκεφτόμαστε είμαστε εδώ;»

Οι συνάδελφοι κοντοστέκονταν απ' έξω και διέκοψαν τις συζητήσεις τους, μόλις πέρασε ο δόκιμος. Με πλησίασαν οι φίλοι μου και τους ενημέρωσα για όλες τις πληροφορίες. «Ο Σούλιος ποτέ δε λέει ανοησίες!» ήταν το αυτάρεσκο σχόλιό του.

Του δώσαμε όλοι δίκιο που τόσο καιρό ισχυριζόταν ότι λάβαινε χώρα αυτή η παράνομη δραστηριότητα. Εγώ προσωπικά, του ζήτησα και συγγνώμη που δεν τον είχα πιστέψει από την αρχή. Παραδόξως, τη δέχτηκε με μετριοφροσύνη και ταπεινότητα.

«Πάντως, ξαναλέω ότι αυτούς τους μετανάστες οφείλει ο δόκιμος να τους αφήσει να φύγουν. Ας πάνε όπου θέλουν. Είναι άδικο, Λάσκαρη, έπειτα και από αυτό που έμαθα για τον κίνδυνο της ζωή τους, να τους στείλει πάλι πίσω».

«Θα τον πιέσουμε, Σούλιο».

Πήγαμε στην κουζίνα ξανά και κάθισα κοντά στον Νίκο.

«Θα σε ρωτήσω ξανά, μας είπες όλη την αλήθεια;»

Φάνηκε να ενοχλείται. «Όλη την αλήθεια, σου δίνω τον λόγο μου».

«Εντάξει, σε πιστεύω. Να σε ρωτήσω και κάτι άλλο; Πού έμαθες τόσο καλά τα ελληνικά;»

«Μεγάλωσα μαζί με κάποιους δικούς σας, Βορειοηπειρώτες όπως τους αποκαλείτε. Ο πατέρας μου με τον πατέρα των φίλων μου ήταν αδελφικοί φίλοι, όπως και γω με αυτά τα παιδιά. Μια αυλή ήμασταν!»

«Σε ποια περιοχή της Ελλάδας θέλετε να πάτε;»

«Υπάρχουν κάποιοι συγγενείς και γνωστοί στη Λάρισα. Εκεί έχουμε στόχο να φτάσουμε».

Ο δόκιμος επέστρεψε από το δωμάτιό του και ήρθε πάλι στην κουζίνα. «Επικοινώνησα με τον λοχαγό και αυτός με τον διοικητή και πήρα τις σχετικές εντολές, τις οποίες θα πληροφορηθείτε, μόλις αναχωρήσουν οι παράνομοι μετανάστες».

«Πού θα μας πάτε;» τσίριξε ο Νίκος που καθόταν σε αναμμένα κάρβουνα.

«Θα περιμένετε λίγο, κάνε υπομονή».

«Πού θα τους στείλεις, δόκιμε; Άσε τους ανθρώπους να φύγουν. Θα τους σκοτώσουν αν πάνε πίσω! Μη κάνεις καμιά βλακεία!» μπήκε στην κουβέντα ο Σούλιος που είχε τρυπώσει στην κουζίνα.

«Ναι, δόκιμε, έχει δίκιο ο Σούλιος. Άσ' τους να πάνε στην ευχή του Θεού» τον προέτρεψα και εγώ με τη σειρά μου.

«Αυτό δεν είναι δική σας δουλειά».

Εκείνη τη στιγμή η Ελένη, η ψηλή όμορφη κοπέλα, έβγαλε μια κραυγή και τρομαγμένη έπεσε στα γόνατα στη γωνιά του δωματίου. Ο Καζώνης, εκεί δίπλα της, την έβρισε χυδαία. Η κοπέλα είπε κάποιες φράσεις στη γλώσσα της και ο Νίκος μανιασμένος χίμηξε προς τον λοχία. Πιάστηκαν στα χέρια και κουλουριασμένοι κάτω στο πάτωμα χτυπιούνταν με παραφροσύνη. Αμέσως μπήκαμε ανάμεσά τους και αποτραβήξαμε μακριά τον έναν από τον άλλον. Ο Νίκος αιμορραγούσε από το πάνω χείλος του, ενώ ο Καζώνης, τελείως αναίσθητος, γελούσε και τον απειλούσε με έντονα τρόπο, γεμάτο με ρατσιστικά σχόλια.

«Τι έγινε;» ρώτησε ο δόκιμος τον Καζώνη.

«Τίποτα» απάντησε προκλητικά.

«Εσύ» έγνεψε στον Νίκο, «τι έπαθες και του επιτέθηκες;»

«Χούφτωσε την κοπέλα ο αλήτης».

«Και τι έγινε; Μια παλιοαλβανίδα είναι» ειρωνεύτηκε ο Καζώνης με το βλοσυρό του πρόσωπο.

Ο Σούλιος εντελώς ξαφνικά βρέθηκε πρόσωπο με πρόσωπο μαζί του. «Ζήτησέ της συγγνώμη τώρα».

«Ευχαριστώ να μου πει η βρωμιάρα που δεν της φύτεψα καμιά σφαίρα στο κεφάλι» εκστόμισε αναιδώς και έφτυσε τον Σούλιο.

Αυτός σήκωσε τη γροθιά του και του την έφερε στο απαίσιό του πρόσωπο. Ο Καζώνης τραντάχτηκε και έπεσε σαν σακί στο πάτωμα. Αίμα έτρεξε από τη μύτη του, όση ώρα κειτόταν στο πάτωμα βογκώντας και ουρλιάζοντας από τον πόνο. Αποτραβήξαμε τον Σούλιο παράμερα για να τον ηρεμήσουμε. Ο Γαρούφαλος, μια που όλοι βρίσκονταν πια στην κουζίνα, σήκωσε από τον ώμο τον Καζώνη και τον μετέφερε στον θάλαμο πάνω στο κρεβάτι του, ενώ ο δόκιμος, δίχως λόγια, τους προμήθεψε το κουτί των πρώτων βοηθειών.

Μέσα σε αυτή την αναμπουμπούλα και καθώς κόσμος πηγαινοερχόταν στον διάδρομο δεν πήραμε είδηση το τζιπάκι των συνοριοφυλάκων που μόλις κατέφτασε. Δυο υψηλόσωμοι ένστολοι με τα αυτόματα στα χέρια εισέβαλαν με αποφασιστικότητα στο φυλάκιο. Ένας τρίτος, που μάλλον ήταν ο επικεφαλής, εμφανίστηκε από πίσω τους. Χωρίς πολλά λόγια, κατευθύνθηκαν στην κουζίνα και με συνοπτικές διαδικασίες πέρασαν χειροπέδες στους έντρομους μετανάστες. Παρ' όλες τις διαμαρτυρίες του

Σούλιου, τους μετέφεραν κάπως άτσαλα έξω και τους έχωσαν στο όχημά τους. Εξαφανίστηκαν αμέσως, τόσο γρήγορα όσο είχαν εμφανιστεί.

«Δόκιμε, δεν είναι λίγο άδικο αυτό;» παραπονέθηκα.

«Το προβλεπόμενο έπραξα, Λάσκαρη. Αυτή ήταν η εντολή του διοικητή».

«Μπράβο, δόκιμε! Θα πάρεις προαγωγή!» τον χειροκρότησε ειρωνικά ο Σούλιος.

«Αρχίζεις να με εκνευρίζεις, Σούλιο».

«Είσαι μεγάλος ρουφιάνος!»

Ο δόκιμος τον πλησίασε σε απόσταση αναπνοής.

«Όταν έρθεις στη θέση μου, κάνε ό,τι θέλεις. Τώρα βούλωσέ το».

Ο Σούλιος κούνησε αποδοκιμαστικά το κεφάλι του και του γύρισε την πλάτη.

Ο δόκιμος, ξεφυσώντας και αναλογιζόμενος όλους αυτούς τους μπελάδες που έβαλε στο κεφάλι του, κάλεσε όλους τους οπλίτες του φυλακίου για ενημέρωση. Συναθροίστηκαν όλοι στην κουζίνα, ακόμα και ο Σούλιος, παρόλη την απογοήτευσή του και την αθυμία του. Κατέφτασε και ο Καζώνης, υποβασταζόμενος από τον Γαρούφαλο, με πρησμένη τη μύτη του, γεμισμένη με βαμβάκια δίχως διάθεση για περαιτέρω αντιπαράθεση με κανέναν. Είχε τα μαύρα του τα χάλια! Ένιωσα αηδία και απέχθεια, μόλις πέρασε από κοντά μου αυτό το ξεδιάντροπο ανθρωπάκι, αλλά έπρεπε να το ανεχτούμε για λίγες ακόμα ημέρες.

Καθώς όλοι πήραν τις θέσεις τους στις καρέκλες, ο δόκιμος ξερόβηξε, ανάσανε δυνατά και κοιτάζοντας προς τους οπλίτες, χωρίς να επικεντρώνεται στο πρόσωπο κάποιου συγκεκριμένου, ξεκίνησε την αγόρευσή του: «Ανέφερα όλα τα γεγονότα στον λοχαγό με την παραμικρή λεπτομέρεια και αυτός με τη σειρά του τα μεταβίβασε στον διοικητή. Κατευθείαν αυτός μου τηλεφώνησε και έδωσε τις εξής εντολές: ανά βάρδιες, δύο ομάδες θα περιπολούν και θα χτενίζουν το δάσος περιφερειακά των πυραμίδων. Σε καμία περίπτωση δεν πρέπει να προσεγγίσουμε πλησίον των πυραμίδων για να μην έχουμε απρόοπτα περιστατικά με τους εγκληματίες. Εφόσον ανακαλύψουμε παράνομους μετανάστες να κινούνται μέσα στο έδαφός μας, έχουμε υποχρέωση να τους συλλάβουμε και να τους μεταφέρουμε στο φυλάκιο, όπως έγινε με τον άντρα και τις δυο γυναίκες. Από εκεί και έπειτα, καλούμε τους συνοριακούς, όπως έκανα πριν από λίγο, και αναλαμβάνουν αυτοί. Ακούω απορίες».

«Εξήγησέ μας σχετικά με τις βάρδιες, σε παρακαλώ», απευθύνθηκα στον δόκιμο.

«Προτείνω να δημιουργηθούν δυο ομάδες των τριών ατόμων που θα περιπολούν ανά εξάωρο. Μια ομάδα με επικεφαλής έναν υπαξιωματικό θα αναλαμβάνει βάρδια στις 08:00 το πρωί ως τις 14:00. Θα επιστρέφει για εξάωρη ξεκούραση, τη στιγμή που η δεύτερη βάρδια θα ξεκινά από τις 14:00 ως τις 20:00. Εκείνη την ώρα πάλι θα φεύγει η πρώτη βάρδια από 20:00 ως τις 02:00 το πρωί. Το εικοσιτετράωρο θα κλείνει με τη δεύτερη βάρδια από 02:00 ως τις 08:00».

«Πολύ κουραστικό μου φαίνεται το πρόγραμμα. Και νύχτα μέσα στο δάσος!» διαμαρτυρήθηκε ο Σανιδάς.

«Είναι αλλά δε θα κρατήσει επ' άπειρον. Δυο – τρεις μέρες το πολύ. Η ώρα είναι έξι το απόγευμα. Ας ορίσουμε τις ομάδες και στις 20:00 να φύγει η πρώτη βάρδια. Λάσκαρη, ποιους παίρνεις;»

«Σούλιο, Σανιδά και Μπόλιο».

«Δυο άτομα θα πάρεις».

«Εμένα μη με υπολογίζετε» στρίγγλισε ο Σούλιος.

«Εδώ δεν κάνουμε του κεφαλιού μας, Σούλιο» τον επέπληξε αυστηρά ο δόκιμος.

«Εγώ δε γουστάρω να κυνηγάω ανθρώπους! Δεν έχω πρόβλημα να το αναφέρεις στον διοικητή και ας μου ρίξει όποια ποινή του αρέσει».

«Εντάξει δόκιμε, άσε τον Σούλιο οπισθοφυλακή στο φυλάκιο. Έτσι και αλλιώς τα άτομα βγαίνουν. Θα πάρω τον Σανιδά και τον Μπόλιο και ο λοχίας ας πάρει τον Γαρούφαλο και τον Μπάκα. Με αυτό τον τρόπο συμπληρώνονται οι δυο ομάδες. Ο Λυτράκος θα μείνει να μας μαγειρεύει για να έχουμε δυνάμεις και εσύ για να συντονίζεις την επιχείρηση».

«Τέλος πάντων, ας γίνει έτσι» αποδέχτηκε ο δόκιμος το σχέδιό μου, ενώ παράλληλα αγριοκοίταζε τον Σούλιο.

«Συμφωνείτε όλοι οι υπόλοιποι;» απευθύνθηκα στο σύνολο των οπλιτών.

Όλοι συμφώνησαν. Ιδιαίτερη εντύπωση μου προξένησε το γεγονός ότι ο Καζώνης δεν έβγαλε τσιμουδιά. Πίστευα ότι θα γκρίνιαζε, αλλά έπεσα έξω. Φάνηκε να συμφωνεί δίχως να ξεστομίσει λέξη. Ο Σούλιος, κατηφής και άκεφος, κάπνιζε καθισμένος στην καρέκλα και αγνάντευε στο κενό.

Η ομάδα μου ετοιμάστηκε για την αποστολή της πρώτης βάρδιας. Προμηθευτήκαμε τον απαραίτητο εξοπλισμό, όπλα, αλεξίσφαιρα, γεμιστήρες και τα μέσα επικοινωνίας, εκείνον τον παμπάλαιο ασύρματο που όλο και όλο, τον είχα χρησιμοποιήσει μια φορά, όταν πρωτοπήγα στην πυραμίδα πέντε. Επιπλέον, είχα πάνω μου τον σουγιά και τον μικρό φακό μου. Φόρεσα από δυο ζευγάρια χοντρές κάλτσες στα πόδια μου και άλειψα με λίπος τις αρβύλες μου για καλύτερη μόνωση από το κρύο. Τι ανάλογα περίπου έπραξαν και οι δυο φίλοι μου. Για τον Μπόλιο, το να είναι αμίλητος ήταν κάτι το σύνηθες του χαρακτήρα του, εν αντιθέσει με τον Σανιδά που ήταν πιο επικοινωνιακός και περισσότερο ομιλητικός, ωστόσο αυτή η σιωπή του φανέρωνε την πίεση της στιγμής και την εξέφραζε με τον γνωστό σκεπτικισμό του. Κατά διαστήματα, καθ' όλη τη διάρκεια της προετοιμασίας μας, μονολογούσε ακατάληπτες φράσεις, ζωσμένες με εκείνο το πέπλο της απαισιοδοξίας που κάποιες φορές δεν το άντεχα και κάποιες άλλες με έκανε να ευθυμώ, όπως τώρα. Ήταν θέμα χρόνου να ξεσπάσει και να εξωτερικεύσει τις σκοτεινές του σκέψεις.

«Από τη στιγμή που πετύχαμε τους τρεις μετανάστες ήμουν σίγουρος ότι θα έμπλεκε η κατάσταση. Καλά είχαμε την ησυχία μας!» μίλησε πιο δυνατά.

«Άσε τις κλάψες, Διονύση. Δες το ζήτημα ως μια ωραία περιπέτεια» τον προέτρεψα, αλλά το πρόσωπό του έγινε ακόμα πιο σκυθρωπό.

«Μου αρέσει που για σένα όλα είναι μια όμορφη περιπέτεια. Καταλαβαίνεις πού πάμε, Λάσκαρη; Εκεί κινδυνεύει η ζωή μας, κυριολεκτικά σου μιλάω!» Ο Μπόλιος του έκανε νόημα να χαμηλώσει τον τόνο της φωνής του.

«Σου υπόσχομαι ότι δε θα υπάρξει ο παραμικρός κίνδυνος», τον καθησύχασα.

«Δε με ηρεμεί καθόλου αυτό. Εξάλλου, έχεις τον μαγνήτη μέσα σου! Όλοι οι μπελάδες έρχονται πάνω σου!»

«Καλά, αν το πιστεύεις αυτό, με συγχωρείς, αλλά είσαι βλάκας!»

Κατέβασε το κεφάλι και έπεσε σε περισυλλογή. Έσκυψε και έσφιξε τα δεμένα κορδόνια των αρβυλών του, μάλλον από αμηχανία. Έπειτα σηκώθηκε και με κοίταξε στα μάτια.

«Λάθος μου. Με συγχωρείς γι' αυτό που είπα».

«Και γω ζητώ συγγνώμη που σε αποκάλεσα βλάκα. Είναι κάποιες στιγμές έντασης που μας παρασέρνουν και φερόμαστε απρεπώς. Τουλάχιστον μεταξύ μας, ας κρατάμε τη σχέση μας στα επίπεδα που την είχαμε και πριν».

Τους τράβηξα κοντά μου και τους δυο από τα μπράτσα, κάπως άτσαλα και απότομα. «Ακούστε τι σκέφτομαι. Θα πάμε στο δάσος και θα φτιάξουμε ένα κατάλυμα, κάτι σαν καταφύγιο, και θα εγκατασταθούμε εκεί. Θα μείνουμε, ώσπου να περάσει η ώρα. Έπειτα θα επιστρέψουμε. Επομένως, ούτε γάτα ούτε ζημιά! Ούτε θα έρθουμε σε επαφή με κανέναν, ούτε θα υπάρχει κίνδυνος για τη σωματική μας ακεραιότητα. Συμφωνείτε;»

«Απολύτως» απάντησε πρώτος ο Μπόλιος.

«Θα συμφωνήσω και εγώ υπό μια προϋπόθεση: αν τα σκυλιά μυρίσουν κάτι και ξαμοληθούν, σε εκλιπαρώ, μη τυχόν και τρέξεις από πίσω τους. Άσ' τα να πάνε όπου θέλουν. Κάποτε θα επιστρέψουν. Σύμφωνοι;»

«Εντάξει, Διονύση, στο υπόσχομαι».

Μέσα στα επόμενα λεπτά, ήδη βρισκόμασταν στο δάσος και ανεβαίναμε τον λόφο με χαλαρό ρυθμό, φυσικά παρέα με τους αεικίνητους σκύλους μας. Μπροστάρης ο Μπόλιος με τον φακό του να φέγγει και εμείς να ακολουθούμε. Κατά διαστήματα φώτιζα και γω με τη δική μου συσκευή, πότε δεξιά και πότε αριστερά. Το λευκό φόντο έδινε μια υποτυπώδη φωτεινότητα στην περιοχή, τουλάχιστο σε όσα σημεία δεν υπήρχαν πυκνά δέντρα.

Η απόλυτη σιωπή διαταρασσόταν μόνο από το συνεχές πάτημα του χιονιού από τις αρβύλες. Αν και ήμασταν ντυμένοι ζεστά, το ψύχος ήταν αισθητό και το φανέρωναν τα πηχτά χνώτα του προπορευόμενου Μπόλιου, κάθε φορά που σήκωνε το φως προς τα πάνω εμπρός από το πρόσωπό του. Δεν ανταλλάξαμε σχεδόν καμιά λέξη, κατά τη διάρκεια της ανάβασης. Το μόνο που μας ενδιέφερε, σε πρώτη φάση, ήταν να φτάσουμε στην άκρη του δάσους στα δυτικά και εκεί να επιλέξουμε έναν βολικό χώρο ως στρατηγείο.

Δεν αντιληφτήκαμε την παραμικρή ύποπτη κίνηση.

Για να ακριβολογώ, δεν αντιληφτήκαμε καμία κίνηση και δραστηριότητα. Μια αίσθηση νωθρότητας και γαλήνης κυριαρχούσε στον σκοτεινό δρυμό. Το χιόνι και ο σκοτεινιασμένος ουρανός έκαναν το δαιδαλώδες δάσος να μοιάζει απόκοσμο, σα να μας υπενθύμιζε πως εισβάλουμε σε έναν ιερό ναό, σε έναν μυστικιστικό χώρο. Για άλλη μια φορά δινόταν η εντύπωση ότι ήμασταν τα μόνα πλάσματα μέσα σ' αυτόν τον λαβύρινθο, αλλά δεν μπορούσε να είναι δυνατόν. Ήμουν βέβαιος ότι και άλλες υπάρξεις, κάπου γύρω μας και αρκετά κοντά μας, αν δε μας παρακολουθούσαν, τουλάχιστον μας είχαν αντιληφθεί.

Τα σκυλιά έμοιαζαν να είναι υποψιασμένα ότι δεν είχαμε βγει για μια απλή βόλτα, για έναν από τους συνηθισμένους περιπάτους, αλλά για κάποια πιο σοβαρή αποστολή και δεν είχαν άδικο. Φαίνονταν νευρικά και σκυθρωπά, προσεχτικά και χωρίς διάθεση για παιχνίδια. Ίσως να τα επιβάρυνε και η νύχτα, που σε όλα τα ζώα εντείνει την επιφυλακτικότητα και τη δυσπιστία τους και τη μετέδιδαν ακόρεστα και σε μας.

Μετά δυσκολίας, υπερκεράσαμε όλα τα δύσβατα σημεία και προσεγγίσαμε τα δυτικά όρια του δάσους. Μπροστά μας πλέον απλωνόταν το άδεντρο υψίπεδο, στο οποίο, κάπου στο μέσον του, δέσποζαν τα διαχωριστικά όρια των δυο χωρών, σηματοδοτημένα ανά διαστήματα με αυτούς τους τσιμεντένιους στύλους, τις περίφημες πυραμίδες, όπως τις αποκαλούσαμε.

Δεν προχωρήσαμε στο οροπέδιο. Αποτραβηχτήκαμε λίγες δεκάδες μέτρα προς τα μέσα για να μη γινόμαστε αντιληπτοί και έπρεπε να επιλέξουμε κάποιο σημείο, όπου θα μπορούσαμε να εγκατασταθούμε για λίγες ώρες. Έπειτα από ενδελεχή εξέταση, επιλέξαμε ένα γιατάκι, περίπου εί- κοσι – είκοσι πέντε μέτρα από το οροπέδιο, ανάμεσα σε ψηλά δέντρα και έναν μεγάλο βράχο, που προεξείχε αρκετά και δημιουργούσε ένα κοίλωμα στο έδαφος. Ήταν ένα τέ- λειο σημείο, το οποίο παρείχε κάλυψη και, με λίγη δουλειά, θα μπορούσε να γίνει ένα μικροσκοπικό οχυρό.

Κατέστρωσα λοιπόν ένα πρόχειρο και πρακτικό σχέδιο. Καταρχάς, συλλέξαμε πάρα πολλά παχιά κλαδιά που κείτονταν τριγύρω και σπάσαμε ακόμα λίγα από τα δέντρα γύρω μας. Στη συνέχεια, τα συσσωρεύσαμε δίπλα από τον βράχο και αρχίσαμε να απομακρύνουμε το χιόνι από το έδαφος, ώσπου να φανερωθεί το χώμα από κάτω. Μόλις το καθαρίσαμε, τοποθετήσαμε τα κλαδιά δεξιά και αριστερά από τον βράχο, με αποτέλεσμα να δημιουργή- σουμε ένα μικρό περίβολο, με μοναδικό άνοιγμα από την απέναντι πλευρά του κοιλώματος. Έτσι, περιφράξαμε κάπου έξι τετραγωνικά μέτρα και χωθήκαμε κάτω από την πέτρινη προεξοχή.

Η όλη διαδικασία δεν πρέπει να διήρκεσε πάνω από μία ώρα. Επομένως, με αυτή την πρόχειρη αλλά αξιοπρό- σεχτη κατασκευή, καταφέραμε να επινοήσουμε ένα οχύ- ρωμα, το οποίο μας προστάτευε αρκετά ικανοποιητικά από τον άνεμο. Τώρα αν είχαμε και τη δυνατότητα να ανά- ψουμε και φωτιά, όλα θα ήταν ιδανικά. Δυστυχώς όμως, δεν έπρεπε να δώσουμε στόχο και να φανερώσουμε την παρουσία μας στο δάσος, οπότε έπρεπε να αρκεστούμε σε αυτό το λημέρι που κατασκευάσαμε.

Λόγω της διαρκούς εργασίας μας επί ώρα, το κορμί μας είχε πυρακτωθεί και, χωρίς υπερβολές, ένιωθα σαν να βρίσκομαι στη καρδιά του καλοκαιριού εν μέσω καύσωνα! Λίγο έλειψε να απαγκιστρωθώ από την περιττή ενδυμασία, αλλά συγκρατήθηκα. Σε λίγα λεπτά, το κρύο και πάλι θα με αγκάλιαζε και θα με έκανε να δαγκώσω τα χείλη μου. Καθίσαμε και οι τρεις κολλητά για να ζεσταινόμαστε, αμίλητοι και αποκαμωμένοι. Ακόμα και τα σκυλιά μπήκαν μέσα στη φωλιά και ξάπλωσαν μπροστά μας.

Σφύριξα συνθηματικά και η Κούλα πλησίασε και άρχισε να μου γλείφει τα δάχτυλα. Την έπιασα από το ακρώμιο και την τοποθέτησα πάνω στις αρβύλες μου! Η ζεστασιά του κορμιού της με έκανε να αισθανθώ και πάλι τα ταλαιπωρημένα δάχτυλα των ποδιών μου! Άπλωσα το χέρι μου και τη χάιδεψα στοργικά. Φάνηκε να το απολαμβάνει μισοκλείνοντας τα μάτια της. Με αυτό το πρωτότυπο δούναι και λαβείν, όλοι ήταν ικανοποιημένοι: δεχόταν το χάδι μου και εγώ ζέσταινα τα πόδια μου.

Τα υπόλοιπα τρία σκυλιά ξάπλωσαν κάτω προς την έξοδο του καταλύματος και ασχολούνταν με την περιποίηση του τριχώματός τους. Έπειτα από λίγο, έκλεισαν ατάραχα τα μάτια τους με μια πραότητα ζηλευτή. Τι ανάγκη είχαν; Ό,τι χρειάζονταν το είχαν, περίθαλψη, φαγητό και αγάπη εκ μέρους των περισσοτέρων οπλιτών. Ακόμα και αυτά τα απλά αγαθά πολλοί άνθρωποι δεν είχαν τη δυνατότητα να τα απολαύσουν. Τα παρατηρούσα με μια καλοπροαίρετη ζήλια για την καλοτυχία τους, αλλά το άξιζαν και με το παραπάνω. Ήταν πιστοί σύντροφοι, ανιδιοτελείς και γενναίοι. Θα προέτασσαν το κορμί τους για να σώσουν τη ζωή μας. Ήδη, μελαγχολούσα για τη στιγμή που θα αποχωριζόμαστit.

«Τι σκέφτεσαι πάλι, Λάσκαρη;» ρώτησε χαμηλόφωνα ο Σανιδάς.

«Σκέφτομαι πόσο θα μου λείψουν τα σκυλιά, όταν θα απολυθώ».

«Δηλαδή, εμείς οι φίλοι σου, δε θα σου λείψουμε;»

«Εννοείτε ρε γκρινιάρη! Θα μου λείψεις και μάλιστα πολύ! Ωστόσο, εμείς μπορούμε να συναντηθούμε και ως πολίτες. Με τα σκυλιά; Μόνο αν ξανάρθουμε εδώ. Πόσες φορές θα μπορέσουμε να επισκεφτούμε στη ζωή μας και πάλι το Βροντερό; Μια; Δυο; Ίσως και καμιά! Τα σκυλιά σε πέντε – δέκα χρόνια, δυστυχώς, θα πεθάνουν. Με καταλαβαίνεις;»

«Σε καταλαβαίνω».

«Μπορεί να γίνει και αυτό, μια φορά τον χρόνο να κανονίζουμε όλοι μαζί να επισκεπτόμαστε τις Πρέσπες. Μια εκδρομή για ένα διήμερο, κάθε καλοκαίρι ας πούμε» πρότεινε ο Μπόλιος.

«Πολύ καλή ιδέα αυτή, φίλε μου, αλλά έχουμε ακόμα χρόνο. Ας απολαύσουμε τις μέρες μας στον παράδεισο που είναι γύρω μας».

«Στον παράδεισο; Που πιθανόν να μετατραπεί σε κόλαση από στιγμή σε στιγμή!» σφύριξε ο Σανιδάς μέσα από τα δόντια του.

«Εσένα πάλι σε κυρίευσαν οι γνωστές σου μαύρες σκέψεις;»

«Μπα, όχι. Έχω πια συνηθίσει στην ιδέα ότι μέχρι να φύγω από εδώ θα μου βγει η ψυχή».

«Τότε γιατί δε ζητάς από τον λοχαγό να σε στείλει σε κάποιο άλλο φυλάκιο; Ή πάλι, γιατί δε ζητάς να τοποθετηθείς στο τάγμα; Ακόμα καλύτερο αυτό».

«Και να χάσω τις επόμενες τρέλες σου; Με τίποτα!»

«Άρα, σου αρέσει να είσαι μαζί μου!»

«Κάποιος πρέπει από δίπλα σου να σε νουθετεί και να τιθασεύει την ανήσυχη φύση σου».

«Πραγματικά, χωρίς πλάκα, σε χρειάζομαι ως φύλακα άγγελο! Εξάλλου μου το έχεις αποδείξει, καλέ μου συνάδελφε».

«Εσύ τώρα με κοροϊδεύεις, αλλά δε θα σου κάνω τη χάρη να τσατιστώ!»

«Αλήθεια σου λέω. Θέλω κάποιον κοντά μου που να είναι η φωνή της λογικής».

«Εξακολουθείς να με δουλεύεις. Όμως, δε θα ενδώσω στα πειράγματά σου».

«Ξεροκέφαλος είσαι; Σου μιλώ με ειλικρίνεια. Σε κάθε ομάδα, όπως η δική μας, χρειάζονται διάφοροι χαρακτήρες. Αλλος είναι παρορμητικός, άλλος συγκρατημένος, άλλος αποφασιστικός και άλλος σκεπτικιστής. Έτσι, υπάρχει μια ισορροπία».

«Φαντάζομαι πως εγώ είμαι ο σκεπτικιστής» συμπέρανε με βεβαιότητα ο Σανιδάς.

«Εγώ σίγουρα θα είμαι ο συγκρατημένος» υπέθεσε σωστά ο Μπόλιος.

«Πολύ σωστά. Φυσικά, ο παρορμητικός είναι ο Σούλιος και μάλλον ο αποφασιστικός θα είμαι εγώ, αν μου επιτρέπετε να οικειοποιηθώ αυτόν τον χαρακτήρα».

«Κανένα πρόβλημα. Επιπροσθέτως, θα σου προσέδιδα και τον τίτλο του ανισόρροπου!»

«Δε θα διαφωνήσω, αλλά ούτε θα συμφωνήσω. Όταν ασχολούμαι με κάτι που με ικανοποιεί, ναι, μπορεί να γίνομαι ανισόρροπος και εκκεντρικός αλλά, κατά τ' άλλα, προσπαθώ να οδεύω με οδηγό τη λογική».

«Τι ώρα είναι;» άλλαξε θέμα ο Μπόλιος.

«Κοντεύει μεσάνυχτα. Άλλο ένα δίωρο θα το φάμε».

Ο Σανιδάς μελαγχόλησε και μου γύρισε την πλάτη. Έπεσε πάνω στο πλευρό του και προσπάθησε να κοιμηθεί. Τώρα, πώς θα τα κατάφερνε, αυτό είναι άλλο θέμα. Το ψύχος ήταν δριμύ και όσο να ήθελε κάποιος να κλείσει τα μάτια του, δύσκολα θα τα κατάφερνε. Ίσα – ίσα που σε κρατούσε ξύπνιο και σου έδινε το έναυσμα να είσαι ενεργητικός. Στη στιγμή, σηκώθηκα και βγήκα από το μικρό μας καταφύγιο με τα σκυλιά συμπαραστάτες.

«Πού πας;» με ρώτησε ο Μπόλιος.

«Λέω να κάνω μια περιπολία εδώ τριγύρω. Δε θα απομακρυνθώ».

«Το περίμενα. Λες και έχει καρφιά στον πισινό του!» είπε ο Σανιδάς χωρίς να με κοιτάζει.

«Εσύ αγόρι μου κοιμήσου να στρώσει η επιδερμίδα σου». Με αργά βήματα άρχισα να απομακρύνομαι.

Επειδή με κούραζε αφάνταστα η πεζοπορία μέσα στο ανώμαλο έδαφος του δάσος, βγήκα στο οροπέδιο. Το σκοτάδι κάλυπτε τα πάντα και δημιουργούσε ένα αλλότριο περιβάλλον. Το χιόνι έμοιαζε με γαλακτώδες πέπλο που σκέπαζε τα πάντα. Κάτω από τον σκούρο ουρανό τρεμόλαμπαν τα αμέτρητα άστρα της νύχτας. Είχα την αίσθηση ότι πλανιόταν μια παράξενη αύρα μυστηρίου, αλλά ευελπιστούσα το ένστικτό μου να λάθευε. Είχα για συντροφιά τις πικρές μου σκέψεις που γεννιόνταν από την απουσία της Αριάδνης. Από την άλλη, το παραμυθένιο τοπίο μου παρείχε ισχυρές δόσεις απόλαυσης, αν και ένα παραλυτικό κρύο έπνιγε τους πνεύμονές μου. Μια αθόρυβη έκρηξη μέσα μου έστελνε χαρά και πόνο σε ίσες αναλογίες.

Με αργό ρυθμό κινήθηκα προς την πιο προσιτή πυραμίδα, την πέντε. Η ξαστεριά επέτεινε το ψύχος, αλλά από το περπάτημα το κορμί μου διατηρούταν θερμό. Λίγα λεπτά αργότερα προσέγγισα την πυραμίδα. Η καθαρή ατμόσφαιρα μου φανέρωσε απλόχερα το γνωστό αλβανικό χωριό στο οπτικό μου πεδίο. Τα ελάχιστα φώτα του αχνόφεγγαν στο βάθος του σκοτεινού ορίζοντα. Τα σκυλιά δίχως κανέναν ενδοιασμό προχώρησαν μέσα στο αλβανικό έδαφος ανιχνεύοντάς το. Στάθηκα ακίνητος δίπλα στον τσιμεντένιο στύλο. Η σιωπή ήταν καταθλιπτική. Δεν άντεξα και άναψα ένα τσιγάρο πίσω από το κτίσμα για να καλύπτομαι, αφού η καύτρα από το τσιγάρο εντοπίζεται από τρία χιλιόμετρα, εφόσον δεν υπάρχει εμπόδιο. Ήρθε στο μυαλό μου πάλι η Αριάδνη. Πόσο θα με ζέσταινε τώρα το καυτό κορμί της! Αυτή η σκέψη με αναστάτωσε και έστρεψα αλλού το νου μου.

Ο Αναστάσης δε νομίζω να είχε πληροφορηθεί τίποτα από τα τελευταία γεγονότα. Θα ανησυχούσε αν τα γνώριζε. Δε με είχε κοροϊδέψει για το θέμα τον δουλεμπόρων, αν και ισχυριζόταν ότι αυτά συνέβαιναν σε παλαιότερες εποχές. Δεν είχα ιδέα πώς θα αντιδρούσε αν μάθαινε τι συμβαίνει. Γενικά δεν είχα ιδέα για τη δική μου αντίδραση, αν ερχόμασταν αντιμέτωποι με αυτούς τους εγκληματίες. Δηλαδή, αν ερχόμουν σε δυσχερή θέση θα σήκωνα το τουφέκι μου απέναντι σε ανθρώπους, ακόμα και αν ήταν εγκληματίες; Τρόμαζα και μόνο που το έφερνα ως εικόνα! Το καλύτερο θα ήταν να αποφύγουμε την οποιαδήποτε επαφή μαζί τους.

Γι' αυτόν τον λόγο, με μια αίσθηση αναστάτωσης μέσα μου, έκανα μεταβολή για να επιστρέψω προς τους συναδέλφους μου. Λίγα δευτερόλεπτα έπειτα, τα σκυλιά εμφανίστηκαν από το πουθενά και συμβάδιζαν μαζί μου. Διέκρινα μια ηρεμία στη συμπεριφορά τους, η οποία τελικά με μαλάκωσε και απέπεμψα όσες αρνητικές σκέψεις με είχαν κατακλύσει πριν από λίγα λεπτά.

Έφτασα δίπλα στους συντρόφους μου, οι οποίοι καθιστοί, συζητούσαν χαμηλόφωνα, δίχως να δώσουν και ιδιαίτερη σημασία στην παρουσία μου.

«Καλά, εσείς δεν με πήρατε είδηση;»

«Καταλάβαμε που ερχόσουν, επειδή είδαμε και τα σκυλιά, οπότε τι ήθελες να κάνουμε; Να σου οργανώσουμε καμία τιμητική υποδοχή;» ήταν η απάντηση του Σανιδά.

«Εντάξει, απλώς απόρησα που καθόσασταν τόσο ήρεμοι και απαθείς. Επομένως, ας περιμένουμε ένα μισάωρο ακόμα και μετά να επιστρέψουμε στο φυλάκιο».

«Ό,τι πεις αφεντικό!» απάντησε ο Σανιδάς, ο οποίος παραδόξως φαινόταν ευδιάθετος! Ίσως ο φρέσκος αέρας του βουνού να ταρακούνησε και να καθάρισε τον γεμάτο ανασφάλειες εγκέφαλό του.

Εκείνη τη στιγμή θυμήθηκα ότι είχαμε και τον ασύρματο μαζί μας. Δεν τον χρησιμοποιήσαμε καθόλου από την ώρα που αναχωρήσαμε από το φυλάκιο, ασφαλώς λόγω συνήθειας. Και πώς ήταν δυνατό να έρθουμε σε επαφή, όταν τον είχαμε εκτός λειτουργίας; Ξεχασμένος σε μια εξωτερική τσέπη του τζάκετ του Μπόλιου, έμοιαζε να διαμαρτύρεται για την αδιαφορία που είχαμε επιδείξει απέναντί του!

Τον ανοίξαμε και ηχητικά παράσιτα ακούστηκαν παντού. Προσπάθησα να τον ρυθμίσω, σύμφωνα με όσα θυμόμουν. Πίεσα το κουμπί της συνομιλίας και κάλεσα το δίδυμο αδερφάκι του, το οποίο προφανώς θα βρισκόταν κοντά στον δόκιμο.

«Δόκιμος ακούει;»

Έπειτα από μια παύση δευτερολέπτων πήρα απόκριση.

«Θα με τρελάνετε εσείς· Δε σας έκοψε τόση ώρα να ενημερώσετε;»

«Μας συγχωρείς. Ξεχάσαμε να ανοίξουμε το μηχάνημα. Ενημερώνω ότι όλα είναι ήρεμα. Ουδεμία ύποπτη κίνηση».

«Καλά».

Μόλις επιστρέψαμε, η επόμενη βάρδια ήταν κιόλας έτοιμη και μας ανέμενε στον διάδρομο. Ο δόκιμος ανάμεσά τους έδινε κάποιες τελευταίες διαταγές. Ο Καζώνης σιωπηλός παρακολουθούσε με προσοχή και ευλάβεια. Του παρέδωσα τον ασύρματο και τον τελαμώνα με τους γεμιστήρες, χωρίς να του μιλήσω. Τον πήρε στα χέρια του με χαμηλωμένο το βλέμμα και μου γύρισε την πλάτη. Ο Μπάκας μου ζήτησε να τον κατατοπίσω για κάποια σημεία μέσα στο δάσος, αφού ήμουν ο μόνος που το γνώριζε απ' έξω και ανακατωτά. Τον διαφώτισα λεπτομερώς και με ευχαρίστησε.

Τους έβλεπα να απομακρύνονται μοναχοί τους, δίχως τη συνοδεία των σκυλιών. Προσπάθησα να τα προτρέψω με σκοπό να τους ακολουθήσουν αλλά μάταια. Στέκονταν ακίνητα και με κοιτούσαν με περιέργεια. Ήταν μεγάλο μειονέκτημα για την ομάδα της δεύτερης βάρδιας να μη έχουν την αρωγή των τετραπόδων. Από την άλλη, το έβρισκα απολύτως λογικό να μη τους συντροφεύσουν. Ποτέ κανένας από τους τρεις δεν πέταξε ένα κομμάτι ψωμί στα σκυλιά. Ποτέ δεν τους χάρισαν ένα χάδι. Αντιθέτως, ο Καζώνης και ο Γαρούφαλος συνεχώς τα έβριζαν και τα υποτιμούσαν, επειδή ενοχλούνταν από τα γαβγίσματά τους και από την παρουσία τους.

Ο Σούλιος βρέθηκε δίπλα μου. «Άσ' τα να ηρεμήσουν και αυτά κουράζονται».

«Να σου πω την αλήθεια, τους λυπάμαι. Αυτοί δεν έχουν ιδέα από περιπολία!»

«Πρόβλημά τους! Ο Καζώνης λοχίας είναι. Ας έβγαινε τόσον καιρό εκεί έξω για να μάθει και κάτι. Τι να κάνουμε εμείς, που όλη την ημέρα ξάπλωναν μπροστά στην τηλεόραση;»

Δεν απάντησα. Πλησίασα τον δόκιμο και επιχείρησα να τον πληροφορήσω λεπτομερέστατα για τα αποτελέσματα της βάρδιας μας.

«Κατάλαβα, Λάσκαρη. Μη με ζαλίζεις περισσότερο. Δεν είχατε κανένα απρόοπτο» με διέκοψε απότομα πριν προλάβω να ολοκληρώσω τις πρώτες μου φράσεις.

Θα μπορούσα να ενοχληθώ από την απότομη ομιλία του, αλλά δεν έδωσα συνέχεια. Τον ενημέρωσα ότι θα έπεφτα για ύπνο και ζήτησα να με ξυπνήσει την προβλεπόμενη ώρα.

«Κοιμήσου εσύ και μην αγχώνεσαι. Εγώ να δούμε αν θα κοιμηθώ αυτές τις μέρες!» Τράβηξε για το δωμάτιό του.

Έπεσα ξερός στο κρεβάτι και πολύ γρήγορα αποκοιμήθηκα. Το ίδιο έπραξαν και ο Μπόλιος με τον Σανιδά.

Το πρωί μας ξύπνησε ο δόκιμος, αφού η δεύτερη ομάδα είχε επιστρέψει, ευτυχώς, χωρίς απρόοπτα. Βγήκαμε και πάλι λοιπόν, γυρίσαμε, ακολούθησε η δεύτερη ομάδα, η οποία με τη σειρά της γύρισε δίχως αποτέλεσμα στις 20:00.

Ο Καζώνης με πλησίασε. Παραξενεύτηκα!

ΧΡΗΣΤΟΣ Ι. ΜΠΑΡΜΠΑΓΙΑΝΝΙΔΗΣ

«Λάσκαρη, ας τα ξεχάσουμε όλα τα προηγούμενα. Ομολογώ ότι κάποιες στιγμές δε φέρθηκα σωστά. Σου ζητώ συγγνώμη. Αν δεν μπορούμε να έχουμε καλή σχέση, τουλάχιστον ας μην έχουμε κακή. Αύριο παίρνω άδεια απολύσεως. Ας μη φύγω με βαριά καρδιά». Μου έτεινε το χέρι του. «Εντάξει. Αφού παραδέχτηκες τα λάθη σου, τότε δεν υπάρχει πρόβλημα. Ας γίνει έτσι». Ανταποκρίθηκα στη χειραψία του.

«Ευχαριστώ» ψέλλισε με φωνή χαμηλή αλλά γεμάτη πυγμή.

Μου παρέδωσε, ιδιοχείρως, το αλεξίσφαιρο, τον ασύρματο και τον τελαμώνα με τους γεμιστήρες. Όμως, μου φάνηκε σα να διέκρινα ότι έριξε ένα αδιόρατο νεύμα στον Γαρούφαλο που στεκόταν δίπλα του. Κάτω από την απόμακρη έκφραση των ματιών του σχηματίστηκε ένα καθησυχαστικό χαμόγελο. Μακάρι να μην ήταν ένα δυσοίωνο χαμόγελο. Ίσως όλα να ήταν ιδέα μου. Γύρισα την πλάτη μου και βγήκα έξω.

Για άλλη μια φορά, κατευθυνθήκαμε προς τα σύνορα. Οι συνεχόμενες περιπολίες μας κούραζαν αφάνταστα και σφίγγαμε τα δόντια κάνοντας υπομονή, αφού σύμφωνα με τις εντολές που είχε πάρει ο δόκιμος από τη διοίκηση, αυτή θα ήταν η τελευταία νύχτα περιπολίας. Αν δεν είχαμε αποτελέσματα και σήμερα, η κατάσταση θα χαλάρωνε και το μόνο που θα επιχειρούσαμε τις επόμενες ημέρες ήταν κάποιες ημερήσιες εξορμήσεις στη συνορογραμμή.

Εγκατασταθήκαμε λοιπόν στο χαριτωμένο καταφύγιό μας, το οποίο, απ' ότι κατάλαβα, δεν το είχε ανακαλύψει η άλλη ομάδα, ούτε φυσικά τους το είχα γνωστοποιήσει και περιμέναμε να περάσει και αυτό το τελευταίο

εξοντωτικό εξάωρο. Επικρατούσαν οι ίδιες καιρικές συν-
θήκες με τη χθεσινή νύχτα, αλλά η διάθεσή μας ήταν πιο
υποτονική. Κανείς δεν είχε όρεξη για συνομιλία και ήταν
η δική μας σειρά να επηρεάσουμε τα σκυλιά, τα οποία ξα-
πλωμένα χουζούρευαν αμέριμνα. Η βαρυθυμία μας δεν είχε όρια, ώστε από ανία άρχισα
να παίζω με το χώμα. Δημιουργούσα μικρές λακκούβες και
στη συνέχεια τις έκλεινα πάλι με πετραδάκια. Ο Σανιδάς
με παρακολουθούσε υπνωτισμένος, με μάτια βαριά και
παγωμένα, ενώ ο Μπόλιος θωρούσε τον έναστρο ουρανό.
Σπρώχναμε την ώρα, αλλά έμοιαζε ασήκωτη. Ίσως και
να κοίταξα σαράντα έως πενήντα φορές το φτηνιάρικο
ρολόι που κοσμούσε τον αριστερό μου καρπό. Ήταν από
τις στιγμές που είσαι σίγουρος ότι οι δείκτες γυρίζουν πιο
αργά από άλλες φορές! Στράφηκα στο να παρατηρώ με το
φως του φακού τους ιστούς των βρύων πάνω στα πεσμένα
δέντρα. Μέσα στις ακτίνες του τεχνητού φωτός η ανάσα
μου ήταν σαν ιστός αράχνης στον ψυχρό αέρα.

Έπειτα, ξεκίνησα να ρίχνω με ύπουλο τρόπο μικρο-
σκοπικά χαλικάκια πάνω στον Σανιδά και έκανα τον
ανήξερο. Έστρεφα αλλού το βλέμμα μου, κάθε φορά που
αναζητούσε τον υπαίτιο. Μου τα έχωσε άσχημα, μόλις με
έπιασε απ' αυτοφώρω, ενώ γελούσα από νευρικότητα.
Αυτός ο παλιμπαιδισμός, αποτέλεσμα της πλήξης μας,
έβγαζε προς τα έξω τα στοιχεία της ανωριμότητας που
ακόμα εδράζονταν μέσα μας.

Μέσα σε αυτό το κλίμα χαλάρωσης, αποσύνθεσης θα
το χαρακτήριζα, παρατήρησα ένα κύμα αναστάτωσης στα
σκυλιά. Ανασήκωναν τα αυτιά τους, δίχως να δείχνουν
σιγουριά, ώσπου πετάχτηκαν αιφνίδια και εξήλθαν του

υποτυπώδους περιβόλου. Ξεκίνησαν να καλπάζουν και δευτερόλεπτα ύστερα χάθηκαν από τα μάτια μας. Είχαν πάρει την κατεύθυνση προς το οροπέδιο.

Μας ανατάραξε για λίγο η ξαφνική φυγή τους, αλλά δείξαμε αυτοσυγκράτηση. Ο Σανιδάς έβγαλε μια πνιχτή ακατανόητη κραυγή συνοδευόμενη από ηχηρά ρουθουνίσματα. Στο πρόσωπό του σχηματίστηκε ένα χαμόγελο σχεδόν τυχαίο. Σφούγγισε τον ιδρώτα από το μέτωπό του. «Λάσκαρη ας περιμένουμε». Μου έριξε ένα αυστηρό βλέμμα.

«Σου είπα δε θα τα ακολουθήσω».

«Αλεπού θα είναι» συμπέρανε ο Μπόλιος.

«Ή λύκοι ή αρκούδες ή κανένα άλλο τέρας» συμπλήρωσε νευρικά ο Σανιδάς.

«Ωχ, Διονύση! Πάντα υπερβολικός!»

Ένας πυροβολισμός διατάραξε την απόλυτη ησυχία του σκοτεινού δάσους. Ακολούθησε μια εύγλωττη σιωπή. Ο Σανιδάς με επιθεώρησε με εκείνα τα ξεπλυμένα μάτια που διέθετε. Δευτερόλεπτα έπειτα, ασυναίσθητα έσφιξε το μπράτσο μου και με κοίταξε τρομαγμένος.

«Δεν έχω ιδέα» ήταν το μόνο που μπόρεσα να του πω.

Είδα τον Μπόλιο να σφίγγει το τουφέκι του με πυγμή και αποφασιστικότητα. «Δε νομίζω να είναι κυνηγοί!»

Ακούστηκε δεύτερος πυροβολισμός. Ο ήχος που πλανήθηκε πάνω από τα κεφάλια μας πάγωσε τις καρδιές μας. Στη σιωπή που ακολούθησε ακούγονταν μόνο οι λαχανιασμένες ανάσες των συναδέλφων μου.

Η πηγή του ήχου δεν πρέπει να προερχόταν από κοντινή απόσταση. Ίσως να ήταν πάνω από ένα χιλιόμετρο μακριά μας και, όπως εξέφρασα φωναχτά, από τα νοτιοδυτικά.

«Από την πυραμίδα οχτώ!» συμπέρανε με βεβαιότητα ο Μπόλιος.

«Αυτοί είναι! Αυτοί είναι...» βροντοφώναξε ο παραπαίων από τρόμο Σανιδάς.

«Πιθανώς. Το θέμα είναι για ποιον λόγο και προς ποιον πυροβολούν;» Άρχισε να με κατατρώει μεγάλη περιέργεια.

«Κανέναν κακομοίρη που δεν τους πλήρωσε» φρόντισε να διαγνώσει ο Μπόλιος.

«Ό,τι και να συμβαίνει, δε θα μάθουμε αν δεν πλησιάσουμε».

«Ας καθίσουμε εδώ ήσυχα – ήσυχα και να μη βγάλουμε μιλιά», πρότεινε ο Σανιδάς.

«Εγώ δεν έχω κανένα πρόβλημα να τους προσεγγίσουμε και να παρακολουθήσουμε τι συμβαίνει» διαφώνησε ο αποφασιστικός Μπόλιος.

«Συμφωνώ. Μη με κοιτάς, Διονύση. Το θέμα πήρε πλέον άλλη τροπή. Υποσχέθηκα να μην ακολουθήσω τα σκυλιά, αλλά άκουσες τους πυροβολισμούς. Αυτό υπερβαίνει ό,τι σου είχα τάξει. Τους κοντοζυγώνουμε και αθέατοι τους κατασκοπεύουμε».

«Πώς θα τους κατασκοπεύσεις μέσα στα σκοτάδια;» με ρώτησε με αμφιβολία ο Σανιδάς.

«Τόσο το καλύτερο! Αφού έχει σκοτάδι, θα μπορούμε να τους πλησιάσουμε».

Τους προέτρεψα να με ακολουθήσουν. Το μυαλό μου κόχλαζε, αν και είχα κάποιες χθόνιες ενδείξεις για το τι συνέβαινε. Πλέον επικρατούσε μια παρατεταμένη ανατριχιαστική σιωπή. Πάλευα με σκέψεις πολύπλοκες για να εκφραστούν με λόγια.

Βγήκαμε από το δάσος πάνω στο γυμνό οροπέδιο, ωστόσο μείναμε πολύ κοντά του, βαδίζοντας παράλληλα με αυτό. Αν προέκυπτε ανάγκη, με δύο σάλτα μπορούσαμε να χαθούμε μέσα στα δέντρα και να έχουμε τέλεια κάλυψη. Καθώς πλησιάζαμε, ακούστηκαν εκ νέου τρεις πυροβολισμοί και πραγματικά ανατρίχιασα. Όμως, συνεχίζαμε με γρήγορο βηματισμό να προσεγγίζουμε τον στόχο, ο οποίος προς το παρόν ήταν αθέατος.

Όσο κοντεύαμε, στα αυτιά μας έφταναν γαβγίσματα και γρυλλίσματα, τα οποία γίνονταν όλο και πιο δυνατά. Κάποια στιγμή ακούσαμε και φωνές ανακατωμένες με ουρλιαχτά. Ξεκαθαρίσαμε πως οι φωνές παρέπεμπαν στην αλβανική γλώσσα. Δε θα ήμασταν μακρύτερα από διακόσια μέτρα από το σημείο. Μέσα σε όλα αυτά, άγνωστα πλάσματα αλυχτούσαν, έσκουζαν και ούρλιαζαν. Τέτοιους ήχους τα σκυλιά μας δεν έβγαζαν, αλλά ακούγαμε και τα οικεία σε μας γαβγίσματά τους.

«Μήπως τα σκυλιά μας μάχονται με τα σκυλιά κάποιου βοσκού;» αναρωτήθηκε ο Σανιδάς.

«Μη λες ανοησίες! Ποιος βοσκός θα κυκλοφορούσε τα μεσάνυχτα, ειδικά μέσα στο χιόνι; Δεν είναι ούτε βοσκός αυτός που πυροβολεί, ούτε οι ήχοι είναι από άλλα σκυλιά!»

«Ωραία, ας υποθέσουμε πως οι φωνές είναι των μαφιόζων, τότε τα ουρλιαχτά...»

Η απάντηση αποτυπωνόταν εύγλωττα στο πρόσωπό μου! «Λύκοι! Είναι η αγέλη που αναζητούσαμε!»

«Μα... Όχι Θεέ μου! Πες μου Λάσκαρη ότι μου κάνεις πλάκα;» σωριάστηκε κάτω σε έναν παροξυσμό φόβου.

«Καθόλου. Είναι οι λύκοι μας και έχω μεγάλη περιέργεια να μάθω τι συμβαίνει». Τον σήκωσα από το έδαφος.

«Λάσκαρη, θα σκοτωθούμε!» προέβλεψε με σπαραγμό.

«Όπλισε το τουφέκι σου, Διονύση. Και συ Μπόλιο».

Ένα μικρό ύψωμα του εδάφους με κάνα δυο δεντράκια όλο κι όλο, στεκόταν εμπόδιο ανάμεσά μας. Νέοι απανωτοί πολλαπλοί πυροβολισμοί συντάραξαν την ήδη τεταμένη ατμόσφαιρα της νύχτας. Ανεβήκαμε με δυσκολία το λοφάκι και κυριολεκτικά λίγο πριν τη κορυφή έρπαμε μέσα στο χιόνι. Έφεξα προς τα κάτω, όπου ένα ρέμα αγκάλιαζε τη βάση του λόφου. Σάρωσα τον χώρο και άφησα το βλέμμα μου να πλανηθεί αργά στο πεδίο. Απέναντι σε ένα πλάτωμα του εδάφους, είδα δυο τετράποδες μορφές να κινούνται με χορευτικές κινήσεις μέσα στον χιονισμένο αγρό, κάτω από το πέπλο του φεγγαρόφωτος.

Έμεινα αποσβολωμένος βλέποντας τους μεγαλόσωμους λύκους! Είδα τον Σανιδά να σταυροκοπιέται. Ο Μπόλιος συνοφρυώθηκε και έφερε το όπλο στο στήθος του.

Πιο πέρα, στην άκρη του πεδίου, άλλοι τρεις μεγαλόσωμοι λύκοι κατευθύνονταν προς κάποιους θάμνους, απ' όπου προήλθε ο νέος πυροβολισμός που αναστάτωσε τον λόφο. Ο ένας λύκος χτυπήθηκε, αλλά συνέχιζε κουτσαίνοντας να ακολουθεί τους συντρόφους του. Άλλοι δυο λύκοι που εμφανίστηκαν από το πουθενά, πλησίασαν απειλητικά από την αντίθετη πλευρά τα χαμόδεντρα. Όρμησαν με μανία εκεί μέσα. Ένας στερνός πυροβολισμός ήχησε. Ακούστηκε μια γοερή κραυγή φόβου και απόγνωσης! Κατόπιν, μια σπαρακτική οιμωγή μας συγκλόνισε! Μια υποψία αλήθειας άρχισε να εγκαθίσταται μέσα μου! Με τη βοήθεια των δυο φακών, του δικού μου και του Μπόλιου, παρακολουθούσαμε το οικτρό, βάρβαρο και βάναυσο αποτροπιαστικό θέαμα, όπου η φρίκη θέριευε: ένας άνθρωπος να γίνεται βορά στα σαγόνια αυτών των θηρίων!

Κομμάτια σάρκας πετάγονταν δεξιά και αριστερά, βάφοντας με ένα θλιβερό κόκκινο χρώμα το κατάλευκο χιόνι, ενώ γρυλλίσματα τρομακτικά και απόκοσμα δονούσαν την πλάση. Δεν έβλεπα τα σκυλιά, αλλά δεν άργησα να καταλάβω που βρίσκονταν. Μέσα στο δάσος στα αριστερά μας, τα άκουγα προφανώς να μάχονται. Ήδη οχτώ λύκοι γεύονταν απέναντί μας τον δύστυχο άντρα, που το κορμί του μόλις ανασάλευε. Πρέπει να ήταν ένας από τους δουλεμπόρους. Δεν έδινε σημεία ζωής κάποιος άλλος απ' αυτούς. Να είχαν απομακρυνθεί; Αδυνατούσα να υποθέσω. Δε χρειαζόταν. Μου έφταναν οι σκηνές της απόλυτης φρίκης που διαδραματίζονταν μπροστά μας! Έτρεμα σύγκορμος από τον τρόμο και η ανάσα μου είχε παγιδευτεί και είχε σταθεροποιηθεί μέσα μου! Οπισθοχώρησα για λίγο παραπατώντας με αποστροφή, γνωρίζοντας ότι η εικόνα αυτή είχε χαραχτεί για πάντα στη μνήμη μου.

Όμως, αδειάζοντας το μυαλό μου απ' όλες τις εικόνες, ξεκίνησα να κατεβαίνω το ύψωμα με κραυγές και με τον φακό στο χέρι. Άκουσα πίσω μου να με ακολουθούν και οι δυο φίλοι μου. Ο Μπόλιος και ο Σανιδάς πυροβολούσαν κοντά στους λύκους, αλλά οι σφαίρες τους αστοχούσαν, λογικό, αφού ήταν δύσκολο να βρουν στόχο με περιορισμένη ορατότητα και κινούμενοι άγαρμπα.

Έφεγγα όσο μπορούσα με τον φακό πάνω στα ζώα, αλλά δεν πτοούνταν και ιδιαίτερα. Για λίγο οπισθοχώρησαν, με αρκετούς απ' αυτούς έχοντας ματωμένες μουσούδες και άλλους να κρατούν στα δόντια τους κομμάτια ανθρώπινης σάρκας. Έτρεχα και είχα το θλιβερό προνόμιο να βλέπω να εκτυλίσσεται εμπρός μου το σιχαμερό θέαμα! Τα ζώα αναδιπλώθηκαν και έστρεψαν την προσοχή τους πάνω μας.

Στα τριάντα μέτρα πριν τους λύκους, μόλις τελείωνε η κατηφόρα και προτού πατήσουμε στον επίπεδο τομέα, ένιωσα ένα βάρος πίσω μου και πριν καταλάβω καλά – καλά τι συνέβαινε, βρέθηκα φαρδύς – πλατύς μέσα στο χιόνι! Έπειτα από κλάσματα του δευτερολέπτου, βρέθηκε πάνω μου ο Μπόλιος και πάνω στους δυο μας ο Σανιδάς. Αυτός είχε παραπατήσει και μας παρέσυρε! Ο ασύρματος και ο φακός με αποχαιρέτησαν και τότε φάνηκε πόσο μεγάλη χρησιμότητα είχε. Σκοτάδι κατέκλυσε τα πάντα και δε βλέπαμε μπροστά μας περισσότερο από πέντε – δέκα μέτρα το πολύ. Το χειρότερο, απωλέσαμε τον μοναδικό δίαυλο επικοινωνίας με το φυλάκιο!

Σηκωθήκαμε άμεσα. Προέτρεψα τον Μπόλιο να φέξει με τον δικό του, αλλά και αυτός τον είχε χάσει. Επιπλέον, δεν έβρισκε και το τουφέκι του. Ανάθεμά μας! Ο Σανιδάς βγήκε μπροστά μας και άρχισε, μέσα σε παροξυσμό, να πυροβολεί στα τυφλά. Ο γεμιστήρας του άδειασε, δίχως αποτέλεσμα.

Οι λύκοι πλησίαζαν!

Τους προέτρεψα να τρέξουν προς το δάσος, όσο θα τους κάλυπτα πυροβολώντας με το τουφέκι μου. Οι δυο συνάδελφοι χάθηκαν ανάμεσα στους πυκνούς κορμούς. Σήκωσα το όπλο και στόχευσα. Ένας ψιλός μεταλλικός ήχος ακούστηκε από το τουφέκι μου. Το όπλο δεν εκπυρσοκρότησε. Συνέχισα να πατώ τη σκανδάλη, αλλά δεν εκτοξεύτηκε καμία σφαίρα. Ο γεμιστήρας ήταν άδειος!

Έβαλα τον επόμενο, αλλά πάλι τα ίδια. Ο άθλιος Καζώνης τους είχε αδειάσει! Τώρα εξηγούνται όλα! Μου ζήτησε συγγνώμη για να με παραπλανήσει! Έκανα αναστροφή και κινήθηκα τρέχοντας και εγώ προς το δάσος. Λίγο πριν περάσω ανάμεσα από τα πρώτα δέντρα, γύρισα να κοιτάξω προς τα πίσω. Μόνο ένας μεγαλόσωμος λύκος με ακολουθούσε. Οι υπόλοιποι είχαν επιστρέψει για να αποτελειώσουν το φρικιαστικό γεύμα τους. Εκείνη τη στιγμή παραπάτησα σε μια πέτρα που ήταν σκεπασμένη από το χιόνι. Έπεσα κουτρουβαλώντας και με την πλάτη μου σταμάτησα πάνω σε έναν κορμό δέντρου. Την είχα άσχημα! Βρεθήκαμε πρόσωπό με πρόσωπο. Με τα φλογερά του μάτια με επιθεωρούσε, ενώ ταυτόχρονα εξέπεμψε έναν υπόκωφο λαρυγγικό ήχο. Ασάλευτος τον παρακολουθούσα με την άκρη του ματιού μου. Έμοιαζα με τραυματισμένο θήραμα και ήταν θέμα χρόνου να εξαπολύσει την τελική του επίθεση. Ήξερε ότι είχε το πάνω χέρι και περίμενε να βεβαιωθεί για την ισχνότητά μου! Άρχισε να περιφέρεται δεξιά και αριστερά μου με προτεταμένα τα κοφτερά του δόντια. Οι λύκοι χτυπούν τους πιο αδύναμους τη στιγμή της μεγαλύτερης αδυναμίας τους. Συνέχισα να τον παρακολουθώ με απλανές βλέμμα. Φαινόμουν τελείως ανήμπορος μπροστά του. Η ώρα είχε φτάσει! Εξαπέλυσε μια ξαφνική επίθεση προσπαθώντας να με γραπώσει από τον λαιμό. Έτσι όπως καθόμουν στον πισινό μου, έπεσα ανάσκελα. Τότε σήκωσα με δύναμη τα πόδια μου και με τις πατούσες των αρβύλων τον εκσφενδόνισα, πιέζοντας το στέρνο του, από πάνω μου και τσακίστηκε με ορμή πάνω στον κορμό. Ζαλισμένος καθώς έσκασε στο έδαφος, δέχτηκε ένα χτύπημα από το τουφέκι μου στο κεφάλι, αφού είχα σηκωθεί στα πόδια μου. Είχα προσποιηθεί τον τραυματία, έχοντας καταστρώσει ήδη το σχέδιό μου, το οποίο πέτυχε. Για άλλη μια φορά η θέληση για τη ζωή ήταν πιο δυνατή από τον φόβο του θανάτου! Σήμερα δεν ήταν η νύχτα που θα πέθαινα!

Τον παράτησα ζαβλακωμένο και έτρεξα μέσα στο σκοτεινό δάσος. Λίγο πιο κάτω άκουσα μια φωνή πάνω από ένα δέντρο. Ο Σανιδάς βρισκόταν πάνω του!

«Κατέβα να φύγουμε».

«Ανέβα, το δάσος είναι γεμάτο από δαύτους. Κοίταξε τριγύρω σου».

Έστρεψα το βλέμμα μου και είδα τουλάχιστον τρία ζευγάρια κιτρινωπά μάτια ανάμεσα στα φυλλώματα. Με ένα σάλτο βρέθηκα δίπλα στον Σανιδά. Σκαρφαλώσαμε λίγα κλαδιά ψηλότερα για περισσότερη ασφάλεια. Ο Μπόλιος είχε εξαφανιστεί. Ούτε ο Σανιδάς τον είχε δει!

Βροντοφωνάζαμε δυνατά για να μας ακούσει, ουρλιάζαμε στη κυριολεξία! Το σκοτάδι μας δημιουργούσε τρομερά συναισθήματα τρόμου και πανικού. Δευτερόλεπτα έπειτα, λάβαμε την απόκριση που επιθυμούσαμε, οι φωνές του Μπόλιου αντήχησαν μέσα στο δάσος.

«Πού είσαι Μπόλιο; Είσαι καλά;» ρώτησα και προσέμενα σε μια θετική απάντηση.

«Μάλλον πάνω σε μια οξιά και είμαι μια χαρά» ακούστηκε από κάπου δίπλα μας η σταθερή φωνή του Μπόλιου.

«Δόξα τω Θεώ» μακάρισε πάνω από το κεφάλι μου ο Σανιδάς.

«Πώς βρέθηκες εκεί;»

471

«Έτρεξα ξωπίσω από τον Σανιδά, αλλά μέσα στο σκότος δεν κατάλαβα προς ποια κατεύθυνση τράβηξε. Αναγκαστικά ανέβηκα στο δέντρο».

«Βλέπεις κάτι από εκεί;»

«Τίποτα. Όμως, ακούω δραστηριότητα κάπου κάτω μου. Μάλλον είναι οι λύκοι. Εσείς πού είστε;»

«Και εμείς σε δέντρο. Πρέπει να είμαστε είκοσι με τριάντα μέτρα στα δεξιά σου, αν υποθέτω σωστά».

«Αν δεις λύκο από κάτω σου, ρίξε στο κεφάλι του» τον παρότρυνε ο Σανιδάς.

«Σανιδά, το τουφέκι μου χάθηκε, όταν πέσαμε όλοι μαζί».

Πληροφόρησα τον Σανιδά για την ύπουλη πράξη του Καζώνη να μου δώσει άδειους γεμιστήρες. Ο Σανιδάς παραδόξως δεν σχολίασε καθόλου. Ψιθύρισε κάτι ακατανόητο και αναστέναξε. Αφουγκραζόμασταν για να υπολογίσουμε πού βρίσκονταν οι λύκοι. Ήχοι έφταναν στα αυτιά μας, δίχως να έχουμε τη δυνατότητα να προβούμε σε ασφαλείς εκτιμήσεις. Πού και πού, ακούγονταν κάποια γρυλλίσματα και κραυγές, από πολύ κοντά μας.

Ένα ουρλιαχτό μου έκοψε την ανάσα! Το αίμα μου πάγωσε. Ήταν από κάτω μας. Δεν τους έβλεπα, αλλά τους αισθανόμουν. Για πρώτη φορά, ένιωθα το δάσος απόκοσμο, τρομακτικό και ξένο. Για πρώτη φορά με κατέκλυσε ανασφάλεια και δέος. Για πρώτη φορά, πραγματικά δεν ήθελα να βρίσκομαι στο δάσος!

«Λάσκαρη, τι έχεις να πεις για όλα αυτά;» ρώτησε με εκείνο το γνωστό ύφος αμφισβήτησης και αντιλογίας ο Σανιδάς.

«Έχω να πω...πως δεν έχω να πω τίποτα! Δεν κατανοώ τίποτα απ' όλα αυτά. Τέτοια συμπεριφορά λύκων δε διανοούμουν ποτέ ότι θα δω. Είμαι συγκλονισμένος, το ομολογώ».

«Δεν θέλω να σε κατηγορήσω, αφού και γω μέχρι πριν μερικά λεπτά συμπαθούσα, χάρη σε σένα, αυτά τα ζώα. Πάντως, πολύ θα χαιρόμουν να τους καθάριζα έναν – έναν!» «Είναι απίστευτο, Διονύση! Τον έφαγαν! Τον ρήμαξαν, τον κατακρεούργησαν!» «Ναι. Ό,τι και να ήταν αυτός, ήταν τραγικό. Δεν αξίζει σε κανέναν να πεθαίνει με αυτό τον τρόπο, ακόμη και αν είναι ο μεγαλύτερος εγκληματίας».

«Επίσης απορώ πώς έμεινε μόνος του και πώς εγκλωβίστηκε ο μακαρίτης. Δε σου φαίνεται περίεργο;»

«Πλάκα μου κάνεις; Πλέον δε μου φαίνεται τίποτα περίεργο! Εδώ έχουμε να αντιμετωπίσουμε ολόκληρα τέρατα και συ με ρωτάς αν είναι περίεργο που ήταν ολομόναχος...»

«Κοίτα, αν το σκεφτείς ψύχραιμα, μπορούμε να δώσουμε μια εξήγηση, τουλάχιστο για τους λύκους: είναι χειμώνας, απομονωμένη η περιοχή, μας είδαν ως θηράματα, μέχρι εδώ λογικά».

«Για συνέχισε...» με παρακίνησε γεμάτος δυσπιστία ο Σανιδάς.

«Αυτό που μου προξενεί αλγεινή εντύπωση είναι το γεγονός ότι δεν έμοιαζαν να πτοούνται από τους πυροβολισμούς του κακομοίρη. Καμία αντίδραση φόβου. Αντιθέτως, σαν ερεθισμένοι, επιτίθονταν με μανία κατά πάνω του. Θα μπορούσαμε ίσως να τον σώσουμε αν δεν...»

«...έπεφτα και σας παρέσερνα. Πες το μη ντρέπεσαι» συμπλήρωσε με μελαγχολία.

«Όχι καλέ μου, Διονύση, δε σε κατηγορώ. Τα απρόοπτα συνθέτουν συχνά το πάζλ της ζωής μας. Απλώς, λέω ότι είμαστε εξαιρετικά άτυχοι στη συγκεκριμένη περίπτωση. Έμεινα όμως έκπληκτος με την αστοχία σου, όταν άρχισες να πυροβολείς».

«Γι' αυτό ας με κατηγορήσεις. Δεν έβλεπα τίποτα και έριχνα όπου να 'ναι. Μετά τα έχασα και δεν πρόλαβα να βάλω άλλον γεμιστήρα, μια που έχασα και τον τελαμώνα!»

Έβγαλε τον γεμιστήρα του και τον επιθεώρησε.

«Δεν θα το πιστέψεις, αλλά έχω ακόμα μια σφαίρα!» ανέκραξε περιχαρής.

«Κράτα την. Ίσως χρειαστεί. Πρώτη φορά πάντως βλέπω ζώα που δε φοβήθηκαν μετά από πυροβολισμούς».

«Ξέρεις γιατί; Γιατί είναι πραγματικοί δαίμονες! Μη μου το αρνηθείς αυτό».

«Νομίζω ότι οι χειρότεροι δαίμονες είναι αυτοί που κρύβονται μέσα μας. Όμως, για να μη σε θεωρήσω παράλογο, ναι, δεν έχω δει, δεν έχω ακούσει, πέρα από τις ιστορίες του Αναστάση, για παρόμοια συμπεριφορά αυτών των ζώων! Ο άτιμος ο Καζώνης θα μου το πληρώσει που μου έδωσε άδειους γεμιστήρες».

«Άρα, ο Αναστάσης είχε απόλυτο δίκιο, όταν μιλούσε για εκείνη την τρομερή αγέλη».

«Έτσι όπως ήρθαν τα πράγματα, είναι κάτι που δεν μπορώ πια να το αρνηθώ. Αν πάλι δεν είναι εκείνη η αγέλη, σίγουρα είναι οι απόγονοί τους. Ο Αναστάσης, τελικά, ποτέ δεν υπερέβαλε, ποτέ δεν είπε ψέματα, όλες οι διηγήσεις του ήταν αληθινές!»

Μέσα σε όλο αυτό το κλίμα έντασης και αποπροσανατολισμού του μυαλού μου, αναρωτήθηκα τι απέγιναν τα σκυλιά μας. Τα χάσαμε λίγο πριν βρούμε την αγέλη, αν και τα ακούσαμε να γαβγίζουν μέσα από το δάσος. Έπειτα εξαφανίστηκαν. Άραγε να ζουν; Και αν ζουν που να βρίσκονται τώρα; Είχα όμως την πεποίθηση ότι γλίτωσαν. Τουλάχιστον έτσι ήθελα να πιστεύω.

Ένας οξύς πόνος με χτύπησε στο σημείο του τραύματός μου, ο οποίος μου υπενθύμισε το περιστατικό με την αρκούδα. Αμέσως μετά εξαφανίστηκε και με έκανε να είμαι ευγνώμων για την, μέχρι τώρα, τύχη μου. Όμως, δεν μπορούσα να χωνέψω το σοκ αυτής της φρικιαστικής ανακάλυψης. Μια πληθώρα αισθημάτων σπάραζαν μέσα μου για να εκφράσουν πόνο, λύπη, και αποτροπιασμό.

Άκουσα θόρυβο από κάτω. Κάτι έξυνε το κορμό του δέντρου! Κοίταξα τον Σανιδά και έμοιαζε και αυτός να αναρωτιέται. Επειδή τα μάτια μας συνήθισαν στο σκοτάδι, παρατηρούσα προσεχτικά και συγκεντρωμένος τη βάση του δέντρου. Πράγματι, ένας λύκος προσπαθούσε να ανέβει στο δέντρο. Ωστόσο, ήταν απίθανο να τα καταφέρει. Σήκωσε τα πίσω του πόδια και γρύλλισε. Με το που ανασηκώθηκε, έγιναν ευδιάκριτα τα ματωμένα σαγόνια του. Ανέβηκα ένα κλαδί παραπάνω, για παν ενδεχόμενο. Ο Σανιδάς ήδη είχε ανέβει αρκετά ψηλότερα.

«Τον βλέπεις;» με ρώτησε με τρέμουλο στη φωνή του.

«Τον βλέπω».

«Τι περιμένεις; Μπουμπούνισέ τον στο κεφάλι», με προέτρεψε με ανυπομονησία καθώς μου παρέδιδε το τουφέκι του.

Σκόπευσα με το τουφέκι κατά πάνω του, αλλά δεν είχα το σθένος να πατήσω την σκανδάλη. Δεν μπορούσα να το κάνω απέναντι σε ένα από τα αγαπημένα μου ζώα! Όμως δίχως υπερβολές, παιζόταν η ζωή μας. Πάλευαν τα συναισθήματα μέσα μου και μπλόκαραν το μυαλό μου. Άκουγα τον Σανιδά από πάνω μου να με προτρέπει και οι φωνές του ηχούσαν σα να έβγαιναν από μέσα μου. Φωνές από πάνω μου και γρυλλίσματα από κάτω μου, όλα ανακατεμένα μέσα μου, με είχαν μαρμαρώσει. Τα δάχτυλά μου είχαν αγκυλώσει. Ο Σανιδάς βρέθηκε στο πλάι μου και άρπαξε το τουφέκι.

Μια εκπυρσοκρότηση συντάραξε τα αυτιά μου και με ξύπνησε από το λήθαργο που είχα πέσει. Ένα ουρλιαχτό πόνου ακούστηκε από κάτω μας.

Συνήλθα!

Είδα να κείτεται νεκρό το κουφάρι του λύκου. Έστρεψα το βλέμμα δίπλα και είδα τον Σανιδά να κρατά ακόμα το τουφέκι του. Είχε πατήσει τελικά την σκανδάλη.

«Τι έγινε;» ακούστηκε η φωνή του Μπόλιου.

«Χα χα! Τον έφαγα τον κερατά!» θριαμβολόγησε ο Σανιδάς εκστασιασμένος.

«Μπράβο, Διονύση» πήρε τα εύσημα από τον Μπόλιο.

«Λάσκαρη, τι έπαθες; Γιατί κόλλησες; Από κάτω σου τον είχες!»

«Τώρα τι να σου πω; Μπράβο;»

«Πες και ένα ευχαριστώ, αν έχεις την καλοσύνη»

«Τουλάχιστον, ας με ειδοποιούσες ότι θα πυροβολούσες. Με τάραξες! Πάλι καλά που δε με πέτυχες».

«Το είχα υπό έλεγχο. Το ζύγισα καλά και μπουμ!»

Δεν το συνέχισα. Τι θα μπορούσα εξάλλου να του πω;

Στη θέση που ήμασταν, ήταν ο θάνατός σου η ζωή μου! Λυπήθηκα. Δεν είχα φανταστεί αυτή την εξέλιξη. Στο κάτω – κάτω, εμείς είχαμε εισβάλει στο σπίτι τους, όχι αυτοί. Αυτή είναι η φύση τους. Είναι άγρια πλάσματα τα οποία παλεύουν για την επιβίωσή τους. Για του λόγου το αληθές, εμείς ήρθαμε στο στόμα του λύκου!

Δεν πέρασε μισή ώρα, όταν έφτασαν στα αυτιά μας φωνές μέσα από το δάσος, από την κατεύθυνση του χωριού. Κάναμε διάφορες υποθέσεις με τον Σανιδά, συζητώντας χαμηλόφωνα, ενώ ο Μπόλιος, ορθά σκεπτόμενος, δεν έβγαλε τσιμουδιά πάνω από το δέντρο του. Δώσαμε λίγες πιθανότητες στο ενδεχόμενο των δουλεμπόρων, επειδή οι ακατανόητοι προς το παρόν ήχοι, έφταναν σε μας μέσα από την ελληνική επικράτεια. Να ήταν μετανάστες που πέρασαν στην επικράτειά μας; Αλλά και πάλι, θα ήταν ανόητο εκ μέρους τους να θορυβούν και να δίνουν στόχο. Εκτός αν τους όρμησαν οι λύκοι, που με τη βοήθεια της νύχτας είχαν το πάνω χέρι.

Το χειρότερο πάντως απ' όλα, και το απευχόμασταν, ήταν μήπως είχε ξεκινήσει η δεύτερη βάρδια και κατευθυνόταν προς τα εδώ, μια που είχαμε αργήσει να επιστρέψουμε. Μπορεί ο δόκιμος να τους έστειλε για να εξακριβώσει τι συνέβαινε. Έτσι αμάθητοι και άσχετοι που ήταν, θα κινδύνευε πολύ σοβαρά η ζωή τους. Αναθεμάτιζα τον εαυτό μου για την απώλεια του ασυρμάτου! Όμως τι μπορούσα να πράξω τότε; Να σταματούσα να ψάξω με το πάσο μου μέσα στα χιόνια, τη στιγμή που η αγέλη ορμούσε καταπάνω μας;

Ευελπιστούσα λοιπόν οι φωνές αυτές να προέρχονταν από κάποιους άλλους πομπούς. Πάντως από κάτω μας, πέραν του άψυχου ζώου, δε φαινόταν να υπάρχει λύκος και ούτε ακουγόταν από γύρω περιοχή το παραμικρό. Προφανώς, η αγέλη είχε εγκαταλείψει το συγκεκριμένο σημείο και ένας Θεός γνώριζε που βρισκόταν. Παρακαλούσα να είχαν αποτραβηχτεί μέσα στην Αλβανία.

Κύλησαν λίγα λεπτά ακόμα μέσα σε απόλυτη ησυχία. Μόνο το ελαφρύ νυχτερινό αεράκι χάιδευε τα παγωμένα πρόσωπά μας. Ξαφνικά, μια ακτινοβολία χτύπησε μια διπλανή συστάδα δέντρων, αλλά χάθηκε. Ανοιγόκλεισα τα μάτια μου για να βεβαιωθώ ότι παρατήρησα σωστά. Δεν την ξαναείδα. Σκέφτηκα πως ίσως τα μάτια μου έπαιζαν διάφορα παιχνίδια. Σήκωσα το κεφάλι προς τον Σανιδά.

«Το είδα και εγώ» με επιβεβαίωσε και μου έκανε νόημα να σωπάσω.

Δεύτερη δέσμη φωτός έπεσε προς άλλο σημείο, λίγα μέτρα βορειότερά μας. Αναταράχτηκα και έσφιξα δυνατά το μεγάλο κλαδί του δέντρου. Ακούσαμε ψιθύρους, αλλά δεν ήμουν σε θέση να υπολογίσω περίπου από ποιο σημείο, ωστόσο προέρχονταν από πολύ κοντά μας. Άρχισα να νιώθω τσιμπήματα πανικού στο στομάχι μου. Οι σκέψεις μου χόρευαν επίμονα στη σκληρή επιφάνεια της αμείλικτης αλήθειας.

Μια νέα νησίδα λευκού φωτός εμφανίστηκε μέσα στον σκοτεινό ωκεανό του δάσους, λες και βρισκόμασταν σε κάποια ντισκοτέκ με τα πολλά φωτορυθμικά, με μόνη εξαίρεση το ότι δεν ακουγόταν μουσική! Ευτυχώς το φως έπεφτε προς τα κάτω και όχι πάνω στα κλαδιά των δέντρων και έτσι υπήρχε πιθανότητα να μη μας εντοπίσουν, αν ήταν δυστυχώς οι δουλέμποροι. Στη συνέχεια ακούσαμε θροΐσματα και τριξίματα κλαδιών. Εξακολουθούσαμε αμίλητοι να ακροβατούμε ανάμεσα στην αγωνία και την υπερένταση.

Λίγες στιγμές ακόμα ανασφάλειας. Η καρδιά μου χτυπούσε με ρυθμούς δρομέα ταχύτητας! Κρατούσα την αναπνοή μου για να μη δώσω το παραμικρό σημάδι της ύπαρξής μου. Αμέσως μετά, η δέσμη έπεσε στη βάση του δέντρου μας και σταθεροποιήθηκε εκεί που κείτονταν ο νεκρός λύκος. Επιπλέον, έτσι όπως φωτίστηκε ο πέριξ χώρος, αποκαλύφθηκαν και τα αποτυπώματά μας πάνω στο χιόνι. Ήταν απλώς θέμα χρόνου! Κατευθύνθηκαν όλοι προς το νεκρό λύκο. Ήταν έξι άνθρωποι με δυο μικρούς προβολείς. Ήταν η στιγμή της αποκάλυψης. Όλα θα ξεδιάλυναν σε δευτερόλεπτα, όπου θα διαγράφονταν με αιχμηρή ευκρίνεια οι μορφές τους. Δεν μιλούσαν, μόνο πλησίαζαν. Μόλις έφτασαν από κάτω μας, η πρώτη μορφή βημάτιζε νευρικά, αλλά τελικά κάθισε στις φτέρνες του. Έσκυψε πάνω από το κουφάρι και το επεξεργάστηκε.

«Είναι νεκρός» ακούστηκε μια οικεία φωνή.

Σήκωσε τον προβολέα προς τα πάνω και μας τύφλωσε! Έβαλα το χέρι μου μπροστά στα μάτια μου για να τα προστατέψω.

«Άντε αγόρια μου, τώρα μπορείτε να κατεβείτε» συνέχισε η γνωστή φωνή.

Η αβεβαιότητα αντικαταστάθηκε από την απορία, αυτή από την ελπίδα και τελικά από ανείπωτη χαρά. Η μορφή του πλέον ήταν διαυγέστατα αναγνωρίσιμη!

Με δύο άλματα βρέθηκα κάτω.

«Αναστάση!» Τον αγκάλιασα με συγκίνηση και δάκρυα!

Γύρισα προς τους υπόλοιπους και βρέθηκα πρόσωπο με πρόσωπό με τον Σούλιο. Με έσφιξε στην αγκαλιά του χτυπώντας μου την πλάτη.

«Τι νόμιζες; Θα άφηνα το φιλαράκι μου απροστάτευτο;»

Στράφηκε προς τον Σανιδά που μόλις είχε κατεβεί και τον αγκάλιασε. Τους είδα επίσης δακρυσμένους. Κατέφτασε και ο Μπόλιος από ένα από τα διπλανά δέντρα και έγινε και αυτός ένα με τους φίλους.

Οι υπόλοιποι σωτήρες μας ήταν ο Ευθύμης, ο Ηλίας και άλλοι δυο χωρικοί που δεν ενθυμούμουν τα ονόματά τους, ωστόσο μου ήταν οικείες φάτσες. Όμως, μικρή σημασία είχαν τα ονόματά τους. Ήταν οι λυτρωτές μας!

Τους εξιστόρησα όλη την περιπέτειά μας με κάθε λεπτομέρεια και αυτοί με τη σειρά τους μας ενημέρωσαν πώς βρέθηκαν στο δάσος: οι τουφεκιές που είχαν πέσει, έγιναν αντιληπτές στο χωριό. Ο Αναστάσης ανησύχησε και έτρεξε στο φυλάκιο, όπου ο δόκιμος του εξήγησε τι συνέβαινε. Προσφέρθηκε να ψάξει να μας βρει και με τον Σούλιο, που προθυμοποιήθηκε να βοηθήσει, ζήτησαν την υποστήριξη κάποιων χωριανών. Ο Αναστάσης απέτρεψε τον δόκιμο να αφήσει τη δεύτερη άπειρη ομάδα να εισχωρήσει στο δάσος. Έτσι, αφού εξοπλίστηκαν, αναχώρησαν από το χωριό με σκοπό να μας εντοπίσουν.

Έπεσα στα γόνατα πάνω από το νεκρό ζώο. Ήταν υπέροχο πλάσμα! Τέλειο, αλλά πλέον άψυχο. Το γκριζοκαφέ τρίχωμά του έμοιαζε βελούδινο. Το κεφάλι του μεγάλο με κοφτερούς ματωμένους κυνόδοντες που προεξείχαν από τα χείλη του. Ίσως το αίμα αυτό να προερχόταν από τον άτυχο άντρα. Σκιάχτηκα! Ο Σανιδάς τον είχε πετύχει ακριβώς στην κορυφή του κρανίου του. Καταπληκτικό σημάδι! Το αίμα από εκείνη την τρύπα ήταν ακόμα ζεστό. Κρίμα! Στενοχωρήθηκα, αλλά δε γινόταν διαφορετικά. Αφού το περιεργάστηκα σχολαστικά, το άφησα να κείτεται εκεί που είχε ξεψυχήσει.

Προχωρήσαμε όλοι μαζί πια προς το σημείο της μεγάλης συμπλοκής, λίγα μέτρα μέσα στο αλβανικό έδαφος. Φοβήθηκα να πλησιάσω προς το πτώμα ή ό,τι τέλος πάντων είχε απομείνει απ' αυτό. Βρήκα τη δύναμη ψυχής για να προσεγγίσω εκείνο το σημείο. Κοντοστάθηκα και μόνο που είδα το χιόνι κόκκινο! Έκανα μερικά βήματα ακόμα. Ο Αναστάσης μαζί με τον Ευθύμη και τον Ηλία βρέθηκαν από πάνω του. Ο πρώτος έντρομος επικαλέστηκε τον Θεό, ενώ οι άλλοι δυο πνίγηκαν από τον εμετό τους!

«Έλα πίσω, Λουκά!» με προέτρεψε ο Σανιδάς να επιστρέψω.

Ο Σούλιος όμως πλησίασε από την άλλη πλευρά και έριξε μια ματιά. Τον είδα να γουρλώνει τα μάτια του και το πρόσωπό του παραμορφώθηκε από μια μάσκα πόνου, ωστόσο παρέμεινε νηφάλιος. Βρήκα ψήγματα θάρρους και βρέθηκα κοντά του. Ομολογώ ότι ταράχτηκα, τόσο όσο φανταζόμουν. Μια γεύση εμετού ένιωθα στον οισοφάγο μου που στένευε. Μια κυριολεκτικά άμορφη ματωμένη μάζα σαν κιμάς, μισοφαγωμένη και σμπαραλιασμένη! Ένα καλάζνικοφ πεταμένο λίγο πιο πέρα, δεν μπόρεσε να σώσει τον ιδιοκτήτη του. Τα χαρακτηριστικά του προσώπου του δεν ήταν σε καμιά περίπτωση ευδιάκριτα. Ο Αναστάσης πάντως επιβεβαίωσε ότι ήταν δουλέμπορος. Μουρμούρισε ανέκφραστος, «τον τιμώρησε ο Θεός».

Ο Μπόλιος που είχε χαθεί λίγο πιο κάτω ανακάλυψε

αποδείξεις. Ένα χιονισμένο δρομάκι είχε ξεκάθαρα φρέσκα ίχνη από ρόδες αυτοκινήτου και πατημασιές τριγύρω. Οι δυο χωρικοί με τη βοήθεια του προβολέα ξεδιάλυναν και αποκρυπτογράφησαν τις πατημασιές. Τρία διαφορετικά ζευγάρια παπουτσιών υποδήλωναν την παρουσία τριών ατόμων. Οι δυο πρόλαβαν και έφυγαν με το αμάξι, ο τρίτος ατύχησε! Δε φάνηκαν πουθενά άλλα ίχνη που να προέρχονται από άλλους ανθρώπους.

«Δεν διακινούσαν μετανάστες. Απλώς, ήρθαν για κάποιο λόγο. Ίσως κάτι να έψαχναν» υπέθεσε ο Αναστάσης.

«Μπορεί να έψαχναν τους τρεις, που τους είχαν ξεφύγει» συμπλήρωσα δειλά.

Οι λύκοι είχαν εξαφανιστεί. Από κανένα σημείο του ορίζοντα δεν ακούγονταν. Θα έλεγα πως εμφανίστηκαν από το πουθενά, σαν εφιάλτης, και εξαφανίστηκαν απότομα και μυστηριωδώς. Δυστυχώς όμως, το πτώμα υποδήλωνε ότι ήταν υπαρκτοί και καθόλα πραγματικοί παρά απόκοσμοι. Πρώτη φορά με τρόμαξαν αυτά τα ζώα, αλλά δεν τα μισούσα. Κάθε άλλο! Εξακολουθούσα να τα θαυμάζω και να αποδέχομαι τη φύση τους.

Ο Σανιδάς που δεν τόλμησε να πλησιάσει προς το πτώμα, έψαξε και βρήκε τον ασύρματο, τους φακούς και το τουφέκι του Μπόλιου. Μου έφερε στα χέρια τον ασύρματο, δίχως να αρθρώσει λέξη. Άνοιξα τον ασύρματο και τον έφερα κοντά στο στόμα μου.

«Δόκιμε;»

«Λάσκαρη;» Η φωνή του ακούστηκε τρεμάμενη.

«Ναι, Λουκάς Λάσκαρης. Όλα καλά! Επιστρέφουμε».

Έκλεισα τον ασύρματο.

Τα μάτια μου πήραν την πρωτοβουλία να στραφούν για μια τελευταία φορά στην ανατριχιαστική εικόνα. Η σκηνή αποκρυσταλλώθηκε στο εγκεφαλικό μου θησαυροφυλάκιο και αυτό το θέαμα υπερέβαινε την έννοια του σατανικού! Μα τι άνθρωποι ήταν αυτοί, που άφησαν τον σύντροφό τους στο έλεος της αγέλης; Αλλά τι σκέφτομαι; Πόσοι ανθρωπιά είναι δυνατό να κουβαλάνε αυτοί που εμπορεύονται ανθρώπινες ψυχές; Ωστόσο, ακόμα και τούτοι ήταν άνθρωποι!

Βάρβαροι εγκληματίες με κατάπτυστη διαγωγή, αλλά ένας τέτοιος φρικιαστικός θάνατος προκαλούσε, αν όχι συμπάθεια, τουλάχιστον συμπόνια. Ίσως να είχε δίκιο ο Αναστάσης, ο οποίος μίλησε για θεϊκή τιμωρία. Δεν το συμμεριζόμουν απόλυτα, μα δεν μπορούσα να αποκρούσω την άποψή του σχετικά με την αποκατάσταση της ηθικής τάξης.

Όσο για τους λύκους, οι χωρικοί εκτίμησαν ότι ήταν πλάσματα του διαβόλου! Απλοϊκή αλλά βολική θέση. Δε συντασσόμουν μαζί τους, μα κατανοούσα την αγωνία και τις φοβίες τους. Προληπτικοί και θεοσεβούμενοι, εγκλωβισμένοι μέσα στις σκοτεινές στοές της δεισιδαιμονίας, ενστερνίζονταν αυτή την αφελέστατη ερμηνεία των γεγονότων.

Εγώ από την μεριά μου, πάλευα να αποδώσω πιο αληθοφανείς ερμηνείες στο αίνιγμα. Πιθανώς να βρεθήκαμε όλοι στον λάθος τόπο τη λάθος στιγμή. Κάποιος ατύχησε και άλλοι ήταν πιο τυχεροί. Ίσως να μη μπορείς να ξεφύγεις από το πεπρωμένο σου. Όχι, σε καμιά περίπτωση δεν ήμουν μοιρολάτρης. Αντιθέτως! Καθώς όμως αδυνατούσα να ανακαλύψω την αλήθεια, αφού δεν είχα κάποια λογικοφανή εξήγηση, εισέβαλα κάπως άκομψα, ακόμα και εγώ, στη σφαίρα του μεταφυσικού!

Όμως, βαθύτερα μέσα μου ήμουν της θεωρίας ότι πάντα υπάρχει μια λογική ερμηνεία, έστω και αν απείχαμε παρασάγγας απ' αυτήν, και όσο το φιλοσοφούσα, άγγιζα τα αφανή όρια της βεβαιότητας ότι και σε αυτή την περίπτωση ίσχυε το ίδιο. Δυστυχώς, αυτή η αλήθεια παρέμενε ερμητικά κλειστή μέσα στο καβούκι της. Δε μπορούσα προς το παρόν να την εκμαιεύσω, αλλά σίγουρα υπήρχε. Όμως, επειδή ήταν ακόμα αγνοούμενη, ο καθένας είχε το αναφαίρετο δικαίωμα να πιστεύει στα πιο απίθανα!

Αναλογίστηκα ότι υπήρχε πιθανότητα να είχε προσβληθεί η αγέλη από κάποια ασθένεια, η οποία την εξώθησε σε ακραία συμπεριφορά με άκρατη επιθετικότητα. Κάποια μορφή λύσσας; Κάτι άλλο; Το βέβαιο ήταν ότι αυτή η παρανοϊκή στάση δεν ταίριαζε στο συνηθισμένο φέρσιμο αυτών των πλασμάτων. Έδειχναν απτόητα από την ανθρώπινη παρουσία και δεν εκδήλωσαν καμιά μορφή φόβου και ενδοιασμού απέναντί μας. Ούτε ακόμα, όταν οι τουφεκιές αναστάτωσαν όλο το οροπέδιο και την κοιλάδα, αποτραβήχτηκαν. Μόλις σκότωσε ο Σανιδάς τον λύκο, τότε εξαφανίστηκαν. Να ήταν άραγε ο αρχηγός της αγέλης; Κανείς δε γνώριζε.

Αυτό που με όλη μου την ειλικρίνεια με ανησυχούσε, ήταν η δυνητική ανεξίτηλη αποτύπωση μέσα μου. Ποτέ κανένα άσχημο περιστατικό δεν εγκαταστάθηκε στα εσώψυχά μου και δε με τυράννησε. Δεν επιθυμούσα κλυδωνισμούς και τριγμούς στον εσωτερικό μου κόσμο. Μα ήμουν τόσο συγκλονισμένος που υποψιαζόμουν ότι αυτές οι άσχημες εμπειρίες θα με συντρόφευαν αιώνια! Φοβόμουν ότι αυτές οι φριχτές εικόνες θα εγκαθιδρύονταν σε κάποια σκοτεινή γωνιά του μυαλού μου. Ο χρόνος θα το αποκάλυπτε...

«...και τώρα τι γίνεται, Αναστάση;» τον διατάραξα από τις σκέψεις του.

«Σχετικά με τι;»

«Σχετικά με αυτό...» Κοίταξα το πτώμα με αποτροπιασμό.

«Βλέπεις εκείνους τους θάμνους;» Μου έδειξε μια συστάδα από δαύτους περίπου δεκαπέντε μέτρα πίσω μας.

«Τους βλέπω, αλλά δε σε καταλαβαίνω»

«Αυτό σημαίνει ότι το συμβάν έλαβε χώρα εκτός της ελληνικής επικράτειας». Φαινόταν να διακατέχεται από τιτάνια ψυχραιμία.

«Και θα αφήσουμε...»

«Θα ειδοποιήσω μερικούς γνωστούς μου τσομπάνους από την Αλβανία. Αυτοί με τη σειρά τους θα ενημερώσουν τις αρχές τους. Το θέμα θα λυθεί, στο υπόσχομαι. Εμείς πια πρέπει να αναχωρήσουμε. Δεν έχουμε κανέναν λόγο να βρισκόμαστε εδώ».

Απομακρύνθηκε σκοτεινιασμένος και δε μας έμενε τίποτα άλλο από το να τον ακολουθήσουμε.

Επιστρέψαμε τελικά στο φυλάκιο. Τα σκυλιά μας αντιλήφτηκαν και μας απάντησαν στην ανηφόρα. Τελικά είχαν επιστρέψει σώα. Έπεσαν με φόρα επάνω μου και με έλουσαν με τα σάλια τους. Δεν είχα ιδέα με ποιον τρόπο επανήλθαν στη βάση τους. Τα είδα αλώβητα. Το πιθανότερο είναι να παρασύρθηκαν από κάποια μέλη της τρομερής αγέλης και να τα απομάκρυναν από εμάς. Ασφαλώς! Αυτό συνέβη! Τα παρέσυραν για να τραφούν οι υπόλοιποι λύκοι. Εφάρμοσαν όμοια στρατηγική όπως και στο μαντρί του Ηλία. Πανούργα πλάσματα! Δεν ήξερα αν έπρεπε να τα θαυμάσω ή να τα σιχαθώ. Μάλλον έκλινα προς το πρώτο!

«Ο Καζώνης! Τώρα θα πληρώσει!» Κινήθηκα απειλητικά προς το κτήριο.

«Λουκά, άκουσέ με. Η ποιότητα του ανθρώπου φανερώνεται από το μεγαλείο της ψυχής και τη δύναμη της συγχώρεσης» μπήκε μπροστά μου ο Αναστάσης.

«Μα εξαιτίας του κόντεψα να σκοτωθώ». Από μέσα μου έβραζα!

«Λουκά, τόσον καιρό δε σου ζήτησα καμία χάρη. Σου ζητώ τώρα. Ξέχασέ το. Απόδειξέ μου για άλλη μια φορά πόση μεγαλοπρέπεια έχει η καρδιά σου. Καν' το για τον γερο – Αναστάση». Με συνεπήρε με το πατρικό του βλέμμα.

«Εντάξει. Έχεις δίκιο. Κάποιοι ας προσπαθήσουν να φερθούν ως άνθρωποι σήμερα και αυτοί ας είμαστε εμείς».

Ο δόκιμος, φορώντας έναν μπλε σκούρο μάλλινο σκούφο, πηγαινοερχόταν πάνω κάτω στον περιβάλλοντα χώρο του φυλακίου. Μόλις μας είδε να φτάνουμε, χαμογέλασε και λαμπύρισε το ωχρό πρόσωπό του. Κάτω από το υπόστεγο, ο Μπάκας και ο Λυτράκος χαρούμενοι έπεσαν στην αγκαλιά μας με απερίγραπτη χαρά. Αντιθέτως, καθώς μπήκαμε στον θάλαμο, ο Καζώνης τακτοποιούσε τις βαλίτσες του με τη συνδρομή του Γαρούφαλου. Ταράχτηκαν μόλις με αντίκρισαν, αλλά, όπως υποσχέθηκα στον Αναστάση, δεν τους έδωσα καθόλου σημασία! Μπορεί και να είχαν στεναχωρηθεί που επιστρέψαμε χωρίς βλάβες! Ποιος ξέρει! Ο Καζώνης αύριο αποχωρούσε με άδεια απολύσεως. Δε θα τον ξαναβλέπαμε. Ευτυχώς!

ΕΠΙΛΟΓΟΣ

Περίπου 5 μήνες μετά...

Ζεσταινόμουν πολύ από τον υπερβολικό καύσωνα και δεν μπορούσα να βρω παρηγοριά ούτε στον παγωμένο καφέ, ούτε και στα δυο μπουκάλια μπύρες που μόλις είχα πιει. Βυθισμένος στην καρέκλα μου, παρακολουθούσα απερίσπαστος τον κόσμο να περνάει εμπρός μου και αυτό το παρανοϊκό πέρα δώθε, κυριολεκτικά, με υπνώτιζε.

Είχα κλείσει μια ώρα στην παραλιακή καφετέρια, αλλά είχα την εντύπωση πως δεν είχαν παρέλθει παρά μερικά λεπτά. Η ώρα πενούσε με αστρονομική ταχύτητα όπως και τα πρόσωπα των περαστικών, τα οποία δεν τα αποτύπωνες ποτέ στο μυαλό σου. Όσα πιο πολλά παρατηρούσες, τόσα λιγότερα σου έμεναν στο υποσυνείδητό σου. Το απρόσωπο πρόσωπο μιας μεγαλούπολης!

Η αχνή αύρα του Θερμαϊκού πρόσφερε με το σταγονόμετρο μια αίσθηση δροσιάς. Τουλάχιστον σήμερα δεν είχε εκείνη την απελπιστική μπόχα, όπως συνήθως. Το χειρότερο όμως απ' όλα ήταν αυτό το εκνευριστικό μουρμουρητό που έφτανε στα αυτιά μου από τα διπλανά τραπέζια. Ένα βουητό άμορφο, το οποίο χτυπούσε τα μηνίγγια μου και μου προκαλούσε έναν αφόρητο πονοκέφαλο. Μια πανάθλια βασανιστική μουσική ακουγόταν μέσα από το μαγαζί, που αν και έφτανε με το ζόρι προς τα έξω, κατόρθωνε να μου χαλάει τη διάθεση. Μου προξενούσε ζοφερή εντύπωση ότι έβλεπα πρόσωπα μέσα, που έμοιαζαν να διασκεδάζουν! Πάντως, η Θεσσαλονίκη στα μάτια ενός μέσου ανθρώπου έμοιαζε άδεια. Οι περισσότεροι είχαν καταλάβει, με μια μαζική απόβαση, τα κοντινά παράλια, κυρίως της Χαλκιδικής και δευτερευόντως της Πιερίας. Θα έτρωγαν τρεις – τέσσερις ώρες μέσα στο αυτοκίνητο και για να πάνε και για να έρθουν, θα απολάμβαναν τη θάλασσα παρέα με χιλιάδες λουόμενους μέσα σε λίγα τετραγωνικά μέτρα ο ένας πάνω στον άλλον και, αφού "φόρτιζαν" τις μπαταρίες τους, θα επέστρεφαν με ένα μικρό προβληματάκι στα νεύρα τους! Έτσι, ανανεωμένοι και ευδιάθετοι θα προσδοκούσαν όλη την εβδομάδα σε μια ανάλογη ευημερία το επόμενο Σαββατοκύριακο! Δεν τους παρεξηγούσα. Θεωρούσαν ότι αυτό είναι διασκέδαση! Πράγματι διασκέδαζαν, αλλά η ψυχαγωγία, δυστυχώς, ήταν απούσα!

Παρόλα αυτά, έστω και μοναχός μου στο τραπέζι, είχα έμφυτη την κοινωνικότητα, μέσα στην κρίση αντικοινωνικότητας που με είχε χτυπήσει, και ένιωθα την ανάγκη να βρεθώ ανάμεσα σε κόσμο. Γι' αυτό, είχα αποφασίσει να βγω πρωί και να απολαύσω αυτή την πλατωνική επαφή με τους συνανθρώπους μου.

Η μήνες που έζησα στο φυλάκιο με είχαν μετατρέψει σε ένα αγρίμι, αποκομμένο και απομονωμένο από τα υπόλοιπα άτομα του είδους μου. Τους τελευταίους μήνες στα μάτια μου έδρευε η αποστροφή και η φωνή μου ήταν πάντα αλαφιασμένη. Στο πρόσωπό μου είχα συνεχώς ζωγραφισμένη τη θλίψη ανάμεικτη με ένα αίσθημα ντροπής για τον ίδιο τον άνθρωπο. Αν και δυσκολευόμουν, ωστόσο είχα την πεισματική διάθεση να ενταχθώ και πάλι στους κόλπους της πολιτείας. Πέρασαν τρεις μήνες από τότε που απολύθηκα και σπάνια είχα κατέβει προς το κέντρο. Όμως είχα και έναν άλλο λόγο που βρισκόμουν εδώ και ίσως ήταν ο πιο σπουδαίος. Περίμενα με λαχτάρα έναν παλιόφιλο!

Δεν άργησε να φανεί. Από τη γωνιά που καθόμουν τον αντιλήφτηκα να έρχεται με το ανάλαφρο περπάτημά του και εξέπεμπε μια τάση ευδιαθεσίας και ανεμελιάς. Αδύνατος αλλά σφιχτοδεμένος, εξακολουθούσε να διαθέτει το ίδιο χλομό πρόσωπο, απ' όταν τον είχα γνωρίσει. Φλογερός, εγκάρδιος, οξύνους με ευέλικτη σκέψη, αλλά και πονηρός, όταν απαιτούταν! Δε με είχε δει, αλλά παρατηρούσα τα μάτια του, τα οποία εξερευνούσαν το κάθε τραπέζι σε αυτή την ατελείωτη σειρά που ξεκινούσε από το λιμάνι και έφτανε μέχρι τον Λευκό Πύργο!

Σηκώθηκα από τη θέση μου, με ένα χαρούμενο σκίρτημα να με γαργαλάει από μέσα μου. Είναι αλήθεια, ένιωσα ξαφνικά μια νότα αισιοδοξίας να γεννιέται στην ψυχή μου. Μόλις με πήρε είδηση, ένα πλατύ χαμόγελο σχηματίστηκε στα λεπτά του χείλη. Δεν ανέκοψε την ορμή του, αλλά κινήθηκε σαν αστραπή πάνω μου. Σφιχταγκαλιαστήκαμε χωρίς λόγια για αρκετή ώρα. Τράβηξε το πρόσωπό του πιο πίσω και τον είδα βουρκωμένο. Και εγώ φάνηκε να μην αντέχω, αφού ένιωσα υγρασία στα βλέφαρά μου.

«Τώρα τι γίνεται; Θα κλαίμε σαν ευαίσθητες κοπελίτσες; Παράγγειλε μερικές μπύρες». Βολεύτηκε στην απέναντι καρέκλα.

«Δε μπορείς να φανταστείς, Σούλιο, τι χαρά μου έδωσες! Πριν τρεις μέρες που με πήρες τηλέφωνο και είπες ότι θα με επισκεφτείς το Σαββατοκύριακο, δεν μπόρεσα να ησυχάσω. Περίμενα πώς και πώς να σε δω!»

«Σου είχα υποσχεθεί ότι μόλις απολυθώ, αν όχι το πρώτο Σαββατοκύριακο, σίγουρα το επόμενο θα ερχόμουν να σε δω. Να λοιπόν που είμαι ολοζώντανος μπροστά σου!»

«Καταρχάς, τι νέα από το φυλάκιο; Ο Αναστάσης πώς είναι; Τα σκυλιά;»

«Σιγά – σιγά! Θα σου τα πω όλα. Το φυλάκιο, όπως θυμάσαι, μετά τα γεγονότα με το θύμα στα σύνορα, είχε γίνει προβλεπόμενο και παρέμεινε μέχρι και πριν δυο εβδομάδες, που επιτέλους έφυγα. Σκοπιές, περιπολίες στο φουλ, αφού κάποια στιγμή σκέφτηκα να ζητήσω να με στείλουν στο τάγμα! Ο δόκιμος ήταν όπως πάντα ψαρωμένος, αλλά τον είχα γραμμένο».

«Έλα τώρα! Ο δόκιμος ήταν καλό παλικάρι».

«Βλάκας ήταν! Ένα φοβισμένο ανθρωπάκι, χωρίς προσωπικότητα. Όμως, θα με αφήσεις να συνεχίσω;»

«Ναι».

«Καλά που ήταν και ο Αναστάσης και πίναμε κανένα ποτηράκι! Πηγαίναμε με τον Μπόλιο κάθε δυο – τρεις μέρες και κάπως ξεχνιόμασταν».

«Ο Μπόλιος πώς είναι;»

«Είναι πια παλιός. Να τον δεις να φορά με καμάρι το τζόκεϊ που του χάρισες! Έχει τρεις μήνες ακόμα για να πάρει το παλιόχαρτο! Θα αντέξει, είναι γερό παιδί. Άσε που ηγείται και τον αποστολών στο δάσος! Άφησες άξιο αντικαταστάτη».

«Προέκυψε κάποιο πρόβλημα; Καμιά απρόοπτη συνάντηση;»

«Απόλυτη ηρεμία. Λες και από εκείνη την εφιαλτική νύχτα εξαφανίστηκαν όλα τα πλάσματα από το βουνό. Το μόνο που είδα ήταν κάποιες αλεπούδες. Όσο για μετανάστες, ούτε δείγμα, τουλάχιστο δεν υπέπεσε κάτι στην αντίληψή μας. Τα σκυλιά, αν εξαιρέσεις την Κούλα, που βιώνει άσχημα την απουσία σου, κατά τα άλλα είναι μια χαρά!»

«Για πες μου τι κάνει ο Αναστάσης;»

«Όπως πάντα, είναι ο σοφός προύχοντας του χωριού! Πάντα αναφερόταν σε σένα. Πολύ σ' αγαπά!»

«Τα αισθήματα είναι αμοιβαία και νομίζω το γνωρίζει».

«Πάντως, αν και δεν το ανέφερε ποτέ, θα χαιρόταν να του τηλεφωνούσες μια μέρα. Σέβομαι την στάση σου να μην επιθυμείς να έχεις επαφή, αλλά να μη φαινόμαστε και αγνώμονες!»

«Θα του τηλεφωνήσω σίγουρα κάποια στιγμή. Σας είχα εξηγήσει φεύγοντας ότι, όταν θα ήμουν έτοιμος, θα επικοινωνούσα. Τα γεγονότα εκείνη τη νύχτα με επηρέασαν αφάνταστα. Αυτή η ανάμνηση μοιάζει με μια μακρινή καταιγίδα που φτάνει στο μυαλό μου διασχίζοντας έναν βουβό απέραντο ωκεανό συναισθημάτων! Ήδη από τότε, κάθε νύχτα αυτά τα γεγονότα στοίχειωναν τα όνειρά μου. Προσπαθούσα να απεμπλακώ από αυτόν το φαύλο κύκλο με τους εφιάλτες. Υπέθεσα ότι αν κόψω κάθε επαφή με το φυλάκιο και τη γη εκείνη, ίσως να ηρεμούσα. Δυστυχώς όμως αυτό στάθηκε μάταιο. Τίποτα δεν άλλαξε μέσα μου. Συνεχίζω να παλεύω με τις χίμαιρες ακόμα και τώρα. Το πεπρωμένο μου δέθηκε άρρηκτα μ' εκείνον τον τόπο!»

«Εν μέρει, κατανοώ αυτά που λες, αλλά δεν πίστευα ότι όλα αυτά θα επιδρούσαν τόσο άσχημα πάνω σου. Με συγχωρείς, μα σε θεωρούσα πολύ πιο δυνατό!»

«Έτσι πίστευα και εγώ. Όμως αυτό δεν ισχύει! Όλα μέσα μου μεταβλήθηκαν άσχημα. Να γνωρίζεις κάτι: όσο και αν αποπειράθηκα να αναστείλω τις σκέψεις, τα γεγονότα και τα πρόσωπα, στάθηκε μάταιο. Δεν υπάρχει μέρα που να μη σας είχα στο μυαλό μου. Μάλλον πρέπει να συμβιβάσω κάποια πράγματα μέσα μου».

«Ο χρόνος όλα θα τα διορθώσει, Λάσκαρη. Με τη φυγή δε λύνεται τίποτα. Προσπάθησε να συνέλθεις και να αντιμετωπίσεις τους φόβους και τις ανησυχίες σου. Όλα τελείωσαν, αν και απ' ότι καταλαβαίνω ο δικός σου κύκλος έκλεισε εκείνη τη βραδιά. Θυμάμαι ότι από τότε και για δυο μήνες, ώσπου να απολυθείς, έμοιαζες αγνώριστος. Ούτε διάθεση, ούτε όρεξη, με το ζόρι έβγαινες από το φυλάκιο».

«Δέκα κιλά έχασα. Κάθε φορά που δάγκωνα μια μπουκιά, ερχόταν και κολλούσε στο μυαλό μου ο διαμελισμένος άνθρωπος!»

«Εγώ πάλι, δεν είχα κανένα απολύτως πρόβλημα μ' αυτό. Ωστόσο σε κατανοώ. Όπως καταλαβαίνω και γιατί κουκούλωσαν το θέμα!»

«Θυμάμαι που μας κάλεσαν στο τάγμα και καταθέσαμε ενώπιον όλων εκείνων των γαλονάδων! Πράγματι, το θέμα έκλεισε σε μία νύχτα!»

«Τι περίμενες Λάσκαρη; Θυμάσαι που μας έστειλαν τον στρατιωτικό παπά; Περίμεναν απ' αυτόν να μας εξαγνίσει! Τι αηδίες!»

«Η λογική τους ήταν ότι ο παπάς θα μας τόνωνε την ψυχολογία και θα βγάζαμε τα εσώψυχά μας».

«Βλακείες! Αν ήθελαν να κάνουν κάτι σωστό, ας έστελναν έναν πραγματικό ψυχολόγο. Αυτή η μανία της εκκλησίας να χώνεται παντού!» Μου φάνηκε τόσο αστείος!

«Πάντως, εκείνη την ημέρα ήταν από τις λίγες φορές που είχα χαμογελάσει. Ειδικά, όταν πρότεινες στον παπά να παίξετε τάβλι! Θυμάμαι που του είπες με απαράμιλλο ύφος να αφήσει τις εξομολογήσεις και να πιάσει τα ζάρια. Το αξιοπερίεργο ήταν πως δέχτηκε αμέσως! Ίσως να μην ήθελε να πάει κόντρα στον ασθενή!»

«Και το πιο εξωφρενικό ότι ήταν και η μόνη φορά που κέρδισα παρτίδα!»

«Ναι, και που φώναζες ότι οι παπάδες είναι τόσο άχρηστοι που ούτε και μια παρτίδα τάβλι δεν μπορούν να κερδίσουν. Ήσουν απολαυστικός! Σίγουρα, σε είχε περάσει για ψυχοπαθή! Για πότε τα μάζεψαν και έφυγαν από το φυλάκιο!»

«Εσύ, μόνο όταν ήσουν με την Αριάδνη χαμογελούσες».

«Ήταν η μόνη φωτεινή αχτίδα εκείνες τις μαύρες ημέρες!» Ήμουν βέβαιος πως το πρόσωπό μου φωτίστηκε.

«Πώς τα πάτε; Φαντάζομαι είστε ακόμα μαζί».

«Ασφαλώς. Τα πάμε τέλεια. Πάλι καλά που υπάρχει στη ζωή μου και μου δίνει μια αίσθηση ξεγνοιασιάς».

«Είναι σπουδαία κοπέλα! Μόνο και μόνο για αυτήν, άξιζε η διαμονή σου στο φυλάκιο».

«Σίγουρα άξιζαν πολλά εκεί. Ο τόπος, οι άνθρωποι, οι φίλοι που έκανα αλλά ναι, η Αριάδνη ήταν η απόλυτη ομορφιά! Αυτή με κρατάει. Αυτή είναι η κινητήριος δύναμή μου».

«Χαίρομαι πολύ για σένα».

Ήρθε δίπλα μου και με έπιασε από τον ώμο. Μου χάιδεψε τα μαλλιά και χαμογέλασε. Πέρασαν δυο λεπτά χωρίς να ανοίξουμε το στόμα. Είμαι σίγουρος ότι και οι δυο κάναμε τις ίδιες σκέψεις. Οι μνήμες του φυλακίου θα μας συντρόφευαν για όλη μας τη ζωή.

«Λοιπόν, είχες μιλήσει κάποτε για ένα ταβερνάκι, προς την Καλαμαριά, αν θυμάμαι καλά».

«Πολύ καλά θυμάσαι Σούλιο. Είσαι μέσα;»

«Πλάκα μου κάνεις; Φύγαμε».

Πήραμε το αυτοκίνητο από το παρκινγκ, το οποίο μου είχε δανείσει ο αδελφός μου, και διασχίσαμε όλο το κέντρο της πόλης, δίχως ιδιαίτερα προβλήματα. Ο Σούλιος, καθ' όλη τη διάρκεια της διαδρομής, ιδιαίτερα ευδιάθετος, χαιρετούσε όλο τον κόσμο και ιδιαίτερα τις κοπέλες. Δεν με έκανε να νιώθω καθόλου άβολα. Μου είχε λείψει η τρέλα του!

Ένα εικοσάλεπτο αργότερα, φτάσαμε στον προορισμό μας. Το παραδοσιακό παραθαλάσσιο ταβερνάκι ήταν ένα από τα λίγα μέρη, όπου πάντα ευχαριστιόμουν να περνώ την ώρα μου. Είδα αρκετό κόσμο, αλλά επειδή ήμουν καλός θαμώνας, σίγουρα κάπου θα μας βόλευαν κάτω από την κληματαριά, να οσμιζόμαστε την αλμύρα που έφερνε το αεράκι. Ως καλός οικοδεσπότης, άφησα τον Σούλιο να περάσει πρώτος. Αυτός πέρασε δυο βήματα μέσα και μου ένευσε να περάσω με τη σειρά μου. Το βλέμμα του είχε κάτι το πονηρό! Κοίταξα προς την αριστερή γωνιά και έμεινα στήλη άλατος!

Σε εκείνο το τραπέζι είδα πρόσωπα που η όψη τους χρωμάτισε τον χώρο. Η καρδιά μου πλημμύρισε με τρυφερότητα. Η Αριάδνη χαμογελούσε και φώτιζε όλο τον χώρο με τα κατάλευκα δόντια της. Ο Σανιδάς με τον Μπόλιο σηκώθηκαν και τρέχοντας με αγκάλιασαν με δύναμη. Μείναμε για ώρα σε αυτή τη στάση χωρίς λόγια. Μόνο σφίγγαμε ο ένας τον άλλον και οι λέξεις δεν έβγαιναν με τίποτα από μέσα μας. Κάποια στιγμή μπόρεσα να ξεστομίσω τις πρώτες μου κουβέντες. «Παλιόπαιδα! Μου την είχατε στημένη, έτσι; Και συ στο κόλπο Αριάδνη; Πονηρή, δεν είπες τίποτα!» Αφού απαγκιστρωθήκαμε ο ένας από τον άλλον, η Αριάδνη με αγκάλιασε και μου έδωσε ένα φιλί. Ένα οικείο ρεύμα ενέργειας με κατέκλυσε.

«Ελπίζω να σε χαροποίησε το εγχείρημά μας» ψιθύρισε αγγίζοντας με τα θεσπέσια χείλη της το αυτί μου.

«Πώς το κανονίσατε;»

«Την τελευταία φορά που ήμασταν μαζί στου Ανάστάση, ο Σούλιος μου είχε ζητήσει το νούμερο του τηλεφώνου μου. Από τότε το είχε οργανώσει και επιθυμούσε πάρα πολύ να ευοδωθεί το σχέδιό του. Ελπίζω να είσαι ευτυχισμένος. Είσαι;».

«Το ρωτάς; Είμαι τρισευτυχισμένος!»

Κάθισα στο τραπέζι και τότε συνειδητοποίησα ότι είχαμε στην παρέα μας και ένα ακόμα άτομο. Μια κοπελίτσα μικροκαμωμένη, μελαχρινή και ομορφούλα. Την παρατήρησα με διακριτικότητα. Ο Σανιδάς ξερόβηξε και όρθιος καθώς ήταν, προχώρησε, με στόμφο, στις απαραίτητες συστάσεις. «Από εδώ Λουκά, είναι η αρραβωνιασυικιά μου, η Ζωή».

«Χαίρομαι πάρα πολύ».

«Παρομοίως και είμαι ιδιαίτερα ευτυχισμένη που επιτέλους σε γνωρίζω. Ο Διονύσης μου έχει μιλήσει με πολύ ενθουσιασμό για το πρόσωπό σου».

«Στο δηλώνω με το χέρι στην καρδιά, είσαι πολύ τυχερή που θα γίνει άντρας σου!» Κοίταξα τον Σανιδά. «Ώστε αρραβωνιάστηκες ρε θηρίο; Είναι το καλύτερο νέο που άκουσα τον τελευταίο καιρό. Πάντως ότι σου είχα υποσχεθεί το υλοποίησα. Είπα στην κοπέλα σου, συγγνώμη, στην αρραβωνιαστικιά σου, τον καλό μου λόγο για σένα!» «Είπα να το πάρω το κορίτσι, δεν μου έκανε καρδιά να την εκθέτω κι' άλλο». Χαμογελούσε! Είχε αφήσει στην άκρη εκείνο το προσωπείο της κατήφειας και της απαισιοδοξίας.

«Μπόλιο, υποθέτω ότι μάλλον πήρες άδεια».

«Για χάρη σου. Ας φάω τις τελευταίες μέρες της άδειάς μου για σένα. Σου φέρνω τους χαιρετισμούς του Αναστάση και φυσικά των σκυλιών. Η Κούλα μάλλον είναι έγκυος! Τα μαστάρια της έχουν κρεμάσει μέχρι το έδαφος».

«Σοβαρά; Την πονηρή! Πατέρας μάλλον θα είναι ο Έκτορας».

«Αυτό υποθέτω και γω. Δε νομίζω να έκανε την κουτσουκέλα του ο Μήτσος, διαφορετικά θα τον είχε ξεσκίσει ο Έκτωρ!»

Πίναμε και τρώγαμε και αναπολούσαμε τις όμορφες στιγμές από τη θητεία μας. Ένιωθα ένα βάρος να φεύγει από μέσα μου. Όσο περνούσε η ώρα, αυτή η έκπληξη με αναζωογονούσε όλο και περισσότερο. Η Αριάδνη, στο πλευρό μου, συμμεριζόταν τη χαρά μου και μου έδινε μια νότα αισιοδοξίας για το μέλλον. Ένα μέλλον που ήταν αβέβαιο. Προτίμησα να επικεντρωθώ στο παρόν και να αφήσω τα μελλούμενα στην τύχη. Ήμουν ευγνώμων προς την κοπέλα μου. Μου είχε αλλάξει όλη την κοσμοθεωρία. Με είχε αποτραβήξει από την ορθολογική τυποποίηση και με είχε μεταμορφώσει σε μια πιο ανθρώπινη οντότητα!

«Απ' όλα αυτά που ζήσαμε, είναι πολλά που θα μείνουν χαραγμένα μέσα μου. Όμως ένα περιστατικό που δε φαντάζεσαι, αποτυπώθηκε στο μυαλό μου» πήρε τον λόγο ο Σανιδάς και με διέκοψε από τις σκέψεις μου.

«Ποιο Διονύση;»

«Όταν ήρθε το όχημα να μας πάρει για το τάγμα, η μέρα της απόλυσής μας! Θυμάμαι τον οδηγό, τον Βασιλείου, με χαμόγελα μέχρι τα αυτιά, να λέει τα δικά του! «Το τελευταίο δρομολόγιο» φώναζε με πάθος! Επίσης, θυμάμαι και τον Αναστάση, βουρκωμένο, να μη βγαίνει κουβέντα από τα χείλη του. Δεν του άρεσαν οι αποχωρισμοί. Απλώς, σήκωσε το χέρι και έσφιξε τη γροθιά του. Βάλαμε τους σάκους στην καρότσα και κάπου εκεί ανάμεσα χωθήκαμε και εμείς. Μόλις ξεκίνησε το όχημα, τα σκυλιά κατάλαβαν ότι κάτι δεν πήγαινε καλά. Άρχισαν εκείνο το μακρόσυρτο κλάμα και με συγκλόνισαν! Θυμάμαι το πρόσωπό σου να έχει κοκκινίσει από την ένταση, αλλά κρατιόσουν για να μη ξεσπάσεις. Το αυτοκίνητο κατέβαινε την κατηφόρα και τα σκυλιά ξωπίσω του κάλπαζαν με μεγάλη ταχύτητα και ορμή. Μας ακολούθησαν μέχρι το χωριό. Εκεί κάπου, δεν άντεξαν και σταμάτησαν αυτό το ανελέητο τρέξιμο. Όμως, η Κούλα συνέχισε να μας ακολουθεί. Πόσο να ήταν; Δυο; Τρία χιλιόμετρα; Συνέχιζε να βρίσκεται πίσω από το αυτοκίνητο, ώσπου σηκώθηκες και πάνω από την καρότσα της φώναξες...»

«...φύγε Κούλα, φύγε, σε παρακαλώ». Και έπειτα συμπλήρωσα: «Γιατί μου το κάνεις αυτό;»

«Ακριβώς, Λουκά. Είδα τα μάτια σου να δακρύζουν και δάκρυσα και εγώ. Ήταν η πιο έντονη στιγμή αποχωρισμού που έζησα ποτέ!»

«Κάποια στιγμή την είδα σκασμένη. Σταμάτησε κατάκοπη και με κοίταζε με απορία. Δε θα ξεχάσω αυτό το βλέμμα. Ήταν το πιο "ανθρώπινο" βλέμμα που μου έχουν ρίξει και ήταν βγαλμένο μέσα από τα μάτια μιας σκύλας! Τι ειρωνεία!» Η φωνή μου έσπασε. Κόντεψα να ξεσπάσω σε λυγμούς.

«Τι έχεις να πεις για όλα εκείνα τα γεγονότα;»

«Δεν έχω καταλήξει πουθενά, Διονύση! Θα περάσει καιρός για να εξάγω ασφαλή συμπεράσματα».

«Έψαξες να βρεις στοιχεία για τη συμπεριφορά εκείνων των λύκων;»

«Επικοινώνησα με έναν έγκριτο καθηγητή μου από την Αμερική, ειδικό σε τέτοια θέματα. Δεν ήταν και αυτός βέβαιος. Μόνο υποθέσεις! Μου πρότεινε να οργανώσουμε μια επιστημονική αποστολή και να εξετάσουμε την αγέλη».

«Τι απάντηση του έδωσες; Δεν πιστεύω να δέχτηκες;» Φάνηκε αναστατωμένος.

«Του είπα ότι θα το σκεφτώ. Δεν είναι απλές αυτές οι διαδικασίες. Χρειάζεται να ξεπεράσεις ένα σωρό γραφειοκρατικά θέματα».

«Δεν θα ήθελα με τίποτα να ξανασυναντήσω εκείνα τα ζώα!»

«Το μόνο που έπραξαν, ήταν να είναι ο εαυτός τους! Θεωρώ ότι συνάντησα χειρότερα κτήνη εκεί πέρα, συμφωνείς;»

«Ναι, νομίζω ότι υπήρχαν και χειρότερα από τους λύκους, και μάλιστα δίποδα!» Ήπιε μια γουλιά από το ποτήρι του.

Ένας αδέσποτος καφετής μούργος στάθηκε δίπλα από το τραπέζι μας. Του έδινα απλόχερα κομμάτια από τα εδέσματά μας και μας ευχαριστούσε κουνώντας με δύναμη την ουρά του. Προς το τέλος, αφού είχαν μαζευτεί πολλά αποφάγια, του τα προσφέραμε και τα αποδέχτηκε φυσικά με ανείπωτη χαρά.

Μόλις κατάπιε με βουλιμία και το τελευταίο κοκαλάκι, έβγαλε ξαφνικά έναν βρυχηθμό. Ταράχτηκα! Ένα ρίγος διαπέρασε όλο μου το κορμί. Το παλιό τραύμα, από τα νύχια της αρκούδας, άρχισε να με τραβά και μου υπενθύμισε την ύπαρξή του. Τα έντονα τσιμπήματα, προς στιγμή, με αναστάτωσαν. Κάθε φορά που ένιωθα φόβο, το τραύμα ενεργοποιούταν και έτρεφε τη μνήμη μου. Το ζωντανό αυτό ενθύμιο με ξεγύμνωνε, αποκάλυπτε την αδυναμία του ανθρώπινου είδους!

Ο μούργος κατευθύνθηκε με αυτοπεποίθηση προς έναν άλλο αδέσποτο σκύλο που στεκόταν στο απέναντι πεζοδρόμιο, φοβούμενος να πλησιάσει. Μύρισαν ο ένας τον άλλον και τελικά φαίνεται να τα βρήκαν.

«Ηρέμησε, Λουκά. Είναι απλώς ένα σκυλάκι», ψιθύρισε ήρεμα ο Σούλιος, αγγίζοντας φιλικά την πλάτη μου.

Ήταν η πρώτη φορά που με αποκαλούσε με το μικρό μου όνομα!

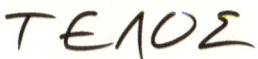

ΤΕΛΟΣ

Ευχαριστίες

Στους γονείς μου, για τον συνεχή ανιδιοτελή αγώνα τους από την πρώτη μέρα της ζωής μου.

Στην Ζάρα Δαγδαλιανίδου, για την πολύτιμη βοήθειά της.

Στον εκδοτικό οίκο Φυλάτου, που πίστεψε στο έργο μου και του δίνει την ευκαιρία να διαδοθεί. Ένα βιβλίο "ζει" μόνο όταν διαβάζεται.

Αναλαμβάνω την πρωτοβουλία να εκφράσω ένα μεγάλο "ευχαριστώ" εκ μέρους των λύκων και των αρκούδων της ελληνικής φύσης (αφού δεν έχουν τη δυνατότητα να το πράξουν) προς όσους πολίτες, φορείς και οργανώσεις παλεύουν για την επιβίωσή τους. Η σωτηρία αυτών των εκπληκτικών πλασμάτων συμβάλει στη φυσική ισορροπία, στην υγεία, στον πολιτισμό μας.

Λίγα λόγια για τον συγγραφέα

Ο Χρήστος Ι. Μπαρμπαγιαννίδης γεννήθηκε το 1975 στη Θεσσαλονίκη και κατοικεί στην Πτολεμαΐδα. Είναι παντρεμένος και έχει δυο γιους. Σπούδασε στο Ιστορικό – Αρχαιολογικό Ιωαννίνων. Αρθρογραφεί στο διαδικτυακό περιοδικό «Ερανιστής». Ξεκίνησε να γράφει παρακινούμενος από μια φυσική παρόρμηση για επικοινωνία και με διάθεση να μοιραστεί με άλλους τις ανησυχίες του, τους προβληματισμούς του, αλλά και να αναδείξει τις ομορφιές της ζωής. Τον συναρπάζει να γράφει φανταστικές ιστορίες που όμως προκαλούν αληθινά συναισθήματα σε πραγματικούς ανθρώπους.